LA CIUDAD DEL FUEGO

KATE MOSSE

LA CIUDAD DEL FUEGO

Traducción de
Claudia Conde

Obra editada en colaboración con Editorial Planeta – España

Título original: *The Burning Chambers*

Diseño de portada: © James Annal
Imágenes de portada: © Shutterstock
Imágenes de las guardas: © Benjamin Graham
Fotografía de la autora: © Ruth Crafer

Bajo el sello editorial PLANETA M.R.
Avenida Presidente Masarik núm. 111, Piso 2
Colonia Polanco V Sección
Delegación Miguel Hidalgo
C.P. 11560, Ciudad de México
www.planetadelibros.com.mx

Primera edición impresa en España: marzo de 2019
ISBN: 978-84-08-20246-2

Primera edición en formato epub en México: mayo de 2019
ISBN: 978-607-07-5825-6

Primera edición impresa en México: mayo de 2019
ISBN: 978-607-07-5826-3

Impreso en los talleres de Litográfica Ingramex, S.A. de C.V.
Centeno núm. 162-1, colonia Granjas Esmeralda, Ciudad de México
Impreso en México –*Printed in Mexico*

Como siempre, para mis queridos Greg, Martha y Felix,
y también para mi maravillosa suegra,
Granny Rosie.

Todo tiene su tiempo, y todo propósito bajo el cielo tiene su hora.
Hay un tiempo para nacer, y un tiempo para morir;
un tiempo para sembrar, y un tiempo para recolectar;
un tiempo para matar, y un tiempo para curar;
un tiempo para destruir, y un tiempo para edificar;
un tiempo para llorar, y un tiempo para reír;
un tiempo para lamentar, y un tiempo para celebrar;
un tiempo para esparcir piedras, y un tiempo para recogerlas;
un tiempo para abrazar, y un tiempo para abstenerse de abrazos;
un tiempo para buscar, y un tiempo para perder;
un tiempo para guardar, y un tiempo para desechar;
un tiempo para desgarrar, y un tiempo para coser;
un tiempo para callar, y un tiempo para hablar;
un tiempo para amar, y un tiempo para aborrecer;
un tiempo para la guerra, y un tiempo para la paz.

ECLESIASTÉS 3, 1-8

ÍNDICE

UN APUNTE SOBRE LAS GUERRAS DE RELIGIÓN DE FRANCIA

Las guerras de religión de Francia fueron una serie de ocho contiendas civiles que comenzaron el 1 de marzo de 1562, tras varios años de conflictos, a raíz de la matanza en Vassy de hugonotes desarmados a manos de las fuerzas católicas de Francisco, duque de Guisa. Terminaron, después de varios millones de muertos y desplazados, con la firma del Edicto de Nantes por parte del rey protestante Enrique IV, Enrique de Navarra, el 13 de abril de 1598. El episodio más notorio de las guerras de religión fue la matanza de San Bartolomé en París, la noche del 23 al 24 de agosto de 1572, pero hubo muchos sucesos similares en ciudades y pueblos de toda Francia, antes y después de esa fecha, entre ellos la matanza de Toulouse, del 13 al 16 de mayo de 1562, cuando más de cuatro mil personas fueron masacradas.

El Edicto de Nantes, cuando llegó, no fue tanto el reflejo de un auténtico deseo de tolerancia religiosa como la expresión del agotamiento de la sociedad y el estancamiento militar. Llevó consigo una paz reticente para un país desgarrado por cuestiones de doctrina, religión y soberanía, que en el proceso había ido a la bancarrota. El bisnieto de Enrique IV, Luis XIV, derogó el edicto en Fontainebleau, el 22 de octubre de 1685, lo que precipitó el éxodo de los hugonotes que aún quedaban en Francia.

Los hugonotes nunca llegaron a ser más de una décima parte de la población francesa, y aun así ejercieron una influencia notable. La historia del protestantismo francés forma parte del relato más amplio de la Reforma europea, que comenzó el 31 de octubre de 1517, cuando Martín Lutero colgó sus noventa y cinco tesis a las puertas de la iglesia de Wittenberg, y continuó con la disolución de los monasterios por parte de Enrique VIII de Inglaterra a partir de 1536. En 1541, el misionero evangelista Calvino convirtió la ciudad de Ginebra en refugio seguro para los hugonotes huidos de Francia, que a partir de los últimos años de la década de 1560 también fueron acogidos en Ámsterdam y Róterdam. Los elementos en disputa en Francia eran el derecho a celebrar las ceremonias religiosas en la lengua propia; el rechazo al culto a las reliquias y la intercesión de los santos; una atención más rigurosa al texto bíblico y el deseo de rendir culto de manera más sencilla, según las normas establecidas por las Escrituras; la oposición a los excesos y abusos de la Iglesia católica, que para muchos resultaban odiosos; y la naturaleza de la eucaristía, entre transustanciación y consustanciación. El grueso de la población, sin embargo, era ajeno a todos esos asuntos doctrinales.

Hay muchas historias excelentes de los hugonotes, y la influencia de esa pequeña comunidad fue extraordinaria, en una diáspora que los llevó —como valiosos refugiados conocedores de muchos oficios— a Holanda, Alemania, Inglaterra, Canadá y Sudáfrica.

La ciudad del fuego marca el inicio de una serie de novelas ambientadas sobre el telón de fondo de trescientos años de historia, desde el siglo XVI en Francia hasta el siglo XIX en Sudáfrica. Los personajes y sus familias, a menos que se especifique lo contrario, son ficticios, aunque inspirados en el tipo de personas que pudieron existir. Son mujeres y hombres corrientes que luchan por vivir, amar y sobrevivir en un ambiente de guerras religiosas y desplazamientos forzosos.

Hay cosas que no cambian.

Garona
N.G
París
Vassy
FRANCIA
La Rochelle
St Antonin-Noble-Val
Toulouse
Carcasona
ESPAÑA
Toulouse
0 10 15
Km.
Carcasona
Chalabre
Puivert
Aude
PIRINEOS
Mar Mediterráneo

PERSONAJES PRINCIPALES

En Carcasona — La Cité
Marguerite (Minou) Joubert
Bernard Joubert, su padre
Aimeric, su hermano
Alis, su hermana
Rixende, su doncella
Bérenger, un sargento de armas de la guarnición del rey
Marie Galy, una joven del lugar

En Carcasona — La Bastide
Cécile Noubel (antes Cordier), propietaria de una pensión
Monsieur Sanchez, un converso vecino suyo
Charles Sanchez, su hijo mayor
Oliver Crompton, un comandante hugonote
Philippe Devereux, primo del anterior
Alphonse Bonnet, un peón
Michel Cazès, un soldado hugonote

En Toulouse
Piet Reydon, un hugonote
Vidal (monsignor Valentin), un noble miembro del clero
Madame Boussay, tía de Minou
Monsieur Boussay, tío de Minou

Madame Montfort, su hermana viuda y ama de llaves
Martineau, criado de la familia Boussay
Jacques Bonal, asesino, ayuda de cámara de Vidal
Jasper McCone, un artesano inglés y protestante
Félix Prouvaire, un estudiante hugonote

En Puivert
Blanche de Bruyère, la señora de Puivert
Achille Lizier, un vecino dado a las habladurías
Guilhem Lizier, su sobrino nieto, soldado del castillo de Puivert
Paul Cordier, el boticario del pueblo, primo de Cécile Noubel
Anne Gabignaud, la comadrona de pueblo
Marguerite de Bruyère, la difunta señora de Puivert

Personajes históricos
Pierre Delpech, católico, traficante de armas en Toulouse
Pierre Hunault, aristócrata, comandante hugonote en Toulouse
Capitán Saux, comandante hugonote en Toulouse
Jean Barrelles, pastor del templo hugonote de Toulouse
Jean de Mansencal, presidente del Parlamento de Toulouse
Francisco, duque de Guisa y Lorena, jefe del bando católico
Enrique, su hijo mayor y heredero
Carlos, su hermano, cardenal de Lorena

PRÓLOGO

Franschhoek
28 de febrero de 1862

La mujer está sola y de pie bajo un cielo azul intenso. Verdes cipreses y ásperas hierbas rodean el cementerio. El sol feroz del cabo ha blanqueado las lápidas grises hasta volverlas del color de los huesos.

HIER RUST. «Aquí yace.»

Es alta y tiene los ojos característicos de las mujeres de su familia desde hace generaciones, aunque ella no lo sabe. Se inclina para leer los nombres y las fechas de la lápida, ocultos bajo una capa de musgo y líquenes. Entre el blanco cuello de la blusa y el ala cubierta de polvo del sombrero de cuero, la pálida piel de la nuca ha empezado a enrojecerse. El sol es demasiado despiadado para su cutis europeo, y lleva varios días viajando por el *veldt*.

Se quita los guantes y los enrolla, uno dentro del otro. Ya ha perdido demasiados para no tener cuidado y, además, ¿cómo podría adquirir otro par? Hay dos tiendas en la acogedora ciudad fronteriza, pero le quedan muy pocas cosas de valor para intercambiar y su herencia se ha volatilizado, invertida en el largo viaje de Toulouse a Ámsterdam y de allí al cabo de Buena Esperanza. Hasta el último franco se le ha ido en pagar provisiones y cartas de presentación, caballos de alquiler y un guía de confianza que le indique el camino en esa tierra extraña.

Deja caer los guantes al suelo, a sus pies. El rojo polvo del cabo se levanta en una nube cobriza y enseguida vuelve a asentarse. Un escarabajo negro, coriáceo y resuelto se escabulle en busca de refugio.

La mujer hace una inspiración profunda. Por fin ha llegado.

Ha seguido esta pista por las riberas de los ríos Aude, Garona y Ámstel, y a través de los encrespados mares donde el Atlántico se une con el océano Índico, hasta el cabo de Buena Esperanza.

En ocasiones, la pista ha sido reveladora: la historia de dos familias y un secreto transmitido de generación en generación; su madre, su abuela y antes aún, hasta remontarse a su bisabuela y a la madre de su bisabuela. Sus apellidos se han perdido, desplazados por los de sus maridos, hermanos y amantes, pero sus espíritus perviven en ella. Lo sabe. Finalmente, su búsqueda termina allí, en Franschhoek.

CI GÏT. «Aquí yace.»

La mujer se quita el sombrero de cuero y lo usa para abanicarse. El ala ancha agita el aire abrasador. No la alivia. Se siente dentro de un horno y su rubia cabellera está ennegrecida y apelmazada de sudor. Le importa poco su aspecto. Ha sobrevivido a muchas tormentas, a varios ataques a su reputación y a su persona, al robo de sus posesiones y a la pérdida de amistades que creía destinadas a perdurar. Todo para llegar a este lugar.

A un cementerio abandonado en una ciudad fronteriza.

Abre la hebilla de su alforja y busca en el interior. Roza con la punta de los dedos la pequeña Biblia antigua —un talismán que lleva consigo para tener buena suerte—, pero extrae el diario: una libreta con cubiertas de suave piel curtida, cerrada con un fino cordel que le da dos vueltas alrededor. Entre sus páginas hay cartas, mapas trazados a mano y un testamento. Algunas hojas están sueltas y sus esquinas sobresalen como las puntas de una estrella. Es la crónica de la búsqueda de su familia, la anatomía de un conflicto. Si está en lo cierto, esa libreta del siglo XVI es el instrumento para reclamar lo que por derecho le pertenece. Después de más de trescientos años, la fortuna y el buen nombre de la familia Joubert serán restaurados. Se hará justicia.

Si está en lo cierto.

Aun así, no se decide a leer el nombre grabado en la lápida. En lugar de eso, deseosa de prolongar un poco más ese último instante de esperanza, abre el diario. La fina caligrafía trazada en tinta amarronada, el lenguaje antiguo que la interpela a través de cientos de años... Se sabe cada sílaba como el catecismo aprendido en la escuela dominical. La primera anotación.

Hoy es el día de mi muerte.

Oye el silbido de un estornino alirrojo que pasa volando y el chillido de un ibis en la maleza, en los límites del cementerio. Le parece imposible que solamente un mes atrás esos sonidos le resultaran exóticos. Ahora forman parte de su rutina. Cierra los puños con fuerza y se le blanquean los nudillos. ¿Y si se equivoca? ¿Y si no fuera un comienzo, sino el fin de todo?

Con Dios nuestro Señor por testigo, escribo de mi puño y letra este mi testamento.

La mujer no reza. No puede. La historia de las injusticias perpetradas en nombre de la religión contra sus antepasados es prueba segura de que Dios no existe. ¿Qué dios permitiría tantas muertes agónicas, tanto miedo y terror por su causa?

Aun así, levanta la vista al cielo como si buscara en él un atisbo de las instancias superiores. El cielo en el cabo, en febrero, tiene el mismo azul intenso que en el Languedoc. Los vientos feroces que levantan nubes de polvo en el interior del cabo de Buena Esperanza son los mismos que soplan en la garriga del Mediodía francés: una especie de aliento caliente que forma torbellinos de tierra rojiza y tiende un velo sobre los ojos. El viento silba por los pasos montañosos del interior, grises y verdes, y sigue los senderos trazados por el incesante trasiego de hombres y animales. Aquí, en esta tierra remota que en otra época se llamó Rincón de los Elefantes, antes de la llegada de los franceses.

Ahora el aire está en calma. Hace calor. Pocas cosas se mueven bajo el sol del mediodía. Los perros y los peones de las granjas descansan a la sombra. Vallas negras marcan los límites de cada parcela: la de los Villiers, la de los Roux, la de los Jourdan... Familias de la religión reformada que huyeron de Francia en busca de un lugar seguro, en el año del Señor de 1688.

¿También sus antepasados?

A lo lejos, detrás de las lápidas y los ángeles de piedra, las montañas de Franschhoek enmarcan el paisaje, y de repente la mujer se siente lacerada por el recuerdo de los Pirineos: un intenso y desesperado anhelo de volver a casa, como un cinturón de hierro que le constriñe las costillas. Las montañas son blancas en invierno, y verdes en primavera y a principios del verano. En otoño, las rocas grises se vuelven cobrizas, y entonces el ciclo vuelve a comenzar. ¡Qué no daría por volver a verlas!

Entonces suspira, porque está muy lejos de su hogar.

De entre las gastadas cubiertas de cuero del diario, extrae el mapa. Conoce cada trazo, cada pliegue y cada borrón de tinta, pero aun así lo examina. Vuelve a leer los nombres de las granjas y los apellidos de los primeros hugonotes que se asentaron en el lugar, tras años de exilio y vida errante.

Finalmente, se agacha y extiende una mano para repasar las letras grabadas en la lápida. Está tan concentrada que, pese a su costumbre de permanecer siempre alerta, no oye los pasos a sus espaldas. No nota que una sombra le tapa el sol. No presta atención al olor a sudor, polvo de ladrillo y cuero tras un largo trayecto a través del *veldt* hasta que siente en la nuca el contacto del cañón de un arma.

—Levántate.

La mujer intenta volverse para ver la cara de quien le habla, pero la presión del metal frío contra la piel se lo impide. Poco a poco, se pone de pie.

—Dame el diario —le ordena el hombre— y no te haré ningún daño.

Ella sabe que es mentira, porque hace mucho que ese hombre la persigue y hay demasiadas cosas en juego. La familia de su perseguidor lleva trescientos años intentando destruir la suya. ¿Cómo va a dejar que ella se marche sin más?

—Dámelo sin hacer movimientos bruscos.

La frialdad de la voz de su enemigo la atemoriza más que su ira, y por instinto la mujer aprieta con más fuerza el diario y los valiosos documentos que contiene. Después de todo lo que ha sufrido, no piensa ceder fácilmente. Pero los dedos huesudos de su enemigo se le clavan en el hombro y se hunden en sus músculos a través del algodón blanco de la blusa, obligándola a soltar el diario, que se abre al caer y desperdiga por el suelo polvoriento del cementerio el testamento y los títulos de propiedad.

—¿Me has seguido desde Ciudad del Cabo?

No hay respuesta.

La mujer no lleva armas de fuego, pero tiene un cuchillo. Cuando el hombre se agacha para recoger los papeles, ella extrae la daga de la bota e intenta clavársela en un brazo. Si lograra dejarlo fuera de combate, aunque solo fuera por un momento, podría arrebatarle los papeles que le ha robado y huir corriendo.

Pero el hombre se le adelanta y se hace a un lado con rapidez. La hoja del cuchillo le roza solo una mano.

Poco antes de sentir el golpe en la cabeza, la mujer percibe el movimiento descendente del brazo del hombre. Vislumbra brevemente su pelo negro con un mechón blanco. Después, un estallido de dolor cuando la culata de la pistola le desgarra la piel. Un chorro de sangre caliente le empapa la sien. Se desploma.

En sus últimos segundos de consciencia sufre pensando que la historia acaba así, en un rincón de un cementerio olvidado, al otro lado del mundo. La historia de un diario robado y de una herencia. Una historia que comenzó trescientos años atrás, en vísperas de las guerras de religión que devastaron Francia.

Hoy es el día de mi muerte.

Primera parte
CARCASONA

Invierno de 1562

1

Mazmorras de la Inquisición, Toulouse
Sábado, 24 de enero

—¿Eres un traidor?

—No, señor.

El preso no sabía con certeza si lo había dicho en voz alta o si había contestado en el interior de su mente destrozada.

Dientes rotos, huesos dislocados y sabor a sangre seca acumulada en la boca. ¿Cuánto tiempo llevaba allí? ¿Horas? ¿Días?

¿Toda su vida?

El inquisidor hizo un gesto con la mano. El preso oyó el chirrido de unas hojas metálicas que alguien estaba afilando, vio los hierros y las tenazas que yacían sobre una mesa de madera, junto al fuego, y percibió el movimiento del fuelle, que avivaba las llamas. Experimentó entonces un extraño instante de alivio, ya que el terror de la siguiente sesión de tortura sofocó por un momento el agónico dolor de su espalda, en carne viva por los latigazos. El miedo a lo que estaba a punto de suceder desplazó, aunque solo fuera por un instante, la vergüenza de no haber sido capaz de resistir lo que le habían hecho. Él era un soldado. Había luchado valerosamente en el campo de batalla. ¿Cómo era posible que no tuviera fuerzas para soportar lo que le estaban haciendo?

—Eres un traidor. —La voz del inquisidor sonaba monótona y apagada—. No has sido leal al rey, ni a Francia. Tenemos muchos testigos que así lo confirman. ¡Te han denunciado! —Apoyó una mano sobre una pila de papeles que tenía en el escritorio—. Los protestantes como tú están ayudando a nuestros enemigos. Eso es traición.

—¡No! —susurró el preso, sintiendo en la nuca el aliento del carcelero. Tenía los párpados del ojo derecho hinchados y cerrados por un golpe recibido previamente, pero podía percibir que su acusador se le estaba aproximando—. No, yo...

Se detuvo, porque ¿qué podía decir en su defensa? Allí, en la cárcel de la Inquisición en Toulouse, él era el enemigo.

Los hugonotes eran el enemigo.

—Soy leal a la corona. Que profese la fe protestante no significa que...

—Tu fe te señala como hereje. Has renunciado al Dios verdadero.

—No es cierto. Por favor... Todo esto es un error.

Le daba vergüenza el tono de súplica que percibía en su voz. Y sabía que, cuando volviera el dolor, les diría todo lo que quisieran oír, fuera cierto o no. Ya no le quedaban fuerzas para resistir.

Hubo un momento de ternura, o así se lo pareció en su desesperación. Levantó con suavidad la mano, como un señor cortejando a su dama. Durante un instante fugaz, el hombre recordó las cosas maravillosas que existían en el mundo. El amor, la música y la dulzura de las flores primaverales. Mujeres, niños y hombres caminando del brazo por las elegantes calles de Toulouse. Un lugar donde la gente podía discutir y discrepar, donde era posible exponer las propias ideas con conocimiento y pasión, pero también con honor y respeto. Allí el vino llenaba las copas y había comida en abundancia: higos, jamón y miel. Allí, en el mundo donde había vivido en otro tiempo, el sol brillaba y el azul interminable del cielo del Mediodía cubría la ciudad como un entoldado.

—Miel —murmuró.

Ahí, en ese infierno bajo tierra, el tiempo había dejado de existir. Un hombre podía perderse en las mazmorras y no aparecer nunca más.

La conmoción del golpe, cuando se produjo, fue mucho peor por llegar sin previo aviso. Un pellizco, una presión y después la sensación de las pinzas metálicas que le desgarraban y le partían la piel, los músculos y los huesos.

Mientras el dolor lo aferraba en sus brazos, creyó oír la voz de otro preso en una sala vecina. Una persona educada, un hombre de letras con el que durante varios días había compartido su celda. Sabía que era un hombre honorable, un librero que quería mucho a sus tres hijos y hablaba con discreto dolor de su esposa difunta.

Podía distinguir los murmullos de otro inquisidor detrás de las paredes húmedas de la celda. También estaban interrogando a su amigo. Entonces reconoció el silbido del látigo en el aire y el sonido de las puntas metálicas al hundirse en la piel, y le sorprendió oír los gritos de su compañero. Era un hombre de gran fortaleza que hasta ese instante había soportado su sufrimiento en silencio.

El preso notó que una puerta se abría y se cerraba, y supo que otro hombre había entrado en la celda. ¿En la suya o en la de al lado? Después oyó murmullos y ruido de papeles. Durante un hermoso momento, pensó que su suplicio había terminado. Entonces el inquisidor se aclaró la garganta y el interrogatorio volvió a comenzar.

—¿Qué sabes del sudario de Antioquía?

—No sé nada de ninguna reliquia.

Era la verdad, pero el preso intuía que sus palabras no tenían ningún valor.

—Sustrajeron la sagrada reliquia de la iglesia de Saint-Taur hace cinco años. Hay quien te acusa a ti de haberla robado.

—¿Cómo pueden acusarme a mí? —exclamó el preso repentinamente desafiante—. ¡Hasta ahora no había estado nunca en Toulouse!

El inquisidor siguió insistiendo.

—Si nos dices dónde está escondido el sudario, daremos por terminada esta conversación. La santa madre Iglesia, en su misericordia, te abrirá sus brazos y te acogerá de vuelta en su seno.

—Señor, le doy mi palabra...

Olió su propia carne quemada antes de sentir el dolor. ¡Con qué rapidez un hombre queda reducido a un animal! Apenas un montón de carne.

—Considera tu respuesta con detenimiento. Te volveré a hacer la misma pregunta.

El dolor que estaba experimentando, el peor que había sentido nunca, le concedió una tregua momentánea. Lo sumió en un abismo oscuro, un lugar donde tenía suficiente fuerza para soportar el interrogatorio y donde decir la verdad podía salvarlo.

2

La Cité
Sábado, 28 de febrero

—*In nomine Patris et Filii et Spiritus Sancti.*

La tierra golpeó la tapa del ataúd con un ruido sordo. Un puñado de tierra oscura arrojado por unos dedos blancos. Después, otra mano se extendió sobre la tumba abierta, y a continuación otra más. Tierra y piedrecillas cayeron sobre la madera, como la lluvia. Se oyó el llanto apagado de una criatura envuelta en la capa negra de su padre.

—A ti, Señor Todopoderoso, te encomendamos el espíritu de Florence Joubert, esposa y madre amantísima, y sierva de Cristo. Que descanse en paz, iluminada por tu gracia eterna. Amén.

La luz empezó a cambiar. Ya no era el aire gris y húmedo del cementerio, sino negrura parecida a la tinta. En lugar de lodo, sangre roja, tibia y fresca al tacto, resbaladiza en la palma de sus manos, atrapada entre los pliegues de sus dedos. Minou bajó la vista hacia sus manos ensangrentadas.

—¡No! —gritó, y entonces despertó bruscamente.

Durante un momento no vio nada. Poco a poco, la habitación fue adquiriendo líneas más definidas y entonces se dio cuenta de que había vuelto a quedarse dormida en la silla. Por eso había tenido un sueño tan agitado. Se miró las manos por un lado y por otro. Estaban limpias. No tenía tierra bajo las uñas, ni manchas de sangre en la piel.

Había sido una pesadilla y nada más. Un eco del día terrible, cinco años atrás, cuando había sepultado a su querida madre. Pero el recuerdo había dado paso a otra cosa: imágenes oscuras creadas a partir del aire.

Miró el libro que tenía abierto sobre la falda —unas meditaciones de la mártir inglesa Anne Askew— y se preguntó si su lectura habría contribuido a tener un sueño tan tormentoso.

Bostezó y estiró los huesos, después se alisó la ropa arrugada. La vela se había consumido y la cera formaba un charco sobre la madera oscura. ¿Qué hora era? Se volvió hacia la ventana. Finos rayos de luz se colaban entre las grietas de los postigos y formaban una cuadrícula sobre las tablas gastadas del suelo. Fuera se oían los habituales sonidos matinales de la Cité, que comenzaba a despertar para ir al encuentro del alba, y los pasos de la guardia de la muralla, que subía y bajaba la empinada escalera de la torre de la Marquière.

Minou sabía que necesitaba descansar un poco más. El sábado era el día de más trabajo en la librería de su padre, incluso durante la Cuaresma. La responsabilidad del negocio había recaído sobre sus hombros, y en las horas siguientes dispondría de muy poco tiempo para sí misma. Pero sus pensamientos eran un torbellino, como los que formaban las bandadas de estorninos en otoño, cuando se elevaban por el cielo o caían en picada sobre las torres del castillo condal.

Se llevó una mano al pecho y sintió la rítmica fuerza de su corazón palpitando. El vívido sueño que acababa de tener la había alterado. No había razón para pensar que su librería fuera a atraer una vez más una atención indeseada. Su padre no había hecho nada malo y era un buen católico. Aun así, no podía quitarse de la cabeza la idea de que quizás hubiera pasado algo inesperado.

En la otra punta de la habitación, su hermana Alis, de siete años, yacía ajena al mundo, con una nube de rizos negros dispersa sobre la almohada. Minou le tocó la frente y comprobó con alivio que no tenía fiebre. También la reconfortó observar que el catre donde su hermano de trece años pasaba la noche algunas veces, cuando no podía dormir, estaba vacío. Con demasiada frecuencia en los últimos tiempos, Aimeric se presentaba cabizbajo en su alcoba y le decía que tenía miedo de la oscuridad. Señal de su mala conciencia, según el cura. ¿Habría dicho lo mismo de sus terrores nocturnos?

Minou se echó un poco de agua fría en la cara y se pasó un paño húmedo por las axilas. Se puso la falda, la ajustó y después, con cuidado para no despertar a Alis, recogió el libro prestado y salió de puntitas de su habitación en el desván. Bajó la escalera, pasó junto a la habitación de su padre y el rincón donde dormía Aimeric, y bajó otro tramo más de escalera, hasta el nivel de la calle.

La puerta que separaba el pasillo de la amplia sala de estar estaba cerrada, pero el marco no ajustaba bien, por lo que pudo oír con claridad el tintineo de los cazos y el chirrido de la cadena sobre el fuego cuando la criada colgó del gancho el caldero para poner agua a hervir.

Abrió la puerta intentando no hacer ruido y tendió solamente una mano, con la esperanza de tomar las llaves del estante sin atraer la atención de Rixende. La criada era amable y de buen corazón, pero también muy parlanchina, y Minou no quería que esa mañana la entretuviera demasiado.

—Buenos días, mademoiselle —la saludó Rixende con una sonrisa—. No esperaba verla levantada tan pronto. Nadie más está en pie a estas horas. ¿Le preparo algo para desayunar?

Minou le enseñó las llaves.

—No puedo entretenerme. Cuando mi padre se despierte, ¿le dirás que me he ido temprano a la Bastide a preparar la tienda para aprovechar que es día de mercado? Dile que no hace falta que se dé prisa si tiene intención de venir...

—Sería una noticia estupenda que el señor tuviera intención de...

Rixende se interrumpió bruscamente al ver la mirada de Minou.

Aunque era público y notorio que su padre llevaba semanas sin salir de casa, nadie hablaba al respecto. Bernard Joubert había regresado de su viaje invernal a Carcasona convertido en otro hombre. No era más que una sombra de aquella persona que sonreía y tenía una palabra amable para todos, del buen vecino y el amigo leal que había sido. Gris, encerrado en sí mismo y con el espíritu doblegado, ya no hablaba de ideas ni de sueños. Minou sufría al verlo tan abatido y a menudo intentaba sacarlo de su negra melancolía. Pero, cada vez que le preguntaba por sus preocupaciones, los ojos de su padre se volvían vidriosos. Murmuraba alguna cosa sobre la inclemencia de la estación, el viento y los achaques de la edad, y se sumía una vez más en el silencio.

Rixende se sonrojó.

—Perdón, mademoiselle, le transmitiré al señor su mensaje. Pero ¿está segura de que no quiere beber algo caliente? Hace frío. ¿No le apetece comer algo? Todavía queda *pan de blat* y un poco del budín de ayer.

—Adiós, Rixende —replicó Minou con firmeza—. Hasta el lunes.

El frío de las baldosas le traspasaba los calcetines, y el aliento se le condensaba en el aire gélido formando una nubecilla blanca. Se puso las botas de cuero, descolgó la gruesa capa de lana verde con capucha y guardó las llaves y el libro en la bolsa que llevaba atada a la cintura. Entonces, con los guantes en una mano, descorrió el pesado cerrojo de metal y salió a la calle silenciosa.

Una joven espectral en una fría madrugada de febrero.

3

Los primeros rayos del sol empezaban a calentar el aire y formaban danzarines remolinos de niebla sobre el empedrado. La place du Grand Puits parecía tranquila a la luz rosada del alba. Minou hizo una inspiración y sintió el aire frío en los pulmones, y se dirigió hacia la puerta principal que servía de acceso y salida de la Cité.

Al principio no vio a nadie. Las prostitutas que recorrían las calles nocturnas se habían retirado con las primeras luces del alba. Los tahúres y los jugadores de dados que frecuentaban la taberna Saint-Jean hacía tiempo que dormían en sus camas. Minou se recogió el dobladillo de la falda para eludir lo peor de los excesos de la noche anterior. Había trozos de jarras de cerveza esparcidos por el suelo y un mendigo acurrucado y dormido, con un brazo en equilibrio sobre el lomo de un perro pulgoso. El obispo había solicitado que todas las tabernas y posadas de la Cité cerraran durante la Cuaresma. Pero el senescal, preocupado por el escaso contenido de las arcas reales, se lo había denegado. Era bien sabido —o al menos lo sabía Rixende, que estaba al corriente de todas las habladurías— que no eran muy buenas las relaciones entre los actuales ocupantes del palacio episcopal y el castillo condal.

Las fachadas con gabletes, alineadas a lo largo de la estrecha callejuela que bajaba hacia la puerta de Narbona, parecían apoyarse unas contra otras, como si estuvieran borrachas, y los tejados casi se tocaban. Minou se movía en sentido contrario a la masa de carros y gente que estaba entrando por las puertas de la Cité, por lo que su avance era lento.

La escena habría podido ser la misma cien años antes, pensó Minou, o incluso doscientos atrás, hasta remontarse a la época de los trovadores. En la Cité, la vida era siempre la misma, día tras día.

Nada cambiaba.

Dos hombres de armas controlaban el tráfico en la puerta de Narbona, dejando pasar a algunos sin más y deteniendo a otros para registrar sus pertenencias, hasta que unas cuantas monedas cambiaban de manos. El débil sol de la mañana arrancaba destellos de sus cascos y de las hojas de sus alabardas. El escudo real bordado en las sobrevestas azules destacaba por su brillo entre los apagados tonos de la Cuaresma.

Cuando estuvo un poco más cerca, Minou reconoció a Bérenger, uno de los muchos hombres que tenían motivos para estarle agradecidos a su padre. La mayoría de los soldados locales, a diferencia de los enviados a la guarnición desde Lyon o París, no sabían leer el francés de los documentos oficiales. Muchos hablaban entre ellos la vieja lengua de la región, el occitano, cuando no se sentían vigilados. Aun así, recibían las órdenes por escrito y se exponían a duros castigos si no las cumplían al pie de la letra. Todos sospechaban que era una manera más de recaudar fondos, aprobada por el senescal. El padre de Minou ayudaba a los soldados siempre que podía, explicándoles el significado del lenguaje oficial, para que no quedaran fuera de la ley.

O al menos lo había hecho en otro tiempo.

Minou descartó enseguida esos pensamientos. No tenía sentido rumiar sin parar sobre el cambio que había sufrido su querido padre. Ni tener presente todo el tiempo su cara atormentada y consumida.

—Buenos días, Bérenger —dijo—. Veo que ya tienes mucho trabajo a esta hora del día.

La cara curtida y honesta del hombre de armas se iluminó con una sonrisa.

—¡Ya lo ve, *madomaisèla* Joubert! ¡Hay mucha gente, pese al mal tiempo! Ya teníamos una multitud esperando mucho antes de que rompiera el alba.

—¿Será que en esta Cuaresma el senescal ha recordado sus deberes cristianos y está repartiendo limosnas a los pobres? ¿Tú qué crees? ¿Será posible?

—No lo verán estos ojos —respondió Bérenger con un bufido sarcástico—. ¡Nuestro noble señor no es muy dado a las buenas obras!

Minou bajó la voz.

—¡Qué fortuna la nuestra si nos gobernara un señor devoto y temeroso de Dios!

El hombre dejó escapar una carcajada, que reprimió enseguida al ver que su colega lo miraba con expresión de reproche.

—En cualquier caso, todo es como debe ser —añadió en un tono más formal—. ¿Qué la trae por aquí a estas horas, sin nadie que la acompañe?

—Estoy aquí por voluntad de mi padre —mintió Minou—. Me ha pedido que abra la tienda en su lugar. Como es día de mercado, espera que pasen muchos clientes por la Bastide. Y todos ellos, si Dios quiere, vendrán con los bolsillos llenos y con grandes deseos de aprender.

—¿De aprender? Sería raro —replicó Bérenger con una mueca—. Pero todo es cuestión de gustos. Por cierto, ¿no sería mejor que su hermano se ocupara de esa tarea? Es extraño que monsieur Joubert espere tanto de su hija cuando ha sido bendecido con un hijo.

Minou se mordió la lengua, aunque en el fondo no se sentía ofendida por el comentario. Bérenger era un hombre del Mediodía, criado en las viejas ideas y tradiciones. También ella sabía que Aimeric, a sus trece años, debía empezar a asumir algunas de las responsabilidades de su padre. El problema era que su hermano no tenía la inclinación ni la aptitud para hacerlo. Estaba más interesado en matar gorriones con la resortera o en trepar a los árboles con los niños gitanos que visitaban la ciudad que en pasar el día encerrado en una librería.

—Esta mañana Aimeric tiene cosas que hacer en casa —respondió con una sonrisa—, por eso me toca a mí abrir la tienda. Es un honor hacer todo lo que esté a mi alcance para ayudar a mi padre.

—Por supuesto que sí, por supuesto. —El soldado carraspeó—. ¿Y cómo se encuentra el *sénher* Joubert? Hace tiempo que no lo veo, ni siquiera en la misa. ¿Está indispuesto?

Desde el último brote de peste, cualquier pregunta sobre la salud de una persona encerraba siempre una soterrada averiguación. Casi ninguna familia se había salvado. Bérenger había perdido a su mujer y a sus dos hijos en la misma epidemia que se había llevado a la madre de Minou. Hacía cinco años que su madre los había dejado, pero Minou seguía extrañándola cada día y a menudo soñaba con ella, como la noche anterior.

De todos modos, por el tono de la pregunta de Bérenger y el modo en que rehuyó su mirada, Minou se dio cuenta con pesar de que los rumores sobre el confinamiento de su padre entre las cuatro paredes de su casa se habían extendido más de lo que esperaba.

—Regresó muy fatigado de sus viajes en enero —respondió, con un destello de desafío en los ojos—. Pero, aparte de eso, su salud es excelente. Hay muchas cosas del negocio que lo mantienen ocupado.

Bérenger asintió.

—Bueno, me alegro de que así sea. Me preocupaba que... —Se interrumpió mientras se le sonrojaban las mejillas—. Es igual. Salude al *sénher* Joubert de mi parte.

Minou sonrió.

—Así lo haré.

Bérenger extendió un brazo para bloquear el paso a una robusta mujer que llevaba un bebé llorón en brazos e intentaba interponerse entre los dos.

—Muy bien, *madomaisèla*, pero tenga cuidado cuando vaya sola por la Bastide, ¿eh? Pululan por ahí toda clase de villanos, capaces de hundirle un puñal entre las costillas al menor descuido.

Minou sonrió.

—Gracias, mi buen Bérenger. Tendré cuidado.

La hierba del foso bajo el puente levadizo resplandecía con el rocío de la mañana, que perlaba los brotes verdes. Normalmente, la primera visión del mundo más allá de la Cité le levantaba el ánimo a Minou: el infinito cielo blanco que se iba volviendo azul a medida que avanzaba el día, los riscos grises y verdes de la Montagne Noire en el horizonte, y las primeras flores en los manzanos de los huertos, al pie de la ciudadela. Pero, esa mañana, la combinación de su noche atormentada y las advertencias de Bérenger le había producido cierta angustia.

Intentó sobreponerse. No era ninguna niña inexperta, asustada de su propia sombra. Además, estaba a escasa distancia de los centinelas. Si alguien la amenazaba, sus gritos llegarían a la Cité y Bérenger estaría a su lado en un abrir y cerrar de ojos.

Era un día corriente. No había nada que temer.

Aun así, se sintió aliviada al llegar a las afueras de Trivalle, un suburbio pobre pero respetable, habitado sobre todo por trabajadores de las manufacturas textiles. La lana y el paño exportados a Oriente Próximo estaban llevando prosperidad a Carcasona, y otra vez se estaban instalando familias respetables en la ribera izquierda del río.

—Aquí viene una doncella...

Minou se sobresaltó cuando una mano le aferró un tobillo.

—¡Monsieur!

Bajó la vista y comprobó que no había mucho que temer. Eran los dedos de un borracho, demasiado débiles para agarrar con fuerza. Se soltó con una sacudida y siguió adelante, apretando el paso. Un poco más allá, un hombre joven, tal vez de unos veinte años, se apoyaba contra el muro de una de las casas que bajaban hacia el puente. La capa corta delataba que era un caballero, pero llevaba el jubón amarillo mostaza mal puesto y las calzas parecían manchadas de cerveza negra. O de algo peor.

El hombre levantó la vista para mirarla a través de la quebrada pluma azul del sombrero.

—¿Un beso, mademoiselle? Un beso de Philippe. No le costará nada. Ni un *sou*, ni un *denier*... Tampoco yo podría pagarle nada, porque nada tengo.

El joven hizo una elaborada mímica de volver al revés su bolsa y, a su pesar, Minou se sorprendió sonriendo.

—¿Nos conocemos, señora? No me parece posible, porque no podría olvidar un rostro tan agraciado si lo hubiera visto antes. Esos ojos azules... o cafés, porque parecen ser de ambos colores.

—No nos conocemos, monsieur.

—Es una pena —murmuró el hombre—. Una profunda pena. ¡Qué no daría yo por conocerla...!

Minou sabía que no debía alentarlo —incluso podía oír la voz de su madre dentro de su cabeza instándola a seguir adelante—, pero su interlocutor era joven y el tono de su voz, melancólico.

—Debería irse a la cama... —dijo.

—Philippe... —mascculló él.

—Ya es de día. Pescará un catarro si se queda sentado aquí en la calle.

—¡Una doncella tan sabia como hermosa! ¡Ojalá supiera componer poemas! Le escribiría unos versos. Palabras sabias. Sabias y hermosas.

—Que tenga su merced un buen día —se despidió Minou.

—¡Dulce señora —le gritó él, cuando ella ya se marchaba—, se merece todas las bendiciones! ¡Se merece...!

Se abrieron bruscamente unos postigos en el piso de arriba y se asomó una mujer a la ventana.

—¡Ya basta! —gritó—. ¡Desde las cuatro de la madrugada llevamos aguantando tus discursos y tus canciones, sin un instante de paz! ¡A ver si esto te cierra la boca!

Minou la vio levantar un cubo hasta el alféizar, y una cascada de agua gris y sucia cayó pared abajo y bañó al joven, que se levantó de un salto, chillando y agitando los brazos y las piernas como una víctima del baile de San Vito. Su expresión era tan desconsolada y a la vez tan cómica que Minou no pudo reprimirse y soltó una sonora carcajada.

—¡Me va a buscar la muerte! —exclamó el joven, arrojando al suelo el sombrero empapado—. ¡Si contraigo una pulmonía y me muero, mi muerte pesará sobre su conciencia! ¡Me moriré! Entonces se arrepentirá. ¡Si supiera quién soy! Soy un huésped del obispo, soy...

—¡Si te mueres, lo celebraré! —le gritó la mujer—. ¡Estudiantes! ¡La mayoría son unos holgazanes! ¡Si alguno de ustedes tuviera que trabajar para ganarse el pan, no tendría tiempo de contraer pulmonías!

Cuando cerró de golpe los postigos de madera, las mujeres que pasaban por la calle aplaudieron y los hombres gruñeron.

—No deberías permitir que te hable de esa forma —dijo un tipo con la cara picada de viruela—. No tiene derecho a dirigirse así a un caballero de tu categoría. No le corresponde.

—Deberías denunciarla al senescal —dijo otro—. Te ha atacado.

La más vieja de las mujeres se echó a reír.

—¡Ja! ¿Y por qué va a denunciarla? ¿Por echarle un cubo de agua en la cabeza? ¡Suerte ha tenido de que no fuera un orinal!

Sonriendo, Minou siguió adelante mientras el griterío se volvía más lejano y débil a sus espaldas. Cuando llegó a la altura de las cuadras donde su padre guardaba a su vieja yegua *Canigou*, se desvió hacia el puente de piedra que atravesaba el río. El Aude bajaba crecido, pero no había viento, y las aspas del molino del rey y de los molinos de sal estaban inmóviles. Al otro lado del río, la Bastide parecía serena a la luz de la mañana. En las orillas, las lavanderas ya estaban tendiendo al sol las primeras piezas de tela blanqueada. Minou se detuvo para sacar un *sou* de la bolsa y dio los cien pasos necesarios para atravesar el puente.

Una vez en el otro extremo, le entregó la moneda al guardián del puesto de peaje, que le dio un mordisco y confirmó que era buena. De ese modo, la joven conocida como Minou Joubert atravesó la frontera que dividía la vieja Carcasona de la nueva.

No permitiré que me arrebaten mi herencia.

Años yaciendo bajo su cuerpo ruin y sudoroso. Magulladuras y humillaciones. Golpes a cada sangrado menstrual. Tener que soportar sus codiciosos dedos en mis pechos y mi entrepierna. Sus manos, que me retorcían el pelo por las raíces, hasta que la sangre me teñía de rosa el cuero cabelludo. Su aliento agrio. ¿Tanta degradación a manos de un cerdo a cambio de nada? Por un testamento otorgado diecinueve años después, según dice. ¿Será su confesión en el lecho de muerte la divagación de una mente en descomposición? ¿O habrá algo de cierto en sus palabras?

Si hay un testamento, ¿dónde está? Las voces guardan silencio.

El libro del Eclesiastés dice que todo tiene su tiempo, y todo propósito bajo el cielo tiene su hora.

En el día de la fecha, con la mano izquierda sobre la santa Biblia católica y la pluma en la mano derecha, dejo constancia de mi voto solemne e inquebrantable. Juro por Dios nuestro Señor que no permitiré que la descendencia de una zorra hugonota me arrebate lo que en justicia me pertenece.

Antes los veré muertos.

4

La Cité

—Perdóneme, padre, porque he pecado. Han pasado... —Piet eligió un número cualquiera— doce meses desde mi última confesión.

Al otro lado de la reja del confesonario de la catedral de Saint-Nazaire, oyó una tos. Acercó la cara a la rejilla que separaba al sacerdote del penitente y de pronto percibió el distintivo olor del aceite para el cabello que usaba su amigo y contuvo el aliento. Curiosamente, después de tanto tiempo, un olor aún podía paralizarle el corazón.

Había conocido a Vidal diez años atrás, cuando ambos estudiaban en el Colegio de Foix, en Toulouse. Hijo de un mercader francés y de una prostituta holandesa que no había tenido más remedio que seguir ejerciendo el oficio para dar de comer a su hijo, Piet había sido un alumno excelente, aunque lastrado por su origen. Gracias a su inteligencia despierta y a unas pocas cartas de recomendación, había tenido la oportunidad de formarse en derecho canónico y civil y en teología.

Vidal, por su parte, pertenecía a una rama noble aunque caída en desgracia de una familia de Toulouse. Su padre había sido ejecutado, acusado de traición, y le habían confiscado sus tierras. Solo gracias a la intercesión de su tío, un prominente y acaudalado aliado de la familia de Guisa, lo habían admitido en el colegio.

Además de ser ambos unos marginados, la curiosidad intelectual y el amor por el estudio los habían separado aún más de sus compañeros, que en su mayoría no sentían el menor interés por los asuntos académicos. Rápidamente entablaron una estrecha amistad y comenzaron a pasar mucho tiempo juntos. Bebiendo, riendo y embarcándose en largas conversaciones nocturnas llegaron a conocer el carácter del otro más incluso que el propio, con todos sus defectos y virtudes. Cada uno era capaz de terminar las frases del otro y de adivinar lo que estaba pensando antes de que lo expresara.

Eran como hermanos.

Cuando terminaron sus estudios, no fue ninguna sorpresa para Piet que Vidal se ordenara sacerdote. ¿Qué mejor manera de recuperar el honor y la fortuna familiar que formando parte del sistema que le había arrebatado sus derechos ancestrales? Vidal ascendió deprisa en la jerarquía: de párroco en Saint-Antonin-Noble-Val a confesor de una noble familia de la Haute Vallée, y por último a canónigo de la catedral de Saint Étienne. Su nombre ya sonaba como el del futuro obispo de Toulouse.

Piet había elegido otro camino.

—¿Qué ha pasado para que te hayas alejado tanto de la gracia de Dios, hijo mío? —preguntó Vidal.

Tapándose la boca con un pañuelo, Piet se acercó un poco más a la reja que los separaba.

—Padre, he leído libros prohibidos y he encontrado en ellos muchas ideas sensatas. He escrito panfletos que cuestionan la autoridad de las Sagradas Escrituras y de los Padres de la Iglesia. He pronunciado falsos juramentos y he tomado el nombre de Dios en vano. He pecado de soberbia. He yacido con mujeres. He... dado falso testimonio.

Esa última confesión era, al menos, cierta.

Piet percibió una sofocada exclamación al otro lado de la reja. ¿Estaría Vidal escandalizado por su letanía de pecados o habría reconocido su voz?

—¿Te arrepientes de corazón por haber ofendido al Señor? —preguntó Vidal con cautela—. ¿Temes perder el cielo y te aterran las torturas del infierno?

A su pesar, Piet se sintió reconfortado por la familiaridad del ritual y le consoló saber que innumerables personas se habían arrodillado antes que él en ese mismo lugar, con la cabeza inclinada, en busca de perdón por sus pecados. Por un momento, se sintió unido a todos aquellos que mediante ese acto de contrición habían podido reincorporarse al mundo, limpios y recuperados.

Todo mentira, por supuesto. Todo falsedad. Aun así, era lo que confería a la vieja religión todo su poder y su influencia sobre el corazón y la mente de los fieles. Piet se sorprendió al notar que incluso en ese momento, después de todo lo que había visto y sufrido en nombre de Dios, no era inmune a las dulces promesas de la superstición.

—Hijo mío —insistió Vidal—, ¿por qué te has apartado de la gracia de Dios?

Ese fue el momento. No había castillos en el cielo, no era necesario que otros hombres hablaran por él en una lengua que llevaba muchos siglos muerta. Su destino estaba en sus manos. Piet tenía que darse a conocer. En otro tiempo habían sido como hermanos, nacidos con un día de diferencia, en el tercer mes del mismo año. Pero las violentas desavenencias entre ambos, cinco años atrás, no se habían resuelto y, desde entonces, el mundo había cambiado a peor.

Si Piet le revelaba a Vidal su identidad y este llamaba a las autoridades, entonces no cabría esperar ninguna clemencia.

Sabía de hombres descoyuntados en el potro de tortura por mucho menos. Aun así, si su amigo seguía siendo el hombre de principios que había sido en su juventud, aún era posible que las cosas pudieran arreglarse entre ellos.

Piet se armó de valor y, por primera vez desde que había entrado en la catedral, habló con su propia voz, con un acento que reflejaba su infancia en los callejones de Ámsterdam y los colores del Mediodía francés que había adquirido en la juventud.

—No he cumplido con mis obligaciones. He fallado a mis maestros y benefactores. Y también a mis amigos...

—¿Qué has dicho?

—A mis amigos. —Tragó saliva—. A los que más quiero.

—Piet, ¿eres tú? ¿Es posible?

—Me alegra oír tu voz, Vidal —replicó Piet, sintiendo que la emoción le atenazaba la garganta.

Entonces oyó un suspiro.

—Ese ya no es mi nombre.

—Lo fue.

—Hace mucho tiempo.

—No tanto. Cinco años.

Se hizo un silencio entre ellos. Después, Piet percibió un leve movimiento al otro lado de la reja. Casi no se atrevía a respirar.

—Mi querido amigo, yo... —empezó a decir.

—No tienes derecho a llamarme «amigo» después de lo que hiciste y dijiste. No puedo…

La voz de Vidal se apagó. La brecha entre ambos era absoluta. Entonces, Piet oyó un ruido familiar: el tamborileo de unos dedos sobre las paredes de madera del confesonario. En su juventud, cuando Vidal estaba considerando un asunto particularmente complejo de derecho o doctrina, solía hacer aquello. Marcaba un ritmo con los dedos en su escritorio, en un banco o directamente sobre el suelo, detrás del olmo, en medio del patio del Colegio de Foix. Decía que lo ayudaba a pensar con más claridad, pero era un motivo de distracción para sus tutores y los otros estudiantes.

Piet aguardó un momento, pero Vidal no dijo nada. Al final, decidió recitar las viejas palabras del catecismo, porque sabía que Vidal, como padre confesor, no tendría más remedio que contestarle.

—Por todos estos pecados y los de mi vida pasada —dijo Piet—, pido el perdón de Dios. ¿Me dará la absolución, padre?

—¿Cómo te atreves? ¡Es una ofensa grave burlarse del sagrado sacramento de la confesión!

—No es mi intención.

—Y sin embargo estás aquí, repitiendo palabras que para ti no revisten ningún valor, según tú mismo has reconocido. A menos que hayas recuperado el juicio y hayas vuelto al seno de la Iglesia verdadera...

—Perdóname. —Piet se permitió apoyar brevemente la cabeza contra la reja de madera—. No he querido ofenderte. —Hizo una pausa—. No ha sido fácil encontrarte, Vidal. Te he escrito varias veces. Esperaba verte en algún momento cuando estuve en Toulouse, el invierno pasado. —Se interrumpió otra vez—. ¿Recibiste mis cartas?

Vidal no respondió.

—¿Por qué me buscabas, Piet? Esa es la pregunta. ¿Qué quieres?

—Nada. —Piet suspiró—. Darte una explicación...

—¿Una disculpa?

—Una explicación —repitió Piet—. El malentendido entre nosotros...

—¡Malentendido! ¿Así lo llamas? ¿De ese modo has conseguido lavarte la conciencia en estos años?

Piet apoyó una mano sobre la reja.

—Sigues enfadado.

—¿Te sorprende? Te quería como a un hermano, deposité en ti toda mi confianza, y me lo pagaste robando...

—¡No! ¡No digas eso! —exclamó Piet—. Sé que crees que he traicionado nuestra amistad, Vidal, y que así los hechos parecen indicarlo. Pero te juro por mi honor que no soy un ladrón. Te he buscado muchas veces con la esperanza de salvar el abismo que se ha abierto entre nosotros.

Piet oyó suspirar a Vidal y sintió de pronto que sus palabras habían logrado perforar la coraza de su amigo.

—¿Cómo sabías que me encontrarías en Carcasona? —preguntó por fin Vidal.

—Un sirviente de Saint Étienne. Le di mucho dinero por la información, aunque también es cierto que le pagué generosamente por entregarte mis cartas y no parece que lo haya hecho.

Piet apoyó una mano sobre la cartera de cuero que llevaba colgada del hombro. Estaba en Carcasona por otra misión. Era una extraña coincidencia que tras haber abandonado toda esperanza de volver a ver a Vidal lo hubiera encontrado esa mañana. Una coincidencia. ¿Qué otra cosa habría podido ser? Los que sabían que Piet se encontraba en Carcasona podían contarse con los dedos de una mano. Se había guardado para sí todos los detalles de su viaje. Nadie sabía dónde se alojaba.

—Lo único que te pido, Vidal —dijo con voz firme—, es una hora de tu tiempo..., media hora si no quieres concederme más. La brecha que hay entre nosotros me duele en el corazón.

Se interrumpió. Sabía que si se empeñaba en presionar a su amigo obtendría el resultado contrario. Podía oír los latidos regulares de su propio corazón mientras esperaba. Todas las palabras dichas y calladas desde la feroz discusión que había puesto fin a su amistad parecían flotar en el aire.

—¿Robaste el sudario? —preguntó Vidal.

No había calidez en su voz, y aun así Piet vislumbró un atisbo de esperanza. El hecho de que Vidal formulara la pregunta significaba que al menos dudaba de la culpabilidad de Piet respecto a la acusación que pesaba contra él.

—No lo robé —respondió con voz serena.

—Pero sabías que intentarían robarlo...

—Vidal, hablemos fuera de aquí, e intentaré responder a todas tus preguntas. Te doy mi palabra.

—¡Tu palabra! ¡La palabra de un hombre confeso de haber prestado falso testimonio! ¡Tu palabra no vale nada! Te lo vuelvo a preguntar. Aunque no haya sido tu mano la que tomó la reliquia, ¿sabías que se iba a cometer el crimen? ¿Sí o no?

—No es tan simple —dijo Piet.

—Sí lo es. O eres un ladrón, aunque solo sea de pensamiento y no por tus actos, o tienes la conciencia tranquila.

—No hay nada simple en este mundo, Vidal. Como sacerdote, deberías saberlo mejor que nadie. Por favor, amigo mío. —Hizo una pausa y volvió a decirlo en su lengua—. *Alsjeblieft, mijn vriend.*

Detrás de la reja, Piet notó que Vidal retrocedía, y supo que sus palabras habían dado de lleno en la diana. En su época de estudiantes, le había enseñado a su amigo algunas frases en su lengua materna.

—Eso ha sido un golpe bajo.

—Deja que te exponga mi versión del asunto —replicó Piet—. Si no consigo persuadirte para que tengas mejor opinión de mí, entonces por mi honor te garantizo que...

—¿Qué? ¿Que te entregarás a las autoridades?

Piet suspiró.

—Que no volveré a molestarte.

Repasó mentalmente las horas que tenía por delante. Su cita era al mediodía, pero a partir de entonces disponía de todo el tiempo del mundo. Tenía intención de regresar de inmediato a Toulouse, pero, si Vidal estaba dispuesto a reunirse con él, tendría una buena razón para posponer su partida hasta la mañana siguiente.

—Si no te parece prudente hablar aquí en la Cité, Vidal, ven a la Bastide. Me alojo en una pensión de la rue du Marché. La propietaria, madame Noubel, es una viuda muy discreta. Nadie nos molestará. Excepto durante una hora, al mediodía, estaré allí toda la tarde y la noche.

Vidal se echó a reír.

—No me parece buena idea. En la Bastide sienten más simpatía por los hombres de tus inclinaciones, si me permites decirlo, que por las personas como yo. Mis hábitos me delatarían. No me arriesgaría a recorrer esas calles.

—En ese caso —insistió Piet—, iré a verte a tu casa. O a donde tú quieras. Elige sitio y hora, y allí estaré.

Los dedos de Vidal comenzaron a tamborilear otra vez sobre la reja de madera. Piet rezaba para que su viejo amigo no hubiera perdido la curiosidad. Era una cualidad peligrosa para un sacerdote, como tantas veces se lo habían advertido sus profesores del Colegio de Foix, donde la sumisión y la obediencia eran las virtudes más apreciadas.

—Seré como la niebla dentro de la bruma —lo tranquilizó Piet—. Nadie me verá.

5

El tamborileo se volvió más fuerte e insistente. Después, de forma tan abrupta como había empezado, Vidal se detuvo.

—De acuerdo —dijo.

—*Dank je wel.* —Piet susurró su agradecimiento—. ¿Dónde podré encontrarte?

—Tengo mis habitaciones en la rue de Notre Dame, en la parte más antigua de la Cité —respondió Vidal en tono enérgico, ahora que había tomado una decisión—. Es una hermosa casa de piedra de tres plantas. Inconfundible. Tiene un jardín detrás. Me ocuparé de que la verja quede abierta. Ven después de las completas. A esa hora hay poca gente en la calle, pero procura que no te vean. Ve con mucha precaución. Nadie debe relacionarnos.

—Gracias —repitió Piet.

—No me lo agradezcas —respondió Vidal secamente—. Solo puedo prometerte que te escucharé.

De repente un ruido reverberó en el suelo de la nave. Un chirrido, seguido del roce de las pesadas puertas de la fachada norte sobre las losas de piedra.

¿Otro penitente que acudía al alba a confesarse?

Piet se maldijo por haber actuado impulsivamente, pero la sorpresa de ver a Vidal caminando solo por la catedral le había parecido una casualidad demasiado afortunada para dejarla escapar. La parte más profunda de su alma, criada en la fe de los milagros y las reliquias, lo había visto como una señal. Pero era el hombre, y no Dios, quien hacía funcionar el mundo.

Oyó pasos y se llevó la mano a la daga. ¿Por cuántas puertas se podía entrar y salir de la catedral? Por varias, sin duda, pero no había tomado la precaución de anotarlas mentalmente. Aguzó el oído. ¿Los pasos eran de dos personas y no de una? Suaves, como para que no los oyeran.

—¿Piet?

—No estamos solos —susurró.

Con la punta de la hoja del cuchillo levantó la cortina y escudriñó la vasta inmensidad de la nave. Al principio no vio nada. Después, a la débil luz matinal que se filtraba por las vidrieras detrás del altar, distinguió a dos hombres que avanzaban empuñando sus armas.

—¿Es habitual que los soldados de la guarnición entren armados en un lugar de culto? —preguntó—. ¿Sin el permiso del obispo?

En Toulouse, eran corrientes los altercados entre hugonotes y católicos, por lo que siempre había muchos hombres armados en las calles, tanto de las milicias privadas como de la guardia de la ciudad. Piet no esperaba que ese nivel de agitación se hubiera extendido hasta Carcasona.

—¿Son de la guarnición? —preguntó Vidal en tono de urgencia—. ¿Llevan el escudo real bordado?

Piet forzó la vista en la penumbra.

—Veo muy poco con esta luz.

—El uniforme del senescal es azul.

—Estos hombres van de verde. —Piet bajó un poco más la voz—. Si te lo preguntan, Vidal, niega que me conoces. No has visto a nadie. No ha venido nadie a confesarse esta mañana. Ni siquiera un soldado se arriesgaría a la condena eterna por hacerle daño a un sacerdote en un confesonario.

La incertidumbre le atenazó la garganta. Eran tiempos sangrientos y convulsos. Por todo lo que había presenciado en su viaje al sur, hacia el Languedoc, sabía que las iglesias habían dejado de ser un refugio seguro, si alguna vez lo habían sido. Volvió a mirar. Los soldados habían atravesado el transepto y estaban registrando la capilla lateral, detrás del presbiterio. No pasaría mucho tiempo antes de que desplazaran la atención al lado de la catedral donde él se encontraba. No podía dejar que lo descubrieran.

—He entrado por la puerta del norte —le susurró a Vidal—. ¿Qué otras salidas hay, aparte de esa?

—Hay una puerta que comunica con el palacio del obispo en la fachada oeste, y otra bajo el rosetón, aunque me temo que a esta hora estará cerrada. —Hizo una pausa—. En la esquina sureste de la catedral hay otras dos puertas. Una de ellas conduce a la tumba del obispo Radulfo, que no tiene salida. La otra, a la sacristía. Por ahí no puede pasar nadie, excepto el obispo y sus acólitos. Conduce directamente a los claustros.

—¿No estará cerrada también la puerta de la sacristía?

—Permanece siempre abierta, para que los canónigos puedan entrar y salir día y noche. Una vez fuera, si dejas a la derecha los edificios del refectorio y la enfermería, llegarás a la verja que se abre a la place Saint-Nazaire.

Las campanas empezaron a repicar la hora, con un bronco clamor que llenó los vastos espacios vacíos y ofreció a Piet la protección que necesitaba.

—Hasta esta noche —dijo.

—Rezaré por ti —replicó Vidal—. *Dominus vobiscum.*

Piet se agachó para pasar por debajo de la pesada cortina roja y corrió hasta el más cercano de los enormes pilares de piedra. Hizo una breve pausa y dio unas cuantas zancadas hasta el siguiente. A medida que los soldados se desplazaban por la otra nave lateral avanzó en sentido contrario, sigilosamente, hacia la puerta que conducía a la sacristía. Giró el pomo. Pese al convencimiento de Vidal, estaba cerrada.

Maldijo entre dientes. Miró a su alrededor y descubrió que la llave colgaba de un gancho clavado a la pared de piedra. La tomó y la metió como pudo en la cerradura. No encajaba bien, y al principio no consiguió hacerla girar, pero cuando ya comenzaban a apagarse los ecos de la última campanada, el cierre cedió con un sonoro chasquido metálico.

Hizo demasiado ruido. Los soldados se volvieron en su dirección. El más alto de los dos, con una profunda cicatriz en la mejilla izquierda, se bajó la visera del casco.

—¡Alto ahí! ¡Deténgase!

Pero Piet ya había franqueado la puerta. La cerró de un golpe a sus espaldas y colocó un banco de madera a modo de cuña para inmovilizar el picaporte. La barricada no duraría mucho, pero al menos impediría el rápido avance de sus perseguidores.

Echó a correr en zigzag por los jardines, saltando los setos bajos de boj, hasta el huerto de plantas medicinales. Mientras dejaba atrás los edificios capitulares, divisó la verja en el extremo más alejado el claustro y se encaminó hacia ella. Un novicio se le cruzó en el camino y no pudo evitar chocar con él y derribarlo. Piet se limitó a levantar un brazo a modo de disculpa, pues no podía detenerse. Sentía los músculos ardiendo y la garganta seca, pero siguió corriendo tanto como pudo hasta llegar a la verja. Nada más alcanzarla, la abrió de par en par y se perdió en el laberinto de callejuelas de la Cité.

6

La Bastide

Las campanas estaban dando las ocho cuando Minou atravesó la puerta de los Cordeleros y entró en la Bastide. Entre sus recuerdos más lejanos figuraba el de estar sentada en la falda de su madre, escuchando viejas historias sobre el origen de las dos Carcasonas, el asentamiento romano de Carcasso en la colina, la invasión de los visigodos en el siglo v y, setecientos cincuenta años después, la conquista sarracena y la leyenda de la Dama Carcas. Y, más adelante, el ascenso y la trágica caída de la dinastía Trencavel y la matanza de los cátaros que el joven vizconde se había empeñado vanamente en proteger.

—Si ignoramos los errores del pasado —solía decir Florence—, ¿cómo haremos para no repetirlos? La historia es nuestra maestra.

Minou conocía cada rincón, cada piedra y cada portal de la Cité como los ritmos de su propio corazón: el modo en que el carrillón de la catedral de Saint-Nazaire parecía tropezar entre la undécima y la duodécima nota de la escala; la forma en que las viñas del valle más allá de la puerta del Aude cambiaban de color al aproximarse la vendimia, del gris plata al verde y del verde al rojo carmesí; y la manera en que el sol invernal incidía a mediodía sobre el cementerio, para calentar a aquellos —como su madre— que reposaban bajo la tierra fría.

Se sentía muy afortunada por haber nacido en ese lugar y poder considerarlo su hogar. Adoraba su casa en la Cité, pero le gustaban aún más el bullicio y el movimiento de la Bastide Saint-Louis. La ciudadela hundía sus raíces en el pasado y era esclava de su propia historia. La Carcasona de abajo, en cambio, tenía la vista puesta en el futuro.

Un tembloroso aro de madera se interpuso rodando en el camino de Minou, que lo recogió y se lo entregó a su dueña, una niña con la cara sucia de hollín y un pañuelo azul atado al cuello.

—*Merci* —dijo la pequeña con una risita traviesa, antes de salir corriendo a esconderse tras la falda de su madre.

Minou sonrió. Había jugado muchas veces en esas calles y sabía que los pavimentos lisos de la Bastide eran mucho más apropiados para hacer girar el aro que las calles empedradas de la Cité.

Siguió subiendo por la rue Carrière Mage, esquivando la masa de carros tirados por caballos o bueyes, y sorteando los perros y los gansos, sin dejar de pensar en su madre. Le vino a la memoria una imagen de sí misma a los ocho años, cuando estudiaba sus lecciones sentada a la mesa de la cocina, por la tarde. El sol entraba a raudales por la puerta trasera abierta e iluminaba el pizarrón y los gises. La voz clara y paciente de su madre convertía el estudio en una sucesión de maravillosas historias.

—La Bastide fue fundada a mediados del siglo XIII, cincuenta años después de la cruzada sangrienta durante la cual el vizconde de Trencavel fue asesinado en su castillo y la Cité perdió su independencia. En castigo por rebelarse contra la corona, San Luis expulsó a todos los habitantes del antiguo asentamiento y les ordenó que construyeran una ciudad nueva en las marismas y los pantanos de la ribera izquierda del río Aude, con dos calles principales, de norte a sur y de este a oeste, así y así... —Florence dibujó en un papel las líneas de la ciudad—. ¿Lo ves?

Y después, aquí, otras calles más pequeñas en medio. Las dos iglesias, Saint-Michel y Saint-Vincent, tomaron su nombre de los suburbios medievales de la Cité que destrozaron los cruzados de Simón de Montfort.

—Parece una cruz.

Florence asintió.

—Una cruz cátara, así es. Los primeros en establecerse en la Bastide llegaron en el año 1262. Era una ciudad de refugiados, de gente honesta expulsada de sus casas por la fuerza. Al principio, la Bastide vivió a la sombra majestuosa de la ciudadela fortificada. Sin embargo, poco a poco, la nueva Carcasona empezó a prosperar. El tiempo siguió su curso y pasaron los siglos. Mientras en París las guerras contra Inglaterra, Italia y Flandes vaciaban las arcas reales, la Bastide resistió muchos años de peste y hambrunas, y creció en fortuna y en influencia. Lana, hilo y sedas. La Carcasona de la colina fue eclipsada por la Carcasona del valle.

—¿Qué significa *eclipsada*? —había preguntado Minou, y su madre la había recompensado con una sonrisa.

—Significa que la empequeñeció, que le restó importancia —replicó Florence—. En la Bastide, los oficios establecieron sus tiendas y talleres en diferentes calles. Los boticarios y notarios en un sitio, los cordeleros y comerciantes de lana en otro. Los impresores y libreros prefirieron la rue du Marché.

—¿Como papá?

—Sí, como papá.

Los recuerdos comenzaron a desdibujarse, como sucedía siempre, y Minou volvió a encontrarse sola en esa luminosa mañana de febrero, con una familiar sensación de pérdida. Todavía conservaba el dibujo de su madre, aunque los trazos se habían vuelto mucho más tenues, y aún lo utilizaba para enseñarle a Aimeric y a Alis lo que su madre le había enseñado a ella en otro tiempo.

Decidió concentrarse entonces en el día que tenía por delante y se adentró en el amplio espacio de la Grande Place. Los puestos más codiciados eran los del mercado cubierto del centro y los que se sucedían bajo los pórticos de piedra en torno a la plaza. Incluso durante la Cuaresma, la plaza era un estallido de color y actividad comercial en los días de mercado. Minou intentó disfrutar del espectáculo. Buhoneros cargados de jaulas de aves salvajes y caperuzas bordadas para aves de cetrería pregonaban sus mercancías a los viandantes vestidos para la ocasión.

Pero en el fondo, pese al ambiente alegre y bullicioso, Minou tenía el espíritu atormentado. Un viento gélido recorría el Languedoc. Aunque Carcasona estaba a dos semanas de viaje de las poderosas ciudades del norte y las costumbres del sur eran diferentes, la joven tenía miedo de que la fama de liberal de su tienda, que vendía libros para todos los gustos religiosos, chocara en algún momento con la creciente intolerancia de los últimos tiempos.

Bernard Joubert era un católico devoto que mantenía las viejas prácticas tanto por costumbre como por convicción. Pero su esposa combinaba su habilidad para los negocios con una mente inquisitiva. La tolerancia corría por sus venas, como su sangre occitana. Había sido ella quien le había sugerido poner a disposición de sus clientes los libros que muchos querían leer: textos de santo Tomás de Aquino y de san Pablo, de Zuinglio y de Calvino, obras religiosas en inglés y opúsculos en holandés.

—Al final nos reuniremos todos en el reino de los cielos —solía decirle a su marido cuando lo veía vacilante—, sea cual sea el camino que sigamos en este mundo. Dios es más grande de lo que cualquier hombre pueda comprender. Lo ve todo y perdona nuestros pecados. Solo espera de nosotros que lo sirvamos de la mejor manera posible.

La intuición de Florence no había fallado y los negocios habían prosperado. La reputación de Joubert creció. Se extendió su fama de disponer de obras sobre religión impresas en Ginebra, Ámsterdam, París, Amberes y Londres, y tanto coleccionistas como ciudadanos corrientes encontraron el camino a su puerta. Los manuscritos de los monasterios y conventos ingleses saqueados en la época del viejo rey Enrique, que para entonces circulaban con libertad por todo el Mediodía, alcanzaban precios particularmente elevados. Las obras más solicitadas eran las traducciones al francés de los Salmos, por Marot, y las ediciones de los Evangelios que el propio Bernard componía en su imprenta. Gracias a la librería, Bernard había sido capaz de levantarse cada mañana, cuando el dolor por la muerte de Florence había estado a punto de hacerlo claudicar.

Pero eso había sido antes.

Unas semanas atrás, las persianas de la tienda habían aparecido embadurnadas con burdas acusaciones de blasfemia. Bernard le había restado importancia al asunto, diciendo que se trataba simplemente de la obra de unos vándalos que ensuciaban por el placer de ensuciar. Minou esperaba que tuviera razón. Aun así, desde el incidente, se había notado una clara disminución del número de personas que visitaban la librería. Incluso a los más fieles clientes les preocupaba ver su nombre asociado al de un librero que quizá figurara ya en alguna de las listas de herejes de París o Roma. La madre de Minou habría aceptado con entereza el desafío. Bernard no fue capaz. El negocio iba de mal en peor y los ingresos caían en picada.

La joven se detuvo en uno de sus puestos preferidos del mercado, donde compró un pastelito de hinojo y galletas de agua de rosas para Alis y Aimeric. Pasó por el taller del pintor de retratos; saludó a madame Noubel, que estaba barriendo los peldaños de la entrada de su pensión, y pasó sin detenerse delante de la tienda del vendedor de tinta, plumas, pinceles y atriles. Su dueño, monsieur Sanchez, era un converso español que había huido de las llamas de la Inquisición en Barcelona y se había visto obligado a abjurar de su fe judía. Era un hombre de buen corazón, y su esposa holandesa, con un ramillete de hermosos chiquillos de piel morena agarrados perennemente a su falda, tenía siempre un poco de bizcocho o un trozo de fruta confitada para los niños mendigos que llegaban a la Bastide desde los pueblos vecinos.

El vecino de al lado era un librero rival, un hombre pendenciero de la Montagne Noire que se especializaba en libros de mala reputación, versos salaces y panfletos provocadores. Sus persianas, agrietadas y necesitadas de aceite, estaban cerradas a cal y canto. Minou no lo veía desde hacía días.

Se detuvo delante de la puerta pintada de azul de su tienda e hizo una inspiración profunda. Se dijo que, evidentemente, la familiar fachada tendría el mismo aspecto de siempre. La puerta estaría cerrada con llave y nadie habría intentado forzarla. Las persianas estarían intactas. El cartel —B. JOUBERT — COMPRAVENTA DE LIBROS— colgaría como siempre de sus ganchos de metal, clavados al muro de piedra. No se habría repetido el ataque que tuvo lugar varias semanas atrás.

Minou miró.

Todo en orden. Se le deshizo el nudo del estómago. No había nada fuera de lugar. Ningún signo de destrucción ni de desorden, ninguna intromisión. Todo estaba tal como lo había dejado la tarde anterior.

—¡Buenos días! —gritó Charles—. Nos espera más frío.

Minou se volvió. En la esquina de la rue du Grand Séminaire estaba el hijo mayor de monsieur Sanchez, que la saludaba con la mano. Era vigoroso y lozano, pero un poco corto de entendederas. Un niño en el cuerpo de un hombre.

—Buenos días, Charles —le respondió ella.

El vecino siguió hablando, con una sonrisa en el ancho rostro y un brillo en los ojos vacíos.

—En febrero el viento es cruel —dijo—. Frío, frío y más frío.

—Así es.

—Pero tendremos un día despejado, o al menos eso dicen las nubes.

Señaló el cielo con ambas manos, con un extraño movimiento de aleteo, como si estuviera ahuyentando gansos. Minou levantó la vista. Finas franjas de nubes blancas, como cintas, se superponían sobre el rosado sol del alba. El hombre se llevó un dedo a los labios.

—¡Silencio! Las nubes tienen secretos para quienes las saben escuchar.

Minou asintió.

Charles se la quedó mirando, como si acabara de verla, y empezó otra vez la conversación.

—¡Buenos días! Nos espera más frío, por lo visto. Pero el día será despejado.

Para no quedar enredada en una maraña de frases repetitivas, Minou le enseñó las llaves e hizo la mímica de abrir la puerta.

—Ahora, a trabajar —dijo mientras entraba en la tienda.

El interior del local estaba oscuro, pero el familiar olor a cuero, grasa y papel le anunció que todo estaba tal como lo había dejado: el charco de cera amarilla, frío en el mostrador; el tintero y la pluma de su padre; una pila de nuevas adquisiciones a la espera de ser catalogadas y colocadas en los estantes; y el libro de contabilidad sobre el escritorio.

Se dirigió a la pequeña trastienda a buscar la caja de yesca. La imprenta estaba en silencio, con las bandejas de letras de hierro a su lado; no se habían usado desde hacía varias semanas. El cuadrado de luz que se derramaba por la ventana diminuta revelaba una fina capa de polvo sobre el estante de madera donde se apilaban los rollos de papel. Minou lo limpió con la yema de un dedo.

¿Volvería a escuchar alguna vez el traqueteo de la imprenta? Su padre había perdido todo interés en leer libros y más aún en imprimirlos. Aunque aún conservaba la costumbre de sentarse junto al fuego con un libro abierto sobre el regazo, casi nunca llegaba a pasar una página.

Minou fue a por la yesca, la golpeó contra la piedra hasta conseguir una chispa y volvió a la sala principal. Con esa llama prendió una vela nueva, la puso sobre el mostrador y procedió a encender las lámparas. Solo entonces, cuando la luz hubo inundado la tienda, reparó en la esquina de un sobre blanco que asomaba por debajo del tapete de la puerta.

Lo recogió. El papel era de buena calidad y la tinta, negra; pero la caligrafía era basta y todas las letras estaban en mayúsculas. La misiva no iba dirigida a su padre, sino a ella, con su nombre y apellido: MADEMOISELLE MARGUERITE JOUBERT. Frunció el ceño. Era la primera vez que recibía una carta. Todas las personas que conocía, a excepción de sus tíos de Toulouse, que estaban distanciados de su padre, vivían en Carcasona. Y, además, todos la conocían por su apodo: «Minou». Nadie la llamaba Marguerite.

Volteó el sobre y su interés aumentó. Estaba sellado con un escudo familiar, pero estaba agrietado. ¿Lo habría roto ella al recogerlo? Además, daba la impresión de que el lacre se había aplicado precipitadamente, porque el pergamino a su alrededor estaba manchado con gotas dispersas de cera roja. En el sello, dos iniciales, una B y una P, aparecían a los lados de una especie de bestia mítica semejante a un león, con garras y una doble cola entrelazada. A sus pies había una inscripción demasiado pequeña para poder distinguirla sin una lente de aumento.

En el intervalo entre dos respiraciones, Minou sintió que algo relumbraba en su interior. Era el recuerdo de una imagen semejante a la del sobre, en lo alto de una puerta, y de una voz que cantaba una nana en la antigua lengua.

Bona nuèit, bona nuèit...
Braves amics, pica mièja-nuèit.
Cal finir velhada.

Frunció el ceño. Su mente consciente no entendía las palabras, pero tenía la sensación de que bajo la superficie el significado estaba claro.

Recogió del mostrador el cuchillo de cortar papel, insertó la punta por debajo del pliegue y terminó de romper el sello. En el interior de este había una sola hoja, que daba la impresión de haber sido reutilizada. En la parte alta, la escritura quedaba oculta por algo que parecía hollín. Pero al pie de la misiva había cinco palabras claramente escritas con tinta negra, por la misma mano torpe que había trazado las letras de su nombre.

ELLA SABE QUE ESTÁS VIVA

Minou sintió que se le helaba la sangre. ¿Qué significaba eso? ¿Era una amenaza o una advertencia? Entonces sonó la campanilla de latón de la puerta, que reverberó como un estallido en el silencio de la tienda.

Como no quería que nadie viera la carta, se la guardó enseguida en el forro de la capa, y después se volvió con su sonrisa de comerciante en la cara. La jornada laboral había comenzado.

El ruido de la pluma al arañar el papel. La tinta viscosa que mancha de negro las páginas blancas. Cuanto más escribo, más tengo que decir. Cada historia hace nacer una historia nueva, y esta da paso a otra más.

No hay secretos en un pueblo. Aunque el tiempo borra los recuerdos, al final siempre hay alguien que habla, convencido por una moneda en la mano, un garrote en la espalda o la curva de un seno bajo un atuendo estival. Con el paso de los años, las historias que habían de permanecer ocultas y las que siempre han estado a la vista acaban por confundirse.

No hay nada ni nadie que no pueda comprarse. Información, un alma, una promesa de progreso o un soborno para que nos dejen en paz. Una carta entregada por un sou. *Una reputación arruinada por el precio de una hogaza de pan. Y cuando fallan el oro y la plata, siempre queda la punta de un cuchillo.*

El coraje es un amigo que solo nos acompaña en los buenos momentos.

Sigo escribiendo. Los hombres son criaturas frágiles, fáciles de convencer. Lo aprendí sobre las rodillas de mi padre. Mi educación en las artes de la seducción me viene de él, aunque entonces yo no sabía que era pecado. Desconocía que era un acto contra natura. Me dijo que era su derecho hacer de mí una mujer, aunque yo tenía tan solo diez años y no sabía nada de la vida. Fui obediente. Tenía más miedo de sus palizas que de lo que me hacía por las noches en su cuarto. Muy pronto aprendí también que cuando lloraba se ponía furioso y me castigaba más duramente. La debilidad no inspira compasión, sino desprecio.

Él fue el primero. Lo maté cuando lo sorprendí con la guardia baja, con la espada tirada en el suelo de su habitación y sus bajos apetitos satisfechos. El veneno me lo proporcionó un boticario ambulante, al que pagué con la mercancía que las mujeres jóvenes se ven obligadas a pagar a los hombres.

¡Qué fácil es parar los latidos de un corazón!

La comadrona fue la segunda. Tardó más tiempo en morir, halagada por mi visita. Su casa blanca de una sola planta estaba casi a las afueras del pueblo. La cerveza y un buen fuego le soltaron la lengua. Estaba feliz de tener quien escuchara sus inconexas reminiscencias sobre los hijos estúpidos que había ayudado a traer al mundo.

Las brumas del pasado nublaban sus ojos lechosos. Habían transcurrido muchos inviernos. Recordaba un nacimiento, sí, pero había jurado no revelar nada al respecto. ¿Cuántos años? ¿Doce, veinte? No lo recordaba. Podía dar su palabra de que no lo recordaba. ¿Niño o niña? No podía decir ni una cosa ni la otra. Durante todos esos años había cumplido su palabra. No era ninguna chismosa.

¡La muy imbécil de dientes partidos! Era demasiado presuntuosa. La perdió la soberbia. Y como bien nos instruyen los Proverbios, la soberbia es un pecado a los ojos de Dios y, como todos los pecados, siempre tiene su castigo. Noté un brillo diferente en su mirada cuando descubrió que yo no era su amiga. Pero para entonces ya era tarde.

La piel colgante se le amoratá enseguida con la presión de mis manos. Los ojos blanquecinos se le volvieron rojos. Una almohada con la funda manchada de amarillo por el humo y el sudor de sus muchos años. No pensé que fuera a resistirse tanto. Se debatió y pataleó con sus flacas extremidades mientras yo le apretaba la tela sobre la boca y la nariz. Debería estar agradecida de que le limpiara el alma de un pecado tan severo antes de enviarla al otro mundo.

Desde allí fui a la parroquia y solo me confesé de mis pecados veniales. Lo de la comadrona quedó en secreto entre Dios y yo. No era necesario que el cura se enterara de que la había despachado. En la cabeza oigo solamente la voz del Señor, y nada más. Le elevé una plegaria de arrepentimiento y Él me concedió su absolución, porque sabía que mi contrición era sincera.

Después le proporcioné a mi confesor el consuelo al que aspiran los hombres, incluso cuando se encuentran muy cerca del corazón de nuestro Señor.

7

La Cité

Resguardado en el portal del boticario, Piet observaba la calle. Nubecillas de vapor se desprendían del empedrado. Todo parecía relucir con una promesa de futuro. No había rastro de sus perseguidores.

Salió del portal haciéndose una y otra vez la misma pregunta: ¿habría interpretado mal la situación? ¿Había alguna probabilidad de que los soldados conocieran su identidad? No, ninguna. ¿No era más verosímil que lo hubiesen visto entrar con sigilo en la catedral —a él, un extraño en Carcasona— y lo hubieran seguido para investigar? Corrían muchos rumores acerca de sacerdotes atacados mientras rezaban. Había reaccionado como si fuera culpable y por eso lo habían perseguido.

Por otro lado, tampoco podía descartar que hubiera algo más. Estaba seguro de que nadie lo había seguido en el camino de Toulouse a Carcasona. Había recorrido un camino particularmente tortuoso por el Lauragués, y si alguien hubiera ido tras él, lo habría notado. Desde que había llegado a la ciudad había extremado las precauciones. Había dejado a su yegua en una cua-dra de Trivalle y no le había revelado a nadie que se alojaba en la Bastide, hasta que un momento antes se lo había dicho a Vidal.

Cara o cruz. Una tirada de dados. ¿Debía quedarse en Carcasona o marcharse enseguida, cuando aún era libre? ¿Circularía ya su descripción entre los hombres de armas? ¿Lo buscarían más soldados? ¿Se habría convertido en un peligro para sus camaradas? Pese a todas las precauciones, ¿habría un espía en el grupo, ya fuera en Toulouse o entre aquellos con los que debía parlamentar ese mediodía? En teoría, todos los habitantes de Carcasona eran renegados y su lealtad estaba garantizada, pero Piet había pasado suficiente tiempo en el enorme crisol de Londres para saber que cualquiera de ellos podía ser un traidor. Aun así, era reacio a renunciar al encuentro sin un motivo sólido.

Solamente se preguntaba si debía quedarse hasta la noche y reunirse con Vidal o marcharse. No quería llevar el conflicto a casa de su amigo, pero le pesaba mucho el distanciamiento entre ambos. Vidal era la primera persona —la única— que le había llegado al corazón después de su madre, muerta años atrás. Si se marchaba de Carcasona sin volver a verlo, perdería la oportunidad de aclarar las cosas entre ellos. Quizá para siempre.

Siguió andando hacia el lugar donde Vidal le había dicho que vivía, en la parte más antigua de la Cité. Unos ladrillos rojos romanos se adivinaban entre las piedras grises de las torres, y no le costó encontrar la casa. Examinó el cerrojo de la verja del jardín; observó que había una taberna enfrente, donde podría pasar las horas que mediarían entre el encendido de las farolas y su reunión con Vidal, y siguió adelante.

Numerosas mujeres y niños se arremolinaban en torno a una fuente, cargados con cubos, aguardando su turno para sacar agua del pozo. Iban bien vestidos y parecían sanos, en abierto contraste con muchos de los niños de las calles de Toulouse. Una niñita de frondosos rizos negros le hizo una mueca de desagrado a un chico de buen aspecto, de unos trece años.

Sin prestar atención a su hermana, el chico siguió bromeando con dos chicas mayores que él. Una de ellas, que parecía ser lechera, era muy vivaz y tenía un tono rosado muy bonito en las mejillas arreboladas y un animado brillo en los ojos cafés. Su amiga era menos afortunada. Tenía la cara picada de viruela y los hombros encorvados, como si siempre estuviera esforzándose por pasar inadvertida.

El chico apoyó el cubo lleno sobre el borde del pozo y le dio un beso en los labios a la chica más guapa.

—¡Aimeric! ¿Cómo te atreves? —exclamó ella—. ¡Eres demasiado osado!

—¡Ja! ¡Si no quieres que te besen, no deberías ser tan guapa, Marie!

—¡Se lo contaré a mi madre!

El chico fingió desmayarse.

—No es manera de tratar a un admirador enfermo de amor por ti.

Y, diciendo esto, le lanzó un beso al aire. Esta vez la chica tendió la mano, como para atrapar al vuelo el testimonio del amor del muchacho. Piet no tuvo más remedio que sonreír. ¡Qué no habría dado por volver a ser joven y despreocupado!

—*Adieu*, Aimeric —dijo Marie.

El chico tomó a su hermana de la mano.

—Ven, Alis —dijo, y los dos entraron en una casa cercana, con un rosal trepador sobre el dintel.

Piet notó que la chica menos guapa se quedaba mirando la puerta cerrada, con una mezcla de envidia y anhelo en la mirada, y sintió pena por ella.

Siguió bajando por la rue Saint-Jean y atravesó la muralla interior en dirección a la liza. Más adelante, una puerta estrecha conducía directamente al exterior.

—*En garde.*

En el campo inclinado, dos jóvenes vestidos con ricos ropajes, pertenecientes sin duda a la familia del senescal, practicaban esgrima bajo la atenta mirada de un maestro.

—Paso, bloqueo. Paso, bloqueo. ¡No!

El entrechocar de sus floretes de prácticas resonaba con estrépito mientras arremetían el uno contra el otro, y luego volvían a embestir. Ninguno de los dos jóvenes era especialmente ágil ni parecía tener particular interés en la lección, pero el maestro era implacable. A Piet nadie le había enseñado a pelear. Había aprendido por sí solo a defenderse con los puños, con palos, con una daga, con la espada o con cualquier cosa que pudiera servirle. Sus métodos eran poco elegantes pero eficaces.

—Otra vez. Inténtenlo una vez más.

No había nadie montando guardia en la puerta. Una nubecilla de vapor que se elevaba en el aire frío señalaba el lugar adonde el hombre de armas había ido a hacer sus necesidades. Piet siguió la línea de la barbacana hasta el río y a continuación volvió sobre sus pasos hasta la cuadra donde había dejado a su montura la noche anterior.

—Puede que necesite a mi yegua esta noche, o quizá mañana al alba —le anunció al mozo mientras le depositaba en la mano una generosa propina—. ¿Puedes tenérmela lista?

—Lo que diga el señor.

—Y habrá otro *sou* para ti si mantienes la boca cerrada. No es necesario que nadie se entere de mis asuntos.

El muchacho sonrió, dejando al descubierto un hueco en la dentadura.

—No lo he visto, monsieur.

8

La Bastide

Fue una mañana agitada en la tienda. Minou casi no tuvo un momento para sí misma.

Solo pasadas las once pudo arrastrar hasta la puerta el taburete alto de su padre y sentarse para descansar los pies. Comió el pastelito de hinojo acompañado con un poco de cerveza y jugó a las palmitas con los niños más pequeños de los Sanchez hasta que le dolieron las manos. Intrigada por la procedencia de la carta, preguntó a los vecinos con fingida indiferencia si alguno de ellos había visto a alguien acercarse a la tienda de madrugada. Pero nadie había visto ningún movimiento.

Las campanas aún estaban dando el último cuarto antes del mediodía cuando Minou oyó un griterío. Reconoció enseguida la voz de madame Noubel y salió a saludarla.

Cécile Noubel era muy conocida en la rue du Marché. Había enterrado a dos maridos, el último de los cuales le había dejado en herencia la posada. En el otoño de su vida tenía finalmente la libertad de vivir a su gusto.

—Son órdenes del senescal —estaba diciendo el más joven de los soldados, un muchacho de mejillas sonrosadas, con unos pocos pelos solitarios en la barbilla y aspecto de no tener edad para ir armado.

—¿El senescal? El senescal no tiene autoridad en la Bastide; no es su jurisdicción. En todo caso, no tiene ninguna autoridad en mi posada. Pago mis impuestos y conozco mis derechos. —La mujer se cruzó de brazos—. Además, ¿cómo saben que el malhechor se aloja en mi casa?

—Lo sabemos de buena fuente —respondió el muchacho.

—Basta ya —lo interrumpió el capitán. Robusto y de hombros anchos, tenía una espesa barba castaña y una cicatriz vertical que le recorría toda la mejilla izquierda—. Pesa sobre usted la sospecha de haber acogido a un conocido delincuente. Según nuestra información, se aloja en la Bastide. Tenemos autoridad para registrar todos los lugares donde pueda esconderse, incluida su posada.

Otros vecinos habían salido a la calle para ver a qué venía tanto alboroto o estaban mirando desde las ventanas de los pisos superiores. Madame Noubel se plantó delante de la puerta de su casa. Le habían subido los colores, pero parecía firme e inamovible.

—¿Los lugares donde pueda esconderse? ¿Debo entender que me están acusando de proteger a un criminal a sabiendas de que es un delincuente?

—Por supuesto que no, madame Noubel —dijo con expresión contrariada el soldado más joven—, pero tenemos autorización o, mejor dicho, tenemos el encargo..., tenemos la orden de registrar su posada. Sobre la base de una información recibida. Las acusaciones son graves.

La mujer negó con la cabeza.

—Si tienen en su poder una orden escrita del *présidial*, que hasta donde yo sé sigue siendo el responsable del gobierno de la Bastide, y no el senescal desde la Cité, enséñenmela y podrán pasar. ¡Si no traen la orden, ya se están yendo con el viento fresco!

—*Cinc minuta, madama* —le rogó el muchacho, hablando de pronto en la lengua local, para ver si así la convencía—. Serán solamente cinco minutos.

—¿Traen la orden sí o no?

El capitán apartó al soldado de un empujón.

—¿Te estás negando a cumplir las órdenes, mujer?

—Señor —murmuró el muchacho—, madame Noubel es una señora muy respetada en Carcasona. Hay mucha gente dispuesta a salir en su defensa.

Aunque la multitud de curiosos estaba disfrutando con el espectáculo, Minou observó que el soldado más joven no dejaba de lanzar miradas nerviosas al hombre mayor, y un estremecimiento de alarma le recorrió la espalda. ¿Serían soldados de verdad? Llevaban sobrevestas militares, pero sin ninguna insignia.

El capitán apoyó el dedo índice en el pecho del muchacho.

—Si vuelves a desafiar mi autoridad, *paysan* —dijo en voz baja—, haré que te den latigazos hasta dejarte baldado por lo menos una semana.

El joven bajó la vista.

—*Oui, mon capitaine.*

—*Oui, mon capitaine* —lo imitó el capitán en tono burlón—. Eres un gusano, una rata de alcantarilla. Los meridionales son todos iguales. ¡Adelante! ¡Registra de una vez la posada! ¡Hasta el último rincón! Si encuentras al delincuente, usa toda la fuerza necesaria para reducirlo, pero no lo mates. ¡Vamos! ¡Ahora mismo! —gritó, rociando de gotas de saliva la cara del muchacho—. A menos que les tengas tanto aprecio a estos campesinos que prefieras hacerles compañía en las mazmorras...

En ese instante, una nube tapó el sol de mediodía, sumiendo la calle en una sombra gris, y los acontecimientos se precipitaron. Minou se acercó un poco más. El joven se dirigió torpemente hacia la puerta mientras el capitán apartaba a madame

Noubel para poder pasar. El gesto del capitán no fue particularmente violento, pero sorprendió a madame Noubel, que perdió el equilibrio y cayó de espaldas, abriéndose una brecha en la cabeza contra el marco de la puerta.

La sangre que manaba de la herida le manchó la cofia blanca de un vívido color rojo, y un alarido se extendió entre la multitud. Monsieur Sanchez dio un paso al frente y Minou echó a correr.

—¡No se muevan! —gritó el capitán—. ¡Quietos todos, o de lo contrario acabarán en la cárcel acusados de obstrucción a las fuerzas del senescal! ¿Lo han entendido? Buscamos a un asesino y la ley es la ley, tanto en las regiones más civilizadas de Francia como aquí en Carcasona.

Minou oyó la advertencia, pero siguió abriéndose paso hasta las primeras filas de la multitud congregada. El capitán se volvió hacia ella.

—¡Eh, tú! Ven a atender a esta bruja, esta arpía. Quizás una temporada en la picota le enseñe a tener la lengua quieta.

Bullendo de rabia, Minou se agachó junto a su amiga. Madame Noubel tenía los ojos cerrados y un hilo de sangre le corría por la mejilla.

—Madame —susurró—, soy yo, Minou. No hable, pero haga un gesto si puede oírme.

Un levísimo movimiento le reveló a Minou que sus palabras habían sido escuchadas. Sacó un pañuelo de bolsillo para enjugarle la sangre a madame Noubel.

—¡Todo el que siga aquí fuera cuando hayamos acabado el registro —aulló el capitán— será detenido por orden del senescal! —Agarró a Minou por un brazo y la levantó hasta la altura de sus ojos—. Si esta mujer no puede sentarse sin ayuda y responder a mis preguntas cuando salgamos, la única responsable serás tú. ¿Entendido?

Minou hizo un gesto afirmativo y el capitán la sacudió.

—¿Te ha comido la lengua el gato? Te he preguntado si lo has entendido.

Minou levantó la vista y respondió:

—Sí.

El hombre le mantuvo el brazo agarrado un momento más y después la apartó con brusquedad y entró en la posada como un vendaval.

En cuanto se hubo marchado, madame Noubel abrió los ojos.

—Me ha derribado. Sin haberlo provocado, me ha tirado al suelo.

—Creo que ha sido un accidente —replicó Minou con cautela.

—¡Accidente o no, el resultado es el mismo! ¿Se ha disculpado? ¿Acaso no estoy en mi casa? Lo denunciaré a...

—No se mueva, madame Noubel. Está sangrando.

—¡¿Por orden del senescal?! ¡El senescal no tiene ninguna autoridad en la Bastide! He regentado este establecimiento durante doce años sin una sola queja.

Minou levantó la vista hacia la posada y a través de sus ventanas abiertas percibió el ruido del registro de las habitaciones. Sabía que madame Noubel no debía enfrentarse a ese hombre. Fuera o no un accidente lo que había sucedido, notaba algo canallesco en el capitán. Y era evidente que el soldado joven, natural de la región, pensaba lo mismo.

—Venga conmigo, madame, y le vendaré la herida.

—¿Cómo se atreve ese patán a tratarme como a una... como a una delincuente? Soy una viuda respetable. Estas cosas no pasan en Carcasona.

—Deberíamos marcharnos.

—¿Marcharnos?

Pese a su estado de conmoción, madame Noubel estaba escandalizada.

—Es mejor que no la encuentren aquí cuando salgan. Aunque dicen venir en nombre del senescal, no les creo. ¿Acaso un capitán de la real guarnición se comportaría con usted como ese hombre? Además, los soldados del senescal van vestidos de azul, y esos rufianes llevan trajes verdes y sin ninguna insignia.

—Pero yo les he pedido que me enseñaran la orden...

—Y no se la han enseñado —replicó Minou, volviendo una vez más la vista hacia la posada—. Estoy segura de que son soldados privados. O, peor aún, mercenarios.

—Yo no he hecho nada malo. Nadie va a echarme de mi propia casa.

—Por favor, madame. Solamente hasta que los ánimos del supuesto capitán se hayan apaciguado. Si no encuentran al hombre que buscan...

—No lo encontrarán, porque ha salido con las primeras luces del alba y todavía no ha regresado.

—Entonces, el disgusto del capitán aumentará y buscará a alguien a quien culpar.

Madame Noubel frunció el ceño.

—Mi huésped parece un caballero bastante agradable. No es de por aquí, pero ha sido amable. Tiene el pelo del color de una cola de zorro.

—El capitán la ha amenazado con ponerla en la picota —dijo Minou, con urgencia en la voz.

—No se atreverá. ¿De qué cargos me acusaría?

—Me temo que eso sería lo de menos.

De repente la voluntad de lucha abandonó a madame Noubel y volvió a aparentar cada uno de los sesenta años que tenía.

—Pero ¿qué pasará con mi casa? —protestó—. Es todo lo que tengo. Si causan algún destrozo...

Charles se había quedado en la puerta de la tienda de su padre. Los ruidos fuertes lo amedrentaban, pero Minou pensó que podría ayudar si no tenía que acercarse a los soldados.

—Le pediremos a monsieur Sanchez que vigile la posada en su nombre —le dijo a madame Noubel mientras la ayudaba a ponerse en pie—. Vamos, intente levantarse.

—Otro día frío —masculló Charles, acercándose a las mujeres con su extraña y vacilante manera de andar—. Frío, frío y más frío. Pero tendremos un día despejado, o al menos eso dicen las nubes.

—Escúchame, Charles. Lleva a madame Noubel a la tienda de mi padre. Entra con ella en la librería, ¿de acuerdo? Y llévala a la trastienda, a la habitación del fondo, donde guardamos el papel y la tinta.

La expresión simple de Charles se iluminó.

—«Mira, pero no toques» —recordó—. Monsieur Joubert dice que no puedo tocar nada.

—Así es. —Minou se llevó un dedo a los labios—. Y es un secreto. Nadie debe saberlo, ¿lo has entendido?

Piet había presenciado el incidente desde la esquina de la rue du Grand Séminaire.

Observó que su casera discutía con unos soldados y a continuación presenció el ataque. Vio a una mujer joven, alta, de tez blanca como la leche y largos cabellos castaños, que hacía desaparecer a madame Noubel delante de las narices del capitán. Advirtió que un chico desconocido, un joven con aspecto de tener pocas luces, las ayudaba. Normalmente, Piet habría intervenido, pero en esa ocasión no podía.

Apretó la cartera de cuero que le colgaba a un costado del cuerpo para asegurarse de que su contenido estaba a salvo. Lo que sucedía le demostraba que su reacción en la catedral, horas antes, había sido la correcta. Había visto a dos soldados privados con sobrevesta verde en la Cité y a otros dos registrando su habitación en la Bastide. ¿Serían los mismos?

Piet había pasado gran parte de su vida pensando que alguien se la arrebataría en cualquier momento, notando el tacto del acero en la garganta y presintiendo una explosión de pólvora en las entrañas.

No había nacido allí, pero el Languedoc era su tierra adoptiva y lo había acogido con los brazos abiertos. En su calidad de refugiado sin hogar sentía por ese rincón de Francia una lealtad tan fuerte como la de cualquier persona nacida allí. Tolerancia, dignidad y libertad. Piet estaba dispuesto a dar la vida para defender esos valores.

Estaba involucrado en una batalla por el alma misma de Francia, una lucha que determinaría cómo podrían vivir sus habitantes, ya fueran católicos o protestantes, judíos o sarracenos, o incluso si no profesaran ninguna religión. Había aprendido a confiar en sus instintos, y su intuición le decía que se marchara mientras pudiera. Pero había hecho una promesa, inquebrantable ante los ojos de Dios, y pensaba cumplirla.

Minou esperó a que Charles se hubiera llevado a madame Noubel para ponerla a salvo en la librería, y entonces se sentó en el peldaño de la puerta, con el pañuelo ensangrentado en el regazo. Lo hizo justo a tiempo. Enseguida oyó un ruido de botas en la escalera, y de inmediato apareció el soldado cargado con un pequeño baúl de viaje y un libro de contabilidad encuadernado en piel. Detrás de él iba el capitán, pisándole los talones.

—¿Dónde está la vieja? —le preguntó este último a Minou—. Te he dicho que la vigilaras.

—Palabra que no lo sé. —La joven le enseñó el pañuelo ensangrentado—. El hedor de la sangre me ha provocado un desmayo. Cuando he vuelto en mí, se había ido.

Los ojos del militar relucieron de ira, pero en esta ocasión se controló.

—Capitán Bonal...

El hombre se volvió hacia su subordinado.

—¿Cómo dices?

—Pido disculpas a *mon capitaine* —se corrigió el joven soldado—, pero no creo que madame Noubel esté involucrada en nada malo, ni que esta doncella sepa nada. El villano firmó el registro con un nombre falso. Tenemos esto —añadió, levantando el baúl con manos temblorosas—. Podemos montar guardia. Tarde o temprano volverá.

El capitán vaciló un momento y al final asintió con la cabeza.

—Considérate afortunada —gruñó, señalando a Minou con un dedo mugriento— y agradece que no te ponga a ti en la picota en lugar de a la vieja. Quítate de mi vista.

Minou se puso de pie y, haciendo un esfuerzo para no echar a correr, se alejó a paso rápido, sintiendo en la espalda la mirada hostil del capitán. No quería darle la satisfacción de demostrarle su temor. Solo cuando dobló la esquina, la abandonó el coraje. Extendió los brazos. Las manos le temblaban, pero se sentía eufórica y temeraria, valiente, honrada y orgullosa. Se apoyó contra la pared, sin acabar de creerse lo insensata que había sido.

Entonces se echó a reír.

9

A mediodía, Piet llamó a la puerta de la casa acordada en la rue de l'Aigle d'Or y esperó a que acudieran a abrirle. Oyó pasos en la escalera y enseguida se abrió una rendija en la puerta.

Piet parpadeó ante la inesperada visión de un rostro familiar.

—¡Por lo más sagrado, Michel Cazès! No esperaba encontrarte aquí.

La puerta se abrió un poco más, Piet entró y los dos hombres se estrecharon las manos. Cinco años atrás, cuando ambos acababan de sumarse a la causa de los hugonotes, Michel y él habían luchado codo con codo en el ejército del príncipe de Condé: Michel, como soldado profesional, y Piet, como civil obligado a tomar las armas para defender sus creencias. Desde entonces, Piet no había vuelto a tener noticias de Michel.

El tiempo había sido cruel con él. Esquelético, vestido completamente de negro, excepto la gorguera y los puños blancos, tenía la cara surcada por profundas arrugas, la piel amarillenta y el pelo encanecido. Cuando se dieron un abrazo, Piet le notó las costillas bajo la ropa.

—¿Qué tal te van las cosas? —preguntó, consternado por los cambios que percibía en su amigo.

Michel levantó los brazos.

—Como puedes ver, sigo aquí.

Un joven de aspecto desaliñado se dirigió a ellos desde lo alto de la escalera.

—¿Te ha dicho ya el santo y seña?

—No es necesario —respondió Michel—. Respondo por él.

—Aun así, deberías pedírselo —respondió el joven con su acento de clase alta.

Piet intercambió una mirada con Michel, pero decidió complacer al desconocido.

—Por el Mediodía —dijo.

Mientras subían la empinada escalera, notó que Michel respiraba con dificultad. Dos veces tuvo que detenerse su amigo para llevarse a la boca un pañuelo empapado en aceites balsámicos. También observó, cuando Michel se agarró al pasamanos, que le faltaban dos dedos de la mano derecha.

—Amigo mío, ¿quieres que descansemos un momento?

—Estoy bien —respondió Michel.

Siguieron hasta el piso de arriba, donde Piet se abrió la capa para enseñarle al hombre joven que iba armado.

—*Per lo Miègjorn* —dijo, repitiendo el santo y seña.

El muchacho miró fijamente la daga, pero no le pidió que se la entregara. Tenía los ojos inyectados en sangre y su piel desprendía aún el hedor de la cerveza de la noche anterior.

—Pase, monsieur.

Piet entró en una habitación con el aire saturado de humo de leña y que olía a comida rancia. Los huesos pelados de un pollo yacían sobre una bandeja de madera, en medio de varias jarras que apestaban a cerveza y licor.

—Permítanme que haga las presentaciones —dijo Michel—. Camaradas, tienen ante ustedes a uno de los soldados más valientes y resueltos con los que he tenido el honor de servir: Piet Reydon, originario de Ámsterdam…

—Pero fiel al Mediodía —lo interrumpió Piet—. Encantado de conocerlos, caballeros.

Miró a su alrededor. El grupo era más pequeño de lo que esperaba, aunque probablemente era bueno que así fuera.

—A nuestro cerbero, Philippe Devereux, ya lo has conocido.

Piet hizo una media reverencia. Visto de cerca, el joven parecía estar enfermo. Llevaba manchados el jubón amarillo y las calzas.

Michel hizo un gesto hacia la ventana.

—Este es nuestro comandante, Oliver Crompton —dijo, pronunciando con cierta dificultad el apellido inglés. A continuación señaló a un hombre sentado a la mesa cuadrada—. Y aquí tienes a Alphonse Bonnet, que está a su servicio.

Piet inclinó levemente la cabeza para saludar al robusto campesino, que sujetaba con las manos sucias una jarra de madera, y después se volvió hacia su señor, un hombre bien parecido, con los ojos hundidos y la barba negra recortada al estilo inglés.

—Piet Reydon —le dijo al caballero, tendiéndole la mano.

Crompton se la estrechó y, cuando sus miradas se encontraron, Piet sintió que estaba siendo objeto de una fría valoración. Con la mano izquierda apretó con fuerza la correa de su cartera de cuero.

—Hemos oído hablar de la obra caritativa que desarrolla para bien de nuestra comunidad en Toulouse. Su reputación lo precede.

—Muy exagerada seguramente. —Sonrió—. ¿Crompton?

—Padre inglés y madre francesa. Y soy primo lejano de este joven caballero, que anoche encontró más tentadoras las tabernas de Trivalle que su lecho. Todavía no se ha recuperado.

Devereux se sonrojó.

—Por mi honor les juro que no bebí más de una jarra, o quizá dos. No entiendo cómo ha podido afectarme tanto.

Crompton desechó su comentario con un gesto escéptico.

—Nos sorprende en medio de una discusión, monsieur.

—Piet no tiene tiempo que perder —replicó Michel—. Deberíamos ir directamente al grano.

—Sin embargo, estoy seguro de que le parecerá muy interesante nuestro debate.

—Por favor —lo animó Piet con un gesto.

—Antes de que llegara, Michel nos estaba diciendo que, en su opinión, la libertad de culto otorgada a los hugonotes por el Edicto de Tolerancia fue concedida de buena fe, mientras que mi noble primo, aquí presente, opina lo contrario.

—El edicto no vale ni el papel donde está escrito —lo interrumpió Devereux.

—Ha salvado vidas —replicó Michel con serenidad.

Crompton se echó a reír.

—Michel sostiene que la reina regente busca poner fin a la discordia entre católicos y protestantes. Yo opino lo contrario.

—No niego que pueda haber otros que vean las cosas de manera diferente. Lo único que digo es que no deberíamos ser nosotros quienes agravemos aún más el conflicto. Nos juzgarán con más dureza si rechazamos la rama de olivo que se nos ofrece.

—El edicto —replicó Crompton—, como todos los promulgados hasta ahora, es una cortina de humo y un juego de espejos. Su propósito es crear una ilusión de equilibrio entre las exigencias de los católicos más intransigentes, es decir, el duque de Guisa y sus aliados, y las aspiraciones de los católicos más moderados de la corte. La facción de Guisa no tiene la menor intención de respetarlo, ninguna en absoluto.

—No puede saberlo —dijo Michel con la frente perlada de sudor—. Guisa está confinado en su castillo de Joinville. Su influencia es cada vez menor.

—¡Si eso es lo que cree, es un idiota! —exclamó Devereux.

—Philippe, ¿qué modales son esos? —lo reprendió Crompton.

—¡Perros papistas! —gruñó Bonnet, derramando parte de la cerveza sobre la mesa.

—Hace casi un año y medio que Guisa y su hermano no aparecen por la corte —prosiguió Michel, esforzándose por respirar de manera pausada—. Es peligroso poner a todos los católicos en el mismo saco. Es lo que Guisa hace con nosotros, ¿acaso no lo ven? Afirma que todos los protestantes somos traidores a Francia y rebeldes conjurados para destruir el Estado. Sabe que no es cierto, pero lo repite incansablemente.

Piet había participado en muchas conversaciones como aquella, y la pregunta era siempre la misma: tras sufrir años de persecución bajo el reinado de Enrique II, ¿por qué iban a creer ahora que su madre, la reina regente Catalina, tenía intención de tratarlos de manera justa?

—¡Por favor! —dijo Devereux arrastrando las palabras—. Todos sabemos que si una mentira se repite con suficiente frecuencia, hasta los hombres más sensatos empiezan a creerla, incluso en presencia de las más contundentes pruebas en su contra. Una falsedad puede convertirse fácilmente en la verdad aceptada.

Michel negó con la cabeza.

—Las cosas no son blancas o negras. En sus filas hay tantos católicos moderados deseosos de llegar a un acuerdo como en las nuestras hay personas que trabajan por la paz y la justicia.

Crompton se inclinó hacia delante.

—¿Se refiere a los mismos «católicos moderados» que se limitaron a observar tan tranquilos mientras exterminaban a nuestros hermanos después de la conjura de Amboise?

—Aquella fue una acción desacertada, orquestada por aficionados, que se volvió contra muchos de nosotros —replicó Michel.

Piet apoyó una mano en el hombro de su amigo.

—Michel tiene razón. La conjura endureció las actitudes hacia nosotros. No hemos de olvidar que el duque de Guisa es para muchos el salvador de Francia. Fue él quien echó a patadas a los ingleses y recuperó Calais para los franceses. —Se volvió hacia Crompton—. Le ruego perdone la llaneza de mi lenguaje.

Crompton hizo un gesto negativo.

—No me ofende. He puesto mi espada al servicio de Francia. Mi madre no tuvo elección en lo referente a mi concepción, y aunque le agradezco el don de la vida y el hecho de haberme dado su apellido, lo maldigo en todo lo demás. —Mantuvo la mirada de Piet—. ¿Es su caso también? Usted también tiene mezcla de sangres. ¿Se considera holandés?

Piet sonrió, pero no tenía intención de hablar de su vida privada en una habitación llena de desconocidos.

—Para muchos de nosotros, nuestras lealtades son complicadas. Cada uno debe elegir lo que defiende de acuerdo con su conciencia.

—No sé si se estará excediendo o no en sus responsabilidades —intervino Michel en voz baja—, pero la reina regente ha decidido que la transacción es el camino que se ha de seguir, por el bien de Francia. No propongo que nos quedemos sin hacer nada. Tan solo digo que no actuemos precipitadamente.

—Si permitimos que ellos tomen la iniciativa, perderemos la ventaja —objetó Crompton—. Como soldado que es, debería entenderlo mejor que nadie.

—¡Pero no tenemos ninguna ventaja! —exclamó Michel—. Ellos tienen a su favor todo el poder del Estado. No queremos una guerra.

—*Nosotros* no, pero me temo que Guisa sí. Quiere una guerra civil. No se dará por satisfecho hasta que haya expulsado de Francia a la última familia de hugonotes. Se dice que nuestro príncipe de Condé ha solicitado armas y una leva para defender Toulouse. Si es así, ¿no debería Carcasona seguir el ejemplo de Toulouse? —Hizo una pausa—. ¿Es correcto lo que digo, Reydon?

Piet tenía tan poca intención de revelar información sobre la situación en Toulouse como de discutir los detalles de su vida privada. Había acudido para hacer negocios y nada más.

—Son solo rumores.

Alphonse Bonnet dio un manotazo sobre la mesa.

—¡Gusanos papistas! ¡Ratas de alcantarilla!

Crompton no le prestó atención.

—Puede hablar, Reydon —dijo, y Piet sintió que el ambiente de la habitación se volvía más tenso—. Está entre camaradas.

Piet maldijo la posición en que se encontraba. Los lazos de amistad lo impulsaban a aliarse con Michel, de quien sabía que era un hombre de honor y valiente. ¿Habría conocido el resto de los presentes la acción en el campo de batalla? Pero, al mismo tiempo, sabía que muchos hombres buenos —y Michel lo era— con frecuencia atribuían a los demás motivos nobles y no eran capaces de ver la mentira y la traición a su alrededor.

Sonrió.

—No es por prudencia que me reservo mis puntos de vista, Crompton, sino porque conozco el daño que puede causar una opinión cuando quien la profiere no tiene conocimiento de la totalidad de los hechos. Es mejor sujetar la lengua que esparcir palabras sin preocuparse por el terreno donde puedan caer.

Devereux soltó una carcajada.

—Pero seguramente habrá oído hablar del asesinato de Jean Roset —respondió Crompton—: un hombre inocente muerto mientras oraba a manos de un guardia de la ciudad de Toulouse, que supuestamente tenía el cometido de proteger a los hugonotes. O el ataque contra los protestantes en la place Saint-Georges hace una semana...

Piet le sostuvo la mirada.

—Conozco perfectamente la situación en Toulouse. Yo estaba allí y puedo decirles que la muerte de Roset, aunque trágica, fue un accidente. Aun así, el soldado implicado ha sido arrestado.

—Pero no es solo Toulouse —insistió Devereux—. Una protestante devota, que según me han dicho trabajaba de comadrona, fue hallada muerta en su cama en la aldea de Puivert. Castigada por un único crimen: su fe.

—En Puivert... —murmuró Michel, que intentó ponerse de pie, aunque las piernas le temblaban con violencia. Piet hizo ademán de ayudarlo, pero Michel lo rechazó con un gesto—. Ya se me pasará.

—¿Qué tiene que decir a eso, Reydon? —preguntó Crompton.

—No sé nada de Puivert —respondió Piet mientras se preguntaba por qué Michel se había alterado de manera tan repentina—. Pero sé que la situación de nuestros hermanos y hermanas protestantes varía de una región a otra, de ahí mi renuencia a ofrecer consejos. Lo que es cierto para Toulouse no tiene por qué serlo para Carcasona.

—Entonces ¿está de acuerdo en que debemos esperar sentados, sin hacer nada? —intervino Devereux.

A Piet le pareció que la resolución y confianza de este no encajaban con su edad, ni con su apariencia de persona disoluta.

—Si me preguntan si estoy de acuerdo en que es peligroso que nos perciban como los agresores —replicó con cautela—, entonces sí, es lo que pienso. De esa manera justificaríamos los prejuicios contra nosotros y ofreceríamos excusas para intensificar la persecución. También hay católicos en la corte que apoyaron en enero la amnistía para los hugonotes presos, una medida que tuvo como resultado la liberación de muchos de nuestros camaradas.

—Yo... —intentó hablar Michel, respirando con dificultad. Piet esperó a que su amigo recuperara el aliento—. No tenemos superioridad numérica —consiguió decir al final—. Nuestras acciones en defensa de esta causa deben tener en cuenta nuestra reducida capacidad de acción.

—¿Qué propone entonces? —preguntó Crompton—. ¿Que nos arrodillemos como monjas y recemos para que todo salga bien? ¿Ese es su consejo? ¿Qué opina, Reydon?

—Opino que deberíamos aguardar con la esperanza de que el edicto se aplique en su totalidad y la situación se calme.

La mirada de Crompton se volvió más afilada.

—¿Y si no pasa nada de eso?

Piet volvió a mirar a Michel, pero respondió honestamente.

—Si no pasa nada de eso, entonces nos veremos obligados a actuar. Si la tregua no se respeta y nos arrebatan nuestros limitados derechos y libertades, tendremos que luchar.

Devereux sonrió, con la punta de la lengua asomando entre los dientes.

—Entonces, monsieur Reydon, en la práctica estamos de acuerdo.

—No es más que el fantasma de un sueño —susurró Michel— pensar que podemos levantarnos en armas contra la Iglesia católica y salir victoriosos. ¡Vencer a Guisa! Nuestra única esperanza de supervivencia es aceptar lo que nos han ofrecido. Si vamos a la guerra, nos derrotarán. Lo perderemos todo.

—No habrá una guerra —replicó Piet, apoyando una mano en el brazo de Michel—. A nadie le interesa una guerra.

—Necesito aire —dijo Michel de repente—. Crompton, Devereux, tendrán que perdonarme. Piet, ha sido un placer volver a verte.

Recogió su sombrero y, con paso vacilante, salió de la habitación.

Piet lo siguió.

—¡Amigo, espera!

Michel se detuvo, apoyado en el barandal de madera.

—Tienes negocios que atender. Vuelve a entrar.

—La operación me llevará solo unos minutos; después podremos hablar tú y yo. Dime dónde puedo encontrarte.

Michel titubeó y por último negó con la cabeza.

—Es demasiado tarde —dijo en voz baja, y emprendió pesadamente el descenso de la escalera.

Piet habría querido ir tras él y averiguar cuál era su problema, pero se detuvo. Estaba en Carcasona por un motivo, uno solo. Después, podría buscar a Michel. Tendría tiempo más tarde.

10

Michel dejó atrás la rue de l'Aigle d'Or tan rápido como se lo permitió su cuerpo dolorido. Un susurro de desesperación se le escapó entre los labios resecos. No podía recordar cuándo había bebido o comido por última vez. Había perdido el apetito.

Los reveladores debates —sobre la place Saint-Georges, Amboise, Condé o Jean Roset— le daban vueltas en la cabeza. Apestaban a traición, pero solo un traidor habría sabido reconocer el significado de un episodio tan menor y lejano. El desliz definitivo, cuando se produjo, había sido tan mínimo que nadie excepto Michel habría podido percibirlo o advertir la perfidia que ocultaba. A decir verdad, no era más que la confirmación de lo que sospechaba desde hacía tiempo. Las incoherencias, las contradicciones... Ahora ya no le cabía la menor duda. El villano se había condenado a sí mismo por su propia boca. Michel había tenido que contenerse para no desenfundar la daga y acabar con él allí mismo, pero sabía que no tenía fuerza suficiente para hacerlo con destreza.

¿Y los otros? ¿Serían traidores también?

¿Y Piet? ¿También él habría vendido doblemente su espada? ¿Afirmaría luchar por una causa cuando estaba defendiendo la otra? Michel se llevó una mano al pecho, tratando de aquietar el corazón desbocado. No, era imposible. Estaba dispuesto a jurar por la memoria de su difunta madre que Piet era un hombre honorable.

Pero ¿realmente podía confiar en él? En otra época, Michel habría estado seguro de sus convicciones. Pero lo sucedido en las mazmorras le había arrebatado hasta la última brizna de confianza.

Miró a su alrededor la gente que iba y venía por la Grande Place, que para entonces comenzaba a estar envuelta en las brumas de la tarde. Se preguntó si sus vidas serían tan sencillas y honestas como parecían. Un trovador solitario cantaba en la plaza a pesar del frío. La triste melodía lo emocionó. Era un alivio saber que al menos quedaban cosas bellas en un mundo destrozado.

La húmeda niebla le atenazaba la garganta. Se llevó el pañuelo a la boca y, cuando lo retiró, estaba manchado de sangre. Un poco más que la última vez. El boticario le había dicho que era probable que no llegara al verano.

Rodeó con los brazos su propio cuerpo demacrado hasta que se sintió un poco mejor. Tenía miedo. Había aprendido el verdadero significado de esa palabra, pero no en los campos de batalla de Francia, sino en las mazmorras de la Inquisición en Toulouse, donde se cometían crueldades tremendas en nombre de Dios.

Aún no sabía quién lo había denunciado, ni por qué. Solo sabía que poco después de la festividad de la Epifanía lo habían arrestado, acusado de traición. En aquellos oscuros días de enero, había aprendido que cualquier hombre era capaz de echarles la verdad a los perros si tenía que vérselas con la soga y las tenazas de los torturadores. Y que para eludir al dolor, todos estaban dispuestos a jurar que el blanco era negro, y el negro blanco. Había sufrido que le cercenaran dos dedos de las manos, hasta que ya no pudo más y confesó formar parte de una conjura que en realidad solo existía en la imaginación de los inquisidores.

Un librero, Bernard Joubert, había sido su compañero de celda. Acusado de vender material sedicioso y herético, había intentado explicar, durante los interrogatorios, que era posible ser un buen católico y ofrecer a la vez en su tienda obras de literatura y teología que reflejaban otros puntos de vista. Decía, en su defensa, que era preciso conocer lo que predicaban los reformistas para poder debatir con ellos y convencerlos de que no tenían razón. El conocimiento, en su opinión, era poder.

A Joubert no lo habían atado al potro de tortura, pero le habían hecho conocer la desgarradora *chatte de griffe*, un látigo más atroz que cualquiera de los utilizados en los barcos negreros, con agudas púas al final de las tiras de cuero que arrancaban la piel y dejaban la espalda en carne viva.

A diferencia de Michel, Joubert había resistido.

Encadenados uno junto a otro en el suelo de su apestosa celda, los dos hombres habían hablado de sus secretos más íntimos para no caer en el pánico. Escuchando los lastimosos alaridos de los reclusos y el ruido terrible de los huesos partidos, en una atmósfera que hedía a sangre y a muerte, Bernard le había hablado a Michel de su amada esposa Florence, muerta cinco años atrás, y de sus tres hijos; de su librería en la rue du Marché y de su casa en la Cité, sobre cuyo dintel crecía un rosal silvestre, y de un secreto que guardaba desde hacía muchos años.

¿Y a cambio? Michel se llevó las manos a la cara avergonzado.

Cuando Joubert y él fueron liberados, sin esperarlo y sin cargos, se despidieron a las puertas de la prisión. En aquel momento les había parecido un milagro, pero ahora Michel sabía que el motivo había sido la amnistía declarada en el edicto.

No todos habían sido tan afortunados. El verdugo se había ganado su paga.

Pero si bien Michel estaba en libertad, el verdadero horror había comenzado para él en cuanto dejó atrás las mazmorras.

La extraña gentileza de la noble señora desconocida, que no había reparado en gastos para atenderlo en su casa, a la sombra de la catedral de Toulouse... El vino, la cama caliente, los ungüentos para curarle las heridas... Por todo eso se avergonzaba Michel, que había vendido el secreto de Joubert a cambio de su propia comodidad.

No había vuelto a buscar a su antiguo compañero de celda desde la tarde de su liberación. Seguramente ninguno de los dos habría querido recordar sus padecimientos. Pero ahora no podía pensar en otra cosa: tenía que encontrarlo. Lo había traicionado y jamás podría perdonárselo. Esa misma corrosiva culpa lo había impulsado a visitar de madrugada el local de la rue du Marché, pero lo había encontrado cerrado a cal y canto. Ahora, después de lo que había oído en el aire viciado del piso de arriba de la taberna, sabía que tenía que volver a intentarlo. La arena estaba cayendo con rapidez de un compartimento a otro del reloj. Le quedaba muy poco tiempo para enmendar sus errores.

11

—¿Han hablado con él? —preguntó Devereux, intercambiando una mirada con Crompton—. ¿Ha dicho algo?

—No —respondió Piet—. ¿Debería haber dicho alguna cosa?

—Michel siempre deja que su corazón se imponga a su cabeza —intervino Crompton en tono despreciativo—. Pero acabará entrando en razón.

De repente, Piet sintió que estaba harto de todos ellos. Eran como niños jugando a las conspiraciones y estaban poniendo a prueba su paciencia. Soñaban con la guerra y la gloria, cuando probablemente ninguno de ellos conocía la acción en el campo de batalla. Aún no comprendían que no hay nada de glorioso en la muerte.

—Cuando llegue el momento, si es que llega, Michel será el más firme y resuelto de todos nosotros.

Piet sabía que sus palabras podían sonar a reproche, pero no le importó.

Ahora que había llegado la hora, sentía una extraña resistencia a cerrar el trato. El asunto le dejaba un extraño sabor de boca. Pero en Toulouse necesitaban dinero, y en Carcasona estaban dispuestos a comprar lo que ellos podían ofrecer. Necesitaban soldados, armas, materiales de construcción, dinero para sobornos y atención para los cientos de refugiados que acudían a la ciudad en busca de casa y comida. Todo eso costaba mucho dinero. Era demasiado tarde para tener una crisis de conciencia.

—¿Nos ocupamos de nuestro negocio? Tengo poco tiempo.

—Por supuesto —dijo Crompton, y se volvió hacia Alphonse Bonnet, que se dirigió tambaleándose hacia un rincón de la habitación y se dispuso a retirar una tabla floja.

Del hueco que quedó al descubierto sacó una bolsa café de cáñamo, que le tendió a su señor.

—Aquí está todo —dijo Crompton—. El precio acordado.

Piet lo miró a los ojos.

—Si me lo permite, lo contaré. No queremos que haya ningún malentendido.

La expresión de Crompton se endureció, pero no puso ninguna objeción. Piet derramó los *deniers* de oro sobre la mesa y, a continuación, volvió a meter las monedas en el saco, contándolas una a una.

—Están todas, afortunadamente.

Crompton hizo un breve gesto afirmativo.

—Y, ahora, su parte del trato.

Piet se descolgó la cartera de cuero del hombro y la depositó con cuidado sobre la mesa. Después se observó a sí mismo extender la mano, abrir lentamente la hebilla y buscar en el interior. El aire crepitaba de expectación.

Los dedos de Piet aprehendieron la delicada tela y la sacaron a la luz. El pálido paño pareció brillar y la modesta habitación en penumbras se transformó de repente en un lugar luminoso. El envoltorio de seda y la tela de lino tenían un tacto tenue en sus manos. Piet contempló, como si fuera la primera vez, los delicados bordados que ornamentaban el sudario en toda su longitud. La exquisita caligrafía cúfica no le decía nada, pero a la vez se lo decía todo. Por un instante, sintió que casi podía oler el aire gélido del sepulcro, los exóticos perfumes de Tierra Santa, los bosquecillos de olivos y las hierbas amargas de la tumba.

Pero sabía que era imposible... El tiempo pareció acelerarse una vez más.

—El sudario de Antioquía —murmuró Devereux, con la codicia reflejada en los ojos—. He esperado mucho para verlo.

La reliquia había sido depositada en la iglesia de Saint-Taur de Toulouse en 1392 por unos cruzados de regreso de Antioquía. Era un pequeño fragmento de la sábana utilizada para envolver el cuerpo de Cristo en el sepulcro, antes de su resurrección, y se decía que había obrado incontables milagros. Era la más sagrada de las reliquias, capaz de conferir poder a cualquiera que la poseyera.

—Aquí la tiene —dijo Piet ásperamente—. Puede quedársela. Espero que la use para defender nuestra causa.

12

—Ya está —dijo Minou, dejando caer la última tira de muselina en el cuenco de agua con vinagre. La sangre que empapaba el paño tiñó de rosa el agua—. No creo que la herida se infecte. Es poco profunda.

Madame Noubel estaba sentada en una butaca baja, en la librería, con una manta de crin plegada sobre las piernas. Minou había cerrado las puertas con cerrojo y ajustado los postigos de las ventanas. De momento no las había molestado nadie.

—Todavía me cuesta creer que pueda pasar una cosa así en la Bastide, a plena luz del día. Es increíble, Minou.

—Creo que ha sido un accidente —replicó la joven con cautela—, aunque la conducta del capitán no deja de ser reprobable.

—El mundo se ha vuelto loco —suspiró madame Noubel, encogiéndose de hombros—. ¡Qué orgullosa estaría tu madre de ti! Has demostrado un gran coraje. Florence era una mujer de gran firmeza y siempre hacía lo correcto.

—Cualquiera en mi lugar habría hecho lo mismo.

—Pero no lo ha hecho nadie. En estos tiempos la gente solo piensa en su propia seguridad. No los culpo, ¿eh? —Madame Noubel meneó lentamente la cabeza—. ¿Dices que monsieur Sanchez está vigilando mi posada?

—Así es. Y Charles está con él.

Madame Noubel arqueó las cejas.

—A mi entender, eso es más un problema que una ayuda.

—Quédese tranquila y no se preocupe —dijo Minou mientras plegaba las tiras sucias de muselina con la idea de llevarlas a casa para que Rixende las lavara con blanqueador.

—¿Cómo se encuentra tu padre? —preguntó madame Noubel—. Hace semanas que no lo veo.

Minou estuvo a punto de responder con evasivas, como hacía siempre, pero se interrumpió. No quería ser desleal con su padre, pero necesitaba una amiga con quien hablar.

—No se lo he dicho a nadie, pero en realidad estoy muy preocupada. Desde que volvió de sus viajes, en enero, lo noto muy ensimismado y abrumado por la melancolía. No lo había visto tan abatido desde que murió mi madre.

Madame Noubel asintió.

—Siempre se apoyaba en Florence para que le diera fuerzas. Cuando le preguntas qué le pasa, ¿qué te responde?

—A veces dice que no le pasa nada y que está muy bien; otras, que son solo los rigores del invierno. He visto que tiene molestias en la piel, pero hasta este invierno nunca le habían afectado tanto el frío y la oscuridad. No ha puesto un pie fuera de casa desde su regreso.

—¿No ha salido en cuatro semanas? ¿Ni siquiera para ir a misa?

—No, ni tampoco ha permitido que el párroco vaya a verlo.

—¿Le preocupará la librería después de los problemas que han tenido? Las rentas están subiendo y los tiempos son difíciles. A todos nos cuesta pagar nuestras deudas e ir saliendo.

Minou frunció el ceño.

—Es cierto que se preocupa mucho por nuestra economía y que teme por el futuro de Aimeric. No podemos pagarle una buena educación, ni un puesto de oficial en el ejército. —Hizo una pausa—. Ha llegado a pensar incluso en enviarlo a vivir con nuestra tía y su marido, en Toulouse.

—¿Ah, sí? —Madame Noubel volvió a arquear las cejas—. No sabía que se habían reconciliado.

—No estoy muy segura de que así sea —replicó Minou con cautela—. Sin embargo, mi padre está bastante decidido a enviarles a Aimeric. —Se puso a juguetear con un hilo suelto de la falda—. Pero me parece que hay algo más —dijo finalmente.

La vela dejaba caer gotas de cera en el soporte de latón, sobre la mesa, y dibujaba sombras temblorosas en la cara de madame Noubel, que parecía preocupada.

—Hay cosas en la vida de las que un hombre no puede hablar con los niños, ni siquiera con una hija tan querida como tú.

—No soy una niña. ¡Tengo diecinueve años!

—¡Ay, Minou! —replicó madame Noubel sonriendo—. Tengas la edad que tengas, siempre serás una niña para tu padre. Y, por encima de todo, siempre querrá protegerte. Está en la naturaleza de las cosas.

—No puedo soportar verlo tan apesadumbrado.

Madame Noubel suspiró.

—El sufrimiento de nuestros seres queridos se nos hace más difícil de soportar que cualquiera de nuestros padecimientos.

—Temo haber perdido su estima por falta de atención o de cuidado —añadió Minou en voz baja.

—Eso nunca. Tú no. Tu padre te quiere con toda su alma. Pero si te sientes más tranquila, yo podría hablar con él. Es posible que me confíe sus preocupaciones.

Minou vio un destello de esperanza.

—¿Lo haría por mí? Me siento capaz de aceptar cualquier desgracia y de sobrellevarla, lo que me abruma es no saber qué sucede.

La mujer le dio unas palmaditas en el brazo.

—Entonces, está decidido. ¿Acaso no dicen que un favor se paga con otro? Dile a Bernard que espere mi visita. Iré a verlos mañana, después de la misa. —Apoyó las anchas manos sobre las rodillas y se puso de pie—. Ahora me gustaría volver a casa para ver qué han hecho esos perros. ¿Podrías echar un vistazo a ver si se han ido?

Minou abrió la puerta, se asomó y retrocedió de un salto.

—¡Monsieur, me asustó!

En el umbral había un hombre vestido de negro, pero con la gorguera y los puños blancos. A primera vista, Minou pensó que podía ser un estudioso, sobre todo por su cuello encorvado, la palidez de su rostro y la manera en que la luz lo hacía parpadear. Tenía los ojos hundidos en las órbitas, como si el mundo fuera demasiado luminoso para él.

—Lo siento, la tienda está cerrada —dijo, tras reponerse del sobresalto inicial—. Pero si vuelve dentro de una hora, lo atenderé con mucho gusto.

—No soy un cliente. Busco a Bernard Joubert. —Levantó la vista hacia el cartel—. ¿Sigue siendo suya esta tienda?

Minou cerró la puerta tras ella para proteger a madame Noubel de la curiosidad del recién llegado.

—¿Por qué no iba a serlo, monsieur?

El desconocido levantó las manos, como para disculparse.

—Por nada, por ninguna razón. O quizá porque en estos tiempos las cosas cambian con gran rapidez. Pero me alegra saber que aún sigue aquí. —Se aclaró la garganta—. ¿Está Bernard? Necesito hablar con él urgentemente.

—Mi padre no está. Yo atiendo la librería en su ausencia.

Al visitante se le enrojecieron las mejillas y empezó a temblar con tanta violencia que Minou temió que fuera a desplomarse en el umbral de la tienda.

—¿No se siente bien, monsieur?

—Tu padre... Tú debes de ser Marguerite o, mejor dicho, Minou. Bernard me hablaba mucho de ti.

La joven se esforzó por sonreír.

—Entonces me lleva ventaja, monsieur. Parece conocer mi nombre, pero no me ha hecho el honor de revelarme el suyo.

—Mi nombre no importa, pero necesito hablar con Bernard. Pensé que podría encontrarlo aquí. ¿A qué hora volverá?

—Sus horarios varían en invierno —respondió Minou, inquieta por la intensidad del tono del desconocido—. Hoy no vendrá. ¿Puede volver el lunes? Si me dice el motivo de su visita, es posible que pueda ayudarlo.

El hombre parecía a punto de derrumbarse.

—Tengo que verlo.

—Lo siento. Mi padre no me ha dicho que esperara visitas.

Los ojos oscuros del recién llegado relucieron de furia y Minou comprendió que había tenido que ser un hombre temible en otro tiempo.

—¿Acaso te lo cuenta todo? Supongo que no, porque ¿qué padre confiaría a su hija todos sus asuntos privados?

Minou se sonrojó.

—No pretendía ofenderlo, monsieur.

Tras dejarse llevar momentáneamente por su temperamento, el hombre recuperó su aspecto abatido. Al encontrárselo en la puerta, Minou había pensado que tendría unos cincuenta años, pero ahora se daba cuenta de que solo parecía mayor por el pelo blanco y las arrugas que le surcaban la frente.

—Soy yo quien debe disculparse, Minou. Soy yo quien te ha ofendido, y te aseguro que no era mi intención.

—Ni ha querido ofender, ni me ha ofendido. Mi padre no ha venido hoy a la Bastide, pero si quiere escribirle un mensaje, yo se lo daré.

El hombre levantó la mano derecha para enseñar las crudas cicatrices que le habían quedado en el lugar de los dos dedos faltantes.

—Por desgracia, ese tipo de comunicación ya no me resulta fácil.

Minou se ruborizó por su torpeza.

—Yo misma podría escribir su mensaje al dictado.

—Gracias, pero por seguridad no debo hacerlo.

—¿Por seguridad? —Minou aguardó un instante, notando un intenso conflicto interior en los ojos del visitante, pero el hombre no respondió—. ¿Al menos me dirá su nombre, monsieur, para que pueda decírselo a mi padre?

El visitante sonrió.

—Mi nombre no servirá de nada.

—Muy bien. ¿Me dirá tal vez algún nombre para que mi padre pueda reconocerlo como amigo?

—Como amigo. —Hizo una pausa y esbozó otra sonrisa fugaz. En su expresión pensativa había dolor y también remordimiento—. Bernard solía decirme que su hija tenía el ingenio de diez hombres juntos. Dile que Michel quiere hablar con él. Michel de Toulouse.

Entonces, repentinamente, se tocó el sombrero a modo de saludo y se marchó tan rápido como había aparecido.

Intrigada, Minou entró una vez más en la librería.

—¿Quién era? —preguntó madame Noubel.

—Un hombre que ha dicho llamarse Michel, pero solo después de mucha insistencia. Ni siquiera estoy segura de que sea su verdadero nombre.

—¿Qué quería?

—No lo sé muy bien —respondió Minou—. Afirmaba tener un asunto urgente que tratar con mi padre, pero sus modales eran extraños.

Madame Noubel hizo un amplio gesto con la mano.

—Olvídalo, Minou. Ya hemos tenido suficientes problemas por hoy. Si es importante, ese misterioso Michel regresará. Si no...

—Tiene razón.

—¿Has mirado si los soldados ya se han marchado de mi posada? Llevamos toda la tarde hablando y me gustaría volver a casa.

Pensando todavía en el extraño visitante, Minou volvió a asomarse.

—Sí, ya se han ido, pero Charles todavía sigue allí montando guardia.

—Es un alma simple y buena —comentó madame Noubel—. Te agradezco una vez más todo lo que has hecho. Y no olvides decirle a Bernard que iré a verlo mañana, después de la misa.

Minou se quedó un momento escuchando cómo se alejaban los pasos de madame Noubel por la rue du Marché, y se volvió para recoger el tapete. Era poco probable que llegaran más clientes, por lo que decidió cerrar la tienda. El día había sido largo. La niebla había bajado de las montañas, y una luz blanca y gélida envolvía la Bastide. El traqueteo de los carros y el entrechocar de los cascos de los caballos sobre el empedrado sonaban lejanos y amortiguados. Guardó los ingresos del día en la caja fuerte, debajo de las tablas del suelo; apagó una a una las velas y emprendió el camino de regreso a casa.

Aún llevaba en el forro de la capa, de momento olvidada, la carta con el sello del león rojo.

La punta de la pluma araña mis palabras sobre el papel.

Mi carruaje lo estaba esperando en la verja de la prisión. Había un médico listo para cauterizarle y vendarle las heridas. Los dedos mutilados y la piel envenenada. Ungüentos para aliviar... y confundir.

Durante todo un día estuvo sumido en el delirio, como si padeciera una calentura estival. Sus palabras eran inconexas y hablaban de culpa y de vergüenza. El miedo y el dolor suelen soltar la lengua, pero la gentileza puede obrar el mismo efecto. Un beso, el contacto de una mano sobre una mandíbula rota, la promesa de más atenciones...

¡Con cuánta facilidad caen los hombres!

Con mis propias manos le di vino y también láudano. Dejé que me viera fugazmente en camisón y con el pelo suelto. Le di mi pañuelo con mis iniciales bordadas para que siempre me tuviera presente. Pero no se conmovió. En el séquito del joven rey hay algunos que prefieren la compañía de jóvenes de su mismo sexo. Puede que él sea uno de ellos.

Da lo mismo. Hay belleza en el derramamiento de sangre. Purificación.

La gentileza logró lo que no había conseguido el deseo. Finalmente, al tercer día a mi cuidado, me reveló el nombre de la familia que buscaba.

Por la gracia de Dios, dejé que siguiera con vida. No fue por clemencia. Las voces susurraban que en Toulouse sería más difícil ocultar una muerte y un cuerpo. En las montañas, los ojos son ciegos.

Joubert. No sé nada más, pero es un comienzo.

La sangre llama a la sangre. Como nos enseñó nuestro Señor, solo el sufrimiento puede redimirnos.

13

La Cité

Minou subió la cuesta hasta la puerta de Narbona. La niebla difuminaba las farolas de la Cité, detrás de las murallas. Un búho que ya había salido a cazar ululaba en los árboles. La cola de una zorra se agitó y desapareció entre los matorrales. La muchacha vació la mente de los acontecimientos del día y se concentró únicamente en el atardecer. Atravesó el puente levadizo, saludó al guardia con una inclinación de la cabeza, pasó a través del estrecho arco de piedra y franqueó la puerta.

Casi estaba en casa.

De repente, un choque, una ráfaga azul y Minou se vio despedida por el aire, sin aliento. Extendió los brazos para no caer y enseguida sintió la presión de una mano en el codo que la ayudaba a incorporarse.

—Mademoiselle, perdóneme, no la había...

La voz del hombre se interrumpió de forma tan abrupta que Minou levantó la vista sorprendida. La barba y el pelo eran rojizos, y los ojos, verdes como la primavera. La estaba mirando fijamente, con una expresión tan sorprendida que no pudo menos que sonrojarse.

—*Jij weer* —masculló el hombre—. Le ruego que me perdone. ¿Está herida? ¿Le he hecho daño?

—No.

—¡Pero si es usted! —exclamó él, mirándola como si hubiese visto un fantasma.

Minou recuperó el equilibrio y dio un paso atrás.

—Me confunde con otra persona, monsieur.

Para su asombro, el desconocido alargó una mano y le acarició con los dedos una mejilla.

Minou sabía que debía reprenderle su descaro, pero no consiguió articular ni una sola palabra. Durante un breve instante, el hombre mantuvo el suave contacto del guante con su piel. Pero enseguida, de manera brusca, como si de repente hubiera recuperado el juicio, se apartó.

—Lamento mucho haberla asustado, gentil señora de las brumas —dijo—. Soy su humilde servidor.

Y, tras una reverencia, se marchó.

Un latido del corazón, dos... Aturdida, Minou lo vio alejarse a grandes zancadas hacia el castillo condal, hasta que su capa azul se desvaneció en el blanco mar de la bruma. Tres latidos del corazón, cuatro, cinco... Levantó la mano hasta el lugar donde había reposado la del desconocido y comprobó que aún permanecía en su mejilla el aroma del cuero. ¿Por qué la había mirado como si quisiera memorizar cada una de sus facciones? ¿Por qué pensaba que la conocía? Seis latidos, siete, ocho... Las campanas estaban llamando a vísperas y se le había hecho tarde, pero Minou no podía volver a casa. Aún no, con el pensamiento agitado y el corazón desbocado.

Siguió avanzando paso a paso entre la niebla plateada. Los edificios aparecían y desaparecían de su campo visual. De repente surgió la catedral delante de ella, como un barco fantasma que hubiera hendido la superficie del mar. Un grupo de clérigos, vestidos de negro como cuervos y con las narices enrojecidas por el frío, atravesaba a toda prisa la place Saint-Nazaire para ir a rezar a la catedral. Minou siguió caminando hasta que las torretas y fortificaciones del castillo condal surgieron en la distancia, y se preguntó cómo pasarían las tardes de la Cuaresma el senescal y su familia. ¿Habría alegría en el castillo? ¿Se oirían risas en sus salones o estarían los pasillos silenciosos, entre devotas meditaciones?

Se detuvo. A su alrededor, en toda la muralla, los guardias estaban anunciando la séptima hora y cerrando las puertas de la Cité para la noche. Entre los postigos de las ventanas y de las tabernas se adivinaba la luz de las velas y el fuego de las chimeneas. Todo estaba igual que siempre.

Todo, excepto el aroma de sándalo y almendras. Todo, excepto el tacto de la mano de un desconocido en su mejilla.

Piet se detuvo delante de los muros del castillo condal. El corazón le palpitaba como si fuera un chiquillo enamorado.

La joven era la misma que había visto en la rue du Marché, con sus extraordinarios ojos, uno azul y el otro del color de las hojas de otoño. ¡Cuánta fuerza transmitía! Su ropa sencilla y modesta realzaba la gracia de su elevada estatura. ¿Qué le había dicho? No había hecho más que tartamudear y balbucear como un tonto. Su visión le había robado hasta la última palabra de los labios.

Esperó un instante para recuperarse y se encaminó a la taberna escogida previamente. Empujó la puerta y sintió el embate de un muro de ruido. Pidió una jarra de cerveza y fue a sentarse a una mesa en un rincón oscuro, cerca del fuego, desde donde dominaba la puerta. Su mano volvía una y otra vez a la cartera de cuero, que para entonces había perdido su valiosa carga. La bolsa con las monedas de oro le colgaba pesadamente de la cintura.

Mientras bebía su cerveza, estudió a los otros bebedores, todos hombres de aspecto lo bastante decente, con la piel oscura y el pelo negro del Mediodía. Un chico entró en la taberna para buscar a su padre, que claramente se había excedido en la bebida. Una atractiva tabernera dispensaba la cerveza, con sus labios carnosos dibujando una sonrisa permanente. El aire estaba cargado de habladurías y conversaciones intrascendentes.

Piet levantó la jarra.

—Otra más, madame, *s'il vous plaît.*

Tras el segundo trago, sintió que el frío abandonaba sus huesos. ¿Viviría la joven en la Cité o en la Bastide? En la Cité, suponía, porque de lo contrario no habría estado a sus puertas a una hora tan tardía. ¿Por qué no le había preguntado su nombre?

Piet había tenido muchas mujeres en su vida. A algunas les había profesado afecto y otras no habían sido más que una fuente de placer pasajero, y, al menos eso esperaba, siempre con un grado de satisfacción tanto para él como para la dama. Sin embargo, ninguna hasta ese momento le había llegado de verdad al corazón.

Meneó la cabeza, sorprendido ante la rapidez con que había caído. Desde muy joven mantenía sus sentimientos más íntimos encerrados bajo siete llaves. Mucho tiempo atrás, de rodillas junto al lecho de su madre agonizante, desesperado por no poder comprarle la medicina que habría podido salvarla, había jurado no volver a sufrir una pérdida semejante.

Y aun así...

Ahí estaba, víctima del tipo de flechazo del que solían hablar los trovadores de antaño en sus canciones: ese momento en que el mundo entero parece detener su marcha y todo se desmorona. Piet levantó la jarra para brindar.

—Por ti, hermosa doncella, seas quien seas. Yo te saludo.

14

La niebla le había humedecido la ropa, y aunque no tenía frío, Minou no podía aplazar más el regreso a su casa. Entró de puntitas, con la esperanza de pasar inadvertida, pero cuando no había hecho más que colgar la capa del gancho de la pared, su hermana salió corriendo a su encuentro por el pasillo. De inmediato, los recuerdos de la extraña jornada que acababa de vivir pasaron a un segundo plano.

—¡Ten cuidado, *petite*! —exclamó Minou riendo mientras tomaba a Alis en brazos—. ¡Casi me tiras al suelo!

—¡Llegas muy tarde!

Aimeric asomó la cabeza por la puerta de la cocina.

—¡Ah, eres tú!

Minou le quitó el pelo de la cara y se echó a reír cuando su hermano se apartó bruscamente hasta quedar fuera de su alcance.

—¿Y quién más podía ser, dime?

Su padre estaba dormitando junto al fuego. A Minou se le encogió el corazón al notar una vez más su palidez. Casi se le transparentaban los pómulos bajo la piel tensa de las mejillas.

—¿Ha salido hoy papá? —preguntó en voz baja—. A mediodía se estaba muy bien al sol.

—No lo sé —respondió Aimeric, encogiéndose de hombros—. Estoy muerto de hambre. Me comería un buey.

—¿Qué dices tú, Alis? ¿Ha salido papá?

—No, se ha quedado en casa todo el día.

—¿Y tú, *petite*?

La niña estaba feliz.

—Yo sí. Y no he tosido en todo el día.

—¡Qué bien!

Minou depositó un beso sobre la coronilla de su padre dormido y después centró la atención en la preparación de la cena. Rixende había dejado una olla de alubias y nabos aromatizados con tomillo calentándose al fuego, y un poco de pan y queso de cabra en la mesa.

—Aquí tienen —dijo Minou mientras le pasaba a Alis los cuchillos y las cucharas, y le daba los platos a Aimeric—. ¿Cómo han pasado el día?

—Aimeric se ha metido en un lío por hablar con Marie en la fuente. Es un descarado. La madre de Marie ha venido a quejarse.

Alis fue a esconderse enseguida detrás de la espalda de Minou, fuera del alcance de su hermano, y cuando estuvo a salvo le enseñó la lengua. Minou suspiró. Pese a los seis años de diferencia, sus hermanos eran demasiado parecidos y estaban todo el tiempo peleando. Esa noche no tenía paciencia para soportar sus discusiones. Vació en un cuenco las galletas que les había comprado, mientras apartaba las codiciosas manos de Aimeric.

—Después de la cena. Si comes ahora, se te quitará el hambre.

—No se me quitará. ¡Ya te he dicho que podría comerme un buey!

Minou pronunció la oración que solía recitar su madre y, tras los impacientes «amén» de sus hermanos, despertó a su padre, que se sentó con ellos a la mesa. Tenía intención de hablarle de Michel y contarle el infortunio de madame Noubel, pero ya tendría tiempo de hacerlo más tarde, cuando Alis y Aimeric se hubieran ido a la cama.

—Hoy ha sido un día animado —empezó—. Charles no deja de hablar del tiempo y de las nubes, como siempre. He estado jugando a las palmitas con las niñas de los Sanchez hasta que me han dolido las manos. ¿Y sabes qué? —le dijo a su padre—. ¡He vendido aquel libro de poemas de Anna Bijns!

Fue una gran alegría para ella ver que la noticia iluminaba con una gran sonrisa la cara de su padre.

—Bueno, debo confesar que estoy sorprendido. Nunca pensé que fuéramos a encontrarle comprador, pero no pude resistir la tentación de adquirirlo. El papel era magnífico, ¡y qué encuadernación tan elegante para un libro tan fino! Se lo compré a un impresor holandés, un hombre de noble familia, más interesado en los libros que en los barcos. Tiene su taller en la Kalverstraat.

—¿Pasaste por Ámsterdam en tus viajes de enero? —preguntó Minou. Era una pregunta casual, formulada con el único propósito de mantener viva la conversación, pero al instante proyectó una sombra sobre la cara de Bernard.

—No.

Minou habría querido saber qué decir para que su padre recuperara su estado de ánimo anterior. Maldijo interiormente su involuntario error y al final agradeció que Aimeric desafiara a Alis a una partida de damas, aunque sabía que acabaría en discusión.

Oyendo el entrechocar de las fichas sobre el tablero de madera, recogió la mesa y se sentó junto al fuego, donde por fin dio libre curso a sus pensamientos. De vez en cuando se volvía para echar una mirada rápida a su padre. ¿Qué preocupación lo abrumaba? ¿Qué inquietud le había robado la alegría? Recordó entonces el tacto de la mano del desconocido sobre su mejilla y no pudo reprimir una sonrisa.

—¿En qué estás pensando? —le preguntó Alis, acurrucándose contra ella con ojos somnolientos.

—En nada.

—Debe de ser una nada muy bonita, porque pareces muy feliz.

Minou se echó a reír.

—Tenemos mucho que agradecerle a la vida. Pero me parece que hace rato que deberías estar en la cama. Y tú también, Aimeric.

—¿Por qué tengo que irme a la cama a la misma hora que Alis? Tengo trece años. Ella es una niña pequeña, y en cambio yo...

—*Au lit* —ordenó Minou con expresión severa—. Den las buenas noches a papá, los dos.

—*Bonne nuit, papa* —dijo Alis, obediente, tras un breve acceso de tos.

Bernard le puso una mano sobre la cabeza y después le dio una palmada a su hijo en el hombro.

—Pronto todo irá mejor —le aseguró a Minou—. Cuando venga la primavera volveré a ser el de siempre.

Dejándose llevar por un impulso, la joven le puso una afectuosa mano en el hombro, pero él se apartó.

—Cuando Aimeric y Alis se hayan acostado —le dijo Minou a su padre— te comentaré un asunto.

El hombre suspiró.

—Estoy cansado. ¿No podemos dejarlo para mañana?

—Si me perdonas, preferiría hablarlo esta noche. Es importante.

Bernard volvió a suspirar.

—Muy bien, aquí estaré, calentándome los huesos junto al fuego. De hecho, también hay unos asuntos que debería tratar contigo. Tu tía espera una respuesta.

—Crompton... —dijo Michel—. No esperaba encontrarlo por aquí. —Pero enseguida, forzando la vista a través del manto de bruma, comprobó que se había equivocado—. Discúlpeme, monsieur. En la niebla lo he confundido con otra persona.

—No se preocupe —dijo el hombre, antes de continuar su camino—. Buenas noches.

Michel siguió andando lentamente hacia la puerta del Aude, sintiendo todo el cuerpo dolorido. Sabía que le quedaba poco tiempo de vida. Respirar era una lucha para él, ya que las garras despiadadas de la enfermedad le robaban el aire de los pulmones. ¿Cuántas semanas tendría aún por delante? ¿Encontraría por fin la paz cuando le llegara la hora? ¿Le perdonaría Dios sus pecados y lo acogería en su seno?

No podía saberlo.

Era tarde para ir a la Cité, pero si podía localizar en la oscuridad el lugar donde vivía Joubert, era más probable que lo encontrara a esa hora. Los esfuerzos del día lo habían dejado exhausto y había dormido más de lo previsto.

¿Había hecho bien en no hablarle claramente a Minou? Creía que sí, porque no sabía hasta qué punto su padre le habría revelado su situación, y no quería alarmarla.

Las torres se erguían en lo alto y el castillo condal permanecía medio oculto entre la bruma, como una presencia inmaterial. Se detuvo un momento y esperó a que se le pasara el temblor de las piernas. No había dado más que unos pocos pasos cuando sintió que se le erizaba el vello de la nuca. Percibió el ruido de una respiración en el aire nocturno, a sus espaldas, y se volvió para mirar por encima del hombro.

Dos hombres de aspecto rudo, con jubones de cuero y toscos pantalones largos, aparecieron de pronto por la esquina de la rue Saint-Nazaire. Tenían la cara cubierta con pañuelos atados encima de la boca y gorros de lana que les llegaban hasta las cejas. Uno de ellos sostenía un garrote.

Michel oyó los pasos de los hombres, que lo seguían mientras él intentaba acelerar el paso, avanzando a trompicones por el resbaladizo empedrado. Estaban cada vez más cerca. Enfrente de él se veían luces. Solamente tenía que llegar un poco más cerca de la Cité.

El primer garrotazo lo alcanzó en la sien izquierda y lo derribó instantáneamente. Se golpeó contra un peldaño de piedra y sintió que se le quebraba el hueso de la nariz. Recibió un segundo garrotazo, en la nuca. Michel intentó levantar las manos para protegerse, pero no pudo hacer nada contra la lluvia de patadas en las costillas, la espalda y los brazos. Sintió un enorme dolor cuando el talón de una bota le aplastó un tobillo, y entonces soltó un alarido. Sus atacantes lo levantaron del suelo, lo pusieron de pie y lo arrastraron entre ambos por los callejones empedrados hacia la puerta del Aude.

—¡Alto! ¿Quién anda ahí?

La voz del guardia le dio esperanzas a Michel. Intentó llamarlo, pero se atragantó con la sangre que le llenaba la boca.

—Perdone la molestia —oyó Michel que respondía una voz educada. ¿Sería el caballero con el que se había cruzado antes? ¿Estaría en connivencia con sus agresores?—. Nuestro amigo ha bebido en exceso. Lo estamos llevando a su casa para meterlo en la cama.

—¡Que el Señor se apiade de su mujer! —respondió el guardia, y los dos hombres se echaron a reír.

Michel sentía que iba arrastrando los dedos de los pies por el empedrado, sin poder oponer resistencia. De pronto se dio cuenta de que pasaba de las calles iluminadas de la Cité a la aterciopelada oscuridad de más allá de las murallas.

—Avísenme cuando hayan terminado —dijo la misma voz—. Que no haya testigos.

—¡Por el amor de Dios! ¿Qué hacen?

—No es asunto suyo —masculló el hombre, tambaleándose.

El aliento le olía a cerveza rancia y tenía los ojos turbios y llenos de ira. La mujer aprovechó la ocasión para cubrirse el pecho con el corpiño desgarrado y escabullirse fuera del alcance del borracho.

—Ha bebido demasiado, monsieur —dijo Piet, interponiéndose entre ambos—. Váyase a casa y deje en paz a esa mujer.

La puerta de la taberna se abrió y volvió a cerrarse, proyectando un fugaz rayo de luz, suficiente para revelar la huella de una mano en la mejilla de la mujer y varios arañazos en sus hombros pálidos.

—Vuelva a casa, monsieur. Aquí ya no tiene nada que hacer.

—He dicho que no es asunto suyo. —El borracho oscilaba hacia delante y hacia atrás, enarbolando los puños como un luchador listo para entrar en combate—. ¿O quiere pelea? ¿Va a desafiarme por esa mujerzuela, por esa *putane* que vale menos que una hogaza de pan enmohecido?

Piet echó un vistazo a la cintura del hombre y observó que no llevaba armas.

—Váyase a casa. Se lo advierto por última vez.

—¿Me lo advierte? —farfulló—. ¡Que me lo advierte, dice! ¿Quién se cree que es para decirme lo que tengo que hacer? Esta «dama» y yo hemos hecho un trato y la muy perra ha intentado engañarme. Tengo que darle una lección, ¡porque esta zorra con la cara picada de viruela ha querido estafarme!

El hombre se adelantó de un salto, aferró a la muchacha por el cuello con una mano y con la otra le dio un golpe en la sien. La mujer intentó soltarse, pero el borracho estaba cegado por el alcohol y la apretó con más fuerza todavía.

Entonces Piet agarró al hombre por el jubón, lo hizo retroceder de un tirón y le propinó un puñetazo en el vientre y otro en la mandíbula. El borracho dio una vuelta completa sobre sí mismo y se desplomó de rodillas sobre el empedrado. Un instante después, estaba tirado en la calle, roncando.

—Vuelva a su casa, mademoiselle —dijo Piet—. No sé qué trato tenía con este hombre ni me importa, pero debo recordarle que los borrachos no suelen cumplir con su palabra.

La prostituta salió de las sombras donde se había refugiado.

—Es un caballero. Tengo mi habitación en la place Saint-Nazaire y los negocios me van bastante bien. Si alguna vez necesita compañía, estaré encantada de proporcionársela de forma gratuita.

—Váyase a casa, mademoiselle —repitió Piet mientras se volvía para marcharse.

Los ecos de las risas de la mujer lo acompañaron todo el camino, hasta la casa de Vidal, en la rue de Notre Dame. Entró en el jardín oscuro y allí encontró un cubo desportillado lleno de agua. Quebró la fina capa de hielo, se lavó las huellas de la lucha que aún tenía en las manos y, secándoselas aún en el forro de la capa, se dirigió a la puerta.

Cuando Minou volvió a la cocina, tras acostar a Alis y vigilar que Aimeric dijera sus oraciones, encontró vacía la silla de su padre.

Se enfadó un poco, pero a la vez se sintió aliviada. Por un lado, habría querido hablarle del desconocido que se había presentado en la tienda, el hombre que había dicho llamarse Michel; pero, por otro, no tenía ganas de hablar del futuro de Aimeric, ni de decidir si debían aceptar la invitación de sus tíos para que el chico se fuera a vivir con ellos a Toulouse.

Tomó un hierro para remover el fuego e hizo que el último leño se desmoronara en una nube de ceniza. Humedeció las ascuas y colocó la pantalla protectora delante de la lumbre. Casi sin pensarlo, tomó de la repisa el mapa de su madre y se puso a contemplar el escenario de su vida, trazado con gis: los contornos de la Cité, en rojo; las líneas de la Bastide, en verde; el río entre ambas, en azul; y su casa y la librería, en amarillo fuerte.

Echó un último vistazo a la cocina: la mesa, que ya estaba lista para la mañana, el delantal de Rixende colgado detrás de la puerta, los libros apilados sobre la cómoda y todas las cosas que imprimían carácter a su pequeño hogar. Todo estaba tal y como lo había encontrado al comienzo del día. Solo ella había cambiado. Minou lo sabía. Lo sentía en el corazón y en los huesos.

Ahora mi marido está indefenso como un recién nacido. Puedo hacer de él lo que quiera. Acariciarle la mejilla con un dedo o retorcerle un punzón sobre la piel hasta hacerlo sangrar. Grabarle mis iniciales a cuchillo sobre el pecho, como antes me marcaba él con sus golpes.

Sus brazos son pesos muertos. Le levanto las manos y las dejo caer. Es como una marioneta sin cuerdas, y no puede hacer nada para evitarlo. Su cuerpo yace inútil bajo la manta, cociéndose en sus propios jugos infectos. El que antes se imponía por la fuerza y el miedo ahora depende de los demás para todo.

En estas cosas veo la gracia de Dios. Es el juicio de nuestro Señor, su voluntad, su castigo. Un feroz y terrible escarmiento.

Ahora no puede hablar. También me he cuidado de eso. La misma poción le ha ido sustrayendo poco a poco la fuerza de todos los músculos —las manos, los pies, el miembro viril y ahora la lengua— y le ha aguado la sangre. Con vinos dulces de Oriente y especias de las Indias he disimulado su sabor amargo. Pero su mirada es clara y aguda. No ha perdido el raciocinio y en eso también veo la gracia de Dios. Es un delicioso purgatorio. Está atrapado, consciente y en silencio, dentro del cascarón de un cuerpo que ya no le obedece. Sabe que soy la arquitecta de su mal.

Sabe que es un ajuste de cuentas, que tras los muchos años de maltrato ahora las cosas son distintas.

Mi marido quiere que tenga clemencia, pero no pienso tenerla. Reza para que me apiade de él, pero sé que me despreciaría si lo hiciera. Cuando bajo a la capilla a rezar por el alivio de sus padecimientos, dejo todas las puertas abiertas para que oiga cómo se burla Dios de su sufrimiento. Y cómo me burlo yo.

Dejaré que viva un poco más, para que sepa lo que significa oír pasos por la noche y sentir pánico, como me pasaba a mí, noche tras noche, cuando rezaba para que no viniera a mi cama. Cuando le rezaba a la Virgen para que me protegiera.

Puede que los criados estén sorprendidos por la dedicación que le demuestro, pero se cuidan mucho de expresarlo en voz alta. Saben que cuando él muera, yo seré la dueña y señora de la casa, y tendrán que responder ante mí. Los que han oído los rumores de un heredero para Puivert tienen el buen juicio de no decir nada al respecto en mi presencia.

Que Dios me perdone, pero pienso prolongar un poco más mi diversión. «Mía es la venganza», dijo el Señor. ¿Cómo vamos a contradecirlo nosotros, sus criaturas?

15

La Cité

Piet y Vidal estaban sentados a extremos opuestos de la chimenea, en una sala elegante y cómoda, con anchos alféizares y ventanas que daban a la calle divididas por parteluces. Una gran chimenea de piedra, con hierros resplandecientes, un gran fuelle y una cesta llena de leña a un costado, ocupaba toda una pared. Adornaban el resto de la sala numerosos signos de devoción: un crucifijo de madera sobre la puerta, un exquisito tapiz que representaba a san Miguel conduciendo a los arcángeles a la batalla y, entre las ventanas, una imagen de santa Ana pintada al óleo. Los muebles eran sencillos, pero de excelente factura: dos sillas de madera pulida, con apoyabrazos curvos y cojines bordados, y una mesa entre ambas. La biblioteca, con profundos estantes en los cuatro costados, estaba llena a rebosar de textos religiosos en latín, francés y alemán. ¿Serían de Vidal o de la casa? A los ojos de Piet, todo parecía inmaculado, como si apenas se hubiera usado.

Las velas se habían consumido y las palabras de ambos saturaban el aire. Las circunstancias le recordaban a Piet su época de estudiante en Toulouse y lo mucho que la echaba de menos. En aquellos tiempos, las coincidencias con su amigo eran mucho más importantes que las diferencias. La fe y los años los habían ido alejando, pero Piet conservaba la esperanza. Si dos hombres con puntos de vista tan distantes estaban dispuestos a tratar de encontrar puntos de acuerdo, ¿no podían imitarlos todos los demás?

—Lo que quiero decir es que el edicto nos ofrece la oportunidad de...

—¿*Nos* ofrece? ¿Reconoces entonces que eres hugonote?

—¿Si lo reconozco? —replicó Piet en tono de leve reproche—. No sabía que una conversación privada entre dos viejos amigos podía interpretarse como una especie de confesión.

Vidal desechó el comentario con un movimiento de la mano.

—Dices que el edicto no es suficiente, pero yo opino que es excesivo. Estamos de acuerdo, ciertamente, en que no satisface a ninguno de los dos bandos. Desde enero no han disminuido los conflictos religiosos, sino que se han multiplicado.

—La culpa no es de los hugonotes.

—Monasterios saqueados en el sur, sacerdotes atacados mientras rezaban... Están muy bien documentados todos los crímenes cometidos por los hugonotes, y ninguno es cuestión de fe, sino de la más pura barbarie. Seguramente convendrás conmigo en que el príncipe de Condé y su aliado, Coligny, tienen la mira puesta en objetivos mucho más terrenales. Quieren poner un hugonote en el trono de Francia.

—No lo creo. En cualquier caso, no estaba hablando de nuestros líderes, sino de la gente corriente. No queremos problemas.

—¿No? Ve a decírselo a los monjes de Ruan que fueron a rendir culto y encontraron el altar de su capilla profanado de la manera más vil. ¿Cómo puedes negar las atrocidades perpetradas por los hugonotes?

—¿Cómo puedes negar tú las cometidas por los católicos? ¿Olvidas los curas borrachos, la fornicación, el bochorno de ver a niños recibiendo las llaves de un obispado como si fueran una herencia familiar? A los tres años, Juan de Lorena ya era obispo coadjutor de Metz, responsable nada menos que de trece diócesis. ¿Y todavía te preguntas por qué la gente se aparta de tu Iglesia?

Vidal se echó a reír.

—¡Por favor, Piet! ¿No tienes ningún ejemplo más? Cada vez que los reformistas se proponen ilustrar la degeneración de la Iglesia, sacan a relucir el mismo ejemplo gastado. Si ese es el único caso reprobable, algo que sucedió hace treinta años, entonces todo tu argumento se viene abajo.

—No es más que uno de los muchos casos de abuso de poder que apartan de su Iglesia a los devotos.

Vidal entrecruzó los dedos de ambas manos.

—Nos llegan noticias de que los reformistas, esos hombres que consideras tus amigos, se están armando.

—Tenemos derecho a defendernos —replicó Piet—. No puedes esperar que vayamos como ovejas al matadero.

—A defenderse, sí. Pero financiar ejércitos privados y pasar armas de contrabando, todo ello pagado por simpatizantes holandeses e ingleses, es una cosa muy distinta. Eso se llama «traición».

—Se rumorea que Guisa y sus aliados católicos están financiados por la España de los Habsburgo.

Vidal hizo un gesto de desdén.

—¡Qué afirmación tan ridícula!

Durante un momento, los dos guardaron silencio.

—Dime, Vidal —empezó por fin Piet—, ¿nunca te preguntas por qué a tu Iglesia le parece tan amenazante que nosotros rindamos culto de otra manera?

—Es una cuestión de seguridad. Un Estado unido es un Estado fuerte. Los que se separan debilitan el conjunto.

—Quizá —replicó Piet, escogiendo con cuidado sus palabras—. Sin embargo, hay quien dice que la verdadera razón de que la Iglesia católica intente silenciarnos es el temor de que tengamos razón. Les aterroriza que el pueblo escuche la verdad de los Evangelios, el verdadero mensaje de Dios sin las interpretaciones realizadas por varias generaciones de clérigos, y decida unirse a nosotros.

—¿La salvación únicamente por la fe? ¿Sin necesidad de sacerdotes, con misas oficiadas en lenguas locales, sin conventos, sin caridad, sin buenas obras?

—Sin la posibilidad de comprar con dinero la absolución de los pecados, por muy graves que sean.

Vidal meneó la cabeza.

—La gente quiere milagros y reliquias, Piet. Los fieles necesitan la magnificencia de un Dios que escapa a toda comprensión.

—¿Reliquias? ¿Una uña ennegrecida? ¿Una astilla de hueso del cadáver de un mártir?

—Un trozo de tela.

Piet se sonrojó ante la alusión.

—¿Realmente hemos de buscar a Dios en esos objetos truculentos?

Vidal suspiró.

—Si le quitas el misterio a Dios y niegas todo aquello que no sea corriente y prosaico, eliminas gran parte de la belleza de nuestras vidas.

—¿Es bello mantener a la gente oprimida y ciega, sometida por el miedo? ¿Cómo puede haber belleza en desgarrar el cuerpo de un hombre en el potro de tortura para salvar su alma? Vuelvo a mi argumento anterior: no hay razón para que católicos y protestantes no podamos vivir juntos, respetando mutuamente nuestras diferencias. Todos somos franceses. Hay un parentesco entre nosotros. No es honesto considerar traidores a todos los partidarios de la Reforma.

Vidal unió las manos.

—Sabes bien que muchos de los que han abrazado tu fe desafían la autoridad del rey y cuestionan su derecho divino a reinar. Como he dicho antes, amigo, eso es traición.

—Te concedo que hay quienes cuestionan el derecho de *su madre* a gobernar. Todos saben que Carlos vive más pendiente de sus perros y de sus partidas de caza que de los asuntos de Estado. No es más que un niño. Todas las decisiones que se toman en nombre del rey proceden en realidad de Catalina, la reina regente.

—Ni tú ni yo sabemos lo que pasa realmente en la corte.

—Todo el mundo lo sabe —insistió Piet—. A los hugonotes solo nos permiten ser ciudadanos de segunda. Sabes que es así. E incluso esas migajas de tolerancia están en peligro. Guisa y sus secuaces ni siquiera quieren que seamos ciudadanos. Para ellos, toda concesión es excesiva, incluso el reconocimiento del derecho a rendir culto en la lengua vulgar.

—Lo dices como si el derecho a oficiar misa en francés fuera un asunto menor.

—El viejo rey, un católico sincero y devoto, le encargó personalmente a Marot la traducción de los Salmos del latín al francés. ¿Cómo es posible que un acto que hace treinta años era la obra de un hombre piadoso pueda considerarse ahora una herejía?

—Las circunstancias han cambiado. El mundo se ha vuelto mucho más hostil.

—Te advierto que si no tenemos cuidado —dijo Piet con expresión feroz—, acabaremos emulando las piras de Inglaterra o los viles excesos de la Inquisición en España.

—Tanta inhumanidad sería imposible en Francia.

—O quizá no, Vidal, quizá no. El mundo que conocemos está cambiando con más rapidez de lo que pensamos. En Toulouse, algunas voces proclaman que matar hugonotes es un deber de todo católico devoto. ¡Proclaman el deber de matar en nombre de Dios! ¡El deber de proclamar la guerra santa! Utilizan el lenguaje de las cruzadas para hablar de sus hermanos cristianos.

—De cristianos que a sus ojos son herejes —replicó con calma Vidal—. Pareces convencido de que nadie que proteste contra las doctrinas de los reformistas, que enseñan a comer carne durante la Cuaresma y se burlan de nuestras reliquias más sagradas, pueda hacerlo por un auténtico compromiso con la verdad y la fe.

—No es cierto —repuso Piet—. Acepto que pueda haber católicos genuinamente ofendidos por nuestras prácticas, pero el duque de Guisa y su hermano son un obstáculo para una paz duradera. Animan a sus adeptos a oponerse al edicto, y de ese modo acabarán conduciendo a Francia a la guerra civil.

Vidal frunció el ceño.

—Hablas con las mismas palabras que se utilizaron en esta ciudadela para justificar la herejía de los cátaros.

—¿Y por qué no iba a hacerlo? La Inquisición, fundada originalmente para arrancar de raíz la doctrina de los cátaros, sigue teniendo su sede aquí, en la Cité, ¿no es así?

—Han pasado trescientos cincuenta años desde que santo Domingo predicó en la catedral y...

—Sin convencer a nadie —lo interrumpió Piet—. Y, tras su fracaso, surgieron las hogueras, el fuego purificador, la fe impuesta por la agonía de las llamas.

—Ya no estamos tan atrasados como en aquellos tiempos. Francia no es Inglaterra, ni tampoco es España. Ahora nuestra santa madre Iglesia procura predicar con el ejemplo.

Piet meneó la cabeza con escepticismo.

—¿Doblegando el espíritu de un hombre, llegando al extremo de romperle los huesos para salvar su alma? Tu teología no me convence, Vidal, si viene envuelta en sangre, azufre y desesperación.

16

—¡Canalla! ¡Quítame las manos de encima!

En la calle estalló un griterío repentino y un estruendo de maderas rotas. Piet se levantó y fue directamente a la ventana.

—No hagas caso. No será nada —dijo Vidal—. Es el precio que hemos de pagar por vivir justo enfrente de la taberna con más altercados de toda la Cité.

Piet se asomó a la oscuridad. Un grupo de hombres se dirigía a trompicones hacia la fuente, sujetándose unos a otros por los hombros. Uno de ellos cayó de rodillas y vació todo el contenido de su estómago en el empedrado. Piet reconoció al borracho que había atacado antes a la prostituta, y enseguida se alejó de la ventana.

—Repugnante.

—Eres demasiado remilgado para ser militar —replicó Vidal con sequedad—. ¿Tus compañeros son igual de delicados que tú?

—Es una cuestión de decoro —respondió Piet, sin sacar a Vidal de su error acerca de su ocupación—. Un hombre incapaz de controlar lo que bebe tampoco puede controlar la lengua.

Vidal bebió un trago.

—Es cierto lo que dices.

Piet tomó su vaso y se sentó.

—No puedo creer que ignores los métodos que usan los inquisidores.

A Vidal le centelleaban los ojos de entusiasmo religioso.

—Si un hombre es hallado culpable de blasfemia o herejía, la Inquisición lo entrega a los tribunales civiles para que lo juzguen y condenen. Lo sabes perfectamente.

Piet se echó a reír.

—Tu Iglesia no engaña a nadie con ese recurso de entregar a los herejes a la justicia civil, incluso después de someterlos a las más espantosas torturas, para mantener las manos limpias.

—Tan solo nos ocupamos de los asuntos de doctrina. La Inquisición no tiene ninguna función en la sociedad civil.

Piet hizo una pausa.

—¿Has dicho «nos ocupamos»?

—Nos ocupamos, se ocupan..., ¿qué más da? —dijo Vidal, desechando la pregunta de su amigo con un gesto de la mano, como si ahuyentara una mosca—. Todos somos siervos de la misma Iglesia apostólica.

Incómodo, Piet volvió a ponerse de pie.

—Hablas como si los hombres hubiéramos aprendido de las lecciones del pasado, como si hubiéramos mejorado. Pero me temo que ha sido al contrario: ahora repetimos los mismos errores, y de manera cada vez más ruin. Me temo que estamos avanzando como sonámbulos hacia un nuevo conflicto. Por eso muchos franceses que comparten mis ideas han huido a Ámsterdam.

Vidal apretó los labios, visiblemente disgustado.

—¿Por qué no te vas con ellos si la vida en Francia te parece tan desagradable?

—¿Me lo preguntas tú, Vidal? —dijo Piet decepcionado—. ¿Tú, que sabes cuánto le debo al Mediodía? ¿Debo exiliarme de mi país solamente por pensar diferente de los que ahora ostentan el poder en la corte? ¡Soy francés!

—Solo en parte.

—Como bien sabes, he vivido toda la vida en Francia, con la excepción de una breve estancia en Inglaterra y de mis primeros años en Ámsterdam. Soy tan francés como el que más.

Piet no estaba diciendo toda la verdad. Su amor por su madre holandesa, que en su breve vida no había conocido más que el sufrimiento, estaba indisolublemente ligado al amor que sentía por su infancia en Ámsterdam: la vida en distintas hosterías y misiones de caridad, entre las aguas del Rokin y el gran canal Singel; los paseos al puerto para ver los *fluyt* que zarpaban rumbo a las Indias; el seductor murmullo de las jarcias mientras esperaban que cambiara el viento...

—La sangre de mi padre corre por mis venas —dijo Piet—. ¿Por qué he de verme privado de mi derecho de nacimiento?

Vidal arqueó las cejas.

—Creo que he tocado una fibra sensible.

Piet miró a su viejo amigo, con su distintivo mechón de pelo blanco. Las líneas de su mandíbula parecían más marcadas y su mirada se había vuelto más dura. Los dos tenían veintisiete años, pero Vidal parecía mayor.

—Todavía te dejas guiar por el corazón y no por la cabeza —dijo Vidal—. No has cambiado.

Piet hizo una inspiración profunda para tratar de calmarse. Culpaba a la Iglesia de haberle dado la espalda a su madre en su momento de mayor necesidad, pero Vidal no era responsable de ese abandono. La suya era una guerra anterior.

Levantó las manos para mostrar que renunciaba al debate.

—No he venido aquí para discutir contigo, Vidal.

—¿Crees que por haber puesto mi vida al servicio de Dios no entiendo cómo funciona el mundo? Somos criaturas frágiles,

Piet, tanto los clérigos como el resto de los hombres. Solo el Señor puede juzgar nuestros pecados. Suya es la venganza, y solo suya es la justicia.

—No he dicho lo contrario —replicó Piet en voz baja—. Sé muy bien que eres un hombre de honor. Entiendo que esto no es para ti un asunto de doctrina abstracta.

—Incluso ahora, mientras intentas halagarme, sigues atacando a la institución a la que he consagrado mi vida.

Alguien llamó a la puerta y se interrumpió la conversación.

—Adelante —dijo Vidal.

Un criado entró en la habitación llevando una bandeja de latón con una botella de vino, dos vasos, queso, pan, higos y galletas. A Piet le pareció extraña su presencia, como si su repentina irrupción ocultara otro propósito. Sintió que el sirviente lo observaba. Moreno y de constitución robusta, el hombre tenía una cicatriz irregular que le recorría de arriba abajo la mejilla derecha. Su aspecto le resultó familiar, pero no pudo recordar dónde lo había visto.

—Deja aquí la bandeja, Bonal —dijo Vidal, señalando la mesa auxiliar—. Nos serviremos nosotros mismos.

—Sí, monseñor —respondió el criado, que enseguida procedió a entregarle una nota a su amo.

Piet se quedó mirando a Vidal mientras este leía la nota, arrugaba el papel y lo arrojaba al fuego.

—No hay respuesta —dijo Vidal.

—¿Monseñor? —repitió Piet en cuanto el sirviente se retiró—. ¿Ya eres monseñor? Tengo que felicitarte.

—Un tratamiento de cortesía, nada más.

—¿Es el mismo criado que tenías en Toulouse?

—El obispado tiene muchos sirvientes que destina a la catedral y a otros lugares. Ni siquiera sé el nombre de la mayoría. —Señaló la bandeja—. ¿Quieres comer algo?

Piet se sirvió un poco de queso y de pan para tener tiempo de ordenar sus ideas. Sabía que había llegado el momento, pero se resistía a mencionar el propósito que lo había llevado a visitar a su viejo amigo.

De repente, se sentía muy cansado. Cerró los ojos. Oyó el ruido del tapón y del vino llenando los dos vasos de peltre, y percibió los pasos de Vidal sobre el suelo de madera.

—Aquí tienes —le dijo su amigo.

—Ya he bebido más que suficiente.

—Esto es distinto —replicó Vidal—. Es un vino local. *Guignolet*. Te hará sentir mejor.

El denso líquido rojo era a la vez dulce y amargo. Piet se secó la boca con el dorso de la mano. Desde la calle les llegaban ruidos dispersos, que se filtraban en la recluida habitación.

—Míranos, otra vez juntos tú y yo —dijo Vidal al cabo de un rato—, como antes.

—Conversando y discutiendo hasta la madrugada —convino Piet—. ¡Qué tiempos!

—Fue una buena época —afirmó Vidal mientras depositaba su vaso sobre la mesa—. Pero ya no somos estudiantes. Ahora ya no podemos permitirnos hablar sin cuidar lo que decimos.

Piet sintió que se le detenía el corazón.

—Puede que no.

—Esta mañana has dicho que querías contarme lo sucedido aquella noche en Toulouse, cuando sustrajeron el sudario, en aquellos tiempos felices en que éramos íntimos amigos, en que éramos como hermanos.

—Como hermanos, sí.

—Si trascendiera que nos hemos reunido para conversar, algunas personas no lo entenderían. Me refiero a mi obispo y probablemente también a tus camaradas, que no verían con buenos ojos esta reunión nuestra, ni la considerarían... inocente.

—*Dat is waar*. Es cierto.

—Si has venido a contarme algo, será mejor que lo hagas ahora. Se está haciendo tarde.

—Sí —respondió Piet, armándose de valor—. Tendrás que perdonar mi renuencia. Esta mañana, en la catedral, me has preguntado si había robado el sudario de Antioquía y yo te he dado mi palabra de que no lo había hecho.

—Sin embargo, ¿tenías conocimiento del plan del robo?

—No supe nada hasta después de la sustracción.

—Ya veo. —Vidal se recostó en la silla—. ¿Sabes que me acusaron de estar implicado? ¿Sabes que el crimen de tus amigos hugonotes me puso a mí bajo sospecha?

—No lo sabía —respondió Piet—. Lo siento mucho.

—Me abrieron una investigación. Me sometieron a un interrogatorio sobre mi fe y mi lealtad a la Iglesia. Me vi obligado a defenderme y a dar explicaciones sobre mi amistad contigo.

—Lo siento mucho, Vidal. De verdad que lo siento.

Vidal lo miró.

—¿Quién fue?

Piet levantó las manos y las dejó caer.

—No puedo decírtelo.

—Entonces, ¿para qué has venido? —Vidal reaccionó con fiereza—. ¿Qué fidelidad o vasallaje le debes al ladrón para seguir protegiendo su nombre? ¿Es más importante que nuestra amistad?

—¡No! —La respuesta brotó del pecho de Piet como una explosión—. Pero he dado mi palabra.

La ira brilló en la mirada de Vidal.

—En ese caso, ¿por qué has venido a buscarme si no puedes ni quieres revelarme nada?

Piet se pasó la mano por el pelo.

—Porque... porque quería que supieras que, a pesar de todos mis pecados, no soy un ladrón.

—¿Y pensabas que eso iba a reconfortarme?

Piet se negó a reconocer la amargura en la voz de su amigo.

—Nadie ha vuelto a ver el sudario desde aquella noche. Me he ocupado de que esté en lugar seguro —le dijo.

De repente, Piet se sintió abrumado por los recuerdos de los últimos días, que lo asaltaron en vertiginosa sucesión: la habitación sobre la taberna de la rue de l'Aigle d'Or; la expresión de codicia de Devereux y la fascinación en los ojos de Crompton, tan ferviente como el más fanático de los católicos; las manos del sastre de Toulouse que había trabajado largas horas a la luz de las velas para crear una copia perfecta del sudario; todo el tiempo dedicado a escoger la delicada tela, reproducir con exactitud los bordados y conferir a la falsificación la textura de una pieza verdaderamente antigua. Retrocediendo un poco más en el tiempo, recordó el día en que por primera vez había sostenido el sudario en las manos, imaginando que aún conservaba los aromas de Jerusalén y del Gólgota. Como entonces, volvió a sentir el estremecimiento producido por el choque entre la razón y el misterio de lo inefable.

Bebió otro sorbo de guignolet y sintió que la calidez del vino se difundía por su sangre. Titubeó. No podía faltar a su compromiso de silencio, pero podía tratar de ofrecer a su viejo amigo, a la persona que en otro tiempo había sido el más querido de sus amigos, un atisbo de esperanza.

—Solamente puedo garantizarte, Vidal, que el auténtico sudario está a salvo. No podía permitir que algo tan bello fuera destruido.

—No podías permitirlo, pero desprecias el «culto a las reliquias», como tú mismo has dicho —replicó Vidal, devolviéndole a Piet sus propias palabras—. Es un magro consuelo para mí.

—Aunque no es más que un fragmento del conjunto, el sudario de Antioquía es magnífico en sí mismo —replicó Piet—, y eso ya es suficiente razón para querer conservarlo.

Vidal se puso de pie de forma repentina, tomando a Piet por sorpresa.

—¿Qué importa todo eso si yo no lo tengo?

Las tablas del suelo crujieron como leños en una hoguera, y el hábito rojo del clérigo se arremolinó a su alrededor de manera similar a las llamas. El mechón blanco que destacaba en su negra cabellera pareció refulgir con un brillo de plata, igual que el destello de un relámpago sobre el cielo oscuro.

—¿Dónde está el sudario? —preguntó secamente—. ¿Sigue en Toulouse?

Piet abrió la boca, pero no pudo hablar. De repente, la habitación se había vuelto demasiado calurosa y sofocante. Se aflojó la gorguera y se soltó los broches del jubón mientras se enjugaba con un pañuelo la frente sudorosa. A continuación bebió otro sorbo de guignolet para aliviar la repentina sequedad que le abrasaba la garganta.

—¿Lo tienes tú? —insistió Vidal. Su voz parecía llegar de lejos—. ¿Lo has traído?

—No.

Piet tenía la mirada desenfocada y la lengua le pesaba. No conseguía decir nada más. Le costaba mover la boca. Cerró los ojos para que la habitación dejara de girar a su alrededor.

—Yo... El vino...

Bajó la vista hacia el líquido rojo oscuro y después levantó la mirada para ver la cara de su amigo. Vidal era el de siempre, pero parecía haber sufrido una profunda transformación. ¿Estaría sintiendo los mismos mareos y las mismas náuseas?

Piet notó que el vaso se le caía de los dedos, paralizados, y rodaba por la alfombra, derramando los restos del denso vino tinto por el suelo de madera. Intentó ponerse de pie, pero las piernas no le obedecieron. La visión se le volvió borrosa. Primero vio dos figuras, después tres, que atravesaban la habitación y abrían la puerta. Oyó gritos de auxilio y ruido de carreras por la escalera.

Después, nada.

La plaga protestante se difunde sin control. Se mueven como manadas de ratas por nuestros pueblos y ciudades, respirando el aire católico e infestando las tierras de Dios. Los pastores hugonotes, esos traidores a Francia que animan a la desobediencia civil, deberían ser ajusticiados. En Pamiers, Bélesta y Chalabre, el cáncer se propaga por toda la Haute Vallée. Ha habido revueltas en Tarascón y Ornolac, e incluso aquí, en el pueblo.

No me cabe ninguna duda de que la pestilencia será erradicada. Y he de reconocer que las revueltas sirven a mi propósito. Porque ¿quién se fija en un cadáver cuando los patíbulos están llenos de condenados? ¿Qué importancia tiene una muerte cuando corren ríos de sangre por las calles? Nuestros odios insignificantes y mezquinos no desaparecen cuando estalla una guerra. Las enemistades, las luchas familiares y las venganzas persisten sin control alguno por debajo de la superficie. Las cosas grandiosas coexisten con las más pequeñas.

Podría abandonar el castillo, pero aún no debo correr ese riesgo. Aunque la salud de mi marido está definitivamente arruinada y ni siquiera el más hábil de los boticarios podría devolvérsela, todavía podría hablar si no me quedo a su lado para sujetarle la lengua. Si me denuncia, estoy perdida. Por la noche, cuando su cuerpo se acostumbra al veneno, comienza a gritar.

De momento, debo quedarme para seguir preparando mis hierbas de viuda. Cuando haya muerto, me reuniré con mi amante. Somos dos mitades de un todo, aunque él finge no saberlo. Lo más noble y piadoso de nuestras almas forma una unión perfecta.

Hubo una época en que las sombras del castillo nos proporcionaban la soledad que necesitábamos, pero puede haber otros sitios. Cuando le ato las muñecas con cuerdas de terciopelo rojo, la nuestra es una unión entre iguales. Placer y dolor. El Señor nos enseñó que debemos sufrir para renacer.

Le hablaré de la criatura que está creciendo en mi interior. Un regalo de Dios. Le gustará.

17

La Cité
Domingo, 1 de marzo

Minou se levantó, adormilada todavía, y abrió de par en par las ventanas. No recordaba cuánto tiempo hacía que no dormía tanto, ni tan profundamente y sin sueños.

Una neblina pálida envolvía la Cité y ocultaba la cara del sol, pero más allá de la bruma el cielo estaba despejado y el aire era fresco. La joven se sentía llena de esperanzas. Era el primer día de marzo. Podía hacer lo que quisiera. Después de la misa, llevaría a Alis a las cuadras de Trivalle para sacar a pasear a *Canigou*, la fiel yegua alazana de su padre.

Le sorprendió encontrar a Alis y a Aimeric solos en la cocina, bebiendo leche caliente en sendos cuencos de barro. Sobre la mesa había una hogaza de pan recién hecho, un poco de mantequilla acabada de batir y un reluciente trozo de panal de miel.

—¿Cómo es que se han levantado tan pronto, mis polluelos?

Alis negó con la cabeza.

—Eres tú la que se ha levantado tarde. Son más de las once. Te has perdido la misa.

Minou miró a su alrededor y de pronto cayó en la cuenta de que algo más le había llamado la atención desde el principio. El sillón junto al fuego estaba vacío.

—¿Dónde está papá? —preguntó.

—Ha salido —respondió Aimeric, encogiéndose de hombros.

—¡Qué bien! ¿Adónde ha ido?

El chico volvió a encogerse de hombros y se agachó para ponerse las botas.

—No lo sé.

—Ha salido con una señora mayor —intervino Alis mientras le daba la vuelta al cuenco para apurar hasta la última gota de leche—. La que nos ha traído la miel.

—¿Ha dicho su nombre esa señora?

—No me acuerdo —respondió la niña, arrugando el entrecejo—. Tenía un chichón a un lado de la frente del tamaño de un huevo. Ha dicho que la esperabas.

—¡Ah, sí! ¡Madame Noubel, claro! Esperaba que viniera, pero no tan pronto.

—¡Ya te he dicho que es casi mediodía, tontita! Has pasado toda la mañana durmiendo. Por eso, madame Cordier... —De repente, la expresión de Alis se iluminó—. ¡Cordier! Así ha dicho que se llamaba. No Noubel. Cordier.

Minou miró a sus dos hermanos.

—¿Cómo se llamaba la señora? ¿Noubel o Cordier?

Aimeric se detuvo antes de abrir la puerta.

—Papá la ha llamado Cordier. «Madame Cordier», y parecía sorprendido. Entonces ella le ha dicho: «Recuerda, Bernard, que ahora me llamo Noubel». A mí no me ha extrañado, porque es una mujer viejísima y seguramente se habrá casado y enviudado varias veces.

—¡Aimeric! —lo reprendió Minou mientras el chico se marchaba por el pasillo—. ¡Aimeric, vuelve! Necesito que...

La única respuesta fue el golpe de la puerta de la calle al cerrarse.

—La señora parecía muy amable —continuó Alis—. ¿He hecho mal en abrirle la puerta?

—No, *petite*, nada de eso. Es una señora muy buena, vecina nuestra en la Bastide —respondió Minou, sonriendo—. Pero ¿estás segura de que papá no ha dicho adónde iban?

—Sí. Solo nos ha pedido que no saliéramos de casa hasta que tú te levantaras. Y también le ha dicho a Aimeric que cuidara el fuego para que no se apagara.

Las dos se volvieron para mirar el hogar, donde las ascuas cada vez más pálidas testimoniaban el fracaso de Aimeric en su cometido.

—Es terco y pertinaz —dijo Alis solemnemente.

—¿Pertinaz? ¿De dónde has sacado esa palabra?

—Se la dijo ayer la madre de Marie a papá.

Minou la miró sorprendida.

—¿Marie?

—La chica que tiene enamorado a Aimeric. Dice que se casará con ella en cuanto tenga edad de mantener una familia.

—¡Ah, ya sé quién es! Pero Aimeric todavía es un poco joven para pensar en el matrimonio. Además, ¿no me habías dicho que la madre de Marie no aprueba esa relación?

—No, no la aprueba —respondió Alis, que se estaba tomando muy en serio la conversación—. Marie es muy guapa. Tiene muchos pretendientes y dice que quiere casarse con un hombre rico. No veo por qué iba a aceptar a Aimeric.

Minou se echó a reír.

—¡Lo dices porque es tu hermano! No ves sus virtudes como podrían verlas otras chicas. Dime, ¿te gustaría dar un paseo? Hace mucho que no sacamos a *Canigou* de las cuadras. ¿Te parece que la llevemos a dar una vuelta?

Alis aplaudió entusiasmada.

—¡Sí! ¿Podemos ir ahora mismo? Marie dice que hay una familia de nutrias con crías bajo el puente. ¡Vamos a verlas!

—De acuerdo, pero tendrás que abrigarte mucho. ¿Te has tomado ya tu medicina?

Alis asintió con la cabeza.

—Y la señora que ha venido de visita me ha traído también regaliz para ayudarme a toser.

—Ha sido muy amable. Llevaremos pan y un poco de queso para alargar el paseo tanto como queramos.

—Aunque haga frío, ¡pasearemos hasta quedarnos heladas! —exclamó la niña entre risas.

Minou le desordenó el pelo.

—Hasta quedarnos heladas —repitió.

Minou y Alis bajaron la ladera más allá de la puerta del Aude, con las manos entrelazadas, siguiendo la línea de las murallas.

El camino era trabajoso y la ropa se les enganchaba a las zarzas. Cuando llegaron al molino del rey, Minou tenía empapado el ruedo de la falda.

—¿Estás bien abrigada, *petite*? ¿No tienes frío? —le preguntó a su hermana cuando la pequeña se detuvo para recuperar el aliento.

—Al contrario. ¡Tengo calor! —respondió Alis riendo, pero de pronto dejó escapar un chillido ante un repentino movimiento en el río.

Minou soltó una carcajada.

—¡No es más que una anguila! —exclamó, señalando la gruesa cola negra que desaparecía en las aguas fangosas—. ¿Lo ves? No nos hará ningún daño si nosotras no la molestamos.

En ese punto, el río Aude era ancho y poco profundo, y su curso era rápido, cargado del agua del deshielo que bajaba de las montañas. Las aspas de madera de los molinos resonaban como estallidos de aplausos.

—¡Procura no fatigarte! —le gritó a Alis mientras la niña corría por el sendero enfangado, marcando el ritmo del paseo.

Minou inhalaba con gusto el aroma a tierra, hojas y musgo que flotaba en el aire, feliz de sentir que el mundo volvía a la vida tras el letargo invernal. Pronto llegaría la primavera.

—En la otra orilla, delante del hospicio. Allí dice Marie que ha visto las nutrias.

—Muy bien. Vamos a buscar a *Canigou.* Cruzaremos el puente hacia la Bastide y bajaremos hasta el río, ¿de acuerdo?

—De acuerdo.

El agua proyectaba movedizos reflejos sobre la cara inferior del viejo puente de piedra que atravesaba el río. En cuanto estuvieron cerca de Trivalle, Minou percibió el olor a estiércol y paja de las cuadras, atenuado por el calor de la fragua y la polvorienta fragancia de las mantas invernales de los caballos.

—Nunca bajas sola al río, ¿verdad? —preguntó de pronto.

Rixende se esforzaba, pero era una guardiana descuidada, y a Minou le preocupaba lo que pudiera pasar mientras ella estaba en la librería, lejos de sus hermanos.

Alis negó con la cabeza.

—Aimeric siempre me pide que no vaya sola. Dice que hay hombres malos que secuestran a las niñas como yo para venderlas como esclavas.

Minou frunció el ceño.

—No tiene por qué asustarte con esas historias de miedo.

—¡Yo nunca tengo miedo! —replicó Alis, levantando desafiante la barbilla.

—Ya sé que eres la niña más valiente del mundo, pero podrías encontrarte cara a cara con un perro salvaje, con una serpiente, o incluso... —se puso a hacerle cosquillas— con niños malos que podrían tirarte piedras.

Entre risas, Alis se escapó de las manos de su hermana y trepó al tronco de un árbol caído.

—Ten cuidado. Podrías resbalar y caer al agua —dijo Minou.

—¡Mira! —exclamó Alis, señalando un punto en la orilla opuesta—. ¡Allí tienen su guarida!

Minou miró a donde señalaba Alis.

—No veo nada...

—Se te tiene que acostumbrar la vista. Si nos quedamos muy quietas, saldrán las crías.

Minou entrecerró los ojos. En la tamizada luz primaveral distinguió algo en la base del puente que ondulaba como la llama de una vela sobre el agua. Se acercó un poco más y enseguida reconoció un trozo de tela. Una pieza de ropa negra.

Levantó una mano y se hizo pantalla sobre los ojos. No era un tronco, ni un resto de madera flotante. No le cabía ninguna duda. Era el cadáver de un hombre y yacía sobre la plataforma de piedra, debajo del arco más próximo, con medio cuerpo fuera del agua. De repente, la capa negra se deslizó y dejó al descubierto la cara del difunto, la blanca cabellera y la gorguera manchada de sangre. La corriente volvió a cambiar y las manos del hombre afloraron a la superficie. Le faltaban dos dedos de la mano derecha.

Minou levantó a Alis en brazos.

—Tenemos que irnos.

—¡Pero todavía no estoy cansada! —chilló la niña—. Acabamos de llegar. Aún no hemos visto las nutrias y además...

—No discutas, *petite*. Ven.

En ese instante, el toque a rebato de las campanas comenzó a sonar en toda la campiña, estruendoso y discordante, poniendo fin a la tranquilidad del día. Minou sintió que su hermana le apretaba con fuerza la mano.

—¿Qué pasa? —dijo Alis con su vocecita—. ¿Por qué tocan las campanas?

Para entonces, Minou iba prácticamente corriendo y arrastraba a su hermana hacia la seguridad del quartier de Trivalle.

—Nos llaman para que volvamos a la Cité cuanto antes, porque van a cerrar las puertas. Date prisa. Corre lo más rápido que puedas.

18

Vassy
Noreste de Francia

Era la peor época del año para viajar. El frío había dado paso a una lluvia incesante, y el suelo bajo los cascos de los caballos estaba resbaladizo y enfangado. Francisco, duque de Guisa, se llevó el húmedo guante de cuero a la herida abierta en la mejilla y lo apretó para tratar de calmar el dolor.

Los elementos se habían conjurado en su contra desde el principio: vientos despiadados y tormentas en un camino con pocos lugares donde refugiarse. Cuanto más avanzaban, mayor era su furia por lo mucho que habían abusado de su confianza. Sus sirvientes y su hermano, el cardenal de Lorena, cabalgaban tras él guardando un silencio sombrío. Los vientres de los caballos estaban negros por el lodo que levantaban los cascos, y todos caminaban con la cabeza gacha. La lluvia caía como el monótono redoble de un tambor, repicando sobre los cascos y los petos de la guardia armada del duque. Los gallardetes con el antiguo escudo de armas de los Guisa colgaban maltrechos de las varas.

El duque estaba empapado hasta los huesos. La capa le pesaba sobre los hombros y la tormenta le había aplastado la gorguera blanca. El crucifijo colgaba como una astilla de hueso blanco de su cinta de terciopelo negro. Se volvió para mirar a su hermano. La expresión del cardenal reflejaba lo que sentía: que había sido un error abandonar la comodidad y la seguridad de sus dominios de Joinville y poner rumbo al este sin saber con seguridad cómo los recibirían.

Las festividades del día de su cuadragésimo séptimo aniversario en sus tierras del ducado de Lorena se habían desarrollado con toda la pompa y el boato correspondientes a su categoría. Pero ninguna de las celebraciones —ni el banquete, ni el baile de máscaras, ni la compañía de comediantes que había interpretado su vida y sus obras— había mitigado la preocupación que le causaba su pérdida de influencia. Él, el héroe de Metz, Renty y Calais, el anterior gran chambelán de Francia, que solía sentarse a la diestra del viejo rey, ya no era bienvenido en la corte. La reina regente le había retirado su confianza y parecía favorecer en cambio a los promotores de la causa de los hugonotes, permitiendo así que su perniciosa influencia se difundiera por todo el país.

Guisa se había marchado de la corte dos años antes, tras el ascenso al trono de Carlos IX, entonces un niño de nueve años que había llorado durante la mayor parte de la ceremonia de coronación y aún dormía en la cama de su madre. Con su alejamiento, el duque solo pretendía que la reina notara su ausencia y lo llamara de inmediato, pero su táctica se había vuelto en su contra. Guisa lamentaba su decisión y percibía la misma sensación en su entorno. Los integrantes de su séquito eran ciudadanos leales y buenos católicos que sentían vivamente el dolor del exilio en el extremo noroccidental del país.

Había sido una apuesta arriesgada. Hacía mucho tiempo que Catalina y él estaban enfrentados. Ella lo acusaba de alimentar el conflicto entre los reformistas y sus propios aliados católicos. Él, por su parte, estaba convencido de que la «cerda

Médici» era una influencia perniciosa y de que no hacía ningún esfuerzo por disimular su opinión. La incapacidad del joven rey —fanático de la caza, pero enfermizo y proclive a los berrinches cada vez que alguien lo contradecía— era un hecho que ni siquiera la reina habría negado. Era evidente que el monarca no merecía ser considerado el representante de Dios en la tierra.

Cuando la comitiva dejó atrás el bosque y llegó al campo abierto de los alrededores de Vassy, Guisa espoleó a su montura, que partió al galope. Al oír tras de sí el estruendo de cascos de los caballos, sintió una nueva oleada de determinación. Llevaba sin duda demasiado tiempo alejado de la corte. El traidor Condé, responsable del intento de secuestro de su hermano y de él mismo en Amboise, seguía obrando según su voluntad, y Coligny volvía a hacer valer su influencia, lo que consolidaba aún más la posición de los hugonotes en la corte. Eran el enemigo interior. Las debilidades de la reina acabarían dividiendo el reino en dos.

Tenía que ponerles freno.

—¡Muchacho! —gritó.

Su caballerizo acudió a su lado de inmediato.

—¿Qué ciudad es esa? —preguntó Guisa, señalando las torres y los grises tejados de pizarra de una modesta localidad que se veía a cierta distancia.

Podría haber sido cualquier pueblo. Llevaban horas cabalgando por el monótono paisaje de la Champaña.

—Es Vassy, señor —replicó prestamente el chico.

Guisa lo miró sorprendido.

—¿Vassy, dices?

Recordó entonces que tenía motivos para reclamar la soberanía de la ciudad y se le ocurrió una idea. Aunque el duque no faltaba ningún domingo a misa, ni siquiera en los días gloriosos en que había marchado al frente de un poderoso ejército para conducirlo a la batalla, tampoco se engañaba y sabía perfectamente que muchos de sus seguidores no compartían su grado de devoción. A la mayoría de los soldados le interesaba más su estómago que su alma. Además, durante la Cuaresma los militares sufrían por la falta de carne y de provisiones adecuadas. Se dijo que quizá fuera conveniente hacer un alto y ofrecer a sus tropas unas horas de descanso, al amparo del viento y de la lluvia.

Procuraría que sus hombres, tras dar gracias a Dios, comieran bien y se reconfortaran con una jarra de cerveza antes de volver a emprender el camino. Francisco no tenía ninguna intención de llegar a París mojado y con el cuerpo dolorido por la silla de montar, rodeado de hombres exhaustos y de aspecto tan sórdido como una banda de mercenarios. Era el anterior canciller mayor y quería que toda la corte fuera testigo de su glorioso retorno.

—¡Muchacho, adelántate y anuncia en Vassy que Francisco, duque de Guisa, acompañado de su hermano, el cardenal de Lorena, honrará a la ciudad con su presencia! Diles que somos una cuarentena de hombres y que iremos a misa. Y que necesitaremos comida y un lugar donde guarecernos antes de volver a ponernos en camino.

—Sí, señor —contestó el caballerizo.

Guisa suspiró. Le dolía la cabeza y las piernas lo martirizaban. ¿Se estaba volviendo viejo? Gruñó. No estaba dispuesto a doblegarse ante la edad. Quizá su estrella hubiera perdido brillo, pero aún le quedaba tiempo para recuperarse. Levantó la vista al cielo.

¡Si por lo menos dejara de llover!

Tras media hora más cabalgando, las manos no le respondían. Tiró bruscamente de las riendas y su caballo se detuvo y retrocedió. Los cascos chapotearon en el lodo, pero el animal se mantuvo firme.

Guisa levantó un brazo y su séquito comenzó a detenerse tras él, con gran traqueteo de arneses y estruendo de ruedas de carro y de animales de tiro a medida que la columna de hombres y bestias interrumpía su marcha.

—¿Qué pasa? —preguntó el cardenal.

—Demasiadas cosas —respondió Guisa, con la vista fija en la estructura de madera que se erguía delante de ellos en el llano paisaje—. Ese es el problema.

Su hermano le siguió la mirada. Un gran establo de madera, tan alto como ancho, se levantaba impresionante y parecía dominar la llanura, fuera de los muros de la ciudad. El tejado inclinado era de estilo normando, las paredes eran robustas y una fila de ventanas recorría el nivel superior. La torre de la iglesia de Vassy, en el centro de la ciudad, parecía pequeña en comparación.

—¿Te refieres a ese establo, hermano? —preguntó el cardenal.

—Así es —respondió Guisa—. Ese establo enorme, recién construido y tremendamente ostentoso. Más que un establo parece una mansión. ¡Y está al lado de las murallas de una ciudad que me debe vasallaje!

De repente, el cardenal lo comprendió todo.

—¿Es un templo protestante?

—¿Se te ocurre una explicación mejor?

—Un establo para guardar... —Se interrumpió—. No... Puede que tengas razón.

La expresión de Guisa se endureció.

—Esto es lo que pasa cuando los dejas hacer. Sería difícil encontrar un ejemplo más claro de la manera en que los reformistas se apartan del resto de los ciudadanos y socavan nuestro estilo de vida.

—Según los términos del edicto, señor, los reformistas tienen permitido construir sus lugares de culto fuera de las murallas de las ciudades —replicó el cardenal en voz baja.

—Lo sé perfectamente y es un grave error. ¿No ves que su templo —preguntó Guisa, escupiendo con desagrado esta última palabra— empequeñece la torre de nuestra iglesia? Hoy es domingo, domingo de Cuaresma, un tiempo de obediencia y penitencia para todos los cristianos, una época en que todos debemos practicar la humildad y recordar las privaciones de nuestro señor Jesucristo. Pero ellos... ¡Tanto alarde, tanta vulgar ostentación, tanto... desafío!

El cardenal miró a su hermano y notó que sus ojos brillaban de fervor y también de odio, aunque esto último no lo habría reconocido ante nadie. Para el duque, los hugonotes representaban todo lo malo que había en Francia.

Guisa espoleó a su caballo y volvió a ponerse en marcha.

Se detuvo al cabo de un momento, a escasa distancia de Vassy, en el lugar donde el joven caballerizo los estaba esperando con la noticia de que el rector de la iglesia se sentía muy honrado de poder acogerlos en el seno de su congregación para asistir a la santa misa.

—¿Y qué tienen que decir los habitantes de la ciudad de esta abominación? —preguntó el duque, apuntando con la mano en dirección al templo.

El chico se sonrojó.

—No se los he preguntado, señor.

Guisa entrecerró los ojos y se volvió hacia el cardenal.

—Ya lo ves, hermano mío. Ni siquiera sabemos cuántos son. Se multiplican como ratas. Cada día nacen más herejes y son más los traidores. —Se volvió hacia el caballerizo—. ¿Quién es su pastor? ¿Qué tipo de hombre es su jefe? ¿Te lo han dicho?

El muchacho bajó la vista.

—No imaginaba que quisieran honrar a la congregación reformada con su noble presencia. Por eso no pregunté.

En ese momento el despiadado viento de marzo les hizo llegar el eco de unas voces unidas en una misma canción, que llegó flotando a través de la llanura hasta el lugar donde estaban detenidos los caballos.

—*Que Dieu se lève, et que ses ennemis soient dispersés; et que fuient devant sa face ceux qui le haïssent.*

El rostro de Guisa se encendió de ira.

—¿Lo ven? ¡No respetan nada! ¡Cantan durante la Cuaresma! ¡Y en la lengua vulgar! ¿Qué texto es ese, hermano?

El cardenal aguzó el oído.

—No acabo de distinguirlo.

—«Levántese Dios, sean esparcidos sus enemigos, y huyan de su presencia los que le aborrecen.» Es el Salmo sesenta y ocho, señor —respondió el caballerizo—. Son unos versículos que los reformistas tienen en gran estima.

Guisa se quedó mirando al muchacho.

—¿Ah, sí?

—Es una afrenta a Dios —masculló el cardenal.

—¡Una afrenta a Dios y a Francia! —exclamó el duque con amargura—. Estamos en un país cristiano, ¡un país católico! ¡Pero aquí nos encontramos con un nido de víboras calvinistas!

Parte de su beligerancia se contagió al resto de sus hombres, cuyos caballos comenzaron a piafar, inquietos y en estado de alerta ante el furor que transmitía la voz de su amo.

—¿Qué ordena el señor? —preguntó el caballerizo—. ¿Debo regresar a la ciudad y preguntar cuántos hugonotes hay en Vassy?

—Diles que estas tierras limitan con las mías y que la ciudad me debe vasallaje. No toleraré a los que alimentan la disensión, ni a los que se apartan de la vía recta. No permitiré que prospere la herejía.

19

La Cité

Piet yacía en el suelo boca arriba. Desplazó con cautela las palmas de las manos por el polvo y la hierba para tratar de situarse. Notó que tenía las manos desnudas. ¿Qué habría sido de sus guantes? La cara de una joven se materializó en su mente. Sus ojos desiguales, uno azul y el otro castaño, rebosaban de ingenio e inteligencia. Había estado a punto de derribarla en medio de la blanca bruma, cerca de la puerta de Narbona. ¿Cuándo había sido? Intentó recordarlo, pero solo consiguió que se difuminara un poco más la imagen de la joven en su mente.

Trató de apoyarse en un codo para incorporarse, pero el movimiento le causó mareos. Tenía la sensación de oír un ruido ensordecedor, como si todas las campanas de la Cité resonaran dentro de su cabeza.

Pero de pronto distinguió el dulce canto de un mirlo y sintió que recuperaba la esperanza. Con cuidado apoyó las manos en el suelo, a los lados de las piernas extendidas, y se incorporó hasta quedar sentado. Una oleada de náuseas le nubló la vista e hizo que todo diera vueltas a su alrededor. Se afirmó en su posición, esperó a que se le pasara el mareo y poco a poco abrió los ojos.

La luz le cegó. Parpadeó varias veces para apartar la neblinosa cortina que parecía interponerse entre el mundo y él. Lentamente, las cosas recuperaron su forma. Paredes de piedra grises, hierba verde blanqueada por la escarcha y los contornos de las antiguas torres romanas en las murallas medievales de Carcasona. De pronto Piet fue consciente de un dolor en la base del cuello y, cuando se llevó la mano a la zona dolorida, encontró un bulto del tamaño de un huevo. ¿Lo habría asaltado algún ladrón al salir de la casa de Vidal?

¿Era eso lo que había ocurrido?

Tenía la ropa húmeda tras pasar tanto tiempo tumbado en el suelo. El rocío le había calado la tela del jubón. No veía ni rastro de su capa ni de su sombrero, aunque su cartera de cuero yacía a unos pasos de distancia, al borde de un muro bajo de piedra. Sintió un escalofrío de pánico. Después de tantos planes, ¿le habrían robado finalmente la reliquia falsa? Pero enseguida recuperó la memoria. Recordó la sala de ambiente sofocante en el piso de arriba de la taberna y el intercambio.

Agarró la cartera, temeroso de que las monedas hubieran desaparecido, pero al fin recordó que las había transferido a la faltriquera antes de ponerse en camino la noche anterior. Se llevó la mano a la cintura. La bolsa seguía ahí, y también la daga. Era muy extraño. ¿Qué ladrón le habría dejado un puñal tan fino y una bolsa llena de monedas?

Poco a poco fue recuperando más retazos de recuerdos: la cerveza que había bebido en la taberna para pasar el rato, el camino hasta la hermosa mansión con vidrieras de colores en las ventanas, la reja de hierro que daba paso a un pequeño jardín y su mano en el picaporte tras quitarse el guante para accionar el delicado mecanismo del cerrojo. Recordó a Vidal, que lo esperaba con un farol en la mano, y al sirviente que había recogido su capa y su sombrero en el oscuro pasillo. Después...

Frunció el ceño. No recordaba nada más. ¿Cómo había acabado tendido en el suelo, a pocos pasos de distancia? ¿Y qué había sido de Vidal? ¿También a él lo habían atacado?

Piet movió los hombros para desentumecerse. Los brazos y las piernas le pesaban como si fueran de plomo. Cada pequeño desplazamiento requería una fuerza que no se veía capaz de ejercer. Sin embargo, aparte del golpe en la cabeza, no parecía estar herido. Movió la mandíbula a los lados. No tenía ningún hueso roto.

Finalmente lo recordó. Le vino a la memoria el sabor del vino dulce y su densa textura en la lengua, la sensación de creciente parálisis, la caída. Recordó también la cara adusta del sirviente con una cicatriz en la mejilla y un ruido de gente que corría mientras él se desplomaba inconsciente.

Se puso de pie, se sacudió las briznas de hierba que se le habían pegado a la ropa y echó a andar por la rue de Notre Dame. Cuando llegó, llamó a la puerta trasera.

—¿Hay alguien?

La casa estaba en silencio y sus ventanas parecían ciegas y sordas, con los postigos cerrados.

—Hola... —insistió, golpeando con más fuerza—. Busco a un sacerdote, al padre... —Se interrumpió. Seguramente Vidal habría adoptado otro nombre en el momento de su ordenación, pero con la alegría de reencontrar a su viejo amigo se le había olvidado preguntárselo—. Busco al padre de Toulouse que se aloja aquí.

Silencio.

Levantó la vista hacia las ventanas del primer piso.

—Aquí no vive nadie, monsieur.

Piet dio media vuelta y vio que le hablaba un chico de unos trece años. Tenía el pelo negro y rizado, vestía calzas y un jubón sencillo, y no llevaba sombrero. Le vino a la memoria la imagen de un chico bien parecido que coqueteaba junto al pozo con una niña de su edad.

—Te llamas Aimeric, ¿verdad? —le dijo.

El chico se puso instantáneamente a la defensiva.

—¿Cómo sabe mi nombre?

Piet sonrió.

—Lo he adivinado por casualidad —respondió—. ¿Por qué dices que la casa está vacía?

—Porque es la verdad, monsieur. Aquí no vive nadie desde la fiesta de San Miguel.

—¿Y si te dijera que ayer mismo cené en esta casa?

Aimeric inclinó a un lado la cabeza.

—Le diría que se equivoca de casa... o que bebió demasiada cerveza.

La seguridad con que hablaba el chico le dio que pensar a Piet.

—¿No es esta la casa capitular de la catedral, donde se alojan los clérigos y sus visitantes?

Aimeric se echó a reír.

—¡No! Es la casa de monsieur Fournier y de su mujer. Se fueron después de la fiesta de San Martín y no han vuelto. Hace tres meses que está vacía. Alguien le ha tomado el pelo.

—¿Estás seguro?

Aimeric se volvió y señaló una casita justo enfrente, con la puerta enmarcada por las ramas desnudas de un rosal silvestre trepador.

—Vivo ahí. Le doy mi palabra de que es la casa de los Fournier y de que ha estado vacía todo el invierno.

Piet frunció el ceño. No dudaba de que Aimeric le estaba diciendo la verdad. ¿Por qué iba a mentir? Aun así, se habría jugado hasta el último de sus *écus* a que aquella casa era el lugar donde había visto a su amigo la noche anterior.

Trató de recordar el aspecto de la habitación: los tapices en las paredes y la pesada mesa auxiliar donde el criado había depositado la bandeja; la biblioteca llena de libros y el opulento paño rojo del hábito de Vidal, que ondeaba cuando su amigo se desplazaba. El espacio era amplio y estaba bien amueblado. Pero de pronto le surgió el germen de la duda. ¿No le había parecido que el aire de la sala olía a cerrado y a casa deshabitada? ¿Qué razón había podido tener Vidal para repetir insistentemente que vivía allí?

—Estoy seguro de que conoces la manera de entrar en la casa, Aimeric.

Un brillo travieso se encendió en los ojos del chico.

—No tengo la llave, monsieur.

—No creo que eso sea un impedimento para un muchacho de tu inteligencia. ¡Mira!

Piet le sonrió al chico y, sin previo aviso, desenfundó la daga y la arrojó con fuerza. El puñal surcó el aire y cortó limpiamente por la mitad un bulbo de hinojo en la otra punta del huerto. A Aimeric casi se le salen los ojos de las órbitas por el asombro.

—¿Qué te parece? —Piet fue a buscar su puñal y se lo guardó otra vez en el cinturón—. Si me muestras cómo entrar en la casa, te enseñaré a arrojar así un cuchillo. ¿De acuerdo?

Aimeric sonrió.

—¡De acuerdo!

Piet notó que las campanas volvían a tocar a rebato mientras Aimeric intentaba abrir el cerrojo con un trozo de alambre.

Al cabo de un momento, el chico hizo un gesto afirmativo.

—Ya está.

El mecanismo cedió con un chasquido, que a su vez removió otros recuerdos en la mente de Piet: su aliento condensado en el aire frío de la noche, la puerta que se abría y la imagen de Vidal, que lo estaba esperando con un farol en la mano.

Entraron. Con la mano sobre el mango del puñal, Piet subió la escalera al primer piso seguido del muchacho. Un haz de luz natural se filtraba por una ventana en el rellano. Todas las puertas estaban cerradas y cada crujido de las tablas del suelo parecía resonar en exceso.

—Es aquí —dijo—. En esta habitación pasé la velada.

Hizo girar el picaporte y entró. No quedaba ni rastro del mobiliario que había visto la noche anterior. Habían desaparecido la mesa auxiliar, las sillas, la mesa grande, la estantería y los libros. Los tapices que habían adornado las paredes ya no estaban. Se acercó a la chimenea y se agachó. Las piedras del hogar estaban frías y limpias, como si alguien se hubiera ocupado de barrer cuidadosamente la ceniza.

—¿Está seguro de que fue aquí, monsieur?

Piet dudó un momento. Un instante atrás lo habría jurado, pero ¿qué podía decir ahora? La habitación tenía todo el aspecto de haber estado deshabitada desde hacía mucho tiempo.

—¿Dices que los Fournier se marcharon antes de la festividad de San Miguel?

—Así es, monsieur.

—¿Sabes adónde han ido?

—He oído decir a mi hermana que se han marchado a Nérac.

La ciudad de Nérac, situada unas leguas al norte de Pau, era el lugar donde la reina de Navarra había establecido su corte de hugonotes. Contrariando los deseos de su marido, había expulsado de ella a todos los sacerdotes católicos y la había convertido en un refugio seguro para los protestantes y los perseguidos políticos de París. Resultaba todavía más extraño pensar que Vidal hubiese podido alojarse en una casa propiedad de una conocida familia de hugonotes.

—¿Sabes si los Fournier han adoptado la fe reformada?

Aimeric bajó la vista.

—No puedo decírselo.

—No intento sonsacarte nada. —Piet lo tranquilizó—. En mi opinión, la religión es un asunto personal de cada uno.

Piet imaginó la habitación tal como la había visto la noche anterior. Buscó con la mirada el lugar donde había estado su silla, se acercó y se agachó para examinar la mancha roja que acababa de percibir en las tablas del suelo. Entonces le vino a la memoria la imagen de un vaso de vino que caía de su mano y una mancha roja y oscura de guignolet que se esparcía por el suelo.

—¿Es sangre? —preguntó Aimeric.

—No. Solo vino.

¿Lo habrían drogado? La pesadez que sentía en las piernas y las horas que habían pasado parecían sugerirlo, pero ¿qué sentido podía tener drogarlo para luego dejarlo en libertad? ¿Y qué habría sido de Vidal? ¿Habría sufrido la misma suerte?

—¿Y esto? —preguntó Aimeric mientras señalaba otra mancha en el parteluz de la ventana—. ¿Esto también es vino?

Piet observó con atención la mancha del color del óxido que bajaba por el muro encalado, como si alguien hubiera caído de espaldas, se hubiera golpeado la cabeza y hubiera resbalado por la pared hasta el suelo. La recorrió con los dedos.

—No —respondió en tono sombrío—. Esto es sangre.

20

Vassy
Noreste de Francia

—¡Señor! —exclamó el cardenal, señalando la puerta principal de la ciudad—. Nos envían una comitiva de bienvenida.

Los nobles de Vassy, ataviados con emplumados sombreros de terciopelo, capas ribeteadas de armiño y las cadenas de oro propias de su rango, esperaban nerviosos, dispuestos en fila.

Si al duque de Guisa lo complació el gesto, no lo manifestó.

—¿Nos dirigimos a la ciudad, hermano mío? —lo instó el cardenal—. Los notables te están esperando para presentarte sus respetos.

Una trompeta sonó al pie de las murallas, donde ondeaban los gallardetes en el aire gris de la mañana. Guisa pareció titubear. Pero entonces, desde el interior del templo, mucho más cerca de donde se encontraba, le llegó el murmullo de una oración.

—J'espère en l'Éternel, mon âme espère, et j'attends sa promesse.

La expresión del duque se ensombreció. Apartó la vista de la ciudad e hizo retroceder al caballo hacia la puerta del templo.

—¡Mira, hermano! —le susurró el cardenal con urgencia—. ¡Te han preparado guirnaldas! ¡Te traen obsequios!

Sin embargo, toda la atención de Guisa estaba concentrada en el establo y en las voces que se oían en su interior. El edificio era de madera, pero tenía tejado y una pulcra fila de ventanas en el piso superior. La estructura era demasiado permanente para que pudiera atribuírsele humildad o gratitud. ¡Era una afrenta!

El duque detuvo su caballo y levantó una mano para llamar a su lugarteniente.

—Ordénales que abran las puertas —dijo.

—Sí, señor.

El soldado se inclinó en su montura y llamó a la puerta con el puño.

—¡En nombre de Francisco de Lorena, príncipe de Joinville, duque de Aumale y de Guisa, les ordeno que abran estas puertas! —exclamó.

Situado a un lado del duque, el caballerizo percibió la conmoción en el interior del templo y notó el silencio que caía sobre la congregación entre las paredes de madera. ¿Cuántos fieles habría en total? Rezó para que no fueran muchos.

—¡Abran la puerta en nombre del duque de Guisa! —repitió el lugarteniente.

El joven caballerizo miró por encima del hombro y vio que su preocupación encontraba eco en las caras de los nobles reunidos delante de las puertas de la ciudad. ¿También sentirían inquietud por lo que podía suceder o solo temerían por sí mismos? ¿Les preocuparía que les recriminaran su tolerancia con la fe protestante?

—¡Por tercera y última vez! —exclamó el lugarteniente, levantando la voz—. ¡En nombre del príncipe de Joinville, abran la puerta y dejen pasar a su señor!

Finalmente, se oyó el ruido de un pasador de madera que se levantaba. La pesada puerta crujió al abrirse y el pastor salió a recibirlos.

Vestido de negro, con la sobriedad propia de la religión reformada, les tendió ambas manos.

—Señor —dijo con una reverencia—, es un gran honor para nosotros.

Por un instante, todo quedó pendiente de un hilo. Entonces, Enrique, el hijo de doce años del duque, espoleó su caballo, adelantó a su padre e intentó entrar por la fuerza en el templo. El pastor fue arrojado violentamente contra una de las jambas de la puerta y empezó a cundir el pánico entre los fieles reunidos en el interior.

—*Attention! Mes amis, attention!*

—¡No queremos conflictos! —exclamó el pastor, intentando calmar a su congregación y al joven Guisa—. Estamos desarmados. Somos un grupo de fieles y no hacemos más que rendir culto... Somos...

—¡¿Ven cómo desobedecen las órdenes del duque? ¿Lo ven todos?! —gritó el lugarteniente mientras desenfundaba la espada—. ¡Están impidiendo la entrada a su señor!

—No es cierto —objetó el pastor—. Pero la entrada de hombres armados en un lugar de culto siempre ha sido...

—¡Desafían la autoridad de nuestro noble señor!

—¡Estamos aquí para hacer que se respete el día del Señor! —gritó el pastor.

Sus palabras quedaron sofocadas por el ruido cuando los soldados de Guisa entraron por la fuerza en el templo. Una mujer gritó. En la confusión, alguien arrojó una piedra que alcanzó al duque. Un hilo de sangre recorrió su pálida mejilla. Por un instante, el tiempo se detuvo, pero enseguida estalló un griterío.

—¡El duque está herido! ¡Lo han atacado!

Con un rugido, el lugarteniente dirigió su cabalgadura hacia el interior del templo y pisoteó a su paso al pastor con los cascos del animal. Dentro, mujeres y niños buscaban desesperadamente refugio, pero no hallaban dónde ocultarse.

21

La Cité

Con su hermana cargada a la espalda, Minou atravesó corriendo el puente levadizo de la Cité y sintió alivio al ver que Bérenger seguía de guardia en la puerta de Narbona.

—¡Dese prisa! —le gritó el hombre—. ¡Corra, *madomaisèla*! Estamos cerrando las puertas.

Minou sentía que le quemaban los músculos de los brazos y las piernas, pero se obligó a seguir avanzando. Al final, dejó a Alis en el suelo e intentó recuperar el aliento.

—¿Qué ha pasado? —preguntó mientras Bérenger las ayudaba a entrar en la Cité—. ¿A qué se debe el toque a rebato?

—Han matado a alguien —respondió el guardia, cerrando tras ellas las pesadas puertas—. Ayer estuvieron a punto de atrapar al asesino, pero escapó, y ahora creen que se ha refugiado en la Cité. —Dejó caer la pesada barra de hierro—. El muerto es un tal Michel Cazès. Encontraron su cuerpo al alba, junto al puente. Tenía un tajo en la garganta de oreja a oreja, o al menos eso dicen.

—¿Al alba? No puede ser...

Se interrumpió. ¿Sería posible que fuera el mismo hombre? No sabía su apellido, pero ¿no serían dos los muertos? Sin embargo, no tenía sentido. ¿Acaso no había visto el cadáver de Michel intacto bajo el puente, poco después del mediodía, en el preciso instante en que empezaban a oírse las campanas? ¿A qué hora había sido? ¿A la una? ¿O más tarde? No sabría decirlo con certeza.

—¿Estás seguro de que así se llamaba el difunto? ¿Michel?

—Tan seguro como que estoy aquí de pie hablando con su merced.

Minou frunció el ceño.

—¿Y dices que empezaron a buscar al asesino ayer?

Recordaba haber hablado con Michel en el umbral de la librería cuando comenzaba a caer la neblina de la tarde.

Bérenger dejó caer otra pesada barra en su sitio.

—Eso dicen. Y parece que también ha desaparecido un clérigo, lo que explicaría el alboroto. Por lo visto pertenece a una familia influyente de Toulouse y se alojaba en casa del obispo de Carcasona. Ayer por la mañana vieron entrar al mismo villano en la catedral antes de reunirse con ese tal Cazès en la Bastide.

Minou meneó la cabeza.

—¿Y cómo se llama el hombre acusado de ese crimen? ¿Lo sabes?

—Solamente nos han dicho que es pelirrojo. Es forastero. No es de por aquí.

Minou tragó saliva al recordar la descripción que le había hecho madame Noubel de su huésped y también el tacto de la mano de un desconocido sobre su mejilla, entre las brumas de febrero.

—Un hugonote —continuó Bérenger, acariciándose la barba gris—. Pero últimamente la gente ve traición por todas partes. Lo más probable es que haya sido una discusión por dinero. O por una mujer. El clérigo debe de haberlo descubierto. —Colocó en su sitio la última de las barras de hierro que cerraban las puertas de la muralla—. Ya está. Vuelva a casa con su hermana, *madomaisèla*. Dicen que el forastero es peligroso.

—¡No, Cécile! No voy a decírselo —repitió Bernard—. No puedo.

Sentada a la mesa de la cocina, madame Noubel repasaba con los dedos un dibujo hecho con gis.

—No sabes lo que haces. Si Florence estuviera con nosotros...

—Pero ya no está, Cécile. —La voz de Bernard se quebró—. Por desgracia, ya no está.

—Si *estuviera* aquí —insistió la mujer—, nos diría que ha llegado el momento de contarle la verdad a Minou. Mejor que se lo cuentes tú y no un extraño.

—Todos los de entonces han muerto o no saben nada de lo que realmente ocurrió.

—¿No queda nadie? ¿Qué me dices de madame Gabignaud? ¿Cómo puedes estar tan seguro, Bernard? Los sirvientes hablan y las vecinas chismorrean cuando van a la fuente. Al principio, la gente cuida sus palabras, pero con el tiempo se olvida de guardar los secretos.

—¡Ha pasado tanto tiempo!

—¿Y el testamento?

—No sé qué habrá sido de él. Florence se ocupaba de todo. Nunca hablábamos de ello.

—Muy bien. —Madame Noubel reaccionó con impaciencia—. Pero ¿qué pasará si aún existe el testamento? ¿Qué haremos si lo encuentran?

—No hay razón para que lo encuentren ahora, después de tantos años.

—Son tiempos de incertidumbre, Bernard. Se avecina la guerra, y no podemos saber cuántos secretos saldrán a la luz.

Bernard descartó esa posibilidad con un amplio gesto.

—Siempre están anunciando la guerra, pero nunca llega. Todo sigue igual. Un día el duque de Guisa está en ascenso y al día siguiente lo sustituyen Coligny y Condé. ¿Qué tienen que ver nuestras vidas con las de todos ellos?

—No seas ingenuo, Bernard —le soltó madame Noubel secamente, pero enseguida su voz se suavizó—. Eres un fantasma de lo que eras. ¿No ves cómo estás afectando a toda tu familia? Minou se da cuenta de que algo falla. Te quiere mucho y se preocupa por ti. Dile la verdad.

—No puedo.

Madame Noubel suspiró.

—Por lo menos, cuéntale lo que pasó en enero. Minou se ha dado cuenta de que desde entonces te has venido abajo. Es una joven inteligente y fuerte. —La mujer vaciló un instante—. A veces piensa que ya no la quieres, Bernard, y eso la entristece profundamente.

—¿Que ya no la quiero? —exclamó él—. ¡No podría dejar de quererla! Pero es demasiado joven, Cécile. Quiero ahorrarle el mal trago.

—Ha cumplido diecinueve años. Tiene edad suficiente para dirigir la librería en tu lugar y cuidar de Aimeric y Alis. Ya podría estar prometida o incluso casada, con familia propia. La insultas si piensas que no tiene el carácter necesario para asimilar lo que tienes que decirle. Minou debe seguir su camino, Bernard. No puedes protegerla eternamente del mundo.

—Por favor, Cécile, todavía no. No podría soportarlo.

—Tal como están las cosas —insistió madame Noubel—, te arriesgas a aumentar la distancia entre Minou y tú a causa de tu obstinado silencio. Así solo conseguirás perder su afecto. Te has convertido en un prisionero en tu propia casa, Bernard, y toda tu familia sufre las consecuencias. Te imploro que le digas la verdad.

Al oír las voces en acalorada discusión, Minou se detuvo en el pasillo. Apoyó los dedos sobre el frío metal del picaporte de la cocina, sin embargo no se decidió a entrar. Sabía que era su obligación revelar su presencia en lugar de quedarse escuchando, pero la inesperada familiaridad entre su padre y madame Noubel le dio que pensar. Hasta ese momento creía que eran buenos vecinos y nada más, pero de pronto los oía llamarse por sus respectivos nombres de pila y utilizar de vez en cuando la vieja lengua para expresarse.

—¿No vamos a entrar? —le susurró Alis—. ¡Tenemos que decirle a papá lo que hemos visto junto al puente!

Minou se apartó de la puerta y se agachó.

—Te has portado muy bien, *petite*, y has sido muy valiente. ¿Te puedo pedir algo más? Quédate en la puerta, y si ves a Aimeric, dile que entre enseguida. ¿Recuerdas lo que ha dicho Bérenger? Es peligroso quedarse fuera de casa. —Apoyó las dos manos sobre los hombros de su hermana, le hizo darse la vuelta y la orientó hacia la puerta—. Yo te esperaré aquí y después iremos juntas a hablar con papá. ¿Te parece bien?

Alis asintió y corrió por el pasillo hasta la entrada, donde se asomó para gritar el nombre de Aimeric. En cuanto Minou la tuvo fuera de su vista, apoyó el oído en la puerta.

—He tomado precauciones, Cécile. Lo he dispuesto todo para que Minou acompañe a Aimeric a Toulouse. La hermana de Florence se ha ofrecido para recibirlo en su casa y hacer de él un caballero. Yo he aceptado la invitación. De ese modo, Minou estará a salvo.

—¿Vas a enviarlos a vivir con monsieur Boussay y la mentecata de su mujer? ¿Te parece que es eso lo que habría querido Florence?

—¿Qué otra cosa puedo hacer, Cécile? —replicó él en tono apesadumbrado—. No tengo elección. Ya casi no nos queda dinero. Aimeric tendrá una buena oportunidad de progresar en la vida si lo envío. Aquí no tiene futuro.

—¿Y si Minou no quiere acompañarlo a Toulouse? —preguntó madame Noubel en tono airado—. ¿Y qué será de Alis sin los cuidados de su hermana?

—¿Crees que no he considerado ya todo eso, Cécile? No es una decisión que haya tomado a la ligera, pero no tengo otra salida. Y es lo mejor que puedo hacer.

—Bueno, entonces no hay nada más que decir.

Madame Noubel se levantó y fue a abrir la puerta de la cocina. Al sentirse descubierta, Minou retrocedió de un salto. En ese momento todos empezaron a hablar a la vez.

—¡Minou!

—Madame Noubel, estaba...

—Tu padre y yo... Bernard y yo estábamos hablando.

—¿Cuánto hace que estabas ahí? ¿Estabas escuchando detrás de la puerta?

—¡Bernard! ¿Cómo puedes decir eso?

Minou los miró a los dos, sorprendidos como conspiradores. Su padre estaba sentado junto al hogar apagado, con la cara gris por la preocupación. Madame Noubel, con las mejillas arreboladas, aún no había separado la mano del picaporte.

—Llevo aquí el tiempo suficiente para oír que has decidido enviar a Aimeric a Toulouse y quieres que yo lo acompañe. Pero no es verdad que estuviera escuchando detrás de la puerta. Hablaban tan alto que era imposible no oírlos.

Bernard se sonrojó.

—Perdóname. Lo he dicho sin pensar.

—Pero ¿es verdad que tienes intención de enviarnos a los dos a Toulouse? —preguntó Minou.

Su padre dejó escapar un largo suspiro.

—Es por su bien.

—Bernard cree, equivocadamente en mi opinión, que...

—¡Cécile! ¡Deja que decida por mí mismo lo que es bueno para mi familia!

Madame Noubel levantó las dos manos para manifestar que se daba por vencida.

—Haz lo que quieras.

Minou se sentó en el taburete, repentinamente exhausta.

—¿Qué ocurre, hija mía? —le preguntó su padre, con la preocupación pintada en el rostro—. ¿Te ha pasado algo?

—No —respondió Minou mientras trazaba una figura sobre la mesa con la yema de los dedos. Permaneció unos instantes sin ver ni oír nada, hasta que sintió la suave presión de la mano de madame Noubel en el hombro.

—Minou —dijo la mujer en voz baja—, ¿te sientes mal?

La muchacha se rehízo. No tenía sentido dejarse abrumar por la desesperanza. Además, debía hablar con su padre antes de que regresaran Aimeric y Alis.

—Madame Noubel, no sé si le ha contado ya a mi padre lo ocurrido ayer en la Bastide...

—Se lo he contado y también le he mencionado tu coraje al salir en mi defensa.

—¿Y le ha dicho que vino un hombre a la librería a última hora de la tarde?

—Le he dicho que vino un tal Michel y que preguntó por él. Nada más.

—Ahora sé quién era ese hombre. Su nombre completo era Michel Cazès.

Bernard inspiró profundamente.

—Lo recuerdo.

Minou miró a su padre.

—Entonces ¿lo conocías? Esperaba que fuera un extraño para ti.

—¿Por qué? ¿Qué más ha ocurrido? —preguntó madame Noubel.

—Michel, el hombre que vino a la librería, ha muerto. Lo han matado —respondió Minou—. Yo misma he visto su cuerpo en el río, bajo el puente, hace un momento.

—Michel Cazès —susurró Bernard—. ¡Cuánta crueldad!

—¿Estás segura de que era la misma persona? —dijo madame Noubel—. Ayer lo viste solamente unos minutos. Podrías haberte confundido.

—He reconocido su ropa; además, le faltaban dos dedos.

—En la mano derecha —confirmó Bernard.

—Así es. Siento haberte dado esta mala noticia, pero todavía hay más —prosiguió Minou—. No puede ser que haya muerto a la hora que dicen. Las campanas han comenzado a tocar a rebato cuando Alis y yo estábamos junto al puente, y en ese momento su cuerpo yacía en la orilla, sin que nadie lo hubiera descubierto aún. Sin embargo, cuando hemos vuelto corriendo a la Cité, Bérenger me ha dicho que la búsqueda del asesino comenzó ayer en la Bastide. —Se volvió hacia madame Noubel—. La descripción que están dando del culpable es la de un hombre pelirrojo.

—¿El huésped de mi posada?

—¿Tu huésped? —repitió Bernard, sin dejar de mirar con preocupación a las dos mujeres—. No lo entiendo.

Sus palabras quedaron sofocadas por los gritos de Alis en el pasillo.

—¡Minou! ¡Papá! ¡Los soldados han arrestado a Aimeric en casa de los Fournier! —exclamó al entrar en la cocina—. ¡Dicen que es testigo de un asesinato!

22

Piet volvió a perderse entre las sombras, a la espera de que el estruendo de las botas y el metal cesara en las murallas, por encima de su cabeza. A su alrededor, como disparos de pistola, podía oír los golpes de pasadores y cerrojos que trancaban las puertas de la ciudad, atrapándolo a él en su interior.

Suspiró. Si Aimeric no hubiera estado tan atento —si no se hubiera asomado a la ventana en el preciso instante en que cuatro soldados doblaban la esquina y se encaminaban hacia el lugar exacto donde lo habían abandonado después de drogarlo—, lo habrían arrestado. Había enviado al chico a los establos de Trivalle en busca de su caballo. Esperaba que fuera digno de confianza, porque no tenía más remedio que confiar en él. Y las campanas seguían tocando a rebato.

¿Por su causa?

Agazapado junto a la muralla, fue avanzando poco a poco en dirección a la puerta más cercana, por la paja y el fango que cubrían los anchos peldaños. Enseguida tropezó con el cuerpo de un vagabundo que dormía en el suelo, en medio de un intenso hedor a cerveza rancia. Un perro encadenado intentó abalanzarse sobre él, y unos gansos graznaron al ver que trataba de invadir su corral, trepando por unas vigas medio podridas.

Trató de empujar la puerta, haciéndola temblar en su marco, pero no se movió. ¿Debía forzar la cerradura? Se inclinó y recorrió la jamba con la mano, en busca de un punto débil en los goznes, pero no lo encontró.

Cuando estaba a punto de dirigirse a la siguiente torre, notó un cosquilleo en la nuca. Alguien lo estaba observando. Podía sentir su mirada, afilada como la punta de un cuchillo en la piel.

Las ásperas notas de las campanas arrancaban ecos de cada piedra y cada torre, que después se repetían por los callejones. Minou se volvió para escudriñar la rue du Trésau y recorrer con la mirada la rue de Saint-Jean. Ni rastro de Aimeric.

Si lo hubieran arrestado, ¿adónde lo habrían llevado?

Las calles estaban desiertas. Incluso el área comunitaria en torno al pozo principal, que la mayoría de las tardes era el corazón del barrio, estaba abandonada. Un cubo pareció temblar ligeramente sobre el brocal, como si un espectro lo hubiera tocado y a continuación se hubiera esfumado.

Minou cruzó la calle hacia la casa de los Fournier, rezando para que el muchacho no hubiera hecho nada malo. O para que al menos no lo hubieran arrestado. Había visto azotar de la manera más vil a chicos más pequeños que su hermano, que después pasaban semanas sin poder caminar, y todo por faltas menores. Aporreó con fuerza la puerta principal y llamó a Aimeric por su nombre, pero no obtuvo respuesta. Tan solo se oía el ruido metálico de los cerrojos, que temblaban con los golpes. Corrió al huerto trasero. Un cubo yacía tumbado en el suelo y había un bulbo de hinojo partido limpiamente por la mitad junto al peldaño de la entrada, pero la puerta trasera estaba cerrada con un candado.

Corrió entonces hacia la rue de Notre-Dame, sin saber dónde seguiría buscando después. Entonces, con el rabillo del ojo, vio que se movía algo entre las sombras, al pie de la muralla.

—Aimeric... —susurró.

Enseguida vio a un hombre que intentaba forzar una de las puertas, y contuvo el aliento.

Era él.

Dio un paso al frente y vio que la mano del hombre buscaba al instante su puñal.

—Si se dirige a la siguiente puerta a su izquierda, monsieur —dijo Minou, hablando desde cierta distancia—, verá que el cerrojo está roto. Los soldados no suelen fijarse.

Poco a poco el hombre se volteó.

—¿Qué?

—No le deseo ningún mal, monsieur. Solamente estoy buscando a mi hermano.

El hombre volvió a guardar el puñal.

—Creía que habían vuelto los soldados.

—Volverán. Hay una puerta en las paredes debajo de aquí. Si puede cruzarla sin ser visto, hay un camino —explicó.

Dio un paso hacia ella.

—¿Por qué quiere ayudarme? Me acusan de asesinato. Se lo he oído gritar a los guardias.

—El camino recorre varios huertos y baja siguiendo la línea de la barbacana hasta Trivalle.

Piet se le acercó un paso más.

—¿Ha oído lo que acabo de decirle, mademoiselle? Me acusan de asesinato.

—Sí, pero también sé que es inocente.

—Entonces venga conmigo —replicó él con una repentina sonrisa—. Enséñeme el camino, gentil señora de las brumas.

Minou negó con la cabeza.

—Váyase ya. Si se demora un poco más, acabaremos los dos en la horca. Como los soldados nos encuentren juntos, nos arrestarán a ambos.

—¿Me dirá al menos su nombre, mademoiselle? Lo llevaré siempre conmigo, como preciado recuerdo de nuestro encuentro.

Ella dudó un momento, pero al final le tendió la mano.

—De acuerdo, ya que no me cuesta nada decírselo. Me llamo Minou y soy la hija mayor de Bernard Joubert, librero de la rue du Marché.

Piet rozó la delicada mano con los labios.

—Mademoiselle Joubert, la vi ayer en la Bastide, justo antes del mediodía. Observé cómo ayudaba a mi casera mientras esos canallas registraban mi habitación y saqueaban mis pertenencias.

—Ah..., ¿por eso se ha comportado como si me conociera?

—La conozco —dijo él—. O al menos reconozco a las personas como usted. Hacía falta mucho coraje para enfrentarse a esos soldados.

—Madame Noubel es una vecina muy querida —dijo Minou, retirando lentamente la mano—. ¿Me dirá su nombre a cambio de conocer el mío, monsieur? Me parece un trato justo.

—Muy justo. —Él le rozó la mejilla—. Mi nombre es Piet Reydon. Si Dios está de mi parte y me permite volver sano y salvo a Toulouse, a *la ville rose*, mi puerta estará siempre abierta para usted, por su generosidad. Me alojo en el barrio universitario, cerca de la iglesia de Saint-Taur.

Desconcertada por el giro de la conversación, Minou le sostuvo la mirada.

—Adiós, monsieur Reydon.

Él asintió, como si hubieran llegado a un acuerdo. Entonces, tan deprisa como había aparecido, se marchó. Minou esperó a oír el ruido del cerrojo de la puerta al abrirse para saber que el caballero estaba a salvo, y entonces respiró.

—*La ville rose* —suspiró.

Pero los gritos de los guardias a sus espaldas borraron de inmediato todo pensamiento acerca de Piet o Toulouse, y dejaron en su lugar un profundo sentimiento de culpa. ¡Por un momento había olvidado a Aimeric! ¿Cómo había podido ser tan irresponsable?

Se apresuró a regresar por la rue de Notre-Dame, donde se topó con Bérenger y otro soldado, que iban en dirección contraria.

—¡No debería estar en la calle, *madomaisèla*! —exclamó Bérenger, bajando la espada—. Hay toque de queda. ¿No ha oído las campanas?

Minou se sonrojó.

—Las he oído, pero estoy buscando a mi hermano. Alis me ha contado que lo habían arrestado, y, aunque no creo que eso haya ocurrido, conozco el talento de Aimeric para meterse en líos, así que he salido para traerlo de vuelta a casa. ¿Lo has visto, amigo mío?

La expresión de Bérenger se iluminó.

—Lo he visto hace media hora, curioseando cerca de la casa de los Fournier. Ha inventado una historia. Nos ha dicho que había visto al asesino y que había entrado con él en la casa. —El hombre señaló la vivienda por encima del hombro—. Pero está tapiada, como lo ha estado durante todo el invierno. Lo he enviado de vuelta a casa con una buena reprimenda.

—Bien hecho, mi buen Bérenger. Muchas gracias —replicó Minou, sintiendo todavía un nudo en el estómago.

Era un alivio saber que los soldados no lo habían castigado, pero todavía no había regresado. ¿Adónde habría ido?

—Dejemos eso ahora —intervino el otro soldado—. ¿Ha pasado alguien por aquí? —le preguntó a Minou.

—Nadie —respondió ella con calma.

—Un hombre con el pelo rojo... ¿No lo ha visto? ¿Está segura?

—Bueno, un hombre como el que dices ha pasado por aquí, pero hace un buen rato.

—¿Hacia dónde se ha ido?

—Hacia allá —mintió Minou—. En dirección al castillo condal.

Los dos hombres se volvieron y echaron a correr mientras Bérenger gritaba por encima del hombro:

—¡Vuelva a casa, *madomaisèla* Minou! Ese villano ha matado por lo menos a un hombre y puede que a alguno más. Aquí fuera corre peligro.

Minou se quedó mirándolos mientras se marchaban. Solo cuando se hubieron alejado se dio cuenta de que había estado conteniendo el aliento.

¿Qué había hecho?

No solo había ayudado a escapar a un hombre acusado de asesinato, sino que además había proporcionado información falsa a los guardias del senescal. ¿Cuál era la sanción para semejante ofensa? No le importaba. Estaba dispuesta a volver a hacerlo tantas veces como fuera preciso.

«Gentil señora de las brumas.»

En la pálida tarde invernal, Minou sintió por un momento que todo se desvanecía: la interminable amenaza de guerras que nunca llegaban, la diaria lucha para ganarse el pan, los secretos que guardaba su padre y la preocupación que sentía por sus hermanos. Durante un instante fugaz, el mundo se volvió vívido, deslumbrante y lleno de promesas.

Mientras se dirigía a casa, una idea comenzó a cobrar forma en su mente. La mera posibilidad le produjo un estremecimiento. Le diría a su padre, sin demora, que había cambiado de idea y que estaba dispuesta a acompañar a Aimeric a Toulouse en cuanto todo estuviera dispuesto. No tenía idea de dónde podía haberse metido su hermano, pero como no lo habían arrestado, estaba segura de que volvería a aparecer en cuanto los soldados se hubieran marchado.

Minou había nacido y crecido en Carcasona. Se había hecho mayor en la ciudad, entre las piedras grises y los tonos ocres del Mediodía, entre los viñedos y las huertas de la Cité. Seguía siendo la niña que había aprendido a leer sentada a la mesa de la cocina de la rue du Trésau. Sus diecinueve años en el mundo habían dejado huella en esas calles.

Pero esa niña se había transformado en una sombra a sus espaldas.

Minou sintió que su vieja identidad retrocedía hacia el pasado mientras una nueva Minou daba un paso al frente. Carcasona y Toulouse. Su pasado y su futuro.

Segunda parte
TOULOUSE

Primavera de 1562

23

Las llanuras de Toulouse
Domingo, 8 de marzo

—¡Por favor, señor! —le gritó Minou al cochero mientras el carruaje coronaba otra colina más, dando tumbos.

Las ruedas traqueteaban sobre el terreno desigual y le hacían castañetear los dientes, con un ruido que retumbaba dentro de su cabeza. Golpeó con fuerza el interior del techo.

—¡Pare, por favor!

El cochero hizo frenar a los caballos con tanta brusquedad que Minou cayó contra el respaldo de su asiento. Irritada, porque sabía que el hombre lo había hecho adrede, descorrió la cortina y asomó la cabeza.

—Mi hermano está mareado.

Aimeric saltó apresuradamente de la cabina del carruaje y, un instante más tarde, oyeron que vomitaba sobre la hierba.

—El movimiento del carruaje no le sienta bien —dijo Minou, aunque sabía muy bien que los dulces y la cerveza que había comprado la noche anterior, en la posada donde habían hecho etapa para que descansaran los caballos, eran la causa de su malestar.

La novedad de viajar en un carruaje cerrado, que les había parecido deslumbrante al alba del día anterior, cuando habían salido de Carcasona, no había tardado en perder brillo. La pesada cortina que cerraba la cabina atrapaba el aire viciado en el interior. Las breves horas de sueño en la posada, en un lugar que apestaba a sudor y a paja enmohecida, habían sido suficientes para que Minou se llenara de picaduras de pulga. La joven necesitaba respirar un poco de aire fresco.

—¿Cuánto camino nos queda? ¿No estaba previsto que llegáramos a Toulouse antes de la novena hora?

—Y eso mismo habríamos hecho —replicó secamente el cochero— de no haber sido por la frágil constitución de este muchacho.

—Estoy segura de que los caballos agradecerán un descanso.

Minou se alejó del carruaje. El aire era límpido y la hierba estaba húmeda. A pocos pasos del camino había un bosquecillo, donde la corteza plateada de los árboles relucía a la luz de la mañana. La joven se volvió para mirar atrás. El cochero seguía sentado en su banco, con el látigo sobre las rodillas. No se veía a Aimeric por ninguna parte.

Minou se alejó un poco más y se internó en la verde sombra del bosque. Alerces y fresnos, las últimas bayas del acebo invernal, y todo un mundo que volvía a la vida. Respiró el dulce perfume de la tierra húmeda y los brotes tiernos, rodeada de una alfombra de diminutas violetas silvestres que se extendía hasta donde alcanzaba la vista. Siguió andando, sintiendo bajo los pies los desniveles del terreno irregular, en dirección al horizonte, más allá de la línea de los árboles.

De repente, al salir del bosque, se encontró en la cima de otra colina, que parecía reflejarse a lo lejos en las cumbres nevadas de los Pirineos.

En la llanura que quedaba a sus pies se extendía Toulouse, gloriosa y magnífica, como una joya reluciente entre la niebla del alba. Un ancho río discurría junto al tramo más meridional de las murallas, como un marco de plata. Más allá, una miríada de torres, cúpulas y miradores recibían la luz del amanecer, que parecía inflamar la ciudad. *La ville rose*, la había llamado Piet.

Minou ya había leído que Toulouse era una maravilla de la edad moderna, pero también una perla del antiguo Imperio romano, con sus viaductos y su anfiteatro, sus columnas de mármol y las enormes cabezas esculpidas de los dioses paganos de antaño. Pero ni su imaginación ni las más exquisitas palabras impresas en una página habrían podido prepararla para la majestuosidad de la ciudad que se ofrecía a su mirada.

Entonces, entre los árboles, le llegó la voz de Aimeric, que la llamaba.

—¡Ya voy! —gritó, pero no se movió.

Su alegría por la escena que se abría ante sus ojos se veló de pronto al pensar en Alis y en su padre, que habían quedado atrás. ¿Y si Alis no lograba arreglárselas sin ella y enfermaba? ¿Y si su partida apresuraba el declive de su padre? ¿Y si toda la generosidad y las buenas intenciones de madame Noubel no fueran suficientes para ayudarlo a recuperarse?

¿Y si...?

—¿Dónde estás, Minou?

Al notar preocupación en la voz de Aimeric, la joven se volvió y echó a andar por el bosque de regreso al carruaje. No permitiría que el recuerdo de Carcasona la abrumara. Intentaría concentrarse en la nueva vida que la esperaba en Toulouse.

El sol comenzaba a iluminar la llanura fuera de la puerta de Villeneuve. Piet se cargó un tablón más sobre el hombro, afirmó los pies en el suelo para no perder el equilibrio, y se lo pasó a otro trabajador, que lo sacó del aserradero y lo marcó con un número romano para identificar su lugar en la construcción. Para entonces, otros hombres ya estaban amarrando los tabiques de madera de acacia a los postes del andamiaje, listos para izar la estructura completa.

Piet hizo girar las articulaciones de los hombros para desentumecerlas, satisfecho con el duro trabajo físico. Estaba orgulloso de formar parte de una improvisada banda fraternal, unida por la fe protestante y un objetivo común: ampliar el templo de la Iglesia reformada para acoger a la creciente congregación de hugonotes de Toulouse. Cada vez que podía ausentarse del hospicio de la rue du Périgord salía fuera de las murallas para trabajar codo a codo con estudiantes, hijos de ricos mercaderes, funcionarios y pequeños propietarios rurales, junto a miembros del gremio de los madereros, los carpinteros, los albañiles y los torneros. Poco a poco, estaba aprendiendo el lenguaje de la carpintería: machihembrados, ensambladuras, vigas, correas, espigas y toda la secreta jerga de los iniciados.

El oro procedente de la venta del falso sudario en Carcasona había servido para financiar gran parte de la obra, pero el papel de Piet en la transacción se había mantenido en secreto. Cuando no estaba ocupado haciendo algo, lo inquietaba la idea de que Oliver Crompton descubriera la falsificación. Pero ¿por qué iban a cuestionar los hombres de Carcasona la autenticidad del sudario? Además, estaba convencido de que no había nadie en la ciudad capaz de distinguirlo del original.

Aun así, lo carcomía la duda. Le habría costado mucho explicar por qué había pagado para que confeccionaran una réplica. Pese a todo el desprecio que a su alma protestante le inspiraba el culto a las reliquias, había sido incapaz de deshacerse de una pieza de tanta antigüedad y belleza. Se sentía culpable por engañar a sus aliados y por su incapacidad de admitir la verdad ante Vidal. Todavía lo atormentaba la mirada de decepción de su antiguo amigo cuando le había confesado que había estado al tanto del robo, aunque a posteriori.

—Aquí tienes —le dijo un carpintero, depositando sobre sus brazos una viga de madera basta—. ¿Puedes con ella?

Piet afirmó las piernas en el suelo y recibió la pesada carga.

—Sí, ya la tengo.

El aire estaba saturado de humo de leña y nubes de serrín. Poco a poco, con la fuerza de un tiro de mulas, el frontón se iba levantando y el edificio comenzaba a cobrar forma. Sobrio y sencillo, al estilo de los mercados cubiertos del alto Languedoc, el templo tendría un único espacio diáfano, con capacidad suficiente para acoger a cientos de fieles. Sus constructores esperaban que estuviera listo en dos semanas, para el Domingo de Ramos.

Piet se había cortado el pelo más de lo acostumbrado y había intentado ocultar con carbón su distintivo matiz rojizo, obteniendo como resultado un extraño tono gris. Lo mismo había hecho con la barba, que se había dejado más larga, para disimular las líneas de la mandíbula. Su piel pálida se había tostado en las pocas semanas transcurridas al aire libre, bajo el sol primaveral, aunque su tez seguía siendo más clara que la de la mayoría de los hombres que lo rodeaban. También su ropa era diferente. Había renunciado a la gorguera y el jubón, y vestía la camisa abierta y las sencillas calzas de los pequeños propietarios rurales. A cierta distancia, ni siquiera sus amigos más cercanos lo habrían reconocido.

Tampoco Vidal.

Desde que había vuelto a Toulouse, la preocupación por su viejo amigo lo había impulsado a buscarlo sin cesar. En la *maison de charité* durante el día y en las tabernas del barrio de la catedral por la noche había prestado oídos a las conversaciones de extraños e invitado a multitud de desconocidos a beber cerveza, pero no había obtenido ningún resultado. También había repartido propinas entre los sirvientes y coqueteado con las criadas de las casas burguesas sin averiguar nada. La semana anterior, un estudiante de su antiguo colegio le había dicho que había oído que el joven clérigo que tenía un mechón blanco en la cabellera negra ya era monseñor, pero no tenía idea de su paradero. Como Piet no sabía qué nombre había adoptado Vidal en el momento de su ordenación, sus esfuerzos estaban condenados al fracaso.

Se repetía que su amigo estaba sano y salvo, pero no eran más que palabras, como las frases memorizadas de un catecismo. No quería pensar que Vidal hubiera podido estar implicado en algún tipo de engaño. Durante el día, lo obsesionaba la culpa. Se decía que si no hubiera ido a buscarlo a Carcasona, quizá su amigo estaría durmiendo tranquilo y seguro en su cama. Estaba convencido de que la casa de los Fournier no era la residencia de Vidal, pero suponía que su amigo lo habría recibido allí por serle imposible hacerlo en otro sitio. Después de todo, había sido él quien había ido a buscar a Vidal, y no al contrario.

En las ingratas horas entre la medianoche y el alba, despierto en la oscuridad, Piet se atormentaba con el temor de que su amigo hubiera sido asesinado en Carcasona, y de que lo acusaran a él de su muerte.

Desde que le había llegado la noticia de la matanza de Vassy, tenía todavía más motivos de preocupación. Había conocido los hechos de tercera, cuarta o quinta mano, de una manera diluida y distorsionada con cada nueva narración. Un centenar de hugonotes muertos, asesinados vilmente cuando estaban reunidos para rendir culto. O más de un centenar, según algunas versiones. Los soldados del duque de Guisa masacraron a hombres desarmados, mujeres y niños. ¿Cuáles serían las consecuencias para Francia? ¿Y para Toulouse? Nadie lo sabía, pero eran tiempos sin ley. El hospicio donde Piet trabajaba estaba desbordado de mujeres protestantes con sus hijos, expulsadas de sus casas y necesitadas de comida y refugio.

—¡Adelante! ¡Vamos!

Los gritos de los trabajadores devolvieron a Piet al presente. Afirmó los dedos sobre la viga y empezó a avanzar, dejando profundas huellas en el suelo húmedo.

De repente, percibió un cosquilleo en la nuca, como si alguien lo estuviera mirando. No era la primera vez que se sentía observado. Se dio la vuelta. Había un chico pasando el rato junto al muladar que lo contemplaba con expresión insolente, y también un hombre moreno con barba, de apariencia española, cuya mirada se desviaba cada vez que sus ojos se encontraban. Piet meneó la cabeza, sorprendido al notarse tan nervioso. Estaba cansado. Las preocupaciones que lo habían mantenido despierto toda la noche estaban haciendo que viera problemas donde no los había.

Volvió a concentrarse en el trabajo.

—*Merci* —le dijo el jefe de obras con acento extranjero cuando Piet depositó la viga en el suelo, lista para que la izaran hasta el lugar que le correspondía en la estructura.

El encargado de construir la parte trasera del templo era inglés y se rumoreaba que había estudiado en Ginebra, bajo la dirección del mismísimo Calvino. No hablaba mucho con nadie, pero trabajaba bien y conseguía cumplir los plazos.

—De nada —replicó Piet en inglés.

El hombre lo miró asombrado.

—¿Habla mi idioma?

—Un poco.

—Jasper McCone —le dijo el otro mientras le tendía la mano.

—Piet... Joubert —replicó, mencionando el primer apellido que le vino a la mente, por si los problemas de Carcasona lo habían seguido hasta allí.

—La mayoría de sus compatriotas no son tan propensos a aprender otras lenguas.

Piet sonrió.

—Viví un tiempo en Londres, en los primeros días del reinado de su nueva soberana. También en Ámsterdam, donde muchos marineros se entienden en inglés.

—¿Y ahora vive aquí?

—Así es.

McCone enjugó con el pañuelo el borde de una pequeña jarra de cerveza y se la ofreció a Piet.

—Gracias —respondió este, que bebió y le devolvió la jarra—. Avanza con rapidez, ¿verdad? —añadió, señalando el templo con un movimiento de la cabeza.

—Estamos usando parte de los cimientos del edificio anterior, pero todo depende de la calidad de la madera. El roble francés es mejor que el inglés. Los tablones son más rectos y largos, y menos proclives a quebrarse con el peso.

—¿Estará terminado para el Domingo de Ramos?

—Si sigue haciendo buen tiempo, sí —respondió McCone.

Por un momento, Piet se sintió satisfecho: el sabor del lúpulo en la lengua, la luz del amanecer a sus espaldas y el cansancio del trabajo honesto en los brazos y las piernas. Se le olvidó el nerviosismo. Pero cuando el efecto de la cerveza pasó, los nubarrones volvieron a descender sobre él. Pensó en Michel, preguntándose si aún estaría en Carcasona, y también en Vidal. Entonces recordó a los soldados y sus gritos de que buscaban a un asesino cuya descripción coincidía con la suya, y una vez más sintió una opresión en el pecho, como si una faja metálica lo constriñera.

—Necesitaba hacer un alto —le dijo con una sonrisa a McCone—. Pero ahora volvamos al trabajo. No hay tiempo que perder si queremos que el templo esté listo para Semana Santa.

Y diciendo esto Piet volvió al aserradero.

Minou le pasó un brazo sobre el hombro a su hermano.

—Perdóname —volvió a decir Aimeric.

—¿Te sientes mejor?

El chico asintió con la cabeza.

—Perdóname, Minou —repitió.

—Estás perdonado —respondió ella, arreglándole el jubón—. Ya está, mucho mejor. ¿Te sientes bien como para seguir el viaje?

—Creo que sí.

—Muy bien. Faltan solamente unas cinco leguas.

—Parece que esté más cerca.

—Porque estamos en un lugar elevado. Dentro de pocas horas habremos llegado. —Sonrió y le ofreció el brazo a su hermano—. Mientras tanto, para pasar el rato, puedes contarme cómo te encontraste cara a cara con aquel asesino.

—¡Otra vez no! —protestó Aimeric mientras Minou lo ayudaba a subir al carruaje—. Te he contado una docena de veces lo que pasó aquel día y lo que me dijo aquel hombre. No sé por qué te interesa tanto si dices que las acusaciones son falsas y no es un auténtico asesino.

—No te hará ningún daño contarlo una vez más —insistió ella— y te evitará pensar en el estado de tu estómago. —Dio un par de golpes en el techo—. ¡Cochero!

El carruaje se puso en marcha y al cabo de un momento estaban bajando la cuesta, en dirección al puente cubierto que les permitiría atravesar el río Garona y llegar a la ciudad.

Mientras Aimeric hablaba, Minou se sumergía en sus palabras. En los días transcurridos desde que había ayudado a Piet a escapar de la Cité, pensaba muy menudo en él. Estaba segura de que había regresado sano y salvo a Toulouse, aunque no podía saberlo con certeza. Por Bérenger sabía que el forastero buscado por la muerte de Michel aún no había sido arrestado.

Imaginaba una miríada de conversaciones entre Piet y ella. Unas veces eran dulces y afectuosas; otras, ella le reprochaba haber puesto en peligro a Aimeric de manera tan irreflexiva.

Se sentía cada vez más cerca de él. Lo encontraría en algún lugar de la deslumbrante ciudad que se extendía ante ella.

24

La Bastide
Domingo, 15 de marzo

—¡Suéltame el brazo, Alis! —exclamó Bernard, tratando de separar de la manga los dedos de su hija—. Tienes que quedarte con madame Noubel.

—Llévame contigo, papá. —Alis lloró—. No quiero que te vayas.

Cécile intentó interponerse entre ellos.

—Ven, *petite*, te agotarás si sigues llorando de esa forma. Aquí tienes un trozo de regaliz. Te suavizará la garganta.

Alis no le hizo caso.

—¿Por qué no puedo ir contigo? Me quedaré callada como un ratoncito. Me portaré bien.

—Está demasiado lejos. No es lugar para una niña.

—Entonces déjame ir a Toulouse y así podré estar con Minou y Aimeric. ¡No es justo que tenga que quedarme sola en Carcasona!

—¿Qué dices, Alis? No estarás sola. Estarás conmigo. —La señora Noubel le puso el trozo de regaliz en la palma de la mano—. Tu padre se tiene que ir. Es necesario que atienda unos asuntos.

—Pero no es justo...

—*Ça suffit!* —exclamó Bernard, en un tono que la culpa volvió más amargo—. No estaré mucho tiempo fuera.

Madame Noubel abrazó a la niña.

—Lo pasaremos muy bien tú y yo —le aseguró—. Deberías irte ya, Bernard. Alis se sentirá mejor cuando te hayas marchado.

Afligido por ser la causa de tanta infelicidad, Bernard habría dado cualquier cosa por reconfortar a su hija.

—Pronto estaré de vuelta.

—¿Adónde vas?

—A las montañas.

—¿A qué lugar de las montañas?

—¿Acaso importa? —replicó él, sintiendo la mirada de Cécile Noubel.

—Si vas a las montañas, ¿dejarás de estar triste?

Las palabras de la niña lo sobresaltaron. Era su hija, pero a veces tenía la sensación de que no la conocía. La pequeña tenía tan solo dos años cuando su adorada esposa murió. En su profundo dolor, Bernard la había dejado casi por completo al cuidado de Minou. Ahora su inocente pregunta era la prueba de que Cécile tenía razón en sus advertencias. Su melancolía estaba afectando a toda la familia.

Parpadeando para disimular su dolor, Bernard estudió con atención la expresión solemne de la niña. Era la viva imagen de su madre, con sus ojos negros y sus rizos rebeldes.

—¿Se te habrá pasado la tristeza cuando vuelvas?

—Sí —respondió él, con más confianza de la que sentía—. El aire es claro y límpido en las montañas, y me hará bien.

—Ah, ahora lo entiendo —dijo Alis, y su comprensión lo conmovió todavía más profundamente que antes su dolor.

—Pórtate bien mientras esté fuera —le pidió—. Sigue aprendiendo las letras.

—Lo haré, papá.

Madame Noubel le acarició el pelo.

—Alis, me parece que los gatitos están despiertos. Ve a ponerles un poco de leche en un plato.

La cara de la niña se iluminó. Se puso de puntitas, le dio un beso en la mejilla a su padre y subió corriendo la escalera de la posada.

—Gracias, Cécile —dijo Bernard.

—Vas a Puivert, ¿verdad?

Era una afirmación más que una pregunta.

El hombre titubeó un momento y finalmente asintió. ¿Para qué molestarse en negarlo?

—¿Lo has pensado bien?

Bernard dejó caer los brazos.

—Tengo que asegurarme de que no hay nada allí que pueda perjudicar a Minou.

—Cuando hablamos de esto hace dos semanas, me insististe en que no había ningún peligro. ¿Qué te ha hecho cambiar de idea?

Le costaba explicarse, pero desde la muerte de Michel sus temores se habían multiplicado y extendido como la hiedra sobre un muro.

—Te he hablado de la cárcel de la Inquisición en Toulouse.

—Así es.

—No puedes entender el horror de ese lugar, Cécile, a menos que hayas estado allí. Es... el infierno. Los gritos, la crueldad... Hombres con el cuerpo roto, abandonados en su agonía para que mueran en compañía de los que esperan el comienzo de su interrogatorio... —Exhaló largamente el aire que tenía en los pulmones, como si quisiera deshacerse de los recuerdos que lo abrumaban—. Lo que no te he dicho es que estuve encerrado en la misma celda que el hombre asesinado, Michel Cazès.

—¿De qué lo acusaban?

—Traición.

—¿Con fundamento?

—Posiblemente —admitió Bernard—. Era hugonote y se relacionaba con otros protestantes, pero eso no es justificación para hacerle lo que le hicieron. Cortarle los dedos a un hombre uno a uno, para obligarlo a confesar...

Se interrumpió y se frotó los párpados doloridos. Tenía los ojos enrojecidos por pasar noche tras noche estudiando las cuentas de la librería a la luz de una vela. Los ingresos de ese mes apenas llegaban para cubrir el alquiler de la tienda.

Bernard fue a buscar su modesto equipaje, sabiendo que Cécile lo esperaría pacientemente. Le estaba muy agradecido por no presionarlo todavía más. Se aferraba a la convicción de haber tomado la mejor decisión posible cuando había resuelto no decirle la verdad a Minou. La había enviado a Toulouse por su propia seguridad, por el bien de todos. ¿Qué otra cosa podía hacer? Pero todo era culpa suya. ¿Por qué no había sabido cerrar la boca? Había llevado la desgracia a su familia y su conciencia no se lo podía perdonar. Nunca había tenido intención de revelar sus pensamientos más secretos; pero allí, encadenado a las sórdidas y húmedas paredes de la cárcel de la Inquisición, esperando la sesión de torturas que seguramente le aguardaba, había hablado para no dejarse obsesionar por la oscuridad y el dolor. Había revelado secretos que guardaba desde hacía más de veinte años.

—Temía morir allí dentro y que nadie lo supiera —dijo—. Era lo que más me aterrorizaba, más aún que la idea de la muerte. Michel estaba seguro de que iban a ahorcarlo y sufría más que yo, por supuesto. Pasábamos el tiempo hablando. Los dos estábamos convencidos de que no teníamos ningún futuro. Le dije cosas que no debería haber dicho a nadie. —Se interrumpió y titubeó un momento—. Sobre Minou.

—Oh, Bernard —murmuró madame Noubel. El dolor y la comprensión que percibió Bernard en la voz de su amiga le llenaron los ojos de lágrimas—. Y como Michel vino a verte y lo mataron, ahora crees que todo sucedió a causa de lo que tú le revelaste.

—¿Cómo podría ser de otra forma? —exclamó él—. Michel y yo no habíamos hablado desde el día de nuestra liberación, y de repente, sin ninguna razón, aparece en Carcasona. Movilizan a todos los soldados de la Cité y la Bastide, y las campanas tocan a rebato, aunque a una hora que no parece coincidir con el verdadero desarrollo de los hechos, según nos ha dicho Minou. ¿Y qué ha pasado desde entonces? —Chasqueó los dedos—. Nada. Tan rápidamente como estalló el asunto, se olvidó, y nadie ha vuelto a mencionarlo. Bérenger me ha dicho que en la guarnición les han dado órdenes de no hablar nunca más del asesinato, ni siquiera entre ellos.

—Es extraño, sí, pero cosas más extrañas pasan cada día —replicó madame Noubel—. ¿No te das cuenta de que la angustia te hace ver más de lo que hay en una simple coincidencia? La culpa de haberle revelado a Michel tus secretos te hace suponer que todo está relacionado, pero no tienes ninguna prueba de que así sea. Ese hombre debía de estar implicado en alguna conspiración protestante. Tú mismo has dicho que era hugonote. Es mucho más probable que esa sea la causa de su muerte.

—Lo único que sé —dijo Bernard en voz baja— es que no gozo de paz. No hago más que pensar día y noche en las consecuencias de lo que dije. Me siento atrapado por la culpa y el remordimiento. Debo asegurarme de que no hay nada en Puivert que pueda perjudicar a Minou. Y para eso no tengo más remedio que regresar.

—Al contrario —argumentó ella—. Con tu regreso a Puivert te arriesgas a revivir una historia que ha caído en el olvido hace tiempo. —Le puso una mano en el brazo—. ¡Quédate en Carcasona, te lo ruego!

Bernard sabía que si algo salía mal y no regresaba, sus hijos se quedarían huérfanos. Para Minou, sería un gran golpe. Aimeric y Alis no le preocupaban tanto, ya que su hermana seguiría siendo una madre para ellos, como lo había sido cada día durante los últimos cinco años.

—Es preciso que vaya, Cécile. Después de todo este tiempo, lo ocurrido con Michel me obliga a regresar a Puivert. No tengo más remedio que ir.

Madame Noubel le sostuvo la mirada y al cabo de un instante, quizá por haber visto en sus ojos una resolución inquebrantable, hizo un gesto de asentimiento.

—De acuerdo. Alis estará bien conmigo. Minou y Aimeric están a salvo en Toulouse. Todavía tengo familia en Puivert. ¿Quieres que les escriba para avisarles de tu llegada?

—Gracias, pero no. Es mejor que no lo sepa nadie.

Cécile levantó las manos.

—Ten cuidado, Bernard, y regresa pronto. Son tiempos peligrosos.

París

El duque de Guisa cabalgaba por las calles de la católica ciudad de París hacia la imponente catedral de Notre-Dame. Era una estrella en ascenso. Volvía a encontrarse en el lugar que le correspondía, de nuevo era una persona importante.

Su hijo mayor, Enrique, cabalgaba a su izquierda, y su hermano, el cardenal de Lorena, a su derecha. Las negras crines de los corceles relucían al sol, y las sillas de montar estaban limpias del lodo del camino. Detrás de ellos, el séquito del duque con sus brillantes uniformes y sus luminosas armaduras era la viva imagen del ejército conquistador que Francia necesitaba ver.

Todas las campanas de las iglesias y catedrales llamaban a los fieles a misa. Francisco mantenía una expresión sombría y devota, como correspondía a la ocasión, pero sentía que las campanas tocaban por él, el héroe de Vassy, el flagelo de los herejes, el hombre que devolvería a Francia su poderío.

—Has organizado muy bien nuestro regreso —le dijo a su hermano—. Aplaudo tus atenciones y tu lealtad.

—Es simplemente lo que mereces por tu rango y posición, hermano mío.

Francisco se volvió hacia la multitud, levantó un brazo y a continuación se bajó del caballo delante del portal occidental de la impresionante catedral gótica. Un mensajero corrió hacia el cardenal, hizo una profunda reverencia y le depositó una misiva en la mano.

—¡Hermano! —exclamó el clérigo—. ¡Excelentes noticias! La reina regente te envía sus mejores deseos. Se alegra de tenerte otra vez en París y no ve el momento de escuchar tus consejos. En nombre de su majestad el rey, dice que estará encantada de recibirte en la corte. Reconoce que tiene que hablar contigo de muchas cosas de mutuo interés.

Una sonrisa de satisfacción se extendió lentamente por el afilado rostro de Guisa.

—Muy buenas noticias, en efecto —convino.

La Cité

Vidal alisó con cuidado la pieza de tela sobre la ornamentada mesa de madera. Se encontraba en las dependencias privadas del palacio episcopal de Carcasona, donde se alojaba desde hacía dos semanas, por invitación del obispo. Habían hablado y se habían puesto de acuerdo. Vidal confiaba en contar con el apoyo de la catedral y el clero de Carcasona cuando llegara el momento de proponerse para ser el próximo obispo de Toulouse.

Con una lente de aumento, procedió a examinar cada hilo y cada punto de la pálida tela, el envoltorio de seda y la trama de lino, así como los ribetes bordados y la exquisita caligrafía cúfica. Varias iglesias y monasterios de Francia aseguraban estar en poder de un fragmento del Santo Sudario que había envuelto el cuerpo de Jesús en el sepulcro, pero la mayoría de las piezas eran de origen cuestionable. Vidal había estudiado en numerosas ocasiones el sudario de Antioquía cuando se encontraba custodiado en la iglesia de Saint-Taur, en Toulouse. Levantó una esquina de la pieza en busca del diminuto desgarrón que había observado en ocasiones anteriores, pero no lo encontró. Era una réplica excelente, con las medidas exactas y confeccionada por un falsificador experto, pero no dejaba de ser una mera réplica del sudario de Antioquía.

Vidal levantó la vista hacia su criado, de pie al otro lado de la habitación.

—Es una falsificación, Bonal. Una de las mejores que he visto, pero una falsificación al fin y al cabo.

—Lo lamento, señor.

—Yo también.

Vidal enrolló la delicada pieza y volvió a guardarla en su estuche de cuero.

—Hay dos cosas que me interesan, Bonal. En primer lugar, ¿por qué razón ha vuelto a aparecer de repente el sudario, o, mejor dicho, este falso sudario, después de una desaparición de cinco años? También me gustaría averiguar si el caballero a quien se lo compramos está al tanto de que es falso. Dicho de otro modo, quiero saber si él forma parte del complot o si también ha sido engañado.

—¿Quiere el señor que vaya a buscarlo?

Vidal negó con la cabeza.

—No, Bonal. Salió para Toulouse la semana pasada en compañía de su primo. Ya encontraré ocasión de hablar con él cuando estemos en la ciudad.

—¿Volvemos a Toulouse, señor?

—En cuanto me haya despedido de mi anfitrión.

—Si me permite el atrevimiento...

—¿Sí?

—Creo que las autoridades de la ciudad verían con buenos ojos a un hombre de acción. Cuando llegue el momento de considerar las posibles candidaturas para el episcopado de Toulouse, la persona que haya recuperado el sudario se encontrará en una posición particularmente favorable.

—Ya lo sé, Bonal. ¿Por qué crees que me estoy tomando tanto trabajo?

—Por supuesto, monseñor. Quizá no he sabido expresarme. Mi sugerencia es que haga saber que está buscando el sudario y que corre usted mismo con todos los gastos de la búsqueda. De esa forma, no solo demostrará que tiene fortuna suficiente para financiar ese tipo de empresas, sino que además es un hombre de acción, a diferencia del actual obispo de Toulouse, que habla mucho pero hace poco.

—Sabias palabras, Bonal. Lo pensaré.

—Incluso podría dar a entender que la búsqueda ha tenido éxito.

Vidal consideró por un momento sus palabras.

—¿Me estás sugiriendo que presente esta pieza como la auténtica reliquia recuperada aun sabiendo que es falsa?

Sin decir nada, Bonal le hizo una reverencia, y Vidal comprendió que la sugerencia de su sirviente le había quedado clavada en la mente, como una astilla en la carne, y le resultaría muy difícil ignorarla.

Consideró la posibilidad de ir a Saint-Nazaire y rezar allí por la guía divina. Era tiempo de Cuaresma, y la visión de un clérigo de su importancia de rodillas ante el altar sería reconfortante para los muchos novicios y jóvenes sacerdotes de la catedral. Era el tipo de gesto que no pasaría inadvertido.

Pero Vidal decidió que no lo haría. Sabía que no sería suficiente para aquietar sus preocupaciones y estaba ansioso por ponerse en camino. Había derrochado demasiado tiempo en la adquisición de la falsa reliquia. Las insinuaciones de Piet, cuando le había dicho que no podía permitir que el sudario sufriera ningún daño, habían cobrado un nuevo sentido. Vidal sospechaba que Piet podía ser el responsable de la falsificación.

Pero sentía además una profunda frustración. Dos semanas atrás, animado por la convicción de estar a punto de recuperar la reliquia, había dejado que la nostalgia por el pasado compartido influyera en su decisión. En lugar de entregar a Piet a la guarnición de Carcasona, acusado del asesinato de Michel Cazès, le había ordenado a Bonal que lo dejara en libertad. También sentía auténtica preocupación por el testimonio que pudiera dar Piet bajo tortura.

—¿Has dicho que Reydon ofrece sus servicios al hospicio hugonote de Toulouse?

—Así es, monseñor. El hospicio es un vivero de herejes, aunque sus responsables aseguran dedicarse únicamente a las obras de caridad.

—Cuando sea obispo lo clausuraré... —Agitó una mano—. De momento, nos será fácil echarle el guante a Reydon.

—¡Pero eso es la mitad de lo que valen los libros! —protestó Bernard—. ¡Menos de la mitad! ¡Solo por el *Libro de las horas* en inglés podría obtener más de lo que me está ofreciendo por todo el inventario!

El librero rival se arrancó una costra de un grano de la cara, que empezó a sangrar. Minou le había advertido a su padre que su vecino prácticamente no acudía a su tienda y había dejado que el local se viniera abajo. La idea de que sus tesoros, sus preciosos libros, fueran a parar a manos de un individuo tan sórdido desesperaba a Bernard.

El librero se encogió de hombros.

—Es usted quien ha venido a buscarme, Joubert. Le he dicho que podría comprarle algunos volúmenes. No todo el material extranjero. Me interesan sobre todo las historias. —Se le iluminaron los ojos—. En especial las más picantes. Ese tipo de cosas.

—Esperaba recibir una oferta razonable —replicó Bernard con voz débil.

—Monsieur Joubert, los dos somos hombres de negocios. Usted necesita un pequeño capital y yo estoy dispuesto a ayudarlo. Considérelo un favor, si así le parece. Pero si prefiere no vender, a mí me da lo mismo.

El hombre se volteó para regresar a su tienda y Bernard sintió que se le resquebrajaba el corazón. Entregar de esa manera una parte sustancial de todo aquello por lo que Florence y él habían luchado —y que Minou se había esforzado por mantener a flote durante todo el largo invierno— era simplemente una traición. Pero no tenía más remedio que hacerlo. Necesitaba dejarle suficiente dinero a Cécile para que se ocupara de Alis en su ausencia, además de cubrir los gastos de su viaje a Puivert y su alojamiento durante su estancia en las montañas.

—¡Espere! —exclamó—. Acepto su oferta.

En ese momento, apareció Charles Sanchez por la rue du Marché, arrastrando los pies y balbuciendo entre dientes.

—Condenado imbécil —masculló el hombre—. ¡Fuera de aquí! ¡Vete o te echaré los perros!

—No le hace daño a nadie —murmuró Bernard.

—Las nubes tienen secretos, secretos, las nubes tienen secretos —iba repitiendo Charles, cada vez más rápido, mientras huía—. ¡No cuentes el secreto, no lo cuentes!

Corrió hasta el final de la calle, donde estuvo a punto de ser arrollado por un carruaje que subía a toda velocidad por la rue Carrière Mage. Sobresaltado, Bernard reconoció las portezuelas negras y el escudo dorado del obispo de Toulouse. Tenía una triste razón para recordar aquel carruaje. La última vez que lo había visto había sido a las puertas de los tribunales, cuando Michel y él habían quedado en libertad. ¿Por qué estaba ahora en Carcasona?

—¿Y bien?

—Pase, monsieur —dijo Bernard, sintiendo que se despreciaba a sí mismo solamente por hablar con un hombre de semejante calaña—. Podemos cerrar el trato en privado.

Ha muerto y me alegro.

Mi marido, el peor canalla que ha visto la luz del día, ha muerto. Quiera Dios que su cuerpo se pudra en la tierra fría y su alma padezca tormento eterno.

Lo enterraremos dentro de una semana. Lloraré junto a su tumba, vestida de negro y con la cara velada. Haré mi papel. Seré la esposa engañada que pese a todo se mantuvo fiel y virtuosa hasta el final. ¿Quién dudará de mi versión cuando sea la única dueña de estas tierras? ¿Quién se atreverá a levantar la voz para contar una historia diferente?

Pese a mis esfuerzos para cerrarle la boca, al final habló, en medio de su agonía. Mencionó un testamento que alteraba la sucesión y la disposición de sus tierras. ¿Realidad o delirio? El rumor se ha propagado entre los sirvientes, a pesar de las amenazas de castigo. La historia de que existe otra persona que debería heredar Puivert se está filtrando desde el castillo hasta el pueblo, como humo a través de las grietas de un muro.

He buscado por todas partes: en los aposentos privados de mi marido, en su estudio, en cada rincón de la torre y en la galería de los músicos, pero no he encontrado nada. Debería tranquilizarme, porque si yo no he podido hallar el testamento, ¿qué probabilidades hay de que lo encuentre otra persona?

Tengo que asegurar mi posición.

Cuando mi marido esté sepultado, revelaré que espero un hijo suyo. Diré que mi último sacrificio como esposa obediente fue ofrecer a mi marido el solaz que ansiaba, y que de aquel acto abnegado ha surgido esta bendición. Tengo el vientre abultado, y bien sabe Dios que mi preñez está demasiado avanzada para hacerla pasar por reciente. Pero hasta ahora he conseguido disimularla bajo la pesada ropa de invierno.

De hecho, puede que mi condición me sirva para explicar la última confesión delirante de mi marido acerca de una supuesta criatura. Podré decir que no se refería al pasado, sino a un hijo todavía por nacer. Algunos lo pondrán en duda, porque como bien sabían las doncellas del pueblo, mi noble marido solo se regía por lo que le colgaba entre las piernas. Pero nadie más que él y yo sabíamos que ya no era capaz de hacer nada con su virilidad. Y ahora solo Dios y yo sabemos que la criatura que llevo en el vientre no es suya.

Dentro de poco declararé mi intención de emprender un peregrinaje para implorar la protección de Dios en el parto y rogarle que la criatura nazca sana. Será necesario explicar de alguna manera que me marche del castillo tan pronto, cuando acaba de morir mi marido. Antes pensaba que podría convencer a mi amante para que actuara en mi nombre. Pero Dios me ha demostrado que esta responsabilidad es solo mía. Será tal como está escrito.

Hay un tiempo para nacer, y un tiempo para morir.

25

Toulouse
Jueves, 2 de abril

Minou abrió la ventana y se asomó a la rue du Taur.

El invierno había cedido paso a la primavera. En la llanura que se extendía más allá de Toulouse se adivinaban los primeros brotes en los campos de cebada y los trigales, flores blancas de espino y retamas amarillas en los setos. Dentro de las murallas, y a lo largo del río Garona, los árboles volvían a cubrirse de hojas. Toulouse era una ciudad de verdes resplandecientes y el cielo sobre *la ville rose* era de un azul intenso, con nubes blancas y flores violeta en los tiestos de las ventanas. Cuando el sol se levantaba al amanecer o se ponía por la tarde, iluminaba las paredes de ladrillo, que parecían encenderse, y toda la ciudad resplandecía entonces con feroces matices dorados y cobrizos.

Ahora ese era su hogar.

Hacía solamente tres semanas que Minou había contemplado la ciudad desde lejos, con un brazo sobre los hombros de Aimeric. Ni siquiera había transcurrido un mes y ya se sentía como si llevara toda la vida en Toulouse. Echaba de menos a su padre, por supuesto, y también la dulce compañía de su hermanita, y se preocupaba por ellos. De vez en cuando, recordaba con cariño a sus vecinos de la rue du Marché, pero cada día que pasaba, Carcasona se alejaba un poco más. Pensaba en la ciudad con afecto y nostalgia, pero la veía como un juguete muy querido de la infancia que llevara años cubriéndose de polvo en un estante. Para ella, Carcasona ya pertenecía al pasado.

Pasaba mucho tiempo encerrada en casa de su tía, ya que en Toulouse no se consideraba apropiado que una joven de buena familia saliera sola. Por eso aprovechaba cada salida de su tía para acompañarla. La fascinaban las iglesias monumentales y la basílica, los pórticos y los campanarios que llegaban hasta el cielo. Admiraba los modestos conventos medievales, que se erguían junto al impresionante monasterio de los agustinos, con sus gárgolas retorcidas, o el de los dominicos, con su torre octogonal semejante a un ornamentado palomar, construida con el mismo ladrillo rojo que le había valido su apodo a la ciudad. Le encantaban las amplias calles modernas, tan espaciosas que permitían la circulación de dos carruajes a la vez, uno al lado de otro. Había observado de lejos, más allá de la puerta de Villeneuve, el magnífico templo nuevo de los hugonotes, con su estructura de madera y su altísima torre.

Incluso el río era más grande en Toulouse. De hecho, era el cuerpo de agua más extenso que Minou había visto en su vida. Cuatro veces más ancho que el Aude, el Garona era un constante ir y venir de embarcaciones. Navegaban por el río barcas de remos, goletas que esperaban vientos favorables para bajar a Burdeos y continuar hasta el mar, y barcazas que transportaban a las nobles familias de Toulouse a sus fiestas y recepciones en las magníficas mansiones que se levantaban río abajo. Al otro lado del Garona se encontraban las huertas de Saint-Cyprien, unidas a la ciudad por un puente cubierto a lo largo del cual se sucedían numerosos comercios que ofrecían los mejores paños de Oriente, especias de las Indias, joyas magníficas y también el maravilloso tinte azul, llamado *pastel*, al que Toulouse debía su reciente prosperidad.

Y en algún lugar de esa animada ciudad estaba Piet.

Minou lo buscaba en todas partes: por la mañana, en la place Saint-Georges; por la tarde, desde su ventana, contemplando a los estudiantes que salían en nutridos grupos de los colegios cercanos e intercambiaban pasquines, argumentaban y discutían; y al crepúsculo, en el barrio universitario, donde debía de alojarse Piet, a tiro de piedra de la residencia de los Boussay, en la rue du Taur.

La casa, elegante y bien acondicionada, tenía tres plantas y estaba construida con el tradicional ladrillo rojo de Toulouse. El diseño era italiano —según le había indicado a Minou su tía—, inspirado en las casas de los mercaderes venecianos y florentinos. Su tío había contratado a un arquitecto de Lombardía, a un elevado coste, para que ideara columnas labradas de líneas clásicas, ornamentadas con racimos de uvas y haces de espigas, girasoles y vides, acantos y hiedra. Construida en torno a un pequeño patio interior, la casa tenía balcones en la fachada oeste, suelos de madera pulida y amplias escaleras. Contaba incluso con una pequeña capilla privada con frescos en el techo. En opinión de Minou, todo era demasiado nuevo y un poco estridente, como si la casa aún no hubiera tenido tiempo de asentarse en su propia piel.

—*Paysanne!* ¡Qué estúpida y torpe eres!

Al oír la reprimenda, Minou sintió pena por la pobre criada que estaba siendo objeto de la ira de madame Montfort. No auguraba nada bueno para el resto del día que la mujer estuviera de mal humor a una hora tan temprana. De repente se abrió la puerta de la habitación de Minou y entró en tromba madame Montfort, con las llaves de la casa colgadas de la cintura, seguida de una sirvienta que iba cargada con un pesado traje. Madame Montfort, la hermana viuda de su tío, se encargaba de dirigir la casa y el servicio en lugar de su tía, y era evidente que se complacía en señalar errores y encontrar defectos.

—¿Todavía no has terminado de asearte, Marguerite? Por tu culpa llegaremos tarde.

Minou sintió el familiar malestar en el estómago. Había hecho todo lo posible por resultar agradable, pero sus esfuerzos no habían surtido el efecto deseado. Madame Montfort seguía haciendo comentarios maliciosos sobre su estatura —«hombruna y antinatural»—; afirmaba que el hecho de tener un ojo castaño y el otro azul era signo inequívoco de «deficiencia moral», y consideraba «infantil» que la joven insistiera en hacerse llamar por un apodo. Minou estaba siempre a la defensiva. Si su tía Boussay no hubiese sido de constitución tan frágil, habría intentado hablar con ella sobre la perjudicial influencia de madame Montfort.

—Estaré lista a tiempo. Por nada del mundo querría ofender a mi tía obligándola a esperarme.

—A quien no debes ofender es a Dios.

Minou se mordió la lengua. Su padre le había aconsejado que se guardara sus opiniones. «No discutas ni contradigas a nadie —le había advertido—, porque estarás en una casa piadosa y devota. Y vigila a tu hermano. Aimeric es un chico inquieto y se aburre con facilidad. No me extrañaría que ofendiera a alguien.»

Minou había prometido que lo vigilaría como un halcón. Suponía —aunque nadie lo había dicho abiertamente— que su padre esperaba que su tía, al no tener hijos propios, recordara en su testamento a sus parientes pobres de Carcasona, y quizá incluso nombrara único heredero a Aimeric. En la Cité, junto a la puerta de Narbona, mientras el feroz viento de marzo le cortaba el aliento, Minou le había dicho a su padre que se preocupaba demasiado. Pero ahora temía lo contrario.

Madame Montfort terminó de contar la ropa blanca guardada en el baúl al pie de la cama y se irguió, con la pesada anilla con las llaves de la casa colgada de la cintura y las mangas bordadas de seda roja.

—¿Qué pasa? ¿Estás enferma?

—No. Estoy cansada, nada más —respondió Minou prestamente.

La noche anterior, toda la familia había permanecido en vela, en la capilla privada calurosa y sofocante, como preparación para la festividad de San Salvador. Minou casi no se había atrevido a respirar. Todo le había parecido agobiante: el denso perfume de los cirios de cera de abeja, el fuerte olor de las sales, el repiqueteo de las cuentas del rosario de su tía y el sabor amargo del vino especiado que habían bebido al final de la vigilia.

—¿Ah, sí? ¡Qué raro! A tu tía y a mí no nos cansan nuestras devociones, sino que nos fortalecen.

Minou sonrió.

—No lo dudo, madame. Por mi parte, seguí rezando en privado después de la vigilia. Así se me pasó el resto de la noche.

Madame Montfort entrecerró los ojos.

—Sean cuales sean sus costumbres en el campo, en Toulouse no cuentan los rezos privados.

—No conozco las costumbres del campo, pero en Carcasona no creemos que la devoción pública excluya las manifestaciones privadas de la fe. Las dos son importantes.

Sus ojos se encontraron con la mirada de la mujer. Minou notó que madame Montfort se estaba conteniendo para no darle una bofetada por su descaro. Tenía los puños apretados y los nudillos se le habían vuelto blancos.

—Tu tía quiere que la acompañes a la procesión.

—Será un placer y un honor para mí. —Entonces, sin pararse a pensar en la conveniencia de la pregunta, añadió—: ¿Vendrá también Aimeric?

Hubo un destello de maldad en los ojos de madame Montfort.

—De hecho, no. Parece ser que tu hermano convenció a uno de los chicos de la cocina para que le diera algo de comer después de la vigilia. Se ha azotado al sirviente. Tu hermano está encerrado en su habitación.

Minou sintió que se le encogía el corazón. Puesto que el propósito de la vigilia era prepararse para la procesión del día, nada excepto agua debería haber pasado por los labios de su hermano. Se lo había explicado varias veces a Aimeric.

—¡Me disculparé con mis tíos en nombre de mi hermano! —exclamó Minou, incapaz de seguir escuchando a madame Montfort—. No pretendo excusar el comportamiento de Aimeric, pero todavía es pequeño.

—Tiene trece años, edad suficiente para saber lo que le conviene. Yo jamás permitiría que un hijo mío abusara de la hospitalidad de unos familiares.

Minou se mordió la lengua. No tenía sentido enemistarse aún más con madame Montfort y, en esa ocasión, la culpa era de Aimeric.

—Se hace tarde —dijo secamente la mujer, como si fuera Minou quien la estuviera reteniendo—. Tu tía me ha pedido que te traiga esto, para que te lo pongas.

La joven se desanimó todavía más. Su tía había sido una mujer atractiva, pero era mucho más baja que ella y bastante más robusta, por lo que era poco probable que su ropa pudiera sentarle bien. A madame Boussay le gustaban mucho los vestidos, pero tenía poca vista para elegir los que la podrían favorecer. Reunía como una urraca hasta la última migaja de información sobre la moda de París: los colores preferidos y los que ya no se llevaban, el ancho de las faldas, las gorgueras y las casacas, las caperuzas y los verdugados. Sola y aburrida en su gran mansión, la tía de Minou pasaba gran parte del tiempo examinando interminablemente cada pequeño detalle de la ropa y los adornos.

—Mi tía es muy amable —dijo ella.

—No es cuestión de amabilidad —respondió madame Montfort—, sino de preocupación por lo que puedas ponerte. Lo que en Carcasona resulta adecuado quizá no lo sea en una ciudad como Toulouse.

—Debo decirle una vez más, madame, que su apreciación de Carcasona no coincide del todo con la realidad. Allí también nos llegan las noticias de la última moda de la corte.

—¿Qué corte? —replicó madame Montfort con brusquedad—. ¿La de Nérac? He oído que los hugonotes gozan cada día de más aceptación en ciertas regiones del Mediodía. Dicen que allí las mujeres, incluso las de la alta sociedad, salen a la calle sin corsé y con la cabeza descubierta. ¿No se han vertido incluso ciertas acusaciones contra la tienda de tu padre? ¿Algo relacionado con...?

—Me refería a la corte de París. No sé nada de la corte protestante de Navarra.

—¿Cómo te atreves a interrumpirme? —gruñó madame Montfort, antes de recordar que estaba hablando con la sobrina de su hermano y no con una sirvienta. Se volvió entonces hacia la criada—. ¿Y tú por qué estás ahí parada sin hacer nada? ¡Date prisa!

La doncella sacó del baúl el vestido destinado a Minou y, al hacerlo, esparció por toda la habitación un perfume de polvo y muselina. La joven se puso las enaguas y el corsé, y contuvo la respiración mientras la criada tiraba de las cuerdas. Finalmente, levantó los brazos para que la sirvienta le pusiera el corpiño y las mangas.

Mientras tanto, madame Montfort merodeaba por la habitación, examinando los efectos personales de Minou: su peine de carey, una gorguera de encaje que ella misma se estaba haciendo y el rosario de su madre, de sencillas cuentas redondas de madera de boj con un modesto crucifijo. El rosario de la madre de Minou era muy diferente del que madame Montfort llevaba atado a la cintura, con doble fila de cuentas labradas de marfil y una cruz de plata.

—Si pudieras plegar un poco más la solapa... —dijo Minou, calculando—. Tal vez dos o tres centímetros.

—No hay tiempo para tanta vanidad —señaló madame Montfort—. Tendrás que salir tal como estás. Debes concentrar toda tu atención en Dios, Marguerite, y no en tu apariencia. Y no te demores.

La mujer recorrió con los dedos las cuentas del rosario de la madre de Minou y después lo dejó sobre la mesilla de noche con tal expresión de desprecio que en ese momento la joven la odió.

Cuando hubo salido, Minou empujó la puerta con el pie para cerrarla.

—No te demores —repitió, imitando en tono burlón a madame Montfort—. Lo que cuenta en Toulouse es la devoción pública.

Se pasó el peine por el pelo y se recogió la cabellera en dos trenzas. Enseguida retrocedió unos pasos y se miró en el cristal de la ventana. Entonces su mal humor se esfumó. Fuera cual fuese la intención de madame Montfort, el traje prestado le sentaba de maravilla. Aunque el corpiño era demasiado grande y el ruedo de la falda conservaba la huella del dobladillo que la doncella acababa de soltar, la textura y el brillo del terciopelo eran maravillosos. Minou no era vanidosa, pero dio una vuelta sobre sí misma y contempló complacida su apariencia.

Su tía le había dado una capa roja bordada como regalo de bienvenida, y desde entonces la había usado casi todos los días. Pero no combinaba con su vestido marrón, así que decidió ponerse su vieja capa verde de viaje. Cuando fue a descolgarla del gancho de detrás de la puerta, se enfadó al ver que seguía salpicada de lodo del viaje desde Carcasona.

La apoyó sobre la mesa y la frotó vigorosamente con el cepillo de cerdas duras que usaba para las botas. El cepillo se quedó enganchado en la pesada lana, y al introducir los impacientes dedos por dentro del forro para desengancharlo, encontró sin querer la carta con el sello rojo —las dos iniciales, una B y una P, y la horrible bestia con garras y una doble cola entrelazada— y su nombre completo escrito en torpes letras mayúsculas: MADEMOISELLE MARGUERITE JOUBERT.

Por un instante, Minou sintió que estaba otra vez en la librería de su padre, agachándose para recoger la carta de debajo del felpudo. Con el corazón desbocado, recordó que había tenido intención de hablar de ella con su padre, pero el torbellino de acontecimientos de ese día y del siguiente habían hecho que lo olvidara por completo. Increíblemente, había llevado la carta dentro de la capa durante todo ese tiempo.

ELLA SABE QUE ESTÁS VIVA

Minou mantuvo un momento la nota en la mano, preguntándose una vez más quién la habría enviado y por qué, y después la escondió debajo del colchón.

Desde su llegada a Toulouse, había escrito dos cartas a su padre y le había pagado a un buhonero para que se las llevara. Como el buhonero era de Carcasona, confiaba en que su padre las hubiera recibido, aunque todavía no había obtenido ninguna respuesta. De todos modos, decidió volver a escribirle esa noche, para preguntarle qué pensaba de ese mensaje tan extraño e inquietante.

Por primera vez desde su llegada a Toulouse, Minou sintió auténtica nostalgia de su hogar.

26

Piet contemplaba desde su ventana la rue des Pénitents Gris y no veía más que sombras. Una mujer encorvada iba y venía por la calle a paso lento, cargada con una cesta rebosante de violetas. Dos estudiantes se acercaron a la puerta de la librería protestante y miraron a su alrededor, por si estaban siendo observados, antes de entrar. No había nada inusual a la vista, nada fuera de lugar.

Aun así...

A lo largo de las últimas semanas, Piet se había convencido de que lo estaban siguiendo. Mientras iba desde su alojamiento hasta el hospicio de la rue du Périgord, o cuando iba o venía del templo, sentía a menudo un cosquilleo en la nuca y un extraño malestar entre las costillas.

—¿Algún problema? —preguntó McCone—. ¿Espera a alguien?

—No. Estoy esperando un mensaje. Nada importante. —Piet había entregado la carta unos días atrás y contaba con haber recibido respuesta para entonces. Se volvió—. Lo siento, McCone. No soy un buen anfitrión. —Levantó la jarra de la mesa—. ¿Le apetece un poco más de vino? ¿Necesita armarse de coraje?

—No, gracias —respondió McCone, tirando de un hilo suelto que le sobresalía de la capa negra—. Ojalá hubiera pasado ya este día.

—¿A qué hora es el funeral?

—A mediodía.

La mujer que había muerto era la esposa del más generoso de los protectores del templo, un mercader protestante con quien McCone había trabado una buena amistad.

—El cortejo recorrerá el barrio de Saint-Michel hasta nuestro cementerio, cerca de la puerta de Villeneuve.

—¿Vendrá Jean Barrelles?

—Sí, aunque no aprueba los ritos católicos. Pero el marido de la difunta quiere celebrar una ceremonia para manifestar su duelo. Le ha pedido al pastor Barrelles que diga unas palabras en el templo después del entierro.

—Me alegra oírlo —dijo Piet.

Había llegado a sentir aprecio por McCone, tanto que lo había invitado a su casa. Todavía no lo había llevado al hospicio, pero pensaba hacerlo. Aun así, seguía procediendo con cautela. Podía mirar a un holandés o a un francés a los ojos y saber lo que estaban pensando. Pero ¿qué decir de un inglés? Los ingleses solían ocultar sus intenciones bajo la superficie de las palabras.

—¿No está de acuerdo con Barrelles?

Piet se encogió de hombros.

—Sé que Calvino critica los antiguos rituales, pero creo que esas ceremonias se celebran tanto para nosotros, los que nos quedamos, como para la persona que se ha ido a un lugar mejor. No hacen daño a nadie.

McCone asintió.

—Estoy de acuerdo.

Durante un momento guardaron silencio con el ánimo sombrío reflejado en las miradas y en la gravedad del gesto.

—Fue estudiante aquí en Toulouse, ¿verdad? —preguntó McCone.

—Así es. —Piet volvió a apoyarse en el alféizar de la ventana—. ¿Por qué lo pregunta?

El inglés se encogió de hombros.

—Por nada. Simple curiosidad. Sabe más de doctrina y de derecho que la mayoría de los soldados. Y mucho más que los labradores —dijo, señalando con un gesto la ropa de Piet—. Conoce bien la ciudad y habla de los acontecimientos del pasado como si los hubiera presenciado. —McCone hizo una pausa—. Los hombres lo escuchan, Joubert, y también lo seguirían si decidiera ponerse al frente.

El apellido que había tomado prestado todavía sobresaltaba a Piet cada vez que lo oía. Varias veces había estado a punto de contarle la verdad a McCone, pero nunca había encontrado el momento apropiado.

—Toulouse tiene en Saux y Hunault a los líderes que necesita —respondió—. Me conformo con seguirlos y servir a la causa de otras maneras.

—¿Cómo va todo en el hospicio?

—Está atestado de gente necesitada —respondió Piet—. Muchas mujeres y niños han quedado sin sustento. En su mayoría son refugiados que huyen del conflicto en el norte, pero también damos cobijo a algunas almas desesperadas de la ciudad. —Se encogió de hombros—. Hacemos lo que podemos.

—Es una buena obra.

Piet bebió un sorbo de vino.

—Para satisfacer su curiosidad, sí, fui estudiante en Toulouse, pero no en la universidad, sino en el Colegio de Foix. —Se echó a reír ante la incredulidad reflejada en la cara del inglés—. Sí, pasé mis años formativos en compañía de monjes, sacerdotes e hijos piadosos, por no decir malcriados, de las familias católicas más prominentes de Toulouse. Muchos tomaron directamente los hábitos sin ninguna experiencia de la vida y otros volvieron a sus casas para gestionar el negocio familiar u ocuparse de las tierras de sus mayores. —Levantó las manos—. Pero fue una buena educación. No puedo quejarme. Esperaba ser abogado o notario, pero no pudo ser.

—¿Qué se lo impidió?

—Todo lo que me enseñaban los monjes conspiraba para volverme menos católico en lugar de más creyente. Todo me hacía dudar de sus palabras y sus métodos. La maquinaria de la Iglesia parecía diseñada para beneficiar a unos pocos, a clérigos y a obispos, a expensas de la mayoría. Para la época en que terminé mis estudios, ya estaba buscando otras respuestas. Un día oí predicar a un pastor hugonote en la place Saint-Georges y lo que dijo me impresionó.

—¿Por qué no regresó a Ámsterdam?

—Ya no me quedaba nada allí —respondió Piet, poco propenso a compartir los recuerdos de su madre—. Cuando terminé los estudios, pasé un tiempo en Inglaterra, y después luché con el ejército del príncipe de Condé, en el Loira. La vida del soldado tampoco estaba hecha para mí, de modo que regresé a Toulouse con la idea de contribuir a la causa en la medida de mis posibilidades.

McCone asintió.

—En Inglaterra, las cosas eran diferentes —dijo—. Entré de aprendiz en el taller de un maestro carpintero, pero era la época de la reina María, y las hogueras ardían día y noche. Me marché a Ginebra con la esperanza de estudiar bajo la dirección de Calvino, pero en cuanto puse un pie en la ciudad me di cuenta de que carecía de la inteligencia y el fervor necesarios para llegar a ser pastor. —McCone sonrió con tristeza—. Por decirlo lisa y llanamente, comprendí que solo me interesaba tener comida suficiente, un poco de compañía, un techo para guarecerme y una vida en paz. No tenía ningún deseo de convertir a nadie, ni de obligar a la gente a pensar como yo.

—Eso es —dijo Piet—. Recibir un trato justo y que todos los hombres puedan vivir como quieran, dentro de la ley. No estar obligado a que cada minuto del día venga determinado por la fe de cada uno. —Asintió pensativo—. Creo que nos entendemos bastante bien, inglés.

McCone sonrió.

—Yo también lo creo.

Vidal contemplaba el jardín de plantas medicinales desde la ventana de su celda monacal. Las hierbas crecían verdes y generosas, y el espliego comenzaba a florecer. Al otro lado del claustro, el tenue fulgor amarillo de los cirios de la catedral proyectaba destellos de colores que parpadeaban como luciérnagas. Hasta la habitación de Vidal llegaba el murmullo de los otros clérigos, que se estaban preparando para las oraciones del mediodía. Se preguntó si notarían su ausencia.

Al oír que llamaban a la puerta, se santiguó y se llevó los dedos a los labios. Entonces se puso de pie. Llevaba tanto tiempo inmóvil que sus rodillas dejaron una huella en el cojín bordado del reclinatorio. Había estado rezando para que Dios lo guiara, pero solo había obtenido silencio por respuesta.

—Pasa —dijo.

Bonal entró en la habitación.

—¿Y bien? ¿Ha dicho algo?

—No.

Vidal se volteó, notando un matiz de duda en la voz de su criado.

—¿No ha dicho nada? ¿Nada en absoluto?

—No, monseñor.

—¿Lo han puesto en el potro?

—Sí.

Vidal frunció el ceño.

—¿Y aun así no ha revelado el nombre de la persona que le encargó una réplica del sudario?

Bonal cambió de posición, incómodo.

—El inquisidor me ha pedido que le transmita sus más humildes disculpas y que le haga saber que el carcelero, movido por el deseo de proporcionarle la información requerida, no ha obrado con la necesaria precaución. Por lo visto, el falsificador tenía el corazón débil. Por su constitución, no ha podido tolerar ni siquiera el grado más moderado de persuasión.

Vidal dio un paso al frente.

—¿Me estás diciendo que lo han matado?

Bonal asintió.

—¿Cómo es posible un descuido semejante? —Indignado, Vidal descargó un puñetazo sobre el marco de madera del reclinatorio—. ¿Dónde está el cadáver?

—Esperan sus órdenes. —Bonal hizo una pausa—. Si me permite el atrevimiento, monseñor, ¿podría hacerle una sugerencia?

Vidal agitó la mano.

—Habla.

—Puesto que el corazón simplemente le ha cesado de latir por el miedo que ha sentido, podríamos devolver su cuerpo al taller del barrio de la Daurade y dejar que lo descubran allí. Nadie sabrá que la Inquisición ha tenido que ver con el asunto.

Vidal reflexionó un momento y al final asintió.

—Una idea muy sensata, Bonal. Pero ocúpate de montar guardia junto al taller para ver quién se presenta. Tengo entendido que tenía una hija que vivía con él...

—Así es.

—No dejes que te vea.

Vidal buscó un *denier* entre los pliegues de su hábito. Bonal era un hombre violento, que en alguna ocasión se pasaba de la raya, como había hecho con la dueña de la posada en Carcasona. Pero era listo, carecía de escrúpulos y sabía mantener la boca cerrada.

—También ha llegado esto para el señor.

Vidal miró la carta, deslizó un dedo bajo la solapa y rompió el sello de cera.

—¿Cuándo la han traído?

—Un chiquillo la ha entregado hace un momento en la casa capitular.

Vidal leyó la nota y arrugó enseguida la hoja, aplastando las palabras. Después se puso a tamborilear con los dedos sobre el respaldo de la silla, con creciente rapidez.

—Encuentra a ese chiquillo —dijo—. Tengo que saber de dónde sacó esta carta.

Piet se apoyó en el alféizar.

—Si quiere llegar al barrio de Saint-Michel antes de que salga el cortejo, tiene que ponerse en camino. El tiempo vuela.

McCone se puso de pie.

—Rezo para que no haya problemas.

—¿Por qué iba a haberlos?

—Ha habido amenazas. Los familiares de la difunta, católicos acérrimos, han hecho varias advertencias. Cuando supieron que estaba agonizando, enviaron un sacerdote a su casa para que le administrara la extremaunción. Se le negó la entrada. Cuando murió, intentaron persuadir al marido para que les entregara el cuerpo y poder así «darle cristiana sepultura», como ellos mismos dijeron.

—Algo he oído al respecto. ¿No presentaron una petición al Parlamento?

—Sí, pero fue rechazada. Los jueces, todos ellos católicos, como era de esperar, expresaron simpatía por los demandantes, pero reconocieron que no tenían la capacidad de impedir que un marido enterrara a su mujer de la manera que considerara oportuna, siempre que cumpliera con las leyes de la ciudad.

—¿Y se ha asegurado de cumplirlas?

—Completamente —replicó McCone—. Tiene magistrados y juristas amigos a quienes pedir consejo.

—Entonces, no sé qué más podría hacer la familia de la difunta. El viudo es un hombre influyente y de gran fortuna. No creo que se arriesguen a ofenderlo todavía más, sobre todo teniendo en cuenta que los tribunales fallaron en su contra.

—Espero que tenga razón. Lo peor es que a ella no le habría gustado nada todo este escándalo. Era una mujer devota y de carácter modesto, una auténtica señora. —McCone se puso el sombrero—. ¿Vendrá?

Como Piet no había conocido a la difunta ni a su marido, no sentía que tuviera ninguna obligación de asistir. Tenía que revisar las cuentas semanales del hospicio y después pensaba visitar el taller del sastre al que había encargado una copia del Santo Sudario.

—Nos veremos en el templo más tarde, después del funeral —dijo.

—Muy bien. Allí estaré. —McCone se puso de pie y se dirigió a la puerta—. Por cierto, si piensa salir a la calle, quizá debería hacer algo con su... —Se señaló la cabeza—. Con ese color de pelo pasaría por hermano gemelo de nuestra reina Isabel.

Piet se miró las manos y vio que las tenía manchadas de carbón. El tono rojizo natural de su cabellera comenzaba a asomar, y también el de la barba. Se echó a reír.

—Vivimos tiempos extraños, McCone, cuando un hombre no puede salir a la calle mostrándose tal como lo creó Dios.

27

La Cité

—¿Cuándo volverá Minou? —preguntó Alis por décima vez en el día antes de sufrir otro acceso de tos.

—Tranquila, pequeña.

Madame Noubel sostenía un cuenco con agua caliente y tomillo debajo de la barbilla de la niña. Estaba preocupada. La tez de Alis había adquirido la palidez del gis y se le habían formado negras sombras en torno a los ojos.

—La echo de menos. Y también a papá.

—Yo también.

—¿Volverá para el día de la Ascensión?

—Volverá en cuanto pueda.

—Pero me ha prometido que me llevará a la vigilia de la catedral y que podré quedarme toda la noche en vela, ahora que soy mayor.

—Si para entonces no ha vuelto, te llevaré yo.

—Quiero ir con Minou —susurró Alis cabizbaja.

—Pronto acabará abril y vendrá mayo. El tiempo pasa más rápido de lo que piensas. ¡Imagina cuántas cosas podrás contarle a Minou cuando vuelva! Y a tu padre también. ¡Y qué mayor te encontrarán! ¡Mucho más alta! —Señaló con la mano en el aire la estatura que tendría para entonces, y la niña premió su gesto con una sonrisa—. Estoy segura de que pronto recibiremos otra carta de Minou, con nuevas noticias sobre su vida en Toulouse.

—¿Me llevará con ella?

—Ya veremos. —Madame Noubel sonrió—. ¿Acaso no eres su hermana favorita?

—Soy su única hermana. Aimeric es un chico.

Alis le dio su respuesta habitual, pero madame Noubel notó que no le estaba prestando atención. La pequeña empezaba a cerrar los ojos. El gatito atigrado que le había llevado de la Bastide para que le hiciera compañía subió a la silla de un salto y, por una vez, madame Noubel no lo ahuyentó.

La niña no había dormido nada la noche anterior y sus repetidos accesos de tos se estaban volviendo lo bastante graves como para que madame Noubel comenzara a considerar la posibilidad de avisar a Minou. No quería preocuparla sin un motivo de peso, y sabía que Aimeric la necesitaba en Toulouse tanto como Alis la echaba de menos en Carcasona. Aun así, jamás se perdonaría si la pequeña...

Descartó la idea. Alis no se estaba muriendo. Era la melancolía y la ausencia de su familia lo que la afligía. Día tras día, el tiempo se iba volviendo más luminoso y apacible. Con la primavera, Alis se recuperaría por completo.

Madame Noubel miró a su alrededor en la cocina —la silla vacía de Bernard, la resortera de Aimeric y el libro de Minou, todo silencioso y abandonado— y se preguntó si no sería mejor, después de todo, llevarse a Alis a la posada. En su casa, la niña sentía mucho más la ausencia de su familia. Quizá en la Bastide recuperara un poco el ánimo.

En ese momento entró Rixende en la cocina, desatándose el delantal.

—¿Necesita algo más antes de que me vaya, madame? ¿Algo para la pequeña?

Madame Noubel negó con la cabeza.

—Se sentirá mejor ahora que ha dejado de toser —respondió—. Echa de menos a su hermana.

—Mademoiselle Minou es como una madre para ella —comentó Rixende mientras colgaba el delantal detrás de la puerta—. ¿Se sabe cuándo regresará el señor?

—Eso no es asunt... —comenzó a replicar secamente madame Noubel, pero enseguida se interrumpió—. Si para el décimo día del mes monsieur Joubert no ha vuelto, yo misma te pagaré lo que te corresponde, Rixende. No debes preocuparte por eso.

La criada suspiró.

—Gracias, madame. No me atrevería a preguntarlo si no fuera porque mi familia depende de mí y...

—Se te pagará lo que te corresponde.

Madame Noubel se sentó junto a la ventana, contemplando el huerto inundado por el sol, y decidió que no le escribiría a Minou mientras no tuviera noticias de Bernard. Habían transcurrido dos semanas desde que se había marchado. ¿Estaría ya en Puivert? Probablemente su mala salud y el tiempo inclemente de las montañas habrían entorpecido su marcha. Se preguntó si todavía quedaría alguien en el pueblo que se acordara de ellos.

Alis se había quedado dormida. Madame Noubel le acarició el pelo, aliviada de ver que la pequeña comenzaba a recuperar el color en las mejillas. En voz baja, le cantó la vieja nana:

Bona nuèit, bona nuèit...
Braves amics, pica mièja-nuèit
Cal finir velhada...

Puivert

—Vamos, vamos.

Bernard Joubert animó a su vieja yegua *Canigou*, que logró superar la zanja y siguió yendo al paso por el camino. La ropa de Bernard y las alforjas estaban sucias, y las marcas blancas de las patas de la yegua, por encima de los cascos, habían desaparecido bajo varias capas de lodo. Las heridas que Bernard aún conservaba en las piernas, tras su estancia de enero en las mazmorras, no dejaban de rozarse con la cabalgadura y la silla de montar a causa de los altibajos del terreno.

Había salido de Chalabre con la primera luz del día para recorrer el último tramo de su peregrinaje. Por una vez el tiempo lo acompañaba. En las numerosas encrucijadas habían surgido altares improvisados. Ramilletes de rosadas campanillas y azules nomeolvides yacían atados con cintas de colores brillantes. Por todas partes se veían las palmas de paja trenzada del Domingo de Ramos, acompañadas de oraciones escritas en la antigua lengua. Los viejos bosques eran una mezcla de verde y plata, animados por el canto constante de los pájaros.

Desde su salida de Carcasona, hombre y animal habían recorrido unas quince leguas, con las cumbres nevadas de los Pirineos siempre adelante, a lo lejos, en su marcha hacia el sur. Habían soportado lluvia y granizo, vadeado el Aude y el Blau a pesar de las crecidas, y padecido el azote de la tramontana. Muchos de los caminos estaban impracticables en algunos tramos, o habían quedado inutilizados por las profundas rodadas abiertas en el fango por carros y carruajes. Poco antes de llegar a Limoux, *Canigou* se había quedado coja y Bernard había tenido que perder una semana esperando a que se le curara el espolón.

En todas partes donde Bernard se detenía para pernoctar notaba un ambiente de desconfianza: miradas huidizas, expresiones suspicaces... Los desconocidos no eran bienvenidos. El invierno había sido largo y difícil, uno de los peores que se recordaban. Escaseaba la comida y los ánimos estaban inquietos. Varias veces Bernard notó expresiones de envidia o codicia cuando sacaba una moneda de la bolsa.

Pero había algo más. Se podía oler el miedo. La noticia de la matanza de hugonotes en Vassy se había propagado hasta las aldeas más remotas de la Haute Vallée, y la amenaza de una denuncia los aterrorizaba a todos. Un hombre podía acabar en la horca por recitar una oración diferente o por arrodillarse ante el altar equivocado. Lo mejor era guardarse para sí las opiniones y esperar a que pasara el temporal.

La última vez que Bernard había recorrido ese trayecto, casi veinte años atrás, lo había hecho a través de un paisaje cubierto por el manto de nieve del mes de diciembre. En aquella ocasión había forzado a su joven yegua, ya que el terror lo había impulsado a continuar con su preciosa carga incluso en la oscuridad de la noche invernal.

Sumido en sus recuerdos, tuvo que detener la marcha de *Canigou*, porque el recuerdo de su amada esposa le había llenado los ojos de lágrimas y no veía el camino. Habría dado cualquier cosa por tenerla a su lado. Florence siempre sabía lo que había que hacer en cada momento.

—*Pas a pas* —le dijo en occitano a *Canigou*, apretando las piernas doloridas contra el vientre de la vieja yegua—. Ya no falta mucho, mi vieja amiga.

28

Toulouse

Minou bajó la vista desde el balcón hacia un mar de sombreros y blancas gorgueras almidonadas.

Reconoció entre la gente al viejo propietario de la librería de la rue des Pénitents Gris —su larga y cuidada barba blanca le colgaba de la imponente barbilla y le rozaba el jubón cada vez que hablaba—, pero la multitud era en su mayoría femenina. Todas las mujeres iban lujosamente acicaladas en tonos rosa, rojos y amarillos, con cuellos rígidos de encaje, corpiños bordados y caperuzas de terciopelo, como las luminosas flores de un jardín. Minou se llevó la mano a la cintura, donde tenía atado el sencillo rosario de su madre, y se sintió bien por ir vestida de manera mucho más sobria.

Recorrió con la mirada las caras a su alrededor, por si madame Montfort había cambiado de opinión, pero no vio a Aimeric. En parte, sintió alivio. Al chico no le gustaba Toulouse, ni las restricciones mezquinas y a menudo arbitrarias que le imponían. Pasaba mucho tiempo castigado por una travesura u otra, y la falta de la noche anterior era solo una más de una larga lista.

—Hay muchas cosas en juego, Aimeric —le había dicho Minou a su hermano en el jardín unos días antes—. Nuestra situación es precaria. Te ruego que trates de portarte bien.

—Lo intento, de verdad —respondió él mientras arañaba el suelo con un palo—. Sería mejor que fueras tú el chico. Tú les caes bien a todos, excepto a madame Montfort, pero ella odia a todo el mundo, menos al criado del tío. Siempre están juntos.

El comentario distrajo por un momento a Minou.

—¿Ah, sí?

—Siempre. Hace apenas dos noches los vi salir juntos de la casa cuando ya había anochecido. Martineau llevaba una bolsa grande y muy pesada. Cuando volvieron, la bolsa estaba vacía.

—¡Qué tontería, Aimeric! Tienes demasiada imaginación. ¿Adónde van a ir los dos juntos a esa hora tan tardía?

—Tan solo digo lo que vi. —Se encogió de hombros—. Aborrezco este sitio. Echo de menos a papá. Echo de menos las bromas que le hacía a Marie. ¡Hasta a Alis la echo de menos, con lo fastidiosa que es! —El muchacho suspiró—. Quiero volver a casa.

Minou sintió pena por él. Su hermano le parecía hecho para correr al aire libre, por el campo y las riberas, y no para estar encerrado en una ciudad. Pero no había nada que hacer. Por el futuro de todos ellos, tenía que sacar el máximo provecho a las oportunidades que le brindaba Toulouse.

De todos modos, resolvió hablar seriamente con madame Montfort cuando volvieran de la procesión y pedirle que tratara con un poco más de indulgencia a Aimeric.

Por último, Minou vio a su tía, que la esperaba junto a la puerta que daba a la rue du Taur. Llevaba un gran abanico de plumas, aunque la temperatura no lo merecía, y había elegido un jubón de cuello alto y rígido, tal vez alto en exceso, con mangas de globo acuchilladas con motivos azules a juego con el color de la falda. El libro de las horas y el rosario, demasiado pesados para el cinturón, le deformaban la postura.

Minou sintió una oleada de afecto. Alejada de sus familiares y amigos del modesto barrio de Saint-Michel, e injertada en los peldaños más altos de la sociedad de Toulouse, su tía tenía una informalidad natural y una manera de ser que la distanciaban de las señoras de la burguesía. Las otras mujeres la despreciaban y Minou sabía lo mucho que el aislamiento la hacía sufrir.

Bajó corriendo la escalera y atravesó el mar de gente para reunirse con ella.

—Buenos días, tía. ¡Cuánta gente ha venido!

—¡Mi querida sobrina! —exclamó con cariño—. No todos han venido a nuestra pequeña procesión. Mi marido tiene una importante reunión con sus colegas, pero ha insistido en recorrer conmigo por lo menos una parte del trayecto. Sabe la importancia que le doy al día de San Salvador. ¡Qué buen tiempo hace! Es una bendición.

—Y tú estás tan hermosa como la mañana. ¡Qué traje tan bonito! No había visto nunca un color tan precioso. ¡Muchas gracias por prestarme este vestido! Has sido muy amable.

—Debo reconocer que la idea fue de mi cuñada, pero te sienta de maravilla. Me encantaría tener tu figura, pero por desgracia soy demasiado bajita.

Mientras las campanas de Saint-Taur daban el primer cuarto, la mujer echó un vistazo nervioso a la puerta.

—Mi marido bajará en cualquier momento. Dos caballeros del Parlamento han venido a verlo con la primera luz del día. En mi opinión ha sido una falta de consideración; pero son colegas de mi marido, y si a él le parece bien recibirlos a horas tan intempestivas, yo no puedo contrariarlo. ¡Trabaja tanto...! ¡Lleva una carga tan pesada sobre los hombros...!

—Sé que muchas cosas dependen de él.

—Así es, Minou. Tienes toda la razón. Uno de sus visitantes es monsieur Delpech, un importante mercader, el más rico de Toulouse, según se comenta. Dicen algunos que cualquier día de estos lo elegirán *capitoul*, y, aunque no debería decirlo, mi marido espera obtener alguna ventaja de esa elección. También está el joven sacerdote de la catedral... ¿Cómo se llama? ¡Ojalá tuviera mejor memoria! Es un hombre con mucho futuro y que se ha beneficiado en gran medida de la protección de mi marido. Tiene apenas veintisiete años, pero monsieur Boussay espera mucho de él. Quizá incluso llegue a obispo de Toulouse, aunque su padre cayó en desgracia durante la conspiración de... —Se interrumpió de pronto—. ¡Valentin, así se llama! Un nombre extraño para un clérigo, aunque supongo que todos adoptan el nombre de algún santo, ¿no crees? ¿Qué te estaba diciendo?

—Que su padre cayó en desgracia —repitió Minou.

—Eso mismo. De hecho, fue bastante peor que caer en desgracia. Lo ejecutaron, aunque no recuerdo por qué. En fin, son historias pasadas...

Su mirada volvió a deslizarse hacia la puerta mientras su voz se apagaba.

—Dentro de un momento bajará mi tío —dijo Minou con una sonrisa—. Las costuras de tu capa son perfectas, mucho más cuidadas que las de cualquier prenda que haya visto hasta ahora. ¿Está hecha en Toulouse?

—Oh, sí. —De inmediato, madame Boussay se embarcó en una larga y complicada descripción del modelo, copiado de una prenda sumamente favorecedora que había lucido la princesa Margarita, hermana del rey—. Cuando la vi, pensé que me encantaría tener...

Aunque Minou fingía escuchar con atención, sus pensamientos vagaban sin rumbo. En el balcón más alto un par de tórtolas se llamaron mutuamente y enseguida emprendieron el vuelo. Al contemplar sus giros por el retazo de cielo azul que se divisaba entre las construcciones, la joven recordó la libertad de la que disfrutaba en sus paseos diarios a la Bastide y lo agradable que era la vida sin que nadie la controlara, y por un instante se identificó plenamente con Aimeric.

—Tengo mucha suerte de contar con alguien como ella cerca. El taller de su padre está en la Daurade, y es verdad que son hugonotes, pero esa chica tiene más habilidad con la aguja que cualquiera de las costureras católicas que conozco.

—Desde luego —murmuró Minou.

Mientras escuchaba sin mucho interés el monólogo de su tía, se dijo que ojalá Aimeric hubiera encontrado algo con que entretenerse en su habitación. Suponía que madame Montfort lo habría encerrado, y puesto que siempre llevaba las llaves colgadas de la cintura, a su hermano le esperaba una larga tarde de reclusión. Minou recordó entonces a su hermana en Carcasona. Esperaba que su padre le diera regaliz cada día para aliviarle la tos y que no olvidara podar las ramas muertas del rosal trepador que crecía sobre el dintel de la puerta para que floreciera con más fuerza.

La voz de su tía la devolvió a la realidad.

—Pero también en esta parte de la ciudad hay muchas costureras y sastres que hacen muy bien su trabajo. De hecho, es una de las razones por las que mi marido decidió construir aquí nuestra casa. Siempre me pone a mí por encima de todo. —Su tía bajó la voz—. Aunque te aseguro que se lo habría pensado dos veces de haber sabido que iban a instalar un hospicio protestante prácticamente delante de nuestra puerta, en la rue du Périgord. ¡Es un escándalo! ¿Por qué hemos de soportar a esa gente en nuestras calles? Deberían mandarlos a todos a sus lugares de origen.

—Es posible que no puedan regresar —murmuró Minou, preguntándose si su tía de verdad pensaba así o si solo repetía lo que oía a su marido.

—En cuanto al colegio humanista que tenemos al lado, he de decir que atrae a todo tipo de personajes desagradables. No sabría ni por dónde empezar. ¡Ateos! ¡Moros de piel negra como el carbón! —A continuación bajó la voz para hablar en un susurro—. No me sorprendería que hubiera judíos entre ellos, aunque los hugonotes son los peores, desde luego. Se están apropiando de toda la calle después de hacerse con todo el barrio de la Daurade. Estoy segura de que los protestantes son los responsables de que hayamos perdido la invalorable reliquia de la iglesia de Saint-Taur.

Minou comenzaba a perderse con los giros inesperados que daba la conversación de su tía.

—¿Qué reliquia?

—¿No te acuerdas? Se habló muchísimo. El sudario de Antioquía fue sustraído de su relicario a plena luz del día. Debió de ser hace unos cinco años. No es todo el sudario, por supuesto, sino solo un fragmento, pero aun así... Es extraño que no lo recuerdes. No se habló de otra cosa durante mucho tiempo.

Minou le sonrió a su tía con afecto.

—Pero, tía, hace poco más de tres semanas que estoy en Toulouse. No puedo recordar esas cosas.

—¡Es verdad! Te has convertido en una más de la familia y a veces se me olvida que hace muy poco tiempo no vivías con nosotros. —La mujer batió de manera extravagante el abanico y volvió a bajar la voz—. Soy una persona caritativa, sobrina. Mi lema es «vive y deja vivir», pero te aseguro que me cuesta reconocer mi propia ciudad cuando veo a todos esos forasteros por las calles. No me importaría que vinieran si se mantuvieran apartados y en silencio, pero siempre están en medio, quejándose por una cosa o por otra. A ver si ahora que se han construido un templo se quedan allí dentro y dejan de estropearnos la ciudad. —Suspiró—. Pero no sé a qué venía todo esto. Lo que quería decirte es que monsieur Boussay siempre pone mis necesidades por encima de todo.

—Ya lo he visto.

Minou prefirió no decir lo que pensaba. En realidad había visto que el marido de su tía la trataba con desprecio y nunca dejaba de señalar sus debilidades y defectos.

Madame Boussay parecía a punto de embarcarse en otra larga y tortuosa divagación cuando el mayordomo, Martineau, se asomó a la puerta y dio un par de palmadas.

—*Mesdames, messieurs, s'il vous plaît.* Les ruego silencio para recibir a monsieur Boussay.

Minou disimuló una sonrisa, imaginando cómo reaccionaría su padre ante una muestra tan descarada de arrogancia. Su tío ni siquiera era un *capitoul*, sino únicamente un secretario, pero se comportaba como si fuera el hombre más importante del gobierno de la ciudad.

El mayordomo volvió a dar unas palmadas.

—Señoras y señores: monsieur Boussay.

El tío de Minou salió al jardín ataviado con la indumentaria oficial, en la que destacaba una gorguera demasiado ceñida para su prominente papada. Lo acompañaban tres hombres. Minou hizo un gesto de disgusto al ver al abad de la Orden de los Predicadores, un hombre con ojos de comadreja y manos inquietas que en su última visita a la casa la había acorralado contra una pared y había intentado besarla. Recordaba sus manos húmedas y sus labios mojados de saliva, y su manera de boquear como un pez en la orilla.

El segundo hombre lucía un traje similar al de su tío, y Minou supuso que también sería secretario de un *capitoul* en el ayuntamiento. El tercero era más joven y vestía jubón amarillo y calzas de seda, con bombachos almohadillados y capa corta al estilo español. La joven frunció el ceño. Ese tercer acompañante de su tío le resultaba familiar, pero no acababa de situarlo. Al sentirse observado, el hombre la miró y la saludó con una leve inclinación de la cabeza, aunque sin dar la impresión de haberla reconocido. Los cuatro hombres parecían disgustados.

Monsieur Boussay no se disculpó por hacer esperar a su mujer y se limitó a saludarla brevemente.

—Mujer —dijo con brusquedad.

Minou notó que la alegría se borraba de la cara de su tía cuando esta le apoyó con suavidad la mano en la espalda para hacerla avanzar en dirección a su marido, dejando escapar un involuntario gemido de dolor.

—¿Te sientes mal, tía? —preguntó.

—No —respondió ella, mirando a su marido—. Estoy un poco entumecida esta mañana, eso es todo.

Madame Boussay apoyó una mano en el brazo de su marido. Los sirvientes abrieron las puertas del jardín, y monsieur Boussay y su esposa salieron a la calle con sus invitados. Minou no podía dejar de mirar por encima del hombro, en dirección a los edificios de la universidad. Por centésima vez maldijo el recato que le había impedido preguntarle a Piet la dirección exacta de su alojamiento.

29

La carta estaba escrita con la misma caligrafía y llevaba el sello de cera que conocía. Vidal había rezado más de una vez por una señal, pero Dios había permanecido en silencio.

No había sido su intención que las cosas llegaran tan lejos aquella noche de invierno, seis meses atrás. Al sentir el tacto del pelaje sobre su piel desnuda, con la sangre caldeada por el vino y la emoción del cortejo ilícito, una especie de locura se había apoderado de él.

A la mañana siguiente se había despertado avergonzado y arrepentido, y se había jurado que nunca más volvería a caer. Pero después había habido una segunda noche, y también una tercera y una cuarta. Cuando la Iglesia lo hizo regresar, supuso que la aventura había terminado, aunque sabía que echaría de menos la reconfortante compañía que ella le proporcionaba. Montañas, colinas y un largo camino se interponían entre ambos. Pero, aun así, ella había ido a buscarlo. Estaba en Toulouse, instalada a escasa distancia de su casa, esperándolo.

Vidal no podía permitirse la menor sombra de escándalo. Lo que era posible mantenerse en secreto entre los muros de un castillo en lo alto de un pueblo de montaña jamás podría ocultarse en Toulouse. Sus obras, sus palabras y su presencia en cada acto público eran sometidas a constante escrutinio. Estaba seguro de tener grandes probabilidades de ser el siguiente obispo de Toulouse y, aunque era joven, se veía capaz de conseguir suficientes valedores en Roma para llegar a ser cardenal en poco tiempo.

Era preciso poner fin a su aventura amorosa, pero debía proceder con sumo cuidado y discreción. Tenían que separarse de manera cordial. Aunque ella no era más que una simple mujer, prefería no tenerla como enemiga. De hecho, su fortaleza era lo primero que lo había atraído. Había decidido ir a verla con el único propósito de decirle que la intimidad entre ambos no podía continuar.

Sin darse cuenta, volvió a pensar en el sudario, como le sucedía a menudo en los últimos tiempos. La sugerencia de Bonal de presentar la pieza falsa, confiando en que nadie la distinguiera de la reliquia auténtica, seguía resonando en su mente.

Hizo un gesto negativo. El contacto con el cuerpo del Hijo de Dios era lo que confería todo su valor a la pieza. El fragmento que tenía en su poder, por muy exquisita que fuera su confección, no pasaba de ser un simple trozo de tela. Una réplica no podía obrar milagros.

Aun así, la idea no lo abandonaba por completo.

Vidal llamó a su sirviente. Se cubrió con un hábito oscuro y una larga capa negra que le asegurarían el anonimato, y se puso en camino con Bonal a su lado. Como la primera vez que había ido a verla, le pareció sorprendente que se hubiera instalado tan cerca del palacio episcopal. Por fortuna, a esa hora de la noche la mayoría de sus hermanos clérigos estarían rezando.

Conocía la casa del callejón sin salida de Saint-Anne por su reputación. Los muros de la planta baja eran del habitual ladrillo rojo de Toulouse, mientras que los pisos superiores tenían entramado de madera y las paredes estaban encaladas. Había un jardín pequeño al fondo de la casa, donde ella había dicho que lo estaría esperando.

Al llegar a la verja, Vidal se detuvo.

—Quédate aquí vigilando. No tardaré mucho —le dijo a Bonal.

—Tiene una cita con monsieur Delpech en...

—Lo sé perfectamente.

Bonal se alejó y Vidal se quedó quieto un momento, con la mano sobre el cerrojo, sin decidirse. Entonces la vio junto a un manzano que comenzaba a florecer con diminutos botones blancos primaverales en los extremos de las ramas, y el corazón le dio un vuelco en el pecho. Con el sol a sus espaldas y la negra cabellera suelta, reluciente como el azabache, la mujer parecía un ángel oscuro. Vidal tuvo la certeza de que lo mejor era marcharse.

Pero en ese preciso instante ella levantó la vista y le mostró su cara radiante. Nadie habría podido resistirse a su atractivo.

Vidal entró en el jardín.

—Temía que no vinieras —le dijo ella cuando estuvieron juntos.

—No puedo quedarme mucho tiempo.

Él sintió la tibieza de los dedos de la mujer rozando los suyos y la presión de la mano de ella en torno a su muñeca.

—Perdóname por haberte escrito cuando te había prometido que no volvería a hacerlo, pero necesitaba hablar contigo.

—Aquí pueden vernos —murmuró él, levantando la vista a las ventanas que se abrían hacia el jardín.

—No hay nadie en la casa —dijo ella mientras le apretaba un poco más la muñeca y le deslizaba la otra mano entre los pliegues de la ropa—. Me he asegurado de que así fuera.

—Blanche, no... —mascullÓ Vidal, intentando sustraerse de sus manos.

Ella inclinó la cabeza, difundiendo en el aire la fragancia de su perfume, mientras él intentaba acallar la llamada del deseo.

—¿Por qué me hablas con tanta dureza? —dijo ella—. ¿No me has echado de menos? ¿No anhelabas mi compañía, mi señor?

—Es demasiado peligroso. En Toulouse la gente no está tan absorta en sus asuntos como para no notar ciertas cosas. La situación es delicada —replicó él—. No puedo cometer ningún error.

—¿Cómo puede ser esto un error? —murmuró ella, acercando su boca a la oreja de Vidal.

—Lo sabes bien. He hecho votos de castidad...

—Unos votos antinaturales —susurró ella—, unos votos que los Padres de la Iglesia no estaban obligados a hacer.

Como siempre, los conocimientos teológicos de su amante sorprendieron a Vidal. No le parecía correcto que una mujer entrara en esos debates, y aun así... la admiraba.

—Ahora las cosas han cambiado.

—No tanto.

Vidal le puso las manos sobre los brazos e intentó apartarla. Pero de alguna manera ella consiguió acercarse todavía más, hasta el punto de hacerle sentir los latidos de su corazón. Vidal volvió a notar que le hervía la sangre.

—¿He hecho algo que te haya ofendido? —murmuró la mujer—. Cuando nos despedimos, tus palabras fueron dulces... Llenas de amor.

—Todo mi amor es para Dios.

La mujer soltó una carcajada cantarina y deliciosa. Vidal intentó pensar en los santos antiguos e inspirarse en su fortaleza de ánimo ante las tentaciones.

—Es un pecado —intentó argumentar—. Estoy quebrantando mis votos, y tú, tus votos de fidelidad a tu marido.

—De eso precisamente he venido a hablarte —anunció ella, desatándose la cinta de la capa que llevaba al cuello—. Mi marido está muerto y enterrado, Dios lo tenga en su santa gloria

—añadió mientras se santiguaba—. Ya no pertenezco a ningún hombre.

Vidal le puso las manos en las mejillas, enmarcando así su precioso rostro.

—¿Muerto? ¿De repente?

—No ha sido inesperado. Estaba muy enfermo.

—Siento no haber estado a tu lado mientras sufrías una pérdida tan dolorosa.

Ella bajó la vista.

—Al menos mi marido ya no sufre —replicó—, y está en un lugar mejor. Lamento su muerte, pero su ausencia me deja libre para ofrecer mi amor a quien yo desee.

—Blanche, creo que me has interpretado mal. —Vidal hizo una inspiración profunda—. Puede que tú te hayas librado de tus votos conyugales, pero yo sigo obligado por los míos. Mi corazón y mi alma pertenecen a Dios, y lo sabes. Tenemos que poner fin a nuestros encuentros.

Vidal notó que el cuerpo de ella se tensaba entre sus brazos.

—¿Me estás diciendo que ya no me necesitas?

—No, no es eso —respondió él, sintiendo que la pena debilitaba su resolución—. Nunca será así. Pero mis votos...

—¿Qué puedo hacer para demostrarte mi amor? —preguntó ella con voz suave y seductora—. ¿Para probarte mi devoción a Dios? Porque al servirte a ti, lo sirvo a Él. Si no te he complacido, entonces ponme un castigo. Dime qué debo hacer para pagar por mis errores.

Vidal entrelazó los dedos de ella con los suyos.

—No has hecho nada malo. Eres bella y generosa, eres...

La cinta de la capa se soltó del todo y la prenda cayó al suelo, donde la tela azul pareció formar una laguna de superficie temblorosa. Bajo la capa, la mujer no llevaba nada más que un fino camisón, que dibujaba las generosas curvas de sus pechos y su talle, y el leve abultamiento de su vientre. Estaba más hermosa aún de lo que Vidal la recordaba.

—Esto no debe continuar... —intentó explicarle, pero las palabras se le quedaron atrapadas en la garganta.

En su imaginación, Vidal se obligó a arrodillarse ante el altar mayor de la catedral. Una vez más, se llenó la mente con imágenes de la bóveda de piedra y el rosetón, y de las manos y los pies ensangrentados de Jesús en la cruz. Trató de reemplazar el latido de su corazón por las melodías del coro, e imaginar las voces que se elevaban por el aire de la nave hacia lo más alto de la cúpula. Intentó concentrarse en la promesa de la resurrección y en la vida eterna para aquellos que abrieran su corazón a Jesús y respetaran las leyes divinas.

Pero mientras tanto su amante le estaba deslizando una mano entre las piernas.

—Solo quiero ser tu consuelo. ¡Trabajas tanto por el bien de los demás...!

Vidal cerró los ojos, incapaz de resistirse a la insinuante suavidad de su voz.

—Cuando te fuiste —dijo ella—, pasé muchas noches sin dormir y muchos días sin probar bocado. Estaba enferma por tu ausencia.

Vidal habría querido oponerse, hablar, decir algo, pero tenía la boca seca. La rodeó con los brazos y la llevó al rincón más sombrío de la galería cubierta.

—En Toulouse comienza a sonar tu nombre como futuro obispo —murmuró ella—. Dicen que lo sabremos antes de la fiesta de San Miguel y que incluso es posible que te nombren arzobispo. Serías el obispo más joven de todo el Languedoc. Yo podría ayudarte a alcanzar el lugar que mereces —añadió ella, y entonces él supo que estaba perdido—. Deberías ser el hombre más importante de tu tiempo.

Vidal olvidó las ventanas que daban al jardín y los ruidos de una ciudad que poco a poco volvía a la vida a su alrededor mientras se concentraba en quitarle el camisón y dejar al descubierto su piel blanca y tersa. Tampoco prestó atención al traqueteo de un carro por la calle, ni a las campanas de la catedral, ni a la inquieta presencia de Bonal, que montaba guardia al otro lado de la verja. No era consciente de nada, excepto del movimiento de sus cuerpos, ya que el deseo sofocaba cualquier otro pensamiento.

—¿Has averiguado lo que te pedí? —le susurró ella al oído.

Vidal no respondió. No habría podido. Había perdido la noción del lugar donde se encontraba. Pero ella le sostuvo la cabeza hacia atrás, con los femeninos dedos enroscados en el pelo de Vidal, y le mordió el labio inferior, provocándole una deliciosa sensación de dolor.

—¿Dónde está la familia Joubert? —insistió ella, apretándole la boca con una mano—. Me habías prometido que lo averiguarías.

Vidal no respondió, pero Blanche apretó con más fuerza aún, hasta que él sintió los pulmones a punto de estallar.

—En Carcasona —respondió jadeando.

Al llegar al clímax, Vidal gritó el nombre de su amante, sin preocuparse ya por si alguien los oía. No vio la expresión de satisfacción en los ojos oscuros de la mujer, ni su sangre en los labios de ella.

30

Una comitiva estaba esperando en la esquina de la rue du Taur. Minou vio que su tío hablaba en voz baja con Delpech, el traficante de armas. Después, sin decir ni una palabra, se marcharon en dirección al edificio del ayuntamiento, seguidos del joven de la capa amarilla y el abad. Madame Boussay agitó brevemente la mano para despedir a su marido, pero él no le devolvió el saludo.

«Es un grosero», pensó Minou, ofendida en nombre de su tía mientras proseguían hacia la parte más antigua de Toulouse. Allí, entre casas de entramado de madera y estrechos callejones, los nombres de las calles eran un recordatorio de los oficios medievales que habían llevado prosperidad a la ciudad en el pasado: prestamistas, caldereros, carniceros, tejedores, cereros y juristas.

El sol siguió su curso ascendente en el cielo mientras la procesión avanzaba lentamente hacia la place du Salin, el antiguo mercado de la sal, donde los árboles comenzaban a reverdecer. Sus tiernos brotes nuevos contrastaban con las cortezas plateadas. Minou contempló con admiración los edificios del Tesoro y la Real Casa de la Moneda, así como los impresionantes ventanales y la ornamentada fachada del Parlamento. Todo en aquellas construcciones hablaba de poderío y permanencia. En la esquina de la plaza, el tribunal y la cárcel de la Inquisición se levantaban junto a los modernos edificios construidos para albergar a magistrados, juristas y funcionarios.

Tras recorrer la plaza, atravesaron la puerta abierta en las altas murallas rojas, cruzaron el foso cubierto de hierba y salieron al suburbio meridional de Saint-Michel.

—Aunque ya no estamos dentro de los límites de la ciudad —le dijo a Minou su tía, sin poder contenerse—, este distrito sigue siendo un lugar distinguido. Un buen barrio.

—Eso parece —le replicó ella lealmente.

El grupo de los Boussay se reunió con la multitud que esperaba a las puertas de la parroquia de San Salvador. El sobrepelliz del sacerdote ondeaba con el viento. La cruz de plata, pulida y resplandeciente bajo el sol del mediodía, proyectaba danzarines reflejos de luz sobre la fachada de ladrillos rojos y el portal occidental de la iglesia. El aire estaba cargado de sonidos y notas que buscaban su timbre exacto a medida que los músicos preparaban sus instrumentos: tamboriles y guiternas, cornamusas de vientre de cuero y laúdes de madera de boj. Asimismo repiqueteaban y refulgían las panderetas.

—¿Te he contado, sobrina, que también me llamo Salvadora? —susurró la tía de Minou, aunque no era necesario hablar en voz baja—. Fue decisión de mi madre, y siempre me ha parecido una bendición tener un nombre tan distintivo.

—Y haces bien en pensarlo, tía. Es un nombre muy hermoso.

Su tía sonrió y se le formaron hoyuelos en las mejillas.

—Me casé en esta iglesia. Fue una boda maravillosa, todos lo decían. Nadie había visto nunca una celebración tan magnífica en estos barrios, nadie.

—Cuéntame cómo fue —la animó Minou, aunque su tía no necesitaba que se lo pidiera.

—Era un día resplandeciente; no hacía frío, pero yo estaba entumecida de miedo. Era más joven de lo que tú eres ahora.

¡Toda esa gente mirándome! No estaba acostumbrada. Casi no pude pronunciar el juramento. ¡Tu tío era tan buen partido...! Mi madre lloró de emoción por que me hubiera elegido un hombre de su importancia.

La mujer aferró con fuerza la mano de su sobrina y, con el movimiento, estuvo a punto de dejar caer el abanico, del que se soltó una pluma blanca que flotó un instante en la brisa antes de caer en el empedrado.

—Confieso —prosiguió— que me entristece que no puedas tener a tu madre contigo el día de tu boda. ¡Pobre hermana mía, que nos ha dejado tan prematuramente! Se me parte el corazón cada vez que la recuerdo.

Minou sonrió.

—No sufras, tía. Es cierto que echo de menos su compañía y sus consejos; pero, si te soy sincera, no creo que vaya a sentir mucho más su ausencia el día de mi boda que cualquier otro día. —Apretó con cariño el blando brazo de su tía—. Además, si me caso, tú estarás conmigo, ocupando el lugar de mi madre.

Madame Boussay se ruborizó.

—¡Cómo me alegra que pienses en mí de esa manera y que lo digas! —Su voz rebosaba felicidad—. Por supuesto, será un gran honor para mí acompañarte en un día tan señalado. Me habría encantado tener una hija, pero Dios no ha querido bendecir nuestro matrimonio con ese don. —De repente, le dio una palmadita a Minou en el brazo—. Pero ¿qué quieres decir con eso de «si me caso»? ¡Claro que te casarás! Debes casarte, toda jovencita debe casarse. A tu edad, yo llevaba cuatro años casada. ¿Tienes algún pretendiente? —Bajó todavía más la voz—. Si lo que te falta es la dote... Diga lo que diga monsieur Boussay, ten la seguridad de que conozco mis obligaciones hacia ti, que eres sangre de mi sangre, y sabré cumplirlas.

—Eres muy generosa, tía, pero no tengo ninguna prisa por casarme. Estoy disfrutando mucho mi estancia aquí en Toulouse y me gustaría que se prolongara un tiempo más.

Madame Boussay agitó una mano, como para desechar los comentarios de Minou.

—No hace falta que me lo agradezcas, querida niña. Al contrario, es un placer para mí que haya juventud en la casa, aunque también hay que decir que a veces Aimeric... grita demasiado. Y sus botas...

—Es verdad que aún tiene mucho que aprender, y me temo que a veces madame Montfort es demasiado estricta con él, pero mi hermano está mejorando mucho con el ejemplo y la guía de mi tío.

Era otra mentira. Monsieur Boussay no le prestaba atención a Aimeric, excepto para criticarlo de vez en cuando.

—Le habría gustado mucho tener un hijo. ¿A qué hombre no le gusta?

Minou sonrió.

—Dime, tía, ¿cómo era mi madre?

Madame Boussay pareció desconcertada.

—¿Que cómo era, dices? Bueno, era más alta que yo y tenía una masa de rizos negros que ningún peine podía domesticar...

Minou se echó a reír.

—Me refería a su carácter, tía. ¿Qué tipo de persona era? Me encantaría oír tus recuerdos de cuando las dos eran pequeñas.

—Ah, ya te entiendo. Florence era..., a decir verdad, es difícil decirlo. Nos llevábamos diez años, y mientras que Dios la bendijo a ella con un gran ingenio y una enorme inteligencia, a mí me dio solamente belleza..., por lo que supongo que debí de darle bastante trabajo. Además, aunque las dos éramos hijas de la misma madre, el padre de Florence había muerto y nuestra madre se había vuelto a casar con mi padre, y por mucho que me duela decirlo, mi padre no sentía un gran interés por la hija de otro hombre. Al cabo de poco tiempo, Florence se casó y se fue a vivir muy lejos, en Puivert, y dejamos de vernos con tanta frecuencia.

—¿En Puivert, dices? ¿Mis padres no vivieron toda su vida de casados en Carcasona?

Madame Boussay le apartó un mechón de la cara a Minou.

—Espero no haber hablado más de la cuenta, sobrina, aunque no sé qué problema puede haber en decirlo después de tanto tiempo. Lo cierto es que se casaron en Puivert, de eso estoy segura. En aquella época, tu padre trabajaba al servicio del señor de Bruyère, el amo del castillo. O al menos creo que así se llamaba. Confundo las cosas, lo sé, y mi marido me lo reprocha a menudo. Era una finca enorme, según me han dicho, con caza en abundancia. La boda se celebró en el castillo. Recuerdo que la invitación tenía un sello familiar que representaba una bestia horrible, un león enseñando las garras. Era un animal tan feo que al verlo me eché a llorar.

Minou se sobresaltó, porque la descripción coincidía con la del sello de la carta que tenía escondida debajo del colchón de su habitación.

—¡Me moría de ganas de asistir a la boda! —suspiró su tía—. Pero tenía apenas diez años y mi padre me dijo que el viaje era demasiado largo. Entonces me puse a llorar otra vez, porque habría dado cualquier cosa por ser la dama de honor. —Frunció el ceño—. Una mujer del pueblo hizo ese papel. No recuerdo su apellido, pero sé que se llamaba Cécile, porque el nombre me pareció precioso y me dije que algún día, cuando tuviera una hija, la llamaría así. —Se le volvió a ensombrecer el rostro—. Pero todo eso es historia pasada.

Minou sintió un repentino nudo en el estómago al recordar que su padre y madame Noubel se llamaban por sus nombres de pila.

—¿Podría ser que esa mujer fuera Cécile Cordier, tía? —preguntó Minou intentando controlar la voz, aunque no estaba ni remotamente tranquila.

—Ahora que lo dices, creo que sí. Es curioso que lo sepas. En cualquier caso, si te soy sincera, no recuerdo cuánto tiempo se quedaron tus padres en Puivert después de la boda. Lo único que sé con certeza es que tú naciste en el pueblo.

A Minou se le secó la boca.

—¿Estás segura, tía? Siempre he pensado..., siempre había supuesto... que nací en Carcasona, como mis hermanos.

Madame Boussay frunció el ceño, pensativa.

—Puede que me equivoque, pero para entonces mi marido y yo llevábamos varios años casados y Dios no había querido bendecir nuestro matrimonio con una criatura. Por eso, la noticia de tu nacimiento me llegó a lo más profundo del corazón. Me alegré mucho por Florence, como es natural, pero también me entristecí pensando en mi situación.

—Yo nací en 1542, el último día de octubre.

—Sí, eso es. Es lo que recuerdo. Mi madre estaba muy alarmada. Corrían historias espeluznantes sobre inundaciones en los valles y desprendimientos en las laderas de las montañas cuando estaba a punto de cumplirse la fecha para que Florence diera a luz. Mi madre estaba muy inquieta. —Agitó las manos y, esta vez, se le cayó el abanico—. Pero eso fue hace mucho tiempo y, como podrás suponer, la vida con monsieur Boussay... La vida de casada no es fácil. —Se interrumpió un momento—. Después, lamentablemente, se produjo el desencuentro entre mi marido y tu querida madre.

Con el rabillo del ojo, Minou vio que madame Montfort reparaba en su pequeña conversación privada y comenzaba a avanzar entre la gente para reunirse con ellas. Como sabía que pronto tendrían que interrumpir el diálogo, se apresuró a preguntar:

—¿Cuál fue la causa de su distanciamiento?

—Un malentendido. Nadie podrá persuadirme jamás de lo contrario. —Su tía bajó la voz todavía más—. Aunque Florence y yo no nos vimos casi nunca después de su boda o, mejor dicho, nunca, mi querida hermana me envió desde Puivert el más maravilloso de los regalos como recordatorio de tu nacimiento.

Minou arrugó el entrecejo.

—¡Qué raro que mi madre te enviara un regalo a ti! Lo normal habría sido que tú se lo enviaras a ella.

—Ahora que lo dices, sí, supongo que tienes razón. ¡Pero fue un detalle tan bonito...! Una Biblia encuadernada en piel, con una cinta azul preciosa para marcar las páginas. —De repente, endureció el gesto—. Monsieur Boussay se enfadó al verla, porque no estaba en latín, sino en francés, y me prohibió conservarla. Y aunque es cierto que una esposa tiene la obligación de obedecer en todo a su marido, me dije que solo por esa vez, tratándose del único regalo que me había hecho mi pobre hermana en toda su vida, podía decidir por mi cuenta. Es la única vez que lo he contrariado, porque...

La sombra de madame Montfort cayó sobre ellas. La tía de Minou se sobresaltó, como una niña sorprendida en falta.

—¿Qué pasa, querida hermana? —dijo secamente madame Montfort, mirando primero a una y después a la otra—. Pareces absorta en la conversación. ¿Qué encuentras tan interesante, Salvadora, para que lleves tanto rato hablando sin parar?

—¡Mi querida hermana! —tartamudeó madame Boussay—. Bien, verás... Estábamos... Es decir, yo...

—Sería una pena que unos asuntos privados te hicieran descuidar tus obligaciones, Salvadora. Me gustaría saber qué cuestiones las tienen tan entretenidas.

Minou se agachó y recogió el abanico de su tía.

—A mi tía se le ha caído esto. Se lo he hecho notar y ahora se lo he devuelto, eso es todo. Se le ha soltado una pluma, ¿lo ve?

Las campanas comenzaron a sonar y una oleada de expectación se propagó entre la multitud. El sacerdote, con capa morada, dio un paso al frente. Los otros clérigos y los fieles se apiñaron a su alrededor. El incensario empezó a oscilar, llenando el aire de ráfagas aromáticas, cálidas e intensas. Se levantaron los estandartes y la congregación se colocó en fila, con los hombres al frente y las mujeres y los niños detrás.

«Parecen los animales del arca —pensó Minou, sin salir aún de su asombro por todo lo que acababa de revelarle su tía—, en fila de dos».

—¿Qué ruta sigue la procesión de San Salvador?

—Desde aquí iremos otra vez hasta la puerta, la cruzaremos y nos dirigiremos a la place du Salin —respondió madame Boussay—. Después seguiremos el contorno de la muralla oriental, saldremos por la puerta de Montolieu y volveremos al punto de partida. Se lo he preguntado al párroco. Nos llevará una hora más o menos, aunque hoy se ha reunido tanta gente, ¡y es tan agradable verlo!, que probablemente tardaremos un poco más. Y hace un tiempo magnífico. En cambio, otros años...

—¡Salvadora! —exclamó secamente madame Montfort—. Intenta dar buen ejemplo. Si no lo haces por ti, hazlo al menos por tu marido.

Minou notó que su tía se encorvaba, como para encerrarse en sí misma. Le apretó el brazo con afecto y ella hizo un gesto de dolor.

—Lo siento, ¿te he hecho daño?

—No, por favor, no ha sido nada —respondió su tía, retirando el brazo.

En ese momento, el guante se le separó lo suficiente de la manga para revelar un feo cardenal en la muñeca.

—¿Qué te ha pasado ahí, tía?

Salvadora se bajó enseguida la manga.

—Nada —respondió rápidamente—. Se me ha cerrado la tapa del baúl en la mano cuando me estaba vistiendo. No es nada.

—*Domine Deus omnipotens...*

Madame Boussay se volvió hacia el sacerdote con ademán firme y cerró los ojos. Su cuñada, madame Montfort, desplazó a Minou de su lado, obligándola a caminar detrás; pero a la joven no le importó, porque se dijo que de ese modo tendría tiempo para pensar.

—*... qui ad principium...*

Las palabras se volvieron notas, y las notas, música. Las oraciones y sus respuestas resonaban a medida que la procesión comenzaba a moverse poco a poco, como una criatura que acabara de despertarse de un sueño invernal, al ritmo que marcaba la percusión.

Minou se puso las manos sobre el pecho, para sentir la reverberación de la música en su interior. Los tambores y cornamusas, el tono ascendente y descendente de las voces, y el ritmo constante de los pasos la hicieron caer en una especie de trance.

A su alrededor, Toulouse florecía: geranios tempranos, prímulas blancas y amarillas, y luminosas violetas. Ramilletes de flores silvestres adornaban los portales de todas las iglesias por las que pasaban.

—¿No es maravilloso? —le dijo su tía, girando la cabeza para dirigirse a ella.

—Es precioso, sí.

—¡Toulouse debe de ser la ciudad más hermosa sobre la faz de la tierra! —exclamó la tía de Minou, con las mejillas encendidas de felicidad.

Mientras proseguían la marcha, Minou dejó que sus pensamientos volaran libremente. ¿Qué debía pensar de su nacimiento en Puivert? ¿Por qué se lo habían ocultado? ¿Por qué no había mencionado nunca madame Noubel —o Cécile Cordier, ya que tal era su nombre— que conocía a sus padres desde hacía muchísimo tiempo? ¿Y qué decir del regalo de una Biblia en francés, que su madre envió a su tía, para celebrar su nacimiento?

Y entre las sorpresas del día, la joven tenía la desagradable sensación de que había algo todavía más importante que no había logrado entender.

31

Puivert

Poco después del mediodía, Bernard Joubert llegó al pueblo con su vieja yegua *Canigou*, que había perdido una herradura y volvía a estar coja de la pata delantera.

Se sorprendió al ver que Puivert le seguía resultando familiar después de una ausencia tan larga. Recordaba exactamente las ondulaciones del camino, la manera en que los huertos se extendían por los campos del sur, el rincón donde resonaba el estruendo del martillo y el yunque del herrero, y el lugar donde el panadero recogía la leña para alimentar su horno. También recordaba el estrecho y sinuoso sendero que subía por el bosque hacia el lugar en el que los vecinos solían recoger bellotas, más entrada la estación.

—¡So! —murmuró, tirando con suavidad de las riendas, para que *Canigou* se detuviera.

La yegua doblegó el cuello y se puso a rebuscar entre la tierra seca. Entonces Bernard arrancó un puñado de hierba fresca del borde del camino y se la ofreció con la mano abierta al agradecido animal.

En Puivert reinaba un silencio extraño. Era jueves, y lo normal habría sido encontrar al pueblo animado con los ruidos propios del comercio y las habladurías, y con las idas y venidas de esposas cargadas de vituallas de pan y cerveza para sus maridos, que para entonces deberían estar trabajando en el campo. Pero prácticamente no se oía nada. Bernard se alarmó. ¿Habría vuelto la peste?

Miró a su alrededor, pero no vio en ninguna puerta la temida señal que en otro tiempo había marcado las casas infectadas. Un poco más allá, una chimenea escupía espirales de humo mientras el tintineo de los cencerros de un rebaño de cabras en la colina quebraba el silencio.

Aun así, era extraño.

Echó a andar por la calle mayor, que era poco más que un camino rural, con *Canigou* detrás. La tierra estaba seca bajo sus pies, y el único sonido era el entrechocar de las herraduras de la yegua con las piedras sueltas y el crujido de los arreos de cuero.

Ató al animal a un árbol, en el terreno común junto al pozo, y se dirigió a la vieja casa blanca al final de la calle. La última vez que había estado en su interior había sido el Día de Todos los Santos del año 1542. Recordaba que aquel primer día de un crudo mes de noviembre un gran fuego ardía en la amplia habitación de la planta baja.

¿Habría sido mejor escribirle a la vieja madame Gabignaud para anunciarle su visita? Lo había pensado, pero la cautela le había aconsejado no hacerlo. Una carta podía ser robada. Tampoco había intentado averiguar de antemano si aún vivía en Puivert. Pero la mujer había nacido en el pueblo y allí había visto pasar innumerables inviernos. ¿Dónde más podría estar?

—Por mucho que llame a la puerta, *sénher*, no saldrá nadie.

Joubert se volvió para ver al viejo que lo estaba observando desde detrás de una valla.

—¿No es esta la casa de la comadrona?

—Lo fue —replicó el hombre en occitano, entre accesos de tos—. *La levandiera. Mort.*

—¿Anne Gabignaud ha muerto?

Bernard sintió que la euforia de la liberación le aceleraba el pulso. Si había muerto, ya no podría hablar. Sin embargo, frunció el ceño, avergonzado por permitirse pensamientos tan poco cristianos.

—¿Dónde murió...? Discúlpeme, ¿cómo se llama?

—Lizier. Achille Lizier, natural de Puivert.

—No lo pregunto por mera curiosidad —se apresuró a aclarar Bernard—. Conocí a madame Gabignaud en otra época.

Lizier entrecerró los ojos con expresión desconfiada.

—No recuerdo haberlo visto por aquí.

—Fue hace muchos años.

—Yo estuve fuera un tiempo, luchando en las guerras de Italia.

—Debió de ser entonces —mintió Bernard.

Lizier titubeó un momento y finalmente asintió.

—Nadie sabe cómo sucedió, solo que la encontraron muerta en la cama. A comienzos de la Cuaresma.

—¿Este pasado marzo?

—Eso mismo. Así la encontraron.

El hombre se llevó las manos a la garganta y fingió apretar con fuerza.

—¿Quiere decir que la mataron?

Lizier hizo una mueca que reveló una hilera de dientes cariados.

—Así es. Estrangulada. La almohada y el camisón estaban hechos jirones, como si una fiera se hubiera metido en la casa. Había ollas y cacerolas tiradas por el suelo y el aceite de la lámpara se había derramado.

Bernard sintió que se le encogía el estómago. ¿Quién podía matar a una pobre vieja? ¿A quién había podido ofender? Entonces, con creciente sensación de vértigo, lo asaltó una nueva inquietud.

Si la habían matado, ¿por qué precisamente en ese momento?

—No tenía familia —le estaba diciendo Lizier—, pero era una de nosotros. Pagamos su entierro entre todos. —Después señaló el castillo con un movimiento de la cabeza—. A ellos no les pedimos ni un *sou.*

—¿Fue un robo? ¿Un forastero?

—Nadie lo sabe, pero le diré una cosa: la pobre vieja estaba preocupada por algo. Incluso llegó a escribir una carta, aunque era casi analfabeta, en un trozo de papel del castillo, con el sello del señor de Bruyère. Yo mismo se la di a mi sobrino para que buscara la manera de enviarla a Carcasona.

—¿No arrestaron a nadie por el crimen?

Lizier negó con la cabeza.

—No, pero yo creo que fueron los hugonotes.

—¿Hay protestantes en Puivert? —preguntó Bernard sorprendido.

El hombre escupió en el suelo y un espumarajo le salpicó la bota a Bernard.

—Son cucarachas. Están por todas partes. —De repente, Lizier volvió a entrecerrar los ojos—. ¿De dónde ha dicho que es?

—De Limoux —replicó Bernard, escogiendo una localidad al azar.

No tenía intención de anunciar su presencia en el pueblo. Aunque Lizier no lo reconociera, quizás hubiera otros que sí.

—Limoux —repitió Lizier entre dientes—. Los protestantes también se han adueñado de ese pueblo. Son una plaga. —Señaló el castillo con la cabeza—. Pero él sabía tratarlos. Era el mismo demonio, con un corazón más negro que la noche, pero al menos sabía mantener a raya a esas ratas. No toleraba a ninguno en Puivert.

Bernard sintió como si le faltara el suelo bajo los pies.

—¿Ha dicho «No toleraba»?¿Quiere decir que se marchó?

—Abusó de mi hija —prosiguió Lizier, sin prestar atención a su pregunta— y también de las hijas de otros hombres. ¿Qué padre perdonaría algo así? Y para nuestra vergüenza, el hijo de nuestra sobrina ha tenido que subir a trabajar al castillo. A su madre se la llevó la peste. Yo he perdido dos hijas. No es justo. —Negó lentamente con la cabeza—. El difunto señor era un demonio, de eso no me cabe ninguna duda, pero supo mantenerse firme contra los herejes. Aquí nunca ha habido hugonotes. Ni uno.

—¿El señor de Puivert ha muerto?

—¿No acabo de decírselo? Lo enterraron el mes pasado. A todos los del pueblo nos ordenaron asistir al funeral, pero yo me negué. Mi hija se quitó la vida por su culpa. Era un hijo de Satanás, todos lo sabíamos, aunque teníamos que tragarnos el odio y hacerle reverencias. Tenía tanto derecho como yo de hacerse llamar señor de Puivert. Era un auténtico canalla.

¿Sería cierto? Bernard suspiró. El hombre al que había temido durante todos esos años había muerto. ¿Significaba eso que su secreto por fin estaba a salvo?

—Y su mujer no es mejor que él —continuó Lizier—. Tiene el alma negra como los abismos del infierno, aunque su nombre proclame lo contrario. —Se señaló la cabeza—. Dicen que oye voces y que se pasa el día hablándole a Dios.

Con tanta presteza como se habían retirado, los temores de Bernard regresaron, y con más intensidad aún.

—Tenía entendido que la esposa del señor de Puivert había muerto hace muchos años —dijo con cautela—. O al menos eso había oído.

—La primera, sí. Aquella sí que era una señora virtuosa, demasiado buena para este mundo. El sinvergüenza volvió a casarse cuando el cuerpo de la difunta todavía estaba caliente en la tumba. La segunda mujer huyó al poco tiempo, pero él se quedó con todo su dinero. Y hace unos años se casó por tercera vez, con una mujer que podría ser su nieta.

Bernard sintió que se le helaba la sangre. ¿Qué secretos podía contarle un viejo a su joven esposa por las noches? Contempló el castillo que se erguía sobre la colina, por encima del pueblo, y volvió a mirar a Lizier.

—La tercera mujer ni siquiera es del pueblo, sino de algún lugar cerca de Saint-Antonin-Noble-Val. —Lizier se acercó un poco más a Bernard—. Tenía apenas quince años cuando se casó. Estaba en la miseria tras la muerte de su padre y necesitaba un marido para darle un nombre al bastardo que esperaba.

—¿Esperaba un hijo cuando se casó?

—Eso dicen.

A Bernard le daba vueltas la cabeza.

—¿Qué edad tiene ahora la criatura?

—No sobrevivió, *sénher*. Hay quien dice que era de su propio padre, del padre de ella. —A Bernard debió de notársele en la cara la repulsión que le provocaba la idea, porque enseguida Lizier levantó las dos manos como para disculparse—. Aunque yo no lo creo. ¿Qué padre podría cometer un acto tan antinatural?

Bernard aguantó su disgusto.

—¿Cómo ha quedado la viuda? ¿Tiene un descendiente que herede estas tierras?

Lizier se le acercó todavía más.

—Hay rumores —dijo.

—¿Qué clase de rumores?

—¿Qué edad cree que tengo? —dijo de repente Lizier—. ¡Adelante, intente adivinarlo!

—No sabría decirlo, monsieur —contestó Bernard con cierto cansancio—. Mayor que yo y con el doble de sabiduría.

—¡Ja! Vi el siglo pasado y no viviré para ver el próximo —dijo el otro con una sonrisa, dejando caer una mano sobre el hombro de Joubert—. Solamente hay uno más viejo que yo en todo el pueblo.

—Enhorabuena, Lizier.

El hombre asintió, satisfecho con el cumplido.

—Y respondiendo a su pregunta, *sénher*, no hay descendientes. Ni hijos ni hijas, aunque dicen que cuando el señor se estaba muriendo, habló de una criatura. Sea como sea, le diré lo que pienso. Blanche está decidida a ser la señora de estas tierras, haya o no heredero. Recuerde lo que le digo. ¡Que Dios nos proteja!

32

Toulouse

La procesión giró por la rue Nazareth y ya no pudo avanzar más. Era una calle estrecha y encajonada, con edificios altos a ambos lados. Las casas de la derecha estaban construidas sobre las murallas de la ciudad, lo que creaba un ambiente fresco y sombreado.

Rápidamente, la impaciencia empezó a traducirse en susurros, que recorrieron la multitud como un viento de verano un campo de cebada. La gente comenzó a inquietarse. Uno de los músicos se salió de la fila para ver qué sucedía más adelante.

—Es un escándalo —dijo madame Montfort—. No se debería permitir.

—Sobrina, tú eres mucho más alta que yo. Tienes esta ventaja. ¿Ves cuál es la causa de que no podamos avanzar?

Minou se puso de puntitas y trató de ver algo por encima de las cabezas de la multitud.

—Parece que está pasando un cortejo fúnebre, pero no puedo...

—Es un funeral de hugonotes —la interrumpió madame Montfort—, y está bloqueando la calle. ¡Un auténtico insulto para la gente de bien! Ya les han dado lo que querían: un templo propio. ¿Por qué no se quedan allí dentro? Ojalá no salieran nunca, aunque para mi gusto el edificio está demasiado cerca de la puerta de Villeneuve. Si tuvieran el menor sentimiento de gratitud ante la generosidad que la ciudad de Toulouse les ha demostrado, habrían construido una estructura mucho más modesta y fuera de la vista de todos. ¿Por qué han de obligarnos a los cristianos honestos a ver ese horrible templo cada vez que salimos a hacer nuestros recados?

—Ni siquiera se visten como nosotros para asistir a un funeral —comentó madame Boussay—. Vergonzoso, diría yo. Es cierto que van de negro, pero llevan ropa corriente de diario. Carecen totalmente de decoro.

En un raro instante de armonía entre ambas, madame Montfort expresó su acuerdo.

—Tienes toda la razón, Salvadora. Los hugonotes ni siquiera tienen decencia para enterrar a sus muertos. Es una vergüenza verlos pavonearse dentro de las murallas de la ciudad.

—No parece que estén haciendo nada malo —masculló Minou desconcertada.

Las mujeres mayores no le prestaron atención.

—Le diré a mi hermano que informe a las autoridades municipales.

—Yo también se lo diré —repitió como un eco la tía de Minou, animada al ver que por una vez su cuñada y ella estaban de acuerdo.

—No es necesario que hablemos las dos con él, hermana mía. Yo se lo explicaré también en tu nombre, de manera que monsieur Boussay pueda llevar este asunto ante los *capitouls*. No debemos permitir esta conducta escandalosa.

Madame Boussay se sonrojó.

—Muy bien, Adelaide. Si te parece mejor así, dejo el asunto en tus manos. Tú entiendes de estas cosas mucho más que yo.

Minou se apartó de la procesión para ver mejor. La rue Nazareth parecía atestada de gente, con una cuarentena de personas en total. Los dolientes iban vestidos de manera sencilla y sin ostentaciones, aunque en opinión de Minou su aspecto distaba mucho de ser escandaloso. Había también un grupo mejor vestido, con prendas de terciopelo negro y tocados de plumas, que recorría la calle en compañía de un clérigo católico.

—¿Ves algo, sobrina? ¿Por qué no podemos avanzar? ¿Son tan numerosos como para bloquear la calle?

Minou subió los peldaños del portal de una casa cercana para observar mejor.

—La calle se estrecha en la esquina —informó, intentando interpretar lo que veía—, pero no es por eso por lo que hemos parado. Parece que hay una discusión.

—¿Una discusión? ¿Qué tipo de discusión? —exigió saber madame Montfort.

—Desde aquí no oigo lo que dicen; pero hay dos sacerdotes, probablemente de la catedral, que le están reprochando algo al pastor hugonote. Junto al pastor hay un caballero, que por su indumentaria debe de ser católico. Ahora uno de los clérigos está gritando y el hombre que estaba a la cabeza del cortejo intenta calmarlo.

—¡No seas ridícula, Marguerite! —volvió a interrumpirla madame Montfort—. ¡Un servidor de Dios no se pone a gritar en medio de la calle como un vagabundo!

—No sé si será como dice, madame, pero el sacerdote está gritando ahora mismo y agita mucho los brazos —dijo Minou secamente—. Parece muy enfadado. Y ahora... Oh...

Dejó la frase inconclusa. Cuatro hombres, cada uno con un garrote y la boca tapada con un pañuelo, se habían sumado al grupo de católicos que discutían con los asistentes al funeral.

—Oh, no... —dijo Minou, sintiendo que se le aceleraba el corazón.

—¿Qué sucede? —preguntó su tía con impaciencia—. ¿Qué está pasando ahora?

La joven se puso de puntitas y, desde lo alto de los peldaños, se encaramó a un muro bajo.

—¡Marguerite, por favor! —exclamó madame Montfort—. ¡Baja ahora mismo!

—¿Ves algo, sobrina?

—Están intentando arrebatar por la fuerza el ataúd a las personas que lo portan. El pastor trata de impedirlo, pero son demasiados y...

—¡¿Y nuestro querido párroco?! —gritó la tía de Minou, tirando de su falda—. ¿Lo ves? ¿Lo están amenazando también los protestantes?

—Los que amenazan no son los hugonotes, tía —respondió Minou—. Van desarmados. Los que tienen las armas son los otros.

—¿Armas? —gimió su tía—. Los hugonotes no tienen autorización para portar armas dentro del perímetro de la ciudad. Mi marido me lo repite a menudo.

—Como ya te he dicho, tía, no son los hugonotes los que van armados —replicó Minou, a quien el miedo comenzaba a volver impaciente—, sino los que intentan arrebatarles el ataúd.

—No digas tonterías. Ningún católico se comportaría jamás de esa manera —insistió madame Montfort mientras se encaramaba a su vez al muro bajo—. Déjame ver, Marguerite.

De repente, la calle se llenó de hombres: estudiantes, artesanos y clérigos, católicos con gorguera y prendas de terciopelo, y labriegos con garrotes improvisados, que acudían desde el otro extremo de la rue Nazareth. La inquietud produjo una oleada de murmullos entre los asistentes al funeral y a la procesión, atrapados para entonces entre el ejército de ciudadanos y el atisbo de cielo que se divisaba al final de la calle.

—Parece una emboscada —murmuró Minou.

Bajaron los estandartes festivos. El sacerdote entregó el incensario a uno de sus acólitos, que se lo llevó corriendo. Con el rabillo del ojo, Minou vio que dos músicos abandonaban sus instrumentos y comenzaban a avanzar.

La joven bajó de un salto del muro y se abrió paso a codazos entre un mar de capas, hasta encontrar al abad que las había acompañado desde la rue du Taur.

—Mi tía está asustada con todo este tumulto. ¿No convendría llevarla de regreso a Saint-Michel?

—¿No ves lo que está pasando? —preguntó con voz sibilante el abad mientras la saliva se le acumulaba en las comisuras de la boca—. ¿Estás ciega? El bienestar de una tonta mujer es la última de mis preocupaciones.

—Esa «tonta mujer» es su benefactora. ¿Cómo osa referirse a ella de manera tan descortés?

Para sorpresa de Minou, el abad la apartó de un empujón.

—¡Fuera de aquí!

—¡Esta ofensa llegará a oídos de mi tío! —exclamó Minou—. ¡No le quepa ninguna duda!

Indignada, se volvió, decidida a llevarse a su tía lejos de los disturbios. Sin embargo, para su consternación, el espacio junto a los peldaños del portal estaba desierto.

—¡Tía! —llamó, mirando a su alrededor con creciente nerviosismo.

Pero entonces vio a lo lejos a madame Montfort, que se dirigía a toda prisa hacia un lugar seguro acompañada de su tía.

Cuando se disponía a seguirlas para reunirse con ellas, se produjo un repentino tumulto y la joven fue arrastrada por la multitud en la dirección opuesta. Una bota pisó el borde de su capa y le dio un tirón a la cinta que llevaba atada bajo el cuello. Un codo se le clavó en las costillas. Estaba atrapada en una marea de miedo y sudor, y sentía en la cara el aliento rancio de varios desconocidos. Intentó encontrar una brecha en la masa humana para ponerse a salvo, pero no lo consiguió. Ya había quedado atrapada en medio de una muchedumbre en una ocasión, cuando tenía diez años. Su madre y ella acababan de salir de la librería y se vieron arrastradas por un gentío que acudía a presenciar la ejecución simultánea de varios condenados. Minou aún recordaba la fuerza con que su madre le había apretado la mano, los rugidos de la muchedumbre y las contorsiones de los cuerpos encapuchados colgados de la horca. Tanto entonces como ahora, lo que más escalofríos le producía eran las expresiones de la gente: el odio y la maldad en los rostros de hombres y mujeres corrientes transformados repentinamente en monstruos.

—Perdón —intentó decir—. Déjenme pasar, por favor.

Pero su voz quedó sofocada por el alboroto. A lo lejos, se oyeron caballos y el traqueteo de un carro. Después, ruido de entrechocar de metales y un grito agudo.

Por un instante, todos parecieron contener la respiración. Silencio, quietud. Y a continuación una sola palabra, que resonó como un grito de guerra.

—¡Herejes!

La calle estalló en una cruenta batalla. Con un rugido, las dos tribus se lanzaron una contra otra, dispersando banderas y estandartes. Atrapada a un lado de la multitud, Minou vio gente que corría ciega de pánico. Algunos se alejaban de la refriega, pero otros se precipitaban hacia ella.

Para entonces, el cortejo fúnebre estaba completamente rodeado, y aunque los portadores del ataúd hacían lo posible por levantarlo por encima de las cabezas, no dejaban de recibir una lluvia de golpes y empujones.

—¡Traidores!

Las palabras, afiladas como cuchillos, herían y se burlaban del enemigo. El caballero que encabezaba el cortejo seguía llamando a la calma, pero su voz quedaba ahogada por el griterío general. De repente apareció una mano enguantada que le propinó un golpe en plena cara. El caballero trastabilló y, con la nariz ensangrentada, cayó.

Minou vio a otro hombre, con barba y pelo negro como el carbón, que salía en su defensa y se interponía entre el herido y la muchedumbre enardecida. El defensor alzó un brazo para bloquear un segundo puñetazo, durante el tiempo suficiente para que el hugonote agredido se levantara del suelo y huyera. Con un rugido, el católico se lanzó contra el hombre de la barba. La lucha estaba igualada, pero entonces el atacante desenfundó la espada y el ambiente cambió.

Con calma, el hugonote dio un paso atrás, sacó su puñal y se preparó para luchar. Minou sintió que otro recuerdo se abría paso hasta la superficie de su mente: otra calle, en Carcasona y no en Toulouse, y un hombre preparado de la misma forma, con un puñal en la mano.

¿Piet?

El católico atacó. Su espada se desvió a un costado cuando Piet esquivó el golpe. El atacante lo intentó de nuevo, esta vez con un movimiento lateral, pero Piet saltó a la izquierda, y Minou comprendió que prefería defenderse antes que hacer daño a su rival. De repente, la espada salió despedida de las manos del atacante y Piet la apartó de un puntapié. El hombre se quedó inmóvil unos instantes, y enseguida se volvió y salió huyendo a la carrera.

—¡Piet! —gritó Minou, pero él no la oyó entre la cacofonía de golpes y gritos.

Se apartó para que no la atropellaran dos mujeres protestantes que huían y en ese momento lo perdió de vista.

Puños y piedras en un bando; garrotes, dagas y espadas en el otro. Había diez católicos por cada hugonote. Su pastor, que aún gritaba, estaba herido y le manaba sangre de uno de los pómulos. Le habían quitado el sombrero. Una especie de salvajismo se propagaba entre la muchedumbre de ambos bandos, y cada acto violento desencadenaba una respuesta aún más violenta del enemigo.

Minou no sabía hacia dónde ir. Desesperada, intentó localizar a Piet entre la multitud, pero apenas podía diferenciar a un hombre de otro. Un garrote cayó con todo su peso sobre los hombros de uno de los portadores del ataúd, que se tambaleó pero no soltó el féretro. El agresor levantó una vez más el arma y le propinó un segundo golpe que le aplastó los dedos. El portador del ataúd lanzó un grito de dolor y Minou vio con horror que el féretro comenzaba a caer. Un estudiante tendió los brazos para frenar la caída, pero el ángulo era complicado y el ataúd pesaba demasiado.

El extremo delantero se estrelló contra el empedrado. La tapa se resquebrajó y se abrió, y la mano de la muerta, semejante a una garra, salió de la caja a la luz del día. Durante un instante, en un hueco entre la multitud, Minou vio claramente el rostro de cera de la difunta: la piel amarillenta estirada sobre unos huesos prominentes, los ojos negros hundidos en las órbitas y el destello de una sencilla cruz de plata colgada del cuello.

La joven sintió que estaba a punto de marearse. Se le hizo un nudo en la garganta, pero tragó saliva, determinada a no dejarse impresionar. Entonces alguien intentó sacar a rastras el cadáver del ataúd, y Minou tuvo que volver la cara hacia la pared.

Un nuevo grupo de hombres armados con hoces y azadones irrumpió en el callejón. Cada vez era más difícil distinguir los dos bandos. Pero Minou solo sabía que había mujeres, niños y personas impedidas atrapadas, y que debía hacer lo posible para ayudar a ponerse a salvo a tantos como pudiera. Volvió a buscar a Piet, pero se había perdido en la multitud.

A su izquierda, una mujer mayor tropezó y estuvo a punto de caer, pero Minou le tendió los brazos y detuvo su caída.

—Venga por aquí —le dijo mientras la ayudaba a sentarse en los peldaños, antes de volver corriendo a la refriega.

Un niño estaba tratando de proteger a su abuelo. Con las dos manos por delante, Minou arremetió contra la espalda del atacante, que perdió el equilibrio, cayó y se golpeó la cabeza en el empedrado. Entonces, Minou le ofreció el brazo al anciano y, con la ayuda de una joven protestante, lo condujo también a la seguridad de la escalera del portal. El niño estaba mudo de la impresión. Por las mejillas le corrían lágrimas silenciosas que el pequeño ni siquiera intentaba secar.

—Quédate aquí, *petit homme*, ¿de acuerdo? Tu abuelo necesita que lo cuides.

El niño se la quedó mirando un momento con expresión ausente y a continuación se le agitó todo el cuerpo, como cuando un perro se sacude el agua del pelaje.

—¿Por qué nos odian tanto? —murmuró.

Minou no pudo responder.

—¿Cómo te llamas? —se apresuró a preguntar.

—Louis.

La joven sacó un pañuelo de la capa.

—Escúchame bien, Louis. Mantén este pañuelo apretado aquí —dijo mientras lo aplicaba sobre la herida abierta en la cabeza del anciano—, así dejará de sangrar. La herida tiene un aspecto muy feo, pero no creo que sea nada grave.

A su lado, la mujer joven parecía tensa.

—No necesitamos su ayuda —dijo.

Al principio, Minou no se dio cuenta de que se estaba dirigiendo a ella.

—Perfecto. Mantén la presión así —continuó, con una mano sobre los deditos del niño—. Así está bien.

—Le he dicho que no la necesitamos —insistió la mujer, apartando el brazo de Minou—. Es una de ellos. Déjenos en paz.

—¿Qué? —exclamó Minou, que seguía sin entender—. Yo no formo parte de ningún grupo. Solo quiero ayudar.

—Entonces ¿qué es eso que lleva atado a la cintura? —dijo la mujer, señalando el rosario—. Ustedes, los católicos, empezaron todo esto. La culpa es suya. Déjennos tranquilos.

—Yo lo condeno —dijo Minou, incorporándose—. Soy una víctima más, igual que ustedes.

Sin previo aviso, la mujer le escupió a la cara.

—Lo dudo mucho. ¡Fuera de aquí!

Conmocionada por el odio de la desconocida, Minou se limpió la mejilla y se alejó. En ese momento, una voz de hombre resonó por encima del caos.

—¡Han bloqueado el otro extremo de la calle!

Minou sintió que otra oleada de pánico se propagaba entre la multitud y enviaba a hombres, mujeres y niños corriendo en todas las direcciones. Algunos iban al encuentro del peligro y otros se alejaban, pero era difícil distinguirlos entre ellos. Entonces se oyó otra voz, que trataba de imponer el orden.

—¡McCone, lleve al hospicio a las mujeres, a los niños y a todos los heridos! Allá habrá quien se ocupe de ellos.

—¿Y usted?

—Me quedaré aquí resistiendo hasta que lleguen nuestros soldados. Cierre las puertas con cerrojo y no deje entrar a nadie, excepto a los nuestros.

En el caos y el horror del tumulto, Minou se volvió hacia el sonido de la voz de Piet.

—¡Piet! —exclamó.

Y aunque parecía imposible que pudiera oírla por encima del alboroto y los gritos, Minou vio que sus ojos la buscaban en la muchedumbre e intentaban localizarla entre la masa de gente.

—¡Piet! —volvió a gritar mientras intentaba llegar hasta él.

De repente, justo delante de ella, distinguió a una niña, no más grande que Alis, arrodillada en medio de la calle, con los ojos cerrados y las manos unidas en una plegaria. Llevaba ropa sencilla y una capota como las que usaban las mujeres hugonotas, y se encontraba en el punto exacto donde los dos bandos estaban a punto de chocar entre sí.

—*Pousse-toi!* —gritó Minou, haciéndose un hueco hacia la pequeña—. ¡Sal de ahí!

Con las manos, los codos y las rodillas, se abrió paso entre la multitud. Más cerca, cada vez más cerca. Ya estaba llegando. Las dos turbas se aprestaban a enfrentarse y la calle estaba bloqueada en ambas direcciones. Minou casi tuvo que volar para cubrir el último trecho, pero consiguió tomar a la niña en brazos justo antes de que se cruzaran las primeras espadas.

—¡Ya te tengo! —exclamó.

Por fin la niña abrió los ojos. Eran azules como los nomeolvides en flor. Sus manitas se agarraban con fuerza al cuello de Minou.

—No tengo miedo —murmuró—, porque Dios me protege. Confío en Él.

—Tenemos que salir de... —empezó a decir Minou, pero enseguida percibió una presencia a sus espaldas.

Se volvió en el preciso instante en que un hombre robusto de barba negra enarbolaba un garrote para atacarlas. Minou se inclinó para proteger a la niña, pero mientras lo hacía sintió un estallido de dolor en el omóplato y notó primero que se le desgarraba la piel y después la tibieza de la sangre que fluía. Se tambaleó sin soltar a la niña mientras comenzaba a caer.

A su alrededor, el olor a rabia, sangre y pánico saturaba el aire. El fuego empezaba a lamer los postigos de las casas, y la pintura formaba ampollas entre las llamas. Tendida de espaldas en el suelo, Minou distinguió un fragmento del cielo azul de abril sobre las casas de Toulouse. Los ruidos parecieron alejarse. Los gritos y los llantos se perdieron en la distancia. En los últimos instantes antes de perder el conocimiento, fue vagamente consciente de un par de fuertes brazos que la aferraban.

Después, nada.

33

Puivert

Atardecía y el aire era fresco. Tras dejar a *Canigou* al cuidado de Achille Lizier, Bernard salió del pueblo y se dirigió al castillo.

Situado en el punto más alto del valle, el castillo dominaba la única ruta de acceso, que discurría de este a oeste. Era una estructura gris y achaparrada de torres fortificadas sobre rústicas murallas de piedra. Bernard se hizo pantalla sobre los ojos para localizar el comienzo del sendero que subía desde el pueblo hasta sus puertas, y cuyo recorrido sinuoso recordaba a una serpiente que se hubiera recogido en su madriguera para pasar el invierno. Había subido infinidad de veces por ese sendero, en las diferentes estaciones, sintiendo tensión en las piernas en los tramos más abruptos y alivio en los lugares donde el terreno volvía a nivelarse. Recordaba claramente el puente levadizo de madera que conducía a la garita del guardia y al patio de armas, y, un poco más allá, a las modestas habitaciones de la torre Gaillarde donde habían vivido Florence y él como marido y mujer. Se vio a sí mismo recorriendo los pasillos hasta el patio interior y la parte más vieja del castillo, donde el señor de Puivert había resistido a los ejércitos de Simón de Montfort durante las cruzadas contra los cátaros, en la Edad Media.

En aquella época, el señor dirigía sus dominios desde la torre del homenaje, la magnífica estructura de piedra levantada por la familia Bruyère. Su escudo de armas estaba grabado sobre el dintel de la puerta principal, en lo alto de la empinada escalera: un león rampante con una doble cola entrelazada, con las letras mayúsculas B y P (Bruyère y Puivert) inscritas a cada lado.

Pese al carácter del señor del castillo, un hombre irascible y de costumbres crueles, Florence y él habían sido felices allí, al menos al principio. Cerró los ojos y volvió a sentirla a su lado. Recordó sus ojos oscuros y sus rizos negros, y casi pudo percibir la suavidad de su mano apoyada sobre la de él. Había sido hermoso planear el futuro y contemplar juntos el paso de las estaciones: la nieve en las montañas en invierno, el estallido de las flores que cubrían la tierra de color en primavera, los veranos feroces y, después, el otoño, la época favorita de Florence, cuando el paisaje adquiría matices cobrizos, dorados y carmesíes. Excepto el último otoño, el de 1542. Porque entonces llegaron las lluvias, el río Blau se desbordó y fue como si todo el mundo pereciera ahogado.

Bernard se limpió el polvo de los ojos y la imagen de su mujer se desvaneció, dejándolo solo otra vez. Un hombre viejo y solitario, obligado a regresar a un lugar lleno de secretos.

Aunque estaba anocheciendo y no hacía calor, el sudor no tardó en perlarle la frente, y sus pesadas ropas de viaje se le pegaron a la espalda mientras subía por la abrupta pendiente. Cada paso era más difícil que el anterior. Tuvo que detenerse muchas veces para recuperar el aliento.

Finalmente, Bernard dobló el último recodo y apareció el castillo. Se detuvo. No podía presentarse sin más ante el guardia, sin que nadie lo hubiera invitado, y pedirle que lo dejara pasar. ¿Se estaba comportando como un tonto? ¿Qué probabilidad había de que las pruebas siguieran allí después de tantos años?

Echó un vistazo al pueblo, a sus pies, y sintió de repente el peso de sus sesenta años. Entonces, consciente de que podían verlo si se quedaba en terreno abierto, delante del puente levadizo, se apartó del sendero principal y se adentró en el espeso bosque que se extendía al norte del castillo.

Apartando las ramas más delgadas con las manos, se abrió paso cautelosamente por la estrecha senda. Unas huellas en el suelo húmedo y unas cuantas ramas quebradas a la altura de los hombros sugerían que uno o más cazadores furtivos habían pasado por ese mismo camino hacía poco.

Desde su refugio entre los árboles, logró distinguir el contorno de la torre Gaillarde y, justo enfrente, la torre Bossue, donde se encontraban las mazmorras.

Mientras se acercaba a la torre del homenaje, el imponente torreón central, oyó a los guardias que patrullaban el perímetro del castillo. Supuso que se retirarían al interior de las murallas en cuanto cayera la noche. Desde lo alto de la torre cuadrada era posible abarcar una distancia de treinta leguas en todas las direcciones: Bélesta al oeste, Chalabre al norte, Quillan al este, y al sur, a lo lejos, la blanca barrera de los Pirineos.

En la muralla del patio superior había una puerta poco utilizada que conducía al huerto. Con suerte, si no estaba vigilada, Bernard podría entrar sin ser visto en el castillo y sin que nadie advirtiera su presencia. Solo tenía que esperar una hora a que anocheciera. Si el objeto que buscaba seguía allí, seguramente estaría en el torreón.

—¡Ahí!

Un instante después los tuvo encima. Soltó un grito de dolor mientras le retorcían los brazos a la espalda. Después, le cubrieron la cabeza con un saco de cáñamo y le propinaron un golpe en la pantorrilla que lo hizo caer de bruces al suelo. Sintiendo el sabor de la sangre en la boca, tuvo que esforzarse para recuperar el ritmo de la respiración mientras le ataban las muñecas con una soga que parecía hecha para ligar bueyes.

—Otro furtivo. Ya es el tercero hoy.

—Llévalo a la torre Bossue —resonó la orden—. Allí se quedará hasta que regrese la señora.

—La espera puede ser larga. Nuestra noble señora se ha ido a Toulouse a rezar por el alma de su difunto marido, o al menos eso dicen.

Los soldados soltaron una risotada.

—¡A rezar por su alma! Lo más probable es que esté rezando para que el viejo siga muerto y bien enterrado.

Una mano empujó brutalmente a Bernard.

—Llevémoslo dentro. Ya casi no hay luz.

—O podríamos dejarlo aquí, para los lobos...

Bernard sintió otro golpe en la espalda, aplicado quizá con el mango de madera de una pica.

—¡Muévete, *paysan*!

Ha caído. Le tendí una trampa y cayó. Aunque haya consagrado su alma a Dios, es un hombre como todos los demás. Su cuerpo, sus manos y su aliento así lo declaran. Está hecho de carne, sangre y deseo.

Las llaves del palacio episcopal serán suyas si confía en mí. El obispo es viejo y, si hemos de dar crédito a las habladurías de los sirvientes, es excesivamente aficionado a la comida y la bebida. El paladar de su eminencia ya no distingue entre dulce y amargo, y yo dispongo de lo necesario para que su corazón deje de palpitar de manera repentina. Será fácil.

Como otros hombres que aspiran a la grandeza, Valentin quiere dejar su huella en el mundo. Sueña con ser recordado en monumentos de piedra mientras los hombres vulgares yacen olvidados en tumbas sin lápidas. Yo lo ayudaré a progresar. Contará con la ventaja de una noble protectora.

Los disturbios callejeros en torno a la catedral se han aquietado, aunque todavía flota en el aire nocturno el ruido del tumulto y los saqueos. Mi amante volverá conmigo esta noche, por mucho que se resista. Su ardor no le dará tregua.

¿Qué he de hacer entonces? ¿Debo decirle que espero un hijo antes de marcharme de Toulouse? Una vez que haya saciado su

deseo, ¿debo dirigir su mano hacia mi vientre y anunciarle que ha creado la vida que está creciendo en mi interior?

Desde este momento hasta que se ponga el sol, rezaré para que el Señor me guíe. Dios es misericordioso. Dios ama a aquellos que lo sirven.

34

Toulouse
Viernes, 3 de abril

Minou flotaba por encima de la tierra, sostenida por unas manos suaves como plumas, en un interminable cielo azul lleno de luz. Se sentía ingrávida y en paz, sin ruidos, ni miedo, ni dolor.

—*Kleine schat.*

La voz de un hombre. Y, luego, la de una mujer que murmuraba:

—Se está despertando, monsieur.

Minou sintió que unas manos suaves arreglaban un paño detrás de su cabeza. Cuando las manos se retiraron, la mujer le susurró al oído:

—Casi no se ha separado de tu lado.

—Aquí tiene, por las molestias. Muchas gracias.

Minou sintió en la espalda la curva de un brazo musculoso.

—¿Puedes sentarte? Ten cuidado y no apoyes el peso del cuerpo en el hombro izquierdo, porque...

La joven movió la mano derecha y de inmediato sintió un dolor lacerante que la hizo gritar.

—... porque te dolerá.

—Me ha dolido.

—Has recibido un golpe muy fuerte en el hombro, pero no tienes nada roto. Has tenido suerte.

—¿Suerte?

Abrió los ojos y vio que tenía la capa tendida sobre las piernas y el brazo izquierdo recogido contra el pecho, envuelto en un triángulo de lienzo blanco.

Volvió la cabeza. Piet estaba a su lado, sentado junto a la cama, sobre un pequeño baúl. Su ropa era sencilla y llevaba el pelo cubierto de hollín para ennegrecerlo. Estaba tan cerca que la joven casi podía sentir la calidez de su aliento.

Piet sonrió.

—Diría que sí. Si el garrotazo hubiera caído un poco más a la izquierda, te habría partido el cráneo. ¿Qué clase de locura te impulsó a correr hacia el centro de la refriega?

Minou arrugó el entrecejo.

—Había una niña arrodillada en medio de la calle, rodeada de hombres que luchaban... ¿Está...?

—La llevamos a un lugar seguro. Está a salvo.

—Tengo una hermana, Alis —dijo, sintiendo la necesidad de explicarse—, más o menos de la misma edad que...

—Minou —la interrumpió él, en un tono en parte exasperado y en parte afectuoso, y ella sintió que el corazón le daba un vuelco.

—¡Recuerdas mi nombre!

A Piet le brillaron los ojos.

—¡Por supuesto! Me lo diste para que lo guardara, ¿recuerdas?

—Así es. —Minou cerró los ojos—. La niña estaba rezando, Piet. En medio del tumulto, en medio de todo el caos, la pequeña estaba rezando. Confiaba en que Dios la salvaría.

—Espero que no sea una herejía decirlo, Minou, pero fuiste tú y no Dios quien la salvó.

—Y tú a mí. Te estoy agradecida.

—Considéralo el pago de una deuda. Si no hubiera sido por tu ayuda en marzo, ahora me estaría pudriendo en las mazmorras del senescal, en Carcasona.

Repentinamente cohibida, Minou se incorporó y se sentó en la cama. Le dolían la cabeza y la espalda, y cada músculo del cuerpo.

—Mi tía también ha quedado atrapada en medio de la turba esta tarde. Creo que ha conseguido alejarse antes de lo peor, pero me gustaría saber si está a salvo.

Piet sonrió.

—No ha sido esta tarde, sino ayer —aclaró—. Hoy es viernes. Has pasado muchas horas sin reaccionar.

Minou sintió que la cabeza le daba vueltas.

—¡No puede ser! ¡Mi hermano y mi tía estarán desesperados! ¡Querrán tener noticias mías! ¡Tengo que irme!

Intentó ponerse de pie, pero una oleada de náuseas la obligó a sentarse de nuevo.

—De momento no puedes irte, aunque tuvieras fuerzas para hacerlo —replicó Piet—. Las calles son demasiado peligrosas. Esperamos el anuncio de una tregua.

Minou intentó levantarse una vez más.

—¡Pero tengo que volver a la casa de mi tía!

—Te doy mi palabra de que te llevaré personalmente en cuanto sea seguro salir a la calle. De momento, debes descansar. Toma, bebe —dijo, tendiéndole un vaso de vino—. Esto te ayudará. ¿Cómo se llama tu tía? Preguntaré por ella.

—Boussay —replicó la joven—. Salvadora Boussay.

El rostro de Piet se ensombreció.

—¿Boussay? —repitió.

—¿La conoces? —preguntó Minou.

—No, pero, si se trata de la misma familia, conozco a su marido. Volveré enseguida.

Cuando Piet se marchó, Minou se recostó contra la pared y se puso a estudiar todo lo que veía a su alrededor. Se encontraba en una pequeña antesala de sencillas paredes encaladas. Un estante con gruesos libros de contabilidad recorría el ancho de la habitación, sobre un escritorio que ocupaba toda la pared y encima del cual podían verse papel, tinta, pluma y un libro abierto junto a un ábaco de madera. Los rayos de sol se filtraban a través de la ventana de cristales emplomados.

Como Piet había dejado la puerta abierta, Minou podía ver la habitación ancha y alargada que se extendía más allá, semejante al dormitorio de un convento. A lo largo de uno de los lados, se sucedían una serie de compartimentos separados entre sí por pesadas cortinas rojas. Cada uno contenía una cama y una butaca, que hacía las veces de baúl. En el centro de la sala había camas improvisadas, y mantas grises y azules desplegadas sobre el suelo de baldosas para acoger a los heridos, muchos de los cuales presentaban aparatosos vendajes. Varias mujeres entraban y salían constantemente del campo visual de Minou, cargadas con cubos de agua y vendas de muselina blanca.

—Aquí no han traído a madame Boussay —anunció Piet cuando volvió a la antesala, mientras cerraba la puerta—. Me parecía poco probable, pero he dicho que si alguien sabe algo de ella que nos lo comunique.

—Gracias —respondió Minou—. ¿Dónde estamos?

—En la *maison de charité* de la rue du Périgord.

La joven sonrió, porque recordaba haber pasado muchas veces por delante del edificio, situado junto al colegio de humanidades. Era el único hospicio protestante de Toulouse y una de las instituciones que su tío se proponía clausurar.

—Nos ha parecido el lugar más seguro para traer a los heridos y también a nuestros muertos.

—¿Eres hugonote, Piet?

—Lo soy.

Minou le sostuvo la mirada.

—Yo soy católica.

—Lo suponía —replicó él, señalando con un gesto el rosario que ella llevaba atado a la cintura—. Y el hecho de que seas sobrina de monsieur Boussay lo confirma.

—Aun así, alguien me ha traído a este hospicio.

—He sido yo. —Una sonrisa tembló en los labios de Piet—. Te traje en brazos después de despachar al hombre que te atacó.

—¿Despachar? ¿Quieres decir que...?

—¡No, no lo he matado! Aunque confieso que me habría gustado. Ningún hombre capaz de atacar a una mujer o a un niño merece mi clemencia. Da igual que sea católico o protestante. —Frunció el ceño—. Dime, ¿qué clase de persona es tu tío? Ya sé que es secretario de un *capitoul*, pero ¿es un hombre justo?

Minou se encogió de hombros.

—Me temo que está en contra de cualquier concesión a la religión reformada, por pequeña que sea.

Piet se inclinó hacia ella.

—Pero ¿qué piensas tú, Minou? ¿Compartes su punto de vista?

La joven inclinó la cabeza.

—Me educaron como católica, pero con una mentalidad abierta a las creencias y las opiniones de los demás. ¿Te he dicho ya que mi padre tiene una librería en Carcasona y que vende libros para todos los gustos?

—Los católicos de Toulouse no son tan tolerantes como ustedes.

—Mi padre dice que la fe de un hombre es asunto suyo, siempre que respete las leyes del país. Y también la fe de las mujeres, porque somos tan capaces de tener un pensamiento racional y devoción religiosa como los hombres. Y lo que vi en la rue Nazareth no hace más que confirmar lo que pienso desde hace mucho tiempo: que gran parte del conflicto actual está alimentado por el deseo de empoderarse y no por una auténtica religiosidad. Las ansias de poder causaron los tumultos de ayer, y no el amor a Dios. —Minou levantó la vista y notó que Piet la miraba fijamente—. Lo siento, hablo con demasiada vehemencia.

—Al contrario —replicó él—. De hecho, soy de la misma opinión —añadió con una sonrisa—. Si he de serte sincero, no creo que estemos en bandos contrarios.

Minou notó que el nudo de emoción que sentía en el pecho se aflojaba. Llevaba muchas semanas imaginando cómo sería volver a ver a Piet en carne y hueso, y no como una imagen mental recordada a medias. Pero no había esperado que todo fuera tan natural.

—Era el funeral de la esposa de un mercader hugonote —dijo Piet, dirigiendo la conversación hacia un terreno menos delicado—, un hombre muy respetado en nuestra comunidad, amigo de un buen amigo mío. También su mujer era muy apreciada. Pero la familia de ella es católica y querían enterrarla según sus costumbres. Cuando se encontraron cara a cara con su procesión...

Se encogió de hombros.

—Las cosas se precipitaron.

—Así es.

Piet comenzó a deslizar las cuentas del ábaco adelante y atrás. Minou cerró los ojos, reconfortada por el suave golpeteo de las bolas de madera sobre el marco.

—Pero dime una cosa, Minou: ¿cómo es que estás ahora en Toulouse? ¿Cuánto tiempo llevas aquí?

Minou sonrió. En sus conversaciones imaginarias con Piet no había tenido en cuenta que él no sabía nada de lo mucho que habían cambiado sus circunstancias desde la última vez que habían estado juntos.

—Mi hermano y yo vivimos desde hace casi un mes con nuestros tíos en la rue du Taur. Mi tía es la hermana de mi difunta madre, y aunque nuestras familias han estado distanciadas durante mucho tiempo, la encuentro muy agradable. Es amable y tiene buen corazón. Mi padre espera que Aimeric progrese en la vida bajo la protección de monsieur Boussay.

Piet arqueó de pronto las cejas.

—¿Aimeric has dicho? Conocí a un chico con ese nombre en Carcasona. Muy listo, con cara de travieso y una mata de pelo negro.

—Mi hermano, sí —respondió ella, y señaló a Piet con un dedo acusador—. De hecho, reconozco que me enfadé mucho cuando me enteré de que lo habías puesto en peligro pidiéndole ayuda. De verdad —insistió al ver que Piet le sonreía—. Lo convenciste para que entrara sin permiso en la casa de los Fournier y lo enviaste a buscar tu caballo fuera de la Cité, a pesar del toque de queda. Por tu culpa podrían haberlo arrestado.

—Perdóname —replicó Piet con fingida contrición—, aunque me atrevería a afirmar que Aimeric sabe cuidar perfectamente de sí mismo.

—No es eso lo que quiero decir —respondió ella, esforzándose para hablar en un tono severo.

—En realidad, tengo que disculparme. Sinceramente. Pero permíteme que te diga que le debo la libertad a tu hermano. Si no hubiera sido por su ingenio, ahora estaría languideciendo en la cárcel. Por lo visto, tengo una doble deuda con tu familia.

Minou seguía mirándolo con el ceño fruncido, pero él le dio un codazo juguetón en un brazo.

—¿Estoy perdonado?

—¿Lamentas sinceramente haber puesto en peligro a mi hermano?

—Lo lamento, de verdad —respondió Piet, llevándose una mano al corazón.

—Bueno, entonces no diré nada más al respecto —replicó Minou con una sonrisa—. Aimeric también me ha dicho que prometiste enseñarle un truco con un cuchillo, una manera de lanzarlo que le pareció fascinante. No ha parado de hablar sobre eso.

—Es cierto, se lo prometí. Y ahora que somos vecinos, haré lo posible por mantener mi palabra. —Piet se pasó los dedos por el pelo, provocando una lluvia de motas de carbón y polvo de hollín, y Minou se echó a reír.

—Lo he hecho por precaución. Pero no parece que la solución vaya a ser muy duradera.

—Como disfraz cumple su función. Tu color verdadero te haría destacar entre una multitud.

Piet soltó una carcajada.

—Un amigo me ha dicho que parezco un gemelo de la reina de Inglaterra.

—¿Puedo hacerte una pregunta?

—No hay pregunta que puedas hacerme que yo no quiera responder.

—¿Qué significa *kleine schat*? Lo has dicho cuando estaba volviendo en mí.

Para sorpresa de Minou, Piet desvió la mirada.

—¡Ah! No me he dado cuenta de que lo he dicho en voz alta. —Sonrió—. Significa «mi pequeño tesoro». Es lo que me decía mi madre por la noche, cuando venía a arroparme. En Ámsterdam, donde pasé toda la infancia.

—Mi padre siempre dice que le gustaría visitar Ámsterdam.

—Es una ciudad maravillosa.

—¿Todavía vive tu madre?

Piet negó con la cabeza.

—Murió hace muchos inviernos, cuando yo tenía siete años, pero su tumba sigue allí. Algún día volveré.

35

Recordando la amargura con que Aimeric había llorado la muerte de su madre, Minou tomó a Piet de la mano, sin preocuparse de que el gesto resultara demasiado descarado.

—¿La querías mucho? —dijo con dulzura.

—Sí. —Piet hizo una pausa—. Sí, la quería mucho. Ha pasado mucho tiempo.

—Pero eso no significa que ya no te duela su ausencia.

Durante un buen rato permanecieron en silencio. Después, conscientes otra vez del alboroto en el dormitorio colectivo, fuera de la pequeña antesala, Minou le apretó brevemente los dedos y retiró la mano.

—Aimeric dijo que la casa de los Fournier estaba vacía —comentó la joven, cambiando de tema.

Piet se aclaró la garganta.

—Así es. Ni una silla. Nada. Pero la noche anterior, las habitaciones estaban bien amuebladas, el fuego ardía en la chimenea, había tapices en las paredes y libros en las estanterías...

—Mi hermano me ha dicho que vio manchas de sangre en las ventanas. ¿Es cierto? A veces Aimeric adorna un poco los hechos para embellecer sus historias.

—Totalmente cierto. Aimeric es muy observador. Tiene las cualidades de un buen soldado: olfato, valor, ingenio...

—Mi padre preferiría que fuera un caballero importante o un estudioso. Es una de las razones por las que lo ha enviado a Toulouse. No puede aceptar que no tenga la menor disposición a pasar la vida entre libros.

—El chico tiene que encontrar su propio camino en el mundo —dijo Piet—, como todos nosotros.

Un griterío en la habitación más grande interrumpió su tranquila conversación. Piet fue hasta la puerta y se asomó.

—Vete —le ofreció Minou—. Ya te he robado demasiado tiempo.

—Pueden arreglarse un rato sin mí. Quería preguntarte una cosa más.

La joven dudó un momento y después le repitió sus propias palabras.

—No hay pregunta que puedas hacerme que yo no quiera responder.

—Eso demuestra una vez más que congeniamos. Aquel día en Carcasona, ¿por qué estabas tan segura de mi inocencia? ¿Por qué me ayudaste a escapar?

Minou se había hecho muchas veces la misma pregunta. ¿Por qué había confiado tan ciegamente en un desconocido, ella, que solo se fiaba de sí misma?

Un desconocido, que además era hugonote.

Le habló a Piet del desconocido que se había presentado en la librería, así como del cadáver hallado a la mañana siguiente bajo el puente, antes de que las campanas tocaran a rebato, y de la reacción de su padre al saberlo.

—Por todo eso, me parecía imposible que tú fueras el culpable. ¿Cómo podían estar buscando al asesino antes de que Michel muriera?

—Me das muy malas noticias —dijo Piet.

Minou lo miró sorprendida.

—Pensaba que mis palabras te reconfortarían. Si necesitas mi testimonio, lo daré con gusto. Los cargos contra ti no se tendrán en pie.

—No es eso —suspiró—. Hasta este instante no sabía que el muerto era Michel.

—¿Lo conocías?

—Michel y yo luchamos juntos en el ejército del príncipe de Condé. Después nuestros caminos se separaron. Hacía unos cinco años que no lo veía, hasta aquel día en la Bastide. Era un hombre honorable.

—¿Se encontraron por casualidad? ¿Después de tanto tiempo?

—Fue un encuentro concertado a través de terceras personas. Me pareció que Michel estaba inquieto por motivos ajenos al tema de la reunión. De hecho, se marchó antes de que acabáramos con nuestros asuntos. Consideré por un momento ir tras él, pero no lo hice. Ahora lo lamento muchísimo.

—Vino a buscar a mi padre esa misma tarde.

—Lo más probable es que fuera directamente a la tienda de tu padre después de nuestro encuentro. ¿No te dijo tu padre de qué lo conocía?

—No. Se lo pregunté, pero no me quiso contestar.

Piet dejó escapar un prolongado suspiro.

—¿No es absurdo, Minou, que después de todo lo que ha pasado en las últimas veinticuatro horas, entre tanto sufrimiento que estamos viendo a nuestro alrededor, me afecte tanto la noticia de la muerte de un amigo?

—No, al contrario. Es bueno que llores a Michel —dijo Minou en voz baja—. Si endurecemos nuestros corazones ante la muerte, pronto perderemos todo sentido de la compasión.

—He sido soldado.

—También eres un hombre que llora la pérdida de un amigo. Eres un camarada, un hijo..., ¿quizá también un marido?

Piet se volvió para mirarla y sonrió.

—No, no estoy casado.

Estaban muy cerca el uno del otro. Sus brazos se rozaban. Minou sintió que una intensa calidez le recorría todo el cuerpo. De repente fue consciente de cada músculo y cada tendón de Piet a través de la ropa manchada de sangre. Cerró los ojos y por fin comprendió que lo que sentía era deseo.

De pronto, Piet le puso una mano en la nuca y la atrajo hacia sí. Los dedos de ambos se entrelazaron mientras se besaban, primero con recato y después con una fuerza que a Minou la dejó sin aliento.

Sabor de sándalo y almendras en la boca.

Piet fue el primero en apartarse.

—Perdóname, no debería haberme tomado esta libertad.

Minou le sostuvo la mirada.

—No has tomado nada que no te haya entregado de buen grado —respondió ella, deseando que el corazón le dejara de latir con tanto ímpetu.

Apoyó una mano sobre el brazo de Piet y él la cubrió con una de las suyas.

Entonces, de repente, oyeron un vocerío y el sonido de unas botas que se encaminaban en su dirección y prestamente se separaron.

—¡No pueden verme aquí! —exclamó Minou, presa del pánico.

—¡Rápido! —gritó él mientras le cubría los hombros con la capa—. ¡Detrás de la puerta!

Piet esperó hasta que estuvo escondida y entonces sacó el puñal y dio un paso al frente, dispuesto a enfrentarse a cualquiera que se estuviera acercando.

—¡Por fin! Lo he estado buscando por todas partes.

—¡McCone! ¡Tendría que haberse anunciado! Es la primera vez que lo veo por aquí. ¡Podría haberle sacado un ojo!

—Hemos venido a anunciarte que han aceptado parlamentar.

—¿Han venido? ¿Usted y quién más?

—Estos caballeros —dijo McCone, pasando del inglés a un trabajoso francés—. Camaradas de Carcasona. Dicen que los conoce.

Espiando a través de la rendija entre la puerta y el marco, Minou notó que los hombros de Piet se tensaban.

—Crompton... No sabía que estaba en Toulouse.

Increíblemente, Minou reconoció al joven que acompañaba a Crompton: su cara lampiña, sin el menor atisbo de barba, y esa capa amarilla... Lo había visto en el patio de la casa de sus tíos. Y de repente recordó por qué le había parecido tan familiar entonces. Había visto a ese mismo hombre cantando y recitando versos de borracho en las calles de Trivalle, en Carcasona, antes de que alguien le echara un cubo de agua sucia desde una ventana.

—Devereux, ¿usted también por aquí? —dijo Piet.

El joven hizo una breve reverencia.

—Monsieur.

—¿Dónde tendrá lugar el encuentro?

—En el monasterio de los agustinos —respondió McCone—, en el momento en que todas las partes estén presentes.

—¿Quién hablará en nuestro nombre?

—El pastor Barrelles, Saux y Popelinière.

Piet asintió.

—Iré con ustedes. —Se volvió y le susurró a McCone—: ¿Me conceden un momento?

Minou retrocedió un poco más en las sombras, detrás de la puerta.

—¿Qué pasa? —dijo Crompton en tono de burla, intentando vislumbrar el interior de la habitación—. ¿Tiene una joven escondida ahí dentro, una sirvientilla con las enaguas en la cabeza?

—¡Basta ya, Crompton! —dijo McCone.

—Esperen aquí —indicó Piet secamente, y a continuación retrocedió al interior de la habitación y cerró la puerta.

—Siento que hayas tenido que oír unos comentarios de tan mal gusto —le susurró a Minou—. Las conversaciones entre hombres, cuando no se controlan por la presencia de una mujer, pueden ser...

—Crecí al lado de una guarnición, Piet. He oído todos los insultos que existen.

—Aun así, te pido disculpas.

Minou lo tomó de la mano.

—El más joven... Devereux, creo que se llama... Me parece que...

Piet le apoyó un dedo sobre los labios.

—No digas nada. Podrían oírte.

—Pero Devereux es un protegido de mi...

Unos golpes violentos en la puerta ahogaron sus palabras.

—¡Reydon! ¿Venís o no?

—*J'arrive!* —gritó Pierre, pero enseguida se volvió hacia ella—. Quédate aquí. Tu ropa te delata.

Irritada por su tono autoritario, Minou dio un paso atrás.

—No estoy a tu servicio.

Piet se detuvo cuando ya tenía los dedos sobre el picaporte.

—Si he hecho o dicho algo que pudiera ofenderte, yo...

Otra vez se oyeron golpes en la puerta.

—¡Vamos! ¡Se hace tarde!

—Solamente pretendía aconsejarte que no salgas sola a la calle. La situación...

—Soy capaz de cuidar de mí misma —replicó Minou fríamente—. No soy responsabilidad tuya. Y ahora vete. Tus amigos te están esperando.

Molesta consigo misma y con Piet, Minou volvió a apoyar la espalda contra la pared. Mientras oía los pasos que se alejaban, pensó en Devereux. ¿Con qué nombre de pila se había presentado en la rue Trivalle? Retrocedió en su mente hasta aquella luminosa mañana de febrero y lo recordó.

Philippe. Había dicho que se llamaba Philippe Devereux. En Carcasona había presumido de ser huésped del obispo en Saint-Nazaire, y hacía unas horas, en el patio de la casa de su tío en Toulouse, parecía muy a gusto en compañía del abad y del también católico Delpech, vendedor de armas. Sin embargo, se había presentado allí, en un hospicio protestante, en compañía de los líderes de la resistencia hugonota en Toulouse.

¿Quién podía ser? ¿A qué causa serviría?

El carruaje del obispo es veloz y sus cuatro caballos, robustos y resistentes. Si Dios quiere, llegaré antes de que anochezca. Llevo cartas de presentación y he reservado un alojamiento acorde con mi rango y posición.

Muchos hablan de Carcasona como si se refirieran a una amante. La ciudad es una corona de piedra sobre una verde colina, una ciudadela medieval convertida en monumento de un pasado romántico, en símbolo de la independencia del Mediodía. Traidores, todos ellos.

Raimundo Rogelio de Trencavel, vizconde de Carcasona, fue el cabecilla de una rebelión frustrada, un apóstata que alentó el florecimiento de la herejía en sus tierras y dio cobijo a infieles y blasfemos, a cátaros, sarracenos y judíos. Murió en sus propias mazmorras. ¿Qué mejor prueba del juicio de Dios contra un hombre que había vuelto la espalda a nuestra santa madre Iglesia?

Entonces, como ahora, la peor amenaza para Francia seguía siendo el enemigo interior.

36

Toulouse

Desconcertado por la repentina frialdad de Minou, Piet recorrió a grandes zancadas el largo dormitorio del hospicio. ¿Por qué lo había tratado con tanta sequedad? Su única intención había sido proteger la reputación de ella y no entendía que eso hubiera podido ofenderla. Por un momento sintió la tentación de regresar y pedirle que se explicara. Le dolía haberse despedido de malas maneras.

—¿Ha oído alguna palabra de lo que acabo de decirle? —preguntó McCone.

—Perdóneme —replicó Piet, volviendo al presente—. Tengo demasiadas cosas en la cabeza. ¿Qué me estaba diciendo?

—Le decía que Jean de Mansencal presidirá la mesa de negociaciones.

Piet hizo un esfuerzo para concentrarse.

—Es una buena noticia.

—¿No es el presidente del Parlamento? —dijo Crompton—. ¿No es eso garantía de catolicismo? ¿Por qué le parece entonces que su nombramiento es una buena noticia para nosotros?

—Porque su hijo, que estudia en la universidad —explicó Piet con frialdad—, se ha convertido recientemente a la religión reformada. Además, Mansencal tiene fama de ser un hombre justo. Creo que intentará buscar una solución viable.

—Es verdad —coincidió McCone.

—¿Quién más estará presente?

—Cuatro de los ocho *capitouls* —respondió McCone—, el senescal de Toulouse y otros ocho jueces de alto rango del Parlamento.

Interrumpieron la conversación mientras atravesaban las cocinas y salían a un pasillo que conducía hasta una puerta poco utilizada, en la parte trasera del edificio. Con un leve movimiento de la cabeza, Piet saludó al soldado de guardia, que los dejó pasar. «Un hombre desagradable —pensó—. Demasiado ansioso por desenvainar la espada y usarla contra el enemigo».

Salieron a la rue du Périgord.

—Sigo pensando que es una trampa —argumentó Crompton.

Devereux se encogió de hombros, pero no hizo ningún comentario.

—¿Los hombres de Saux aún controlan el recinto de la catedral? —preguntó Piet.

McCone negó con la cabeza.

—Saux ha retirado la mayor parte de sus fuerzas para proteger los comercios hugonotes del distrito de la Daurade, donde se estaban produciendo los peores saqueos. Hordas de católicos estaban rompiendo los cristales para entrar en los locales y robar o destruir todo lo que encontraban.

—¿Y los guardias de la ciudad?

—No han intervenido, aunque se dice que estaban avisados. También ha habido ataques en el barrio de Saint-Michel, donde se cuentan ya una veintena de muertos.

—¿Todos ellos hugonotes?

—La mayoría. Estudiantes, letrados, artesanos...

—¿Adónde han llevado los cuerpos? ¿Al ayuntamiento?

—Sí, aunque Assézat y Ganelon han intentado recuperar el edificio con una fuerza de medio millar de soldados católicos.

—¿Medio millar? ¿Tantos?

—Supongo que los números son exagerados, pero sospecho que es cierta la información de que los *capitouls* intentaron asaltar el edificio.

Piet se detuvo en medio de la calle.

—¿Qué se sabe de Hunault? Él nos ayudará. ¿Ha vuelto ya a Toulouse?

—Tengo entendido que está todavía en Orleans, con el príncipe de Condé —respondió Crompton.

Piet se volvió hacia él.

—¿Usted lo cree?

—¿Quién puede saberlo? Muchas de nuestras comunicaciones epistolares están siendo interceptadas. Solo sé que los hombres de Condé en Toulouse están ahora bajo el mando de Saux. Pero repito lo que he dicho antes. Esto es una trampa. Los católicos no tienen ninguna necesidad de negociar. Son diez veces más numerosos que nosotros. Quieren engañar a nuestros dirigentes para reunirlos a todos en un mismo sitio y así poder arrestarlos.

Piet negó con la cabeza.

—No entiende el carácter de esta ciudad, Crompton. Toulouse es una ciudad de mercaderes, de comercio. Lo que los lleva a negociar con nosotros no es la preocupación por las vidas protestantes que puedan perderse, sino los destrozos y las pérdidas materiales, que también perjudican a los intereses católicos.

Cuando llegaron al cruce, un niño los abordó con una nota. Crompton tendió la mano, pero el pequeño mensajero lo eludió.

—Disculpe, señor, pero la carta es para monsieur Devereux.

—No sabía que tuvieras tantas conexiones en Toulouse, querido primo —dijo Crompton secamente.

Y Piet, recordando de pronto que Minou había intentado decirle algo acerca del joven, se maldijo por no haberla escuchado.

—Conozco a uno o dos hombres influyentes que sienten simpatía por nuestra causa —dijo Devereux en tono despreocupado mientras abría la carta—. Nada más.

—¿Y bien? —preguntó Crompton.

Devereux volvió a doblar la carta y se la guardó en el jubón.

—Parece ser que las negociaciones se aplazan hasta las cuatro.

—¿Es de fiar su informante, Devereux? —quiso saber Piet—. ¿Alguien de confianza?

—En la medida en que uno puede estar seguro de estas cosas, sí, lo es. Pero si me lo permiten, iré a comprobarlo yo mismo. —Hizo una reverencia—. Caballeros...

—¿Adónde vas? —preguntó Crompton cuando ya se alejaba, pero su primo no le contestó. Se volvió entonces hacia Piet y McCone—. ¿Qué se supone que hemos de hacer ahora? ¿Quedarnos en la calle como las prostitutas, esperando a que entre un barco en el puerto?

—¿Es buena señal que se hayan retrasado las negociaciones, Crompton? —intervino Piet.

—Es difícil decirlo.

Piet frunció el ceño.

—¿Sabemos de verdad cuántos muertos y heridos ha habido? No solo de los nuestros, sino también católicos.

—Es usted demasiado compasivo. No podemos esperar que nuestra gente no tome represalias cuando nos atacan —replicó Crompton.

Piet lo miró con severidad.

—¿Nuestra gente? Es bienvenido en Toulouse, Crompton, pero esta ciudad es nuestra, no de ustedes. No necesitamos que vengan forasteros a decirnos lo que tenemos que hacer.

—¡Forasteros! —exclamó Crompton con una mueca de disgusto—. Tanto si venimos de Toulouse como de Carcasona, todos somos hugonotes. No es tiempo de divisiones. ¡No tienen capacidad para resistir los ataques sin ayuda!

—Conozco perfectamente nuestras fuerzas —replicó Piet.

—Entonces también sabrá que los católicos de Toulouse están acumulando armas. Se preparan para la guerra, aunque ustedes no lo hagan. ¿No ha oído que el Parlamento ha vuelto a retirar a los protestantes el derecho a portar armas dentro de las murallas de la ciudad?

—Aun así, veo que todavía lleva su espada —lo contradijo Piet—, como yo. Como todos nosotros. No debería creer todo lo que escucha.

—Los soldados católicos están yendo de casa en casa, registrando sótanos y desvanes, en busca de armas y hombres escondidos. Quieren desarmarnos, y cuando lo hagan, cuando ya no podamos defendernos, nos acorralarán y acabarán con nosotros.

—Caballeros, por favor —intervino McCone—. Las discusiones entre nosotros no ayudan a nadie.

Crompton señaló a Piet con el índice.

—No creo que tengamos la más remota esperanza de lograr una tregua duradera. La autoridad real es débil. El Parlamento y el Consejo del Ayuntamiento confunden sus atribuciones a cada paso. ¿Por qué iban a promover un acuerdo por el bien de Toulouse justamente ahora? De los *capitouls*, solo dos simpatizan con los protestantes, otros dos mantienen sus opiniones en secreto y los cuatro restantes son católicos convencidos. Si hay algo de cierto en el rumor de que Condé y su ejército están marchando sobre Orleans, entonces las autoridades de Toulouse supondrán que el mismo destino le espera a su ciudad y actuarán en consecuencia. Es lo que yo haría.

Piet se esforzó por no levantar la voz.

—Puede que tenga razón, pero no nos queda otro remedio que apoyar las negociaciones. Es nuestra única oportunidad de impedir que continúe el derramamiento de sangre. Si no quiere participar, es asunto suyo.

—Hemos venido a poner nuestras espadas al servicio de Toulouse —replicó Crompton ofendido— y mantendremos nuestra palabra.

—En ese caso, pueden acompañarnos.

—¿Adónde?

—Yo voy al barrio de la Daurade, a ver si puedo ayudar en algo. ¿Viene, McCone?

—Voy.

—¿Cómo podemos ayudar? —preguntó Crompton.

Piet suspiró.

—Si la destrucción es tan extensa como parece, harán falta muchas manos para reparar las casas y las tiendas asaltadas durante los saqueos de la noche. —Se puso en marcha—. ¿Viene con nosotros o no? A mí me da igual.

Crompton dudó un momento mientras contemplaba la calle vacía, como si esperara el regreso de su primo.

—No. Me reuniré con ustedes más tarde, en la taberna.

Minou estaba irritada consigo misma.

¿Por qué había discutido con Piet después de la dulzura de su último encuentro? Él no había tenido intención de ofenderla. No la había escuchado porque estaba distraído con otros asuntos. Y aunque ella detestaba que le dijeran lo que tenía que hacer, y se indignaba cuando alguien lo intentaba, confiaba en que su amistad no se hubiera resentido por la aspereza de su despedida.

Por otro lado, no pensaba esperar el regreso de Piet. Ahora que él sabía que su casa se encontraba a tan solo una calle de distancia, podría ir a buscarla cuando quisiera.

Estaba un poco mareada por el ayuno, y le dolían los músculos del brazo contusionado y del cuello, pero estaba a pocos pasos de su casa. No veía la hora de abrazar a Aimeric y de ver a su tía sana y salva.

Por un momento, el recuerdo del caos la sobrecogió y el horror la hizo estremecerse. Volvió a ver la turba armada, los garrotes y las piedras que surcaban el aire, y a sentir que el mundo se descontrolaba y caía en la anarquía.

Se quitó el cabestrillo de algodón y examinó su indumentaria. Piet tenía razón: era ropa de católica. Rápidamente, se desató de la cintura el rosario de su madre y se lo guardó en el bolsillo. No podía hacer nada respecto a la calidad de la costosa falda de terciopelo, pero se arrancó la gorguera y los puños de encaje para que el vestido pareciera más sobrio.

Salió al dormitorio alargado, que resultó ser más grande de lo que había imaginado. En el extremo más alejado incluso había un modesto altar. Todavía seguían entrando y saliendo mujeres con cuencos de agua y ungüentos, pero el ambiente parecía más tranquilo. Había cadáveres tendidos en el suelo, bajo pesadas mantas de lana, con pequeños lienzos blancos cubriéndoles la cara.

Recordó que Piet la había llamado afortunada y ahora lo comprendía. Hasta ese momento no sabía que había habido muchos muertos.

De repente, sintió un tirón en la falda y se sobresaltó.

—*Mademoiselle, s'il vous plaît.*

Aunque estaba ansiosa por marcharse, reconoció al niño de la rue Nazareth. Estaba sentado en el suelo, pálido y tembloroso. Se agachó a su lado.

—Hola, *petit homme*. Eres Louis, ¿verdad? ¿Cómo estás?

—No encuentro a mi abuelo. Me han dicho que me quede aquí y que no me mueva, pero llevo mucho tiempo esperando y no ha venido nadie a buscarme.

Minou se apiadó del pequeño.

—¿Cuándo has llegado? ¿Hoy? ¿De día?

El niño negó con la cabeza.

—No, estaba oscuro —susurró—. Era de noche.

—Louis, soy Minou —le dijo ella—. Me recuerdas, ¿verdad? —El pequeño asintió—. Muy bien —prosiguió la joven—. Ya que hemos vuelto a encontrarnos, ¿qué te parece si vamos juntos a buscar a tu abuelo?

Rezando para que el anciano no fuera uno de los muertos, Minou tomó al niño de la mano. Mientras iban de un cubículo a otro, Louis fue adquiriendo confianza y su voz se volvió más firme.

—¿Tú eres Louis? —preguntó un hombre que yacía tumbado de lado, con el tobillo entablillado y la mano vendada—. ¿Del barrio de Saint-Michel?

—Sí —respondió el pequeño.

—He visto a tu abuelo con una capa negra que tenía un gran desgarrón en la espalda. Iba preguntando por ti.

—¿Estaba bien? —quiso saber el niño.

—Preocupado porque no te encontraba.

—¿Cuándo ha sido eso? —preguntó Minou.

El hombre levantó un brazo.

—Me han dado algo para atontarme mientras me arreglaban los dedos. He perdido un poco la noción del tiempo. Solo sé que era temprano.

—¿Y ahora dónde está? —preguntó Louis—. ¿Se ha ido sin mí?

Minou lo abrazó.

—Seguiremos buscando hasta que lo encontremos —le dijo al pequeño, intentando tranquilizarlo.

—¿Puedes sujetar esto? —le preguntó una mujer a Minou, pasándole una jarra, antes de regresar a las cocinas a través de una doble puerta.

—Allí no hemos mirado —sugirió Louis.

—Es cierto —convino Minou—. ¿Quieres que entremos y veamos si está tu abuelo?

Grandes calderos colgaban sobre el fuego y un aroma a tomillo y habichuelas flotaba en el aire. Sobre una mesa larga, había una fila de cestas de mimbre llenas de pan negro.

De repente, el niño gritó, se soltó de la mano de Minou y salió corriendo.

—¡Aquí no puedes entrar! —empezó a decir una mujer, pero enseguida su voz cambió—. ¡Louis! ¡Gracias a Dios, estás a salvo!

Minou dejó la jarra sobre la mesa y siguió al pequeño. Entre el vapor y el alboroto de la cocina, vio al niño en los brazos de una robusta mujer de rostro enrojecido, con cofia y delantal blancos.

—¡Es mi vecina! —anunció el pequeño, radiante de felicidad—. Dice que el abuelo está bien. Lo ha acompañado a casa uno de los soldados. A mí también me llevará mi vecina en cuanto podamos salir.

—¡Qué buena noticia! —exclamó Minou—. ¿Lo ves? ¿No te había dicho que todo saldría bien?

La mujer miró a Minou con expresión amable, pero a la vez desconfiada.

—Me parece que no la había visto antes.

—He llegado hace muy poco a Toulouse —replicó Minou con cautela.

—¿Ah, sí? ¿Quién le ha hablado del trabajo que hacemos aquí?

La joven dudó un momento, pero decidió contar la verdad.

—Piet Reydon, un amigo. Fue él quien...

La suspicacia de la mujer se desvaneció al instante.

—¡Ah! ¡Si ha venido invitada por el señor Reydon, es bienvenida! ¡Muy bienvenida!

—¿Lo soy?

—Por supuesto —insistió la mujer, con un amplio gesto de la mano—. Si no fuera por su generosidad, no podríamos seguir adelante.

—Piet, es decir, monsieur Reydon... ¿es el propietario del hospicio? —preguntó Minou, incapaz de disimular su asombro. Nada de lo dicho por Piet le hacía pensar que procediera de una familia adinerada. De hecho, se inclinaba más bien a creer lo contrario—. ¿Es el dueño?

—Eso no lo sé, pero puedo decirle que su generosidad ayuda a que siga funcionando. Viene siempre que puede. Trabaja duramente por los necesitados y por todos aquellos que no tienen voz. —Señaló el dormitorio—. Como puede ver, hay mucho que hacer.

A Minou le daba vueltas la cabeza. Nunca se había preguntado qué hacía Piet durante el día, ni cómo se ganaba la vida; pero en realidad no se le habría ocurrido que fuera eso. ¿Cómo podía permitirse mantener un sitio como ese?

—¿A toda esa gente la trajeron aquí después de los tumultos? —preguntó.

—Unos pocos ya estaban aquí antes: refugiados de los pueblos de las afueras de Toulouse. Pero la mayoría llegaron anoche o a lo largo del día, como Louis y su abuelo, de la rue Nazareth. Casi todos los heridos graves vienen de la Daurade.

—¿Qué ha pasado?

—¿No lo ha oído? Esta mañana, una turba ha asaltado los comercios y las casas de los hugonotes, cerca del río. Muchos se han quedado sin hogar y algunos lo han perdido todo. También ha habido ataques en Saint-Michel. Dicen que hay una cuarentena de muertos. En todos estos años no he tenido una sola discusión con mis vecinos católicos; pero ahora, de repente...

Minou sintió vergüenza. Y aunque estaba ansiosa por volver a la rue du Taur, quiso reparar de alguna manera el daño causado.

—¿Qué puedo hacer para ayudar? —preguntó.

Durante dos horas, Piet y McCone recorrieron el barrio de la Daurade con otros soldados hugonotes, ofreciendo sus servicios allí donde más se necesitaban.

Repararon postigos partidos, marcos rotos y puertas arrancadas de los goznes. Construyeron empalizadas defensivas para proteger los comercios y talleres que daban a la iglesia de la Daurade, donde se habían producido los peores saqueos. Montaron guardia en las esquinas y en las murallas junto al río, atentos a cualquier señal de alarma. Mujeres y ancianos aturdidos permanecían en silencio, contemplando anonadados sus hogares en ruinas.

—¡Cuánta destrucción inútil! —exclamó Piet mientras martillaba con tanta fuerza un clavo que estuvo a punto de partir la madera—. ¡Cuánta maldad!

McCone le pasó otra tabla, sin hacer ningún comentario, y lo ayudó a colocarla sobre las persianas rotas de la pequeña tienda oscura.

—Para esta noche servirá —dijo Piet.

El propietario, un zapatero, meneó la cabeza.

—Puedo entender a un ladrón. Pero ¿esto? Llevo veinte años levantando este negocio y ahora me han arruinado. Lo han destrozado todo. —Enseñó un par de botas con las suelas arrancadas y las hebillas de latón colgando de un hilo—. Ya no me queda nada. En cuestión de horas se han llevado todo el cuero y las agujas, y lo que queda está destrozado, no se puede reparar.

Piet tensó visiblemente la mandíbula, pero conservó serena la voz.

—Volverá a levantar su negocio.

—¿Para qué? ¿Para que vengan y vuelvan a hacer sus fechorías? —Hizo un gesto negativo—. No, monsieur. Soy demasiado viejo.

—¡Los guardias de la ciudad estaban mirando y los dejaron hacer! —intervino su esposa, tan furiosa como desanimado estaba su marido—. Hemos sido buenos vecinos, hemos atendido por igual a nuestros clientes católicos y protestantes, y nunca hemos tenido ningún problema más allá de algún deudor moroso ocasional. ¿Y qué ha pasado hoy? Personas que yo consideraba amigas se han limitado a mirar sin hacer nada, monsieur. Se han quedado mirando, sin mover un dedo para ayudarnos.

—Nuestros líderes se reunirán para negociar una tregua. —Piet la tranquilizó—. No debemos permitir que esto se repita.

La mujer negó con la cabeza.

—Agradecemos su ayuda, monsieur, pero no confíe en ninguna negociación. Mire a su alrededor. Cuando la gente corriente cree que puede comportarse de esta manera, sin ningún temor, entonces poco importa lo que puedan decir los jueces o los sacerdotes. Ya es demasiado tarde.

Miró con furia a Piet y a McCone, y después rompió a llorar. Su marido la rodeó con los brazos.

—Gracias, monsieur. No hay nada más que decir.

Entraron en la tienda. De repente, Piet se sintió exhausto.

—¿Cree que todos piensan como ellos? —preguntó McCone—. ¿Que más vale marcharse de Toulouse en lugar de quedarse y arriesgarse a que vuelva a pasar algo así?

La expresión de Piet se ensombreció.

—Me temo que sí. Hay muchos católicos que no tomarían las armas contra otros cristianos, pero han permitido que suceda esto. Y hay mucha gente que se siente molesta por nuestra presencia en Toulouse y ve con buenos ojos los ataques contra los comercios hugonotes, porque piensa que así todos los protestantes nos marcharemos. Nadie quiere irse de su casa, pero ¿quién puede vivir en un permanente estado de alarma?

—Pero ¿adónde irán? —replicó McCone—. Muchos son demasiado mayores para empezar de nuevo.

—A casa de familiares y amigos en otras ciudades más grandes, donde los protestantes no somos una minoría tan reducida. Montauban ya tiene una importante comunidad hugonota, lo mismo que Montpellier y La Rochelle.

Piet contempló la plaza con una rabia fría y punzante. Había estado en la Daurade el día anterior, buscando en vano al sastre al que había encargado la réplica del sudario. Todo estaba apacible y tranquilo. La gente hacía sus recados, las tiendas estaban abiertas y un olor a almendras tostadas flotaba en el aire iluminado por el sol que se filtraba a través de las copas de los árboles. Y ahora esto.

Se inclinó, recogió una vasija de barro agrietada y la depositó sobre un muro. Por todas partes yacían sillas, butacas y mesas destrozadas.

—¡Qué raro! —dijo, fijando de pronto la mirada en el otro lado de la plaza.

Forzó la vista. Había una cruz negra pintada en la puerta del taller del sastre. El día anterior no la había visto.

Sin esperar a McCone, atravesó la plaza corriendo.

—Disculpe la molestia, mademoiselle —le dijo a la joven que encontró en la puerta del taller—, ¿qué ha pasado? ¿El sastre que trabaja aquí ha resultado herido?

—Ha muerto, monsieur.

¿Otra muerte?

—Lo siento. ¿Quedó atrapado en medio del tumulto o fue durante los saqueos?

La joven levantó la vista y lo miró directamente a los ojos, con expresión aturdida.

—Encontré a mi padre sentado a su mesa de trabajo, con la aguja y las tijeras todavía en las manos. Le falló el corazón.

—¿Era su padre? Acepte mis condolencias. Yo lo conocía. Era un artesano de gran talento.

—Mire a su alrededor. Mire lo que han hecho. Por lo menos él no ha tenido que verlo.

La joven se alejó, dejando a Piet entregado a sus incómodos pensamientos. Quería que fuera verdad, pero no creía en las coincidencias.

—¿Qué ha pasado?

McCone también había atravesado la plaza para averiguar qué sucedía.

Piet estuvo a punto de contárselo, pero su sentido de la prudencia se lo impidió.

—Nada —dijo—. Pensaba que conocía a la chica. Tan solo eso.

McCone le puso una mano sobre el hombro.

—Estás agotado —dijo, tuteándolo por primera vez—. Deberías descansar. Vamos a la taberna. Tengo la garganta seca.

Piet echó un último vistazo a la plaza y finalmente asintió.

—De acuerdo.

—*S'il vous plaît, monsieur* —repitió Minou—. Por favor, déjeme salir.

El soldado que montaba guardia en la puerta del hospicio no se movió.

—Nadie puede salir. Son órdenes.

Después de pasar dos horas trabajando en la cocina y ayudando con los últimos heridos, Minou estaba agotada y no veía el momento de regresar con Aimeric y su tía.

—Déjeme pasar, se lo ruego.

El soldado se señaló la oreja con el índice.

—¿No me has oído? ¿Estás sorda? Tengo órdenes de no dejar salir a nadie.

—¡Por favor, mi tía se estará preguntando qué me ha pasado! —le imploró.

Por un instante imaginó lo mucho que se habría preocupado su padre si se hubiera enterado de que había quedado atrapada en el tumulto.

Cuando Minou trató de rodearlo, sus perlas cayeron de su bolsillo. La expresión del soldado cambió.

—¿Te refieres a tu tía católica? —le preguntó el hombre, levantándole el ruedo de la falda con la punta de la espada—. Porque este lujo tiene un precio, ¿verdad?

Minou retrocedió para ponerse fuera de su alcance.

—¿Te han enviado para espiarnos? —prosiguió el soldado—. Sabemos que utilizan mujeres para el trabajo sucio. —Tendió una mano y la agarró por la muñeca—. ¿Es ese tu juego?

Para horror de la joven, el hombre empezó a manosearle los broches que le cerraban la capa.

—¡Ven aquí! Si tenemos que aguantar que nos manden a sus putas católicas, al menos...

En ese momento, con un gran impulso Minou levantó la rodilla y le propinó un fuerte golpe en la entrepierna al soldado.

—¡Zorra! —gritó el hombre, doblándose de dolor—. *Putane!*

Sin hacer caso del dolor que sentía en el hombro, Minou entrelazó las dos manos y le propinó al soldado un fuerte golpe sobre la nuca. Mientras el hombre se desplomaba de rodillas, ella pasó deprisa por su lado, abrió la puerta de un empujón y salió corriendo a la rue du Périgord, aterrorizada.

37

La taberna estaba a oscuras y llena de humo. Era un conocido lugar de encuentro de protestantes, pero todos los postigos estaban cerrados y había un ambiente extraño. Olía a cuero, serrín y cerveza rancia. Cada vez que se abría la puerta, creando una corriente de aire fresco del exterior, todos los ojos se volvían con la esperanza de que hubiera noticias.

Mientras McCone y Crompton jugaban a los dados sentados a una mesa, Piet permanecía apoyado en la pared, intentando aquietar el torbellino de pensamientos que le ocupaban la mente. La escena en el taller de la place de la Daurade había vuelto a colocar el sudario en el primer plano de sus preocupaciones. No podía dejar de pensar que la presencia de Crompton en Toulouse, acompañado de su primo Devereux, tenía más que ver con la reliquia que con cualquier deseo de ayudar a sus hermanos hugonotes. Incluso llegó a preguntarse si Crompton no estaría implicado en la muerte del sastre.

—*Per lo Miègjorn* —murmuró. Era el santo y seña que había tenido que dar para acceder a aquella planta superior en Carcasona—. Por el Mediodía.

Se dijo que debía controlar su imaginación. Al fin y al cabo, Crompton estaba en su mismo bando. No le gustaba, pero eso no significaba que fuera un villano. Aun así, no conseguía deshacerse del todo de la sensación que había tenido en el hospicio de que algo no cuadraba. Tal vez fuera alguna cosa que se había dicho y que no se debería haber expresado. Volvió la vista hacia Crompton, que estaba lanzando los dados.

Tal vez...

La puerta volvió a abrirse y entró un mensajero, que preguntó por el oficial de mayor rango de los hugonotes presentes y se dirigió a él. Piet se acercó para oír lo que decía.

—Hay alabarderos apostados en la entrada principal del monasterio, hombres del senescal. Los jueces también disponen de un contingente de soldados privados. Aducen que la guardia de la ciudad está bajo control hugonote y que por lo tanto no pueden confiarle su protección.

—Absurdo.

—Es la razón que ha aducido el Parlamento.

El capitán meneó la cabeza.

—¿Han empezado ya las conversaciones?

—Están a punto de empezar.

—¿Y las preside Jean de Mansencal, como nos habían dicho?

—Así es, señor.

—¿Tenemos informadores que nos mantengan al corriente de los temas tratados?

—Los tenemos.

Hizo un amplio gesto con la mano.

—Muy bien. Vuelva con más noticias dentro de una hora.

Piet vio marcharse al mensajero y se sentó junto a McCone. Estaba hablando en inglés con Crompton.

—Su pastor predica la rebelión desde el púlpito —dijo este último—. Sus sermones son incendiarios. —Hizo una pausa—. Su ardor está justificado, no me malinterprete. Pero es un instigador de violencia, y no un hombre de paz.

—Es verdad que Barrelles no se muerde la lengua —señaló McCone con cautela.

—Está alimentando el odio contra el duque de Guisa. —Crompton recogió los dados de la mesa y se los guardó en el bolsillo—. Si estas conversaciones fracasan, no tendrán suficientes hombres para tomar la ciudad sin refuerzos.

Piet se acercó a ellos.

—No hay ningún plan de tomar la ciudad. No queremos la guerra, sino una paz justa.

Crompton se echó a reír.

—¿Qué creen que está haciendo Hunault con Condé en Orleans? ¿Planeando una partida de caza?

Piet se sonrojó.

—¿Qué ha hecho esta tarde, Crompton, mientras nosotros trabajábamos en la reconstrucción de la Daurade? —preguntó—. ¿Y Devereux? ¿Dónde está? Todavía no ha vuelto.

—¿Qué insinua?

Piet levantó una mano.

—Es una pregunta inocente, Crompton. ¿Por qué lo dice? ¿Tiene algo que ocultar?

—¡Váyase al infierno, Reydon! —exclamó Crompton, poniéndose de pie. Y sin añadir nada más salió en tromba de la taberna, dando un portazo que dejó la puerta temblando en el marco.

—Ya lo sé —dijo Piet, sintiéndose observado por McCone—. Ha sido una estupidez provocarlo. No hace falta que me lo digas.

McCone sonrió.

—De hecho, solamente iba a preguntarte por la causa del encono entre ustedes.

—Es escurridizo, y su primo lo es todavía más. Me gustaría saber qué han venido a hacer a Toulouse.

—A ofrecernos su apoyo y ayudar. ¿Crees que hay otro motivo?

Piet se encogió de hombros.

—Quizá.

—¿Espías?

—A decir verdad, Jasper, no lo sé. Puede que sí, pero ¿para quién espían? ¿Para nosotros o para ellos? Devereux parece capaz de ir y venir según su voluntad. Tiene buenos contactos en Toulouse.

—Pero Crompton te resulta todavía más antipático.

Piet tendió la mano hacia la jarra de cerveza.

—Tiene algo...

—¿Por eso te llama por otro nombre? —tanteó McCone—. Reydon, ¿no?

Piet se sonrojó.

—Perdóname, amigo mío. Pensaba decírtelo cuando nos conociéramos mejor.

—No es preciso que te disculpes.

—Sí, es preciso. Cuando volví a Toulouse, en marzo, tenía razones para no usar mi apellido y por eso adopté otro.

—Joubert. ¿O ese es tu nombre verdadero y Reydon es el alias?

—No, Reydon es mi nombre. —Piet bajó los hombros, sintiéndose particularmente avergonzado por la comprensión que demostraba McCone ante el engaño—. Lo siento de veras, Jasper.

McCone levantó una mano.

—Olvídalo. Por mucho que desconfíes de él, Crompton tiene razón en una cosa. Se rumorea que el príncipe de Condé ha levantado el estandarte de la rebelión en Orleans. Y sé de buena fuente que, hace una semana, Saux recibió órdenes de enviar armas y dinero para la campaña del príncipe.

—¿Crees que hay un plan para tomar Toulouse?

—¿Qué crees tú?

Piet bajó la voz:

—He oído que han sustraído y copiado las llaves de algunas de las puertas de la ciudad, entre ellas la de Villeneuve.

—¿Cuándo?

Piet levantó la vista, sorprendido por el apremio en la voz de McCone.

—No lo sé exactamente. La semana pasada tal vez.

—¿Quién te lo ha dicho?

Piet meneó la cabeza.

—Un hugonote del ayuntamiento. Me pareció que lo estaba inventando. No le di demasiado crédito. Corren muchos rumores, a cuál más fantástico. Solo espero que prevalezca el sentido común y que nuestros líderes, y también los suyos, pongan el interés de Toulouse por encima de su ambición de gloria.

McCone guardó silencio brevemente y después levantó la jarra.

—Brindo por eso.

Pese a sus llamadas a la paz, el optimismo de Piet se estaba desvaneciendo. Se había aferrado a la esperanza de que los depósitos de armas presentes en distintos puntos de la ciudad, tanto en casas protestantes como católicas, fueran un factor disuasorio. Pero en el transcurso de la larga jornada, había comprendido que su posición era minoritaria.

Rememoró el encuentro en aquella sala cerrada y calurosa de la Bastide, en Carcasona. Por primera vez se dio cuenta de que la mayoría de sus camaradas pensaban, como Crompton, que ya había pasado el tiempo de dialogar. Los meses de espera les habían removido la sangre. Veían injusticias a cada paso y querían represalias. Y justo ese día, tras presenciar la devastación que causaron las hordas católicas en el barrio de la Daurade, habría sido difícil reprochárselo.

Se aflojó el cuello de la camisa, repentinamente incapaz de soportar un instante más el ambiente viciado y expectante de la taberna. Se puso de pie.

—Hasta luego, Jasper.

Salió y se llenó los pulmones de aire fresco mientras contemplaba algunas de las casas medievales más hermosas de Toulouse y pensaba en Minou y en la necesidad de proteger a la ciudad tanto como a sus habitantes.

Un plan comenzó a cobrar forma en su mente. Desde el lugar donde se encontraba, veía el tejado inclinado y el campanario hexagonal de la iglesia de los agustinos, que se recortaba claramente sobre el cielo de la tarde. No podía quedarse sentado, esperando a recibir información de tercera o cuarta mano. Se colaría en el edificio y escucharía por sí mismo el debate.

La bofetada tomó por sorpresa a Minou y la envió trastabillando contra la balaustrada del porche.

—¡Madame Montfort!

Al llegar a la casa, la había sorprendido cuchicheando en el patio con el mayordomo Martineau. La mujer había sacado algo del bolsillo y se lo había entregado al hombre, que bajó la vista y pareció contar algo antes de hacer un gesto afirmativo y marcharse. Minou había esperado un momento, hasta creer que también madame Montfort se había retirado.

—¡Madame! —gritó, esquivando un segundo golpe.

—¿Dónde has estado? —El rostro de madame Montfort se encontraba desfigurado por la ira y por algo que quizá fuera culpa—. Tu tía no ha podido descansar en toda la noche, preocupada por lo que pudiera haberte pasado, y ahora tienes el descaro de aparecer así, ¡sigilosa como una sirvientilla en celo!

Minou la miró llena de incredulidad.

—No sabe lo que dice.

—Eres tú la que no sabe lo que hace —replicó la mujer en tono sibilante—. No eres nadie en esta casa. ¡Nadie! ¡Ni tampoco lo es ese hermano tuyo, ese muchachote torpe y ramplón!

Han venido a aprovecharse como sanguijuelas de sus parientes más afortunados. No hacen sino traer vergüenza y desprestigio a esta casa. ¿Cómo has podido pasar la noche fuera, como una vulgar prostituta?

—No se imagina...

—¡¿Creías que nadie había notado tu comportamiento descarado?! ¡¿De verdad lo creías?!

Madame Montfort gritaba tan desaforadamente que una de las criadas se asomó para ver qué pasaba, pero, con un gesto severo, el ama de llaves la obligó a entrar.

—Me está calumniando sin ningún fundamento —protestó Minou.

Pero madame Montfort la agarró por un brazo y le espetó:

—¿Cómo te atreves a pensar que puedes hacer lo que te dé la gana? Tal vez hayas conseguido engañar a Salvadora, pero a mí no, y a mi hermano tampoco. Tienes que aprender a respetar a las personas más importantes que tú. Pero ahora tendrás tiempo para reflexionar sobre tus errores.

Sin previo aviso, Minou sintió que la mujer la arrastraba por la escalera del porche hasta una trampilla de madera a través de la cual la hizo bajar al sótano. Después, oyó el chasquido del cerrojo y comprendió que la había encerrado.

Por un instante, se quedó quieta, escuchando los pasos al otro lado de la puerta, que se alejaban entre el tintineo de las pesadas llaves que madame Montfort llevaba atadas a la cintura. No podía entender por qué la cuñada de su tía se comportaba de manera tan inaudita. No tenía ninguna autoridad para abofetearla ni para tratarla como a una criada.

¿Habría perdido los nervios al ver que sus maquinaciones con el mayordomo Martineau habían quedado al descubierto? ¿Por eso había notado Minou culpa en sus ojos cuando se había vuelto hacia ella y la había visto?

Cansada y con el hombro palpitante de dolor, se dejó caer pesadamente en el peldaño más alto. Un olor acre a mosto y madera húmeda le inundó la nariz. El levísimo susurro de una rata que huía la hizo estremecerse. Sintió pena por sí misma, pero se dijo que no se daría por vencida, sobre todo después de lo que había presenciado y resistido.

Poco a poco, sus ojos se acostumbraron a la semioscuridad. Un entramado de ladrillos rojos a la altura del suelo del patio dejaba pasar aire fresco y un poco de luz al sótano. Nunca había reparado en él desde el exterior. Gradualmente, consiguió ver que a lo largo de la pared opuesta se alineaban toneles, cajas y cajones de madera, apilados desde el tosco suelo de tierra hasta el techo de ladrillo.

Se acercó para ver mejor y descubrió que muchos de los cajones tenían una letra D trazada con tinta. Comprendió entonces que ella no era la única persona que había bajado al sótano en los últimos tiempos. Sobre uno de los toneles distinguió dos toscos vasos y comprobó por el olor que contenían restos de cerveza. También había una hogaza de pan a medio comer que, aunque reseca y dura como una piedra, no estaba enmohecida. ¿Serían vituallas para los hombres que habían bajado los toneles?

Minou repasó con las manos la superficie del barril más cercano y encontró un orificio en la tapa por el que pudo pasar un dedo. Jaló con cuidado y aflojó la tapa hasta que pudo levantarla un poco y ver el contenido del barril. Esperaba que fuera trigo o harina, pero encontró otra cosa distinta. Se remangó la camisa, sin hacer caso del dolor que le atenazaba los músculos, y metió la mano dentro, contoneando la muñeca. Sus dedos hallaron algo parecido a arena gruesa o a la grava que se acumulaba entre los adoquines de la Cité. Levantó la mano para observar a la luz aquel material.

El color de los minúsculos granos no era terroso, sino negro como el azabache.

Minou miró a su alrededor y se fijó en el resto de los toneles y en los cofres chatos y alargados. Utilizando un palo a modo de palanca, levantó la tapa de uno de los cajones más anchos y descubrió una veintena de arcabuces, dispuestos uno encima de otro y envueltos en lienzo impermeable. La tapa tenía grabada por dentro el nombre DELPECH.

La joven no tuvo necesidad de mirar el interior de las otras cajas para saber que encontraría más armas. Un arsenal privado. Pero ¿por qué allí? Su tío no era militar. Entonces, de repente, le asaltó otro pensamiento. Madame Montfort no debía de saber nada del clandestino almacén de pólvora y armas, porque de lo contrario no la habría encerrado en ese sótano.

Un ruido por encima de su cabeza la sobresaltó. Rápidamente, colocó la tapa en su sitio y repuso la cubierta del barril de pólvora. Escuchando los pasos que resonaban en el suelo de madera de arriba, intentó deducir cuál sería la habitación de la casa de donde procedían. Contó los pasos de un extremo a otro y, teniendo en cuenta la orientación de la puerta que daba al patio, calculó que se encontraba debajo de la capilla privada.

Entonces tuvo una idea que le dio ánimos. ¿No sería lógico que hubiera una manera de bajar al sótano desde la propia casa? Incluso por la noche, cuando había menos ojos curiosos, el alboroto de varios hombres cargando pesados toneles y cajas de madera habría resultado difícil de ocultar a la gente que pasara por la calle. Todas las habitaciones de la casa daban al patio de una manera u otra. Alguien habría visto algo.

Reconfortada, Minou comenzó a recorrer metódicamente las paredes de su encierro en busca de alguna irregularidad en la superficie de ladrillos. Metió las manos en los huecos entre las cajas apiladas, hizo rodar los toneles para apartarlos y siguió palpando los muros para ver si encontraba un tirador o algo semejante.

Por fin, las doloridas yemas de sus dedos localizaron una viga que sobresalía de la pared. Con renovadas energías, levantó, arrastró o empujó seis cajas de madera hasta que vio con claridad lo que había detrás. Una sonrisa le iluminó el rostro.

Su intuición no le había fallado. Había una puerta empotrada en la pared. Tenía dos goznes de metal, visiblemente aceitados y en perfecto funcionamiento, y una cerradura arqueada.

Pero no tenía la llave.

Piet se detuvo bajo el voladizo de las casas de la rue des Arts y se asomó para observar.

La puerta principal del monasterio de los agustinos estaba custodiada por los alabarderos del senescal, tal como había dicho el mensajero, y había soldados privados que patrullaban los alrededores. El monasterio había sido en otra época uno de los más influyentes de Toulouse, pero un incendio y un rayo que había alcanzado la torre del campanario habían hecho estragos en él.

Tras un rato de observación, Piet decidió que el mejor lugar para acceder al convento era la iglesia. Sabía de la existencia de una puerta que daba directamente a la calle, para que la congregación pudiera reunirse con los monjes y participar en los servicios. Si conseguía entrar en la nave, tendría alguna probabilidad de acceder al claustro. El aspecto de Piet era diferente al de los líderes hugonotes reunidos en el interior del monasterio, por lo que, con suerte, nadie cuestionaría su presencia una vez que hubiera entrado.

De repente pensó en Vidal y en la conversación que habían mantenido en el confesonario de la iglesia de Saint-Nazaire en Carcasona. Parecía como si hubiera transcurrido toda una vida desde entonces.

38

Carcasona

—¡Qué lengua tan afilada tienes, Marie Galy! —exclamó Bérenger—. ¡Un día de estos te cortarás con ella!

Marie echó atrás la cabeza y soltó una carcajada, divertida por haber provocado la irritación del viejo soldado.

—No eres mi padre. ¡Tápate los oídos si no te gusta lo que digo!

Y diciendo eso, la jovencita se encaramó al brocal del pozo.

—Esa desfachatez te traerá problemas —la recriminó Bérenger—. Recuerda lo que te digo.

Marie oyó que el compañero del viejo soldado hacía un comentario sobre su belleza.

—Es demasiado descarada —gruñó Bérenger.

—A mí eso no me importa —replicó el otro guardia, volviéndose por encima del hombro para mirarla.

Marie le dedicó una sonrisa resplandeciente y lo saludó agitando levemente una mano, lo que provocó que el muchacho se sonrojara y tropezara con los adoquines del empedrado.

—Vamos —le ordenó Bérenger, continuando su patrulla en dirección al castillo condal.

Marie estaba a punto de ocuparse otra vez de sus tareas cuando vio que una señora distinguida y elegantemente vestida

se acercaba a la place du Grand Puits. Dejó el cubo en el suelo y se quedó observándola. Su andar era grácil; su postura, erguida, y su sombra, esbelta y alargada al sol del atardecer. Tenía la piel blanca como el mármol y el cabello oscuro y reluciente, negro como ala de cuervo, apenas visible bajo la capota bordada. ¡Y la ropa era tan lujosa...! La capa carmesí tenía ribetes de satén rojo, y las mangas acuchilladas lucían motivos irisados.

La noble señora se detuvo y miró a su alrededor para orientarse. Entonces Marie aprovechó la ocasión.

—¿Necesita ayuda? —le preguntó, bajándose del brocal—. Conozco muy bien la Cité.

La mujer se volvió y Marie observó que sus cejas trazaban la forma de dos lunas crecientes sobre sus brillantes ojos oscuros.

—Busco la casa de la familia Joubert.

Incluso la voz de la mujer era diferente de todas las que Marie había oído hasta entonces. Era dulce y generosa, como un hilo de miel cayendo de una cuchara.

—Yo sé dónde está. Aimeric es...

Se interrumpió bruscamente, al recordar que madame Noubel le había indicado que no debía decir nada a nadie.

La expresión de la mujer se suavizó.

—Tu discreción habla muy bien de ti —dijo mientras deslizaba la mano en el interior de la bolsa de terciopelo que llevaba atada a la muñeca con una cuerda azul trenzada—. No veo razón alguna para no premiarte por ello. Muchas gracias.

Le puso en la mano una moneda limpia y brillante. Marie sonrió y le hizo una reverencia. Imaginó que madame Noubel no se refería a una mujer como esa cuando le dijo que no hablara con nadie. ¡Una señora noble, amable y gentil, vestida con exquisito refinamiento!

—Háblame de ese Aimeric —la animó la mujer—. ¿Hay algo entre ustedes?

Marie se apresuró a negar con la cabeza.

—Eso diría él. Por mi parte, no tengo ninguna prisa. Merezco algo más para mi futuro que el hijo de un librero.

—¿De un librero has dicho?

—Sí, señora.

La mujer sonrió y Marie observó que tenía unos dientes perfectos, blancos e inmaculados.

—Esa es la casa que busco.

Toulouse

—La dama ha abandonado el lugar donde se alojaba —anunció Bonal.

Vidal se detuvo al pie de la gran escalinata de piedra del monasterio de los agustinos. En los anchos pasillos de paredes de ladrillos y techos abovedados resonaban ecos de voces masculinas y ruido de espadas, armaduras y botas de soldados. Los monjes se movían a través de sus contemplativos recintos, como fantasmas oscuros con hábitos de mendicantes.

—¿Cuándo?

—Ayer, poco después del alba.

Vidal se aferró con más fuerza a la balaustrada.

—¿Cómo es posible que haya podido salir de Toulouse? ¿No cerraron todas las puertas del barrio de la catedral en cuanto estallaron los disturbios?

Bonal se acercó un poco más.

—Parece ser que la señora se procuró el uso del carruaje personal del obispo, y como la puerta más cercana a su alojamiento, la de Montolieu, estaba custodiada por guardias católicos, la dejaron pasar.

—¿Sin mirar quién viajaba dentro?

—Eso parece, señor.

Emociones encontradas batallaban en el pecho de Vidal: ira, porque la mujer se había marchado sin su conocimiento; furia, por la facilidad con que aparentemente se había agenciado un carruaje del palacio del obispo y, por último, vergüenza y decepción. Aunque no dejaba de rezar implorando el perdón por su fragilidad humana, Dios no le había concedido aún la fuerza de resistirse a la tentación.

Vidal no dudaba del valor que podía tener el constante patrocinio de su benefactora. Aunque contaba con el apoyo de destacados mercaderes y hombres de leyes de Toulouse, no disponía de ninguna voz noble que hablara en su defensa. Por supuesto, no era el momento más adecuado para promocionar su candidatura al obispado de Toulouse. La situación en la ciudad era demasiado delicada. Pero en cuanto comenzara la siguiente fase del inevitable conflicto, no pasaría desaparcibido su papel ni la negligente inacción del actual obispo.

Entonces actuaría.

—¿Se sabe si su eminencia aprobó personalmente el uso de su carruaje? —preguntó.

—Se rumorea que sí.

Vidal arqueó las cejas.

—¿Un rumor que tú mismo iniciaste, Bonal?

—Me pareció mi deber difundir lo que consideraba la verdad.

—Correcto —dijo Vidal, permitiendo que una breve sonrisa se le formara en los labios—. Esos errores de juicio o infracciones deben darse a conocer, por el bien del interés general. —Se dirigió hacia la escalinata—. Quiero que me informes cuando la señora llegue a Puivert. Envíale un mensajero.

Bonal carraspeó.

—Discúlpeme, monseñor, pero el mozo de cuadras oyó que mencionaba Carcasona.

Vidal se volvió una vez más.

—¿Carcasona?

—Es el destino que le indicó al cochero, o al menos eso ha dicho el mozo.

—¿Lo has interrogado tú mismo? ¿Estaba seguro?

—Completamente. Y parecía digno de confianza.

Vidal titubeó un momento.

—¿Y nuestro amigo inglés? ¿Dónde está?

—Primero estaba en la taberna de los hugonotes y después se ha ido al barrio de la Daurade.

—¿Se ha acercado al taller del sastre?

—Sí.

—¿No te ha visto? —preguntó Vidal secamente.

—Nadie me ha visto, monseñor.

Vidal frunció el ceño.

—¿Alguien duda de que haya muerto por causas naturales?

—No. Todos sabían que tenía el corazón débil.

Vidal asintió, se dirigió una vez más a la escalera y volvió a detenerse.

—Bonal, averigua para qué ha ido la señora a Carcasona. Puede que se trate de un recado inocente, pero en cualquier caso quiero saber la razón.

Carcasona

Rixende abrió la puerta y se encontró con Marie Galy en el umbral.

—Ah, eres tú —dijo mientras se limpiaba las manos en el delantal.

A Rixende no le gustaba Marie Galy. A la mayoría de las chicas tampoco. Era demasiado presumida, se consideraba la más agraciada de todas y no hacía ningún esfuerzo por disimularlo. Rixende había visto cómo Aimeric miraba a Marie, con una mezcla de codicia y admiración, y no era la única en sentirse molesta por que siempre hubiera un chico dispuesto a ayudar a Marie a cargar el cubo de agua o el cesto de leña, mientras que las otras chicas tenían que arreglárselas solas.

—¿Qué quieres?

Marie le dedicó una sonrisa altanera.

—De ti nada, Rixende. Pero hay una persona que viene a presentarle sus respetos a monsieur Joubert.

—Sabes perfectamente que el señor no está en casa —le respondió Rixende con tono seco mientras se disponía a cerrar la puerta.

No pensaba perder la tarde viendo a Marie Galy darse aires de importancia, como hacía siempre.

El delicado piececito de Marie se proyectó deprisa hacia delante y bloqueó la puerta.

—No sé nada de lo que dices. ¡Monsieur Joubert siempre está en casa! Es bien sabido que no ha puesto un pie en la calle desde la fiesta de la Epifanía.

—En eso te equivocas —replicó Rixende, satisfecha de poder poner a Marie en su sitio—. Se marchó hacia el final de la Cuaresma.

—¿Adónde ha ido, Rixende?

Un repentino rubor del color del vino tinto se extendió por la cara picada de viruela de la criada cuando comprendió que acababa de hablar más de la cuenta. Madame Noubel le había indicado con claridad que debía mantener la boca cerrada.

—No puedo decirlo.

Rixende no creía que realmente fuera un secreto. En la Cité, todos sabían lo que hacían los demás.

—Ha dejado a Alis al cuidado de madame Noubel, ¿verdad? —preguntó con sorna Marie—. Ahora entiendo por qué la veo todo el tiempo por aquí.

—Pues hoy está en la Bastide —respondió Rixende cortante—. Y ahora, si me perdonas, tengo mucho que hacer.

Cerró la puerta de golpe. Cada encuentro con Marie la dejaba con la sensación de haber sido juzgada y hallada en falta. Cuando volvió a sus tareas, percibió olor a quemado.

—No... —gimió Rixende.

El cazo de leche que había dejado al fuego se había desbordado. La única manera de que Alis se tomara su medicina era mezclándola con leche y un poco de miel. Rixende tomó el cazo por el mango, con la esperanza de salvar aunque solo fuera un poco de leche, y dejó escapar un grito de dolor. El cazo se le resbaló de los dedos abrasados y cayó al suelo con estrépito, derramando el resto de su contenido sobre las baldosas.

—¿Minou?

Alis se había quedado dormida, acurrucada en el sillón de su padre, y el ruido la sobresaltó y la despertó. También despertó al gato que dormitaba en su falda, que huyó despavorido. Las mejillas enrojecidas de la niña inquietaron a Rixende.

—No, pequeña, soy yo —le dijo, cubriéndole las piernas con la manta—. No ha sido nada. Se me ha caído un cazo y por eso te has despertado. Vuelve a dormir.

Alis se la quedó mirando.

—¿No ha vuelto Minou?

A Rixende se le encogió el corazón. Detestaba ver a la niña más pálida y delgada con cada día que pasaba. De hecho, habría preferido perder su salario diario y que madame Noubel se la llevara a su casa de la Bastide. Le resultaba demasiado doloroso presenciar su tristeza.

Alis cerró los ojos. Al cabo de un momento, su respiración agitada volvió a serenarse. Sin Aimeric ni Minou para jugar con ella, no salía casi nunca. Se había quedado muy pequeña, toda piel y huesos. Hasta los rizos negros, aplastados sobre las mejillas, parecían no tener vida.

Rixende se apresuró a limpiar el suelo y abrió la puerta para que saliera el olor a quemado. Podía hacer muy poco para aliviar el sufrimiento de Alis, tan solo procurarle algunos remedios para la tos: regaliz, leche caliente, miel, jarabe...

Miró por la ventana mientras la luz del crepúsculo danzaba sobre el muro del fondo de la casa. Solo tardaría un momento. Alis se había vuelto a quedar profundamente dormida. Madame Noubel no volvería antes del anochecer. Si se daba prisa, podía correr hasta su casa, pedirle un poco de leche a su madre y volver en menos de media hora.

Rixende descolgó una jarra de barro de un gancho de la pared, comprobó que el fuego ardía sin peligro y salió a la calle por la puerta trasera.

Nadie se daría cuenta.

39

Toulouse

Por encima de la sala donde se estaban celebrando las conversaciones, Piet atravesó el estrecho puente de piedra en lo alto de la escalinata, saltó la balaustrada y cayó en un palco, fuera de la vista de todos.

Mucho más abajo distinguió una masa de rostros. La sala era cavernosa. Paredes de ladrillo rojo ascendían de forma vertiginosa hacia un techo abovedado. Al sur, seis ventanas alargadas de vidrio corriente, varias veces más altas que un hombre, dominaban los pórticos del claustro y el refectorio. Al norte se extendían varias filas de bancos de madera, donde solían sentarse los monjes.

En el lado oeste de la sala habían instalado un estrado con cinco sillas eclesiásticas de respaldo alto. Una puerta conducía directamente desde el escenario hasta una antesala, separada del resto por un tapiz que representaba al mismísimo san Agustín. Bajo el escenario, en un banco alargado de roble, había dos amanuenses encorvados, con un juego de tinteros y plumas blancas delante, dispuestos a registrar las palabras del debate.

Piet se encontraba en un lugar demasiado elevado para distinguir las expresiones de cualquiera de los hombres que divisaba ahí abajo, pero el estilo de su indumentaria revelaba sus lealtades: los rojos y morados del capítulo de la catedral, los negros y grises de los abogados y otros hombres de leyes, los ribetes dorados de las togas de los jueces, y los verdes y azules de la guardia de la ciudad. Piet buscó con la mirada a los líderes hugonotes, entre ellos Saux, Popelinière y el pastor Jean Barrelles. Un día y medio después del comienzo de los disturbios, los ánimos seguían caldeados.

—No lo aceptaremos —declaró alguien.

A continuación se produjo un estallido de quejas y todos se pusieron a hablar al mismo tiempo. Se agitaron índices acusadores y un sacerdote levantó las manos mientras el senescal de Toulouse ordenaba a un sirviente que fuera a buscar más vino. Conducía la asamblea el presidente del Parlamento, Jean de Mansencal, que golpeó la mesa con un martillo.

—¡Silencio!

—¡Insultan al rey cuando se niegan a acatar los estatutos de...!

—¡Y ustedes ofenden a Dios con su...!

Piet vio que Saux giraba la cabeza, con los puños apretados.

—¡Orden! ¡Orden! —gritó uno de los jueces—. ¡Señores, por favor! Dejemos a un lado este asunto por un momento y analicemos en cambio...

La sugerencia quedó sofocada por otra marea de gritos airados. Piet inspeccionó la sala con la mirada y reconoció al famoso vendedor de armas de Toulouse, Pierre Delpech, de pie en el lado de los católicos junto a un hombre corpulento con la frente perlada de sudor.

—No tengo la llave —dijo Minou en voz alta.

Su voz despertó ecos en la oscura bóveda del sótano. Pero ¿qué otra cosa podía esperar? Si lo que tenía ante ella era una entrada oculta de la bodega desde la casa, resultaba evidente que la llave tenía que estar del otro lado de la puerta.

De repente, oyó nuevos pasos por encima de su cabeza. Transcurridos unos instantes, oyó unos golpecitos.

—Minou... —susurró una voz—. ¿Estás ahí?

El corazón le dio un salto de alegría.

—Aimeric —dijo, apoyando las dos manos en la puerta—. ¿Está la llave en tu lado?

Oyó que la llave giraba en la cerradura y la puerta se abrió. Al otro lado estaba su hermano, con una sonrisa triunfal.

—¡Brillante! ¡Eres brillante, Aimeric!

El chico la rodeó con los brazos.

—¡Pensé que estabas muerta! —exclamó al borde de las lágrimas—. Ayer, cuando regresaron sin ti, pensé que te habían matado, aunque la vieja bruja Montfort no dejaba de repetir que te habías fugado.

—¿Fugado? ¡¿Cómo podías pensar que iba a marcharme sin ti?! ¡No te dejaría por nada del mundo!

Incómodo con la demostración de afecto de su hermana, Aimeric dio un paso atrás.

—No lo pensé ni por un momento, pero la bruja dijo que te había visto en brazos de un soldado..., de un hugonote..., y que habías huido con él.

Minou se sonrojó.

—Madame Montfort es una mujer desagradable y ruin que no sabe controlar ni la imaginación ni la lengua. —Frunció el ceño—. ¿Y nuestra tía? ¿Se ha creído las mentiras de madame Montfort?

Aimeric se encogió de hombros.

—A mí nadie me dice nada, pero la tía se pasa el día encerrada en su habitación, llorando. —Hizo una pausa—. Me alegro de que estés a salvo.

Minou lo estrechó con fuerza contra su pecho.

—Como ves, estoy bien. Solo un poco sucia de polvo. Ven, vamos.

Cerró la puerta del sótano y los dos se dirigieron juntos hacia el pasillo que conducía a la casa principal.

—Madame Montfort ha dicho que los hugonotes atacaron la procesión de San Salvador. ¿Es verdad? —preguntó Aimeric.

—No. Los católicos atacaron un cortejo fúnebre hugonote y la procesión quedó atrapada en medio de la refriega.

—¿Por qué no volviste con ellas?

—Nos separamos y yo me desmayé. —Bajó la voz—. Pero Madame Montfort tenía razón en un detalle. Un hugonote me ayudó. ¡Era Piet, Aimeric! Me puso a salvo en el hospicio de la rue du Périgord y se quedó conmigo hasta que he recuperado el conocimiento esta mañana.

—¡Piet! —Los ojos de Aimeric resplandecieron—. ¡Sabía que conseguiría salir de Carcasona! ¿Te habló de mí? ¿Te contó cómo lo ayudé?

Minou se echó a reír.

—Ahora que lo dices, sí, me lo contó. Por mi parte, lo regañé por ponerte en peligro. Y ha prometido reparar su error enseñándote a lanzar el cuchillo tal como te prometió.

—¿Cuándo?

—Eso habrá que verlo. —La sonrisa se le borró de la cara—. Lo cierto es que Piet es hugonote. Nuestro tío es uno de los católicos más prominentes de Toulouse y odia profundamente a todos los protestantes. De momento, en medio de tantos conflictos, será difícil.

—¡Pero yo no soy católico! —exclamó Aimeric—. O, mejor dicho, sí lo soy, pero me da lo mismo. Me gusta Piet.

—En estos tiempos, *petit*, no puede darte lo mismo. Sin embargo, por lo que he oído, los dos bandos se han reunido esta tarde para negociar una tregua. Si Dios quiere, todo se arreglará y la vida en Toulouse volverá a la normalidad.

Al llegar al último peldaño, salieron a la capilla privada. Reinaba el silencio y todo estaba en calma: los cirios apagados, la patena de plata y los escabeles con el escudo de los Boussay bordado pulcramente situados delante del altar. Minou se desprendió una telaraña del pelo y repasó con la palma de la mano la puerta del sótano. La superficie era lisa por completo y encajaba a la perfección en el revestimiento de madera de las paredes. Desde fuera, con la excepción de la cerradura, nada parecía indicar que allí hubiera una puerta.

—¿Cómo sabías que estaba aquí? ¿Cómo se te ha ocurrido venir a buscarme al sótano?

—La doncella de la cocina te ha visto discutiendo con madame Montfort en el patio y ha venido a contármelo. Cuando he ido a buscarte y no te he encontrado, he supuesto lo que había pasado.

Aimeric se sentó en el banco estrecho de respaldo recto y estiró las piernas.

—Esto es más agradable cuando no hay nadie —comentó—. Mucho más tranquilo.

Minou frunció el ceño.

—La conducta de madame Montfort ha sido muy extraña. La he visto hablando con Martineau en el patio, y, antes de que yo pudiera reaccionar, me ha golpeado y me ha encerrado ahí abajo.

—Esos dos siempre están conspirando. Ella roba cosas y Martineau las saca a escondidas de la casa cuando piensa que nadie lo ve.

Minou se sentó a su lado.

—¿La estás acusando de ladrona? A mí tampoco me gusta, pero no debes dejarte llevar por la imaginación.

Aimeric se encogió de hombros.

—La he visto. Se encuentra con el mayordomo en la capilla, o a veces en el estudio del tío, por la tarde, cuando todos están durmiendo. Tiene las llaves de todas las habitaciones y de todos los armarios. Unas veces se llevan alguna cosa pequeña, otras he visto salir a Martineau por la puerta de la cocina con un saco de harina a rastras. La semana pasada desapareció un candelabro. —Señaló con un gesto el altar, y Minou observó que había dos, pero no eran iguales—. Acusaron a una de las doncellas, pero yo estoy seguro de que se lo llevó madame Montfort. Y la tía Boussay siempre está perdiendo cosas. Un broche, un collar... El otro día oí que el tío le recriminaba a gritos su descuido.

Minou pensó que si Aimeric estaba en lo cierto respecto a las actividades clandestinas de madame Montfort, eso explicaría su pánico al verla y también su disgusto ante la presencia de ella y de su hermano en la casa.

—Hay una cantidad enorme de cajas y toneles en el sótano —dijo la joven, echando una mirada a la puerta—. Pólvora, arcabuces, munición...

Los ojos de Aimeric se iluminaron.

—Entonces ¡era eso lo que hacían por la noche!

—¿Lo sabías?

El chico hizo un gesto vago.

—No sabía de qué se trataba, pero estaba seguro de que se traían algo entre manos. Por la noche, cuando no puedo dormir, a veces salgo al balcón. —Suspiró—. Me recuerda los ratos que pasaba con Bérenger, sentado en lo alto de las murallas de la Cité, mirando las estrellas.

Minou le apretó cariñosamente la mano.

—Siento que seas tan desgraciado.

El chico volvió a encogerse de hombros.

—Ya me estoy acostumbrando. Sea como sea, la mitad de las casas de la ciudad se están convirtiendo en almacenes de armas.

—No lo sabía. Y creo que madame Montfort tampoco lo sabe, porque de lo contrario no me habría encerrado ahí abajo.

—Apuesto a que sí lo sabe, pero Martineau y ella se están volviendo menos cuidadosos ahora que el tío casi nunca está en casa. —Hizo una pausa y bajó la vista—. Pero tú estás bien, ¿no? ¿Alguien te ha hecho daño? Porque si es así, yo...

Minou le pasó un brazo por los hombros.

—Estoy bien, mi valiente y querido hermanito. ¿El tío ha vuelto?

—No. Ha salido a mediodía y no ha regresado.

—Necesito hablar con la tía para desmentir las falsedades que le pueda haber contado madame Montfort. ¿Puedes quedarte vigilando? No me llevará mucho tiempo.

—A su servicio, noble dama —respondió Aimeric con una reverencia—. Déjalo a mi cuidado.

Delpech le estaba haciendo gestos a alguien al otro lado de la sala, fuera de la línea de visión de Piet, para que se reuniera con él. Mientras tanto, numerosos monjes y soldados estaban entrando en el amplio recinto para oír el veredicto.

Un escriba le entregó un pergamino a un sirviente, que se lo llevó a Jean de Mansencal. Este lo leyó, asintió para expresar su aprobación y se puso de pie. Se hizo un silencio.

—Por la autoridad que represento —anunció— y en presencia de los honorables *capitouls* del ayuntamiento, su excelencia el senescal de Toulouse y mis colegas jueces del Parlamento, estos son los términos de la tregua acordada en esta sala el viernes 3 de abril del año de nuestro Señor 1562.

Piet notó que estaba conteniendo la respiración. ¿Sería justa la decisión? ¿Sería ecuánime? ¿Sería el instrumento para que Toulouse evitara la guerra civil, o por el contrario la desencadenaría? Sería preciso pagar un precio, pero ¿quién lo pagaría?

—En el día de hoy queda decretado —leyó Mansencal— que los deberes y derechos estipulados por el Edicto de Tolerancia del pasado mes de enero serán respetados y conservados. Por lo tanto, de conformidad con dichas condiciones, se acuerda que la comunidad hugonota de Toulouse podrá mantener, con sus propios medios y a sus expensas, una fuerza de no más de doscientos hombres desarmados para proteger sus personas y propiedades.

Un grito de indignación brotó de ambos lados de la sala. Para unos era demasiado y para otros, insuficiente.

—Con igual consideración y... —Mansencal se interrumpió y levantó la voz para que lo oyeran—. Con igual consideración y en los mismos términos estipulados en el Edicto de Tolerancia, la comunidad católica podrá mantener una fuerza de similar número, que servirá a las órdenes de cuatro capitanes profesionales, responsables del reclutamiento de los guardias de la ciudad y bajo el control directo de las autoridades municipales.

Estalló otro griterío. Piet pensó con disgusto que se comportaban como escolares, protestando por el mero hecho de protestar. Había vidas inocentes en juego, y esa gente no parecía apreciar la gravedad de la situación.

—El resto de los soldados —continuó Mansencal, que para entonces se expresaba a voz en cuello—, tanto aquellos que se encuentren dentro de los límites de la ciudad por invitación, como los integrantes de las milicias privadas y los voluntarios, con la única excepción de aquellos que cumplan las condiciones arriba especificadas, se retirarán de inmediato de Toulouse. Se considerará una infracción de los términos de esta tregua el toque de las campanas a rebato o cualquier otro llamamiento a las armas. Por último, queda acordado por las autoridades de ambas facciones que mis funcionarios y los del ayuntamiento emprenderán una investigación para identificar a los responsables de los daños materiales y personales sufridos desde el mediodía del segundo día de abril hasta el mediodía de hoy, y proceder así al castigo de los culpables.

Uno de los jueces golpeó la mesa con su martillo y Mansencal levantó una mano.

—Tal es la decisión de los aquí reunidos que así lo manifiestan delante de Dios y en nombre de sus majestades el rey y la reina regente. Es deber de todo hombre respetar los términos de la tregua por el bien de Toulouse. *Vive le Roi!*

A una señal, sonaron los clarines, excluyendo toda pregunta, y el presidente abandonó la sala seguido de los otros jueces, el séquito del senescal y los ocho *capitouls*.

Durante un momento reinó el silencio, pero enseguida estalló un alboroto infernal. Muchos de los presentes corrieron hacia las puertas, apartando a los demás a codazos, en su prisa por regresar con los suyos para informar de la decisión.

En su mirador en las alturas, Piet se recostó en una columna. ¿Habría alguna probabilidad de que se llevara a cabo una investigación justa para identificar a los auténticos culpables de los disturbios, ya fueran católicos o hugonotes, o acabarían pagando unos inocentes, que serían ejecutados en la horca, solamente para restablecer el orden público? Estaba convencido de que cada bando aseguraría respetar los términos de la tregua mientras se preparaba para el próximo enfrentamiento. Incluso antes de los tumultos, la ciudad estaba inundada de armas, y a partir de ese momento la situación podía empeorar aún más. Piet pensó con amargura que hombres como Delpech aprovecharían las circunstancias.

Bajó la vista para ver si todavía seguía allí el traficante de armas. Lo vio atravesando la sala, flanqueado por un grupo de funcionarios de bajo rango del ayuntamiento y varios clérigos, entre ellos un canónigo de la catedral. Era un hombre alto y de aspecto imponente. Acalorado quizá por el ambiente sofocante de la sala, el clérigo se quitó brevemente la birreta, se pasó una mano por el pelo y volvió a ponérsela. Sus cabellos eran negros con un mechón blanco.

Vidal.

Al principio, Piet sintió una oleada de alivio, pero a continuación una miríada de imágenes asaltaron sus sentidos y desfilaron por su mente como en un sueño inducido por las drogas: el hábito rojo de Vidal en la catedral de Saint-Nazaire al alba; la casa de los Fournier como escenario de una mascarada o un juego de espejos; el vino de sabor extraño que le había hecho perder el sentido, y la sensación de yacer sobre la tierra fría, a la sombra de las murallas medievales de la Cité.

¿Para qué tanto esfuerzo? ¿Por el sudario de Antioquía?

Piet sabía que la respuesta era afirmativa. Era un objeto sagrado y de gran importancia para la Iglesia católica, una reliquia con fama de obrar milagros. Vidal habría hecho cualquier cosa por recuperarla.

Entonces, volvió a hacerse la misma pregunta, que sentía como una espina clavada bajo la piel. ¿Por qué se había tomado Vidal tanto trabajo para capturarlo e interrogarlo si después lo había dejado en libertad? Solamente podía haber una respuesta y era imposible negarla. A Vidal le resultaba más útil tenerlo en libertad que en la cárcel, al menos de momento. Y había sido Vidal quien había ordenado que lo siguieran. No era su imaginación, sino la realidad.

Piet se sintió a la deriva, exhausto por el trabajo y el sufrimiento de los últimos días, la falta de sueño y la lucha por la supervivencia. No tenía más remedio que reconocer que el hombre que había sido su mejor amigo se había convertido en su más peligroso enemigo. Vidal, que estaba vivo y no muerto. Que no se hallaba en las mazmorras, sino allí, y era claramente un hombre influyente y de gran poder en el corazón de la bestia.

Su alivio al descubrir que Vidal se había salvado se desvaneció, dejando en su lugar el sabor frío y amargo de la traición.

40

Carcasona

Blanche puso otra moneda en la mano de Marie.

—Ya no necesitaré tu ayuda.

—Si hubiera un puesto para mí en su servicio, señora, ¿me tendría en cuenta? Soy muy trabajadora; estoy dispuesta a viajar con usted a donde sea preciso, cuanto más lejos de Carcasona mejor, y además...

—Ya basta. —Blanche ya había averiguado lo que quería y solo pensaba en deshacerse de la niña—. No necesito ninguna doncella.

Marie se sonrojó y se marchó cabizbaja, y Blanche esperó a que se perdiera por uno de los callejones que partían de la plaza. Entonces llamó a su criado, que la había estado siguiendo a una distancia discreta desde que habían salido del palacio episcopal.

—Prepara el carruaje para salir enseguida. Partiremos hacia Puivert en cuanto concluya mis asuntos.

El hombre se fue tras hacerle una reverencia.

Blanche se dirigió a casa de los Joubert. Un rosal silvestre sin podar crecía sobre el dintel. Por Marie sabía que la familia se componía del propio Joubert, cuya esposa había caído víctima de la epidemia de peste cinco años atrás, y de sus tres hijos: una joven de diecinueve años llamada Marguerite, a quien todos conocían con el apodo de Minou, un chico de trece años de nombre Aimeric y una niña pequeña llamada Alis.

Blanche consideró las posibilidades. Fue una contrariedad descubrir que los dos hijos mayores se encontraban en ese momento en Toulouse. Con apenas siete años de edad, Alis era demasiado joven para ser objeto de su interés. Si Blanche lo hubiera sabido antes, no se habría desplazado hasta Carcasona.

Pero no se inquietó. Sabía que Dios estaba de su parte. Todo sucedía por una causa y de acuerdo con el plan del Todopoderoso.

Se santiguó y llamó a la puerta. Marie Galy tenía muy mala opinión de la criada de los Joubert. Se la había descrito como una chica tonta y torpe. Por lo tanto, Blanche no preveía grandes dificultades para entrar en la casa. A partir de ahí, no tenía ningún plan. Esperó. Al ver que la sirvienta no salía a recibirla, tiró del picaporte y descubrió que la puerta no estaba cerrada con llave.

Su primera impresión fue que la casa estaba limpia y cuidada. Era evidente que la criada no era tan inepta como Marie le había hecho creer. Los colgadores del pasillo brillaban y había un baúl de madera pulido como un espejo. Blanche abrió la tapa, que desprendió un familiar olor a cera de abejas, y encontró en su interior una pila de ropa blanca pulcramente plegada. Todas las piezas estaban muy gastadas, pero limpias y planchadas. ¿Sería un buen lugar para esconder un documento valioso? Inspeccionó un momento el interior del baúl, pero no vio nada interesante.

Entonces siguió hasta la cocina el olor a leche quemada, suponiendo que encontraría a la criada en pleno trabajo, pero también esa habitación estaba vacía. El cazo ennegrecido yacía al otro lado de la puerta trasera, que estaba abierta. Más allá del pequeño patio, la verja que daba a la calle se balanceaba. Si la criada hubiese estado a su servicio, Blanche la habría azotado por su negligencia.

Abrió la cómoda y empezó a registrar los cajones, pero tampoco encontró nada relevante. Lamentó no haber ido en primer lugar a la librería de Joubert en la Bastide. Era más probable que los documentos importantes estuvieran guardados allí y no en la casa familiar. Sin embargo, quien le interesaba era Minou.

Solo cuando se volvió hacia la chimenea descubrió a una niña dormida en un sillón, con un gatito en la falda.

¿Sería Alis?

Dio un brusco paso al frente que sobresaltó al gato. El animal saltó del regazo de la niña, como una efímera pincelada de piel atigrada, y huyó corriendo al patio.

La pequeña se despertó, abriendo con sorpresa sus grandes ojos negros.

—¿Quién es? ¿Dónde está Rixende?

Toulouse

Piet salió de su escondite y se perdió entre el nutrido grupo de hombres que salían del monasterio. Sus pensamientos giraban vertiginosamente, como moscas atrapadas en un frasco, y su ira iba en aumento. ¿Había sido Vidal quien le había puesto alguna sustancia en el vino aquella noche? Hasta ese momento, había intentado sofocar las sospechas, por su necesidad de conservar la fe en su amigo y en la amistad que los unía. Durante semanas se había dicho que, aunque Vidal y él veían el mundo con ojos diferentes, los dos se guiaban por la decencia y el sentido del honor.

Ni siquiera sabía adónde dirigirse. ¿De vuelta a la taberna, para reunirse con McCone y disculparse con Crompton por haber perdido los estribos? Pero eso era lo último que deseaba en ese momento. ¿Debía regresar a sus habitaciones en la rue des Pénitents Gris? ¿Con qué propósito?

Tenía muy poca fe en el mantenimiento de la tregua. Tanto los líderes católicos como los protestantes se sentían agraviados y creían que las concesiones al otro bando habían sido excesivas, con muy pocas compensaciones a cambio. La ciudad estaba inundada de armas y hostilidad. Fueran cuales fuesen los términos de la tregua, Piet estaba convencido de que ninguna de las dos facciones se desarmaría. Toulouse se encontraba al borde del abismo.

Pensó entonces en el hospicio. Al menos allí podría hacer algo de provecho. Le vino a la mente la imagen de Minou y entonces, de repente, sintió que había un propósito en su vida, una posibilidad de salir adelante. ¿Cuántas horas habían pasado desde que se habían despedido? El tiempo había transcurrido precipitadamente y a la vez con lentitud durante la larga jornada. Pateó una piedra que encontró en el suelo y la oyó botar varias veces sobre el empedrado. ¡Si al menos pudiera ver a Minou!

Por un momento se permitió perderse en sus ensoñaciones, pero enseguida volvió a la realidad. Durante los tumultos y las extrañas horas posteriores, la ciudad había vivido sumida en un estado de salvaje libertad que les había permitido estar juntos. Por muy frágil que fuera la tregua alcanzada gracias al reciente acuerdo, ahora todo volvería la normalidad, al menos durante un tiempo. Minou era católica y él, hugonote. ¿Qué precio tendría que pagar ella si la vieran en su compañía?

Decidió ir a la iglesia de Saint-Taur y tratar de ordenar el torbellino de pensamientos que lo inquietaban: la traición de Vidal, el asesinato de Michel, la presencia de Crompton y Devereux en Toulouse y la oportuna muerte del sastre en la Daurade. Todos ellos tenían relación con el sudario.

Si la tregua se mantenía, todo iría bien. Si no, era posible que Piet no volviera a tener una oportunidad de recuperar la valiosa reliquia original de su escondite.

Carcasona

—Rixende ha ido a buscar más leche —dijo Blanche, señalando el cazo ennegrecido.

Todo parecía indicar que su suposición era correcta.

—¿A casa de su madre? —preguntó Alis.

—Ha dicho que no tardaría mucho.

Alis se incorporó en el sillón y se acomodó la manta sobre la falda.

—Es lo que dice siempre. Sale a menudo, cuando madame Noubel no está aquí. Dice que volverá enseguida, pero se pone a charlar y pasan las horas. A mí no me importa, porque habla demasiado y me cansa. —De repente, la niña recordó que estaba hablando con una desconocida—. ¿Quién es usted? —volvió a preguntarle.

Blanche sonrió.

—Una amiga.

La pequeña observó su elegante indumentaria y frunció el ceño.

—No parece una amiga de Rixende.

Blanche se echó a reír.

—No soy amiga de tu criada, tontita, sino de tu hermana. Vengo de Toulouse.

La expresión de Alis se transformó.

—¿La ha enviado Minou? ¿Me va a llevar con ella?

La mujer pensó que era tremendamente fácil embaucar a la niña y rezó para que todo le saliera bien.

—Tu hermana te echa mucho de menos y quiere que te reúnas con ella. También Aimeric te extraña.

Alis arrugó el entrecejo.

—No creo que Aimeric piense mucho en mí. Dice que las niñas son aburridas y fastidiosas.

Blanche entrelazó ambas manos.

—Ya irás aprendiendo, a medida que te hagas mayor, que los hombres a menudo dicen una cosa y piensan otra.

—Aimeric no es un hombre —replicó Alis con una risita—. Es un niño estúpido. ¿Iremos hoy?

—¡Sí, claro que sí! —exclamó Blanche, consciente de que la criada o esa tal madame Noubel podían regresar en cualquier momento.

Por otro lado, veía que Alis aún la miraba con cierta desconfianza. No podía presionarla. Era esencial que la niña la acompañara por su propia voluntad. Las calles de la Cité estaban muy animadas a esa hora de la tarde y habría mucha gente que podría verlas.

—Mi carruaje nos espera en la place Saint-Nazaire.

—¿Qué ha dicho Minou que lleve, madame?

—Tu hermana lo tiene todo preparado para ti en Toulouse: ropa para la ciudad, juguetes...

—¿Juguetes? ¡Pero si sabe que no me gustan!

—Estaba bromeando —se corrigió enseguida Blanche, al comprender que había cometido un error—. Cuando le sugerí que te compráramos una muñeca, Minou me dijo que nunca te habías entretenido con ese tipo de juegos.

La niña asintió.

—Prefiero leer.

—En efecto. También me ha dicho que estás muy adelantada para tu edad. Tiene muchos libros nuevos esperándote. Pero estamos perdiendo la tarde en conversaciones y tenemos todo el viaje por delante para charlar y conocernos.

—¿Puedo llevar a mi gatita? Si la llamo, vendrá enseguida.

—El pobre animalito sufriría demasiado confinado en un carruaje. —Blanche aplaudió un par de veces para distraer a la pequeña—. ¡Vamos, recoge tus cosas! Cuanto antes salgamos, antes llegaremos a Toulouse.

—Llevaré mi mejor capa, mis guantes y mi medicina. Madame Noubel volverá cuando anochezca. En cuanto me haya preparado una cantidad suficiente de medicina para el viaje, podremos salir. ¿Es muy grande su carruaje?

—Sí, ¡y con tiro doble de cuatro caballos! Pero el viaje es largo. Me encantaría conocer a madame Noubel, ya que Minou la adora, pero me temo que no podemos esperar. Tenemos que partir ahora mismo.

Alis frunció el ceño.

—¡No puedo irme sin mi medicina! Tengo que llevarla a donde vaya.

—Minou sabe mejor que nadie cuándo debes tomarla, ¿verdad? —Blanche se arriesgó a apoyar una mano sobre el menudo hombro de la niña—. Cuando estés con ella, no necesitarás a madame Noubel.

La expresión de Alis se iluminó.

—¡Es verdad!

—Y si salimos ahora, estarás con Minou antes de que salga el sol mañana por la mañana. ¡Imagina su alegría cuando te vea! Por otro lado, si retrasamos nuestra partida, no llegaremos a Toulouse hasta mañana por la tarde, como muy pronto.

—Pero madame Noubel me ha dicho que no debo salir de casa.

Blanche fingió reflexionar.

—Le dejaremos una carta para explicarle nuestra prisa. Cuando la lea, no tendrá ningún motivo para preocuparse. Después de todo, estamos haciendo lo que nos ha pedido Minou.

—Es cierto —dijo Alis aún dubitativa.

—Muy bien, entonces está decidido. Ponte la ropa de viaje mientras yo escribo la carta. Después saldremos. Date prisa.

Mientras Alis se vestía, Blanche buscó en la habitación hasta encontrar un trozo de papel donde escribir. Sobre la repisa de la chimenea, había un dibujo descolorido, un viejo bosquejo trazado con tiza. El reverso estaba en blanco.

Con un trozo de carbón de la chimenea, Blanche escribió «MADAME NOUBEL», plegó la hoja y la depositó sobre la repisa.

—Ya está —dijo, cuando Alis volvió a la habitación—. ¿Estás lista?

—Sí, madame.

Blanche le tendió la mano y, tras un instante de duda, la pequeña se la tomó.

41

Toulouse

—Muy bien —susurró Minou—. Si ves que viene alguien, silba.

Al pie de la ancha escalera, Aimeric levantó el pulgar.

—Date prisa.

Minou corrió por el pasillo del piso de arriba hasta la habitación de su tía y llamó a la puerta.

—Tía —dijo en voz baja—. Tía, soy yo, Minou. ¿Puedo pasar?

La puerta se entreabrió y una doncella miró por la rendija.

—Madame Boussay no puede recibir a nadie —anunció—. Son instrucciones de madame Montfort.

—Pero yo vengo de parte de madame Montfort —mintió Minou.

La puerta se abrió un poco más. La doncella había pasado la mayor parte del día encerrada con su señora y empezaba a aburrirse.

—No quiero meterme en un lío. Madame Montfort se ha levantado con un humor de perros.

—No te meterás en ningún lío —replicó Minou.

En ese momento se oyó un estallido de carcajadas en el patio y, a continuación, unos gritos airados de madame Montfort. Mientras la doncella se asomaba para ver qué pasaba, Minou se coló por la puerta y entró en la habitación.

—Será solo un momento —le aseguró a la criada mientras cerraba la puerta.

Con las manos atadas a la espalda y los ojos vendados, Oliver Crompton fue conducido por una serie de pasadizos subterráneos. Sus pies descalzos chapoteaban por el suelo húmedo. A través de la capucha de arpillera que le cubría el rostro, percibía olor a sangre y hedor a alcantarillas, azufre y vegetación acuática medio podrida, y sentía el frío de las paredes de ladrillo que rezumaban humedad.

Sabía que se encontraba en las mazmorras de la Inquisición, el infame laberinto de bóvedas, cámaras y túneles de la place du Salin. Allí un hombre podía perderse y desaparecer de la faz de la tierra. Pocos de los que entraban salían con vida. Y, según se decía, los que volvían a ver la luz estaban tan lastimados por el sufrimiento padecido que era como si estuvieran muertos.

A medida que el grupo avanzaba, la pestilencia era cada vez más insoportable: una fetidez tóxica, hecha de miedo, excrementos, náuseas y humillación. A los prisioneros que habían confesado los encerraban en las mismas celdas que a aquellos que aún resistían, como recordatorio de los estragos que el infame oficio del torturador podía obrar en la frágil carne humana.

Crompton no podía entender cómo había llegado hasta allí. Tenía que ser un error. Hacía apenas un par de horas estaba caminando por la calle, maldiciéndose por haber permitido que el melindroso desdén de Piet lo hiciera perder los estribos. Lamentaba haber salido furioso de la taberna. El holandés no le gustaba, y la antipatía era mutua, pero los dos estaban en el mismo bando. Al cabo de un rato se había tragado el orgullo y había decidido regresar para disculparse y revelarle a Piet la información que había obtenido en el barrio de la Daurade. Pero, cuando llegó a la taberna, el holandés se había marchado.

Lo estuvo esperando un rato y después fue en busca de su primo, Devereux. Al doblar la esquina de la rue des Arts, lo asaltaron. Le cubrieron la cabeza con una capucha y lo cargaron en un carro. De ese modo lo habían transportado por la ciudad.

En las mazmorras de la Inquisición, Crompton tropezó con un peldaño y después sintió que lo empujaban. Le retorcieron los brazos detrás de la espalda y le quitaron la capucha. Parpadeó un par de veces para acostumbrar la vista a la luz de las antorchas colgadas de la pared. Entonces se le congeló el aliento y se le aceleró el corazón.

Estaba en la sala de torturas, atestada de testimonios del sufrimiento de otros prisioneros. Había manchas de sangre seca en las paredes y charcos de sangre fresca en el suelo. A su izquierda vio una silla de hierro con clavos ensangrentados en el asiento y correas que colgaban de los apoyabrazos; y sobre la pared de la derecha, grilletes y una pera veneciana, el más ruin de los instrumentos de tortura. También vio ganchos de los que podía quedar suspendida una víctima durante horas, hasta que su propio peso le separaba la carne de los huesos. En medio de la sala había más cuerdas y el temido potro de tortura.

Crompton podía entender la lucha callejera o el enfrentamiento cara a cara con un hombre, pero lo que veía a su alrededor estaba más allá de su comprensión.

En el rincón más apartado distinguió un escritorio, con plumas y tinteros. La presencia de objetos tan cotidianos y benignos en un lugar tan infernal le produjo náuseas. Tres hombres con las facciones ocultas por gruesas capuchas de fieltro ya estaban sentados, dispuestos a registrar todas sus palabras.

—¿Qué hago aquí?

Desde las sombras, le llegó otra pregunta.

—¿Por qué crees que te hemos traído?

—Porque se han equivocado de persona.

—Prueba otra respuesta.

—De verdad les digo que se han equivocado —insistió, tratando de serenar la voz—. Soy inglés y estoy de visita en Toulouse.

El inquisidor se echó a reír.

—Por ley, tengo derecho a saber de qué se me acusa —insistió Crompton.

—¿Sabes dónde estás?

—Antes dígame quién es usted y por qué estoy detenido.

—¿Te crees en condiciones de negociar, perro hugonote? Nadie sabe que te encuentras aquí.

Crompton intentó mantenerse firme. Había oído muchas veces que era imposible anticipar cómo reaccionaría una persona ante la tortura física, pero él se consideraba un hombre duro y valiente.

—No sé por qué me han traído.

—Eres un traidor. Formas parte de una conspiración contra el rey.

—¡No es cierto! Soy leal al rey.

El inquisidor agitó un fajo de papeles.

—Aquí lo tenemos todo: las reuniones, la conjura, los traidores con los que te has reunido...

—No he hecho nada malo. Se ha equivocado de persona.

El inquisidor salió de detrás del escritorio, enarbolando un único documento.

—Aquí dice que el pasado 29 de febrero otros conspiradores y tú se reunieron con un tercero en Carcasona y adquirieron una reliquia sagrada para la fe católica, ¡una reliquia de valor incalculable!, con el propósito de financiar una rebelión contra el monarca. ¿Lo niegas?

La respuesta que Crompton tenía preparada se le congeló en la garganta. Se esperaba cualquier cosa menos eso. ¿Todo por un retazo de tela? De hecho, había olvidado completamente el sudario. Se había deshecho de él con tanta rapidez como lo había adquirido, y a un precio muy superior del que había pagado.

—No sé de qué me habla —arriesgó—. ¿Quién me acusa?

—Además —prosiguió el inquisidor—, sabemos que no solo eres un blasfemo, sino también un traidor a tu propia causa, ya que procediste a sustituir el verdadero sudario por una falsificación y destinaste las ganancias a financiar los ejércitos del príncipe de Condé.

—¡Imposible! —protestó Crompton—. Yo mismo lo vi y...

Se interrumpió bruscamente. No tendría que haber hablado. ¡Acababa de reconocer que lo había visto!

El inquisidor se puso a tamborilear con sus largos dedos sobre la mesa.

—Te haré unas preguntas. Si obras con sensatez, me contestarás por tu propia voluntad. Si no, mis ayudantes están aquí para ayudarte a refrescar la memoria. —El tamborileo se volvió cada vez más rápido y de repente se detuvo—. ¿Lo entiendes?

—Por mi vida le juro que no soy un traidor y que no sé nada de ninguna falsificación. —Se le empezaba a quebrar la voz—. Se ha equivocado de hombre.

—No engañas a nadie, excepto a ti mismo, Crompton —dijo el inquisidor, que a continuación se dirigió a los carceleros—. ¡Desnúdenlo!

Crompton se resistió, tratando de zafarse de los soldados, pero todo fue en vano. Lo arrastraron desnudo al potro, donde siguió debatiéndose, pateando y lanzando manotazos al aire mientras lo ataban.

—¿A quién le compraste la falsificación? ¿Cómo se acordó la transacción? ¿Cómo se llaman los que te ayudaron?

—No lo...

Su negativa se perdió en un grito con la primera vuelta del torno, que le dislocó el hombro.

—A ver, probemos de nuevo. ¿Qué sabes del hombre que se hace llamar Piet Reydon?

Aimeric sintió detrás del cuello la mano del mayordomo Martineau, que lo levantó y lo arrastró desde la escalera del sótano hasta el patio.

—¡Tendría que haberlo visto! —exclamó madame Montfort mientras avanzaba hacia ellos—. ¿Qué estabas haciendo ahí abajo? ¿Curioseando? ¿Distrayendo a los criados de su trabajo? ¡Eres un chico desobediente y ruin!

Aimeric estaba a punto de protestar cuando vio con el rabillo del ojo que Minou salía de la casa al patio. Al darse cuenta de que estaba bien y que madame Montfort no la había descubierto en las habitaciones de su tía, sonrió de alivio.

—¿Cómo te atreves? ¿Cómo osas reírte de mí? ¿Te crees que puedes comportarte como un campesino en una casa como esta? ¡Espera a que vuelva monsieur Boussay! Te dará tal azotaina que te garantizo que no podrás sentarte en una semana.

—¡Madame! —dijo Minou.

La mujer se volvió, asombrada de que Minou estuviera a sus espaldas. De inmediato echó un vistazo hacia la escalera del sótano.

—¿Cómo has...? —empezó, pero se interrumpió enseguida.

—Por desgracia, una racha de viento ha cerrado la puerta del sótano y me he quedado atrapada. Me sorprende que no lo haya notado. —Minou percibió incertidumbre en la expresión de madame Montfort—. Por fortuna, mi hermano me ha oído gritar pidiendo ayuda y me ha abierto la puerta que comunica el sótano con la capilla para que pudiera salir.

—¿La puerta de la capilla? —Madame Montfort intercambió una mirada con Martineau—. ¿Qué estaba haciendo entonces el chico aquí fuera?

—Supongo que habrá venido a comprobar si había algún fallo en el cerrojo de la puerta. No es normal que se cierre con tanta fuerza por un simple golpe de viento. Por eso estabas aquí, ¿no es así, Aimeric? Para que nadie vuelva a quedar atrapado.

Su hermano asintió.

—Así es.

Minou se volvió hacia madame Montfort.

—En otras circunstancias, le sugeriría que se disculpara. Pero como estoy segura de que ha actuado de buena fe, creo que no será necesario, ¿verdad, Aimeric?

—No le guardo rencor —dijo el chico.

Minou no podía creer que su actitud desafiante fuera a permitirle salirse con la suya, pero su plan estaba funcionando. Madame Montfort seguía controlando su mal genio.

—Suelta al chico —ordenó sin ganas.

Martineau lo soltó y enseguida se limpió las manos, como si tocar a Aimeric lo hubiera contaminado.

—Y ahora —dijo Minou—, si nos disculpa...

Le tendió el brazo a su hermano y echó a andar con él hacia la casa, esperando que en cualquier momento madame Montfort les ordenara que retrocedieran. Una vez que estuvieron dentro, con la puerta cerrada, sintió que las piernas se le aflojaban.

—Pagaremos por esto —comentó Aimeric entusiasmado—, ¡pero ha valido la pena! ¿Has visto qué cara se le ha quedado?

—¡Con su expresión habría podido congelar el Aude en verano! —contestó Minou riendo—. Pero ¿por qué estabas en el patio? ¿No te había dicho que vigilaras al pie de la escalera, dentro de la casa?

—Sí, pero poco después de que subieras madame Montfort ha entrado en la capilla, quizá para comprobar si la puerta estaba cerrada, no lo sé. Al cabo de un momento ha salido y se ha ido muy enfadada en dirección a la escalera. Temía que te sorprendiera y por eso he ido corriendo al patio y he dejado caer un cubo de agua por los peldaños para hacer mucho ruido y conseguir que ella también se acercara.

—Y tu plan ha funcionado. Lo has hecho muy bien.

El chico le hizo una florida reverencia.

—¿Has tenido tiempo de hablar con la tía?

—Creo que he podido aclarar las cosas —respondió Minou—. La tía no se cree del todo las mentiras de madame Montfort, pero es muy influenciable. Le he prometido que la acompañaremos a misa dentro de una hora. Siempre va a la iglesia los viernes, pero madame Montfort pretendía que se quedara en casa por los disturbios. Y la tía no quería desafiar a su cuñada.

—¡A mí no me apetece ir a la iglesia! —protestó Aimeric.

—Pero yo quiero que vengas conmigo —replicó Minou—. Y por más de una razón. Me he enterado de que mamá le envió a nuestra tía, cuando yo nací, una Biblia en francés.

—¿Y qué hay de raro en eso?

—Una Biblia en francés es una Biblia protestante —le explicó ella, recalcando cada palabra—. Monsieur Boussay le prohibió que se la quedara, pero por una vez la tía contrarió sus deseos. Como le daba miedo ocultarla en la casa, la escondió en la iglesia de Saint-Taur. —Minou hizo una pausa y sonrió con ironía—. ¿Qué mejor lugar que una iglesia para esconder una Biblia?

42

Carcasona

El carruaje estaba esperando en la place Saint-Nazaire y los caballos negros no dejaban de piafar, ansiosos por partir. Blanche levantó a Alis en brazos, la sentó en su sitio y le desató la cofia.

La niña se puso a acariciar con deleite el suave tapizado de los asientos.

—¡Nunca había viajado en un carruaje como este! ¡Es precioso!

Blanche se acomodó a su lado y el sirviente cerró la puerta. El carruaje se ladeó ligeramente cuando el criado se encaramó al pescante para sentarse junto al cochero. Un chasquido del látigo, una fuerte sacudida y las ruedas comenzaron a moverse. Estaban en camino.

—¿Podemos abrir las cortinas? —preguntó Alis.

—Mientras estemos en la Cité no.

Quizá la niña no reconociera el escudo del obispo de Toulouse en las puertas del carruaje, pero había otra gente capaz de reconocerlo, y Blanche no quería que vieran a Alis sentada en su interior.

—Cuando hayamos salido al camino, podrás contemplar el paisaje.

Alis se quedó sentada pacientemente, con las manos en las rodillas. Las grandes ruedas del carruaje pasaron atronando por la puerta de Saint-Nazaire y en el tramo entre las murallas internas y las externas el terreno se volvió menos firme.

En la puerta de Narbona, los detuvieron los guardias. Desde el interior de la cabina se oía la amortiguada conversación entre el sargento y el conductor, y Blanche rezaba para que los guardias no exigieran comprobar la identidad de las pasajeras.

—Es la voz de Bérenger —afirmó Alis.

—Silencio —le dijo Blanche, llevándose un dedo a los labios.

Enseguida, para su alivio, se oyó el golpe de una mano sobre un costado del carruaje y volvieron a ponerse en marcha.

—¡Espero que sus caballos sean veloces! —gritó Bérenger mientras se alejaban—. El tiempo cambiará esta noche.

—He salido solamente un momento —aseguró Rixende entre lágrimas—. No pensaba que pudiera pasar nada malo.

—Si no te lo he dicho mil veces, no te lo he dicho ninguna: «¡No dejes sola a Alis! ¡No la pierdas de vista!». ¡Te lo advertí! Y no solo te has ido, sino que además has dejado todas las puertas sin cerrojo.

—No ha sido más que un momento. He ido a buscar un poco de leche y...

—Se ha ido —dijo madame Noubel desesperada—. Ha desaparecido.

—Habrá salido a dar un paseo, o a casa de una amiga, o...

Madame Noubel señaló con un ademán el sillón, donde la gatita dormía sobre la manta abandonada.

—Alis nunca va a ningún sitio sin su mascota.

—Cuando ha venido Marie —gimió Rixende—, le he dicho que se marchara. ¡Le doy mi palabra, señora! No he hecho nada malo. No he dejado que entrara nadie. Solamente me he ausentado un cuarto de hora.

—¿Y qué venía a hacer aquí Marie Galy? ¡Ya sabe que Aimeric está en Toulouse!

—No lo sé. —Rixende retorció las puntas de su delantal hasta hacer con ellas un nudo—. He sido muy cortante con ella y no le he dicho nada.

Madame Noubel miró a su alrededor y le llamaron la atención algunas cosas: un cajón abierto, la cesta de la leña demasiado alejada de la chimenea, unos libros desordenados en la estantería y el sillón de Bernard arrimado a la pared. También reparó en el mapa dibujado mucho tiempo atrás por Florence, que ahora tenía su nombre escrito con letras mayúsculas en el reverso.

Lo tomó, pero no tenía ningún mensaje. Nada en absoluto. Sin embargo, era la prueba de que alguien había estado en la casa.

—¿Ha entrado Marie en la cocina?

—¡No! Ya le he dicho, madame, que no la he dejado pasar. No ha puesto ni un solo pie aquí dentro, se lo juro.

Cécile Noubel se sentó y dio unas palmadas sobre el asiento, a su lado.

—Ven aquí, Rixende. Empieza por el principio. Dime punto por punto todo lo que ha ocurrido esta tarde, desde el instante en que me he marchado.

Al poco tiempo de salir, Blanche y Alis tomaron el camino que discurría por campo abierto y los caballos comenzaron a ganar velocidad por el terreno ondulado.

—Ahora sí puedes contemplar el paisaje —dijo la mujer.

Alis apoyó las manos sobre el borde de la ventana y observó cómo quedaban atrás los arrabales de la Cité, sustituidos por granjas y solitarias casas dispersas, que cedieron el paso a su vez a los campos interminables del valle del Aude, donde se sucedían trigales, viñedos y huertos de árboles frutales. A lo lejos, se distinguían los escarpados picos de los Pirineos, coronados de nieve. El polvo del camino que levantaban los cascos de los caballos no tardó en invadir la cabina, por lo que la niña se alejó de la ventana y volvió a sentarse con la espalda erguida contra el respaldo.

—¡Parece que estemos volando como pájaros! —exclamó.

Blanche cerró las cortinas.

—Háblame de tu padre, Alis. ¿Por qué no te lleva a la librería? Una chica tan lista como tú podría ser una gran ayuda para él.

—Yo también lo creo —respondió la pequeña con su vocecita solemne—, pero ahora papá no está en la ciudad.

—¿Ah, no?

—Se marchó de Carcasona poco después de que Minou se fuera a Toulouse con Aimeric. Por eso madame Noubel viene a casa a cuidarme. —Hizo una pausa—. Creía que papá le había escrito a mi hermana para decírselo.

—Quizá la carta se perdió.

Blanche se sacó del interior de la capa un frasco de cristal azul. No creía que la niña fuera a notar que no se dirigían a Toulouse, pero pronto el camino se bifurcaría y no quería correr ningún riesgo.

—Ten, bebe esto —dijo—. Te ayudará a resistir mejor el viaje. Es preferible que tomes el remedio antes de que te sobrevengan las náuseas. —Retiró el tapón y le entregó el frasco a Alis—. Ten cuidado para que no se te caiga.

—¡Es precioso!

—Es de un lugar llamado Venecia.

—He oído hablar de Venecia —replicó Alis—. Allí las calles son de agua e incluso los más pobres se desplazan en unas barcas preciosas. Minou me lo ha contado.

Blanche la observó mientras se bebía la sustancia para dormir, mezclada con un poco de miel y romero para disimular el mal sabor.

—¡Es horrible!

—Los marineros holandeses toman este remedio antes de hacerse al mar, para aguantar las marejadas que se producen en la bocana del puerto.

Alis se bebió todo el contenido del frasco y se lo devolvió a Blanche.

—Papá va algunas veces a Ámsterdam. Minou dice que se parece mucho a Venecia, aunque ella tampoco ha estado nunca en ninguno de los dos sitios.

—¿También esta vez ha ido tu padre a Ámsterdam?

Alis negó con la cabeza.

—No, ahora no. —Hizo una pausa—. Dijo que viajaría al sur, y Ámsterdam no está al sur, ¿verdad?

—No, Ámsterdam está muy al norte. Eres una niña muy lista.

La pequeña se sonrojó.

—No vaya a pensar que los estaba escuchando a escondidas. Madame Noubel hablaba en voz muy alta y no tuve más remedio que oír lo que decían.

Blanche dejó que el traqueteo rítmico del carruaje y la sustancia que acababa de administrar a la niña obraran su efecto durante unos instantes. Al cabo de un tiempo, le preguntó:

—¿Recuerdas el nombre del lugar que mencionó madame Noubel?

—Empezaba con P —murmuró Alis, cerrando los ojos—. No lo había oído nunca, pero me hizo pensar en la primavera. Algo verde...

—*Vert?* —Blanche sintió un aleteo en el pecho—. ¿No sería Puivert?

—Sí, Puivert —respondió Alis, con la boca pastosa—. Verde como la primavera.

43

Toulouse

En el tiempo transcurrido desde que Minou había salido de la habitación de su tía hasta su regreso con Aimeric para acompañarla a misa, madame Boussay había cambiado de opinión.

—Tal vez sea mejor que nos quedemos —dijo—. Mi marido aprecia mucho mi compañía. Se enfada de verdad si vuelve a casa y ve que me he ausentado sin su permiso.

—Te tiene prisionera —dijo Aimeric entre dientes.

Minou le lanzó una mirada severa.

—Entiendo —dijo, con infinita paciencia—. Sin embargo, si quieres ir a misa como todos los viernes tendrás que salir un momento. O, si lo prefieres, podría ir a ver al sacerdote y pedirle que venga a...

—¡No! Eso no le gustaría a monsieur Boussay. Prefiere a nuestro propio confesor. Dice que Valentin será el próximo obispo de Toulouse. Ya ha aportado una importante contribución a su campaña.

Minou lanzó un vistazo a la puerta y aguzó el oído, por si oía los pasos de madame Montfort. Era solo cuestión de tiempo que descubriera su presencia allí.

—Estoy segura de que Dios entenderá que no vayas —dijo Minou—. Él ve directamente tu corazón, tía.

—Pero siempre voy a misa los viernes —replicó ella—. Y justamente hoy quería agradecerle que hayamos salido indemnes de los tumultos y que te haya salvado, Minou, que te haya salvado de... Bueno, no sé muy bien de qué. Son como animales esos hugonotes. No respetan nada. —Hizo una inspiración—. Si no demuestro mi gratitud, tal vez la próxima vez el Señor nos dará la espalda cuando necesitemos su ayuda.

Detrás de su tía, Aimeric fingía ahorcarse con una cuerda imaginaria. Minou frunció el ceño para indicarle que se comportara.

—Tal vez si mi cuñada viniera con nosotros, monsieur Boussay no tendría motivos para enfadarse conmigo.

Eso era lo último que quería Minou.

—Estoy segura de que el tío se siente muy orgulloso de tener una esposa que se toma tan en serio sus deberes religiosos —dijo, intentando otra línea de ataque.

La expresión de madame Boussay se iluminó.

—¿Eso crees?

—Sí.

—¿Por qué no habrá vuelto todavía? —preguntó, retorciéndose las manos—. Trabaja a todas horas, pero aun así es muy tarde, ya debería haber regresado a casa. ¿Le habrá pasado algo?

Minou meneó la cabeza, asombrada por la inocencia de su tía. Increíblemente, no parecía advertir que los terribles sucesos de la víspera y las negociaciones de toda la jornada para llegar a una tregua podían haber alterado la rutina diaria de monsieur Boussay.

—Como sabes, todos los hombres importantes de Toulouse están reunidos en consejo, intentando llegar a un acuerdo de paz entre católicos y protestantes —le dijo la joven a su tía—. No me extrañaría que no regresara a casa hasta bien entrada la noche.

—No sé, sobrina. Realmente no sé qué decir —respondió la mujer mayor, negando con la cabeza—. Todo está patas arriba. Dicen que los hugonotes han saqueado todas las casas de Saint-Michel y el barrio de la catedral.

—No es cierto —replicó Minou.

En ese momento empezaron a sonar las campanas, llamando a misa. Su tía se volvió hacia el sonido, tuvo un último momento de duda y por fin se puso de pie.

—Tienes razón, mi querida Minou. Tengo que ir a rezar, porque Dios notará mi ausencia si no voy. Ve a buscar mi capa, Aimeric. Me alegro mucho de que tú también vengas con nosotras.

—Yo también me alegro —respondió el chico por cortesía.

—Podemos ir y volver antes de que regrese mi marido, ¿no creen? No me gustaría hacerlo enfadar. Sería de mala educación.

Mientras las campanas llamaban a misa, Piet recorría apresuradamente la escasa distancia entre la rue du Périgord y la entrada trasera de la iglesia.

Había sido una decepción no encontrar a Minou en el hospicio. Al principio solo vio un rastro de su paso por la casa: el triángulo de muselina que había usado de cabestrillo estaba plegado sobre la mesa, en la pequeña antesala. Después, una mujer del barrio de la Daurade que a menudo ayudaba en las cocinas le había contado que una joven cuya descripción coincidía con la de Minou había estado trabajando con ella durante unas horas, y enseguida un niño le confirmó que esa misma señora lo había ayudado a buscar a su abuelo.

—Tiene los ojos de diferente color —dijo Louis—: uno azul y el otro castaño.

Fue una alegría para Piet saber que se había quedado unas horas en el hospicio.

Se acercó a la puerta de la sacristía, sin decidir todavía si debía recoger el sudario o dejarlo donde estaba. ¿Sería posible que la situación ya no fuera tan apremiante como antes? Las noticias de la tregua habían llegado al hospicio y habían provocado cierta sensación de confianza. Muchos de los que se habían refugiado en aquellas salas comenzaban a regresar a sus casas.

Piet levantó el pasador de la pequeña puerta arqueada y entró en la sacristía. Lo recibieron el olor a incienso y las voces del coro, tan familiares como su propia respiración. La misa acabaría al cabo de un momento. Decidió esperar y descansar, listo para entrar en acción cuando la congregación se hubiera retirado.

La misa vespertina fue breve, pero cuando terminó, madame Boussay no se movió de su sitio.

Minou la miraba de soslayo —seguía de rodillas, con la cabeza inclinada—, preguntándose cuánto tiempo más pensaría rezar. Todavía quedaban algunos fieles en la iglesia. Había dos monjas detrás de ellas y algunas personas en las capillas laterales. El párroco recorría la nave, apagando los cirios y dejando a su paso un olor persistente a cera y a humo.

—¿Cuándo nos vamos? —dijo Aimeric, articulando las palabras solamente con el movimiento de los labios.

—Pronto —le susurró ella.

Antes de que Minou pudiera impedírselo, el chico se deslizó fuera del banco y se dirigió por el pasillo lateral hacia las tres capillas que había detrás del altar mayor.

—Aimeric —dijo entre dientes, tratando de detenerlo, pero el chico fingió no oírla y siguió caminando hasta perderse de vista.

Estaba oscureciendo y Minou notó una extraña sensación de paz, pese a los agotadores sucesos de los dos últimos días. Los rayos del sol del atardecer se filtraban a través de las vidrieras de la fachada occidental, proyectando caprichosos dibujos azules, verdes y rojos sobre las paredes de la nave.

Mientras se preguntaba dónde estaría escondida la Biblia, volvió a mirar a su tía y recordó a su madre. Aunque eran hijas de diferente padre, tenían un aire de familia. La complexión y el color de la tez eran distintos, pero los ojos de Salvadora eran tan negros como lo habían sido los de su madre, Florence. Aimeric y Alis tenían sus mismos ojos, negros como el carbón.

De pronto, el ruido de una patena al caer al suelo la devolvió al presente. Su primera reacción fue pensar qué estaría tramando Aimeric, y se levantó a medias del banco para ir a buscarlo, pero su tía la tomó de la mano.

—Quédate conmigo, sobrina —susurró.

—Por supuesto —dijo Minou—, aunque me pregunto si no deberíamos volver ya a casa. El tiempo pasa, están encendiendo las lámparas y...

—Por favor. —Madame Boussay hizo una pausa, como si necesitara ordenar sus pensamientos—. Hasta que me confié a ti, Minou, nunca le había contado a nadie que conservé el regalo que me envió Florence poco después de tu nacimiento.

—¿La Biblia en lengua francesa? —preguntó Minou, con creciente interés.

—Monsieur Boussay se enfadaría mucho si se enterara. No le gusta que desobedezca sus órdenes, y aunque intento con todas mis fuerzas no provocarlo, sé que a veces no lo consigo. —Abrió los ojos, pero mantuvo la vista fija en el crucifijo—. A menudo pienso en tu querida madre. En las horas más negras trato de imaginar qué haría ella. Sé que no aguantaría tanto... Olvídalo, no importa.

—Eres la persona más buena y amable que conozco, querida tía. Nadie podría hacerte ningún daño.

—Si alguna vez me sucediera algo —prosiguió la mujer, como si Minou no hubiera hablado—, quiero que la tengas tú.

Minou le apretó la mano.

—No te ocurrirá nada, tía, ni a ti ni a ninguno de nosotros. Los sucesos de ayer fueron terribles, pero ya han pasado. Se acordará una tregua y la vida volverá a la normalidad. Esto es Toulouse. Todo volverá a ser como antes, ya lo verás.

Una risita nerviosa escapó de los labios de su tía.

—Eres muy joven, sobrina. No temo los peligros que acechan fuera de las paredes de mi casa, sino... —Se interrumpió y, con mucha dificultad, se levantó del reclinatorio y volvió a sentarse en el banco—. Prométeme una cosa —dijo—. Si me pasara algo..., prométeme que vendrás a buscar la Biblia y la guardarás en un lugar seguro. Se lo debo a la memoria de mi querida hermana.

Minou asintió.

—Haré lo que tú digas, tía.

—Eres una buena chica, Minou. Está escondida en esta iglesia. ¿No te lo había dicho?

—Sí, pero no me dijiste el lugar exacto.

Madame Boussay sonrió.

—Me sugirió el sitio un viejo sacerdote que ya murió, Dios lo tenga en su gloria. Solo él y yo lo sabíamos.

Minou tuvo un momento de duda. No pudo evitar preguntarse si la historia sería cierta. En el breve tiempo que llevaba viviendo en casa de los Boussay, había observado que su tía a menudo decía una cosa y unos días más tarde afirmaba exactamente la contraria.

—El solo hecho de saber que la Biblia está aquí —prosiguió su tía—, aunque no pueda tocarla con mis manos, ha sido un consuelo para mí durante los momentos más oscuros de mi vida. Un vínculo entre Florence y yo.

—¿Quieres que la vaya a buscar? —preguntó Minou—. Podría ocultarla en mi habitación.

—Todavía no, querida sobrina. Guardaré mi secreto un tiempo más. Es la única cosa realmente especial que tengo. Pero, como te he dicho, si me ocurriera algo...

—No va a ocurrirte nada —insistió Minou, sin saber qué más decir.

Un movimiento detrás del altar llamó su atención. Levantó la vista y vio que Aimeric le hacía señas para que se reuniera con él.

—Ahora no —le dijo con el movimiento de los labios, sin hablar.

Entonces, a la luz cada vez más débil de la tarde, un hombre apareció junto a su hermano. Minou notó que le ponía una mano sobre el hombro y que el chico levantaba la vista para mirarlo.

La joven contuvo la respiración.

—Tía, ¿me disculpas un momento?

Esforzándose para no ceder al impulso de correr, Minou recorrió el largo pasillo lateral hasta reunirse con su hermano.

—Mira lo que me ha dado.

Minou vio en las manos de su hermano una sencilla daga de plata.

—Es una daga muy bonita —dijo, con una voz que parecía proceder de un lugar muy lejano. Entonces se volvió para ver al hombre que acompañaba a su hermano—. Es muy generoso, monsieur Reydon.

—Hice una promesa, gentil señora de las brumas, y yo siempre cumplo con mi palabra. —Piet le tomó la mano y depositó en ella un beso—. Me alegro de verte. Me pesaba habernos despedido de tan mala manera.

—Me ha dicho que mañana empezará a enseñarme el truco con el cuchillo si puedo salir —anunció Aimeric con entusiasmo—. ¿Podré?

—Ya veremos —respondió Minou por precaución, pero ella también estaba sonriendo.

44

Toulouse
Martes, 12 de mayo

Transcurrieron cinco semanas. Un abril tormentoso dio paso a un mayo sereno. Soplaban vientos del sur y brillaba el sol. En las llanuras del Lauragués, entre Carcasona y Toulouse, florecían lirios, violetas y prímulas, con colores primaverales que ya anunciaban el verano. Las amapolas y los nomeolvides pintaban de rojo y azul la campiña.

En la ciudad se mantenía la tregua, pero bajo la tranquila superficie de la vida cotidiana fluía un río de lava hirviente que amenazaba con entrar en violenta erupción en cualquier momento.

Minou levantó la vista hacia el cuerpo en descomposición que colgaba de la horca en la place Saint-Georges y se le encogió el estómago. Los pies de la víctima estaban amoratados por la acumulación de sangre y, sobre la mandíbula colgante, los ojos habían desaparecido, picoteados por aves carroñeras. Mechones de pelo manchados de sangre seca se habían desprendido del cuero cabelludo putrefacto del ajusticiado y yacían a sus pies. En las otras esquinas de la plaza había otros tres cadalsos idénticos.

—Deberían desmontarlos —dijo Aimeric—. Los cadáveres apestan.

—Los dejan como advertencia para los demás.

—Pero llevan ahí más de un mes.

Minou sospechaba que dejar los cadáveres a la vista de todos obraba el efecto contrario. En lugar de servir de disuasión, eran un llamamiento a las armas para los hugonotes. Los cuerpos en descomposición eran un recordatorio constante de la parcialidad del Parlamento y de su incumplimiento de la función de proteger a todos los ciudadanos. Aunque más de un centenar de personas habían sido acusadas de incitar a los saqueos y seis de ellas habían sido condenadas a muerte, el Parlamento había indultado a los católicos en el último momento. Solo habían ejecutado a los cuatro hugonotes.

En las primeras semanas de mayo, habían estallado disturbios en diferentes barrios de la ciudad. Una serie de pequeños incendios en la place Saint-Georges se habían apagado con rapidez. Un sacerdote católico fue hallado muerto cerca de la puerta de Villeneuve, atado de pies y manos, y degollado. En la place du Salin, el cuerpo de un joven aristócrata de calzas y capa amarilla había sido descubierto apoyado contra la puerta de la cárcel de la Inquisición, con la lengua cortada. Las mujeres no se atrevían a caminar solas por las calles después del anochecer. Había soldados y mercenarios por todas partes.

La información fidedigna sobre la situación fuera del Mediodía era escasa. Se rumoreaba que el príncipe de Condé y su ejército protestante habían tomado Orleans y la poderosa ciudad oriental de Lyon. Sus partidarios, tanto los que estaban a sus órdenes como los que actuaban por voluntad propia, habían ocupado varias ciudades y guarniciones a lo largo del valle del Loira, entre ellas Angers, Blois y Tours, y habían atacado Valence a orillas del Ródano. Condé afirmaba que su único propósito era liberar al rey de la perniciosa influencia del duque de Guisa y sus aliados. Se rumoreaba que la reina regente había pedido ayuda militar al rey de España para derrotar a los hugonotes. Según otro rumor, se habían expedido cartas según las cuales el Edicto de Tolerancia no era aplicable en el Languedoc, por tratarse de una provincia fronteriza. En realidad no era cierto, ni lo había sido nunca.

—Mira, Minou —dijo Aimeric—. Allí.

La joven se volvió y vio un grupo de soldados equipados para la batalla que atravesaban la plaza.

—He oído decir al tío que el Parlamento cambió los términos de la tregua el domingo pasado y, como resultado, más de doscientos nobles católicos y sus soldados han recibido autorización para entrar en la ciudad. —Minou frunció el ceño—. El tío está encantado, por supuesto.

—No, no me refiero a ellos —replicó Aimeric, señalando otro punto de la plaza—. Allá en el centro, bajo los árboles.

Minou se hizo pantalla con la mano sobre los ojos y el corazón le dio un vuelco. Entre las verdes ramas de los plataneros estaba Piet con expresión sombría, el pelo rojo manchado aún de carbón y la barba muy crecida. De lejos, parecía más delgado y con las facciones más marcadas. Minou no pudo reprimir una sonrisa.

—Nos ha visto —dijo Aimeric—. Viene hacia aquí.

—Ve tú a su encuentro —le indicó Minou, echando un vistazo a los soldados y a un grupo de frailes dominicos con hábitos negros que habían salido a la plaza desde el monasterio de los agustinos—. No puedo permitir que me vean hablando con él en un lugar tan público como este.

Aimeric atravesó la plaza corriendo y por un momento Minou lo perdió de vista, y también a Piet, porque en su línea de visión se habían interpuesto los soldados católicos.

Tras el encuentro accidental en la iglesia de Saint-Taur en abril, prácticamente no había vuelto a ver a Piet. Su tía la reclamaba con frecuencia y procuraba tenerla siempre a su lado, para aliviar su permanente estado de nerviosismo. Y cada vez que la joven consideraba la posibilidad de concertar una cita a escondidas, la evidente peligrosidad de las calles la hacía cambiar de idea. Corrían muchos rumores sobre la violencia y los abusos de los soldados contra las mujeres que salían solas.

Con Aimeric era diferente. Piet había mantenido su promesa de enseñarle a lanzar el cuchillo. Algunas noches, cuando había luna llena y las calles estaban tranquilas, Piet se llevaba con sigilo al hermano de Minou al barrio de la Daurade y allí montaba una diana y le enseñaba a usar la daga hasta que los hombros le dolían y le ardían las palmas de las manos. Tras unas semanas de práctica, Aimeric presumía de poder alcanzar cualquier objetivo que se propusiera a una distancia de varios *toises*, tres veces la altura de un hombre. Su devoción por Piet era comparable a la de cualquier escudero medieval hacia su señor. Minou solía burlarse de él por ese motivo, pero también le agradecía que pudiera hacer de mensajero entre ella y Piet. Las suyas eran misivas inofensivas e inocentes, mensajes sin firmar llenos de nostalgia y buenos deseos. Los retazos de la conversación que habían mantenido en el hospicio la habían ayudado a sobrellevar las largas semanas transcurridas.

Pensaba con frecuencia en la casualidad que había hecho posible su encuentro aquella tarde de abril, después de la misa. Había sido una suerte coincidir en la iglesia, exactamente a la misma hora. Piet no le había dicho qué estaba haciendo allí, ni ella tampoco, pero no podía dejar de pensar que la coincidencia era una señal más de que sus destinos estaban entrelazados.

—¿Qué te ha dicho? —le preguntó a Aimeric cuando el chico regresó—. ¿Está bien? ¿Te ha dicho Piet si...?

—Quiere que te reúnas con él en la capilla lateral de la iglesia a las cuatro en punto.

Minou arrugó el entrecejo.

—¡Imposible! No puedo salir de casa a esa hora sin que me vean.

—Me ha pedido que te diga que lo comprenderá si no puedes aceptar la invitación, pero que no te lo pediría si no fuera cuestión de vida o muerte —prosiguió Aimeric.

—¿Cuestión de vida o muerte? ¿Es lo que ha dicho?

El chico se encogió de hombros.

—Quizá no sean sus palabras exactas, pero era lo que quería decir.

La joven volteó hacia el lugar donde Piet aguardaba, a la sombra de los árboles. En realidad, Minou no sabía qué tipo de hombre era el holandés, pero la intuición le decía que jamás le pediría algo así sin una razón de peso.

—¿Qué quieres que le responda? —preguntó Aimeric.

Minou hizo una inspiración profunda.

—Dile que iré.

45

Carcasona

Las horas, los días y las semanas tras la desaparición de Alis parecían confundirse en una única y desesperada búsqueda. Cécile Noubel prácticamente no dormía. No hacía más que recorrer las calles de la Cité y la Bastide, preguntando a amigos, a vecinos y a desconocidos si habían visto a la niña. Nadie sabía nada.

—Es así de alta, con el pelo negro y rebelde, y los ojos igual de oscuros. Muy lista y muy seria —repetía.

Había recorrido los oscuros callejones donde pululaban rateros y prostitutas, y los senderos que seguían el curso del río, donde había ofrecido monedas a barqueros y a pescadores a cambio de información. El río no había devuelto ningún cadáver en los últimos tiempos, y aunque Cécile no sabía a qué debía su certeza, estaba convencida de que Alis seguía con vida. Por alguna razón, estaba segura de que se había marchado con la noble señora, la aristócrata que había pagado a Marie Galy para que le enseñara la casa de los Joubert. Pero ni siquiera se atrevía a considerar si la niña se había ido por su propia voluntad o a la fuerza.

Bajo amenaza de denuncia ante los magistrados por complicidad en un secuestro, Marie había confesado y por lo menos les había proporcionado una descripción detallada de la mujer y de la ropa que vestía. La relación que había hecho la pobre Rixende de los acontecimientos de la tarde era incoherente y cambiaba con cada nueva versión.

Cécile le había escrito a Minou para informarla de la tragedia, pero no había obtenido respuesta. Pensaba escribirle otra vez en cuanto tuviera algo más que contarle, pero hasta ese momento no había tenido ninguna noticia.

Finalmente, sin embargo, había una novedad. Los efectivos de la guarnición habían estado fuera de Carcasona hasta ese momento, pues habían sido enviados a sofocar las revueltas que habían estallado en distintos pueblos del Mediodía al difundirse la noticia de la matanza de Vassy. La unidad de Bérenger se había desplazado a Limoux y no había regresado hasta esa misma tarde. Cécile había acudido de inmediato a hablar con el viejo soldado y, por primera vez en más de un mes, había visto una luz de esperanza.

—¿Estás absolutamente seguro de que fue el mismo día? —preguntó—. ¿El viernes 3 de abril?

—Sí, *madama* —replicó Bérenger—. Lo recuerdo muy bien, porque poco después, esa misma tarde, nos anunciaron que nos enviaban a Limoux. Por eso no me había enterado hasta ahora de que la pequeña Alis...

Madame Noubel levantó una mano.

—No te lo reproches. Has estado fuera de la ciudad y no podías saberlo. Pero, por favor, cuéntame detalladamente todo lo que viste.

El hombre asintió, aunque su expresión era de contrita culpabilidad.

—Reconocí el carruaje del obispo de Toulouse, porque lo había visto poco antes, en la época del asesinato de Michel Cazès, transportando a un visitante que se alojaba en el palacio episcopal. —El hombre meneó la cabeza de cabellera encanecida—. Un asunto muy extraño. Toda la Cité estaba bloqueada, la guarnición entera andaba a la caza del asesino, y de repente... ¡pam! Se acabó. Nos llegaron órdenes de abandonar la búsqueda. Y resultó que era un asunto local, después de todo. Un tipo llamado Alphonse Bonnet, vecino de la Bastide, era el culpable. O al menos eso dijeron. Yo sospecho que no tenía nada que ver con aquella muerte, pero acabó en el patíbulo. Creo que los poderosos necesitaban culpar a alguien y Bonnet fue el chivo expiatorio. Todo fue muy extraño.

—Ya se ha hablado mucho del caso de Bonnet y lo siento por su familia —dijo madame Noubel con impaciencia—, pero volvamos a Alis. Quiero saberlo todo al respecto. Aquel viernes por la tarde, ¿viste a ese carruaje salir de la Cité?

—En torno a las cinco, sí. Yo estaba de guardia en la puerta de Narbona. La ocupante del carruaje era una señora morena, aunque la vi fugazmente. Iba muy bien vestida. Recuerdo que lo comentamos, porque nos pareció curioso que una mujer viajara en el carruaje del obispo.

—Ahora, por favor, intenta recordar. —La voz de Cécile se quebró—. ¿Es posible que Alis viajara con ella?

—Ojalá pudiera ayudarla, *madama*, pero no pude ver el interior de la cabina. Las cortinas estaban cerradas. —Suspiró—. ¡Qué golpe tan tremendo! ¡Y con *madomaisèla* Minou y Aimeric todavía en Toulouse!

—¿Recuerdas qué dirección tomó el carruaje después de salir de la Cité? —insistió la mujer—. ¿Mencionó algo el cochero acerca de su destino?

Bérenger negó con la cabeza.

—Lo único que puedo decirle es que no se dirigieron hacia la Bastide. Atravesaron el puente levadizo y giraron a la derecha.

—¿Hacia las montañas?

—Sé que no tomaron el camino de Toulouse. Es lo único que puedo decir. No sé qué ruta siguieron cuando se perdieron de vista. —El soldado dejó escapar otro suspiro contrariado—. Siento no poder ser de más ayuda.

—Me has ayudado tanto como has podido —replicó Cécile, volviéndose ya para regresar a casa.

—Estoy seguro de que la encontrará —dijo Bérenger cuando la mujer ya se marchaba—. El tiempo lo arregla todo, ¿verdad? ¿No es lo que suele decirse?

Cécile Noubel no respondió. Sentía una amarga decepción por lo poco que había podido contarle Bérenger. Mientras regresaba a la rue du Trésau, volvió a plantearse la pregunta que venía carcomiéndola durante esas horribles y largas semanas sin noticias de la niña. Los Joubert no eran una familia rica. ¿Qué sentido tenía secuestrar a Alis? ¿Por qué no habían enviado ninguna nota pidiendo un rescate? Había una respuesta obvia —que la niña ya estuviera muerta—, pero se negaba a considerarla.

—¿Alguna novedad? —le preguntó Rixende, al oírla entrar en la casa—. ¿Sabía algo Bérenger?

—No —replicó ella mientras se dejaba caer en el sillón.

—¿Nada?

Madame Noubel suspiró, sintiendo cansancio hasta en los huesos.

—Bueno, recuerda haber visto salir un carruaje por la puerta de Narbona que no se dirigió a la Bastide, sino a las montañas, pero... —Se encogió de hombros—. Se fijó en que tenía el escudo del obispo de Toulouse, pero está seguro de que la pasajera era una mujer.

—¿La dama que habló con Marie?

—Es posible —respondió Cécile Noubel, sin darle importancia—. Bérenger tiene la impresión de que no viajaba sola en la cabina del carruaje, pero no puede asegurarlo.

—Ah —dijo Rixende, visiblemente apesadumbrada, y dudó un momento antes de continuar—. ¿Tiene noticias de mademoiselle Minou? ¿Sabe ya que la pequeña Alis ha..., que no está aquí?

—No lo sé. Ya tendría que haberme contestado.

—Quizá no le ha llegado su carta.

Madame Noubel frunció el ceño.

—Es cierto que últimamente todo tarda más.

—¿Alguna noticia del señor?

Madame Noubel negó con la cabeza. También le preocupaba el silencio de Bernard, pero no la sorprendía. La gente ya no se desplazaba tanto como antes y no era fácil encontrar viajeros a quienes encomendar una carta. No sabía qué más podía hacer. Había considerado la posibilidad de ir personalmente a Toulouse, pero Bérenger le había dicho que en las llanuras del Lauragués había mucho movimiento de tropas, en algunos casos sin un mando claro. Además, si Minou había recibido su carta, era probable que para entonces estuviera de camino a Carcasona.

—Con esto entrará en calor —le dijo la criada, tendiéndole una taza.

Madame Noubel aceptó agradecida la bebida caliente. Rixende estaba haciendo todo lo posible para reparar su falta y Cécile ya no la culpaba. Se culpaba a sí misma.

Aunque no podía revelarle sus temores a Rixende ni a nadie, temía que el pasado hubiera regresado para cobrarse las cuentas pendientes. Con el tiempo, todos los secretos se acababan descubriendo. Quizá esto estuviera relacionado con lo sucedido en Puivert muchos años atrás: la desaparición de Alis, la desacertada expedición de Bernard a las montañas, su empecinado silencio y el envío de Minou y Aimeric a Toulouse para que fueran a vivir con la hermana de Florence.

La sombra del pasado era alargada.

Se quedó un rato más sentada en la cocina, viendo cómo danzaba sobre la pared del patio la cálida luz del atardecer, y volvió a fijarse en el viejo mapa trazado por Florence, con su nombre escrito en el reverso. Las campanas de las iglesias más pequeñas de la Cité comenzaron a dar la media hora, seguidas por el carrillón de la catedral, más sonoro.

Entonces tomó una decisión y, sin aguardar nada más, se puso de pie.

—¿Adónde va, madame? —preguntó Rixende.

—¿Sabes por qué estaba seguro Bérenger de haber reconocido el carruaje del obispo de Toulouse? Porque lo había visto unas semanas antes, en la place Saint-Nazaire. ¿No será que esa noble señora también se estaba alojando como invitada en el palacio episcopal?

—¿Va a solicitar una audiencia con el obispo de Carcasona?

Por primera vez en muchos días, Cécile estalló en una carcajada.

—No, no creo que quisiera recibirme. Pero alguien tiene que haber oído algo. Y si averiguamos el nombre de esa mujer, al menos tendremos una pista para empezar a buscar a Alis. ¿No tenías una prima que trabajaba en las cocinas del obispo?

—Sí —respondió Rixende, radiante ante la idea de poder ser útil.

Madame Noubel se echó el chal sobre los hombros.

—Ven. Iremos juntas. Me la presentarás.

46

Toulouse

Vidal contempló el cuerpo destrozado de Oliver Crompton, andrajoso y desplomado sobre la silla de pinchos. Tenía los brazos amarrados a los apoyabrazos del asiento de interrogatorios y unos aros de metal le inmovilizaban las muñecas. Una gruesa correa de cuero le sujetaba la frente para que no se le cayera la barbilla sobre el pecho. La punta de una clavícula fracturada asomaba en un ángulo grotesco a través de la piel grisácea.

—Se ha resistido más de lo que esperaba —dijo otro hombre—. No creía que pudiera aguantar tanto.

—El diablo protege a los suyos —replicó Vidal, reacio a reconocerle fuerza o coraje a aquel hombre, aunque resistir cinco semanas de tortura ininterrumpida era algo excepcional.

—Su primo, en cambio, cantó como un pajarillo.

—¿Ah, sí? ¿Qué ha dicho Devereux?

—Lo que ya sabíamos: que los planes para infiltrar espías en las casas católicas de la ciudad están avanzados; que el hospicio de la rue du Périgord se usa como almacén de armas y refugio de soldados; y que saben perfectamente que la reciente oleada de ataques a mujeres solas, atribuida a los hugonotes, en realidad es obra de las milicias católicas.

Vidal hizo una pausa.

—Ha sido una imprudencia exponer el cadáver de Devereux de manera tan ostentosa.

—No estoy de acuerdo. Es una forma de advertir a todo el que esté pensando en vender información a los dos bandos que al menos nosotros no lo toleraremos. Por muy aristocráticos que sean, pagarán su traición.

—Quizá tenga razón. —Vidal se volvió hacia Crompton—. ¿Y este? ¿Ha revelado algo?

Por primera vez, el hombre pareció incómodo.

—Cabe la posibilidad de que realmente ignore que ha comprado una falsificación.

—Actuamos a partir de la información que usted mismo nos suministró.

—Y la fuente es digna de toda mi confianza. —El hombre sostuvo la mirada de Vidal—. Pero, aunque no fuera culpable de ese delito, no deja de ser un hereje. Tendrá el castigo de Dios, ¿o no es eso lo que cree?

Vidal lo miró con frialdad.

—No nos corresponde a nosotros razonar o especular sobre los designios de Dios.

El otro resopló.

—En nada de esto veo la mano del Señor, sino tan solo nuestra muy apremiante necesidad de identificar a los traidores a sueldo de Condé que tenemos entre nosotros.

—Y eso —replicó Vidal, bajando la voz para que los guardias no lo oyeran— puede considerarse herejía.

El otro hombre se echó a reír.

—Usted no cree eso, así que puede guardarse los sermones para el púlpito. —Le echó un vistazo a Crompton y después volvió a mirar a Vidal—. Y a propósito de nuestra necesidad de contar con información precisa, sigo sin comprender su persistente oposición al arresto de Piet Reydon. Sé que en otro tiempo fueron amigos, pero los sentimientos de camaradería no tienen cabida en estos momentos decisivos. Él mismo reconoce ser hugonote y, como tal, es un traidor a la corona. ¡Ordene su arresto!

—En libertad nos es más útil.

—Ya lo ha dicho en repetidas ocasiones, pero hasta ahora no hemos sacado nada en limpio. Si es verdad que los hugonotes planean atacar esta noche, el tiempo se agota.

Vidal apretó los puños.

—Si hubiéramos dejado a Crompton en libertad, habríamos obtenido mucha más información sobre la conjura hugonota que de esta manera.

—Tal vez. Pienso irme de Toulouse esta noche, antes de que empiecen los enfrentamientos. Supongo que tomará precauciones similares, ¿no es así?

—Me retiraré al barrio de Saint-Cyprien, al otro lado del río.

—Entonces con más razón debería arrestar a Reydon ahora, cuando todavía está en condiciones de hacerlo. Por no mencionar que si sigue protegiéndolo, alguien podría cuestionarse su fidelidad al rey.

Bruscamente, Vidal agarró al otro hombre por la garganta, para sorpresa de ambos, y lo empujó contra la pared.

—Nadie puede dudar de mi lealtad a la causa católica —dijo con frialdad—. De la suya, en cambio... Usted, McCone, es un hombre que por su mera presencia aquí y por el solo hecho de respirar en estas tierras está traicionando a su reina y al país que lo vio nacer. Así que no se atreva a darme lecciones. —Lo retuvo un momento más y después lo soltó—. ¡Guardia!

El soldado dio un paso al frente.

—Sí, monseñor.

—Este caballero se marcha. Acompáñalo a la puerta de la prisión.

McCone se arregló la ropa.

—Está cometiendo un error.

Vidal trazó en el aire la señal de la cruz y levantó la voz.

—Vaya con Dios —dijo—. Tenga la certeza de que transmitiré sus preocupaciones a su ilustrísima, el obispo de Toulouse, y también a nuestros amigos del Parlamento.

McCone dudó un momento, pero a continuación se despidió con una inclinación de la cabeza y abandonó la celda, con los soldados detrás, a una distancia respetuosa. Vidal se mantuvo firme y erguido mientras escuchaba los pasos que despertaban ecos por el frío y largo pasillo que llevaba desde ese infierno hasta la luz. Esperaba oposición, pero no de alguien como Jasper McCone.

Sabía que McCone estaba a sueldo del traficante de armas Delpech, como tantos otros, y que, de la misma manera que este contrabandista, también se movía por dinero y deseos de poder. Pero el interés de Vidal se concentraba en recuperar el sudario y en su propia ambición de llegar a obispo. Además, estaba convencido de que la posición católica se reforzaría si la revuelta protestante seguía su curso. Los católicos más liberales, que aún confiaban en llegar a un acuerdo, se verían obligados a retirar su apoyo, y entonces la ciudad quedaría definitivamente limpia de la infección hugonota.

Por un momento, le resonó en la mente la voz de su amante, y se le arrebolaron las mejillas al recordarla. Cuando todo hubiera terminado, se permitiría quizá una última visita a las montañas. Se aseguraría de que ella se encontraba a gusto en su nueva condición de viuda.

—¿Qué ordena que hagamos con él?

La voz del guardia devolvió a Vidal al presente.

—¿Con quién?

—Con el prisionero —dijo el soldado, sacudiendo por el hombro a Crompton, que se despertó y gimió débilmente antes de perder otra vez el conocimiento.

—¿Crees que nos puede llegar a contar algo? Ha resistido mucho —dijo Vidal.

El guardia tenía los ojos torvos y enrojecidos. A la tenue luz de la celda, Vidal distinguió manchas de sangre bajo sus uñas. Los soldados eran fieles sirvientes de Dios y estaban tan agotados como él.

—El mal ha echado raíces tan profundas en este hombre que ya no distingue entre verdad y falsedad. Sacaríamos más provecho si invirtiéramos nuestros esfuerzos en otro prisionero.

—En ese caso, tírenlo al río —replicó Vidal.

—Ya no le responden los brazos ni las piernas. Se ahogará.

—Si Dios en su infinita misericordia quiere salvar a este pecador, lo salvará. —Vidal hizo el signo de la cruz sobre la frente de Crompton—. En cualquier caso, rezaremos por su alma.

¿Cuánto tiempo más estoy condenada a esperar?

Sigo creyendo que Minou Joubert vendrá. Tiene que venir. Su devoción por la niña la obliga. ¡Cuando pienso que podría haberme ahorrado todo el trabajo si hubiese sabido que estábamos a pocas calles de distancia, en Toulouse...!

¿Será que Dios quiere ponerme a prueba? ¿Castigarme? ¿Qué he hecho o dejado de hacer para que me trate así? En la ciudad habría sido sencillo. Una poción para dormir, la daga de un asesino en la oscuridad o mis propias manos en torno a su cuello. Y el acuoso abrazo del Garona.

La niña no deja de hacer preguntas y su inquietud no se apacigua con mis respuestas. Le he dicho que su hermana vendrá a reunirse con nosotras aquí en las montañas, porque una epidemia de peste amenaza la ciudad. Pero ya no me cree.

No debo perder la fe. Confío en Dios, en su guía y su misericordia. ¿Acaso no está escrito que todo tiene su tiempo, y que hay un tiempo para la siembra y otro para la cosecha?

En cuanto a la creencia de la niña de que su padre se dirigía a Puivert, nadie tiene noticias de ningún visitante de nombre Joubert. Por lo demás, excepto en lo referente a los cazadores furtivos —un problema habitual en esta época del año—, todo está en calma en mis tierras.

Finalmente me he visto obligada a soltarme las costuras del corpiño y a ensanchar las faldas. Según mis cuentas, estoy de siete meses. Siento tan poco afecto por esta criatura como por el bastardo que mi padre procreó en mí. Pero necesito que siga creciendo en mi vientre y que nazca y viva lo suficiente para asegurarme lo que es mío. Cuando así sea, Minou Joubert ya no importará, viva o muerta.

Pero es preferible que esté muerta...

47

Puivert

Bernard Joubert se frotó el tobillo dolorido. Esa noche, la pierna derecha lo atormentaba más que la izquierda. Unos grilletes lo unían por ambos tobillos a la pared de piedra, y los pesados aros metálicos le habían dejado la piel de las piernas en carne viva.

Aun así, la longitud de las cadenas le permitía levantarse y moverse unos tres pasos por la celda en todas las direcciones, y aunque también tenía la mano izquierda encadenada, los carceleros le habían dejado libre la derecha. La celda era inhóspita, pero no podía compararse con las mazmorras de la Inquisición. De todos modos, todavía le parecía oír a veces los gritos espeluznantes de los torturados y los moribundos. Creía que nunca dejaría de oírlos.

Con un clavo hallado bajo la paja que cubría el suelo de tierra, había empezado a marcar en la pared los días de su cautiverio. Era un calendario que le servía para no perder el sentido del tiempo y le permitía alimentar la esperanza de no tener que permanecer encerrado otro mes completo.

Según sus cálculos, llevaba unas cinco semanas en la torre. La Pascua había llegado y pasado, y ya era mayo. El río Blau seguiría fluyendo por el valle; la ladera al pie del castillo se habría cubierto de cientos de diminutas florecillas de los prados, blancas, rosadas y amarillas, y el aire transportaría el perfume del ajo silvestre. Hacía tiempo, quizá en el primer año de su matrimonio, Florence había trenzado una guirnalda de flores primaverales para lucirla en el pelo. Bernard sonrió, recordando cómo se derramaban los negros rizos rebeldes de su querida Florence, sueltos y libres a los lados de su cara, y cómo le estallaba de dicha el corazón cada vez que la miraba.

Cuando los recuerdos se volvieron demasiado dolorosos, imaginó que se encontraba en la posada de la Kalverstraat de Ámsterdam, donde solía alojarse. Pensó en Rokin y en su tienda de arenques favorita, detrás del Oude Kerk, donde el golpeteo de las jarcias de los grandes veleros anclados en el Ámstel, agitadas por el viento, llenaba la sala.

De pronto oyó que se movía el cerrojo de la puerta de la celda. Abrió los ojos y vio a un joven soldado, que acudía a dejarle su ración diaria de pan negro y cerveza sobre la paja del suelo. Algunos guardias sentían la necesidad de burlarse de él, pero este no era uno de ellos.

—Gracias —le dijo Bernard.

El soldado miró por encima del hombro, para comprobar que nadie lo observaba, y dio un paso más en la celda húmeda.

—¿Es cierto que sabes leer la lengua francesa? —le susurró en occitano.

—Así es —replicó Bernard—. ¿Quieres que te ayude a leer algo?

El chico ya se estaba yendo, pero se detuvo con medio cuerpo fuera de la celda, indeciso.

—Suelo prestar este servicio a algunos soldados de mi pueblo. Hay muchos hombres como tú, que no han tenido ocasión de aprender las letras. —Con un ademán, le indicó al joven que se acercara un poco más—. No tiene por qué saberlo nadie.

El guardia vaciló un momento, pero al final descolgó una antorcha del muro y volvió a entrar en la celda. La llama proyectaba sombras danzarinas sobre las paredes húmedas y Bernard observó que al chico le temblaba intensamente la mano.

—¿Me dices tu nombre?

Tras una pausa, el soldado contestó:

—Guilhem Lizier.

—Un buen nombre —dijo Bernard, recordando al viejo que se había encontrado delante de la casa de la comadrona.

—Mi familia es de Puivert.

Bernard le enseñó el brazo izquierdo encadenado.

—No debes tenerme miedo; no puedo hacerte ningún daño. —Le sostuvo la mirada—. Pero para asegurarte, puedes dejar la carta en el suelo y empujarla hacia mí, y entonces yo te la leeré en voz alta. Porque se trata de una carta, ¿no?

—Sí.

—Entonces, cuando quieras.

Guilhem sacó de entre la ropa un papel arrugado y maltrecho, e hizo tal como el prisionero le había sugerido. Poco a poco, para no asustar al muchacho, Bernard desplegó la carta, la alisó sobre el suelo irregular y la leyó. Después la volvió a leer una segunda vez, para asegurarse de no haber interpretado mal las palabras a la escasa luz de la celda, y se la devolvió al guardia.

—Son malas noticias —dijo el joven, con expresión desolada—. Lo sabía.

—¿Por qué lo dices?

—Por su cara, monsieur. Llevo muchas noches sin dormir, convencido de que...

—No, Guilhem —dijo Bernard con suavidad—. Las noticias son buenas, son las noticias que esperabas. Tu proposición ha sido aceptada. El padre de ella te da su permiso. ¡Enhorabuena!

—Me da su permiso —repitió Guilhem mientras caía de rodillas y apoyaba la cabeza sobre las manos.

Bernard sonrió.

—Tengo un hijo unos años más joven que tú, y espero que algún día encuentre a alguien a quien pueda amar tan profundamente como tú amas a esa chica. —Hizo una pausa—. ¿Puedo hacerte una pregunta? ¿Por qué le has escrito al padre de...?

—Jeannette.

—¿Por qué le has escrito al padre de Jeannette para pedir su mano si no podías leer su respuesta?

—Le escribí en occitano —explicó Guilhem—, pero el hombre está empeñado en mejorar la posición de su familia y cree que la vieja lengua es cosa de campesinos pobres. Quiere una vida mejor para su hija.

—Entonces ¿sabes leer y escribir?

—Un poco, *sénher*, pero el francés me cuesta mucho. Lo hablo bastante bien, pero no lo he aprendido en ningún libro y por eso...

—¿Le pediste a alguien que le escribiera en occitano a tu suegro en tu nombre? —dijo Bernard.

—Al cura. Pero ahora lo han arrestado y se lo han llevado del pueblo.

—Entiendo.

El chico frunció el ceño.

—El padre de Jeannette tiene una pequeña propiedad a unas dos leguas al sur de Chalabre, a orillas del Blau. Juró sobre la Biblia que si a mí me licenciaban de mis obligaciones aquí en Puivert nos legaría la granja a Jeannette y a mí como futuro marido suyo, siempre que le permitiéramos vivir con nosotros. —El tono de su voz decayó—. Pero hay cuentas que llevar y cosas que apuntar referentes al ganado, y Jeannette no entiende mucho de números ni de letras, así que su padre quiere que se case con alguien que sepa escribir bien.

Bernard sintió compasión por el muchacho. No era el primero a quien el amor impulsaba a prometer más de lo que podía dar.

—Aquí dice que la boda se celebrará el 15 de agosto.

—El día de la Asunción de la Virgen es una fecha muy señalada en Chalabre —le explicó Guilhem—. El padre de Jeannette es un católico devoto. Elegí esa fecha para complacerlo.

—El día de la Asunción —murmuró Bernard.

Esperaba no seguir encerrado para el mes de agosto.

Miró a Guilhem. El chico parecía despierto y su compañía podía hacerle más llevaderas las horas de encierro.

—Si quieres, podría enseñarte a leer y escribir a tiempo para la boda.

La expresión de Lizier se iluminó por un momento, pero entonces recordó las normas.

—No nos permiten hablar con los prisioneros.

—Nadie lo sabrá. —Bernard lo tranquilizó—. Te diré lo que haremos. Los días que te envíen a vigilarme, te enseñaré a escribir y te haré leer, al menos lo suficiente para convencer a tu suegro de que no se ha equivocado al aprobar su matrimonio.

Guilhem se le quedó mirando.

—¿Y por qué lo haría, monsieur? Soy su carcelero, su enemigo.

Bernard negó con la cabeza.

—Tú y yo no somos enemigos, Guilhem. Los hombres corrientes como nosotros estamos en el mismo bando. Son aquellos que nos gobiernan los que están enfrentados. —Durante un instante le sostuvo la mirada al joven—. Dime, ¿quieres permanecer aquí al servicio de la señora? ¿La aprecias? ¿Apreciabas al antiguo amo?

Guilhem titubeó un momento y al final cayó de rodillas delante de Bernard.

—Que Dios me perdone, pero lo aborrecía con toda mi alma. Y aunque sé que la señora es como es por culpa del viejo amo y, si los rumores son ciertos, de su padre, no siento ningún aprecio por ella. Dicen que habla con Dios, pero es cruel. Ahora mismo pediría mi licenciamiento si pudiera.

—¿Sabe la señora que estoy aquí? —preguntó Bernard, con la esperanza de obtener algo de información ahora que el muchacho parecía haber bajado la guardia.

—Cuando volvió, hace tres semanas...

—Tres semanas... —murmuró Bernard.

—Sí, *sénher*, a finales de abril. Mandó llamar a nuestro comandante para que le presentara su informe, y el comandante le dijo que teníamos varios furtivos encerrados en las mazmorras, a la espera de sus órdenes.

Bernard sonrió.

—Entonces ¿me han encerrado por furtivo?

Guilhem se sonrojó.

—Y no es el único, monsieur. Otros también aprovecharon la ausencia de la señora para invadir sus tierras. —Dudó un momento—. Las doncellas de la casa dicen que está en estado. De varios meses. Y también que se ha traído una niña de Toulouse y que la mantiene oculta, fuera de la vista de todos, en la casa antigua. Están preparando la torre del homenaje para recibir visitas. Han lavado la ropa de cama y han abierto las habitaciones de arriba. —Hizo una pausa y miró a Bernard con esperanza—. Pero ¿me enseñará a leer y a escribir correctamente?

El hombre sonrió.

—La próxima vez que te envíen a esta celda, esconde una tabla y un trozo de carbón bajo la sobrevesta. Antes de que acabe el mes de mayo estarás escribiendo, listo para casarte con tu Jeannette.

48

Toulouse

—¿Qué pretendes hacer, Aimeric? —le preguntó Minou por segunda vez, llena de aprensión.

—Lo que me has pedido —respondió con expresión inocente el chico—. Crear una distracción para que puedas salir de la casa sin que nadie se dé cuenta.

—Pero sin meterte en líos —replicó ella.

Aimeric sonrió y a continuación salió corriendo por el pasillo en dirección al huerto. Un instante más tarde, Minou oyó un frenético cacareo de gallinas entre gritos de la cocinera. Sin prestar oídos al alboroto, se escabulló por el patio y salió a la rue du Taur.

Le dio una moneda a una anciana que vendía violetas en la escalera de la iglesia y, cuando estuvo segura de que nadie la observaba, entró en el templo, en el instante en que las campanas comenzaban a dar las cuatro.

—¡Atrápenla! —gritaba madame Montfort, agitando los brazos.

Reprimiendo una carcajada, Aimeric se acurrucó en los peldaños de debajo de la galería para que no lo vieran. Había secuestrado una gallina del gallinero y le había atado una cuchara de madera en una pata antes de soltarla en el patio principal. El caos resultante cumplió sus mejores expectativas.

—¡Hagan algo!

La gallina se movía torpemente, derribando cosas con la cuchara atada a la pata. Al final quedó atrapada detrás de las ruedas del carro del carnicero.

Madame Montfort agitó aún más los brazos.

—¡Idiota! ¡Acorrálala en un rincón!

Un chico de la cocina se abalanzó sobre el ave, que se fue aleteando en la dirección opuesta. Otro criado intentó dirigir a la despavorida gallina hacia los brazos del muchacho de las cocinas, pero no vio que tenía delante un cubo lleno de agua hasta que tropezó con él y lo derribó, con el agravante de que la falda de madame Montfort quedó empapada.

—¡Imbécil! —gritó la mujer—. ¡Zángano! Échale algo encima. ¡Una manta, una capa!

Aimeric levantó la vista a través del verde dosel que formaba la hiedra y más allá de la cornisa de la galería. La mayoría de los habitantes de la casa habían salido al patio o miraban por las ventanas o se asomaban a los balcones. Consciente de que debía mantener la distracción hasta que Minou regresara, tomó una escoba y empujó con el palo a la gallina, que salió aleteando otra vez hacia el patio.

Minou y Piet estaban de pie, frente a frente, en la penumbra de la capilla más pequeña de la iglesia de Saint-Taur.

—No puedo quedarme mucho tiempo —dijo ella, retirando la mano que él sostenía entre las suyas.

—Lo sé —señaló Piet en voz baja—. Ojalá hubieras traído a Aimeric para vigilar.

—No podía. He tenido que pedirle que hiciera algo para distraerlos y así poder salir de casa sin que me vieran. Mi tío ha vuelto inesperadamente y todos están alerta y en tensión.

—Te agradezco que hayas venido —se apresuró a decir Piet.

Era la primera vez que estaban a solas desde aquel extraño interludio en el hospicio, el día de los disturbios, y Minou notaba lo mucho que había cambiado el holandés. Aunque su barba y su pelo no habían recuperado su color natural, tenía la cara cubierta de pecas por el sol y una mirada firme y resuelta. Parecía decidido.

—Quiero que Aimeric y tú se marchen de Toulouse esta misma noche —dijo.

Sus palabras dejaron a Minou sin aliento por un instante.

—¿Podrías soportar mi ausencia? —preguntó en broma, pero enseguida reparó en la expresión de su rostro y cambió el tono—. ¿Por qué ahora? Las calles están más tranquilas que nunca.

—Esta noche... —empezó Piet, pero se interrumpió.

—Deberías saber que puedes confiar en mí.

—Lo sé, pero me ahorcarían si supieran que estoy avisando a alguien de los tuyos.

Minou entrecerró los ojos.

—¿De los míos? ¿Una católica como yo, quieres decir? Siempre lo he sido y hasta ahora no te importaba.

Piet le recorrió el pelo con los dedos.

—No solo una católica, sino también la sobrina de Boussay —dijo—. Tu tío está muy implicado en este asunto y es uno de los peores enemigos de los hugonotes en Toulouse.

Minou pensó en el hombre corpulento y malhumorado que casi nunca estaba en casa. No le caía bien y lo consideraba aburrido y desagradable, pero no lo creía peligroso, ni mucho menos temible.

—Estoy segura de que no es así.

—Está a sueldo de Delpech, el traficante de armas y soldado más poderoso de Toulouse. También se sabe que tiene amigos en la catedral, secuaces del duque de Guisa, hombres que ni siquiera disimulan su deseo de expulsar a todos los hugonotes de la ciudad e incluso de Francia.

Minou pensó en los barriles de pólvora y munición que había visto en el sótano y en los muchos visitantes que entraban y salían por la noche. Después habló con voz serena.

—Hay un clérigo que suele visitar la casa. Viste hábito rojo, es alto y parece joven para su rango. Es fácil reconocerlo, porque tiene el pelo muy negro y un solo mechón completamente blanco.

La joven notó que la mirada de Piet se endurecía y todas sus facciones se volvían más rígidas.

—¿Lo conoces? —dijo Minou.

—Así es —respondió el joven mientras volvía a acariciarle el pelo—. En otra época fue mi amigo más querido. Se llama Vidal. Estudiamos juntos aquí en Toulouse y éramos como hermanos. Con él pasé aquella velada en Toulouse.

—¡Oh! —exclamó Minou con tristeza, al ver cuánto apenaba a Piet la mención de Vidal—. ¿Y ahora? ¿Ya no son amigos?

—No. Aquella noche dijo cosas que preferí no escuchar. Todavía pensaba que podíamos buscar a Dios por diferentes caminos y seguir siendo amigos. Fui un ingenuo. Lo comprendí cuando lo vi en la sala donde se negoció la tregua, en compañía de tu tío y de Delpech. En ese momento lo supe.

—Ahora se llama Valentin —explicó Minou—. Mi tío quiere que sea el próximo obispo de Toulouse. —Reflexionó un momento—. El otro visitante que suelo ver a menudo en casa de mis tíos es Philippe Devereux, aunque ahora hace tiempo que no viene.

—Yo tampoco he vuelto a verlo —dijo Piet— y créeme que me alegro. Un hombre que juega a dos bandas no merece más que desprecio. Tenías razón en advertirme. Debí escucharte.

—¿También es espía?

—Lo era. Encontraron su cuerpo en la place du Salin. ¡Ojalá hubiera confiado más en mi intuición!

—Tu nobleza de espíritu te hace ver siempre lo mejor en cada hombre.

Piet negó con la cabeza.

—Me gustaría merecer esa opinión tuya, pero fue un buen amigo inglés, Jasper McCone, quien me aconsejó que moderara mis palabras. —Suspiró—. El primo de Devereux, Oliver Crompton, también ha desaparecido. Jasper dice que se marchó de la ciudad para unirse a las filas del príncipe de Condé, que avanzan desde el norte.

La luz de las últimas horas de la tarde resplandecía a través de los altos ventanales y pintaba un motivo irisado sobre las paredes de la nave. En un momento de tanta paz y tranquilidad, parecía imposible imaginar cualquier situación remotamente inquietante.

—¿Por qué me has pedido que venga, Piet? —preguntó Minou—. No ha sido solamente para decirme que me vaya, porque podías haber enviado a Aimeric con el mensaje.

—Sabía que te negarías.

Minou mostró una breve sonrisa.

—Quizá. No veo que la situación actual sea diferente de la que hemos vivido estas últimas semanas. La tregua se mantiene. Además, no puedo irme de Toulouse. Mi tía me necesita y no puedo abandonarla.

«Ni tampoco a ti —pensó—. ¿Cómo podría separarme de ti?».

—¿Y qué diría mi padre si nos presentáramos en Carcasona sin previo aviso?

Piet la condujo a la parte más sombría de la capilla y bajó la voz.

—Minou, escúchame. Al principio, después de los tumultos, yo aún abrigaba la esperanza de que los líderes católicos y protestantes quisieran llegar a un acuerdo por el bien de Toulouse. Ahora ya no lo espero. Cada día tenemos más pruebas de la parcialidad del Parlamento contra los hugonotes. Cada error de la justicia tiene un costo. Ahora ya son muchos en nuestras filas los que, animados por las noticias del éxito de las campañas en Orleans y Lyon, quieren traer el conflicto a Toulouse. —Hizo una inspiración profunda—. Condé ha reclutado tropas en Blagnac y otras localidades en torno a sus tierras. Tienen intención de entrar en la ciudad esta noche.

—¿Qué se proponen?

—Forzar la aplicación del Edicto de Tolerancia en Toulouse y lograr que se brinde el mismo trato a hugonotes y a católicos ante la ley y ante Dios.

—¿Con un ejército?

—¿Qué otro medio nos queda? —replicó Piet—. La fuerza llama a la fuerza. En este momento hay miles de soldados católicos en la ciudad. Necesitamos igualarlos para obligarlos a regresar a la mesa de negociaciones.

De repente, Minou recuperó la frialdad. La idea de que un ejército hugonote pudiera entrar subrepticiamente por la noche en la ciudad con el único propósito de forzar un debate le parecía una fantasía infantil. Pero Piet estaba empeñado en creerlo.

—¿No es uno de tantos rumores que corren?

—No. —Piet le tomó una mano—. Te lo suplico, amor mío, sal hoy mismo de la ciudad, antes de que cierren las puertas por la noche. Después podría ser demasiado tarde.

—No puedo irme. No tengo un medio de transporte, ni...

—Los cementerios de la historia están repletos de huesos de gente que esperó demasiado. Dispondré un carruaje con un caballo para que los saque de la ciudad y un acompañante para que los ayude a atravesar el Aude. Entonces estarán a salvo.

—¿Por qué haces esto? —susurró—. Estás corriendo un riesgo enorme.

—Amor mío —insistió él—, regresa a Carcasona. No temo la batalla inminente, pero sé que podré proteger mejor las vidas que dependen de mí si estás a salvo. En cuanto todo esto pase, me reuniré contigo. —Le puso ambas manos en las mejillas y le depositó un beso en los labios—. *Lieverd.* Mi adorada.

Por el tono de sus palabras, Minou comprendió que Piet no esperaba sobrevivir. En un impulso de coraje, lo rodeó con los brazos y lo estrechó contra su pecho.

—Aunque no querría ponerte en peligro, hay una cosa más que me gustaría que hicieras por mí —dijo finalmente Piet, apartándose de ella.

—Cualquier cosa que me pidas —respondió Minou.

—Si Dios quiere, esta noche pasará sin que haya muertes.

—¿Qué quieres que haga?

—Hay un objeto de gran valor que me gustaría enviar a un sitio seguro, por si yo no puedo regresar a recuperarlo más adelante. No podría pedirle este favor a nadie más que a ti.

—¿Qué es?

—Te lo enseñaré —dijo Piet, conduciéndola al fondo de la estrecha capilla. Una vez allí, se agachó delante de la pared—. ¿Lo ves? Está escondido aquí.

—¿Qué es? —volvió a preguntar Minou mientras Piet extraía un ladrillo suelto de la pared y lo dejaba a un costado.

—Un fragmento del Santo Sudario, que según se dice trajeron los cruzados a su regreso de Tierra Santa.

—El sudario de Antioquía.

Piet la miró sorprendido.

—¿Lo conocías?

—Mi tía me contó que lo robaron hace unos años. Es lo único que sé.

—Es cierto que lo robaron, y con el tiempo llegó a mis manos. Pero cuando estuve en condiciones de venderlo, sencillamente no pude hacerlo. —Se sonrojó—. Es un objeto de excepcional belleza.

Minou sonrió.

—Te entiendo.

—Encargué una réplica y escondí el original donde siempre había estado, aquí, en esta iglesia. No puedo soportar la idea de que resulte dañado o destruido si las cosas salen mal esta noche.

Frunciendo el ceño, la joven se agachó y escudriñó el oscuro hueco abierto en la base del muro.

—¿Cuánto hace que descubriste este escondite?

—Hace cuatro inviernos —respondió él—. ¿Por qué?

Cuatro años atrás era mucho tiempo después de que la tía de Minou acudiera a la misma iglesia en busca de un lugar donde ocultar su valioso regalo.

—¿Sabes si hay otros escondites similares en estos muros?

—Yo no conozco ninguno. Este me lo enseñó el antiguo párroco, que estaba adscrito al Colegio de Foix cuando yo era estudiante.

Minou observaba mientras Piet retiraba del hueco de la pared un trozo cuadrado de basta tela gris.

—Envolví el sudario en un retazo de mi vieja capa militar para protegerlo —explicó Piet, sosteniendo el material con exquisito cuidado.

Minou dudó un momento antes de hablar.

—¿Hay algo más en ese hueco?

Piet levantó la vista.

—¿Debería haber algo?

—Un libro.

Con un brillo de curiosidad en los ojos, Piet volvió a meter la mano en el hueco de la pared.

—No encuentro nada más.

—¿Quizá a un costado o un poco más al fondo?

Piet se tumbó en el suelo y consiguió introducir toda la longitud del brazo entre el polvo y las telarañas del escondite.

—¡Espera! Creo que aquí hay algo. Me parece notar algún tipo de cordel y... una bolsa pequeña.

Minou casi no se atrevía a respirar y, en ese instante, mientras Piet extraía despacio del escondite una bolsa de terciopelo negro cerrada con una cuerdecilla, comprendió lo mucho que deseaba que la historia de su tía fuera verdadera.

Sonrió.

—En realidad no esperaba que estuviera aquí. Mi tía tan solo me dijo que hace muchos años había escondido algo en esta iglesia.

—¿Qué es?

—Una Biblia que le regaló mi madre con ocasión de mi nacimiento. Evidentemente, la única razón para que los dos hayan utilizado el mismo escondite es que a ambos los ayudó el mismo viejo sacerdote.

—Y en mi apresuramiento ni siquiera se me ocurrió mirar si el espacio estaba vacío o no. —Piet le entregó la bolsa—. ¿Quieres abrirla?

Minou le desprendió las telarañas y el polvo, desató y soltó la cuerda, y extrajo la Biblia.

—Bueno —dijo Piet, levantando la vista al cielo—, alguien la ha estado protegiendo hasta ahora.

Minou asintió. Era tal como la había descrito su tía: tapas de piel azul y una cinta de seda azul de un tono más brillante para marcar las páginas.

La abrió.

—El texto está en francés.

El ruido de la puerta principal de la iglesia los hizo callar. Los sonidos de la calle se filtraron desde el exterior. Se oyeron las ruedas de un carro, el murmullo de la puerta al cerrarse otra vez y la ráfaga de aire que salía.

—¿Ves a alguien? —susurró Piet.

Minou se asomó un momento por la entrada de la capilla lateral y enseguida volvió a buscar la protección de las sombras.

—No hay nadie. Quizá haya sido la anciana de las violetas. Estaba sentada en la escalera cuando he entrado.

Los dos estaban nerviosos y sentían el apremio del tiempo. Rápidamente, Piet volvió a colocar el ladrillo en su sitio, guardó con cuidado el sudario en su morral y se lo entregó a Minou.

—¿Estás segura de que quieres hacerme este favor?

—En Carcasona estará a salvo —dijo mientras guardaba la Biblia en la misma bolsa de cuero—. También esto, otro tesoro.

Piet le acarició la mejilla.

—Gracias.

—Todo saldrá bien. Estoy segura.

Piet asintió, aunque su expresión decía lo contrario.

—Un carruaje con un caballo los estará esperando a Aimeric y a ti en las cuadras de la rue des Pénitents Gris a las siete de la tarde.

Minou bajó la vista un momento hacia el deteriorado morral y enseguida se echó la correa al hombro, por debajo de la capa.

—¿Qué pasará si te quedas atrapado en Toulouse? ¿Qué harás entonces?

Piet sonrió.

—A lo largo de los años, he encontrado muchas veces la manera de entrar o salir de esta ciudad. Te doy mi palabra de que iré a buscarte.

Las campanas de la torre más alta empezaron a dar las cinco y ellos se quedaron inmóviles y silenciosos, con las manos entrelazadas, hasta que los ecos se acallaron en el aire vibrante.

49

Media hora después de despedirse de Minou, Piet acudió a las cuadras de la rue des Pénitents Gris para confirmar lo que había dispuesto.

—¿Has entendido que es esencial que salgan de la ciudad esta noche? —insistió Piet.

—Sí, señor.

Piet apoyó una mano sobre la cruz de una yegua alazana, atada en un rincón de los establos, como para buscar un soporte.

—¿Y recuerdas también que...?

—Que habrá dos pasajeros —lo interrumpió el mozo de cuadras, repitiendo las instrucciones anteriormente recibidas—. Me lo ha dicho: una señora y un joven caballero. Tengo que acompañarlos hasta Pech David, donde un segundo carruaje los estará esperando para llevarlos a Carcasona.

—No los dejes solos. Quédate con ellos hasta estar seguro de que ha llegado el segundo acompañante, dispuesto a proseguir el viaje. Y no olvides sacarlos de la ciudad por el puente cubierto. No pases en ningún caso por la puerta de Villeneuve.

Piet sabía que estaba hablando más de la cuenta, pero si al final las tropas de Condé entraban por la puerta de Villeneuve a las nueve de esa misma noche, quería estar seguro de que Minou se encontraba lo más lejos posible de ese lugar.

El muchacho lo miró con suspicacia.

—El puente cubierto es la ruta habitual para salir de la ciudad en dirección al sur. Pero, por mi propia seguridad, me gustaría saber si hay alguna razón concreta para evitar la puerta de Villeneuve esta noche.

—Es un asunto privado —se apresuró a contestar Piet, avergonzado por lo mal que estaba manejando la situación. Cada vez le costaba más pensar con claridad—. Una disputa familiar. Tengo un pariente católico en el barrio de Villeneuve que podría causarme problemas.

—¿Hay algo ilegal en este asunto?

—No, nada en absoluto —respondió, intentando mantener el tono ligero—. Una disputa familiar, nada más.

Le dio una segunda moneda al mozo.

—Te daré otra más cuando vuelvas.

Piet temía que el chico fuera un cobarde, pero era tarde para buscar otro. Preocupado, volvió a salir a la calle iluminada por la luz del crepúsculo.

Consideraba un error tratar de tomar la ciudad, sobre todo desde que la acción se había adelantado una semana por miedo a que se descubriera el plan. Como había dicho Crompton, las fuerzas católicas los superaban en una relación de diez a uno, y eso había sido varias semanas atrás. No tenía ninguna esperanza de que los habitantes de Toulouse escucharan el llamamiento a las armas y salieran a las calles a luchar en defensa de sus vecinos hugonotes. Por encima de todo, le habría gustado llevar personalmente a Minou a un lugar seguro. Pero sabía que eso era imposible. Fuera acertada o no la maniobra, su primer deber era permanecer al lado de sus compañeros. Esa noche estaría en su puesto, junto a los suyos.

Y Dios lo salvaría si esa era su voluntad.

Sumido en sus pensamientos, Piet abrió la puerta de la casa donde vivía y subió en silencio la escalera. Entonces, en el segundo rellano, se detuvo, alertado por un sexto sentido. Había algo diferente, algo distinto.

Buscó enseguida la protección de las sombras y desenvainó lentamente la espada. ¿Lo estaría esperando McCone en su habitación? Desechó la idea. Jasper habría oído sus pasos y habría salido a recibirlo.

Entonces captó los efluvios de una fragancia antigua pero familiar. Era el aceite que Vidal solía aplicarse en el pelo. ¡Vidal! Sí, por supuesto. Pero ¿para qué habría ido allí?

Piet intentó endurecer el corazón. Vidal estaba al otro lado de la puerta, lo sabía. Su antiguo amigo, el mismo que le había puesto un narcótico en el vino y había preparado el terreno para que lo acusaran falsamente de asesinato y lo ahorcaran. ¿Quién más podría haber sido?

Pero ¿y si Vidal fuera una voz solitaria entre los católicos que estuviera llamando a la concordia para detener el conflicto sangriento?

En lugar de marcharse por donde había venido, Piet siguió avanzando hacia sus habitaciones, incapaz de resistirse a ver a Vidal por última vez. Tendió la mano izquierda y, poco a poco, empujó la puerta para abrirla.

Allí, sentado con su hábito rojo en una silla en medio de la habitación, estaba Vidal. Parecía encontrarse solo y desarmado. Piet dudó un instante y volvió a envainar la espada.

—¿Qué haces aquí, Vidal? —preguntó, incapaz de disimular el tono esperanzado de la voz.

—Deténganlo —fue la respuesta.

Los guardias que lo estaban esperando en silencio, a los lados de la puerta, se abalanzaron sobre él.

—¿Qué está haciendo? —exclamó Rixende, cuando vio que Cécile Noubel volvía a la cocina cargada con un baúl de viaje—. ¿Se va?

—Rellena el botellón de peltre, Rixende, el del tapón que no gotea. No lo llenes de vino, sino de cerveza. Y envuelve un poco de pan y lo que queda de queso de cabra. —La voz calmada de la mujer contrastaba con el caos de emociones que sentía por dentro—. Y guarda toda la raíz fresca de regaliz. Será difícil conseguirla más en el sur.

—¿Qué ha averiguado en el palacio del obispo? —preguntó Rixende, sin poder reprimir su curiosidad. Tras las presentaciones con su prima, madame Noubel no la había dejado participar en la conversación—. ¿Alguien sabía algo de la visitante y su lugar de procedencia? ¿Estaban dispuestos a hablar con usted? ¿Y el obispo? Mi prima dice que lleva un par de semanas enfermo y que...

—¡Rixende, calla, por favor!

Los ojos tristes de la doncella se llenaron de lágrimas.

—Lo siento. No pretendía hablar sin freno, pero...

Cécile le puso las manos sobre los hombros.

—Escúchame, Rixende. Necesito que hagas todo lo que te pida sin hacer preguntas, porque se me podría olvidar algo importante, o... —Se interrumpió, tratando de serenarse—. O podría perder el coraje para hacer lo que tengo que hacer. ¿Lo has entendido?

La criada la miró sin acabar de comprender, pero hizo un gesto afirmativo. «Una chica un poco mentecata —pensó Cécile—, pero de buen corazón.» A pesar de todo, había llegado a apreciarla.

—Bien. ¿Sabes dónde guardaba la brújula monsieur Joubert?

—¿No se la llevó?

Madame Noubel suspiró.

—No lo sé. ¿Podrías ir a ver?

Rixende buscó en el cajón largo y poco profundo de la mesa de la cocina.

—Normalmente la guarda aquí —dijo, justo antes de encontrar la pequeña caja de madera de nogal, que entregó a madame Noubel.

Cécile sostuvo un momento la caja en la palma de la mano y después la abrió. La llevó a la puerta, porque sabía con cuánta facilidad una brújula puede perder la calibración, y la sacó al sol.

—Las cinco y cuarto, y sur-suroeste —dijo—. En principio, parece correcto.

—Me pregunto por qué la habrá dejado el señor.

Cécile volvió a suspirar.

—Probablemente porque conocía el camino.

Le llevó otro cuarto de hora terminar los preparativos. Cerró las ventanas y le ordenó a Rixende que preparara la chimenea, para poder encender un fuego en cualquier momento. Limpiaron los platos, los cuencos y las jarras, y los dejaron en su sitio. Si Minou volvía, encontraría una casa ordenada y acogedora, aunque no hubiera nadie para recibirla.

Dudó un momento y tendió la mano para tomar de la repisa de la chimenea el viejo mapa de Carcasona trazado por Florence. Ese detalle, más que nada de lo que había averiguado esa tarde en el palacio episcopal, prestaba credibilidad a la historia. Sacó del bolsillo una nota que le había dado la prima de Rixende y comparó las caligrafías.

Coincidían en todo; eran idénticas.

La prima de la criada había estado encantada de poder compartir rumores sobre la noble señora que se había instalado en el palacio en abril y había revolucionado al servicio con su presencia. La dama había llegado provista de cartas de presentación de un tal monseñor Valentin, canónigo de la catedral de Toulouse, que también había gozado de la hospitalidad del obispo de Carcasona un mes antes, en marzo.

—No sé, señora —le había dicho la prima de Rixende, desviándose del tema de conversación—. Algunos afirman que vino a investigar el asesinato de la primavera, aunque ya estaba aquí antes de que mataran a aquel hombre. Al final ahorcaron al pobre Alphonse Bonnet por el crimen, pero nadie cree que fuera el culpable. Dicen que había pasado el día entero en el mercado de la Bastide, a la vista de todos. ¿Cómo pudo degollar a Michel Cazès al mismo tiempo? Nadie lo sabe. Pero me han dicho que el canónigo había acudido a la Cité por algo relacionado con una reliquia.

—¿Y la señora? —la apremió Cécile, a quien solo interesaba Alis.

Según la doncella, la noble invitada había llegado procedente de Toulouse el primer viernes de abril, con la intención de quedarse unos días en el palacio antes de seguir viaje hacia sus tierras, en las faldas de los Pirineos. La prima de Rixende recordaba muy bien el día, porque les habían ordenado preparar un banquete digno de una dama de alcurnia, pero de repente, sin previo aviso, la señora se había marchado.

—¿Cómo se llamaba? —volvió a preguntar Cécile—. ¿De dónde era?

—De Puivert —fue la respuesta—. Blanche de Bruyère, viuda del anterior señor. ¿Conoce el pueblo?

A Cécile le dio un vuelco el corazón.

—Lo conocí en otra época.

—También dejó esto —añadió la muchacha mientras le tendía a Cécile una hoja de papel con un escudo heráldico y una insignia—. Supongo que estaba escribiendo una carta cuando tuvo que irse y la dejó a medias. Y le diré algo más. Aunque hacía todo lo posible por ocultarlo, la señora estaba encinta. A todas nos pareció extraño que viajara tan lejos de su casa en su estado.

En ese momento, Cécile supo adónde se habían llevado a Alis y por qué, y confirmó que las sospechas de Bernard estaban justificadas. Comprendió también que todos los acontecimientos extraños y aparentemente inconexos de los últimos tiempos estaban relacionados con lo sucedido el último día de octubre de hacía casi veinte años.

Los viejos secretos proyectan sombras alargadas...

Toulouse

Hablando en susurros a través de la puerta cerrada de la habitación de Aimeric, donde madame Montfort lo había encerrado, Minou terminó de contarle lo que Piet y ella habían acordado. Y aunque lamentaba tener que separarse de Piet, la alegría de su hermano al saber que regresaban a Carcasona la reconfortó.

—Haré lo que sea por volver a casa —le contestó él en un murmullo.

—Conseguiré la llave para sacarte de aquí.

Aimeric se echó a reír.

—No hace falta. El pasador de la contraventana está suelto. Puedo salir por la ventana, trepar a la cornisa, pasar desde ahí al tejado del granero y bajar. Lo he hecho mil veces.

—Ten cuidado —replicó Minou en tono severo—. Trae contigo solamente las cosas que de ninguna manera querrías dejar. Yo haré lo mismo. Nos encontraremos poco antes de que den las siete en las cuadras de la rue des Pénitents Gris.

—¿Vendrá también Piet?

A la joven le habría encantado decirle que sí. Pero la verdad era que no lo sabía.

—No te retrases —susurró—. Es nuestra única oportunidad.

Volvió apresuradamente a su habitación. Arrastró la mesilla de noche por el suelo y la colocó como una cuña debajo del picaporte de la puerta. En cualquier momento, madame Montfort podía entrar en tromba en su habitación para preguntarle de malos modos dónde había estado toda la tarde. Minou inclinó la cabeza y aguzó el oído, pero la casa estaba extrañamente silenciosa.

Consciente del poco tiempo que le quedaba, tomó su vieja capa de viaje, aguja e hilo. Buscó a tientas a lo largo del dobladillo de la capa, hasta encontrar el pliegue que ocultaba un bolsillo secreto, y ensanchó con cuidado la abertura hasta que pudo pasar la mano. A continuación sacó del morral de Piet el trozo cuadrado de tela y lo depositó sobre la mesa. Aunque había recibido una educación católica, no era partidaria del culto a las reliquias, porque lo consideraba un retroceso hacia otras épocas en que la gente vivía sumida en la superstición. ¿Qué carácter sagrado o trascendente podía tener un viejo trozo de madera o el fragmento de un antiguo paño? Sin embargo, cuando abrió el envoltorio y tuvo en las manos los restos del sudario con sus extrañas letras bordadas, la belleza de la pieza y su larga historia la emocionaron hasta las lágrimas.

La imaginó en manos de una mujer doliente en Tierra Santa, o transportada a través del mar por los cruzados desde Antioquía hasta Marsella, o siguiendo el recorrido de la antigua vía romana de Narbona a Carcasona, hasta su destino final en Toulouse. Allí, al resplandor de la luz cambiante del crepúsculo, comprendió por fin que Piet, un hugonote que vivía en el mundo moderno, no hubiera sido capaz de vender ese fragmento y arriesgarse así a su pérdida o destrucción. Lo había conservado a salvo y ahora le había encargado a ella que hiciera lo mismo.

No pensaba fallarle.

Extrajo el peine y el espejo de su estuche de cuero, enrolló con mucho cuidado el sudario, lo guardó en su interior y selló la tapa con cera de vela fundida. A continuación introdujo el estrecho tubo en el dobladillo de la capa, lo empujó tanto como pudo y cosió la abertura. Con las prisas, se pinchó un dedo, y dos gotas de sangre mancharon el paño verde de lana.

Finalmente, se concentró en su Biblia, reconfortada con la idea de que su madre había tenido en las manos ese mismo libro. Recorrió con los dedos la cubierta de piel, arrugada como el dorso de la mano de un anciano, y alisó la fina cinta de seda, de un azul brillante, dispuesta allí para marcar las páginas. La hoja de plata que iluminaba los bordes del libro refulgía en la penumbra de la habitación y, en el interior de la Biblia, un delicado tipo de letra impreso en negro y rojo destacaba en las diáfanas páginas. La edición parecía muy valiosa. Su padre lo sabría. Distraída por un momento de su tarea, se preguntó una vez más el porqué del silencio de su progenitor. Pero se consoló diciéndose que al día siguiente, cuando Aimeric y ella llegaran a Carcasona, podría hacerle todas las preguntas que la habían estado obsesionando durante las últimas semanas. Podría preguntarle, por ejemplo, si sabía algo de esa hermosa Biblia protestante que Florence le había enviado a su hermana.

Minou levantó el libro para verlo mejor y lo inclinó un poco para que la luz que entraba por la ventana incidiera sobre sus páginas. Lo abrió por el frontispicio y leyó la dedicatoria y el nombre de traductor —Jacques Lefèvre d'Étaples—, así como el año y el lugar de la impresión: 1534, Amberes. Bordeaban la página sencillos grabados en blanco y negro que representaban escenas de las Escrituras.

De pronto descubrió un bolsillo en la contraportada y, en su interior, una lámina de pergamino plegada. Los pensamientos se le aceleraron. ¿Sería una carta de su madre a su tía? Sin atreverse a abrirla de inmediato, por miedo a que se deshiciera entre sus dedos, la depositó sobre la mesa y la desplegó con cuidado.

No, no era la caligrafía de su madre.

> *Hoy es el día de mi muerte.*

Y no era una carta, sino un testamento.

> *Con Dios nuestro Señor por testigo, escribo de mi puño y letra este mi testamento.*

Minou se saltó las líneas siguientes y leyó directamente el nombre escrito al pie del documento: Marguerite de Puivert. No le dijo nada, aparte de la coincidencia con su nombre de pila. Entonces vio otros dos nombres escritos debajo y una fecha que le produjo un escalofrío. El 31 de octubre del año 1542.

El día de su nacimiento.

50

Minou volvió a doblar el pergamino, lo guardó en la Biblia e introdujo el libro en el forro de la capa.

Recorrió la habitación con la mirada, vio su broche de turmalina rosa (la piedra del mes de su nacimiento) y lo usó para cerrar con él el dobladillo de la capa. Después levantó el colchón y retiró de su escondite la carta con el sello rojo.

Unos golpes repentinos en la puerta la sobresaltaron.

—¿Quién es? —preguntó.

—¡Tienes que venir! —gritó Aimeric, esforzándose para abrir la puerta.

—Espera un momento —respondió ella mientras separaba la mesilla de noche de la puerta para que Aimeric pudiera entrar en la habitación—. ¿Qué haces aquí? Hemos acordado que nos reuniríamos en las cuadras.

—¡Ven ahora mismo! —insistió el chico, agarrando a su hermana por el brazo—. ¡Te juro que se ha vuelto loco! ¡La quiere matar!

Monsieur Boussay tomó la vara del sitio habitual, detrás de la silla, y su mujer retrocedió un paso para alejarse de él.

—¡No, por favor, no! ¡Te doy mi palabra, esposo mío! ¡Yo no dije nada!

—Me desobedeciste.

—¡No!

—El chico se pasea a voluntad por todas partes, como un vulgar golfillo callejero, y ahora me entero de que la chica se ha estado viendo con un notorio hugonote en nuestra iglesia de la rue Saint-Taur. ¡Con tu ayuda! —Avanzó hacia ella—. ¿Dónde me deja eso a mí? ¡He quedado como un inútil, incapaz de controlar a las mujeres de mi propia casa!

—Estoy segura de que se trata de un error —contestó ella, intentando alejarse de su marido, aunque sabía que todo sería en vano—. Minou es una joven honesta y una buena sobrina. Jamás se reuniría con un hombre sin estar acompañada. Estoy segura de que no ha sido así.

—¿Estás poniendo en duda mi palabra?

—No, no, por supuesto que no —tartamudeó ella.

—¡Eres una mentirosa! Mi hermana, a quien yo mismo envié para vigilar, los vio. Mientras tú fingías rezar, ella estaba hablando con ese hereje en una capilla lateral.

—No lo puedo creer —respondió Salvadora con voz temblorosa—. Mi cuñada es muy virtuosa, pero detesta a Minou y sería capaz de decir...

—¡Cierra la boca, arpía! —exclamó el hombre, dejando caer con fuerza la vara encima del escritorio—. En estos tiempos, cuando la situación es más delicada que nunca, ¡has permitido que esa prostituta que tienes por sobrina me desobedezca! ¡Por tu culpa esa mujerzuela ha arrastrado mi nombre por el fango!

Salvadora se encogió tanto como pudo y trató de retroceder todavía más, dando pasos cortísimos con la esperanza de que él no los notara, hasta que ya no pudo seguir. Su marido agitó la vara en el aire, como si se tratara de una espada, y en tres zancadas se plantó delante de ella.

—Esposo mío, no es cierto lo que dices. Hago todo lo que puedo para...

El hombre le hundió el dedo índice debajo de la barbilla.

—¡No solo permites que tus sobrinos me desobedezcan, sino que además los animas a reírse de mí a mis espaldas!

—¡No! —respondió ella—. ¡No es verdad!

Su marido le arrancó la gorguera del vestido, dejándole la piel al descubierto.

—Ya te enseñaré yo lo que significa ser una esposa leal, ¡una esposa obediente!

—¡Tenemos que detenerlo! —gritó Minou en el pasillo, fuera de la habitación.

Aunque madame Montfort parecía conmocionada, tenía los ojos brillantes de desafío.

—Es su esposa y tiene derecho a disciplinarla de la manera que crea conveniente.

—¿Disciplinarla? ¿Cómo puede quedarse sin hacer absolutamente nada viendo cómo maltratan a una persona de forma tan ruin, sobre todo tratándose de una mujer dulce y amable como mi tía?

Minou intentó pasar una vez más, eludiendo a madame Montfort, pero esta no se movió de la puerta del estudio.

—No es asunto tuyo.

Sintiéndose liberado por la perspectiva de marcharse en breve de la casa de los Boussay, Aimeric arremetió contra ella. Cada castigo y cada humillación que le había infligido en los últimos meses le sirvieron de acicate. La hizo perder el equilibrio y, mientras caía, le tapó los ojos con su propia capucha.

—¡Suéltame, demonio! —gritó la mujer, desmoronándose contra la pared.

Minou pasó a su lado como una exhalación y giró el picaporte de la puerta.

—Está cerrada por dentro —dijo—. ¡Deme sus llaves!

Pero madame Montfort ya se estaba yendo a toda prisa por el pasillo.

—¿Quieres que la siga? —preguntó Aimeric—. Probablemente irá a buscar a Martineau.

—No tenemos tiempo —contestó Minou desesperada, intentando una vez más mover el picaporte—. ¡No podemos entrar!

—Yo puedo —replicó Aimeric, saliendo a su vez por el pasillo, en dirección al patio.

—¡No, esposo mío, te lo ruego! —exclamó Salvadora, pero su súplica se transformó en alarido cuando Boussay descargó la vara sobre sus hombros desnudos.

—¡Permites que se tomen libertades que no les corresponden! —dijo, golpeándola otra vez—. ¡No te importa mi reputación! ¡Eres estúpida y descuidada!

Le propinó un tercer bastonazo y esta vez le alcanzó la mejilla.

Salvadora sollozaba, acurrucada en el suelo, tapándose la cabeza con las manos, aterrorizada al no saber dónde caería el siguiente golpe ni cuánto duraría el castigo.

—¡Levántate! —le ordenó él con una patada—. ¡Eres una arpía estúpida y despreciable! Me da asco oírte gemir como una perra en celo.

Minou no podía creer que ningún sirviente acudiera corriendo. Llamó a la puerta con todas sus fuerzas, tratando de ahogar con esos golpes los penosos sollozos de su tía y sus desesperadas súplicas de clemencia.

Entonces oyó un estrépito, seguido de un silencio siniestro.

—¡Tía! —gritó Minou, golpeando la puerta con violencia—. ¡Tía!

Después de lo que le pareció una eternidad, oyó el ruido de una llave en la cerradura. Un instante más tarde, Aimeric abrió la puerta del estudio.

—¡Eres brillante! —le dijo Minou a su hermano mientras se precipitaba en la habitación.

—Creo que lo he matado —replicó el chico con la cara lívida.

La joven volvió la mirada hacia el lugar donde su tío yacía desplomado sobre el escritorio, delante de la ventana abierta, con un hilo de sangre manándole de la sien y trozos de cerámica blanca esparcidos a su alrededor.

Corrió hacia su tía, que estaba hecha un ovillo en el suelo, con la cara y el pecho amoratados e hinchados, y los brazos y las manos marcados con franjas rojas allí donde había intentado protegerse de los golpes.

Minou tomó la vara y la partió sobre una rodilla. Miró a su alrededor, vio la capa de su tío colgada detrás de la puerta y la usó para cubrirle a su tía los hombros heridos.

—Querida tía —dijo—, ahora estás a salvo.

—No —respondió la mujer sollozando—. No, no deberían estar aquí. Monsieur Boussay se enfadará. Ha sido culpa mía. Estoy segura de que me lo merecía. No debí provocarlo.

—Tenemos que irnos —dijo Minou, controlándose para no indignarse. Todavía no—. ¿Puedes ponerte de pie, tía?

Le hizo señas a Aimeric para que se colocara delante del hombre inconsciente y ensangrentado de modo que la mujer no lo viera.

—Monsieur Boussay se ha puesto como una fiera —masculló la tía de Minou con una vocecita aguda e infantil—. Era de esperar. Siempre ha tenido mucho temperamento. Lo descubrí enseguida... —De repente, se le agrandaron los ojos de terror—. ¿Dónde está ahora? ¿Se ha ido? ¿Ha venido el *capitoul* a pedirle consejo? ¿Es eso? ¡Es un hombre muy importante! ¡Y más todavía en estos tiempos tan difíciles!

—Sí —respondió Minou, comprendiendo que su tía estaba conmocionada por la violencia sufrida—. Así es. Se ha ido al ayuntamiento con sus colegas. Aimeric le ha traído el mensaje.

—¿Se ha ido entonces? ¿Mi marido se ha ido? ¿No está en casa?

Minou notó esperanza en la voz de su tía y se le encogió el corazón. Vio que tenía un ojo hinchado y que la vara le había dejado una marca púrpura que iba desde la sien hasta la mandíbula.

—Monsieur Boussay ha salido. Ya no te necesitará por hoy.

—Oh —gimió la mujer. Como parecía a punto de desmayarse, Aimeric saltó a su lado para sujetarla y entre los dos la condujeron hasta la puerta—. Si se ha ido, ¿podré descansar un momento? Me lo permitirá, ¿verdad? Nadie podrá culparme.

La ayudaron a salir de la habitación y la condujeron hasta el banco de la ventana, en el largo pasillo.

—Estás en tu casa, querida tía —dijo Minou—. Puedes hacer lo que quieras.

—¿Qué hacemos con él? —preguntó Aimeric en voz baja, señalando el estudio con un movimiento de la cabeza.

Desde lejos, se veía subir y bajar a cada respiración el pañuelo que el hombre llevaba anudado al cuello, y aunque Minou le deseaba la muerte por su crueldad, sintió alivio al comprobar que seguía con vida.

—¿Le has quitado las llaves?

—Sí.

—Entonces lo dejaremos encerrado ahí dentro y nos llevaremos el llavero.

—¿Y qué hay de madame Montfort? Ella sabe que hemos estado aquí.

Minou arrugó el entrecejo.

—No sé adónde se habrá ido. Ayúdame a llevar a la tía a su habitación. Necesitaremos paños y agua caliente, y también un poco de vino. No se lo digas a nadie. La tía no querrá que los sirvientes la vean así.

—No hay nadie en la casa —replicó Aimeric—. Iba a decírtelo cuando he oído los gritos de Boussay.

—¿Qué quieres decir?

—Los he visto cargar los carros en el patio. Se han ido todos.

Minou se detuvo.

—¿Me estás diciendo que, aparte de nosotros, la casa está vacía?

—No sé si aún estará Martineau, pero los otros sirvientes se han marchado. Los he visto irse y he oído lo que decían. Madame Montfort es la única que se ha quedado. Su hermano le ha ordenado que esperara a los soldados y les abriera la puerta del sótano, y que después se reuniera con los sirvientes en una casa del barrio de Saint-Cyprien, al otro lado del río.

Minou sintió que un escalofrío le recorría el cuerpo.

—Entonces es verdad... Será esta noche.

—¿A qué te refieres?

—Fue por eso por lo que Piet organizó nuestra partida de Toulouse para esta misma tarde. Los hugonotes planean tomar por asalto la ciudad.

—Entonces ¿Boussay ha enviado a todos a un lugar seguro, menos a nosotros? ¡Maldito traidor, canalla, cerdo picado de viruela...!

—Olvida eso —lo interrumpió Minou con gesto severo—. Lo importante es que los católicos están al corriente del plan de los hugonotes. ¡Los estarán esperando!

—Deseo con todas mis fuerzas volver a casa; pero si lo que dices es cierto, prefiero quedarme aquí en Toulouse y luchar al lado de Piet.

—No pienso permitírtelo —replicó con firmeza su hermana.

—¿No lo entiendes? ¡Los odio! Detesto a nuestro tío, a la bruja de madame Montfort y a todos esos señorones hipócritas que visitan esta casa. Me avergüenzo de ser católico.

Minou suspiró.

—Te entiendo, *petit*, y tu coraje y sentido de la justicia te honran. Pero Piet quiere que nos vayamos y es lo que vamos a hacer.

Sentada en el banco de la ventana, madame Boussay empezó a hablar en voz baja.

—¿Está aquí? ¿Ha vuelto mi marido?

Minou corrió a su lado.

—No, se ha ido. Estás a salvo.

Aimeric se les acercó.

—¿Qué vamos a hacer? No podemos dejarla aquí.

—La llevaremos con nosotros —dijo Minou.

—¿A Carcasona? No querrá venir.

—De momento, concentrémonos solamente en sacarla de la casa. ¿Has guardado tus cosas?

Aimeric hizo una mueca.

—No hay nada en esta casa que quiera conservar. ¡Nada en absoluto!

—Bueno, entonces llévala a la rue des Pénitents Gris. Me reuniré allí con ustedes. Antes de irme, tengo que recoger una cosa de mi habitación.

51

—¡Deténganlo! —volvió a gritar Vidal.

Pero Piet fue más rápido. Empujó la puerta con todas sus fuerzas, de tal manera que alcanzó al primero de los soldados en plena cara. Se oyó el crujido de un hueso roto, y el soldado empezó a perder sangre por la nariz mientras caía al suelo entre maldiciones.

Entonces se abalanzó sobre Piet otro hombre moreno, con una cicatriz larga y profunda en la mejilla. Con un rápido movimiento, Piet consiguió clavarle un cuchillo en la mano e incapacitarlo el tiempo suficiente para escapar de la habitación.

Mientras bajaba de dos en dos los peldaños de la escalera, comprendió por qué le había resultado familiar el sirviente de Vidal en casa de los Fournier en la Cité. Era el mismo capitán que había registrado la posada de la Bastide.

Un hombre a las órdenes de Vidal.

Las pocas esperanzas que le quedaban sobre las intenciones de su antiguo amigo acababan de saltar en pedazos. Piet recordó la última conversación que habían tenido en la casa de la rue de Notre Dame, y sintió horror al comprobar hasta qué punto sus deseos de reconciliarse con Vidal lo habían cegado.

Abrió de par en par la puerta principal para que sus perseguidores creyeran que había huido por la rue des Pénitents Gris, pero rápidamente volvió sobre sus pasos y se escabulló por una pequeña puerta del hueco de la escalera que conectaba con una red de túneles subterráneos. Vidal conocía tanto como Piet el barrio universitario de Toulouse. Los callejones en torno al Colegio de Foix y las callejuelas que unían el colegio humanista con el hospicio de la rue du Périgord habían sido el escenario de sus correrías juveniles. Pero los túneles subterráneos eran nuevos. Piet confiaba en que Vidal no estuviera al tanto de la reciente interconexión de los sótanos.

Quitándose telarañas de la cara, empezó a avanzar por las galerías subterráneas. Sentía únicamente un frío deseo de venganza. Hasta ese momento, cada vez que Jean Barrelles había predicado desde el púlpito la necesidad de rebelarse contra la opresión, Piet había intentado serenar los ánimos. Si sus camaradas hugonotes hablaban de persecución, él les respondía que no todos los católicos eran iguales. Pero ya no. Cuando comenzara la batalla, Piet acudiría a las barricadas con sus hermanos protestantes y lucharía.

Sentía que el aire le quemaba la garganta, por el cansancio y el dolor de la traición. Notó que el camino se volvía cuesta arriba y redobló el ritmo de la marcha, con la mano siempre pegada a la pared, para que la oscuridad no le hiciera dejar atrás sin darse cuenta el lugar al que se dirigía.

Encontró una escala hecha con cuerdas y comenzó a trepar, hasta llegar a un rellano donde había una puerta cuyo pestillo consiguió abrir. Silenciosamente, entró en la trastienda de la librería protestante de la rue des Pénitents Gris, con la esperanza de no encontrar otra comisión de bienvenida como la que lo había estado esperando en su casa.

Minou vio salir a Aimeric por la puerta de la cocina, con madame Boussay todavía aturdida y trastabillando, en dirección a la calle. Entonces volvió a entrar en la casa.

Pese a todo, sentía una extraña serenidad, como si todos los acontecimientos de los últimos meses hubieran conducido a ese momento. Las calles silenciosas y la casa desierta reflejaban la tensa expectación por lo que estaba a punto de ocurrir. Como sucedía en Carcasona cuando se aproximaba una tormenta de verano y se acumulaban negros nubarrones sobre las murallas de la Cité, Minou sentía en los huesos la inminencia de la tormenta.

Era como si toda la ciudad contuviera el aliento.

Minou sabía que habría sido normal sentir miedo; pero más que atemorizada, se sentía libre. Ya no estaba enjaulada en la hermética domesticidad de las dependencias reservadas a las mujeres, sino que volvía a ser dueña de su propio destino en el mundo. Mientras pudiera marcharse de Toulouse antes de que comenzara la lucha, todo estaría en orden.

—Dios mío, protege a Piet y sálvalo de todo mal —dijo en voz alta, aunque ya no sabía muy bien a qué Dios le estaba rezando.

Piet se limpió la sangre de las manos y se manchó de rojo la ropa. A continuación, miró una vez más por el hueco entre las contraventanas de la librería. La rue des Pénitents Gris seguía desierta. Ni rastro de Vidal ni de sus hombres.

—¿Todo bien, monsieur? —le preguntó ansiosamente el librero.

El librero, que en otro tiempo había sido orondo como un pavo real, se había quedado en los huesos y la larga barba gris le colgaba mustia y descuidada.

—Cuando me vaya, cierren todas las puertas y no dejen entrar a nadie —replicó Piet.

La esperanza se desvaneció de los ojos del anciano.

—Entonces ¿es cierto que el ejército hugonote vendrá esta noche? He visto a muchos irse de su casa, pero esperaba que fuera otra falsa alarma.

—Quédense dentro —repitió Piet.

—¿Será rápido, monsieur? —preguntó el hombre—. Dicen que Orleans cayó en cuestión de horas. Los católicos se rindieron y la población civil sufrió muy pocos daños.

—Ahora todo está en manos del Señor —respondió Piet mientras volvía la vista hacia los establos, al otro lado de la calle, con la esperanza de ver a Minou aunque solo fuera fugazmente.

Pero en lugar de verla a ella, distinguió una figura solitaria, la de Jasper McCone, que parecía encaminarse hacia su casa, probablemente para visitarlo. Lanzó un suspiro de alivio. Dos espadas serían mejor que una.

—Me voy ahora, monsieur —le dijo al librero—. Pero le debo un favor. No olvide cerrar muy bien todas las puertas.

—Ve con Dios. Y que el Señor proteja la ciudad de Toulouse.

52

Sintiendo en la capa el peso de la Biblia y del estuche cilíndrico de cuero, Minou atravesó tan rápidamente como pudo la casa silenciosa.

Llevaba colgado al hombro el morral de Piet, en cuyo interior había guardado los pocos objetos de valor sentimental que había llevado consigo de Carcasona: el rosario de su madre, el peine, el espejo y dos libros. No quería llevarse nada que perteneciera a monsieur Boussay.

La puerta del estudio seguía cerrada, pero mientras ella recorría los pasillos, se oyó el eco de unas voces. Según Aimeric, todos los sirvientes se habían ido. ¿Habría vuelto en sí su tío?

Mientras se acercaba a la puerta principal, el volumen de las voces fue en aumento. Entonces advirtió que procedían de la capilla privada, cuya puerta estaba entreabierta.

—No volveré a pedírtelo, Adelaide —dijo el mayordomo—. O me lo das o lo tomo por la fuerza.

—Es tan mío como tuyo. Tengo tanto derecho como tú —replicó madame Montfort.

El hombre se echó a reír.

—He sido yo quien ha corrido todo el riesgo y ahora ya ha terminado.

—Y yo he puesto en juego mi reputación. Tú has alterado los libros y disimulado las cifras para que nadie pudiera culparte.

—Y tú solamente has tenido que guardarte disimuladamente un par de cosas en los bolsillos —replicó Martineau con desdén—. Te has hecho rica con el trasero gordo pegado a la silla, sin hacer nada. Te lo advierto por última vez, Adelaide. O me lo das ahora o lo tomaré por la fuerza.

Minou oyó pasos, un grito y el ruido de forcejeo. Y aunque detestaba a madame Montfort por la vileza con que había tratado a Aimeric y a su tía, no pudo irse sin hacer nada.

—¡No! —oyó que gritaba madame Montfort—. ¡No te lo daré nunca!

Minou empujó la puerta de la capilla y la mujer se volvió hacia ella, con una expresión que combinaba desesperación y culpabilidad. Entonces, Martineau aprovechó la ocasión para arrancarle el cofre de madera de las manos e irse.

La mujer intentó abalanzarse sobre él, pero Martineau le asestó un fuerte golpe que le hizo perder el equilibrio y la envió trastabillando hasta el altar. Mientras todos los candelabros caían al suelo con gran estrépito, Martineau salió huyendo de la sala.

Minou corrió a atender a la mujer, pero madame Montfort la apartó de un manotazo.

—La culpa es tuya —le espetó—. Tuya y del patán de tu hermano. Hasta que llegaron ustedes, todo iba bien y lo tenía todo bajo control. —Consiguió ponerse de pie con dificultad, mientras Minou se situaba fuera de su alcance—. Ustedes tienen la culpa, ¿me oyes, perra? Han venido a esta casa a alimentarse de los restos de nuestra mesa. ¡Parásitos! Lo han arruinado todo, ¿y qué me queda a mí ahora, después de todo lo que he tenido que aguantar? ¡Nada!

Conmocionada por el odio que veía en sus ojos, Minou retrocedió un paso más. Con la cara enrojecida por el fracaso y la pérdida, madame Montfort levantó una mano, como para pegarle, pero en lugar de descargar el golpe se volteó de repente y salió tambaleándose por la puerta, hacia el pasillo.

—¡¿Adónde va?! —le gritó Minou—. Se han ido todos.

La única respuesta fue el ruido de la puerta principal, que se abrió y se cerró de un golpe.

Desconcertada, Minou permaneció un momento en el caos de la capilla. Los rastros del altercado eran evidentes a su alrededor: paños desgarrados, dos reclinatorios tumbados en el suelo y los escabeles con el escudo de los Boussay bordado tirados en un rincón como un par de botas viejas. El crucifijo de oro que normalmente dominaba la sala había desaparecido y las puertas traseras del altar estaban abiertas.

Minou se agachó y vio que sobre un estante se acumulaban varios montones de cartas y documentos. Sobresaltada, leyó su nombre en uno de ellos. Con el pulso acelerado, revisó la pila de papeles y encontró tres cartas dirigidas a ella que nunca había visto.

Sabía que lo más sensato habría sido guardárselas e irse cuanto antes. Cada segundo que permaneciera en la casa era un instante perdido. Pero reconoció la caligrafía de su padre y no pudo esperar. Sintió alivio al ver que su padre le había escrito y, al mismo tiempo, rabia hacia madame Montfort —no le cabía ninguna duda de que había sido ella— por haberle ocultado las cartas. Ni siquiera parecía haberlas abierto, pero para la cuñada de su tía todo se reducía a un asunto de poder o negociación.

—¡Qué mujer tan odiosa!

Minou deslizó un dedo bajo la solapa de la primera carta. Era, efectivamente, de su padre, y estaba fechada pocos días después de que Aimeric y ella partieran de Toulouse, en el mes de marzo. Repasó por encima su contenido, lleno de noticias locales de madame Noubel, de la renuencia de la familia Sanchez a abandonar la Bastide y del comportamiento cada vez más errático de Charles.

La segunda carta, fechada el día 15 de marzo, mencionaba la recepción de la misiva que había enviado Minou, pero estaba escrita en un tono más sombrío. En ella su padre le pedía perdón y le anunciaba que tenía intención de poner remedio a los errores del pasado. ¿Perdón? ¿Por qué?

Le decía que pensaba viajar a un lugar llamado Puivert y le daba su palabra de que se lo contaría todo la próxima vez que se encontraran. También la tranquilizaba diciéndole que no debía preocuparse por nada y que Alis estaba contenta de quedarse al cuidado de madame Noubel.

Volvió a leer el nombre de la localidad: Puivert.

De repente, recordó lo que le había contado su tía. Se puso la carta contra el pecho y pensó atormentada que durante todo ese tiempo había imaginado a su padre sentado en su sillón, junto al fuego, cuando en realidad ni siquiera había estado en Carcasona.

Miró la última carta y solo entonces advirtió que el encabezamiento era diferente. Iba dirigida a MADEMOISELLE MARGUERITE JOUBERT. El sello era idéntico al de la misiva que entregaron en la librería de su padre, con las dos iniciales —una B y una P— dispuestas a los lados de una bestia mítica con garras y una doble cola.

Aunque el sello era el mismo, la caligrafía era diferente. La de esta carta resultaba mucho más refinada y elegante, y había sido trazada con una pluma fina y tinta cara.

Minou rompió el sello y sintió como si el aliento se le congelara en los pulmones.

Espero que me honre con su presencia, mademoiselle Joubert. Tendrá que venir personalmente, porque a nadie más entregaré a su hermana.

La carta estaba fechada el 3 de abril y firmada por Blanche de Puivert.

Leyó el mensaje, volvió a leerlo y después arrugó el papel en el puño. Si era cierto lo que decía la carta, su hermana pequeña llevaba cinco semanas enteras sola, lejos de casa. Minou no podía soportar la idea. Además de la rabia que la quemaba por dentro, sintió un odio desmedido hacia la autora de la carta, pero también hacia madame Montfort, puesto que, al ocultarle la misiva donde le comunicaban el secuestro, había hecho que aumentase el riesgo que corría su hermana.

¿Estaría muerta Alis? Minou negó con la cabeza. No. Si así fuera, lo sabría. Lo sentiría.

Entonces, como un destello de sol invernal en pleno mes de diciembre, comprendió de repente que todo encajaba. Era como si hasta ese momento hubiera estado mirando el revés de un paño bordado, con sus diferentes colores y sus hebras sueltas, pero sin llegar a apreciar el motivo que formaban los hilos. Ahora le había dado la vuelta al tapiz y la verdadera imagen se había revelado ante sus ojos.

Abandonó la capilla, atravesó corriendo el patio y salió a la rue du Taur. Había tomado una decisión. Aimeric llevaría a su tía a Carcasona, donde madame Noubel podría cuidarla, y ella viajaría a Puivert, no solo para encontrar a Alis, sino también quizá a su padre, que llevaba demasiado tiempo viviendo a la sombra del pasado.

—*Si es atal, es atal* —dijo, repitiendo una vieja frase de su padre—. Lo que sea, será.

¿Dónde la había oído por primera vez? ¿En Puivert?

Se detuvo un momento en la escalinata de la iglesia. La florista se había marchado y las calles estaban en silencio.

—*Kleine schat* —murmuró, pronunciando torpemente las palabras holandesas.

Pequeño tesoro. Así la había llamado Piet, que hablaba de Ámsterdam con el mismo afecto que ella sentía por Carcasona. Pensó que le gustaría mucho ver las calles de agua, o que Piet conociera a su padre y los dos pudieran hablar de la ciudad que tanto apreciaban.

Por un momento, Minou sonrió, imaginándolos reunidos. Pero entonces comenzaron a tocar las campanas de Saint-Taur y la imagen se desvaneció. Su padre no estaba en Carcasona, sino en Puivert. ¿Y Piet? Minou contuvo el aliento. ¿Qué pasaría cuando se ocultara el sol y empezara el ataque hugonote?

La joven desechó todas las ensoñaciones y apretó el paso para reunirse cuanto antes con su hermano en las cuadras de la rue des Pénitents Gris.

53

—¿Dónde está mi sobrina? —volvió a preguntar madame Boussay—. Ella se preocupa por mí y sabe que me conviene estar dentro de casa. El sol no es bueno para el cutis. A mi marido le gusta mi piel blanquísima.

—Ya se ha puesto el sol —replicó Aimeric, aunque era consciente de que no lo estaba escuchando.

Sentada sobre un fardo de heno, al fondo de los establos, madame Boussay hablaba sola. Se estaba mirando una mano, atravesada por marcas moradas allí donde había intentado defenderse. Sus hombros eran una masa de contusiones violáceas, y tenía el ojo derecho tan hinchado que no lo podía abrir.

—Es el secreto para conservar a un marido: piel blanca e inmaculada. Tienes que conservar la piel blanca si deseas que te sea fiel. —De repente, se volvió hacia Aimeric—. Quiero que venga mi sobrina. Ella me cuidará.

—Minou vendrá enseguida —respondió el chico, incómodo ante los aparentes desvaríos de su tía, que parecía desorientada y decía cosas extrañas y sin sentido.

Miró al mozo de cuadras, que le hizo una mueca. No lo conocía mucho, pero había bebido una o dos jarras de cerveza con él en las noches en que se escapaba de la casa de sus tíos para buscar compañía en las tabernas de Saint-Taur.

—Se ha caído y se ha dado un golpe en la cabeza —dijo.

—Si tú lo dices... —respondió el muchacho.

Madame Boussay estaba intentando ponerse de pie otra vez.

—Tengo que irme —dijo, arrastrando las palabras como si estuviera bebida—. Mi marido, monsieur Boussay, se disgustará si no me encuentra en casa y será mucho peor para todos. Tengo que regresar ahora mismo. —De repente, dejó escapar una risita aguda espectral—. Por otro lado, si no estoy en casa, no podrá enfadarse conmigo, ¿verdad? Se alegrará de no tener que enfadarse. Estará feliz y todo volverá a ser como antes. Todo como antes...

Aimeric comenzaba a preguntarse cómo harían para convencerla de que subiera al carruaje. Volvió la vista una vez más hacia la calle mientras se apagaban los ecos de las campanadas que habían dado las siete, deseando con todas sus fuerzas que apareciera Minou.

Piet y Jasper McCone bajaban juntos por la rue des Lois, perseguidos por el ruido de las campanas.

—Pero ¿dónde demonios ha estado Crompton hasta ahora? ¿No habías dicho que se había ido al norte para unirse al ejército de Condé? —repitió Piet, intentando no mirar por encima del hombro para ver fugazmente a Minou. Pensaba esperar el carruaje en el puente cubierto y asegurarse de que salía sana y salva de la ciudad—. No me fío de él.

—Pues ahora ha vuelto. Ven, es por aquí —dijo McCone con aparente indiferencia mientras señalaba el camino hacia el ayuntamiento—. Al parecer, al salir aquella tarde de la taberna se vio envuelto en una lucha callejera, recibió un golpe en la cabeza y perdió la memoria.

—Muy conveniente para él —masculló Piet.

—Según dice, una viuda del barrio de la Daurade lo recogió y veló por él. Poco a poco, fue recuperando sus facultades. Finalmente, hace apenas unas horas, ha comprendido dónde estaba y ha enviado un mensaje.

Piet meneó la cabeza.

—Todavía no entiendo por qué quiere verme. Bien sabe Dios que no nos caemos muy bien.

McCone se encogió de hombros.

—Puede que también haya enviado una misiva a Devereux; no olvides que aún no sabe que su primo ha muerto. El mensaje ha llegado a la taberna y me he ofrecido para dártelo y llevarte a ver a Crompton. He estado varias horas esperándote delante de tu casa.

—Entiendo —dijo Piet, y de repente se detuvo.

¿Era posible que precisamente esa noche McCone estuviera sentado en una taberna bebiendo cerveza? ¿Sería que su nerviosismo le hacía ver peligro donde no lo había? Pero si McCone llevaba horas esperándolo delante de su casa, ¿por qué no había visto a Vidal y a sus hombres?

—¿Cuánto tiempo dices que has esperado? —preguntó Piet, mirando de soslayo a su amigo.

¿Eran gotas de sudor lo que percibía en la sien de McCone?

—Una hora, quizá un poco más.

—Poco más de una hora —repitió Piet, manteniendo serena la voz.

Se esforzó por recordar qué le había dicho a McCone de su amistad con Vidal, si es que le había dicho algo, pero no lo consiguió. Había hablado y mentido mucho en los últimos tiempos.

Solo dos personas conocían el lugar exacto de su alojamiento en Toulouse: Minou y el hombre que tenía a su lado. Incluso las buenas mujeres que trabajaban en el hospicio sabían únicamente que vivía cerca. Aun así, Vidal lo había estado esperando, pero no a las puertas de la casa, sino dentro, en su habitación.

—Entonces, por fuerza tienes que haberlos visto —dijo.

Esta vez la reacción de McCone fue inequívoca. Se le tensaron los hombros y se le crispó visiblemente la mano izquierda mientras pensaba la respuesta.

—No he visto nada fuera de lo corriente —dijo al cabo de un momento—, ni siquiera a esa chica, la de los ojos extraños.

Piet tuvo que controlarse para permanecer impasible. ¿Cómo era posible que McCone supiera algo de Minou? Habían entrado y salido por separado de la iglesia de Saint-Taur. Podría haber jurado que nadie los había visto juntos.

Para entonces se encontraban en el corazón de la ciudad medieval, con su laberinto de estrechas callejuelas y edificios con plantas en saledizo. El aire olía a los despojos del día y conservaba el hedor metálico de la sangre, sobre todo en la rue Tripière, donde los carniceros vertían a la calzada el agua teñida de rosa de la matanza. Era evidente que no se dirigían al barrio de la Daurade, donde según McCone los estaba esperando Oliver Crompton.

—¿Qué tendría que haber visto? —preguntó McCone.

—Hace una hora, o tal vez menos, dos hombres me han atacado en mi habitación. Tengo razones para creer que están al servicio de un canónigo de la catedral. Si estabas esperando fuera, me sorprende que no los hayas visto entrar.

Piet se llevó una mano al mango de la daga. De repente, todo encajaba: el robo de armas en depósitos que solo unos pocos conocían, la sensación de encontrarse bajo vigilancia constante, la filtración de los planes hugonotes a las filas católicas...

El espía no era Crompton, sino McCone.

¿También él trabajaría a las órdenes de Vidal?

—Estamos dando una vuelta demasiado larga, McCone —dijo Piet mientras pasaban junto a otro de los grandes palacetes construidos por los *capitouls*—. Habríamos llegado a la Daurade en la mitad de tiempo si hubiésemos ido por el camino del río.

McCone lo miró con una sonrisa rígida.

—Hay patrullas en el río, para proteger el puente. Por aquí es más seguro.

Torcieron por un estrecho callejón y de pronto Piet recordó vívidamente el día que habían pasado juntos, ayudando a reparar las casas destruidas durante los tumultos. ¿Cómo había podido equivocarse tanto con el inglés? Había confiado en él, pensaba que tenían mucho en común, hasta había llegado a tenerle aprecio.

—Jasper... —empezó a decir, pero mientras se volvía, se dio cuenta de que McCone ya había desenvainado la espada.

—Finalmente, lo has descubierto.

Piet se lo quedó mirando.

—¿Por qué lo haces?

—¿Tú qué crees? —respondió el otro con gesto desafiante—. ¿Eres tan ingenuo que no lo entiendes? ¡Dinero, Piet! —Frotó dos dedos entre sí—. ¡Poder! ¡Es lo que mueve al mundo, y no la fe! Lo mismo en Inglaterra que en Francia o en el resto de la cristiandad.

—No te creo.

McCone le puso la punta de la espada en la garganta.

—Entonces eres más tonto de lo que pensaba. Date la vuelta, Reydon, y pon las manos donde pueda verlas.

—¿Cómo has sabido de ella? —preguntó Piet, incapaz de reprimirse.

—Hay espías por todas partes en Toulouse. —McCone rio—. Tú deberías saberlo mejor que nadie.

—¿Cómo lo has descubierto? —insistió Piet.

El inglés se echó a reír.

—¿Crees que alguien puede vivir de la venta de violetas? ¡Todo el mundo tiene un precio!

—¡Gracias a Dios, has venido! —exclamó Aimeric, corriendo a recibir a su hermana—. Creo que se le ha ido la cabeza.

—¡Minou! —gritó su tía—. ¡Sobrina querida! ¿Te envía monsieur Boussay? ¿Está enfadado conmigo? Tengo que volver a casa. No puedo dejar que me dé el sol en la cara. Tengo que conservar la piel siempre blanca.

—El caballero me ha pagado para llevar a dos pasajeros —se quejó el mozo de cuadras—: una señora y un chico. Y no ha dicho nada de ninguna lunática.

—Yo te pagaré más —se apresuró a replicar Minou—. ¿Nos llevarás tú?

—¿Alguna queja?

La joven levantó una mano.

—No he dicho eso. ¿Qué edad tienes?

—La suficiente para llevar un carruaje con un caballo —dijo el chico con gesto adusto mientras pateaba la paja del suelo con la bota—. Además, no iremos más allá del fuerte romano, unas cinco leguas al sur.

Minou se volvió hacia Aimeric.

—Piet ha organizado que un segundo carruaje nos recoja en Pech David y nos lleve a Carcasona.

—Deberíamos partir ya. Son las siete y cuarto. El caballero ha insistido mucho en que saliéramos de la ciudad antes del anochecer.

—¿Está aquí? —dijo de pronto madame Boussay—. ¡No dejen que me vea! ¡No dejen que...!

—No tengas miedo —la tranquilizó Minou—. Aimeric y yo te protegeremos. Ven, nos vamos de viaje.

La joven notó que su tía, ya fuera por la conmoción o porque los golpes recibidos le habían causado un daño irreparable, se encontraba en un estado de evidente confusión. Minou había pensado ir directamente a Puivert, pero no sabía si su tía estaba en condiciones de soportar un viaje tan largo. Necesitaba descanso y ungüento para las heridas.

—Si vamos a partir, tenemos que hacerlo ya —insistió el mozo—, porque de lo contrario encontraremos las puertas cerradas.

Minou hizo una inspiración profunda. No tenía elección. De momento irían a Pech David, tal como había establecido Piet, y después ya decidiría qué hacer. Miró a su hermano y se dijo que pronto tendría que revelarle la verdad acerca de Alis.

Pero enseguida pensó en Piet y en el valioso objeto que le había confiado, y recuperó el coraje.

—Querida tía —dijo, con el mismo tono de voz que solía utilizar con sus hermanos cuando eran pequeños—, Aimeric te ayudará a subir al carruaje. ¿Quieres apoyarte en su brazo?

—¿Nos vamos? ¿Lo sabe monsieur Boussay? No le gusta que vaya a ninguna parte sin su permiso.

—Él mismo me ha pedido que te saque de la ciudad, querida tía, pensando en tu salud.

—¿No te lo había dicho? —Una extraña sonrisa asimétrica se le dibujó en la cara contusionada—. Siempre me pone a mí por encima de todo. Es un buen marido. Siempre piensa en mí, siempre...

—Vamos, tía —dijo Minou, guiándola hasta su puesto en el carruaje con la ayuda de Aimeric.

—¿También estará Florence allí adonde vamos? ¿Me estará esperando mi querida hermana? ¡Me gustaría tanto verla! ¡Hace mucho que no sé nada de ella!

—Estaremos todos para cuidarte, querida tía —dijo Minou en voz baja—. Nunca más tendrás que tener miedo de nada.

Vendrá en cualquier momento.

Esta carta, escrita de su puño y letra y estampada con su sello personal, así lo dice. En ella habla del caos inminente y de la batalla final para salvar el alma de la ciudad de Toulouse. La fecha prevista es el 13 de mayo, y considera prudente retirarse hasta que pase lo peor, hasta que el último hereje haya sido expulsado o quemado en la hoguera y el cáncer del protestantismo haya sido extirpado. Solo entonces volverá a Toulouse y se pondrá al frente de la Iglesia.

Hasta ese momento, Valentin encontrará refugio aquí conmigo, en Puivert.

También anuncia en su carta que sabe dónde está el verdadero sudario. Y añade que, si Dios quiere, la valiosa reliquia ya estará en sus manos cuando su misiva llegue a las mías.

Y, entre todas las noticias, la mejor: ha descubierto dónde vive Minou Joubert y está tomando medidas para tenerla bajo su custodia.

De sus manos a las mías.

54

Toulouse

—¿Por qué nos detenemos? —preguntó Minou, cuando el carruaje interrumpió su marcha en la plaza de la Daurade.

Madame Boussay se había sumido en una especie de letargo. Tenía los ojos abiertos, pero parecía insensible a cuanto sucedía a su alrededor. Minou estaba preocupada, pero no quería que volviera en sí precisamente en ese momento.

—Hay guardias apostados delante de la aduana del puente —replicó el mozo, irguiéndose en su plataforma para ver mejor.

—¿Por qué? —preguntó Aimeric.

—Parece ser que están registrando a todos los que salen de la ciudad.

Minou le apretó la mano a su hermano.

—No debemos alarmarnos. A menudo hay controles en el puente.

—¿Y ella? —respondió el chico, señalando a madame Boussay con el pulgar—. ¿Qué haremos si nos toman por los culpables de la paliza?

Con cuidado, Minou le bajó un poco más a su tía la capucha sobre la cara, para que no se le vieran el ojo hinchado ni las marcas moradas en la mandíbula.

—Déjalo todo en mis manos —respondió Minou, con una confianza que no sentía—. Saldrá bien.

McCone había envainado la espada, pero seguía amenazando a Piet con la punta de su puñal apoyada en sus costillas. A la menor presión podía perforarle las entrañas. Pero la daga estaba oculta a la vista de todos y, a los ojos de la gente, los dos caminaban juntos por la plaza de la Daurade como buenos amigos.

Cuando llegaron a la escalinata de la iglesia, Piet empezó a mirar a su alrededor, tratando de decidir cómo y cuándo actuar. Si permitía que el inglés lo llevara a las mazmorras de la Inquisición, podía despedirse de todo.

—Ni siquiera consideres la posibilidad de huir —lo advirtió McCone—. Nuestros hombres están por todas partes.

Era verdad. Había soldados en cada esquina, y delante del puente cubierto habían montado un puesto de control. Se había formado una larga fila de carros y carruajes, que esperaban para cruzar el río y continuar en dirección al suburbio fortificado de Saint-Cyprien. Algunos pertenecían a familias hugonotas y formaban parte del éxodo general iniciado tras los disturbios de abril, pero otros eran de familias católicas adineradas, como revelaban las costosas libreas de los cocheros y la decoración de los carruajes. Piet esperaba que Minou y Aimeric hubieran podido pasar sin contratiempos, antes de que empezaran los registros.

El puñal de McCone le pinchó una vez más las costillas.

—Por aquí —dijo el inglés entre dientes—. No queremos hacer esperar al bueno de Valentin.

—¿Qué le pasa a la señora? —preguntó con suspicacia el guardia, señalando con el dedo a madame Boussay.

—Tiene los nervios delicados —se apresuró a responder Minou—. Nada contagioso. La llevamos al campo para que se reponga.

—Quítele la capucha, para que pueda verle la cara.

—Está indispuesta, señor. No quiere que la vean con la cara descubierta.

—O me enseña la cara o no pasa de aquí.

Minou dudó un momento y al final se apeó del carruaje.

—Esta señora es la esposa de un importante socio de monsieur Delpech; seguramente le sonará el nombre. Tengo órdenes de sacarla de Toulouse sin hacer alboroto.

El soldado se echó a reír.

—¿La esposa de un caballero importante, en un carruaje como este, de un solo caballo? ¿Y espera que lo crea?

—Para no llamar la atención —insistió Minou mientras sacaba un *sou* de la faltriquera—. Mi amo desea que su esposa sea tratada con la discreción y el respeto debidos a una señora de su rango, y se disgustaría mucho si su presencia atrajera excesiva atención.

La moneda desapareció en las manos del guardia.

—¿Quién es el chico? —preguntó, señalando a Aimeric.

—El hijo de su médico —mintió Minou—. Nos acompaña por si la señora necesitara una de sus tinturas durante el viaje.

El hombre miró con recelo a Aimeric, que tuvo la sensatez de no abrir la boca.

—¡A ver si acabamos ya! —gritó el hombre del carro que iba detrás—. ¿A qué viene tanta cháchara?

—¡Vamos, dense prisa! —intervino otro.

—¿Es usted católica? —preguntó el guardia.

—Por supuesto —respondió Minou, enseñándole su rosario.

El hombre pareció dudar y hubo un instante de gran peligro; pero finalmente, para alivio de la joven, le indicó con un gesto que siguieran adelante.

Rápidamente alcanzaron la lenta fila que cruzaba el puente dando tumbos, por delante de las tiendas con las ventanas tapiadas, y Minou empezó a respirar con más calma. Había visitado ese mismo lugar en la primera salida que había hecho con su tía, cuando acababa de llegar a la ciudad. En aquel momento, le habían llevado su anillo favorito a uno de los joyeros del puente para que volviera a engastarle la gema que se le había soltado. Y en el local de la derecha estaba el negocio fundado por su tío con el dinero de la dote de su mujer, que lo había hecho inmensamente rico.

De pronto, un grito resonó a sus espaldas.

—¡Eh, ustedes!

Minou se volvió para mirar por encima del hombro y vio que otro soldado estaba hablando con el guardia que acababa de dejarlos pasar y los señalaba con el dedo. Sintió que se le helaba la sangre. ¿Iban a detenerlos ahora, después de todo lo sucedido?

—¡Mademoiselle! —la llamó el segundo soldado.

El puente estaba atestado de gente y animales. No había manera de eludir a los guardias.

—¡Deténganse!

Minou no tuvo elección. Tenía que proteger a su tía y a su hermano, y evitar que se perdiera el sudario. Y la única manera de hacerlo era separarse de ellos. Sin llamar la atención, se desabrochó la capa y la dejó caer al suelo, bajo el asiento.

—¿Nos llaman a nosotros? —preguntó Aimeric.

—Me temo que sí —respondió ella en voz baja—. Iré a ver qué quieren. Ustedes sigan sin mí.

—¡No! No pienso dejarte sola.

La joven lo tomó de la mano.

—Es necesario. Hay más cosas en juego de lo que crees. Si Dios quiere, esto no será nada y pronto me reuniré con ustedes en Pech David. Casi todos van hacia allí. —Volvió a mirar hacia atrás y vio que los dos soldados iban hacia ellos, abriéndose paso entre la multitud—. Pero si no llego esta noche, dile al cochero que los lleve a Puivert. En las montañas. Hay dinero suficiente en mi bolsa. Toma, llévatelo.

—¿Puivert? —Aimeric abrió mucho los ojos—. ¿No se supone que vamos a Carcasona?

—Ha habido un cambio de planes —replicó Minou con urgencia—. Lo único que necesitas saber es que papá y Alis están allí.

—¿Qué? ¿Por qué? ¿Cómo lo sabes?

—La tía me contó que nuestros padres vivieron allí antes de que nacieras. ¿Lo recuerdas?

—Sí, pero qué tiene eso que ver con...

—Aimeric, ahora no tenemos tiempo para explicaciones. Ve y llévate esto contigo. Cuídalo bien. —Minou le acercó la capa por el suelo, empujándola con el pie—. En el forro hay algo de gran valor que me ha confiado Piet. Y también otra cosa que le estoy guardando a nuestra tía.

—¿Algo de valor? Pero ¿por qué...?

—Debes mantenerlo escondido y a salvo en el forro de la capa. Es muy importante que los dos objetos permanezcan ocultos.

Aimeric frunció el ceño.

—¿Vendrá Piet a Puivert a recuperar esa pieza tan valiosa, sea lo que sea?

—Si puede, vendrá. ¡Ánimo, *petit*! Confío en ti. Todos confiamos en ti. *À bientôt*, mi hermano favorito.

—Ven pronto —respondió el chico con un hilo de voz, pero Minou sintió alivio al ver determinación en sus ojos.

—Lo haré.

Le soltó la mano, se apeó del carruaje y fue andando hacia los soldados.

—¿Me hablaban a mí?

—Te lo he dicho. —El segundo soldado se estaba dirigiendo al guardia que los había dejado pasar—. Es ella. Mírale los ojos. ¿No ves que son distintos?

Minou no sabía si madame Montfort la había denunciado a las autoridades o si monsieur Boussay se había recuperado y había enviado a sus hombres a buscarla, pero tenía claro que debía alejarlos tanto como fuera posible del carruaje y evitar al mismo tiempo que la atraparan.

De repente se echó a correr, sorprendiendo a los dos soldados.

—¡Eh!

Pasó entre los dos a toda carrera y continuó zigzagueando entre la masa de carros, hasta dejar atrás la aduana y el puente.

—¡En nombre del senescal, deténgase!

Llegó a la plaza un momento antes de que los centinelas del puente comprendieran lo que estaba sucediendo y siguió corriendo hacia la iglesia de la Daurade, de la que justo en ese momento salía la congregación tras asistir a la misa de vísperas.

Con la ayuda de Dios, conseguiría perderse entre la multitud.

Piet oyó un grito en el puente. Con el rabillo del ojo vio que dos soldados perseguían a alguien entre la muchedumbre. McCone también oyó el alboroto e hizo ademán de volver sobre sus pasos.

Entonces, Piet aprovechó su oportunidad.

Se lanzó hacia atrás, hundió un codo en el vientre de McCone y le propinó un golpe con el otro brazo que le hizo soltar la daga. Después echó a correr hacia la iglesia, donde estaba terminando el último oficio de la tarde.

Con la ayuda de Dios, conseguiría perderse entre la multitud.

55

Puivert

En cuanto Alis tuvo la seguridad de que el ama estaba bien dormida, dejó el libro, pasó de puntitas delante de la chimenea apagada y salió de la habitación. La vieja criada, harta de cerveza, había vuelto a dejar la llave en la puerta.

La torre donde Alis estaba prisionera había albergado en otra época los aposentos de los señores de Puivert. Los archivos de la finca se encontraban en la planta más alta. En los pisos intermedios —donde se alojaba la niña junto al ama que la custodiaba— se sucedían diferentes salas y alcobas, una sobre otra, conectadas a través de escaleras, como en los viejos castillos medievales y las casas antiguas.

En sus semanas de cautiverio, Alis había observado, escuchado y aprendido las rutinas de la casa. A su llegada en abril, la habían confinado en una sola habitación, pero con el tiempo habían ampliado su encierro a las plantas intermedias, y cada tarde la acompañaban al patio, para que tomara el aire.

Todo en el castillo giraba en torno a Blanche, la señora, su humor variable y sus exigencias cambiantes. Alis no sabía si su volubilidad era consecuencia de su estado, pero había comprobado que los sirvientes la temían y no la apreciaban en absoluto.

La niña estaba sola y echaba de menos a su gatita, pero el aire de la montaña le hacía bien. Había recuperado el color de las mejillas; su larga cabellera rizada volvía a ser negra y brillante como ala de cuervo, y tras más de un mes en Puivert ya casi nunca tosía. Se le habían fortalecido los pulmones. Había crecido por lo menos dos centímetros y ya no estaba flaca como antes. Cuando llegara Minou para llevarla a casa, se pondría muy contenta.

Esperaba que la gatita no la hubiera olvidado.

Aun así, los días se le hacían muy largos. Para pasar el rato, leía todo el tiempo. Quería tener mucho que contarle a Minou cuando fuera a buscarla, sobre el castillo y la historia de Puivert. Atesoraba fechas, historias y retazos de información, con la codicia de una urraca por los objetos brillantes. Cuando se aburría de la lectura, esperaba a que el ama empezara a roncar y entonces salía a explorar.

Esta vez fue al patio más grande, que era la parte más antigua del castillo. Nunca la habían dejado pasar por el arco que conducía al patio principal, ni se había atrevido hasta ese momento a cruzarlo sola. Era tan extenso como la Grande Place de la Bastide, con una torre de defensa en cada una de las esquinas, donde se alojaban los hombres de armas, una prisión al pie de la torre Bossue y una contaduría en la torre Gaillarde. Era como una ciudad en miniatura. También se lo contaría a Minou cuando fuera a buscarla.

Pero ¿acudiría?

La niña no sabía por qué razón quería Blanche que Minou fuera a Puivert, pero había comprendido que la mujer la estaba utilizando de señuelo. Aunque muchas noches lloraba hasta quedarse dormida y deseaba desesperadamente que alguien fuera a buscarla y la llevara de vuelta a casa, también rezaba para que Minou no se acercara al pueblo.

En Toulouse estaría a salvo.

Vidal le hizo un gesto afirmativo a Bonal, que cerró la puerta, y a continuación volvió a concentrarse en McCone.

—Lo ha dejado escapar. —Levantó una mano—. Seamos francos, McCone. Me ha dicho que lo tenía, pero lo ha perdido. Eso significa que Piet Reydon se le ha escapado.

—Por desgracia...

—¿Por desgracia, dice? Por desgracia, no pudimos sacarle a Crompton la información que necesitábamos. Por desgracia, Devereux fue descubierto y alguien decidió cortarle la lengua. Así ha sido. Pero dejar escapar a Reydon cuando lo tenía en su poder no ha sido una desgracia, McCone. Ha sido un error muy grave por su parte.

—En mi defensa, debo decir...

Vidal avanzó un paso hacia él.

—No tiene defensa posible, McCone. A propuesta suya decidí arrestar a Reydon después de explicarle por qué no lo había hecho anteriormente. Tenía unas órdenes y no las ha cumplido. Y por su torpeza, ahora Reydon sabe que lo estamos buscando y hará todo lo posible para desaparecer del mapa.

—Sus hombres también han fracasado —protestó McCone—. Reydon me ha revelado que había intentado capturarlo en sus habitaciones. Usted lo ha puesto en guardia, no yo.

Vidal hizo oídos sordos a sus acusaciones.

—Esta noche, un ejército protestante entrará en la ciudad. Lo estamos esperando y es justo lo que necesitamos para poner fin a este pernicioso estancamiento y lograr que Toulouse vuelva a ser una ciudad completamente católica. Pero eso significa que disponemos de pocas horas para recuperar el sudario.

McCone hizo un amplio gesto con los brazos.

—¡El sudario! ¿Por qué le importa tanto un trozo de tela? Es un hombre culto y refinado, Valentin. ¿De verdad piensa que tiene algún valor ese andrajo?

—Habla como ellos, McCone. Lleva demasiado tiempo en compañía de hugonotes. ¿Lo han convencido? ¿Se ha convertido?

—Me ofende.

—Lo elegí porque solo parecía importarle el dinero, un pecado menos grave que la herejía, pero pecado al fin y al cabo.

—No me he convertido. Sigo a su servicio.

Vidal chasqueó los dedos. Bonal abrió la puerta y entraron dos soldados armados.

—Ya no lo necesito, McCone.

—¡Monseñor! Se lo ruego. Haré todo lo que...

—Tenemos aquí otro hereje y hemos de concederle la oportunidad de confesar sus errores. Llévenselo.

McCone intentó huir, pero Bonal se interpuso en su camino y los guardias lo atraparon.

—¡He trabajado para usted! —gritó—. ¡He servido con lealtad a su causa!

Vidal trazó en el aire la señal de la cruz.

—Que Dios se apiade de usted y lo acoja en su seno.

Mientras los guardias se llevaban a rastras a McCone, que no dejaba de debatirse y defender a gritos su inocencia, Vidal se quitó los hábitos oficiales. No quería que nada lo señalara como sacerdote.

—Bonal, ordena que preparen el carruaje y ve a buscar mi ropa para el viaje —dijo—. No quiero estar en Toulouse esta noche.

—Muy bien, monseñor. —El sirviente dudó un momento y finalmente dijo—: ¿Puedo preguntarle adónde vamos? Solo para saber qué equipaje debo preparar, pensando en su comodidad y seguridad.

—Primero iremos a Carcasona. Es muy probable que la muchacha se dirija allí.

—¿Cree que es ella la joven que ha escapado de los soldados en el puente?

—Por desgracia, sí. Lo creo.

—¿Y piensa que Reydon le ha confiado el sudario?

Vidal arrugó el entrecejo.

—Si hemos de dar crédito a la florista, sí.

Los dedos de Bonal se deslizaron hacia el vendaje que tenía en la mano.

—Es un adversario peligroso.

—No es nadie —replicó secamente Vidal.

—Muy bien, monseñor.

—Después de Carcasona, seguiremos viaje a Puivert y allí nos quedaremos hasta que Toulouse vuelva a ser seguro para nosotros. —Vidal sonrió—. El aire es puro en las montañas.

Puivert

Alis estaba triste.

Habían pasado varias semanas y seguía sin tener noticias de su hermana. Sabía que Minou la adoraba —¿no decía siempre que era su hermana favorita?—, pero empezaba a perder las esperanzas. Blanche, por su parte, estaba perdiendo la paciencia. Las doncellas decían que pasaba horas enteras en el mirador, oteando el horizonte por si divisaba un viajero.

En el edificio principal, la niña oyó el ruido de una puerta que se abría y echó a correr por la hierba del patio hacia la torre del homenaje. Hacía semanas que deseaba ver la galería de los músicos. Un día, estando bebida, la vieja criada le había hablado de la época en que acudían al castillo trovadores y músicos de los alrededores y le había descrito los altos techos abovedados y lo maravilloso que era contemplar el parpadeo de la luz de las velas sobre los delicados relieves de las ménsulas y las columnas. Alis quería verlo con sus propios ojos y por eso subió corriendo la empinada escalera. El escudo de armas de los Bruyère, con la imagen de una bestia feroz, dominaba la puerta principal. A la niña le pareció un animal muy feo.

Empujó la puerta entreabierta y entró en la sala al pie de la torre. Todo estaba en calma. No se oía ningún ruido, ni parecía que hubiera nadie dentro. Levantó la vista y observó la espiral de la escalera, que subía y se perdía en lo alto. Era empinada y oscura. La capilla estaba en la primera planta y la galería de los músicos, un piso más arriba. Alis sabía adónde ir, y también sabía que a continuación había otro tramo de escalera que daba a la terraza.

Con la mano en la pared para guiarse, empezó a subir, dando vueltas y más vueltas, cada vez más y más arriba. A intervalos regulares, se abrían ventanucos en los muros estrechos, semejantes a las saeteras que jalonaban los bastiones de la Cité. Los peldaños eran irregulares y en algunos puntos estaban desgastados por generaciones de soldados y miembros de la familia Bruyère, pero Alis tuvo mucho cuidado para no caer ni resbalar.

En la primera planta se detuvo para ver la capilla. En la dovela del arco de la puerta destacaba la figura de un santo que luchaba contra un león. Al otro lado del umbral, en la sala cuadrada, el alto techo abovedado encuadraba un pequeño altar, iluminado por un rayo de sol.

Alis entró en la capilla.

Había dos grandes ventanales a cada lado y los bancos eran de piedra. Por la ventana orientada al norte se divisaban los valles y los bosques, más allá de las tierras del castillo. La ventana opuesta se abría sobre el pueblo de Puivert y el sol del crepúsculo teñía su cristal de un delicado tono rosa.

La niña atravesó la sala. Le llamó la atención un tapiz colgado detrás del altar, con palabras bordadas en hilo de oro, que componían versículos del Eclesiastés.

—«Todo tiene su tiempo, y todo propósito bajo el cielo tiene su hora» —leyó la niña en voz alta—. «Hay un tiempo para callar, y un tiempo para hablar; un tiempo para...».

—¿Cómo te atreves a entrar aquí?

Sobresaltada, Alis se dio la vuelta y vio, para su espanto, a Blanche de Bruyère sentada en el banco de piedra de la ventana meridional, con una carta en la mano.

—Yo... no he hecho nada malo —tartamudeó la niña.

—¿No sabes que no puedes salir de tus habitaciones?

—Lo siento —balbuceó Alis, retrocediendo a pequeños pasos—. Solamente quería ver dónde tocaban los músicos...

—Pero has venido a la capilla —dijo Blanche en tono severo—. ¿Querías rezar? ¿Eres una niña buena? ¿Honras a Dios? ¿Le temes?

—No lo sé —respondió Alis mientras retrocedía un poco más.

—Ven aquí.

La niña tenía demasiado miedo para moverse y veía que Blanche estaba muy enfadada. Había perdido el color de la cara y tenía sombras negras bajo los ojos. Se había aflojado el cuello del vestido y su frente estaba descubierta y perlada de sudor.

—¿No se siente bien?

Las palabras salieron de los labios de la niña antes de que pudiera reflexionar.

—¿Cómo puedes ser tan impertinente? ¿Dónde está el ama? ¿Dónde...?

Blanche intentó ponerse de pie, pero de repente se llevó una mano al vientre y volvió a desplomarse en el banco. Alis vio que un hilo de brillante sangre roja bajaba por el asiento de piedra hasta el suelo.

—¿Se ha hecho daño?

—Maldita seas.

La maldición se perdió en un grito de dolor y entonces Blanche se apretó el vientre con las dos manos y una cascada de sangre se derramó por el suelo de la capilla.

Sin preocuparse ya por el castigo que pudiera merecer, Alis corrió en busca de ayuda.

56

Toulouse

La primera explosión se oyó a las nueve de la noche. El ruido despertó breves ecos en el aire nocturno, seguidos del estruendo de un desmoronamiento, pero la carga causó pocos daños. No hubo heridos.

Toulouse contuvo la respiración.

Mientras las campanas de las iglesias daban las diez, el capitán Saux y una pequeña cuadrilla de soldados hugonotes irrumpieron en la ciudad por la puerta de Villeneuve. Al otro lado de las murallas no había católicos al acecho para atacarlos, solo un grupo de aliados y camaradas. Piet Reydon era uno de ellos.

Con poco estrépito, avanzaron por las calles hacia el corazón de la ciudad. En menos de una hora, se adueñaron del ayuntamiento y tomaron como rehenes a tres *capitouls* y sus respectivos séquitos, todo ello sin derramamiento de sangre.

La ciudad entera dejó escapar un suspiro de alivio.

Minou, que había vuelto a la mansión de los Boussay en la rue du Taur, no sabía nada de eso. Su alivio al descubrir que la casa seguía vacía se había esfumado, y ahora sentía un profundo miedo. Al menos había suficiente comida, pero cuando bajó al sótano observó que tanto los barriles con pólvora y munición como las cajas con armas habían desaparecido. Si la casa ya no era un arsenal, quizá monsieur Boussay no tuviera motivos para regresar, aunque en realidad Minou no podía saber qué le depararían las horas siguientes.

Se sentó junto a la ventana de su habitación y esperó, contemplando la oscuridad. Pensó en Aimeric. Esperaba que madame Boussay y él hubieran llegado a salvo a Pech David, y que una vez allí, al ver que ella no llegaba, el chico hubiera recordado sus instrucciones y se hubiera dirigido al sur. El viaje era muy peligroso y el estado de su tía era una adversidad añadida, pero allí estarían más seguros que en Toulouse. Minou habría preferido quedarse con la Biblia de su madre, pero no había tenido tiempo de decidirlo.

Pensó en Alis, prisionera en Puivert desde hacía cinco semanas, atormentada por los presagios más negros acerca de su hermana, aterrorizada y sola, convencida de haber sido abandonada. ¿Y si Aimeric no la encontraba? ¿Y si ya había muerto? Hizo una profunda inspiración, reprimiendo una vez más las lágrimas que habían estado a punto de brotar desde que se había despedido de Piet en la iglesia, unas seis horas antes.

Parpadeó para no llorar. No cedería a las lágrimas.

Puivert

—¿Se va a morir?

El ama, que apestaba a sudor y cerveza rancia, trató de alejar a Alis del boticario del pueblo, que había acudido para atender a la señora. Los tres estaban delante de la alcoba donde Blanche dormía.

Cordier negó con la cabeza.

—Ha sido un susto, nada más. Tu señora debe descansar.

—No es mi señora —replicó Alis.

—Cállate —intervino secamente el ama.

Pero Alis volvió a intentarlo. Si lograba que el boticario la escuchara, quizá se la llevara consigo cuando se marchara del castillo.

—No lo entiende. No soy ninguna criada. Ella me trajo...

—¡Basta! —exclamó el ama, pellizcándola—. ¡Cierra la boca!

Alis hizo una mueca de dolor. El ama siempre era más severa cuando se despertaba después de haber bebido.

El boticario las contempló a las dos con desagrado.

—La señora ha perdido mucha sangre —dijo—, pero, aparte de eso, goza de buena salud. Si descansa y no se esfuerza en exceso, se recuperará.

—¿Está seguro?

—Nadie puede estar seguro en estos casos. —El hombre se pasó la lengua por los labios—. ¿Cuándo volverá su médico a Puivert?

De repente, Alis distinguió gotas de sudor en las sienes del boticario y comprendió que él también tenía miedo. La esperanza de que pudiera ayudarla comenzó a desvanecerse.

—Llevada por su buen corazón, mi señora lo envió a atender al párroco de Tarascón —dijo el ama con afectación—, aquejado de una herida de caza que no acaba de sanar. La señora es muy generosa con los clérigos que sirven a Dios en sus tierras.

Por su manera de hablar, Alis se dio cuenta de que el ama estaba repitiendo algo que había oído, para causar buena impresión. El boticario desechó sus palabras con un gesto.

—¿Cuándo volverá su médico? Es lo que le he preguntado.

—Mañana, o tal vez pasado. ¿Cómo quiere que lo sepa?

—¿Y el bebé? —preguntó Alis, segura de que recibiría otro pellizco.

Al no recibirlo, supuso que el ama también quería hacer la misma pregunta, pero no se atrevía a formularla.

—La criatura está viva. He sentido cómo se movía —dijo Cordier mientras cerraba el maletín en su prisa por marcharse—. Todo está en las manos de Dios.

Sabiendo que era su última oportunidad, Alis lo agarró por una manga.

—Monsieur, lléveme con usted, se lo suplico. Me han traído desde Carcasona contra mi...

La bofetada estuvo a punto de hacerla caer al suelo.

—¡Me llamo Alis Joubert! —consiguió gritar antes de que una mano engrasada le tapara la boca.

—Es una niña tonta y malcriada. Eso es lo que es —dijo el ama—. Una niña tonta y desobediente. Mi señora sabrá ponerla en su sitio cuando vuelva en sí, se lo aseguro.

—Los problemas domésticos no son asunto mío.

—Por supuesto que no. Pero le agradecería que mencionara mi valiosa asistencia y que he sido yo quien lo ha mandado llamar.

—Según tengo entendido, ha sido la niña quien ha corrido a buscar ayuda —replicó fríamente el boticario—, y al hacerlo probablemente le ha salvado la vida a la señora. Adiós. Sé dónde está la salida.

Toulouse

Minou se despertó sobresaltada.

Por un instante, no supo dónde se encontraba. No estaba en su cama de la casita de la Cité con un rosal silvestre sobre la puerta, ni en la librería de la Bastide. Tenía frío y se encontraba sentada en el suelo, en la oscuridad.

¿Dónde estaba su padre? ¿Por qué no oía a Aimeric ni a Alis? ¿Y Piet?

De pronto, lo recordó. Era martes 12 de mayo. ¿O sería ya miércoles? Estaba en la casa de sus tíos en la rue du Taur y todos habían huido. Se llevó una mano a las mejillas y las notó húmedas por las lágrimas.

Pero algo la había despertado.

Prestó atención y oyó voces en la calle. Se le aceleró el corazón. Sin despegarse de la pared para no ser vista, miró por la ventana. Un grupo de hombres con la boca y la nariz tapadas hacían rodar barriles por la calle, en dirección al cruce con la rue du Périgord, para formar una barricada.

¿Serían hugonotes o católicos?

La razón le indicaba que debían de ser hugonotes. El barrio universitario era un importante enclave protestante. Se habían registrado los colegios de Saint-Martial, Sainte-Catherine y Périgord a lo largo de las últimas semanas en busca de material sedicioso. A Minou se le heló la sangre. ¿Reconocerían la casa de su tío? ¿Intentarían entrar por la fuerza?

Trató de serenarse mientras veía crecer la barricada. La rue des Pénitents Gris había quedado cortada, por lo que ya no era posible desplazarse desde la casa de Piet o las cuadras hasta el hospicio. ¿Estarían a salvo los ocupantes de la casa de caridad? Piet le había dicho que los estaban evacuando, pero ¿adónde se los habrían llevado? Se decía que había alrededor de diez mil soldados católicos en la ciudad, mientras que los hugonotes no llegaban a dos mil. Aunque las bandas de estudiantes estaban bien armadas y había arsenales ocultos en varias casas protestantes, Piet había reconocido que estaban en condiciones de inferioridad. Minou recordó entonces parte de la conversación que había mantenido con Aimeric mientras viajaban en el carruaje, temblando de miedo, hacia el puente cubierto.

«Pero si quieres a Piet —le había dicho el chico—, ¿de qué lado estás? ¿Con los católicos o con los hugonotes?».

Mientras contemplaba la calle oscura desde la casa de los Boussay, la pregunta de su hermano volvió a resonarle en la cabeza. Había llegado el momento de elegir.

Piet y una veintena de camaradas, de los cuales unos pocos eran soldados expertos y la mayoría estudiantes y artesanos, se apiñaban a la sombra de la barricada de la rue du Taur. Un joven rubio limpiaba su arma.

—Tenemos que asegurarnos el control de la Daurade y de la zona en torno a la basílica —dijo el comandante—. La puerta de Villeneuve está protegida y tenemos hombres listos para tomar las puertas de Matabiau y Bazacle cuando sea preciso. Ahora lo primero es franquear el paso a las tropas de Hunault que vienen desde Lanta.

—¿Cuándo se espera que lleguen?

Piet echó un vistazo al joven rubio que acababa de formular la pregunta.

—El viernes, si Dios quiere.

—Faltan dos días. ¿Tenemos fuerzas para resistir hasta entonces?

—No tenemos otra opción —respondió secamente el comandante—. Mientras tanto, el capitán Saux está al mando. Nos ha ordenado que tomemos los monasterios y las iglesias y hagamos prisioneros a sus ocupantes con el mínimo derramamiento de sangre. No debemos entrar en ninguna casa privada.

Hizo una pausa para que sus palabras fueran debidamente asimiladas. Mientras tanto, Piet contemplaba los rostros de su nueva banda de hermanos, iluminados por el fuego que ardía en medio de la calle bloqueada.

—Por supuesto —dijo—. No luchamos contra el ciudadano corriente.

Intercambió una mirada con el joven rubio, que le tendió una mano.

—Me llamo Félix Prouvaire.

Se estrecharon las manos.

—Y yo Piet Reydon.

—Tenemos hombres listos para tomar la iglesia de los jacobinos y la de los cordeleros —prosiguió el comandante—. Cada unidad deberá defender su sección. Los distritos de Couteliers y la Daurade están bien fortificados, y hay cañones montados en la torre del ayuntamiento.

—¿Con qué propósito? —preguntó Piet—. ¿Para defensa general o con el fin de atacar un objetivo específico?

El comandante lo miró a los ojos.

—La gran iglesia de peregrinaje de Saint-Sernin. Si logramos destruirla, desmoralizaremos a sus tropas. Son mis órdenes.

Piet abrió la boca para protestar, pero se contuvo. Le resultaba doloroso pensar que un templo tan magnífico y antiguo como la basílica pudiera quedar destruido, pero ¿qué otra cosa podía esperar? ¿Acaso era posible luchar y que Toulouse resultara intacta?

—¿Quién está al mando de las tropas católicas? —quiso saber Prouvaire.

—Raimundo de Pavía, llegado de Narbona, o al menos eso creemos —fue la respuesta del comandante—. Tiene su base en el edificio de la Cancillería.

—El Parlamento ha ordenado tapiar todas las tiendas de la place du Salin —dijo Piet, pero entonces recordó que se lo había dicho Jasper McCone y se apresuró a añadir—: Aunque puede que la noticia sea falsa.

—Eso significa que tendremos menos lugares donde escondernos —dijo Prouvaire.

El comandante gruñó.

—Quieren impedir que reunamos suficientes hombres para sitiar el Parlamento.

Piet asintió.

—También se rumorea que han pedido a los católicos que pinten cruces blancas en su ropa y en las puertas de sus casas para que las tropas puedan reconocerlos.

Recordaba las infames palabras pronunciadas, según se decía, al comienzo de la masacre de Béziers, una de las peores atrocidades cometidas durante la cruzada contra los cátaros. Todos los niños del Mediodía las habían oído alguna vez.

Tuez-les tous. Dieu reconnaîtra les siens.

Hacía trescientos cincuenta años, aquellas palabras habían concedido autorización papal a la matanza de miles de hombres, mujeres y niños en el espacio de unas pocas horas. Habían sido el brutal inicio de un conflicto que se prolongaría durante décadas y pintaría de rojo sangre los verdes campos del Mediodía.

Piet suspiró. Si Dios lo quería, Toulouse caería tan rápidamente como Orleans y con menos bajas civiles. Si Dios estaba de su parte, no sería un nuevo Béziers.

El comandante acabó de impartir sus órdenes.

—Ahora, descansen. Hemos de estar listos para cuando amanezca. Prouvaire, encárguese de la primera guardia. Usted, Reydon, lo relevará a las seis.

—*Oui, mon capitaine.*

Piet se sentó junto al fuego e intentó dormir. Mientras contemplaba a Prouvaire, que estaba trepando a lo alto de la barricada con el mosquete en la mano, no podía quitarse de la cabeza las palabras del legado papal: «Mátenlos a todos. Dios reconocerá a los suyos».

57

Puivert

Las tierras en torno al castillo de Puivert estaban sumidas en la oscuridad. Puntos de luz aislados en una o dos de las casas del pueblo interrumpían la negrura, lo mismo que el oscilante farol del pastor que cuidaba a su rebaño. Había perros salvajes en las colinas que cada día se volvían más audaces. Habían matado a varios animales.

En el comedor de los soldados, en la torre Bossue, un pequeño fuego caldeaba la sala nocturna e iluminaba las caras de los dos hombres sentados a la mesa. Bebían cerveza y tenían delante dos platos vacíos, testimonio de la buena cena consumida.

Paul Cordier se limpió los dedos con su pañuelo, se sacudió las migas de la barba y el jubón, y se recostó contra la pared.

—Muy bueno —dijo.

—Es tarde. ¿Se quedará hasta el alba?

El hombre asintió.

—Sí, por si la señora vuelve a necesitarme.

La satisfacción inicial de Cordier al ser reclamado en el castillo no había tardado en convertirse en temor. ¿Lo culparían a él si la criatura moría? Cuando el joven Guilhem Lizier, de guardia en la puerta principal, lo había invitado a compartir su mesa, el boticario había aceptado gustoso. Tenía los nervios alterados y, en todo caso, no había motivo alguno para volver precipitadamente a su casa. Sin esposa o hijos que lo esperaran, solo encontraría una chimenea con el fuego apagado.

—¿Vivirá la señora? —preguntó el chico.

Cordier asintió.

—Sí, a menos que se le estropee la sangre. Aún podría pasar, pero su estado de salud es bueno y la preñez no le ha causado dificultades hasta ahora.

—¿Y la criatura?

—El momento es peligroso, sin duda. Si decidiera nacer ahora, es poco probable que pudiera sobrevivir. Pero eso está en manos de Dios.

Guilhem asintió.

—Corren muchos rumores, *sénher*. Hasta ahora, la señora Blanche impartía personalmente sus órdenes, pero hace semanas que no la vemos en los patios. Se dice que está esperando a alguien. Yo mismo la he visto en el mirador, oteando el horizonte. ¿Ha notado esa conducta?

El boticario miró por encima del hombro, como si temiera que alguien fuera a escucharlo.

—No me gustan las habladurías...

—Claro que no.

—Pero puedo decir una cosa. En su estado febril, la señora no dejaba de repetir que «él» vendría muy pronto. —El hombre bebió otro sorbo de cerveza—. En otros momentos, parecía que en realidad estaba esperando a una mujer. —Se encogió de hombros—. En cualquier caso, no me cabe ninguna duda de que espera una visita.

—¿No sería el delirio el que hablaba por su boca?

—No lo creo. —El boticario se inclinó hacia el soldado—. Tenía una carta en la mano.

—¿De quién?

—No he podido verlo, y aunque hubiese podido, no me habría fijado.

—La señora ha tenido suerte de poder contar con su ayuda, *sénher* Cordier.

Complacido, el boticario asintió.

—A decir verdad, estaba más irritada por su situación que atemorizada. Las futuras madres suelen preocuparse por la criatura que esperan y por su propia salud después de un episodio como el que acaba de padecer la señora, pero ella no me ha preguntado nada. Eso demuestra, en mi opinión, una falta de instinto maternal, pero ¿quién soy yo para decirlo?

—Tiene el corazón de piedra, igual que el difunto señor —dijo Guilhem.

El boticario se preguntó si el muchacho estaría pensando en su tía, que se había quitado la vida empujada por el trato violento del señor de Puivert. El propio Cordier había sacado el cuerpo de la mujer del río Blau y esperaba no tener que presenciar nunca más un espectáculo semejante.

—En todo caso —comentó, arrastrando un poco las palabras—, diga lo que diga la señora Blanche, si la niña no hubiera ido a buscar ayuda, el desenlace habría podido ser mucho peor.

—Creía que la niña estaba encerrada en el edificio principal —dijo Guilhem.

—¿Encerrada? ¿Por qué?

—La señora la trajo en abril, cuando volvió de Toulouse. Nadie sabe quién es, ni qué hace aquí.

—Por el modo en que la trataba el ama, la he tomado por una criada. Pero también es verdad que el ama suele beber más de la cuenta. —Echó otro trago de cerveza—. Si es verdad lo que dices, Guilhem, y la niña estaba vagando por el castillo sin control, entonces puede que la señora Blanche estuviera irritada por eso. —Cordier se acabó la cerveza de su vaso—. La pequeña me ha suplicado que me la llevara del castillo cuando me fuera y me ha dicho que no era de aquí. Yo no le he hecho caso. He pensado que eran fantasías suyas.

—¿Qué edad cree que tiene?

—Seis años, quizá siete. Me ha dicho su nombre. —El boticario arrugó el entrecejo—. Alis Joubert, sí, eso es. Y te diré algo más, por si te interesa. Ha dicho que la habían traído de Carcasona, no de Toulouse.

—¿De Carcasona? —repitió Guilhem, rellenando el vaso del boticario con la esperanza de soltarle todavía más la lengua.

Cordier había nacido y crecido en Puivert. El tío del muchacho, Achille Lizier, no le tenía ninguna simpatía. No era un hombre particularmente apreciado en el pueblo, pero le había hecho un favor a su familia en el pasado y Guilhem estaba sediento de información. El boticario era conocido por mercadear con los secretos de la gente. Nunca se le escapaba nada.

El joven guardia no veía la hora de contárselo todo a Bernard. Cuando acababan sus lecciones, si no los vigilaba nadie, Guilhem tenía por costumbre quedarse un rato a conversar. Ahora el prisionero y él se tuteaban, aunque el guardia seguía sin saber casi nada de la vida de su amigo o de su lugar de origen. La última vez que lo habían mandado a patrullar fuera del castillo, se había escapado unas horas a Chalabre y le había hablado a Jeannette de su misterioso prisionero.

—Estoy aprendiendo a leer y a escribir en francés —le confió a Cordier—. Quiero demostrar que merezco la mano de Jeannette.

El boticario asintió.

—He oído que su padre te ha aceptado. Enhorabuena.

—Hemos fijado fecha en agosto. Para entonces espero que nadie en Puivert sepa escribir mejor que yo.

—¿Quién te está enseñando?

El joven dudó, pero al final se animó a revelarlo. Bajando la voz, le habló a Cordier del hombre de letras encerrado en la torre Bossue por cazar en las tierras de la señora y olvidado por todos, lo mismo que la niña.

58

Toulouse

La matanza comenzó al alba del miércoles 13 de mayo.

Mientras asomaba el sol sobre Toulouse, los soldados católicos abrieron fuego y mataron a los estudiantes hugonotes que trataban de descolgar de los cadalsos los cadáveres putrefactos de sus amigos.

Al principio, el combate se concentró en la place Saint-Georges, pero rápidamente se extendió a todo el barrio de la catedral y el corazón medieval de la ciudad.

La mecha se había encendido.

Se establecieron bastiones hugonotes en torno al ayuntamiento y los distritos de Villeneuve, la Daurade, Couteliers y el barrio universitario. Los protestantes disponían de buenas armas, pero en sus filas había muchos estudiantes y artesanos, mientras que las fuerzas católicas eran más numerosas y estaban mejor entrenadas. Estas contaban con el apoyo de la guardia de la ciudad y de varias docenas de milicias privadas financiadas por las familias católicas más ricas, de tal manera que superaban a los hugonotes en una proporción de diez a uno.

Un niño de doce años fue asesinado por no saber recitar el avemaría. Cuando se descubrió que el chico era católico después de todo, la muchedumbre se volvió contra los comerciantes protestantes de la Daurade y los acusó de haber provocado el linchamiento. Dos judíos fueron atacados en el centro medieval de la ciudad y la multitud les arrancó las barbas con pinzas de herrero. Una sirvienta católica fue violada y dada por muerta en la rue du Périgord.

Sangre, huesos, polvo y un orden que se desmoronaba.

Al anochecer, las mazmorras estaban repletas. Docenas de hombres desnudos fueron azotados y encadenados a las paredes, o arrastrados en presencia de los inquisidores, en la place du Salin, para enfrentarse a falsas acusaciones de herejía o traición. En el ayuntamiento, los prisioneros católicos, atados entre sí, se apiñaban en las cámaras del consejo.

Para disuadir a los saqueadores, las familias católicas pintaban cruces blancas en las puertas de sus casas, en los mejores barrios de la ciudad. Las cruces refulgían a la luz de la luna, como huesos descarnados.

Al alba del segundo día, los muertos se contaban por cientos.

Civiles hugonotes refugiados en las grandes cloacas romanas que desaguaban en el Garona fueron descubiertos por sus vecinos, que los denunciaron al Parlamento. Pocas horas después, se vertieron grandes cantidades de agua en el alcantarillado, sin previo aviso. Muchas personas se ahogaron, barridas hacia el río y arrastradas hasta el fondo por el peso de las capas y las gruesas faldas. Entre ellas había ancianos y niños en los brazos de sus madres.

Los soldados se alinearon en la orilla y dispararon contra los supervivientes. Hubo miles de muertos.

Por la tarde del viernes 15 de mayo, se registraron todas las librerías en torno al Palacio de Justicia y se arrestaron a sus propietarios, con independencia de la fe que profesaran. Si no estaban de acuerdo con los herejes, ¿por qué ofrecían en sus comercios material que difundía sus puntos de vista?

Antes de la puesta de sol, se instalaron armas de asedio para defender el barrio de la catedral, al tiempo que se levantaban empalizadas en la rue des Changes, pagadas por Pierre Delpech, para proteger el corazón financiero de la ciudad. Fuera cual fuese el bando ganador, el traficante siempre obtenía beneficio. Sus armas mataban sin discriminar a nadie.

En las barricadas de la rue du Taur, Piet contemplaba con desesperación el comienzo de los bombardeos contra la basílica de Saint-Sernin.

Minou seguía oculta en casa de los Boussay. Como un espectro en una historia antigua, se movía sin ser vista entre las habitaciones desiertas. La calle seguía cortada a escasa distancia de su ventana. Desde su mirador, podía ver cómo los hugonotes reforzaban la barricada con cofres de madera, mesas y sillas.

En ocasiones oía disparos aislados.

De vez en cuando comía un poco y a veces se sumía en un sueño ligero. Los armarios estaban vacíos, y las sábanas y los manteles finos habían desaparecido de las habitaciones de la familia en la primera planta, lo que significaba que la huida se había preparado desde hacía tiempo. ¿Tendría su tío desde el principio la intención de abandonarlos a la merced de los horrores que pudieran sobrevenir? ¿Por eso no había enviado a nadie a buscarlos tras volver en sí y descubrir que se habían marchado?

Durante toda la noche y las primeras horas del día siguiente, Minou oyó el estruendo de un combate que parecía cada vez más cercano. También hubo momentos de silencio, seguidos de repentinos estallidos de gritos y cañonazos. A medida que avanzaba el día, el olor enfermizo de la carne en putrefacción comenzó a saturar el aire.

Tras el crepúsculo, las hogueras iluminaron la noche en la dirección de la place Saint-Georges, y el golpe implacable de los arietes contra la muralla norte empezó a resonar en el silencio nocturno.

No había ningún sitio adonde huir.

Desde su mirador, Minou advirtió que había otras personas escondidas en los alrededores. Permanecían en sus casas, lo mismo que ella, hasta que los combates las obligaban a salir a la calle.

El primero en acudir en busca de refugio fue el viejo librero de la rue des Pénitents Gris. Desde su ventana en el primer piso, Minou lo vio llegar tambaleándose a la escalera de la iglesia. ¿Habrían destrozado su librería? ¿Acudiría huyendo de los soldados católicos o de los saqueadores protestantes?

Minou corrió a abrir la verja y lo dejó entrar.

Piet ayudó al mensajero a pasar por encima de la barricada y a continuación envió a Prouvaire en busca del comandante.

Había regresado a la barricada al anochecer, tras inspeccionar los distritos al norte y al oeste de la basílica, pasando por el hospicio. La casa de caridad presentaba huellas de saqueos recientes. Mientras recorría las salas vacías, se preguntó quién habría acogido a los refugiados que habían tenido que abandonar el edificio. Desde niño sabía con cuánta rapidez se endurece el corazón de los hombres. Cuando su madre había caído enferma, la gente los había ayudado. Pero con el paso de las semanas y a medida que se les fue agotando el dinero, se habían visto obligados a peregrinar de un sitio a otro. En los últimos días, solamente las monjas inglesas del convento protestante de Ámsterdam, que también eran refugiadas, les habían proporcionado una cama. Todas las otras puertas se les habían cerrado.

Piet le dio un vaso de cerveza al mensajero.

—¿Qué noticias trae?

—Vengo de la place du Salin. Raimundo de Pavía, comandante de las tropas católicas de Narbona, tiene intención de atacar por la rue du Taur con las primeras luces del alba.

—¿Caballería o infantería? —preguntó Prouvaire.

—No lo sé. Tiene ambos tipos de unidades bajo su mando.

Todavía no se habían visto obligados a rechazar ningún intento organizado de derribar su barricada, pero era solo cuestión de tiempo. Piet esperaba poder resistir hasta la llegada de Hunault con sus tropas. Había demasiados hombres en las filas hugonotas que no eran soldados, sino estudiantes, como Prouvaire. Sin las tropas prometidas del Lauragués y Montauban no tenían la menor esperanza de conservar el barrio universitario, ni menos aún de avanzar hacia las zonas controladas por los católicos.

Se les acercó el comandante.

—¿Alguna novedad?

—Nada bueno.

El comandante escuchó el informe del mensajero y se volvió hacia Piet.

—¿Y usted, Reydon? ¿Qué más puede decirme? ¿Cuál es la situación al norte?

—He averiguado lo que he podido. Las calles son peligrosas y muchas de nuestras casas seguras ya no son accesibles. Nuestra taberna ha quedado detrás del cordón católico. Los hombres de Saux todavía controlan las puertas de Matabiau y Villeneuve, pero la puerta de Bazacle ha caído. La mayoría de las puertas del este de la ciudad están en manos de los católicos.

—Entonces, aunque las fuerzas de Hunault no tarden en llegar, los accesos a la ciudad no están garantizados.

—Yo diría que acceder ahora a la ciudad sin ser vistos es prácticamente imposible.

Piet notó el peso de la contrariedad en los hombros del comandante.

—¿Y qué hay del rumor de que Saux intentó negociar anoche una tregua? —preguntó el oficial—. ¿Es cierto?

Piet asintió.

—Eso parece. Dicen que le concedieron un salvoconducto para ir a parlamentar con Delpech. Pero no se pusieron de acuerdo en los términos y Saux se retiró al ayuntamiento.

—Toda la ventaja está de su parte —comentó Prouvaire, encogiéndose de hombros—. ¿Para qué iban a querer negociar una tregua?

—Por lo que he oído, Saux calcula que hay más de un millar de muertos —replicó Piet con frialdad—, no solo soldados, sino también mujeres y niños. En mi opinión, subestima el número de bajas. Ha habido saqueos y se han cometido atrocidades en toda la ciudad, lejos de las zonas de combate. Ajustes de viejas cuentas.

El comandante meneó la cabeza.

—¿Y piensan atacarnos mañana...?

—Eso creo.

—Entonces, no contaremos con ninguna ayuda —dijo Prouvaire.

—¿Qué ordena, señor? —preguntó Piet.

—Refuercen las barricadas —dijo con expresión sombría el comandante—. Estaremos listos para recibirlos.

En la hora gris anterior al alba, Minou se despertó sobresaltada por el ruido de unas ruedas de madera sobre el empedrado.

Todavía medio dormida, corrió a la ventana. A primera vista, no había cambiado nada. La barricada levantada calle arriba estaba en silencio y no se veía a nadie a su alrededor. La joven pensó en Piet. ¿Estaría en el hospicio o detrás de alguna barricada, luchando para defender la ciudad que tanto amaba? ¿Y su familia? ¿Estarían Aimeric y su tía a salvo, de camino a Puivert? ¿Cómo se encontraría su hermanita?

Como siempre que pensaba en Alis, Minou prefirió cerrar las puertas a su imaginación. Las imágenes que podría pintar su mente serían demasiado dolorosas y le resultarían insoportables.

Desde la capilla de la planta baja le llegaron los ecos de un llanto infantil. Le producía un sombrío placer pensar que la casa de su tío se había convertido en refugio para muchos vecinos de la ciudad, tanto protestantes como católicos: mujeres, niños y ancianos hombres de letras. Cuando Boussay regresara, si es que volvía, Minou esperaba que los espíritus de todos los que habían pasado por su casa lo atormentaran por el resto de sus días.

Ya bien despierta, cuadró los hombros y se preparó para las nuevas pruebas que le reservaba el día. Aunque en la casa había vino y un poco de cerveza, la comida empezaba a escasear de forma alarmante. ¿Sería posible que aún quedara pan en Toulouse? ¿Y carne? ¿Y fruta? ¿Seguirían trabajando en otros barrios de la ciudad los panaderos, los carniceros y los maestros queseros? ¿Se atrevería ella a aventurarse fuera de la casa? Suspiró. Aunque quedara comida dentro de la ciudad, seguramente las tropas la habrían requisado. Hacían falta muchas provisiones para alimentar a miles de soldados.

De pronto, Minou recordó la historia que solía contarle su madre sobre Raimundo Rogelio de Trencavel y el asedio de Carcasona en tiempos de los cátaros. El calor abrasador, los pozos de agua agotados y la falta de comida habían convertido la ciudad en un infierno para la gente que se apiñaba en sus estrechas callejuelas. Mientras tanto, al otro lado de las murallas, las tropas católicas de Simón de Montfort se bañaban en el agua fresca del Aude y comían y bebían a placer. La Cité se rindió por hambre.

¿Cómo era posible que al cabo de más de trescientos cincuenta años se repitiera la misma situación? ¡Tanto sufrimiento, tantas vidas perdidas, tanta crueldad! ¿Y todo para qué?

Minou meneó la cabeza y se dirigió a la escalera para ver qué podía hacer en la cocina.

Mientras amanecía y la impresionante cúpula de la basílica resplandecía sobre un cielo azul pálido, comenzó una vez más el bombardeo.

Rocas y piedras llovieron sobre las calles que rodeaban el santuario de peregrinaje, destrozando los tejados de la rue du Périgord, astillando cristales y abriendo brechas en los muros de ladrillo rojo. Una brasa perdida arrastrada por el viento encendió la hojarasca y, al cabo de un momento, las llamas alcanzaron una pared lateral del hospicio y carbonizaron sus vigas de madera.

Poco tiempo después, todo el edificio ardía.

Piet vio las llamas y comprendió que todo aquello por lo que había trabajado para honrar la memoria de su madre estaba siendo destruido. El dinero que les había sacado a Crompton y a Devereux en Carcasona a cambio del falso sudario se estaba esfumando delante de sus ojos. Pero mantuvo su posición, con la mirada fija en la calle. Esperando. Podía percibir en la piel y en el vello erizado de la nuca la inminencia de la batalla. Prouvaire estaba de pie a su lado, tenso y listo para el combate, como en otro tiempo había estado Michel Cazés, su compañero de armas. A lo largo de la barricada, los hombres preparaban sus mosquetes, comprobaban el filo de las espadas, se ceñían los cinturones y los guantes, y se ajustaban los yelmos.

Esperando.

Cuando salió el sol y los primeros rayos acariciaron la fachada de la iglesia de Saint-Taur, Piet oyó ruido de cascos sobre el empedrado y relinchos de caballos. Una unidad de caballería a punto para el combate apareció por el otro extremo de la calle. La luz refulgía en los yelmos plateados, los penachos de plumas ondeaban al viento y el escudo de Narbona brillaba bajo las sillas de montar. Avanzaban formados de seis en seis, con los pesados animales piafando y cabeceando. Sus poderosas figuras bloqueaban la luz de la calle.

Resonó el grito de batalla y comenzó la carga.

—¡Por Francia! ¡Por Francia!

La caballería avanzó atronadora por la rue du Taur hacia ellos.

Piet apuntó y disparó. Su primer disparo alcanzó a un lancero en el hombro, justo en el espacio libre entre la armadura y el peto. La pica que empuñaba el lancero voló de su mano y el caballo se encabritó, derribando al jinete, que fue arrollado en el suelo por sucesivas oleadas de cascos y de hierro. Piet recargó el arma y volvió a disparar, y repitió la operación al cabo de un instante.

—¡A tu izquierda! —gritó Prouvaire.

El holandés giró en redondo y vio que dos soldados intentaban arrimar a la barricada una torre de asedio en llamas. Prouvaire disparó y alcanzó a uno de los militares, pero la pesada torre de roble seguía avanzando sobre sus toscas ruedas.

Desesperado por impedir que llegara a la barricada, Piet volvió a disparar, pero las llamas ya tocaban las estructuras de las casas y comenzaban a encender la madera de la empalizada. Se oyó una explosión cuando el calor astilló una ventana y encendió una lámpara de petróleo, y uno de los extremos de la barricada estalló en un incendio incontrolado. Mujeres y niños corrieron a la calle para huir de las llamas. Alguien pidió a gritos arena, tierra o cualquier otra cosa que sirviera para sofocar el fuego, pero ya era tarde.

Presas del pánico, los civiles corrieron en dirección a los soldados. Piet vio a un anciano que quedó ensartado en una espada, muerto ya antes de caer al suelo. Recargó el arma y volvió a disparar, pero no podía apuntar con claridad. Se sentía impotente ante el derramamiento de sangre. No podía hacer nada para impedirlo. Cuando a escasa distancia un soldado enemigo degolló a una mujer que llevaba un niño en brazos, solo pudo contemplar la escena horrorizado mientras un chorro de sangre carmesí brotaba del cuello de la mujer y empapaba el gorro blanco del bebé, que lloraba desesperado.

Minou observaba el horror de la matanza desde su mirador. Cuando vio arder las casas al final de la calle y notó que la gente que huía del incendio caía víctima de los soldados, ya no pudo quedarse sin hacer nada.

Tenía que ayudar. Sentía que debía hacer algo. Bajó los peldaños de dos en dos, salió al patio y corrió a la verja. No sabía si los civiles eran católicos o protestantes, pero veía que habían quedado atrapados entre la barricada, el fuego, las lanzas y las espadas de la caballería. Consciente de que estaba a punto de arriesgar la vida de todas las personas refugiadas dentro de la casa para tratar de salvar a los que estaban acorralados en la calle, levantó la pesada barra que bloqueaba la verja y abrió la puerta.

—¡Aquí! —gritó—. ¡Vengan todos!

En medio del alboroto, solo unos pocos oyeron su voz por encima de los alaridos de la multitud. Pero los que la oyeron recogieron a sus niños y corrieron hacia ella. Un soldado vio lo que estaba sucediendo e hizo girar en redondo a su caballo para perseguirlos. Un proyectil disparado desde la barricada lo alcanzó en el muslo y lo obligó a desmontar, con la pierna ensangrentada.

—¡Deprisa! —gritó Minou mientras arrastraba a través de la verja a tantos como podía—. ¡Entren! *Vite!*

Cuando le pareció que ya no quedaban civiles en la calle, volvió a colocar la barra en su sitio, con los brazos temblorosos. Después, ofreció la seguridad de la casa de los Boussay a los últimos refugiados.

El ataque continuó, pero los hombres de Raimundo de Pavía estaban retrocediendo. Sus pesadas armaduras dificultaban el movimiento de la caballería. Cuando la luz del sol atravesó la rue du Taur, se dio la orden de retirada.

Exhausto, Piet se dejó caer sobre la barricada. En el suelo, a sus pies, dos de sus camaradas —que para entonces eran sus amigos— yacían muertos y otros tres estaban heridos. Prouvaire solamente había sufrido una quemadura leve en una mano cuando había acudido a sofocar el incendio.

Las piedras de la calle, delante de la barricada, estaban teñidas de rojo. Marcas ennegrecidas desfiguraban las paredes de ladrillo de las casas incendiadas. El aire olía a sangre, humo, pólvora y fuego.

Un caballo alazán yacía en el suelo junto a su jinete muerto, con los ojos negros desencajados por el dolor y el miedo. Se debatía para ponerse de pie, pero tenía el vientre desgarrado, como un costurón roto en un trozo de tela. Cada vez que se movía, la herida se ensanchaba. Sus gemidos se volvían más desesperados a medida que aumentaba la roja carne expuesta, que contrastaba con el pardo pelaje ensangrentado.

—Cúbreme —dijo Prouvaire—. No es justo dejarlo sufrir.

Piet lo vio saltar la barricada con un puñal en la mano. Avanzó agachado hasta el animal herido, le acarició el cuello y le habló entre susurros hasta que consiguió calmarlo. Después, con mucho cuidado, hizo un rápido movimiento de abajo arriba y le clavó la daga directamente en el corazón. El caballo se estremeció, como si se estuviera sacudiendo agua del pelaje, y después se quedó inmóvil.

—Crecí en una granja —dijo Prouvaire cuando volvió a la seguridad de la barricada—. No podía dejarlo sufrir. —Se limpió las manos y después se enjugó los ojos—. ¿Volverán?

—¿La caballería? Lo dudo —respondió Piet—. La calle es demasiado estrecha para avanzar con eficacia y han sufrido más pérdidas que nosotros. Pero nos enviarán soldados de a pie. Querrán recuperar el acceso a la basílica.

—Entonces ¿qué? ¿Esperamos?

—Esperamos —contestó el holandés.

Prouvaire señaló el resto de la ciudad.

—Cuando he pasado por ahí, me he enterado de que el hospicio de la rue du Périgord se ha incendiado. Al menos no ha habido muertos.

Piet lo miró, preguntándose si estaría al corriente de su especial interés por la casa de caridad.

—Lo habían evacuado el martes por la noche —dijo—. Es un conocido refugio de hugonotes y ya se suponía que sería un objetivo de las fuerzas católicas.

Prouvaire asintió.

—¿Quedarán civiles en el distrito?

—Según tengo entendido, los que han huido de los incendios se han refugiado en una casa de esta misma calle, cerca de la iglesia. No he podido ver en cuál.

La rue du Taur llevaba cierto tiempo en silencio. De pronto, como el ruido de unos truenos lejanos en las montañas, comenzó un nuevo bombardeo en otro punto de la ciudad.

Cuando terminó de vendar las heridas de los recién llegados y les hubo asignado a todos un lugar donde descansar, Minou volvió a su mirador.

Desde allí vio que los hugonotes estaban apuntalando la barricada para prepararse ante el próximo ataque. De las casas en ruinas sacaban mesas y baúles que habían sobrevivido al incendio, y hacían rodar más toneles que después rellenaban de tierra. Minou se preguntó cuánto tiempo más podrían resistir.

El ataque definitivo se produjo a las ocho de la noche.

Resonó un clarín, apareció el portaestandarte de Raimundo de Pavía y un batallón de infantería marchó sobre la rue du Taur y se posicionó frente a la barricada.

—Tienen un cañón —masculló Prouvaire, al ver el carro que lo transportaba—. Son un centenar, o quizá más.

—Atrápalos uno por uno —dijo Piet, recargando su mosquete.

Todo parecía indicar que esta vez la táctica del enemigo era derribar la barricada. Enseguida comenzó el lanzamiento de ganchos de asalto, que se fijaban a la empalizada con más rapidez de lo que podían descolgarlos los defensores, y poco después aparecieron las primeras escalas.

—¡Pónganse a cubierto! —gritó Piet, al ver que el cañón disparaba ya contra el corazón de sus defensas.

El cañonazo abrió una brecha del tamaño de un hombre en la empalizada, por la que entraron en enjambre los soldados de Raimundo de Pavía.

Piet abandonó el mosquete, puesto que ya no tendría tiempo de recargar, y desenvainó la espada.

—*Courage, mes amis!*

A su lado, Prouvaire también empuñó el sable.

—¡Estamos preparados!

Piet asintió.

—*Per lo Miègjorn!* —rugió, repitiendo una vez más el grito de batalla de Raimundo Rogelio de Trencavel durante el asedio de Carcasona—. ¡Por el Mediodía!

Con un alarido, salieron a la carga calle arriba, abriéndose paso entre las fuerzas que iban hacia ellos. El cañón retrocedió con estruendo en su carro mientras lanzas y espadas se entrechocaban. Junto a Piet, un estudiante recibió en el pecho el impacto de un disparo y cayó sobre Prouvaire, haciéndole perder el equilibrio. El joven se distrajo solo un momento, pero fue suficiente para que un atacante lo hiriera con su lanza. Piet vio que Prouvaire intentaba levantar la espada para defenderse, pero había perdido la fuerza en el brazo. El lancero le asestó un segundo golpe, esta vez en un costado, que lo hizo desplomarse.

Piet corrió al lado de su amigo, lo agarró por debajo de los hombros y lo arrastró fuera de la línea de combate. La rue du Périgord estaba bloqueada y no podía regresar a su antigua casa. El único refugio accesible era la casa de la rue du Taur donde se habían congregado los civiles, cerca de la mansión donde vivían los tíos de Minou.

—Déjame —le dijo Prouvaire—. Hay cosas más importantes que hacer.

—Primero me aseguraré de que estés a salvo.

Mientras se apartaban del combate, uno de los soldados de Pavía se abalanzó sobre ellos por detrás. Para entonces, Prouvaire estaba casi inconsciente y era un peso muerto en los brazos de Piet, pero el holandés consiguió asestarle un golpe con la espada a su atacante, con tanta fuerza que le cortó una mano.

El soldado soltó un alarido y se puso fuera del alcance de Piet, que ya se preparaba para atacarlo de nuevo.

Con todo el peso de su cuerpo, Piet se apoyó contra las patas de madera de la torre de asedio quemada y empujó con el hombro tres veces seguidas. La estructura se balanceó sobre las ruedas y al final volcó, atrapando al soldado enemigo al otro lado.

Piet no volvió la vista atrás. Cargó a Prouvaire en brazos y avanzó con gran dificultad por la calle, hacia el lugar donde esperaba encontrar refugio.

Se oyeron golpes en la verja. Minou se volvió. ¿Más civiles en busca de refugio? ¿O serían soldados?

—Están intentando entrar —balbuceó el viejo librero—. Nos matarán a todos.

—Tranquilo, monsieur —dijo Minou, con más confianza de la que sentía—. En esta casa no hay más que mujeres, niños y ancianos. Puede que sean los soldados, pero no creo que vayan a matar civiles a sangre fría.

—Pero si son saqueadores y vienen a...

—Vayan todos a la capilla y bloqueen la puerta —ordenó Minou—. Y perdóneme, señor —le dijo al librero—, pero tendrá que controlar sus palabras. No queremos que cunda el pánico. Por el bien de los niños, trate de mantener la calma.

Había llegado el momento decisivo. Si lograba que los soldados la escucharan, todos se salvarían; de lo contrario... No quería ni pensarlo.

En cualquier caso, se haría la voluntad de Dios.

Sintió una extraña calma. Tenía mucho miedo, pero el corazón le latía con normalidad y no le sudaban las palmas de las manos. Imaginó a Aimeric y a Alis inmersos en una de sus habituales rencillas, en la cocina de la rue du Trésau; a madame Noubel, barriendo la escalera de su posada; a Charles hablando con las nubes, y a todos los viejos amigos y vecinos que habían llenado su vida. Pensó en las personas refugiadas en casa de su tío y en el hospicio, expulsadas de sus hogares por un odio que no era el suyo.

Pensó en Piet.

Piet se tambaleaba bajo el peso de su amigo. La sangre manaba de la herida de Prouvaire y le empapaba los pantalones.

Confuso, levantó la vista hacia una verja con el escudo de los Boussay labrado en madera. Habría jurado que allí habían entrado los civiles que huían de la violencia y los incendios. ¿Sería posible que un hombre como Boussay ofreciera refugio a un grupo de hugonotes?

¿Se habría equivocado de casa?

Miró con atención y vio un gorrito de niño enganchado a la puerta. Recordó entonces a la mujer que huía de las barricadas con un bebé en brazos. Un gorro blanco manchado de sangre y cenizas. Tenía que ser allí.

Llamó a la puerta con la punta de la bota.

—¡Ayúdennos, por favor! ¡Tengan piedad y déjennos entrar!

En el patio, Minou oía con más claridad aún los ásperos sonidos de la batalla: el entrechocar de las espadas, las voces atemorizadas de los hombres, los gritos...

Entonces, en un breve instante de silencio, oyó golpes en la puerta y una voz que llamaba.

—¿Hay alguien ahí? Traigo un herido. Necesita ayuda.

Minou casi no pudo discernir las palabras a causa de la renovada cacofonía de la lucha en la calle.

—¡Por favor, se los suplico! ¡Déjennos entrar!

La joven acercó el ojo a la rendija de la puerta y vio un soldado con la cara medio cubierta por la visera del yelmo, que llevaba en brazos a un hombre rubio. El soldado herido tenía un fragmento de lanza alojado en el hombro y todo el lado izquierdo empapado de sangre.

—Por favor, sea quien sea, déjennos entrar.

Minou reconoció a los estudiantes que estaban defendiendo la barricada. El muchacho herido era el que había matado al caballo para poner fin a su sufrimiento. Sin dudarlo ya ni un momento, retiró la barra y abrió la puerta.

—Gracias —masculló el soldado que había llamado a la puerta mientras entraba tambaleándose—. Mi compañero está malherido.

Lo depositó con cuidado en el suelo, se quedó agachado junto a él y se quitó el yelmo.

Minou no cabía en sí de asombro.

—¡Piet!

El holandés levantó la vista con la sorpresa reflejada en la cara.

—*Jij weer*. ¡Eres tú! Pero... ¿cómo?

Minou le tomó la mano.

—Detuvieron nuestro carruaje en el puente. Para que Aimeric y mi tía pudieran continuar el viaje, me separé de ellos y volví corriendo a la ciudad.

—No puedo creer que estés aquí —dijo Piet.

—No sabía dónde refugiarme. No había nadie en el hospicio.

Se hizo un momento de silencio en medio del caos y Minou sonrió. A pesar de todo, Piet estaba con ella. Ensangrentado y exhausto tras la batalla, pero a su lado.

59

Con el paso de las horas, el aire se fue volviendo menos respirable en el interior de la capilla de los Boussay. Habían llegado más fugitivos y Minou era incapaz de negarle refugio a nadie.

Las campanas de las iglesias cercanas dieron la medianoche, y después la una, las dos...

Minou siguió trabajando, administrando los tónicos y medicinas que aún quedaban en la casa y vendando heridas con todas las telas y paños que encontraba, hasta que le dolieron los ojos y tuvo las manos embadurnadas de sangre seca. Aunque Piet estaba a su lado, la mayor parte del tiempo trabajaban sin hablar.

Las heridas de Prouvaire eran graves. Tenía el hombro destrozado y una profunda herida en un costado, así como varias costillas fracturadas. Minou pensaba que quizá había perdido demasiada sangre y temía que se le infectaran las heridas, pero seguía intentando aliviarlo.

—¿Cómo estás? —le preguntó cuando los rosados dedos del alba comenzaron a horadar la negrura de la noche.

El joven intentó responder, pero ya no encontraba las palabras. Minou levantó la manta que cubría el brazo herido y la dejó caer otra vez. Le había vendado el hombro, pero la sangre seguía manando sin cesar a través de la muselina, que estaba completamente roja.

—Esto te ayudará —dijo, dejándole caer una perla de valeriana entre los labios, para calmarle el dolor.

Durante las horas siguientes, Prouvaire perdió y recuperó varias veces el conocimiento. Minou volvía a su lado cada vez que podía y comprobaba que seguía respirando, pero también veía que estaba cada vez más pálido.

Barrio de Saint-Cyprien

Desde la orilla opuesta del Garona, Vidal contemplaba las llamas que consumían la ciudad de Toulouse.

—El propio Parlamento ha ordenado prender fuego a la place Saint-Georges, monseñor —explicó Bonal—. Han considerado que nuestras pérdidas eran demasiado severas en ese sector y que era mejor destruirlo que dejarlo en manos enemigas.

Una leve sonrisa se dibujó en el rostro de Vidal.

—Pero después el viento ha cambiado de dirección y también se han destruido propiedades católicas. Entiendo.

Unió los dedos de ambas manos, bastante satisfecho con el giro de los acontecimientos. Cuanto mayor fuera el caos, más favorecidas se verían sus ambiciones a largo plazo. Solo necesitaba paciencia.

—Y el obispo ha requerido su presencia —añadió Bonal.

Vidal abrió la ventana. Desde la seguridad de su palacete en el suburbio amurallado de Saint-Cyprien, contempló el cielo nocturno, que el incendio de Toulouse al otro lado del río iluminaba como si fuera pleno día.

—¿Ha preguntado por mí? Entonces es lamentable, en esta delicada situación, que sus mensajeros no hayan podido encontrarme. Como ya no queda nada que hacer aquí, y no quiero que el obispo piense que no hago caso de sus órdenes, partiremos de Toulouse esta misma noche.

—¿A Carcasona, monseñor?

—No. Cuando han detenido el carruaje en el puente, la chica Joubert ha huido y ha vuelto a la ciudad. Puede que sobreviva o puede que no. En todo caso, ya no es necesario que vayamos a Carcasona.

—¿Y si el sudario está aún en su poder?

Vidal cerró la ventana. Aunque era entrada la noche y había refrescado, el hedor de los muertos y moribundos abandonados dentro de las murallas de la ciudad se percibía con claridad desde la otra orilla del Garona.

—Dios protegerá el sudario de todo mal si tal es su voluntad. El destino de la reliquia está en sus manos. No es lo que yo habría deseado, pero la falsificación es lo bastante buena para engañar a la mayoría, y los que saben que se trata de una réplica están muertos o no pueden hablar.

—Como Reydon.

Vidal asintió.

—Quien, por otra parte, también podría estar muerto.

La imagen de Blanche, de la última vez que la había visto, surgió en la mente de Vidal y lo hizo sonreír. La ausencia de la mujer había fortalecido su determinación. Resistiría la tentación de la carne. Pero ¿no sería justo, después de todo lo que ella había hecho por él y seguramente continuaría haciendo en el futuro, atender sus necesidades espirituales? ¿No le correspondía a él ofrecerle consuelo y guía espiritual entre los muros de su castillo?

—Prepara los caballos, Bonal. Partimos hacia Puivert.

A las cinco de la madrugada, la mayoría de los refugiados estaban durmiendo. Minou y Piet se escabulleron hacia el patio y se sentaron juntos, con la espalda apoyada en la barandilla de la galería. En el barrio de la Daurade resonaba aún el ruido de los bombardeos, y la place Saint-Georges seguía en llamas, pero las calles en torno a la basílica estaban en calma.

—Hay algo que debería haberte contado antes —dijo Piet—, pero en mi preocupación por Prouvaire se me ha olvidado.

—¿Qué?

—Es sobre tu tío —contestó el holandés—. Fue uno de los rehenes capturados en el ayuntamiento, al comienzo de la batalla. El capitán Saux accedió a liberar a las mujeres y a los niños, pero no a los hombres. Me temo que lo han matado, Minou. Lo siento.

La joven estaba sentada con las manos sobre la falda.

—Me alegro —dijo finalmente—, aunque sea poco cristiano decirlo. Mi tía ha sufrido mucho por su culpa. No fingiré que me apena su muerte.

En las horas transcurridas desde la llegada de Piet con su amigo Prouvaire, Minou solo había hablado con él de las necesidades más inmediatas. Pero en ese instante, sabiendo que quizá no dispondrían de muchos momentos a solas, empezaron a hablar de todo lo sucedido desde su despedida en la iglesia de la rue Saint-Taur, la tarde antes de la batalla. Piet le contó a Minou la emboscada que le había tendido Vidal en su casa y la traición de McCone, y ella le explicó que había tenido que dejar el sudario en manos de Aimeric cuando se separaron en el puente, y le habló de las cartas que le había ocultado madame Montfort. Por último, le reveló todo lo que sabía acerca de Alis, prisionera en un pueblo de las montañas.

—La idea de someter a una niña inocente a semejante tortura me resulta incomprensible. ¡Alis es tan pequeña y débil...! Además, tiene los pulmones delicados. Cuando pienso que está sola, sin la medicina que necesita... —Minou se interrumpió, porque se le había quebrado la voz, y tuvo que hacer un esfuerzo para no echarse a llorar—. Pero la encontraré y la llevaré de vuelta a casa. En su segunda carta, mi padre me decía que tenía intención de viajar a ese mismo pueblo. Si Dios quiere, Aimeric llegará sano y salvo a Puivert y allí se encontrarán los tres.

El nombre del pueblo sobresaltó a Piet.

—¿Puivert?

Minou se volvió para mirarlo.

—¿Lo conoces?

—Sí.

—La carta donde se me informaba del secuestro de Alis estaba firmada por una tal Blanche de Bruyère.

Piet arrugó el entrecejo.

—Vidal fue confesor y director espiritual de una noble familia de la Haute Vallée. Me pregunto si será la misma mujer. Muchos piensan que Vidal, o Valentin, ya que así se llama ahora, aspira a ser el próximo obispo de Toulouse. Dicen que tiene una benefactora poderosa y adinerada que apoya su proyecto.

Minou se quedó pensando un momento.

—Pero ¿qué tiene que ver todo esto con Alis? ¿O conmigo? Aunque sea la misma mujer, ¿qué conexión puede haber?

—La única manera de averiguarlo es yendo a ese pueblo.

—¿Piensas venir conmigo?

Piet sonrió.

—Puesto que le has dado el sudario a Aimeric y el chico está en Puivert, ¿qué otra opción me queda? —Enseguida, su expresión se volvió más seria—. ¿Cómo podías pensar que iba a permitirte hacer sola ese viaje?

Minou arqueó las cejas.

—¿Permitirme?

—Querer, desear, permitir, ¿qué más da? Lo importante es que iré contigo.

Minou sintió un agradable alivio. Por un instante olvidó las responsabilidades que acababa de adquirir y el dolor de espalda. Dejó de oír el ruido constante del sufrimiento y los bombardeos, y se sintió transportada a las llanuras del Lauragués, con las cumbres y las crestas del Canigó y el Soluarac a lo lejos.

Pero muy pronto la imagen se desvaneció y Minou se encontró otra vez en el patio de la casa de su tía, en un lugar que olía a muerte y cenizas, en una ciudad en ruinas. Tomó a Piet de la mano, y él le pasó el brazo por encima de los hombros y la atrajo hacia sí.

—Cierra los ojos —le dijo—. Olvídate de todo y de todos, del dolor y la muerte, de todo el bien que estás haciendo aquí y del amor que sientes por tu familia. Por un momento, piensa solamente en ti misma. Imagina que eres libre de ir a donde quieras y de hacer lo que te apetezca. Y ahora dime, Minou, ¿qué ves?

Durante un instante, la joven guardó silencio.

—Una librería —reveló finalmente en voz baja—. Me veo delante de una mesa de escritorio. Si pudiera elegir y no pesara sobre mí ninguna de las restricciones de mi sexo, me gustaría estudiar. Sí, eso es. Aquí, en la Universidad de Toulouse, o en Montpellier. Dejaría el candil encendido toda la noche sin pensar en lo que pudiera costar. Leería todo el tiempo sin preocuparme por no forzar la vista. Aprendería a debatir, a razonar... Pero nada de eso sucederá nunca.

Piet le tomó la cara entre las manos.

—¿No es por eso por lo que estamos luchando? Por el derecho a cambiar o a hacer las cosas de otra manera, a nuestro modo.

—Esto es una guerra de religión.

—Cuando la gente lucha por la religión, hay muchas más cosas en juego —dijo—. ¿Por qué no puede estudiar una mujer?

En nuestro templo animamos a las mujeres a leer y a expresar sus puntos de vista. Hemos de abrir las puertas a las mejores mentes, sin prejuicios.

Minou se echó a reír.

—Si eso es lo que predican los hugonotes, no me extraña que atraigan a tanta gente a sus filas.

Piet se sonrojó.

—Puede que ahora esté exponiendo mis propias opiniones en lugar de reflejar las ideas protestantes más extendidas. Pero estoy seguro de que la historia acabará por darme la razón.

—Ya veremos.

Minou se inclinó hacia delante para besarlo, convencida de que pasara lo que pasase en las horas venideras, no querría cambiar ni un solo instante de esa noche.

—¿Mademoiselle? —Una niña la llamaba desde la puerta—. El estudiante, Prouvaire... Está empeorando.

Minou y Piet regresaron de inmediato a la capilla. La joven se agachó junto al herido, oyó una especie de chapoteo en el pecho de Prouvaire y miró a Piet con expresión sombría.

—Tiene los pulmones encharcados de sangre. Hemos hecho lo que hemos podido, pero sus heridas son demasiado graves. No creo que resista mucho tiempo más.

Piet se arrodilló junto a su compañero.

—Estoy aquí, amigo mío.

Prouvaire abrió los ojos.

—¿Eres tú, Reydon?

—Aquí estoy.

—¿Y si estamos equivocados? ¿Y si no nos espera nada al otro lado? Solamente oscuridad...

—Dios te está esperando —le dijo Minou—. Te está esperando para llevarte a casa.

—Ah... —Prouvaire intentó hablar, pero sus palabras se transformaron en un suspiro—. Ojalá todo sea verdad. Unas historias tan... tan maravillosas...

De repente se le borró el color de las mejillas y sus ojos perdieron la luz.

—Se ha ido —dijo Minou mientras le colocaba suavemente un pañuelo sobre la cara—. Lo siento.

Piet inclinó la cabeza y recitó una oración.

—¿Tiene familia? —preguntó la joven—. ¿Hay alguien a quien debamos avisar?

—No. Su familia eran sus compañeros estudiantes del Colegio de l'Esquile, y ahora todos ellos han huido o han muerto, como él.

—¿Qué nos pasará a nosotros? —preguntó Minou, mirando los grupos de mujeres, niños y ancianos a su alrededor—. ¿Qué será de ellos? Aunque cesen los combates, lo han perdido todo: sus casas, sus posesiones, todo...

Piet se encogió de hombros.

—La matanza continuará hasta que empiecen las conversaciones de paz. Puede ser mañana, o pasado, o el otro.

—¿Habrá una tregua?

Piet asintió.

—No teníamos suficientes hombres y ellos estaban mejor preparados y armados que nosotros. Luchábamos por el derecho a que nos dejaran en paz, pero...

—Al tratar de tomar la ciudad por asalto, se han convertido en los agresores y no en los defensores.

Piet sonrió.

—¿Por qué me miras así? —preguntó Minou—. ¿No era eso lo que ibas a decir?

—Era exactamente lo que iba a decir. Por eso estoy sonriendo. Es la discusión que tuve con Vidal, con mis camaradas de

Carcasona y también aquí, en las tabernas de Toulouse. El único que lo entendía era Michel Cazés. Decía que si tomábamos las armas, perderíamos.

—¿Volverás a la barricada?

—¿Y resistir hasta el final? —replicó Piet—. No. Nuestro comandante es un buen hombre. No me cabe ninguna duda de que negociará la rendición. No tiene sentido continuar.

—¿Volverás al hospicio?

Piet negó con la cabeza.

—Lo han arrasado. Ya no queda nada.

—Oh, Piet...

—Pero no ha habido muertes. Debemos dar gracias a Dios por eso.

—¿Qué piensas hacer entonces?

Él la miró a los ojos.

—Si estás dispuesta a renunciar a la seguridad de esta casa, Minou, puedo encontrar la manera de sacarte de Toulouse. Si me dejas...

Ella le devolvió la mirada.

—¿Y viajar a Puivert?

—Sí, pero será peligroso. Mucha gente intenta huir y cae al otro lado de las murallas, lo mismo que dentro de la ciudad.

—Alis me necesita —respondió Minou—. Mi padre y Aimeric también. Prefiero fracasar en el intento de reunirme con ellos que quedarme aquí sin hacer nada.

Por miedo a parecer demasiado sentimental o a dar por supuestas unas emociones que quizá Piet no compartiera, Minou no dijo que prefería morir a su lado antes que volver a separarse de él.

—¿Alguien puede quedarse a cargo de la casa? —preguntó Piet, justo cuando ella lo estaba pensando.

Minou asintió.

—El librero de la rue des Pénitents Gris. Es mayor y no muy valiente, pero se preocupa por sus vecinos, sean católicos o hugonotes.

—Lo conozco. Me parece una buena decisión. No correrá riesgos innecesarios. —Piet hizo una profunda inspiración—. ¿De acuerdo, entonces? ¿Intentamos salir de la ciudad?

Minou tragó saliva.

—De acuerdo.

La tregua entre los combatientes católicos y hugonotes llegó después de seis horas de luchas sangrientas, el sábado 16 de mayo. Antoine de Resseguier, en nombre del Parlamento, actuó como mediador entre el capitán Saux, de las fuerzas protestantes, y Raimundo de Pavía, comandante de las tropas católicas.

La ciudad estaba exhausta. Distritos enteros habían quedado arrasados por los incendios o los saqueos. Toulouse parecía una morgue: más de cuatro mil cadáveres yacían en las calles o en el interior de sus casas. Las moscas saturaban el aire. El río Garona arrastraba cuerpos putrefactos.

Para entonces, Minou y Piet se habían marchado. Tras salir a escondidas de la casa de los Boussay con las primeras luces del alba, habían pasado delante de la estructura carbonizada de la casa de caridad. Allí, entre los muertos, Minou había descubierto a madame Montfort, con la ropa desgarrada, los ojos vacíos y las manos crispadas sobre el pecho, aferrando todavía unos cuantos fragmentos de joyas robadas.

La joven había desviado la vista de tanto sufrimiento mientras se dirigían al norte de la ciudad, hacia la puerta de Matabiau, una de las dos que aún controlaban los hugonotes.

Demasiados muertos. Demasiadas almas por las que rezar.

Cuando aún se estaban negociando las condiciones de la tregua, Minou y Piet ya habían llegado a Pech David y estaban acordando el precio de dos caballos capaces de cubrir la distancia entre el Lauragués y las montañas. Piet tenía unas cuantas monedas y Minou llevaba consigo algunos objetos de valor sustraídos de la casa de los Boussay.

Al anochecer, mientras en la iglesia de los carmelitas se celebraba una misa por la recuperación de Toulouse para los católicos, Minou y Piet cruzaban la frontera del Lauragués, hacia las colinas del Rasés.

Siguiendo la antigua senda de los cátaros, emprendieron la marcha hacia el sur, por un camino que también seguían innumerables refugiados. Tristes filas de carros tirados por bueyes cargaban con las míseras posesiones de los fugitivos, hugonotes que huían de las tropas católicas y de unos vecinos que en otro tiempo habían sido sus amigos.

Cuando los caballos no pudieron continuar, Minou y Piet se detuvieron. En el silencio y la profunda negrura de la noche, sin que nadie los viera, se quedaron dormidos en un estrecho abrazo.

Tercera parte
PUIVERT

Verano de 1562

60

Puivert
Miércoles, 20 de mayo

Las parpadeantes llamas de los cirios, a ambos lados del crucifijo de plata, proyectaban un estanque de luz sobre el paño blanco que cubría el altar.

Blanche inclinó la cabeza y su brillante cabellera negra le cubrió parcialmente la cara mientras recitaba el acto de contrición.

—Señor mío, Jesucristo, me pesa de todo corazón haberte ofendido. Detesto todos mis pecados, porque temo perder el cielo y me asustan los padecimientos del infierno, pero sobre todo porque te he ofendido. A ti, que eres bondad infinita y te amo por encima de todas las cosas. Con la ayuda de tu divina gracia, me propongo firmemente no volver a pecar nunca más, confesarme y cumplir la penitencia que me sea impuesta.

Sintió el contacto sobre la cabeza cuando el sacerdote le dio su bendición, y después su mano sobre el hombro cuando la ayudó a ponerse de pie.

—Amén.

Con mucho cuidado, como si se tratara de una criatura valiosísima y frágil, Vidal la condujo hasta el banco de piedra, que los sirvientes habían fregado y frotado con particular empeño.

Pese a su esfuerzo, todavía se adivinaban líneas oscuras de sangre seca en las grietas.

—¿Cómo te sientes, mi señora? —dijo.

—Mejor por tenerte aquí conmigo, monseñor —replicó ella, bajando la vista—. Estas últimas semanas he echado de menos tus sabios consejos.

Blanche le permitió que la tomara de la mano.

—Me habría gustado llegar antes. Cuando pienso en lo mucho que has sufrido, sin nadie que te acompañara...

—Confío en Dios —dijo ella con devoción—. Ha sido su voluntad salvarme y conservar la vida de nuestro hijo. Siento su bendición.

Vidal le puso una mano en el vientre y la criatura se movió. A Blanche le resultaba muy desagradable la sensación, pero la complacía el poder que le confería. La última vez que se había encontrado en estado, quince años atrás, cuando era apenas una niña, todo había sido muy diferente. Por supuesto, habría sido imposible ocultarle a Vidal su condición. En cuanto llegó a Puivert, se lo había confesado. El orgullo del clérigo había sido inmediato. Difícilmente habría podido ser más atento y amable. Aun así, Blanche percibía cierto grado de disgusto cada vez que la tocaba.

Para su sorpresa, Vidal no había expresado ninguna preocupación por su reputación. Muchos sacerdotes católicos tenían familias clandestinas. Nadie solía oponerse si actuaban con discreción. Sin embargo, Vidal quería dejar huella. Ambicionaba riqueza y poder en este mundo, pero también aspiraba a que su recuerdo perviviera más allá de su muerte. Un hijo que llevara su nombre podría darle parte de la inmortalidad que anhelaba.

El problema que aún debía resolver Blanche era Minou Joubert. Aunque el testamento nunca había sido hallado, la precariedad de sus derechos sobre el señorío era manifiesta. La criatura que llevaba en el vientre podía nacer muerta, o no sobrevivir más allá de la infancia. Y si daba a luz una niña, el título de señora de Bruyère y Puivert no sería suyo.

Minou Joubert tenía que morir.

—¿Crees que Piet Reydon habrá sobrevivido al asedio? —preguntó.

—Imposible afirmarlo. Es ingenioso y valiente, y conoce Toulouse a fondo, pero los combates fueron muy crueles. Barrios enteros quedaron destruidos, y no podemos culpar a los devotos católicos por querer vengarse de los horrores que el ataque hugonote desencadenó en la ciudad.

—¿La chica Joubert volvió a la ciudad cuando huyó?

—Sí. Los centinelas la reconocieron por sus ojos desiguales, uno azul y el otro castaño.

—Es preciso encontrarla.

—Tengo hombres que en este momento los están buscando a los dos. Si siguen en la ciudad y están vivos, he dado órdenes de que cuando los encuentren los retengan hasta mi regreso. Quiero interrogarlos personalmente. La experiencia me ha enseñado a desconfiar de la terquedad de ciertos inquisidores.

—¿Estás seguro de que Reydon le confió a ella el sudario?

—Encargó una réplica, vendió la pieza falsa a los hugonotes de Carcasona y sí, en efecto, creo que en vísperas del ataque a la ciudad fue a buscar el original y se lo entregó a Minou Joubert.

Hizo una pausa. De inmediato, Blanche reconoció su expresión pensativa y se preguntó qué nueva perspectiva estaría considerando.

—Hay algo que es preciso hacer mientras tanto —empezó Vidal—. La réplica es excelente. Muy pocos sabrían reconocer que es falsa.

—Habla —lo animó Blanche—. Estoy dispuesta a ayudar en todo lo que esté en mi mano.

La mano de Vidal sobrevoló un momento su hombro, pero esta vez la retiró sin tocarla.

—Como comprenderás, solamente quiero lo mejor para nuestra santa madre Iglesia y para los devotos católicos de Toulouse. ¡Tantos hombres han caído en defensa de la fe! ¡Tantos se han visto obligados a presenciar la destrucción de sus reliquias más sagradas!

—Una tragedia espantosa.

—Teniendo todo eso en cuenta, en las circunstancias actuales, sería una gran valía para el común de los cristianos creer que se ha recuperado el sudario. Sería una señal que apuntaría a la victoria definitiva. Hace cierto tiempo hice votos de devolverlo al lugar que le corresponde en la iglesia de Saint-Taur. Sus propiedades milagrosas son incomparables y, como podrás suponer, lo seguiré buscando. Pero mientras tanto...

—Entiendo —lo interrumpió Blanche con una sonrisa—. Mientras tanto, para consuelo de tu grey, le harás el favor de sustituirlo por la réplica.

—Si creen que el sudario ha sido hallado y devuelto a su relicario, lo interpretarán como una señal de que Dios está de nuestra parte.

—Y cuando tengas el verdadero sudario en tu poder, será muy sencillo cambiarlo por el falso. No es necesario que nadie lo sepa.

—Nadie verá la diferencia.

Blanche contempló el rostro de Vidal en la penumbra, con el mechón de pelo blanco que casi parecía de plata a la luz de las velas. Se preguntó si las maniobras de Vidal para llegar al obispado serían tan seguras y sólidas como él pretendía. ¿Y si el actual obispo hubiera tomado medidas para bloquear su avance?

El tiempo lo diría.

—Es una idea excelente, monseñor —replicó.

Alis oyó las campanas del pueblo, que estaban dando las doce del mediodía.

Desde el incidente en la capilla, el ama había sido más cuidadosa con sus obligaciones. También había empezado a beber menos, le había confiscado a Alis los zapatos y la tenía encerrada en su habitación día y noche.

Pero dos días atrás había llegado un sacerdote de gran estatura —Alis lo había visto fugazmente cuando atravesaba el patio principal—, y todo el castillo se había puesto patas arriba. Blanche se había retirado a su torre y tomaba allí todas las comidas, en compañía de su confesor y director espiritual llegado de Toulouse. Estaba prohibido molestarlos.

Al final, por primera vez en varios días, creyéndola dormida, el ama se había ido a chismorrear con las otras criadas en las cocinas. Alis se quitó de encima las mantas, bajó de la cama de un salto y corrió a la ventana.

Había abandonado la esperanza de que alguien acudiera a salvarla. Estaba convencida de que todo dependía de ella. Había resuelto escapar y encontrar la manera de regresar por su cuenta a Carcasona, o quizá a Toulouse, para ir en busca de Minou. Todavía no lo había decidido. No sabía con certeza cuál de las dos ciudades estaba más cerca.

Poco después del crepúsculo, abrió la ventana y se puso a contemplar la noche. La caída era terriblemente larga hasta la ladera cubierta de hierba, por no mencionar las piedras afiladas que sobresalían de los muros. No estaba segura de poder saltar. Pero entonces oyó en su mente la voz burlona de Aimeric, diciéndole que las niñas no servían para nada, y decidió demostrarle que estaba equivocado.

Pensó en todas las travesuras que le había visto hacer a su hermano en las murallas de la ciudad y recordó cuántas veces le había rogado que bajara antes de que lo descubrieran. Aimeric era capaz de trepar a cualquier cosa, desde los árboles más altos a orillas del Aude hasta los muros de la barbacana al pie del castillo condal. ¿Qué habría hecho él en su lugar?

Habría escogido las piedras más firmes del muro para apoyar los pies y las grietas más profundas para agarrarse con las manos. Planearía un recorrido y solo entonces comenzaría a bajar desde la ventana hasta el suelo. Los brazos y piernas de su hermano eran más largos y fuertes, desde luego, pero Alis estaba segura de que ella también podría hacerlo.

En el bosque que se extendía al norte del castillo se oyó el ululato grave de un búho y, en dirección a Chalabre, los ladridos de una jauría de perros. La niña cerró la ventana. Era demasiado peligroso intentar una huida en la oscuridad. Pero por la mañana...

Estaría lista.

—No tengo más pecados que confesar, monseñor —dijo Blanche—. Espero que no estés enfadado conmigo.

—¿Enfadado? ¿Por qué? —replicó Vidal.

—Debería haberlo confesado también, porque sé que no ha sido correcto.

Vidal tendió una mano y le levantó la barbilla.

—¿Qué has hecho?

—Aceptaré cualquier castigo o penitencia que me impongas.

—Por favor, Blanche, no hablemos de castigos. Pero responde a mi pregunta.

Ella lo miró con expresión sumisa.

—Como sabes, tengo cierto interés en la familia Joubert.

—Lo sé —respondió él con cautela.

Blanche sonrió.

—Baste decir que, movida por mis intereses, cuando partí de Toulouse me dirigí a Carcasona.

—¿Y bien?

—Estaba ansiosa por conocer a Minou Joubert e invitarla aquí, a Puivert. Para conseguirlo, me traje conmigo a su hermana pequeña, Alis.

La expresión de Vidal se congeló.

—Ya veo.

—La niña estaba sola en la Cité, al cuidado de una criada del todo ineficiente. Pensé que sería más feliz aquí.

—¿Te vio alguien?

—Tuve mucho cuidado —respondió Blanche, intentando imprimir en su tono tanto arrepentimiento como permitía su voz—. Usé el carruaje del obispo de Toulouse, que con tanta amabilidad me prestó su ilustrísima.

—¿Te das cuenta de lo que has hecho? Has sacado a una niña de su casa contra su voluntad.

—Vino de forma voluntaria, aunque debo admitir que bajo premisas falsas. Solo empezó a ponerse rebelde cuando comprendió que Minou no la estaba esperando en Puivert.

—¿Dónde está ahora?

—En el edificio principal, ¿dónde si no? No soy ningún monstruo. La acompaña un ama, aunque ya debería haberla despedido. Bebe más de la cuenta y permite que la niña vague por el castillo sin nadie que la vigile.

Blanche dudó un instante al recordar que le debía la vida a Alis. Tampoco se lo había contado a Vidal. ¡Tanta sangre! Las voces en su mente le habían advertido que no lo hiciera, pero en ese momento guardaban silencio.

—Me sorprende que hayas corrido un riesgo tan grande —le dijo él.

—No he corrido ningún riesgo. En Carcasona no me vio nadie. Me aseguré de que así fuera. En cuanto llegué a Puivert, le envié una carta a Minou Joubert, en Toulouse; pero no me ha respondido. Aquí nadie sabe cómo se llama la niña, ni quién es.

—¿Has pensado que es posible que tu carta no llegara a su destino?

—La envié en abril, mucho antes de que empezaran los disturbios.

—¿Disturbios, dices? ¡Ha habido miles de muertos!

Blanche intentó ponerle la mano en el hombro, pero Vidal se apartó.

—*Deus vult.* Dios lo ha querido. ¿No era ese el grito de los cruzados cuando intentaban recuperar Tierra Santa de manos del infiel? Solamente estoy cumpliendo su voluntad.

—¿Cuánto tiempo lleva aquí la niña? —preguntó el sacerdote con severidad.

Blanche retrocedió, incapaz de interpretar el tono de Vidal.

—No me levantes la voz.

—¡Contéstame! ¿Cuánto tiempo lleva aquí la niña?

—Varias semanas —dijo ella, intentando mantener la calma—. Reconozco que se está haciendo más largo de lo que imaginaba. He puesto soldados a patrullar los pueblos vecinos, hasta Chalabre, en busca de forasteros. Y aquí en Puivert tengo varios informantes a sueldo. Cuando la chica venga, lo sabré. —Lo miró fijamente con sus flamígeros ojos negros—. Minou Joubert vendrá a buscar a su hermana. De eso estoy segura.

El aire pareció chispear entre ellos. Las llamas de los cirios proyectaban sombras alargadas que danzaban sobre el techo abovedado y arrancaban destellos al crucifijo de plata que ocupaba el centro del altar.

De repente, Vidal avanzó hacia Blanche, que a su pesar se llevó una mano al vientre y retrocedió unos pasos. Pero enseguida sintió la mano de él en su nuca y su boca ávida sobre los labios.

—Eres maravillosa —dijo el clérigo, separándose de ella—. Si Minou Joubert sigue con vida, vendrá a Puivert y traerá el sudario. Reydon la seguirá y esta vez no habrá errores. Mientras tanto, yo hablaré con la niña. Puede que tenga algo más que decirnos.

—Entonces ¿estás satisfecho con mi proceder, mi señor? ¿No me impondrás ninguna penitencia?

—Ninguna —murmuró él, apartándole la camisa de los hombros—. Nos absolveremos mutuamente de nuestros pecados.

61

Chalabre

Minou se despertó antes del alba y, por un instante, no supo dónde se encontraba. Pero enseguida tendió una mano y encontró a Piet, que dormía en su humilde y casto lecho de paja, y entonces recordó.

Llevaban viajando tres días con sus correspondientes noches. Dejaban descansar a los caballos cuando podían. A veces hacían parte del camino con otros refugiados y otras veces continuaban solos. Después del primer día, al notar las miradas suspicaces, Minou se había atado un trozo de cordel al dedo anular y había comenzado a presentar a Piet como su marido. Eran demasiado diferentes para parecer hermanos.

El establo donde se encontraban, en las afueras de Chalabre, a orillas del río Blau, era el lugar más confortable en que habían dormido hasta ese momento. Piet había convencido al granjero para que los dejara dormir una noche. El hombre no había hecho preguntas, ni ellos le habían dado explicaciones, pero había enviado a su hija Jeannette a darles leche fresca, pan y un poco de jamón salado. La muchacha, una chica guapa y regordeta, se había encontrado muy a gusto en su compañía. Mientras comían, les habló de su inminente matrimonio con un soldado que servía en el pueblo vecino de Puivert y les contó que un prisionero le estaba enseñando a Guilhem, su prometido, a escribir en francés, para que así pudiera tomar las riendas del negocio familiar.

Mientras la escuchaba, Minou no había dejado de preguntarse si ese prisionero que estaba enseñando el abecé a Guilhem no sería su padre. En la segunda de las cartas que madame Montfort le había ocultado, su padre le comentaba que pensaba viajar a Puivert. Y la joven recordaba cuántos soldados de la guarnición, entre ellos el buen Bérenger, habían acudido con regularidad a su casa para aprender a leer y a escribir. No quería dejarse llevar por la imaginación, pero en el corazón sentía un destello de esperanza.

Con la ayuda de Dios, muy pronto sabría si sus esperanzas eran fundadas.

Con cuidado para no despertar a Piet, salió sigilosamente del establo y bajó hasta el río. Se lavó la cara con el agua fría y bebió un poco que recogió en el hueco de las manos. A lo lejos, se oía el balido de las cabras y los cencerros que tintineaban en la serenidad del alba. Cientos de florecillas amarillas, blancas y rosadas coloreaban la ladera y, con cada inspiración, Minou percibía en el aire el perfume del ajo silvestre. Era el paisaje más hermoso que había visto en su vida y por un instante la hizo olvidar el motivo de su viaje.

Puivert

Las campanas de la iglesia estaban dando las diez.

—Te aseguro, tía, que es *Canigou*, la yegua de mi padre —repitió Aimeric—. La reconocería en cualquier sitio. Tiene una calva en la cruz, por un accidente que sufrió cuando era potrilla. —Señaló con el dedo—. Aquí, ¿lo ves? Y pelos grises alrededor de la boca, como una viejecita.

La yegua estaba atada en un prado comunal en los límites del pueblo, más allá de la iglesia, junto a una casa baja de paredes encaladas. Dos bueyes y un pequeño rebaño de cabras encerradas en un improvisado corral de madera compartían con ella el terreno.

Madame Boussay miró al chico.

—¿Estás seguro, sobrino?

—Del todo —respondió Aimeric—. Es la única montura que ha tenido mi padre en toda su vida.

—Bueno, entonces ayúdame a bajar.

Mientras le ofrecía la mano, el muchacho se maravilló una vez más del gran cambio que se había producido en su parlanchina tía.

Cuando se habían separado de Minou, en el puente cubierto de Toulouse, Aimeric había contemplado con horror la perspectiva de tener que ocuparse de madame Boussay. En Pech David, mientras esperaban en vano a que Minou se reuniera con ellos, su tía había estado desconcertada y confusa. Lloraba, suplicaba que la llevaran de vuelta a su casa, comentaba con horror que su marido iría a buscarla y gemía preguntando por su hermana muerta.

Había sido muy difícil convencerla para que se subiera al carruaje tirado por dos caballos que Piet había reservado para ellos, pero en cuanto pusieron rumbo al Lauragués y se encontraron en campo abierto, al sureste de Toulouse, la tía se había convertido en otra persona. Como una avecilla enjaulada que de pronto se encontrara en libertad, madame Boussay había actuado al principio con cautela, pero enseguida la curiosidad había ganado la partida. Y la luz había vuelto a sus ojos.

La segunda noche llegaron a Mirepoix y encontraron una cómoda posada, que pagaron con el dinero que Minou le había dado a Aimeric. Se quedaron allí varios días, para dar tiempo a que sanaran las heridas y contusiones de la tía. A la tercera mañana, madame Boussay se despertó antes que el muchacho, y a partir de entonces se mostró divertida e ingeniosa. Incluso se avino a aprender el truco del cuchillo que Piet le había enseñado a Aimeric. Cuando volvieron a ponerse en marcha, el chico comenzaba a disfrutar de la compañía de su tía, aunque jamás lo habría admitido.

—En ese caso, sobrino —dijo madame Boussay—, tenemos que averiguar cómo se ha adueñado este campesino de la yegua de tu padre.

Recorrieron el sendero y llamaron a la puerta de la casa más próxima a las tierras comunales. Como no les abrió nadie, madame Boussay probó suerte en la casa vecina, cuya puerta golpeó con fuerza.

—¿Se puede saber cómo se llama? —preguntó cuando un hombre le abrió.

El hombre se quedó tan atónito al encontrar una señora tan elegante y bien vestida a la puerta de su casa, a las diez de la mañana, que le dijo su nombre de inmediato, sin poner objeciones.

—Achille Lizier, *madama*.

—Buenos días, Lizier. Este es mi sobrino, Aimeric Joubert. Y ahora quiero que me explique por qué motivo está en posesión de una yegua que pertenece a mi cuñado.

—*Lo caval? Canigou?*

—Te lo he dicho —comentó Aimeric.

—El caballo, sí —replicó madame Boussay—. Es de mi cuñado.

—¿Joubert? —preguntó otra voz desde el interior de la casa. Un joven en uniforme de guardia apareció en el umbral. Su parecido con el viejo Lizier era evidente—. ¿Joubert, ha dicho?

—¿Y tú quién eres?

—Perdone, *madama*. Es mi sobrino Guilhem. Está de servicio en la guarnición del castillo, contra mi voluntad y a pesar de todos mis consejos.

—¡Tío! —murmuró Guilhem.

Madame Boussay no prestó atención a la interrupción.

—¿Reconoces el nombre Joubert, muchacho? ¿Dónde lo has oído?

—Se parece mucho a la pequeña —comentó Guilhem, señalando a Aimeric.

—¿A quién dices que me parezco?

—La señora no ha venido a escuchar tus chismorreos, sobrino —intervino Lizier—. Pregunta por la yegua. Le juro, *madama*, que llegó a mis manos honestamente. Hace unas semanas, poco antes de que comenzara a notarse la primavera, vino un hombre preguntando por la comadrona.

—¿La comadrona? —repitió madame Boussay desconcertada.

—La vieja Anne Gabignaud. La mataron hace unas semanas. A lo que voy es a que el caballero me pidió que cuidara a su yegua unos días. No me dijo adónde iba, ni cuándo pensaba volver. Eso fue hace seis semanas y no he vuelto a tener noticias suyas. La vieja yegua parece echarlo de menos.

—No me lo habías contado —dijo Guilhem.

—¿Y cuándo quieres que te lo cuente, sobrino? Nunca estás en casa.

—No puedo ir y venir a voluntad, tío. Ya lo sabes.

Aimeric dio un paso al frente.

—¿A quién decías que me parezco?

Guilhem señaló con la cabeza el castillo.

—A la niña que está allá arriba. Tiene un montón de rizos negros, igual que tú.

—¿De unos siete años y así de alta?

—Yo diría que un poco más alta, pero solo la he visto de lejos. Tienes el pelo idéntico, eso sí. El boticario la vio cuando lo llamaron para atender a la señora la semana pasada.

—Eso no me lo habías contado tú a mí —lo interrumpió Lizier—, así que estamos en paz.

—Lizier, por favor —intervino madame Boussay—, deja terminar a Guilhem.

—Dice Cordier que la niña le salvó la vida a la señora, pero nadie le ha dado las gracias.

—¿Cordier? —exclamó Aimeric—. Así es como madame Noubel...

—Lo que pretendo decir —prosiguió Guilhem con determinación— es que la niña le ha dicho su nombre al boticario. Y ha sido él quien me ha contado que se llama Joubert, Alis Joubert. Y que es muy animada y despierta. Trató de convencerlo para que la sacara del castillo.

—¡Es ella! —dijo Aimeric, volviéndose para mirar a su tía—. ¡Alis está aquí!

—Démonos prisa, sobrino —murmuró la mujer, y enseguida volvió a dirigirse al viejo—. Lizier, aunque no me gustaría abusar de su paciencia, ni tampoco de la tuya, Guilhem, les voy a pedir que continuemos esta conversación en privado. Creo que tenemos mucho de que hablar.

Chalabre

—¡Minou, despierta!

La muchacha sintió en el hombro la presión de una mano. Lo último que recordaba era haber regresado del río y haber encontrado a Piet todavía dormido. Después se había acostado otra vez a su lado, para descansar solo un poco más.

—¿Qué hora es? —preguntó, sentándose bruscamente.

—Pasadas las doce del mediodía. Estabas tan agotada que no he querido despertarte.

—¡Oh, no! —exclamó Minou—. Tendríamos que habernos ido con las primeras luces del alba. ¡Lo prometimos!

—No te preocupes. Jeannette sabe que seguimos aquí. A su padre le parece bien. Han venido un par de soldados y los ha despachado enseguida.

—Aun así, me habría gustado salir más temprano.

—Es mejor esperar. Jeannette dice que el castillo está en el punto más alto de la comarca y que domina todo el valle, como era de esperar. A su alrededor, todo es terreno abierto. Solo hay bosques al norte. Si queremos acercarnos sin que nos vean, tendremos que esperar a que anochezca.

—¿Sin que nos vean? ¡Pero si tengo una invitación para ir a Puivert! Nadie nos impedirá que entremos.

—¿A eso le llamas «invitación»? —preguntó Piet con una carcajada—. Precisamente porque has recibido esa carta tenemos que planear nuestra entrada en el castillo sin ser vistos.

Minou negó con la cabeza.

—Tengo que encontrar a Alis. ¡No puedo esperar!

Piet le puso las manos sobre los hombros.

—Se diría que esperas de Blanche de Bruyère una conducta honorable. Crees que si te presentas ante ella te entregará a Alis y las dejará ir a las dos. Pero ¿por qué iba a hacerlo, Minou? Una mujer que secuestra a una niña y la mantiene como rehén no tiene honor. No puedes confiar en su palabra. Si entras en el castillo sin ninguna protección, ¿qué garantía tienes de que no te encerrará a ti también? ¿O algo mucho peor? Tenemos que encontrar la manera de sacar a Alis de allí antes de que Blanche descubra que estamos en Puivert.

—No soy ninguna tonta —respondió Minou, separándose de sus brazos—. Ya sé que es peligroso, pero no puedo arriesgarme a que Alis sufra ningún daño. Si me ofrezco a cambio de mi hermana, es probable que Blanche la deje en libertad. Me quiere a mí y a nadie más.

—Te ruego que lo reconsideres, Minou.

—Tengo que intentarlo.

—Al menos escúchame. Iremos directamente a Puivert. Jeannette dice que los habitantes del pueblo odian a la señora del castillo, lo mismo que al difunto señor, por lo que quizá encontremos gente dispuesta a ayudarnos. Pero debemos proceder con mucha cautela. Sus soldados patrullan regularmente sus tierras en busca de herejes y furtivos, y son conocidos por su crueldad.

—Pero ¿qué ganaríamos con...?

—Jeannette dice que su prometido, Guilhem, podría ayudarnos. Todo depende de los soldados que estén de guardia en el castillo. El muchacho forma parte de la guarnición y dice que algunos de sus compañeros son más fieles a la señora que otros. Pero, antes de nada, haré un reconocimiento del castillo, para ver dónde tienen prisionera a Alis.

Minou apoyó un dedo en sus labios.

—Piet, por favor. Todo eso que dices está muy bien, pero no tengo elección. La idea de Alis sola, sin nadie que vele por ella, me atormenta. No dejo de pensar que quizá no tiene su medicina y que tal vez las condiciones de su encierro son horrorosas. Pero lo peor de todo es que pueda pensar que la he abandonado.

—Nunca pensaría algo así.

—No me preocupa lo que pueda pasarme a mí mientras Alis esté a salvo.

Piet suspiró, resignado.

—Pero ¿dónde quedo yo en todo esto, Minou? A mí me preocupa lo que pueda pasarte. ¿Eso no cuenta para nada?

Minou le puso una mano en la mejilla.

—Claro que cuenta, pero Alis es una niña. Me necesita.

—Yo también te necesito.

Consciente de que se estaba sonrojando, Piet se apartó bruscamente de ella.

—Lo siento. Por favor, entiéndeme.

Piet abrió las puertas del establo, como buscando consuelo en el mundo exterior, y a continuación se volvió hacia ella.

—Minou... —empezó a decir.

—Ven. Siéntate a mi lado.

—No puedo. Perdería el coraje para hablar.

El corazón le dio un vuelco a Minou. ¿Por qué lo notaba tan nervioso?

—¿Coraje? ¿Qué quieres decir? Por favor, Piet. Vuelve aquí dentro. Podrían verte.

—No me importa. —Suspiró—. Habría preferido cortejarte como un auténtico pretendiente. La verdad es que estaba esperando un momento más propicio.

La joven frunció el ceño.

—Estás hablando en acertijos. ¿Un momento más propicio para qué? No entiendo lo que quieres decirme.

—Perdóname. Lo que pretendo decir es... —Dejó ir el resto de la frase como un escolar que se hubiera aprendido la lección de memoria—: Quiero que seas mi esposa.

Minou contuvo el aliento.

—¿Me estás pidiendo que me case contigo?

—Solo... si estás de acuerdo —tartamudeó—. Se lo pediré a tu padre cuando esto haya terminado y estemos todos bien y a salvo, con la ayuda de Dios. Puede que no le haga muy feliz, porque no tengo mucho que ofrecer. Todo lo que poseía quedó destruido durante los combates en Toulouse, pero... —Piet volvió a interrumpirse, tan pálido como antes había estado ruborizado—. Todo esto lo haré, claro está, si tú estás de acuerdo. ¿Lo estás? ¿Me aceptas como marido, amor mío?

La pregunta era tan innecesaria que Minou estuvo a punto de echarse a reír.

—¿Acaso lo dudas?

La expresión de agonía empezó a desdibujarse del rostro de Piet.

—¿Quieres?

—Sí.

—¿Aceptas ser mi...?

—La respuesta es sí, *mon coeur*. Por supuesto que sí.

Entonces Minou pudo ver una sucesión de emociones intensas —alegría, deseo, esperanza y amor— iluminando el rostro de Piet. Después sintió que él la estrechaba entre sus brazos con una fuerza quizá excesiva y, en cuanto la soltó, los dos se echaron a reír. La expresión de cada uno era un reflejo de la del otro.

Eran dos caras de la misma moneda.

—Te doy mi palabra, *lieverd*, amor mío —dijo él, tocando el trozo de cordel que Minou llevaba atado en el dedo anular—, de que cuando pronunciemos nuestros votos delante del altar tendré preparado un anillo digno de ti.

—No me importan las joyas. No significan nada para mí.

—Y cuando le haya pedido tu mano a tu padre y él, con la ayuda de Dios, me la haya concedido, podremos vivir en Carcasona o quizá en Toulouse, o donde tú quieras. Alis y Aimeric pueden venir a vivir con nosotros. Y también tu padre, si así lo deseas. —Dudó un momento—. Por todo lo que me has contado, no creo que se oponga a tener un yerno hugonote.

Ella lo miró a los ojos.

—O incluso una hija.

—¿Qué quieres decir? —preguntó Piet con cautela.

Minou se echó a reír, animada por algo que no sabía que iba a expresar hasta que las palabras salieron de sus labios.

—No lo sé, pero... Mis padres me han educado en el respeto de todos los que han elegido un camino diferente del nuestro para llegar a Dios. Después de lo que he visto en Toulouse, no estoy segura de poder continuar al lado de quienes creen que es posible hallar a Dios a golpe de espada.

—En ambos bandos ha habido crueldad y atrocidades —le advirtió Piet.

—Lo sé. Aun así, ¿no sería maravilloso rezar en francés?

Piet se apartó de ella.

—Jamás te pediría que renunciaras a tu fe. Ya nos arreglaremos.

En las raras ocasiones en que Minou había imaginado su boda, había dado por sentado que se celebraría en su parroquia de la Cité. Nada solemne, ni importante. Pero ahora no sabía qué pensar. Ni siquiera había entrado nunca en un templo hugonote.

Entonces oyó los cencerros de las cabras en la ladera y los caballos que piafaban inquietos, y sus fantasías de boda pasaron a un segundo plano.

—Tenemos muchas horas de camino por delante —dijo, tendiéndole la mano a Piet.

Recogieron sus cosas en silencio, ensillaron los caballos y emprendieron el camino hacia el sur de Chalabre.

—¿Te parece bien mi plan? —preguntó Piet—. ¿Vamos al pueblo de Puivert antes que al castillo?

—Le encuentro mucho sentido a lo que propones, porque quizá podríamos averiguar alguna cosa sobre mi padre y Alis, pero... —Su voz se quebró y tuvo que hacer una profunda inspiración—. Pero temo que nos vean y que la noticia de nuestra presencia llegue rápidamente a Blanche de Bruyère. Entonces perderíamos toda oportunidad de acercarnos al castillo sin ser vistos.

—¿Sigues decidida a ir directamente al castillo? —preguntó Piet.

—A los bosques que hay al norte del castillo, donde podremos esperar hasta el anochecer —respondió ella—. Desde allí, estoy segura de que veremos con claridad la mejor manera de proceder.

Sonrió para tranquilizarlo, pero sentía como si una banda de hierro le constriñera las costillas.

62

Pueblo de Puivert

—Lizier —dijo madame Boussay, con una leve inclinación de cortesía—, mi sobrino y yo le estamos muy agradecidos por el tiempo que nos ha dedicado.

Aimeric permanecía a su lado, impresionado por la facilidad con que su tía había establecido una relación de confianza con el viejo y su sobrino. Aun así, tenía los nervios alterados. No solo habían descubierto que Alis seguía viva, sino que además todo parecía indicar que también habían averiguado el paradero de su padre. Guilhem solamente sabía el nombre de pila del prisionero: Bernard. Pero ¿quién más podía ser?

Le habría encantado que Minou llegara en ese momento, porque se habría sentido muy orgullosa de él.

El chico desechó el sombrío pensamiento de que quizá su hermana no podría felicitarlo nunca, que tal vez habría muerto con Piet durante la batalla de Toulouse.

—Le ruego que acepte este pequeño reconocimiento —estaba diciendo su tía mientras depositaba una moneda en la mano de Lizier—, al menos como pago por haber cuidado del caballo de mi cuñado.

—Es muy generosa, *madama*.

—También apreciaremos mucho su discreción.

—Por supuesto. Me alegro de haberle sido de utilidad.

—No olvidaré su ayuda. Y ahora debemos despedirnos. Tenemos cosas que hacer. Estoy segura de que todo ha sido un gran malentendido. Quizá Bernard se ha sentido indispuesto mientras visitaba el castillo y ha decidido quedarse hasta su completa recuperación.

Aimeric hizo una mueca.

—¿En las mazmorras, tía?

La mujer no lo escuchó.

—Tal vez él mismo ha pedido que le lleven a la pequeña Alis para que le haga compañía durante su enfermedad.

—Sí, seguramente —dijo Achille Lizier, con un gesto de manifiesto escepticismo.

—De hecho —prosiguió madame Boussay—, también podría ser que el boticario... ¿Paul Cordier has dicho que se llama? Podría ser que haya malinterpretado la situación. ¿Dices, Guilhem, que solo vio fugazmente a la niña?

El muchacho asintió.

—Así es.

—Pero...

Madame Boussay se volvió hacia Aimeric.

—¿Sí, sobrino?

El chico se encogió de hombros.

—Nada, tía.

—Muy bien, entonces.

—Madame Boussay —comenzó Guilhem, hablándole directamente a la mujer por primera vez—, tengo que volver al castillo al anochecer. Lo digo por si la puedo ayudar de alguna manera.

Ella ladeó un poco la cabeza.

—¿Al castillo, dices?

—¿Seguro que no quieren beber nada antes de irse? —intervino Achille Lizier, molesto por la atención que estaba recibiendo su sobrino.

Por primera vez, la compostura de madame Boussay se resquebrajó y Aimeric no pudo menos que sonreír. La casita de los Lizier era oscura y cochambrosa, y revelaba claramente la ausencia de una mano femenina. El chico ni siquiera podía imaginar que su tía aceptara un vaso de vino de las manos sucias de Lizier.

—Es muy amable, pero no. ¿Está seguro de que no le importa cuidar un tiempo más a *Canigou*?

—Será un honor para mí —respondió el viejo, con una extraña reverencia.

Madame Boussay sonrió.

—Como último favor, Lizier, ¿podría prescindir unos minutos de su sobrino y dejar que nos acompañe hasta nuestro carruaje? Como no he sido bendecida con un hijo propio, aunque, desde luego, mi sobrino Aimeric es un gran consuelo para mí, estoy muy interesada en saber cómo vive un joven soldado en un lugar como Puivert.

A Lizier se le hinchió el pecho de orgullo.

—Por supuesto, por supuesto. ¡Guilhem, ya has oído a la señora! Acompaña a madame Boussay a su carruaje.

Castillo de Puivert

—Y espero que hoy no hagas ninguna de tus maldades —dijo el ama en tono amenazante—, porque de lo contrario probarás mi vara, ¿me has oído?

En el instante en que Alis oyó el giro de la llave que cerraba la puerta, volvió de un salto a la cama y ahuecó la almohada bajo las mantas, para que pareciera que aún seguía acostada, durmiendo. El truco no era suficiente para engañar a nadie durante mucho tiempo, pero podía retrasar un poco el descubrimiento de su desaparición.

Se quitó los calcetines y los escondió bajo el colchón, porque una vez Aimeric le había dicho que los pies descalzos tenían más agarre para trepar. Después se remetió la falda por dentro de la ropa interior y se encaramó al alféizar. A la luz del día, la caída parecía mucho más espeluznante.

Se sentó con las piernas por fuera de la ventana e intentó armarse de coraje para continuar. Poco a poco, se fue acercando al borde, tratando de no imaginar lo que pasaría si resbalaba y caía. Cuando estaba a punto de dejarse ir, las cosas se torcieron. La puerta se abrió y entró el ama.

—Se me ha olvidado...

Entonces la mujer descubrió a Alis en equilibrio al borde de la ventana, y dejando escapar un alarido atravesó corriendo la habitación. La niña sintió un dolor agudo en el cuero cabelludo cuando la mujer la agarró del pelo y tiró para levantarla. Después se oyeron pasos que subían precipitadamente la escalera y de repente la habitación se llenó de gente cuando un sacerdote, su criado y Blanche de Bruyère irrumpieron por la puerta.

—¿Cuántas veces tengo que decirte que no dejes sola a la mocosa?

—Perdóneme, señora. Yo...

—¡Silencio! —gritó Blanche—. Ya decidiré más tarde qué hacer contigo.

Alis intentó escabullirse fuera de la habitación, pero el criado la agarró por la cintura y la sentó con brusquedad en una silla.

Blanche fue hacia ella.

—Has tenido la oportunidad de recibir un trato cordial, pero ahora te quedarás aquí hasta que venga tu hermana. ¡Átenle las manos!

—¡No!

El criado le hizo pasar los brazos a Alis entre las traviesas del respaldo y le ató las muñecas. La niña se mordió los labios hasta que le supieron a sangre, porque estaba resuelta a no llorar.

—¡Minou vendrá a buscarme! —gritó en tono desafiante, pero agachó la cabeza cuando el criado le levantó la mano.

—Déjala —ordenó el sacerdote.

Alis lo miró. Hábito rojo. Alto. Aunque tenía puesta la birreta, la niña distinguió un mechón blanco entre el pelo negro.

Lo había visto antes. Pero ¿dónde? Rebuscó en su memoria, como si se tratara de una sucesión de salas repletas de imágenes, hasta que por fin lo encontró. Había sido en una fría noche de febrero, en la Cité. Ella estaba asomada a la puerta, por si veía aparecer a Minou entre la niebla nocturna. Su hermana estaba tardando mucho en volver de la librería y Alis estaba preocupada. Ese mismo sacerdote había pasado delante de la casa, en dirección a la rue Notre-Dame, y había entrado en el huerto de los Fournier.

La casa de los Fournier era la misma donde Aimeric había encontrado al hombre acusado de asesinato y donde había visto manchas de sangre en las paredes. Su hermano se lo había contado todo. Alis se estremeció, aterrorizada por primera vez desde su llegada a Puivert.

Como si lo hubiera notado, el sacerdote dio un paso hacia ella. Estaba tan cerca que la niña podía oler el aceite que usaba para el pelo y el tenue perfume a incienso que desprendía su ropa.

El hombre se inclinó y le apoyó una mano en el hombro derecho, con el pulgar y el índice ejerciendo una incómoda presión sobre la articulación.

—Si me dices la verdad, nadie sufrirá ningún daño. Pero si me mientes, Dios lo sabrá y, puesto que soy un sacerdote, también yo lo sabré. Mentir es un pecado y los pecadores han de ser castigados, ¿entiendes?

Alis no podía hablar. El aire lo escocía como si tuviera agujas en la garganta.

—¿Lo has entendido? —insistió Blanche—. Responde.

La niña asintió.

—Dime —dijo el sacerdote—, ¿te ha dicho tu hermana qué pasará cuando sea rica? ¿Te ha dicho qué piensa hacer cuando reciba su herencia? ¿Te ha prometido un poni o tal vez un vestido nuevo?

—No sé de qué me está hablando, monsieur.

—¿O ropa para tu padre? ¿O un carruaje?

—Mis tíos son muy ricos, pero nosotros no tenemos nada.

Alis notó que el clérigo le lanzaba una mirada a la señora.

—Muy bien. Háblame del amigo de tu hermana, ese monsieur Reydon. ¿Has oído hablar de él? ¿Sabes quién es Piet Reydon?

La niña negó con la cabeza.

—No sé de quién me habla.

—Cuando lo atrapemos, lo mandaremos a la horca, y a tu hermano con él. ¿Lo entiendes?

—¡No! —gritó Alis, debatiéndose para soltarse.

—Nadie está enfadado contigo todavía, Alis. Si nos dices lo que sabes, nadie te hará daño.

La niña intentó no revelar nada. De hecho, Aimeric solía reírse de ella porque decía que siempre se le notaba cuando mentía. Trató de pensar en otras cosas: en su gatita atigrada y en las nutrias del río, apacibles criaturas que nunca le hacían daño a nadie. Pero el sacerdote le estaba apretando la cara con los dedos y se le estaban llenando los ojos de lágrimas.

—¿Conoces a ese Reydon?

No tuvo más remedio que decir la verdad. Minou le había dicho cómo se llamaba el hombre que había conocido en la calle, el mismo que le había pedido ayuda a Aimeric.

—Sí —respondió.

—¿Lo ves? Así está mejor. Dios quiere mucho a las niñas que dicen la verdad. ¿Está Reydon con tu hermana?

—¿Por qué iba a estar con Minou?

—¿Dónde crees que están? ¿Se habrá olvidado tu hermana de ti?

—Mi hermana me quiere —respondió Alis con un hilo de voz.

—Entonces quizá es el momento de que se lo recuerdes —dijo el clérigo, chasqueando los dedos—. ¡Bonal, ve a buscar papel y pluma! ¿Sabes escribir, Alis?

La niña estuvo a punto de mentir, pero entonces vio al ama con el rabillo del ojo y se dijo que la castigarían. El ama la había visto escribir en varias ocasiones. Asintió una vez más.

—Muy bien. Te diré lo que debes escribir. Pero mientras esperamos a que vuelva Bonal, ¿qué te parece si probamos otra vez con mis preguntas? Quizá ahora contestes mejor que antes.

—No sé nada.

—¿Te ha dicho algo tu hermana de un testamento? ¿Sabes qué es un testamento?

—Es cuando dices a quién le dejarás tus pertenencias el día que mueras.

—Eres una niña muy lista. Ahora piensa muy bien antes de responder. ¿Te ha dicho Minou en qué lugar ha escondido el testamento? ¿Sabes dónde podemos encontrarlo?

—Yo no sé nada de eso.

Alis se sentía atrapada en el interior de una pesadilla. No sabía de qué le estaba hablando el sacerdote, que sin embargo no dejaba de hacerle la misma pregunta.

¿Por qué no le creía?

—¿Dónde escondió Minou el testamento? —insistió Vidal, con voz dulce y persuasiva—. ¿Te lo enseñó? ¿O lo lleva siempre encima, por seguridad? No te pasará nada malo si nos dices la verdad.

—Por favor, créame. No sé nada de ningún testamento. De veras.

—¿Te ha prometido que te comprará cosas bonitas cuando sea rica? ¿Por eso ha ido a Toulouse? Piénsalo muy bien antes de contestar, Alis. Dios quiere que digamos siempre la verdad, y Él lo ve todo. Si mientes, lo sabrá.

Pueblo de Puivert

—¿No me reconoces, Paul? —volvió a preguntar madame Noubel.

Se había quedado consternada al ver las calzas manchadas de su primo y el jubón deshilachado, con los broches descosidos y a punto de caer. El hombre desprendía un olor intenso a vino rancio, como si llevara muchos días sin asearse. Al lado de madame Noubel, Bérenger parecía claramente incómodo por el estado en que habían encontrado a su pariente.

—Cécile Noubel —repitió ella—, antes Cordier. Hace mucho tiempo estuve casada con tu primo Arnaud. Tienes que acordarte.

El boticario se balanceó en inestable equilibrio, mirándola con los ojos enturbiados por la bebida.

—¿Cécile? —acertó a decir—. Te fuiste. Te marchaste a Carcasona.

Madame Noubel miró de soslayo a Bérenger.

—Así es. Me marché cuando Arnaud falleció. —Dio otro paso al frente—. Hemos venido en busca de cierta información sobre el pueblo, Paul. Esperaba que pudieras ayudarme.

—¿Yo? ¡Yo no sé nada! Es mejor no saber nada. No puedo ayudarte.

Madame Noubel contempló el resto de la casa con expresión dubitativa. Las contraventanas no cerraban bien y faltaban tejas en el techo.

—Te ha ido bien en la vida —dijo—. Eres boticario y tienes casa propia.

Su primer marido, Arnaud Cordier, era mucho mayor que ella, unos veinte años, y tenía muy mala salud. Cécile había pasado la mayor parte de su vida de casada ejerciendo de enfermera y no de esposa. La familia Cordier era numerosa, con muchos primos, primos segundos y parientes políticos, pero ella recordaba bien a Paul, que de joven tenía pocos amigos por su fama de contar mentiras y revelar secretos ajenos. Madame Noubel sabía que podía persuadirlo para que hablara.

—¿Qué te preocupa? —le preguntó en tono amable.

—Nada —masculló él, tratando de cerrar la puerta—. ¿Por qué me atosigas? No es asunto tuyo. Te fuiste de Puivert. Nos dejaste. Ya no vives aquí y no tienes derecho a juzgarnos. No sabes cómo es esto.

La curiosidad de Cécile iba en aumento. ¿Por qué tenía tanto miedo? ¿Por qué estaba borracho a esa hora de la mañana? ¿Sería habitual en él, o algún infortunio en particular lo había impulsado a buscar consuelo en el alcohol?

—No he venido a causar ningún problema. —Intentó calmarlo.

—¡Déjame en paz! Un hombre tiene que cuidar de sí mismo. ¿Qué querías que hiciera?

—Tranquilícese, *sénher* —intervino Bérenger, interponiéndose entre los dos.

A lo largo del agotador trayecto de Carcasona a Puivert, madame Noubel había agradecido en varias ocasiones la sólida presencia del soldado, pero allí no era necesario.

Le puso una mano sobre el hombro.

—No hace falta, Bérenger —le dijo con calma—. Paul y yo somos familia. Escúchame, primo, estamos buscando a una criatura, una niña de siete años llamada Alis. Tenemos razones para creer que la trajeron a Puivert hace varias semanas. Es posible que su padre también esté en algún lugar de los alrededores. Debió de llegar en torno a la Pascua. ¿Has oído algo al respecto? ¿Sabes si hay forasteros en el pueblo? ¿O en el castillo?

Por la palidez y el violento temblor de las manos del hombre, y la manera en que echó un vistazo a la colina y después desvió la vista, madame Noubel supo que le ocultaba algo.

—¿Puedo pasar? —le preguntó, y antes de que el boticario tuviera ocasión de detenerla, dio unos pasos hacia delante y entró en la casa—. Primero hablaremos de los viejos tiempos, primo. Después me contarás todo lo que sabes.

63

—¡Bérenger! —exclamó Aimeric con deleite.

Con su tía y Guilhem Lizier mirándolo asombrados a sus espaldas, corrió a lo largo de la calle, hasta donde su antiguo adversario montaba guardia delante de una casa en el extremo opuesto del pueblo.

—¡Despacio, muchacho! ¡Me tirarás al suelo!

—¡Bérenger, no puedo creer que seas tú! ¿Qué haces aquí? ¿Por qué has venido?

—Podría preguntarte lo mismo a ti —replicó Bérenger con voz ronca, incómodo por el afectuoso saludo—. Lo último que supe es que estabas en Toulouse, haciendo de las tuyas, seguramente. —El soldado levantó la vista hacia la calle—. ¿Está contigo *madomaisèla* Minou?

La expresión de Aimeric se ensombreció.

—Tuvimos que separarnos cuando intentábamos salir de la ciudad antes de que empezaran los combates, y Piet... —Se interrumpió de pronto, al recordar la época en que Bérenger persiguió a Piet por las calles de la Cité creyendo que era el asesino de Michel Cazès—. Detuvieron nuestro carruaje en el puesto de control del puente, en Toulouse —dijo en tono pesaroso—. Minou volvió corriendo a la ciudad para distraer a los soldados y alejarlos de nosotros. No sé qué pasó después. —Bajó la vista y tragó saliva—. Hemos acordado reunirnos aquí.

—Pero veo que llevas puesta la capa de tu hermana —dijo Bérenger, señalando la prenda verde de lana—. Has crecido tanto que ya no te sirve tu antiguo abrigo, ¿eh?

Aimeric se sonrojó.

—Me ha pedido que se la cuide, nada más. Pero dime la verdad, Bérenger, ¿qué haces en Puivert? No creo que la autoridad del senescal llegue hasta este pueblo.

—De hecho, sí que llega hasta aquí, en cierto modo. Nos hallamos dentro de los límites del Aude.

—¿Está aquí toda la guarnición?

—No. —Bérenger levantó una mano—. Verás, yo no puedo decirte nada. Espera un poco hasta que salga madame Noubel. No creo que tarde mucho.

—¿También está aquí?

—Madame Noubel tiene familia en Puivert. Un primo de su difunto marido. Del primero, no del segundo. Pero el tal Cordier ha resultado ser un triste personaje, aunque se supone que es una persona muy educada.

Aimeric no pudo ocultar su sorpresa, pues recordaba la conversación de Achille Lizier con su tía.

—¿Es esta la casa de Paul Cordier?

Bérenger frunció el ceño.

—¿Lo conoces?

Aimeric se ahorró tener que dar explicaciones gracias a la llegada de madame Boussay, sin aliento. Guilhem iba con ella.

—No debes salir corriendo de este modo, sobrino. Es terriblemente descortés.

—Lo siento, tía.

—La culpa es mía —intervino Bérenger—. El muchacho se ha sorprendido tanto al verme que se le han olvidado las buenas maneras. Y no es la primera vez que se le olvidan, debo añadir.

Madame Boussay lo miró con suspicacia.

—¿Quién es?

—Bérenger —respondió Aimeric—, de la guarnición de la Cité. Somos viejos amigos. Ha venido con madame Noubel, que está dentro de esta casa..., que es la casa de Paul Cordier. —Se volvió hacia el soldado—. Esta es mi querida tía, madame Boussay, de Toulouse. Y este hombre es Guilhem Lizier, que presta servicio en el castillo. Por lo que nos ha dicho Guilhem, sospechamos que Alis está aquí y es posible que también esté mi padre.

Bérenger lo miró a los ojos.

—¿Ya sabes que tu hermana ha desaparecido?

Aimeric asintió.

—Minou recibió una carta de...

En ese momento, se abrió la puerta y Cécile Noubel salió de la casa de Cordier.

—¿Aimeric? ¿Eres tú? ¿Cómo es posible que estés aquí?

—¡Madame Noubel! —exclamó el chico, y procedió una vez más a las presentaciones—. Y esta es mi tía: madame Boussay.

Durante un instante, las mujeres se miraron en silencio. Ninguna de las dos quería ser la primera en hablar, ni sabía muy bien qué decir. Al final, Cécile inclinó levemente la cabeza.

—Madame Boussay, la conozco a través de su hermana Florence, que siempre hablaba de usted con mucho cariño.

Aimeric notó que la expresión de su tía se suavizaba.

—Cécile Cordier. Sé que fue muy amiga de mi querida Florence y tengo entendido que la acompañó el día de su boda. —Le tendió la mano—. Es un placer conocerla.

Chalabre

Minou y Piet cabalgaban uno detrás del otro por el verde valle del Blau, a la sombra de los frondosos árboles, arrullados por el suave ritmo de los cascos de los caballos en el camino de piedra y tierra. A escasa distancia, el río entonaba su antigua canción, fluyendo en jirones de blanco y plata sobre rocas y raíces. Los gorriones entraban y salían de sus nidos entre los setos y hacían estremecerse las hojas, en medio de un constante zumbido de abejas y del coro de las cigarras en los prados, más allá de la ribera.

Minou sentía una curiosa mezcla de tranquilidad y aprensión. De vez en cuando, consciente de la mirada de Piet, se volvía y le sonreía al hombre que iba a ser su esposo.

Después se concentraba en lo que le esperaba.

Pese a sus palabras entusiastas, estaba aterrorizada. La atormentaba la idea de la penosa situación en que podía encontrarse Alis y la perspectiva de que ninguna de las dos volviera a ver nunca más la casita de la rue du Trésau.

Era posible que ni siquiera sobrevivieran a esa noche.

—¿Cómo estás? —le preguntó Piet—. ¿Quieres que descansemos un rato?

Minou le sonrió por encima del hombro.

—No, no creo que falte mucho.

Piet espoleó al caballo y se situó junto a Minou, aprovechando que el camino se ensanchaba.

—Se hará lo que usted diga, gentil señora de las brumas.

—Tu gentil señora de los prados quiere seguir adelante —respondió ella en tono de broma.

El camino acababa en una laguna con una cascada, por lo que tuvieron que continuar por una senda de pastores que subía una empinada ladera, bordeando un campo de cebada.

—Todavía no entiendo por qué Blanche de Bruyère ansía con tanta desesperación traerte a Puivert, hasta el punto de atreverse a secuestrar a Alis —dijo Piet—. Tu padre no es rico. ¿Qué puede querer?

Como un rayo de luz en una noche invernal, Minou se vio de repente a sí misma en su habitación de Toulouse, sosteniendo en las manos el testamento oculto, escrito con tinta descolorida sobre pergamino amarillo.

Hoy es el día de mi muerte. Con Dios nuestro Señor por testigo, escribo de mi puño y letra este mi testamento.

Con un sobresalto, se dio cuenta de que no le había contado a Piet lo que ocultaban las páginas de la Biblia, ni lo que pensaba que podía significar.

—Minou, ¿tú sabes qué quiere Blanche de Bruyère? —insistió Piet.

—Creo que sí —respondió ella finalmente—. Ni siquiera tiene que ver con mi persona, sino con la amenaza que represento para su posición.

—Ahora eres tú quien habla en acertijos —replicó él, recordando la conversación mantenida en Chalabre—. ¿A qué te refieres?

Minou hizo un amplio gesto con la mano que abarcó las colinas, los bosques, los campos cultivados y la senda que avanzaba sinuosa en dirección a Puivert.

—Me refiero a esto —dijo—. A todo esto.

Castillo de Puivert

Blanche estiró los brazos por encima de la cabeza y apartó la larga cabellera negra de la blanquísima piel.

Se había cubierto el vientre con la sábana, para ocultarlo de la vista del sacerdote. Aunque a Valentin le gustaba sentir los movimientos de la criatura bajo el terciopelo y los encajes de sus ropas, estaba segura de que la visión de su abultado vientre le produciría rechazo.

Su amante había cambiado. Parecía consumido por la ambición en estado puro y no por el deseo de servir a Dios. Las voces que Blanche oía en el interior de su cabeza le decían casi constantemente que el sacerdote se estaba apartando del camino del Señor.

—Vuelve a la cama —le dijo. Valentin tenía reparos por su preñez, pero Blanche sabía que aún quedaban muchas maneras de dar y recibir placer—. Quiero que estés a mi lado.

En lugar de eso, el sacerdote se acercó a la ventana y bajó la vista al patio.

—Se acerca un hombre —dijo.

Blanche se puso la camisa y, aunque estaba mareada y le costaba caminar, se reunió con él junto a la ventana.

—¿Lo conoces? —preguntó Vidal.

Ella arrugó el entrecejo. ¿Lo conocía? Intentó concentrarse. Imágenes y pensamientos danzaron en su mente. Sangre, una violenta sensación punzante en el estómago, el frío de las piedras del suelo y la negrura. Alis, que gritaba y pedía ayuda. Durante un instante fugaz, Blanche sintió el pinchazo de la culpa al pensar en la niña, pero enseguida lo desechó. No había sitio en su vida para los sentimientos. Solo servían para debilitarla.

Asintió, aliviada por haber recordado quién era el hombre.

—Es el boticario del pueblo.

—¿El que te atendió?

—El mismo. Paul Cordier.

—¿Lo has mandado llamar?

—No.

Vidal se echó a reír.

—¿Es otro de tus espías?

Blanche se esforzó por sonreír.

—Así es. —Le deslizó una mano bajo los hábitos y lo oyó gemir—. Ya te he dicho que todos están en venta si estás dispuesto a pagar el precio adecuado.

Pueblo de Puivert

La larga y estrecha calle del pueblo estaba a la sombra mientras el sol se ponía detrás de las casas. En la colina, por encima de los tejados, solo el castillo de Puivert seguía bañado en una gloriosa luz dorada.

Madame Boussay, madame Noubel, Aimeric y Guilhem se encontraban en la antigua casa de la comadrona, junto a la de Achille Lizier. Habían establecido allí su cuartel general tras salir de la casa de Cordier, pues necesitaban un lugar donde esperar, a salvo de miradas curiosas. La vieja cabaña era húmeda y tenía el aire melancólico de una vivienda abandonada; pero tras abrir las contraventanas y encender un fuego de madera de espino blanco para caldear un poco el ambiente, se habían encontrado bastante a gusto.

Bérenger montaba guardia en la puerta. Dentro, la conversación era animada. En opinión de Aimeric, parecía una justa entre las dos señoras. Cuando una se anotaba un punto, la otra la derribaba con una sugerencia diferente. Por fin, tras muchas horas de conversaciones, acabaron de perfilar un plan.

Por la noche, madame Noubel subiría al castillo con Guilhem, que la ayudaría a superar la garita del guardia y a franquear la puerta principal, antes de presentarse en su puesto en la torre Bossue. Una vez allí, el muchacho encontraría la manera de hablar con Bernard para contarle todo lo sucedido.

Mientras Guilhem hablara con Bernard, Cécile Noubel se dirigiría al edificio principal para buscar a Alis y liberarla de su encierro al amparo de la oscuridad de la noche. Las explicaciones de su primo habían sido confusas debido a su estado de embriaguez, pero le serían de gran ayuda. Cécile sabía en qué habitación se encontraba la niña y la mejor manera de entrar y salir de allí. Su principal preocupación era la salud de Alis.

Si estaba demasiado enferma para caminar, tendría que cambiar de plan.

Mientras tanto, Bérenger esperaría en el bosque, al norte del castillo, para llevar a Bernard y a Alis al pueblo.

Aimeric se quedaría en el pueblo con madame Boussay, en su improvisado centro de operaciones.

—¡Yo también debería ir! —repetía Aimeric—. ¡No es justo!

Madame Noubel hizo un gesto negativo.

—Lo hemos discutido una docena de veces. Cuantos menos seamos, menos probabilidades habrá de que nos descubran. Yo conozco bien el castillo y el terreno que lo rodea. Para mí será fácil pasar inadvertida.

—¡Es ridículo! Los sirvientes sabrán que no eres de la casa.

—En otra época lo fui —dijo ella con suavidad—. Los criados van y vienen. Además, a los ojos de los jóvenes, las viejas somos todas iguales.

Madame Boussay rio entre dientes.

—¡Cuánta razón tienes, Cécile!

—Si tengo la mala suerte de que me interroguen —continuó madame Noubel—, diré que me envía mi primo y que llevo al castillo una de sus medicinas.

—Cordier es un imbécil —dijo Aimeric—. No sabe lo que dice ni lo que hace.

—¡Ya basta, sobrino! Te necesito aquí conmigo. Tenemos que asegurarnos de que la casa esté preparada para cuando vengan tu padre y tu hermana, y, si Dios quiere, para cuando llegue Minou.

Aimeric arrugó el entrecejo.

—¿No pensarás que ha quedado atrapada en...?

—Tu hermana es muy valiente y tiene muchos recursos —replicó madame Boussay con firmeza—. No me cabe la menor duda de que habrá encontrado la manera de salir de

Toulouse y estoy segura de que ahora mismo está de camino a Puivert. Solo me pregunto cuándo llegará, no si vendrá.

—¿De verdad lo crees, tía? —dijo el muchacho, apretando entre las manos la capa verde de lana de su hermana, que prácticamente no había perdido de vista ni un solo instante desde que Minou se la había confiado en el puente cubierto.

—Sí. Y cuando Minou vuelva, quiero que estés aquí, para que tú le expliques todo lo sucedido. Yo muchas veces me confundo y digo lo que no es. Mi marido... —Se interrumpió bruscamente—. Bueno, eso ahora no importa.

Aimeric sonrió.

—No creo que te confundas, tía. Me parece que siempre lo sabes todo, pero haces como que no sabes nada.

Madame Boussay fijó la mirada en él un momento y al final una chispa de malicia iluminó sus ojos.

—¿Eso crees? ¿Quién puede saberlo? A veces es más seguro que te tomen por tonta o que nadie te tenga en cuenta que pasar por demasiado lista y arriesgarte a que analicen cada una de tus palabras.

De repente, madame Noubel se puso de pie.

—Esta espera interminable me está destrozando los nervios. —Se volvió hacia Guilhem—. ¿Estás seguro de que Bernard sigue encerrado en la torre Bossue?

—Se halla en la misma celda desde abril, *madama*. Esta última semana no he estado en el castillo, pero no se me ocurre ningún motivo para que lo hayan trasladado.

—Todavía no entiendo por qué arrestaron a mi padre —intervino Aimeric—. ¿De qué crimen se le acusa?

—Lo detuvieron por practicar la caza furtiva —replicó Guilhem—. La señora estaba en Toulouse, según me han dicho, y todos los asuntos de seguridad estaban en manos del capitán de la guardia. Esa misma noche arrestaron a un par de furtivos más. A ellos los liberaron tras el pago de una multa, pero Bernard se negó a decir su nombre y por eso el capitán no ha querido liberarlo.

—Bernard no podía revelar su nombre —dijo madame Noubel, pensando en voz alta—, por miedo a que Blanche de Bruyère se enterara y supiera quién era. Me pareció raro no recibir noticias suyas, ¡pero estaba tan preocupada por Alis...!

—¿Y ahora tampoco sabe nadie quién es? —preguntó Aimeric.

Guilhem negó con la cabeza.

—Solo nosotros cuatro, y ahora también mi tío, claro. —Se volvió hacia madame Noubel—. ¿O quizá también su primo?

—A Paul no le he hablado de Bernard. Solamente de Alis. —Suspiró—. Pero es extraño estar aquí, en esta casa, después de tanto tiempo. ¡Veinte años!

Madame Boussay la miró.

—Tengo la impresión de que sabe mucho más de este asunto de lo que ha dicho hasta ahora.

Madame Noubel dudó un momento y al final asintió.

—Así es. Pero es Bernard quien debe contar su historia. No puedo traicionar su confianza.

En ese momento, una campana solitaria resonó en la penumbra del crepúsculo y todos guardaron silencio. Bérenger reapareció en la habitación. Su cuerpo robusto bloqueaba la escasa luz que entraba por la puerta.

—Es la hora —dijo.

64

Castillo de Puivert

Cuando los últimos tonos azules se borraron del cielo, se oyó cantar a un ruiseñor en el bosque, detrás del castillo. El aire olía a pino y a tierra húmeda.

En la torre parpadeaban varias velas encendidas, como luciérnagas sobre un manto de oscuro terciopelo. En el arco de la entrada llameaban con más fuerza un par de antorchas, que proyectaban largas sombras movedizas sobre el patio cubierto de hierba. También había lámparas de aceite sobre las puertas de piedra de las torres, en el patio inferior. No parecía que nadie se moviera, ni dentro ni fuera de las murallas, pero había presencias que aguardaban secretamente en la noche.

Respiraciones contenidas, movimientos rápidos y discretos, capas y capuchas que cubrían los rostros, pasos amortiguados para no ser oídos... Una ramita que se quebraba o una piedra que se movía de su sitio podían resonar en la noche con la fuerza de un trueno.

Había ojos que vigilaban desde el bosque.

Madame Noubel y Guilhem se acercaron al puente levadizo.

—¿Estás seguro de que quieres seguir adelante? —le preguntó la señora al joven soldado, poniéndole la mano sobre el brazo—. Si se descubre que nos has ayudado, podrías sufrir represalias.

—No se sabrá —dijo el muchacho, aunque Cécile distinguió en su voz cierto temor—. La gente del pueblo viene con frecuencia al castillo para traer comida u ofrecer diferentes mercancías.

—¿A esta hora de la noche?

—A cualquier hora.

—Si estás seguro...

—No se preocupe. No hay razón para que nadie sospeche de usted —dijo—. Es de Puivert, es una de nosotros.

—¿Qué ha sido eso? —susurró Piet, llevando la mano a la empuñadura de la espada.

—Nada —respondió Minou—. El canto del ruiseñor, ¿no lo oyes? El bosque se llena de cantos de pájaros cuando anochece.

Piet dejó caer otra vez la mano.

—Después de la barricada, hasta el ruido más inocente me parece una amenaza.

Volvieron a sentarse, apoyados en el retorcido tronco de un haya, cuya corteza relucía con tonos plateados a la luz de la luna. Minou tomó una hoja y se puso a darle vueltas en la mano.

—Tiene forma de lágrima, ¿verdad?

Piet se echó a reír, tomó otra de la alfombra de hojas que cubría el suelo del bosque y se la enseñó.

—Prefiero esta. Parece un corazón.

—Es de aliso —dijo Minou—. Cuando era pequeña, mi madre me enseñó a reconocer los árboles por sus hojas y sus flores. Solíamos pasear por el bosque, junto a las ciénagas de las riberas del río o por los huertos de las laderas de la Cité.

Piet sonrió.

—Mi infancia en Ámsterdam transcurrió entre diques y canales. Todavía me parece oír el viento entre las jarcias de las fragatas y los gritos de los mercaderes mientras descargaban los barcos. Animación y bullicio. No he conocido la paz del campo. —Volvió a congelar el gesto—. ¿Qué ha sido eso?

En esta ocasión, también Minou lo había oído. Era el ruido de una rama que se quebraba bajo una pisada.

—Venía de allí —susurró, señalando la parte más espesa del bosque, al norte del castillo.

—Iré a ver.

—No, espera.

—Será un momento. Es mejor asegurarse.

—No deberíamos separarnos, Piet —replicó ella, pero no le habló más que a la luna, porque él ya había desaparecido.

Se quedó esperando, aguzando el oído para distinguir los pasos de Piet en la oscuridad. Tras el canto del ruiseñor, oyó el ululato de un búho que salía de caza. Entonces, las campanas de la iglesia dieron las ocho. ¿Debía seguirlo? ¿Y si se encontraba con alguien en el bosque y necesitaba ayuda?

Levantó la vista. En ese momento, las velas que habían estado encendidas en la alta torre rectangular del castillo estaban apagadas. Era demasiado temprano para que la familia se retirara a dormir, pero quizá las costumbres fueran diferentes en las montañas.

—¿Piet? —susurró a la oscuridad de la noche, convencida de haber oído algo.

No obtuvo respuesta.

Entonces abandonó el cobijo que le brindaba el haya retorcida.

Sin previo aviso, una mano le amordazó la boca. Era masculina y olía a cerveza y a metal. Intentó soltarse, debatiéndose a manotazos y puntapiés, pero el hombre era mucho más fuerte que ella.

—¡Aquí hay otra! —dijo—. Parece que ese viejo imbécil de Cordier por fin ha dicho algo con sentido.

Minou hizo un último intento desesperado de soltarse, pero le ataron los brazos detrás de la espalda y le taparon la cabeza con una capucha de arpillera. A partir de entonces, sintió que la arrastraban o la obligaban a caminar en dirección al castillo. Al cabo de un momento, oyó el ruido de una puerta.

—¿Qué hacemos con ella?

—Llévala a las mazmorras de la torre Bossue.

—Buenas noches —dijo Guilhem, despidiéndose en voz alta de madame Noubel para que lo oyeran los guardias.

Los dos hombres siguieron jugando a los dados, sin prestarles atención. ¿Demasiada indiferencia, quizá? ¿No era extraño que no le preguntaran a Guilhem quién era la señora que lo acompañaba? El joven soldado le había dicho a madame Noubel que no se preocupara, pero el ambiente en la caseta de los guardias parecía tenso. Sin embargo, no podía hacer nada al respecto. Mientras Bérenger estuviera en el bosque, todo saldría bien.

—Gracias por su amabilidad, *sénher* —le dijo madame Noubel, también en voz alta—. Le estoy muy agradecida. Buenas noches.

—*Bona nuèit, madama* —repitió Guilhem.

El joven tomó las llaves de la torre Bossue y salió al aire de la noche, pero antes vio que madame Noubel se cubría la cabeza con el chal y corría hacia la negrura del patio.

Cuando Guilhem se volvió para entrar otra vez en la caseta de los guardias, encontró que los dos soldados le cerraban el paso. Los acompañaba un tercer hombre, un desconocido con una profunda cicatriz que le recorría toda la cara.

—¿Pasa algo?

El primer golpe lo dejó sin aliento y el segundo lo alcanzó de lleno en la mandíbula y le empujó con brusquedad la cabeza hacia atrás. El tercero le estalló en el pecho.

—¿Qué es esto, amigos míos? ¿Qué está ocurriendo?

Guilhem sintió que lo agarraban por los brazos, con un guardia a cada lado, y lo arrastraban fuera de la caseta.

—¿Estoy arrestado?

En el último momento, a la luz de la lámpara de aceite, atisbó fugazmente un rostro familiar, alguien que no debería estar ahí.

—¿Cordier? —gritó, debatiéndose para soltarse—. ¡Cordier!

Alguien cerró la puerta de un puntapié, le taparon la boca con una mano y lo arrastraron por el puente levadizo hacia el bosque, detrás del castillo.

—No —se esforzó por decir Guilhem, cuando sintió la punta de un cuchillo en un costado—. Están cometiendo un error.

—Ningún error —replicó Bonal.

El joven soldado intentó gritar para pedir ayuda mientras la hoja metálica se deslizaba entre sus costillas. La puñalada fue limpia y definitiva, asestada por un experto. Durante un instante, no sintió nada. Después, fue consciente del cuchillo. Guilhem notó que la sangre le empapaba la piel y el jubón, y un frío terrible como las peores heladas del invierno se le extendió desde el corazón hasta la punta de los dedos. Cayó de rodillas mientras percibía el sabor de la sangre en la boca y en la garganta. ¿Por qué no podía respirar?

En los últimos instantes de vida creyó ver a su Jeannette en la ribera del río, orgullosa de que su prometido hubiera aprendido a leer y a escribir en francés. Pensó que ya no podría agradecerle a Bernard el regalo de su enseñanza. Pensó en madame Noubel, traicionada como todos ellos —ahora lo comprendía— por su propio primo, y rezó para que Bérenger tuviera al menos la oportunidad de defenderse y de morir como un soldado.

Se llevó la mano a la empuñadura de la espada, pero ya era tarde.

Fuera de la celda se oyó un ruido y Bernard se despertó sobresaltado.

—Guilhem... —dijo Bernard—. ¿Eres tú?

Levantando la pesada cadena que lo mantenía atado a la pared, Bernard se acercó al estrecho ventanuco y miró hacia fuera.

Sintió en la cara el aire frío de la noche. Las nubes se movían rápidamente sobre la faz de la luna, que pintaba de plata las copas de los árboles e iluminaba retazos de prado en los límites del bosque.

Apenas veía nada, pero pudo distinguir el aleteo de un ave que pasó a escasa distancia. Después, un susurro de hojas. ¿Sería un jabalí entre la maleza? ¿O más furtivos? Aunque el castigo podía ser severo, la caza era buena en las tierras del castillo.

Al cabo de un momento, oyó voces de hombres. Hablaban bajo, pero sin miedo a ser oídos. No eran furtivos. Reconoció el ruido metálico de sables y armaduras. ¿Soldados? No era habitual que salieran a patrullar por la noche fuera de los muros del castillo.

Intentó girar la cabeza para ver mejor, pero la cadena no se lo permitió. Entonces oyó el chasquido de una puerta al abrirse —le pareció que procedía del patio superior— y se preguntó quién podía entrar en el castillo a esa hora tan tardía.

Como no quería que lo sorprendieran mirando por la ventana, volvió a su banco y se sentó a esperar.

Piet tocó con dos dedos el cuello del hombre, pero no percibió ningún pulso.

El cuerpo seguía caliente, por lo que debía de hacer muy poco que había muerto. En la oscuridad, recorrió con las manos el torso del difunto y reconoció la empuñadura de una daga y la camisa empapada en sangre. Le registró los bolsillos, extrajo un cuchillo y un aro con varias llaves, y volvió a incorporarse. Se guardó las llaves en el bolsillo y entonces, con el rabillo del ojo, percibió un movimiento.

Desenvainó la espada y se volvió, pero fue demasiado lento. Vio que el garrote iba hacia él y le alcanzaba la sien.

Después, todo fue oscuridad.

Bernard oyó que se abría la puerta exterior de la torre Bossue y, a continuación, distinguió las pisadas de varios pares de botas en el pasillo y la llave en el cerrojo.

Aparecieron en la puerta de la celda dos soldados que le resultaron desconocidos y que llevaban a una persona. Bernard levantó las dos manos para protegerse los ojos de la luz deslumbrante del farol.

—¡Quédate donde estás! ¡No te muevas!

—¿Dónde está Guilhem? —preguntó.

—Te hemos traído compañía.

Uno de los soldados empujó al prisionero hacia el interior de la celda.

Para su sorpresa, Bernard descubrió que el nuevo prisionero era en realidad una mujer. Alta y delgada, tenía el ruedo de la falda empapado. Uno de los soldados se agachó para desatarle las manos y le arrancó la capucha que le cubría la cabeza.

—Aquí tienes a la primera. Pero te aseguro que esta noche traeremos unos cuantos más.

La puerta volvió a cerrarse y el aire se asentó en la celda. La mujer tenía la cabeza gacha, pero Bernard la reconoció enseguida. Se quedó sin aliento. No se atrevía a hablar, ya que no quería quebrar la magia del momento. ¿Sería un sueño? ¿Un espectro enviado para atormentarlo?

La celda estaba a oscuras, pero la luz de luna que se colaba por el estrecho ventanuco fue más que suficiente para Bernard. Una lágrima le rodó por la mejilla.

—Hija...

65

Blanche de Bruyère vestía un traje gris abotonado hasta el cuello y confeccionado con suma habilidad para disimular su estado. Sus enaguas y el acuchillado de las mangas, de color blanco marfil, reverberaban a la luz de las velas. Tenía el cabello negro recogido en una trenza y cubierto por un tocado gris, y llevaba al cuello un collar de perlas. De la cintura le colgaba un delicado rosario de plata con cuentas de marfil.

Tras ella estaba Vidal, con su hábito rojo y un pesado crucifijo de plata sobre el pecho. Montando guardia en el rellano, junto a la puerta abierta de la galería de los músicos, Bonal prestaba atención a cada palabra del capitán de la guardia del castillo.

—¿Qué noticias nos traes? —preguntó Blanche.

—Los hemos localizado, señora —respondió el capitán—. Son cuatro, como decía el boticario, pero no se corresponden con las descripciones.

—¿Qué quieres decir?

El capitán pareció incómodo.

—Las edades, la ropa...

—Dinos lo que sabes —lo interrumpió Vidal.

—Una señora mayor y un soldado, que han llegado esta mañana al pueblo, procedentes de Carcasona. Y otra mujer y un chico de Toulouse, que han llegado esta tarde desde Chalabre. Hemos detenido a las dos mujeres.

—¿Cómo ha dicho llamarse la mujer más joven? —preguntó Blanche.

—Se ha negado a hablar. La hemos encontrado un poco más tarde de las ocho, fuera de los muros del castillo, en el bosque de...

—¿Sola? —lo interrumpió Vidal.

—Sí, monseñor.

—¿Llevaba algo consigo? ¿Una cartera de cuero, por ejemplo?

—No, pero sospechamos que ha venido a caballo desde Chalabre con su acompañante. Ahora mis hombres están buscando los caballos.

—Si no sabes su nombre, dime al menos qué aspecto tiene.

El capitán titubeó.

—Más alta que la mayoría. Pelo castaño, liso. No es una gran belleza, pero tampoco es desagradable a la vista.

—¿De qué color tiene los ojos? —quiso saber Blanche.

El capitán bajó la vista.

—Perdóneme, señora, pero estaba oscuro y no me he fijado.

Blanche se volvió hacia Vidal.

—Es ella, estoy segura. ¿Quién más podría ser? Quiero que la traigas aquí inmediatamente. Quiero...

—Paciencia, mi señora —le susurró Vidal, con una mirada de advertencia—. Oigamos primero el resto del informe del capitán.

A Blanche se le encendieron las mejillas de irritación, pero le hizo un gesto con la mano al capitán para que continuara.

—Muy bien. Adelante.

—La mujer mayor se llama Noubel. Es originaria del pueblo y estuvo casada con un primo de Cordier. Se marchó hace unos años, después de enviudar.

—La niña estaba a su cuidado en Carcasona —le susurró Blanche a Vidal, antes de dirigirse otra vez al capitán—. No sabía que era natural de Puivert. ¿Cuándo dice que se fue del pueblo?

—El boticario calcula que debe de hacer unos diecinueve o veinte años, señora. Pero no está seguro.

Vidal le indicó con un gesto que prosiguiera.

—Debo reconocer que ha sido uno de mis hombres quien ha dejado entrar a madame Noubel en el castillo, pero ya ha sido debidamente castigado.

Vidal asintió.

—¿Dónde ha sido hallada esa tal Noubel?

—La han sorprendido cuando intentaba entrar en el edificio principal.

—Estaría buscando a la niña, sin duda —masculló Vidal—. ¿Qué sabes de los hombres?

—Cordier ha descrito a un soldado y a un chico. Todavía no los hemos arrestado. No los hemos encontrado en el pueblo, por lo que suponemos que se habrán refugiado en el bosque. Una patrulla con perros ha salido a buscarlos. No llegarán muy lejos.

Vidal levantó una mano.

—Los quiero vivos, capitán.

—Sí, monseñor. Así lo he ordenado.

Blanche parecía haber recuperado la compostura.

—Ha hecho un buen trabajo, capitán. Me ocuparé de que sea recompensado.

El hombre hizo una reverencia.

—Gracias, señora. ¿Y monsieur Cordier? Está esperando en la caseta de los guardias.

—A él también habría que retribuirle el servicio —respondió Blanche, mirando a Vidal de soslayo.

—Bonal —ordenó el clérigo—, ve con el capitán y acompaña a Cordier cuando salga del castillo. El camino puede ser peligroso por la noche.

Blanche esperó a que el ruido de los pasos de Bonal y el capitán se desvaneciera en la espiral de la escalera de piedra antes de volver a hablar.

—Hay algo que no encaja —dijo. Las voces volvían a hablarle con insistencia en la cabeza—. ¿Qué hemos olvidado o interpretado mal o...?

Vidal la miró sorprendido.

—¿Qué quieres decir?

—¿Qué quiero...? —La mujer se interrumpió y parpadeó—. Nada.

—Debemos proceder con cautela —dijo el sacerdote—. Si es Minou Joubert...

—Es ella, tiene que ser ella. Pero no entiendo por qué la acompañaba madame Noubel. No consigo entenderlo.

—Y suponiendo que el hombre que ha venido con Minou Joubert sea Reydon... —murmuró el clérigo.

—El boticario ha hablado de un chico. ¿Es posible que se confundiera respecto al número de personas que vio? El capitán ha dicho que las descripciones no se corresponden.

—¿Qué sugieres? ¿Que pueden ser más de cuatro? —Vidal frunció el ceño—. Y si se trata de Reydon, ¿por qué se ha alejado de ella y la ha dejado sola en el bosque?

—¿Para ir a esconder el sudario?

—¿Por qué iba a esconderlo aquí, en tus tierras? Es más seguro llevarlo consigo.

Blanche se sujetó la cabeza con las manos, deseando que callaran de una vez las voces que resonaban en su mente.

—¿No te sientes bien? —le preguntó Vidal.

Ella se apresuró a sonreír.

—No, no es eso. Deberíamos ordenar que nos traigan a Minou Joubert ahora mismo, para averiguar qué sabe.

Blanche hizo ademán de dirigirse hacia la puerta, pero la mano de Vidal sobre su hombro la detuvo.

—Todavía no. Deja que el capitán termine su trabajo, Blanche. Cuando los haya detenido a todos, empezaremos. Tengo alguna experiencia en estos asuntos. Será más fácil persuadirlos para que hablen si cada uno de ellos sabe que tenemos a los demás en nuestro poder.

Blanche frunció el ceño.

—¡Pero tenemos a Alis! Será suficiente para soltarle la lengua a la chica. No puedo esperar hasta la mañana.

—Deberías descansar —le aconsejó Vidal mientras le acariciaba la nuca y el cuello—. Si la interrogas ahora, guardará silencio, te lo aseguro. Y no descubriremos dónde han escondido el sudario ni tampoco los documentos que buscas.

Blanche se apoyó contra él y su contacto lo hizo estremecerse. El sacerdote se retiró por un momento y el hombre ocupó su lugar.

—Muy bien —suspiró ella—, esperaremos hasta el alba. Pero si para entonces no han atrapado a Reydon, ordenaré que me traigan a la chica.

66

Puivert

En la penumbra de la celda de la torre Bossue, Minou le había tomado la mano a su padre.

La distancia de los últimos meses, los silencios y las sombras se habían esfumado con la alegría del reencuentro. Habían hablado durante horas de lo sucedido después de su despedida en la puerta de Narbona, en la Cité, aquel gélido día de marzo. Eran historias y explicaciones llenas de culpa y de remordimiento. Minou le habló a su padre de la vida en la casa de los Boussay, del horror de las matanzas y de las cartas que no habían llegado a sus manos. Sin embargo, prefirió no mencionarle aún la carta de Blanche ni el secuestro de Alis. No quería causarle más dolor y sabía que tendría que escoger el momento justo para decírselo. Bernard, por su parte, le contó a su hija su captura y su largo cautiverio. Minou aún no comprendía por qué había decidido su padre viajar a Puivert, pero cuando estaba a punto de preguntárselo, se abrió la puerta y un guardia metió de un empujón en la celda a madame Noubel.

Todos experimentaron la misma mezcla de alegría y angustia al verse otra vez juntos, aunque en circunstancias tan adversas. Madame Noubel explicó lo que había sucedido con Alis y cómo Bérenger se había ofrecido para acompañarla a Puivert. Minou ya sabía que su hermana había sido secuestrada, pero para Bernard la noticia de que su hija pequeña llevaba varias semanas encerrada en el castillo donde él permanecía prisionero desde hacía meses fue un golpe tremendo y, tal como temía Minou, lo hizo sumirse en un profundo silencio.

Las campanadas que daban las horas en el pueblo marcaban el paso del tiempo mientras conversaban. De vez en cuando, les llegaba el eco de un grito en el bosque, más allá del castillo, y un coro de ladridos que les helaba la sangre.

—Siguen buscando —dijo Minou.

—Si le pasa algo malo a Bérenger, no me lo perdonaré nunca —comentó Cécile Noubel—. Él no tiene la culpa de nada.

—Nadie tiene la culpa, excepto los autores del crimen —replicó Minou.

—Bérenger es un buen amigo de la familia —intervino Bernard—. Siempre lo ha sido.

Minou asintió, pero estaba pensando en Piet. Aunque en Toulouse ya había hablado de su casual encuentro con el antiguo huésped de madame Noubel y de lo mucho que Aimeric lo admiraba, su padre aún no sabía nada al respecto.

Con la punta de la bota, se puso a trazar dibujos en la paja del suelo, levantando de vez en cuando la vista. Bernard estaba debajo del ventanuco, y la joven no pudo dejar de observar lo delgado que estaba, pero notaba en él un nuevo estoicismo e incluso firmeza y determinación.

—Cuando pienso que Aimeric está con Salvadora Boussay en el pueblo... —dijo de repente—. Cuando lo pienso, Cécile...

—Parecían llevarse bien. Incluso diría que estaban a gusto juntos.

Minou sonrió.

—Aimeric detestaba la vida en Toulouse. Es un gran alivio para mí saber que los dos han podido salir sanos y salvos de la ciudad y que además se llevan bien.

—¿Dónde están ahora? —preguntó Bernard.

—Están esperando en casa de Anne Gabignaud —respondió Cécile—. Si no llegamos por la mañana, darán la voz de alarma.

—¿Qué alarma? —replicó Bernard—. Todo el pueblo y los soldados están a las órdenes de Blanche de Bruyère.

Madame Noubel frunció el ceño.

—Lo sé, pero madame Boussay no carece de influencias.

—¿Quién es madame Gabignaud? —preguntó Minou.

—Fue la comadrona de Puivert durante unos treinta años. Murió el invierno pasado.

—La mataron, según me dijo el viejo Lizier —intervino Bernard—. Me comentó que la notó muy preocupada en los días anteriores a su muerte. Le había confiado una carta para que la enviara a Carcasona.

—¿Para quién?

Bernard se encogió de hombros.

—Lizier no supo decírmelo. No sabe leer.

Minou sofocó una exclamación.

—Era para mí. Era una advertencia, aunque al principio no lo comprendí.

—¿Para ti? —exclamó Cécile.

—Cuéntanos —le dijo su padre con voz serena.

Cuando Minou terminó de explicar todo lo que sabía acerca de la extraña misiva que había recibido en la librería de la Bastide, con el sello que según sabía ahora correspondía a la casa de los Bruyère, notó que su padre y madame Noubel intercambiaban una mirada fugaz. Llevaban varias horas hablando del presente y del futuro, pero ninguno de ellos se había armado de valor para referirse al pasado.

—Los tres sabemos que quizá no vivamos más allá de esta noche —dijo Minou. Su voz resonó con excesiva fuerza en el estrecho confinamiento de la celda—. Y aunque vivamos para ver el nuevo día, no sabemos qué se propone Blanche de Bruyère.

—Guilhem nos ayudará —se apresuró a decir Bernard—. ¿Has dicho que has venido con él al castillo, Cécile?

—Así es.

Él frunció el ceño.

—Deben de haberlo enviado a otro sitio a cumplir su turno de guardia. Por lo general está aquí, en la torre Bossue.

—Quizá forma parte del grupo que ha salido a inspeccionar el bosque —dijo madame Noubel, aunque su expresión era tensa. Teniendo en cuenta que a ella la habían capturado y que había llegado al castillo en compañía de Guilhem, temía por el muchacho—. Seguramente estará en el bosque.

Minou asintió.

—Puede ocurrir cualquier cosa. Tal vez nuestros amigos puedan ayudarnos y tal vez no, pero en este momento tenemos que reconocer que estamos solos. —Le sonrió a su padre a través del haz plateado de la luna en la celda, con la esperanza de tranquilizarlo—. Ha llegado el momento. Hace muchas semanas, en la rue du Trésau, no quisiste revelarme qué era lo que te preocupaba.

—No podía.

—Traté de respetar tu decisión.

—Ahora lamento mi reserva. Si hubiera confiado en ti, como me aconsejó Cécile, quizá no nos encontraríamos en una situación tan grave.

Aun así, seguía dudando. Minou observó que la costumbre de guardar silencio estaba tan arraigada en él que le costaba quebrarla.

—Es lo que habría querido Florence, Bernard —dijo Cécile.

—Ya no más secretos, padre.

En el bosque, un estallido de ladridos quebró el silencio. Bernard se levantó de un salto, miró por la ventana y volvió a dirigirse a su hija.

—Muy bien —dijo, con una mezcla de derrota y alivio en la voz.

Minou esperó. Los únicos ruidos eran el siseo de las antorchas que ardían en el pasillo y los ladridos de la jauría, cada vez más distantes, en el bosque.

Finalmente, Bernard comenzó.

—Hace unos veinte años, yo trabajaba de amanuense para el señor de Puivert y Florence era la doncella de su joven esposa. Florence y yo acabábamos de casarnos y nos habíamos instalado juntos en una habitación del castillo. Enseguida comprendimos que el amo era un hombre despiadado. No era religioso, aunque fingía devoción. Exigía diezmos y contribuciones mucho más altos que los otros terratenientes de los contornos. Los castigos a quienes cazaban en sus tierras o entraban sin permiso en sus posesiones eran muy severos. Yo asentaba en un registro todas las multas y los castigos, por lo que lo sabía de primera mano. Las mujeres del pueblo sabían que debían apartarse de su camino. Estaba obsesionado con tener un hijo varón que heredara sus tierras y recogiera su legado, aunque se rumoreaba que su título era comprado.

—Era un hombre ruin e impío —dijo Cécile.

—Así es. Cuando Florence y yo llegamos al castillo, no sabíamos nada de eso, pero lo averiguamos enseguida. Lo único que te pido, Minou —le dijo a su hija—, es que comprendas que mi única intención era hacer lo mejor para todos.

Minou lo tomó de la mano.

—Siempre has hecho lo mejor para todos nosotros: Aimeric, Alis y yo.

—He cometido errores. Demasiados. —Bernard apoyó la espalda contra la pared—. Pero creo que mucho de lo que voy a decirte no te sorprenderá.

Al otro lado de la ventana, las nubes se deslizaban sobre la cara de la luna. Una franja de luz blanca se filtraba por el ventanuco y transformaba en briznas de plata la paja esparcida por el suelo. Bernard apoyó las manos sobre las rodillas, como para buscar un anclaje, y empezó a hablar nuevamente. Esta vez, sus palabras sonaron elegantes y cuidadas, y Minou comprendió que su padre estaba contando una historia que se había repetido muchas veces en silencio.

—Naciste al anochecer del último día de octubre, la víspera de Todos los Santos. Era una jornada fría de un otoño lluvioso, con chubascos repentinos y un viento inclemente. Un olor a humo de leña saturaba el aire. Por ser la fecha que era, la gente del pueblo había colgado romero y varas de madera de boj delante de sus puertas, para alejar a los malos espíritus. En cada encrucijada y cada sendero de montaña había altares improvisados sobre los que la gente depositaba ramilletes de flores atados con cintas de colores vivos y oraciones escritas en la antigua lengua sobre retazos de tela. El señor de Puivert estaba en la capilla. Puede que no le haga justicia, pero no creo que estuviera rezando. Esperaba que le llegaran noticias de sus aposentos.

Miró a Minou.

—El 31 de octubre de 1542.

La atmósfera de la celda pareció volverse más tensa, como si todo el recinto estuviera conteniendo la respiración.

—¿Lo comprendes, Minou? —dijo en voz baja.

Su pregunta creó levísimas ondulaciones en el silencio, como cuando cae una piedra en una laguna.

—Sí —respondió ella sorprendida de su propia calma—. Ya de pequeña me daba cuenta de que yo era diferente de mis hermanos. Cuando miraba a Aimeric y a Alis, todo en ellos me hablaba de un parecido familiar. Y cuando estaban al lado de nuestra madre, parecían un reflejo suyo en un espejo. Ellos son fuertes y de baja estatura, mientras que yo soy alta y delgada. Su piel es oscura y la mía es pálida, y los dos tienen la cabellera negra y ensortijada de mamá, mientras que mi pelo es castaño y liso.

Sintió que su padre la miraba fijamente.

—¿Y yo? —le preguntó él.

—No sé si tengo tu sangre, pero, aunque no la tenga, no me importa. Tú me criaste y me enseñaste a amar los libros, y mamá me enseñó a pensar. —Hizo una profunda inspiración—. Los dos me han querido y eso es lo que importa, no la sangre.

A la luz de la luna que se filtraba en la celda, lo vio sonreír.

—Florence y yo te quisimos siempre como si fueras hija nuestra —dijo, con la voz quebrada por la emoción—. A veces incluso nos parecía que te queríamos todavía más, aunque me avergüenza reconocerlo.

Minou le apretó con fuerza la mano.

Cécile Noubel se echó a reír.

—¿No te había dicho que eras un tonto si pensabas que Minou reaccionaría de otra forma? —apuntó con una sonrisa, pero intentando al mismo tiempo contener las lágrimas—. Has sido un buen padre, Bernard Joubert.

Minou se volvió hacia madame Noubel.

—Y usted estaba allí —dijo.

No era una pregunta, sino una afirmación.

—Sí, pero entonces me llamaba Cécile Cordier.

—Cuéntamelo todo —pidió Minou.

Bernard hizo un gesto afirmativo.

—Pero tú me ayudarás, ¿verdad, Cécile?, por si se me olvida algo o me traiciona la memoria. Contemos juntos la historia.

—De acuerdo.

La atmósfera en la celda parecía haber cambiado, como si el aire se hubiera asentado. Mientras comenzaban a hablar y a desgranar recuerdos, Minou fue transportada diecinueve años atrás, al día de su nacimiento.

67

Castillo de Puivert
31 de octubre de 1542

En el dormitorio de la torre principal, el fuego se estaba consumiendo. Las llamas crepitaban sobre las últimas ramas secas de espino blanco recogidas en verano en el valle del río Blau. Había paja fresca esparcida por el suelo de madera, en torno a la cama, y las criadas la habían perfumado con romero y tomillo de las colinas de Puivert.

Las cortinas cercanas al lecho conservaban el olor de inviernos pasados y el eco de la voz de todas las mujeres que habían sufrido los dolores del parto en esa misma alcoba, para traer hijos católicos al mundo. Sus secretos estaban a salvo entre los pliegues bordados de los cortinajes.

Durante horas, las criadas habían entrado y salido, cargadas de cazos de cobre llenos de agua caliente de las cocinas, y habían reemplazado los paños manchados de sangre por otros limpios. El nacimiento se estaba haciendo esperar en exceso. Los sirvientes murmuraban que la señora estaba sangrando demasiado y empezaban a temer por su criatura. Sabían que si daba a luz a otra hija, las perspectivas serían sombrías para ella. El amo quería un hijo varón. Pero si nacía un niño y no sobrevivía, la situación sería más sombría aún para todos ellos, principalmente para la comadrona, Anne Gabignaud.

El amo había ordenado al capitán de su guardia que permaneciera dentro de la alcoba. El capitán era un hombre flaco, con aspecto de pájaro, nariz ganchuda y mal carácter al que todos temían y despreciaban. Era el espía del amo. También el amanuense tenía que estar presente. A diferencia del capitán, Bernard Joubert sabía que una alcoba donde una mujer estaba dando a luz no era lugar para hombres, de modo que se había sentado en el rincón más apartado, para respetar la intimidad de la parturienta.

Florence, esposa de Joubert y doncella de Marguerite de Puivert, permanecía al lado de su señora. También había acudido en su ayuda otra mujer del pueblo, de nombre Cécile Cordier.

—¿Cuánto tiempo más tendremos que esperar? —preguntó impaciente el capitán.

Su futuro dependía de la fortuna de la familia Bruyère y de la buena voluntad de su amo.

—La naturaleza ha de seguir su curso —replicó la comadrona—. Para estas cosas debemos tener paciencia.

Cuando Marguerite de Bruyère prorrumpió en un grito desesperado, aquejada por una nueva contracción que la hizo retorcerse de dolor, el capitán se apartó disgustado.

La expresión de Anne Gabignaud no había cambiado desde que había empezado el parto, doce horas atrás, pero su mirada traslucía claramente la verdad. Había vivido más de cincuenta veranos y ayudado en tantos nacimientos que casi había perdido la cuenta, pero estaba convencida de que la señora no superaría el trance. La pobre parturienta tenía apagada la voluntad y el cuerpo desgarrado. La única duda era si se salvaría o no la criatura.

Florence Joubert le acariciaba la cabeza a Marguerite mientras Cécile Cordier le acercaba a la comadrona las cosas que necesitaba: aceite de oliva para ayudar a salir a la criatura, paños limpios y una tintura caliente de miel y ajo para aliviar los labios resecos de la señora.

—Está demostrando gran fortaleza —le susurró Florence, con expresión preocupada—. Ya falta muy poco.

Marguerite volvió a gritar y, en esta ocasión, madame Gabignaud tomó una decisión. Si no podía salvar a la parturienta, al menos se aseguraría de que muriera con dignidad, a salvo de miradas extrañas. Llamó a Florence a su lado.

—Me temo que la señora no vivirá. Lo siento.

—¿Hay algo que podamos hacer? —susurró Florence.

—Ha perdido mucha sangre y aún no se había recuperado del todo del parto anterior, pero puede que la criatura sobreviva.

Florence la miró a los ojos e hizo un gesto afirmativo, aunque sabía que iba a obrar contra los deseos expresos del amo del castillo.

—¡Hay que despejar la habitación! —exclamó—. La comadrona quiere que todos salgan fuera.

Al instante, Bernard Joubert se puso de pie y recogió sus papeles. El capitán, en cambio, se mantuvo firme en su puesto.

—Me niego —dijo—. Tengo órdenes de permanecer en la habitación hasta el final.

Florence dio un paso hacia él.

—Si su presencia tiene una influencia negativa sobre el desenlace, como muy bien podría suceder, y se sabe que se ha quedado en la alcoba pese a las advertencias de la comadrona, el amo no se lo agradecerá.

El capitán vaciló un momento. Ni siquiera él podía negar que en los asuntos del parto la voz de una mujer tenía más autoridad que la de cualquier hombre. Se volvió hacia el amanuense.

—Usted será el responsable, Joubert —dijo—. Esto es cosa de su esposa. Permanecerá en todo momento junto a la puerta de la habitación, que ha de quedar abierta.

—Como diga —respondió Bernard con voz serena.

—Llámenme en cuanto haya novedades —añadió el capitán, volviéndose hacia Florence—. ¡En el preciso instante en que haya novedades!

Florence le sostuvo la mirada.

—Lo llamaré cuando haya alguna noticia que transmitirle al señor, ni un momento antes.

—La puerta debe quedar abierta, ¿lo ha entendido?

—Sí.

Cuando se aseguró de que se había ido, Florence dejó escapar un suspiro de alivio. Miró a Cécile Cordier, sabiendo que ella también se estaría preguntando qué precio deberían pagar por esa pequeña victoria. Entonces, otro grito desgarrador las hizo acudir una vez más al lecho de la señora.

—Cierra las cortinas —dijo Florence.

Después de doce largas horas, las tres mujeres siguieron trabajando en silencio alrededor de la cama. Volvieron a cambiar las sábanas, barrieron la paja manchada del suelo y esparcieron paja fresca, pero el olor a sangre no se disipó. Era el olor de la muerte. Cuando la asaltaron las siguientes contracciones, Marguerite ni siquiera gimió.

La tramontana soplaba con más intensidad que nunca, hacía temblar los postigos y producía en el fuego de la chimenea repentinos torbellinos que levantaban nubes de ceniza en la habitación, como negras nevadas. De repente, Marguerite abrió los ojos y miró fijamente al frente. Tenía unos ojos extraordinarios, diferentes entre sí: uno del color de los acianos de los prados y el otro del color de las hojas en otoño. Pero la mirada de ambos se estaba apagando.

—¿Florence? Florence, amiga mía, ¿estás aquí? No te veo.

—Aquí estoy.

—Tengo que escribir... ¿Puedes traerme...?

Florence hizo un gesto afirmativo y, sin que mediara entre ellas ninguna palabra, Cécile cruzó la habitación hacia el escritorio donde había estado trabajando Bernard Joubert. Tomó pluma, tinta y papel con el sello de los Bruyère, y regresó apresuradamente al lado de la parturienta.

—¿Quiere que escriba algo? —preguntó Florence.

Marguerite negó con la cabeza.

—Tengo que hacerlo yo misma. ¿Me ayudas a sentarme?

—No debería moverse —dijo la comadrona, pero Florence y Cécile se situaron una a cada lado de Marguerite y le colocaron una almohada debajo de la mano derecha.

—«Hoy es el día de mi muerte.»

Marguerite decía entre dientes las palabras mientras las iba escribiendo, como para ayudarse a recordar lo que quería poner.

—«Con Dios nuestro Señor por testigo, escribo de mi puño y letra este mi testamento.»

Todas notaron el enorme esfuerzo que hacía para escribir, presenciaron el penoso y lento rasgar de la pluma sobre el papel y las negras lágrimas que caían sobre la hoja.

—*Merci* —dijo Marguerite cuando el documento estuvo terminado—. ¿Me harán el favor de ser mis testigos?

Rápidamente, Florence estampó su firma al pie del documento y a continuación Cécile hizo lo propio.

—Ya está —dijo Marguerite—. Guárdalo bien, Florence. Si la criatura vive, no quiero que le falte nada.

Exhaló el poco aliento que le quedaba sobre el papel, para secar la tinta, y volvió a hundirse entre las almohadas.

Madame Gabignaud le apartó de la cara un mechón de pelo castaño y le aplicó una compresa fría sobre la frente durante el tiempo que duró una nueva contracción.

—Está bajo el colchón, Florence —susurró Marguerite—. Quiero tenerla en mis manos.

Pese a saber que todas acabarían ahorcadas por herejes en caso de descubrirse su acto de rebeldía, Florence se agachó, extrajo de debajo del colchón la Biblia protestante prohibida, que ella sabía que su señora escondía, y se la entregó.

—Aquí la tiene —dijo.

—Cuida de mi hijo. No dejes...

Sus palabras quedaron sofocadas por el dolor de una nueva contracción.

—Esta vez, intente empujar —dijo la comadrona.

—Tú cuidarás de mi niño —consiguió decir Marguerite, desgarrada por el dolor.

—No será necesario, porque usted misma lo hará —replicó Florence, aunque sabía que estaba mintiendo—. Un esfuerzo más y después podrá descansar.

Obediente hasta el fin, Marguerite reunió fuerzas para empujar.

En ese momento, los últimos restos de luz abandonaron el cielo y la alcoba se sumió en la penumbra. Marguerite volvió a gritar, pero esta vez no fue un grito de dolor ni de desesperación, sino de alivio.

—Es una niña —susurró la comadrona mientras la limpiaba y se aprestaba a atarle el cordón umbilical.

—¿Está viva? —susurró Florence, preocupada por el silencio del bebé.

—Sí. Tiene buen color y se agarra con fuerza.

La comadrona fajó a la criatura, se la entregó a Florence y centró la atención en Marguerite.

—Tiene una hija preciosa y muy sana —dijo Florence, inclinándose sobre el lecho—. Mírela.

Un brillo fugaz iluminó la mirada de Marguerite.

—¿Está viva?

—Es su viva imagen.

—Gracias a Dios —murmuró la mujer, pero enseguida el pánico se traslució en sus ojos—. No dejen que se la lleve, como hizo con las otras niñas. ¡Protéjanla!

—Tiene que ahorrar esfuerzos —le estaba diciendo madame Gabignaud, aunque sabía que todo sería en vano. Era imposible detener la hemorragia—. Descanse.

—Florence, prométeme que no dejarás que él se la lleve.

Mientras las campanas daban las cinco, Marguerite exhaló un largo y profundo suspiro. Su expresión era serena. Murmuró una oración en francés y entregó el alma. No necesitaba ningún intermediario. Tenía fe y sabía que Dios la estaba esperando para acogerla en su seno.

La alcoba se sumió por fin en el silencio.

—Nos ha dejado —dijo Cécile, inclinando la cabeza.

—¡Qué pena tan grande! —intervino la comadrona. Había visto la muerte muchas veces, pero esta pérdida la afectaba particularmente—. ¿Por qué son siempre los buenos los que se van antes de tiempo? Si hay un Dios, me gustaría que me lo explicara.

Florence besó en la frente a Marguerite, que ya empezaba a enfriarse, y le cubrió con la sábana el dulce rostro. No se permitió llorar todavía. Había demasiadas cosas que hacer.

A las cinco en punto de la víspera de Todos los Santos.

68

Castillo de Puivert
Viernes, 22 de mayo de 1562

—La víspera de Todos los Santos —repitió Cécile en voz baja—. Hace diecinueve años, aunque parece que hubiera sido ayer.

Bernard asintió.

Arrullada por sus voces, Minou parpadeó, sorprendida de encontrarse todavía en la celda. Aún no había amanecido, pero la creciente luminosidad del cielo anunciaba la inminencia de la mañana. Las palabras todavía flotaban en el aire y levantaban una miríada de preguntas en su mente. Minou no sabía por dónde comenzar. Miró a su padre y a madame Noubel y finalmente habló.

—Comprendo que el señor de Puivert era un mal hombre, pero ¿hasta el extremo de tener que ocultarle a su propia hija? ¿Por qué era tan importante que me creyera muerta?

—Eras una niña —se limitó a responder Bernard—. Un año antes, Marguerite había dado a luz gemelas: dos niñas. Por órdenes de su marido, las apartaron de su lado y las llevaron a que las examinara un médico. Nunca más volvió a verlas. Las dos fueron halladas muertas en sus cunas.

—¿Las dos? ¿Al mismo tiempo? —preguntó Minou.

Cécile hizo un gesto afirmativo.

—Corrió el rumor de que su propio padre las había mandado matar. Todos lo pensábamos, pero nadie tenía pruebas.

—A sus propias hijas... —murmuró Minou aterrorizada.

Bernard meneó la cabeza.

—Deseaba un hijo varón. Estaba obsesionado con tener un heredero. No quería criar hijas que después le exigieran una dote para casarse o entregaran sus tierras a otra familia.

—Era un hombre cruel —terció Cécile.

—Eso es más que crueldad —comentó Minou—. Es un pecado mortal.

Bernard se inclinó hacia ella.

—Y Florence estaba convencida de que a ti te pasaría lo mismo. Por eso le hizo aquella promesa a Marguerite.

Minou bajó la cabeza, pensando con creciente angustia en el sufrimiento de Marguerite.

—No tuvimos tiempo de hablarlo. De repente, oí que la puerta se cerraba de un golpe en el piso de abajo y el capitán gritaba a los sirvientes que se apartaran de su camino. Después oí que subía la escalera. No tuvimos tiempo de pensar.

—No me cabe ninguna duda —dijo Cécile— de que Florence solo quería protegerte. Tomó las riendas del asunto y, sin decir ni una palabra, eligió los paños más ensangrentados del parto y se los dio a la comadrona, que comprendió enseguida lo que se proponía. Madame Gabignaud te envolvió en las tiras de tela empapadas en sangre, para que nadie te prestara atención, y te sostuvo contra su pecho. Yo me apresuré a devolver la pluma, la tinta y el papel al escritorio.

—Y tú no dejaste escapar ni un gemido —añadió Bernard—, como si supieras que tu vida corría peligro.

—Logramos prepararlo todo justo a tiempo. El capitán entró en tromba en la habitación, descorrió bruscamente las cortinas del lecho y exigió saber qué había pasado. Florence se apartó, para que pudiera ver toda la cama, y le dijo que Dios se había llevado a la señora de Puivert. Al oírlo, el capitán se puso pálido. «¿Ha muerto?», preguntó. De inmediato, Florence levantó la esquina de la sábana para revelar el rostro marmóreo de la difunta y, por un momento, el capitán guardó silencio. Después preguntó por ti. Entonces, Florence se santiguó y le explicó que, para gran desgracia de todos, la criatura había nacido muerta. «Pero yo la he oído llorar», dijo el hombre. En ese momento, Florence lo miró a los ojos, como si lo desafiara a contradecirla, y le dijo que no había sido un llanto de bebé, sino los estertores de nuestra pobre señora en el momento de su muerte.

Cécile Noubel sonrió.

—Fue penoso ver cómo el capitán se lo creía todo. Tartamudeando, el hombre preguntó si era verdad que había sido otra niña. Entonces, Florence le indicó a madame Gabignaud que diera un paso al frente y le preguntó al capitán si quería verla con sus propios ojos. Si hubieras llorado en ese momento, Minou, todo habría terminado. —Meneó la cabeza—. Pero el capitán no tuvo estómago para verte. El mismo hombre que firmaba sin pestañear las órdenes de azotar o ahorcar a aquellos que el señor de Puivert condenaba no toleraba la visión de la sangre.

—Como muchos matones, en el fondo era un cobarde —comentó Bernard—. Se escondía detrás de su autoridad. Para entonces, las campanas de la iglesia habían dado la media, y fuera estaba oscuro. Como la criatura era una niña, el hombre se convenció de que no le hacía falta ver nada más.

Cécile asintió.

—A continuación, el capitán le ordenó a Florence que se ocupara del cuerpo de la señora. Ella se apartó de inmediato de la cama, llevándose consigo al capitán, y volvió a cerrar las cortinas, dejándonos dentro a la comadrona y a mí contigo en brazos. Entonces oí que le decía: «¿Podría transmitirle al señor nuestras condolencias por la pérdida de su esposa y su hija? Nosotras no podremos hacerlo, porque aquí tenemos mucho que limpiar».

—Estoy seguro de que el capitán percibió el desprecio en la voz de Florence —intervino Bernard—, pero era el tipo de hombre que solo piensa en su propia situación. Como no quería ser el portador de malas noticias, decidió usarme a mí como escudo. «Venga conmigo, Joubert. Iremos juntos. Usted es el otro testigo». No tuve más remedio que obedecer, pero cuando salíamos de la habitación, Florence me pidió en un susurro que nos reuniéramos esa misma noche, más tarde, en casa de madame Gabignaud.

—Cuando los hombres se fueron —prosiguió Cécile—, al principio no dijimos ni una palabra. Cualquier paso en falso habría podido delatarnos. Sabíamos que no podías seguir durmiendo mucho tiempo más y que, en cuanto te despertaras, llorarías de hambre, de modo que teníamos que actuar con rapidez. Acordamos que yo me quedaría a preparar el cuerpo de la difunta, por si el señor quería presentar a su esposa sus últimos respetos.

—¿No temían que también quisiera ver el cuerpo de su hija recién nacida? —preguntó Minou.

—Lo temíamos, sí —respondió Cécile—, pero era un riesgo que teníamos que correr. Sabíamos que no mostraría ningún interés en su hija y temíamos que te descubriera, porque entonces...

Se le quebró la voz.

—Lo comprendo —dijo Minou en voz baja.

—No podíamos arriesgar tu vida. Florence te sacó del castillo en una cesta y te llevó al pueblo.

—Durante las primeras semanas —intervino Bernard—, Florence y yo íbamos a verte siempre que podíamos. Madame

Gabignaud encontró una nodriza que no hizo preguntas y Cécile te cuidaba.

Minou sonrió.

—¡Era usted la que me cantaba aquella canción de cuna!

—Es increíble que lo recuerdes —dijo madame Noubel, y a continuación cantó los primeros versos:

Bona nuèit, bona nuèit...
Braves amics, pica mièja-nuèit
Cal finir velhada.

Minou asintió.

—Aunque no entendía las palabras, no las he olvidado. Se me han quedado grabadas en la memoria.

—Es una vieja canción occitana.

Bernard sonrió.

—En cualquier caso, tú estabas bien. Crecías sana y fuerte, y llegó un momento en que fue preciso decidir qué hacer contigo a largo plazo. Cécile tenía que atender a su marido y yo tenía mis responsabilidades en el castillo. Solo Florence estaba libre tras el fallecimiento de su señora.

—Marguerite fue sepultada una semana después de su muerte, casi sin ceremonias, en los terrenos del castillo —siguió contando madame Noubel—. Poco después, en Adviento, nos enteramos de que el señor iba a casarse de nuevo. A la gente del pueblo le pareció indecente esa prisa por volver a contraer matrimonio, pero a Bruyère le importaba muy poco la opinión de sus subalternos. La doncella escogida llevaba consigo una importante dote y su propio séquito de sirvientes.

Bernard asintió.

—Florence y yo lo vimos como una oportunidad para irnos. En diciembre le pedí al señor que me liberara de mis obligaciones. Por una vez, el capitán habló en nuestro favor. A decir verdad, le tenía miedo a Florence y quería deshacerse de nosotros. —Sonrió—. A la primavera siguiente, Florence y yo estábamos instalados con nuestra hija pequeña, contigo, Minou, en Carcasona. Una casita en la Cité, un modesto local en la Bastide..., y dejamos atrás el pasado. —Levantó la vista—. ¿Y sabes una cosa? Nunca, ni por un momento, nos arrepentimos de nada de lo que hicimos.

—No tenían ningún motivo para el arrepentimiento —dijo Cécile.

—Seis años después, Dios nos bendijo con Aimeric, y otros doce años más tarde, con la pequeña Alis. Tú adorabas a tus hermanos. Siempre decíamos que te revelaríamos la verdad de tu origen en cuanto llegara el momento oportuno; pero, por alguna causa, ese momento no llegó nunca. Y cuando Florence murió, no tuve valor para contártelo. Además, hasta entonces todo había ido bien. El negocio funcionaba, vivíamos felices y teníamos todo lo que deseábamos. Supongo que dejé de pensar en ello. Florence me dijo que el testamento estaba en lugar seguro, así que imaginé que lo habría escondido en el propio castillo. Por eso volví a Puivert a buscarlo.

Durante un instante, Minou guardó silencio, pensando en los graves riesgos que habían asumido los tres amigos para salvar su vida y en el secreto que habían guardado durante casi veinte años. Entonces, sus sombríos pensamientos la devolvieron al presente.

—¿Cómo me encontró Blanche de Puivert?

La angustia transfiguró la cara de su padre.

—Por mi culpa.

—Cuéntaselo, Bernard —intervino Cécile.

El hombre asintió.

—En enero, cuando regresaba a Carcasona, fui detenido en Toulouse y conducido a la cárcel que allí tiene la Inquisición.

—¡Padre querido! —murmuró Minou afligida—. ¿Por qué no me lo habías contado?

—No fui capaz. —Bernard negó con la cabeza—. Me encerraron en una celda con Michel Cazès, que estaba sufriendo mucho más que yo. Pasábamos las noches hablando sin parar, para engañar al miedo. Y, entre otras muchas cosas, le conté la verdad de tu llegada al mundo. —Bajó la vista al suelo—. Lo estiraron en el potro de tortura. Oí sus gritos. Debió de contárselo todo a los inquisidores. Su muerte pesa sobre mi conciencia.

—No, nada de eso —dijo Cécile con firmeza—. Te cargas con demasiadas responsabilidades, Bernard. El hecho que desencadenó todos los acontecimientos fue la muerte del maldito canalla del castillo. En cuanto murió, Blanche de Bruyère comenzó a actuar desesperadamente para asegurar su posición. Había oído rumores sobre la supervivencia de una criatura.

—¿Cómo es posible? —preguntó Bernard.

—Por lo que he sabido, la persona que asesinó a madame Gabignaud debió de obligarla a hablar antes de matarla. ¿Has dicho que la carta que recibiste en Carcasona llevaba el sello de la familia Bruyère, Minou?

—Sí.

—Es probable que madame Gabignaud estuviera en contacto con Blanche, porque, de lo contrario, ¿cómo iba a conseguir su papel de carta?

Minou asintió.

—Entonces, cuando Blanche obtuvo la información que necesitaba, la mató.

—Me temo que así debió de ser. —Madame Noubel hizo una pausa—. O tal vez el capitán presente el día de tu nacimiento acabó por reconocer que en realidad no había visto nunca a la criatura muerta. Incluso la esposa del viejo Lizier, en la casa vecina, pudo haber visto nuestras idas y venidas, y es probable que sacara sus conclusiones. Lo que quiero decir, Bernard, es que el rumor pudo originarse de muchas maneras. Nunca sabremos cómo fue en realidad. Solo sé que tú no tienes la culpa.

Un torbellino de pensamientos contradictorios atormentaba a Minou, sumida en una marea de emociones enfrentadas. Era difícil asimilar la tragedia de la muerte de Marguerite y el coraje de sus padres. Pero, en definitiva, ¿tenía todo eso alguna importancia? ¿Era ella una persona diferente por las circunstancias de su nacimiento?

De repente, sintió un intenso anhelo de hablar con Piet. Él la ayudaría a poner orden en sus pensamientos. Seguramente le encantaría saber que la mujer que la había llevado en su vientre había sido hugonota.

Desvió la vista a la ventana, donde la pálida luz del alba comenzaba a delinear los espectrales contornos de los árboles. ¿Estaría todavía en el bosque? ¿La estaría buscando? ¿O lo habrían capturado a él también?

Hizo un esfuerzo para no pensarlo.

—La idea de Florence siempre fue que, una vez muerto el señor de Puivert —continuó su padre—, tú tuvieras la oportunidad de decidir si querías reclamar la herencia que por derecho te pertenecía.

—¿No hay más descendientes? —preguntó Minou.

—No, aunque Guilhem me ha dicho que Blanche de Bruyère espera un hijo. Nadie cree que sea del difunto señor, pero si es un varón, será el primero en la línea de sucesión. En cuanto a tus derechos, ni siquiera sé si aún existe el testamento.

Minou suspiró.

—Existe. Lo tengo yo. Mamá lo escondió dentro de la Biblia de Marguerite y se lo envió a su hermana en Toulouse.

—¿A Salvadora? —dijo Cécile—. ¡Qué extraordinario!

—¿Madame Boussay lo tiene aún en su poder? —preguntó Bernard.

—Sí, al menos hasta hace unos días. Mi tía vivía aterrorizada por su marido. Cuando recibió el regalo, monsieur Boussay le prohibió que conservara una Biblia protestante. Pero, por una vez, ella lo desobedeció y la escondió en la iglesia que hay frente a su casa en Toulouse. Y allí se quedó hasta que yo la encontré hace apenas una semana. La guardé en el forro de mi capa, junto con... otra cosa de valor, y le confié la prenda a Aimeric cuando nos detuvieron al intentar salir de Toulouse. —Hizo una pausa—. Rezo para que aún la conserve.

Madame Noubel aplaudió entusiasmada.

—¡La capa verde de lana! Ahora entiendo por qué me resultaba tan familiar. Aimeric la llevaba puesta cuando nos encontramos ayer en el pueblo. No le sentaba demasiado bien. También llevaba una daga de plata en la cintura.

Minou sonrió, recordando el orgullo de su hermano cuando Piet le había regalado el puñal.

—Lo triste de todo esto es que yo jamás habría reclamado estas tierras. Le habría cedido con mucho gusto a Blanche todos mis derechos.

Se oyó un ruido en el pasillo y todos se volvieron hacia la puerta de la celda.

—Viene alguien —susurró Cécile.

—Podría ser Guilhem —dijo Bernard esperanzado—. O el cambio de guardia, con la primera luz del alba.

—O tal vez sea ella, que finalmente viene por mí. —Minou se puso de pie—. Estoy preparada.

Amanece. He ordenado que me la traigan al bosque.

He dejado a Valentin durmiendo en mi alcoba, y seguirá durmiendo un rato más. Sueña con el poder, la majestuosidad y la gloria. Se imagina sentado en el trono episcopal. Hoy Toulouse, mañana Lyon y quizá algún día Roma. Se ve a sí mismo interpretando las Sagradas Escrituras, al frente de nuestra santa madre Iglesia.

Se ha situado por encima de Dios.

Las voces en mi cabeza son cada vez más claras y persistentes. Me dicen que ya no debo confiar en él. Valentin afirma que nadie verá la diferencia, que incluso a él le cuesta distinguir el original de la falsificación. Dice que cuando el falso sudario esté guardado en su relicario, nadie sabrá que es una réplica.

Una ilusión.

Pero Dios lo sabrá, porque Él lo ve todo.

Me ha llevado mucho tiempo comprenderlo, pero ahora lo sé. Pese a lo mucho que habla de servir a Dios, no le preocupa recuperar la valiosa reliquia, sino capturar a ese hombre. Piet Reydon se ha convertido para él en una obsesión. Valentin no soporta la idea de haber sido engañado por quien fue su amigo más querido. Cuando el amor se transforma en odio, es la más intensa y violenta de las pasiones. Lo supe cuando maté a mi padre. También lo descubrió mi marido cuando lo maté a él.

Minou Joubert es mi enemiga.

Si no fuera porque Valentin me lo impidió, la habría matado en cuanto la tuve en mi poder. Prefiere mantenerla con vida solamente porque piensa que Reydon vendrá por ella. Interpretará su papel de inquisidor hasta que le proporcione la información que busca.

Pero yo quiero verla muerta. Dios me lo ha ordenado. Él me habla y yo lo escucho. Él es quien guía mi mano.

Debe morir en la hoguera. El fuego purificador, la purificación del alma. Si su espíritu es puro, volará al cielo. Si no lo es, el Diablo la tomará. ¿No está escrito que hay un tiempo para llorar, y un tiempo para reír? ¿Un tiempo para lamentar, y un tiempo para celebrar? Aquí es donde termina. En fuego y en llamas.

69

—Ya casi ha amanecido —dijo Piet, levantando las rodillas y cubriéndose las piernas con la capa—. Tiene que pasar algo pronto.

—Tal vez —bostezó Bérenger—. O tal vez no.

Habían pasado la noche escondidos en el bosque. Bérenger había derribado a Piet de un garrotazo, tomándolo por un soldado de la guarnición de Puivert. Y Piet había contraatacado, al confundir a Bérenger con el asesino del joven soldado que para entonces ya sabía que se llamaba Guilhem Lizier.

Cuando vieron que los perros y las antorchas se acercaban cada vez más a su escondite, tuvieron que adentrarse en la espesura del bosque, bajando por la ladera. Al final habían decidido esperar al alba antes de tratar de averiguar lo sucedido.

—He visto muchos amaneceres —dijo Bérenger—, pero ninguno tan hermoso como este. Son unas tierras de gran belleza.

—¿Es un hombre de ciudad?

—Nacido y criado en Carcasona. He viajado con la guarnición, naturalmente. Serví seis años en las guerras de Italia, pero aparte de eso nunca me he quedado en ningún sitio más de un mes o dos. Al final, la Cité siempre me ha hecho regresar. —Tosió, expulsando de los pulmones el aire de la noche—. ¿Y usted? ¿También es de ciudad?

Piet asintió.

—Mi padre era francés, de Montpellier. No llegué a conocerlo. Mi madre nunca hablaba mal de él, pero lo cierto es que la abandonó en Ámsterdam.

—¿Era holandesa?

—Sí. Murió cuando yo tenía siete años, pero tuve la suerte de contar con la protección de un caballero católico, uno de esos pocos cristianos que aplican a diario las enseñanzas de la Biblia. Pagó mis estudios y, como yo aprendía con facilidad, me envió a un colegio universitario en Toulouse. Incluso me dejó un generoso legado en su testamento.

—Pero usted no es católico —dijo Bérenger.

—Antes lo era.

—Y ahora es hugonote.

—Así es.

Se hizo un silencio entre los dos.

—¿Y cómo piensa *madomaisèla* Minou que lo tomará su padre? —preguntó al final Bérenger.

En el transcurso de la noche, cuando se había hecho patente la gran admiración y el respeto que el viejo soldado sentía por la familia Joubert, Piet había encontrado natural confiarle su amor por Minou.

—No lo sé —dijo sinceramente—. ¿Usted qué piensa, Bérenger, ya que lo conoce y sabe qué clase de hombre es? ¿Cree que Bernard Joubert me vería con buenos ojos, aun sin ser católico?

Bérenger prorrumpió en una sonora carcajada.

—Si salimos de esta y llevamos a Minou de vuelta a casa, sana y salva, le aseguro que le dará todo lo que le pida.

Piet se le quedó mirando un momento y después se echó a reír también.

—Bien dicho, amigo mío. Espero que no se equivoque.

De repente, se interrumpió.

—¿Ha oído eso? —Empuñó la daga y se incorporó—. Venía de allí.

Bérenger se puso de pie, desenvainó la espada y se situó silenciosamente detrás de un árbol en el lado opuesto del sendero.

Durante un rato no oyeron nada más, pero enseguida percibieron un ruido de pasos sobre las hojas secas en los límites del bosque, una piedra desplazada de su sitio, el crujido de una rama seca...

Piet levantó un dedo.

Esperaron hasta que el desconocido se hubo puesto en línea con los árboles y entonces Piet se abalanzó sobre él y le apoyó la punta de la daga en la garganta, antes de darle tiempo a reaccionar.

—Si haces el más mínimo ruido, te mato.

Alis oía los ladridos de la jauría, veía a través de la ventana la luz parpadeante de las antorchas en el bosque y gritaba sin cesar para que la soltaran. Pero nadie acudió para liberarla y finalmente se quedó dormida en la silla, con la cabeza apoyada en el respaldo y las muñecas atadas al asiento.

Un ruido la despertó. Abrió los ojos y vio que el amanecer inundaba la habitación de una pálida luz amarillenta. Estaba entumecida, tenía frío, le dolía el cuello y necesitaba con desesperación el orinal. Tenía hambre, y aunque seguía asustada, se dio cuenta de que las perspectivas no eran tan siniestras como se lo habían parecido en la oscuridad de la noche.

Estaba sola en la habitación. El ama se había marchado, lo mismo que el criado de monseñor Valentin, el que tenía una cicatriz que le desfiguraba la cara. Entonces, la niña recordó que le habían ordenado que acompañara al boticario de regreso al pueblo.

Se estremeció. ¿Y si ninguno de ellos volvía? ¿Y si la habían olvidado o la dejaban morir de hambre? ¿La encontraría alguien muchos años después convertida en una pila de huesos? Deprisa, para acallar los pensamientos sombríos, cerró los ojos y se puso a pensar en su gatita atigrada. Seguramente habría crecido mucho. Esperaba que no la hubiera olvidado y que Rixende y madame Noubel fueran buenas con ella. Ya no se atrevía a pensar en Minou, ni en Aimeric, ni en su padre. El dolor de llevar tanto tiempo separados le pesaba demasiado en el corazón.

De repente oyó un ruido en el pasillo y sintió un profundo alivio.

—Hola...

Se abrió la puerta y Alis parpadeó. Blanche iba de blanco: vestido blanco con una flor de lis de plata y capa blanca con reborde de satén. Parecía un ángel. ¡Qué extraño que una persona tan bella pudiera ser tan malvada!

—Tenemos que irnos —indicó.

—¿Adónde vamos?

Blanche no contestó. Le ató al cuello una cuerda con un nudo corredizo, para que no huyera, y cortó con un cuchillo las sogas que le amarraban las muñecas.

—Si intentas escapar, te mataré —dijo, con una voz extrañamente monocorde. Después levantó la vista al cielo—. La mataré.

—¿Con quién habla? —preguntó Alis.

Blanche no respondió.

—¿Adónde vamos? —dijo una vez más.

Blanche compuso lentamente una sonrisa extraña.

—¿No te dije que tu hermana vendría a buscarte? Pues bien, ya está aquí. Dios me la ha traído. Minou ha venido. Te está esperando en el bosque.

Dividida entre la esperanza y el terror, Alis sintió que se le encogía el estómago. Quería que fuera cierto, pero al mismo tiempo rezaba para que no lo fuera.

—No le creo.

—Voy a llevarte con ella —explicó Blanche, con la misma voz sin alma.

Alis temía que Blanche se hubiera vuelto loca. Tenía un brillo intenso en la mirada, pero no parecía ver nada. Abría y cerraba constantemente los puños y después se pasaba las manos por el vientre abultado.

—¿Por qué no viene aquí Minou? —consiguió preguntar Alis.

—Está en el bosque. Voy a llevarte con ella.

—Por el amor de Dios, muchacho —dijo Bérenger—, ¡baja la voz!

—¡Aimeric, por lo que más quieras! —insistió Piet—. ¿A qué demonios estás jugando?

—¡Piet, has podido escapar! ¡Estás vivo!

—Y tú también, aunque has estado a punto de hacerte matar. ¿Qué haces merodeando así por el bosque? ¿Estás buscando que te maten?

—Madame Noubel y Bérenger tenían que regresar al pueblo con Alis; pero, al ver que no volvían, he empezado a preocuparme y he salido a averiguar qué ha pasado. La tía Boussay no quería dejarme ir. —De repente, levantó los ojos y miró fijamente a Piet—. Minou está contigo, ¿verdad? ¿Está a salvo?

De inmediato, Piet se sintió culpable por tratar al chico con tanta brusquedad.

—No lo sé. Salimos juntos de Toulouse y vinimos a Puivert a encontrarnos con ustedes. Veo que conservas la capa de Minou.

—Me pidió que no la perdiera de vista y es lo que he hecho. Pero ¿dónde está Minou? Se encuentra bien, ¿verdad?

Piet le puso una mano en el hombro.

—Ayer estuvimos juntos hasta que anocheció. Oí un ruido en el bosque, fui a investigar y encontré a un hombre muerto. Lo habían apuñalado.

—Guilhem Lizier —añadió Bérenger en voz baja.

—Oh.

—Después encontré a Bérenger —prosiguió Piet—, que estaba esperando a madame Noubel. Y cuando volví al lugar donde había dejado a Minou, ya no estaba.

—¿Las han capturado a las dos? —preguntó Aimeric con expresión demudada.

—No lo sabemos —dijo Bérenger.

—Es posible —contestó Piet.

A través de la pálida luz filtrada por el dosel del bosque, los tres volvieron la vista hacia los muros del castillo.

—¿Estarán allí? —preguntó Aimeric.

—No lo sabemos, pero vamos a averiguarlo. —Piet dudó un momento y al final le tendió la mano al chico—. ¿Vendrás con nosotros?

—¿Me dejan que los acompañe? —dijo Aimeric asombrado.

—Sería peor dejarte aquí solo, haciendo de las tuyas —respondió Bérenger con voz ronca.

—No se arrepentirán.

Piet le estrechó la mano.

—Creo que te lo has ganado. Además, manejas bastante bien la daga.

Bérenger le dio una palmada en el hombro al chico.

—Pero recuerda que tendrás que hacer todo lo que te digamos. Nada de trucos.

Aimeric se llevó la mano al puñal de plata que llevaba en la cintura.

—Algún día seré tan bueno como tú, Piet. O incluso mejor.

—¿Adónde me llevan?

Los dos soldados la habían sacado de la celda en silencio. A la luz acuosa de la mañana la habían conducido a un patio enorme, rodeado de grises muros de piedra con altas torres de vigilancia. Atravesaron el patio en dirección a la caseta de los guardias, situada junto a la entrada principal.

Minou no entendía lo que estaba sucediendo. La torre principal estaba a sus espaldas. Su padre le había dicho que allí estaban las habitaciones de la familia. En esa torre tenía Blanche de Bruyère sus aposentos. ¿Por qué la llevaban en otra dirección?

La empujaron hacia el puente levadizo de madera. Parecían dirigirse a los bosques donde Piet y ella se habían refugiado la noche anterior.

Entonces vio otros dos soldados de pie en el límite del bosque. Uno de ellos tenía un rollo de cuerda colgado del hombro y el otro, algo que parecía un montón de trapos viejos. Los dos sostenían antorchas llameantes. Cuando estuvieron más cerca, Minou percibió el olor a petróleo en el aire sereno de la mañana.

—¿Qué está pasando? —preguntó.

Su voz resonó como si llegara de muy lejos. Uno de los hombres la miró como si quisiera hablar, pero cuando sus miradas se encontraron desvió la vista.

—Díganme algo, por favor. Yo...

Sintió que su coraje flaqueaba. Esperaba que la interrogaran, que la condujeran en presencia de Blanche de Bruyère y le permitieran ver a Alis.

Pero ¿qué estaba pasando? ¿Iban a ejecutarla? ¿Sin darle una oportunidad para hablar o defenderse? ¿Sin dejarla despedirse de sus seres queridos?

Intentó armarse de valor. El rocío de la mañana se le colaba en las botas y le mojaba los pies, pero el bosque era un lugar maravilloso, iluminado por la suave luz que se filtraba a través del dosel de hojas. Durante un instante fugaz, imaginó que tenía a Piet a su lado y pensó en lo hermoso que sería vivir toda una vida con él en un lugar así.

70

Madame Boussay estaba enferma de preocupación. No solo había esperado en vano el regreso de Bérenger y madame Noubel con la pequeña Alis, sino que además se había quedado dormida y al despertarse había descubierto que también Aimeric había desaparecido.

—No lo he visto marcharse, pero apuesto a que habrá ido al castillo —dijo Achille Lizier cuando madame Boussay fue a despertarlo—. Para el joven señor fue una gran contrariedad tener que quedarse anoche aquí. No ocultó a nadie su decepción.

—Es un chico muy inquieto —replicó ella.

Había escuchado atentamente toda la conversación de Cécile Noubel, Bérenger y Guilhem Lizier la noche anterior y, en líneas generales, había llegado a la conclusión de que los tres se habían precipitado al suponer lo peor. Los hechos hablaban en contra de su interpretación de la situación. Blanche de Bruyère era una católica devota, en eso todos estaban de acuerdo. Incluso tenía un director espiritual. Su patrocinio y protección de las iglesias de Puivert y los pueblos vecinos eran bien conocidos. Era una mujer noble, señora de una vasta y rica propiedad, y al cabo de pocas semanas daría a luz a su primer hijo. En vista de todas esas consideraciones, a madame Boussay le costaba creer que una persona de esas características pudiera estar involucrada en el secuestro de una niña y la captura y el encierro de

Bernard Joubert. Su cuñado era un hombre moderado, un buen librero —pese a la lamentable variedad de obras que tenía a la venta— y un católico devoto.

—Lizier —dijo—, voy a ir al castillo a presentarle personalmente mis respetos a la señora de Puivert. Estoy segura de que todo ha sido un malentendido que se puede resolver con rapidez.

Lizier frunció el ceño, atrapado entre la deferencia y el sentido común.

—Perdóneme, *madama*, pero ¿está segura? Cécile Cordier ha dicho...

—Madame Noubel es una excelente persona —replicó ella con brusquedad— y sin duda está convencida de que sus temores están justificados. Pero Alis es mi sobrina, y si ahora, tal como sugiere, mi sobrino Aimeric ha tomado la decisión de ir por su cuenta al castillo, me corresponde estar con ellos.

—Pero...

—Haga los preparativos necesarios, por favor.

A su pesar, Lizier corrió al pueblo. Al cabo de un cuarto de hora, el mozo se había levantado de la cama y había sacado al caballo de las cuadras. Mientras el sol asomaba detrás de las montañas distantes e iluminaba el valle, la campana de la iglesia dio las seis. Para entonces, el carruaje ya subía traqueteando por el zigzagueante sendero que conducía al castillo.

—Solo el fuego puede redimir y purificar —dijo Blanche mientras obligaba a punta de cuchillo a Alis a seguir andando—. Todos somos pecadores, caídos en la tentación del demonio. Pero podemos salvarnos. El fuego purificador, por mucho que los hugonotes lo denuncien, es el más bello de los dones. Es la única manera de salvar a los que han vuelto la espalda a Dios y a la gracia divina para entregarse a la condena eterna de su herejía.

Alis guardaba silencio y mantenía la cabeza gacha, aunque sus ojos no dejaban de moverse rápidamente de izquierda a derecha. La cuerda que llevaba en torno al cuello estaba floja, y creía que si conseguía sorprender a Blanche podría arrancarle de las manos el extremo de esta y huir corriendo al bosque.

Pero si lograba escapar y era verdad que Minou la estaba esperando, ¿qué pasaría entonces?

—Solo el fuego puede limpiar el pecado —estaba mascullando Blanche, como si hablara consigo misma—. El mal será derrotado. Volverá el reino de Dios a la tierra. Acabaremos con los herejes, los blasfemos y aquellos que no acatan las leyes divinas.

Alis pensó que Blanche había perdido el juicio. Su estado de ánimo oscilaba entre el éxtasis y la angustia. No dejaba de levantar la vista al cielo, como si hablara con las nubes, como el pobre Charles Sanchez en Carcasona.

Salieron de la sombra que proyectaba el castillo hacia la luz de la mañana. El sol comenzaba a teñir de oro el valle.

—Había dicho que Minou estaría aquí —objetó Alis.

—La están trayendo —replicó Blanche, sin dejar de empujar a la niña—. Para ella será una gran alegría verte. Podrán estar juntas toda la eternidad.

Cuando Vidal se despertó, la cama estaba vacía y Blanche se había ido.

Se sentó bruscamente y todo empezó a dar vueltas a su alrededor. Lo asaltó entonces una oleada de náuseas, como si se encontrara a bordo de un barco en un mar tempestuoso. Al cabo de un momento, cuando la alcoba dejó de girar, tomó el vaso que encontró junto a la cama y olfateó los posos de un líquido en su interior. Se sentía pesado y extraño, como si sus propias extremidades no le pertenecieran.

¿Lo habrían drogado?

Desplazó las piernas hasta dejarlas colgando al borde de la cama. Una vez más, el movimiento le produjo un intenso mareo. Parecía que tuviera plomo en las venas en lugar de sangre, y apenas podía moverse, como un animal viejo y herido.

Poco a poco, se puso de pie. Su hábito y el crucifijo estaban tirados por el suelo, donde ella los había dejado tras arrancárselos en la pasión del momento. Sintió alivio al notar que el vestido negro de Blanche seguía colgado detrás de la puerta. Probablemente habría ido a asearse. Pero entonces observó que sus enaguas blancas y el ornamentado rosario que siempre llevaba consigo habían desaparecido. Y cuando se agachó para recoger el crucifijo, vio que tampoco sus zapatos estaban en la habitación.

¿Se habría ido sin él a ver a los prisioneros? Rezó para que no fuera así. Su conducta era cada vez más alarmante. Descontrolada y cambiante. De repente caía víctima de una profunda melancolía y al instante parecía elevarse en un éxtasis apasionado. ¿Sería que la preñez le estaba afectando el buen juicio? ¿Volvería a ser la de siempre tras el nacimiento o el cambio sería definitivo?

Era preciso poner distancia entre ellos. Tomaría medidas para alejarse de ella y de Puivert. Ya tenía pensado ir al norte, hacia el Tarn, antes de regresar a Toulouse. Ahora se confirmaba que era la decisión correcta.

En cuanto se vistió, bajó por la espiral de la escalera de piedra, mirando en cada habitación en busca de Blanche.

—Blanche... ¿Estás ahí?

No la encontró en la galería de los músicos, ni en la capilla.

Terminó de bajar y salió al patio de armas mientras las campanas de la iglesia daban la media. ¿Qué hora sería? Por la luz, entre las seis y las siete. El rocío aún brillaba en la hierba, pero el sol ya pintaba de oro los remates de las torres.

Vidal entró en el edificio central. Los sirvientes se apartaron de su camino con una reverencia. Subiendo los escalones de dos en dos, llegó a la habitación donde habían dejado encerrada a la niña.

La silla estaba vacía y por el suelo yacían trozos de cuerda cortados.

Sintió que una especie de pánico le invadía el pecho cuando se volvió para salir corriendo. Se encaminó tan velozmente como pudo del patio superior al inferior, en dirección a la torre Bossue, donde Bonal salió a su encuentro.

—¡Monseñor, no esperaba verlo tan temprano!

—¿Qué hora es?

—Acaban de dar las seis y media.

Vidal hizo una pausa mientras trataba de controlar otra oleada de náuseas.

—¿Has visto a la señora?

—Creía que estaba con... —empezó a decir, pero enseguida se corrigió—. Supongo que estará en su habitación, monseñor.

—Estaba, pero se ha ido. También la niña ha desaparecido.

Bonal arrugó el entrecejo.

—Por esta puerta no ha salido nadie.

—¿Dónde está? Tenemos que encontrarla —dijo Vidal, agitando los brazos.

—No lo sé, monseñor. Por otro lado, debo darle la triste noticia de que anoche Paul Cordier resbaló en el sendero y cayó en la oscuridad. Es poco probable que se recupere.

Vidal asintió mientras lo asaltaba otra creciente sensación de malestar que lo hizo tambalearse. Bonal dio un paso al frente y lo sostuvo justo a tiempo para que no se desplomara.

—¿Se siente bien, monseñor? ¿Le pasa algo?

—Yo..., ella... —Enseguida se recompuso—. Llama al capitán. Quiero tener acceso a las celdas.

—No creo que deba dejarlo solo.

—¡Ve ahora mismo! —gritó Vidal, y su voz despertó ecos en el silencio del patio.

Bonal inclinó la cabeza, pero enseguida un griterío en la caseta de los guardias los hizo volverse a los dos.

—No, madame —insistía un guardia—. Por favor. No puede entrar sin autorización. La señora no permite...

Vidal frunció el ceño, intentando concentrarse en la familiar figura robusta y de baja estatura que trataba de acceder al patio. Una persona conocida en un entorno poco habitual. Cuando se dio la vuelta, vio la misma expresión de consternación en la cara de Bonal.

—Perdóneme, monseñor, pero ¿no es esa la esposa de monsieur Boussay?

A Salvadora Boussay no le gustaba presentarse en casa de nadie sin que la hubieran invitado.

En Toulouse había una manera correcta de proceder y ella se esforzaba para no cometer errores. Las esposas de los otros secretarios del ayuntamiento no tardaban en criticar, y su marido se enfadaba cada vez que lo ponía en un aprieto. Pero ahora las circunstancias eran diferentes. Madame Boussay olvidó los escrúpulos y, sin preocuparse por las protestas del guardia a sus espaldas, se encaminó hacia la torre del homenaje.

Solo entonces se dio cuenta de que no estaba sola en el patio. Había dos hombres de pie, uno al lado del otro. Miró con más atención, y cuando se percató de que uno de ellos vestía hábitos rojos de sacerdote, dejó escapar un suspiro de alivio.

Sin embargo, el alivio fue solo momentáneo, porque si bien los hábitos podían ser los de cualquier clérigo, el cabello era inconfundible: negro como el azabache con un mechón blanco. De pronto, sintió que perdía el valor. ¿Se habría descubierto su huida? ¿Habría enviado su marido a monseñor Valentin para llevarla de vuelta a Toulouse?

Pero ¿cómo podía saber que ella estaba en Puivert? Era imposible.

La experiencia de las últimas semanas de viaje con su sobrino le había conferido una nueva firmeza de ánimo. Levantó la barbilla. Había decidido hacer frente a la situación.

—Monseñor Valentin —dijo con su habitual cortesía—, ¡qué gran sorpresa encontrarlo aquí! ¡Y una gran alegría! ¿Usted también ha venido a visitar a Blanche de Bruyère?

Para su asombro, notó pánico en los ojos del sacerdote, aunque el hombre no tardó en disimularlo.

—¡Madame Boussay! ¡Una muy agradable sorpresa, como usted misma dice! —Enseguida miró más allá, por detrás del hombro de la señora—. ¿Y su apreciado marido? ¿La acompaña monsieur Boussay?

—No —replicó ella con calma—. Ya sabe que siempre se preocupa mucho por mi bienestar y ha pensado que Puivert sería el lugar más adecuado para mí mientras se serena el ambiente en Toulouse. ¿Y usted, monseñor? ¿También ha venido para eludir los disturbios?

—No, nada de eso. La señora de estas tierras acaba de enviudar —explicó— y, encontrándose en avanzado estado de preñez, necesitaba una guía espiritual.

Madame Boussay inclinó la cabeza.

—Desde luego. ¡Cuánta amabilidad la suya al haber venido hasta aquí para cumplir con sus obligaciones! No en vano mi marido habla siempre maravillas de usted.

Durante un instante, se sostuvieron mutuamente la mirada. Los dos tenían una sonrisa falsa en el rostro. El hielo se quebró cuando Bonal, que se había retirado durante la conversación, reapareció para susurrarle algo a su amo en el oído.

La expresión de Vidal fue de profunda sorpresa.

—¿Qué has dicho?

—Parece ser que hay fuego en el bosque —repitió Bonal, sin preocuparse demasiado esta vez por bajar la voz—, y el ama dice que ha visto a la señora y a la niña caminando antes del alba en esa dirección.

71

Flanqueada por los soldados, Minou avanzaba bajo los árboles, oyendo el crepitar y el siseo de un fuego de ramas verdes. El humo acre se propagaba espectralmente por el bosque como una neblina negra.

Al llegar al claro, la hicieron detenerse.

Por un instante, Minou no comprendió lo que veían sus ojos. Era como un cuadro o un tapiz bordado en el que la luz, los colores y el estilo delataran la mano del artista. El sol se filtraba a través del fresco dosel de hojas primaverales y producía una gama de matices amarillos, verdes y plateados. Al otro lado del claro, una hilera de hayas y alisos parecían centinelas vigilando una frontera. Por detrás, los troncos más ásperos de las coníferas se erguían en la espesura.

La muchacha levantó las manos atadas para protegerse la cara del calor de las llamas.

En el centro del claro ardía una hoguera. La habían encendido sobre un grueso tronco caído, cuyas raíces se retorcían como las manos de un viejo. Su centro hueco refulgía en tonos vivos mientras que la corteza estaba carbonizada. Habían apilado encima ramas secas y viejos tablones de madera que las llamas lamían, asomando de forma intermitente entre las hendiduras.

Entonces Minou oyó cantar.

Veni Creator Spiritus,
Mentes tuorum visita...

Las mismas palabras, repetidas una y otra vez. Era el himno de guerra que, según decían, habían entonado los cruzados mientras masacraban a los cátaros en Béziers y la Cité.

Ven, espíritu creador.
Visita las almas de tus fieles.

Pese al calor feroz, Minou se estremeció. Lanzó una mirada a los soldados que la acompañaban y enseguida vio una estaca de madera clavada en el suelo. Y aunque no encontraba ningún sentido a lo que estaba sucediendo —en el bosque, en una mañana de mayo, en Puivert—, comprendió que le habían preparado una hoguera.

A unos cien pasos del claro, al norte, dos hombres y un muchacho observaban agazapados en la espesura.

—¿A quién se le ha podido ocurrir encender un fuego precisamente aquí? —masculló Bérenger—. Si cambia el viento, podría arder todo el bosque. Hay mucha hojarasca seca.

—¿Ven algo? —susurró Aimeric.

—No mucho. Hay demasiado humo.

—Alguien canta.

—Yo también lo oigo —dijo Piet, prestando atención a la débil voz que transportaba la brisa por encima del crepitar de las llamas.

Entonces, el aire se despejó durante un breve instante.

—Creo que he visto a alguien —observó—. Un sacerdote quizá. Con hábitos blancos. ¿Será una ceremonia especial de

Pentecostés? ¿Qué opinas, Bérenger? ¿Podría ser algún rito antiguo de los que aún se celebran en las montañas?

—En Carcasona no tenemos nada parecido, de eso estoy seguro.

Piet volvió a mirar.

—No, no es un clérigo. Es una mujer.

—¿Madame Noubel? —preguntó de inmediato Bérenger.

—Lo siento, amigo, pero no. Es más joven y con el pelo negro.

Bérenger hizo una inspiración profunda.

—¿No será Blanche de Bruyère? En la Cité la vi un instante, pero puedo asegurar que tiene el pelo negro como ala de cuervo.

—Y a su lado hay alguien más. Una niña. —Piet le hizo señas a Aimeric para que se acercara y apoyó las manos sobre los hombros del chico—. ¿Es Alis?

Piet sintió que el muchacho se ponía tenso al ver la soga en torno al cuello de la pequeña.

—Sí, es ella. Es mi hermanita.

De inmediato, su mano buscó la empuñadura de la daga.

—No —le dijo rápidamente Piet, conteniéndolo—. Salvaremos a Alis, pero debemos tener cuidado. Si actuamos antes de tiempo, podríamos ponerla en peligro. Ni siquiera sabemos con cuántos hombres tendremos que enfrentarnos.

—Hay por lo menos cuatro soldados —dijo Bérenger—: dos alimentando el fuego y otros dos, o quizá tres, hacia el sur. Y puede que sean más.

—¿Armas de fuego?

—No veo. Espadas sí, desde luego.

Piet se deslizó entre los árboles para ver mejor y, llegado a un punto, se paró en seco. Acababa de distinguir a dos soldados que llevaban entre ambos a Minou, con las manos atadas por delante. Vio que la arrastraban hacia un poste clavado en el suelo. La ira rugió en su interior, pero se obligó a hacer varias inspiraciones profundas, aplicándose el consejo que acababa de darle a Aimeric. Si se precipitaban, podían provocar la muerte de todos.

—Vengan sin hacer ruido —susurró.

Bérenger y Aimeric avanzaron en cuclillas, hasta situarse a su lado.

—También tienen a Minou —dijo Piet—, así que tendremos que actuar con particular sangre fría. No perdamos la cabeza. Tus hermanas te necesitan, ¿me oyes, Aimeric?

El chico estaba pálido, pero parecía resuelto.

—Sí —respondió.

—Nos acercaremos tanto como podamos sin que nos vean —prosiguió Piet—. Por lo que sabemos, no son más de cuatro o cinco soldados. Nosotros somos tres. No es gran cosa, pero tampoco estamos perdidos.

—Pero Minou y Alis están atadas, ¡y muy cerca del fuego!

—Y es posible que la señora de Bruyère también vaya armada —terció Bérenger.

—Aunque no lo esté, la locura que la impulsa es tan peligrosa como una espada —comentó Piet en voz baja.

Desesperados, aunque impotentes para intervenir, observaron a Blanche, que se dirigía al punto donde los soldados habían atado a Minou, arrastrando tras ella a Alis, como si llevara a un perro con correa. Cuando la niña vio a su hermana, le gritó y le tendió las manos, pero Blanche tiró de la soga y la alejó.

—¡Suéltela! —exclamó Minou—. ¡No le haga daño!

—La mataré —le susurró Aimeric a Piet—. Juro por Dios que...

—Lo importante es salvar a Minou y a Alis —lo interrumpió bruscamente Piet—. No dejes que la ira te nuble el juicio.

—Todo saldrá bien —dijo Bérenger con pretendida firmeza, aunque en su voz se traslucía la duda—. La razón está de nuestra parte.

—¡Suelta a Alis! —gritó Minou—. ¿No me querías a mí? ¡Aquí estoy!

—No estás en posición de negociar. Has obrado con excesiva lentitud. Me has hecho esperar demasiado.

A Minou le estallaba el corazón de furia, pero no quería revelar sus emociones. Y aunque tenía le vista fija en Blanche, alarmada por el extraño brillo de sus ojos y la antinatural palidez de su rostro, no pudo dejar de asombrarse por el cambio que había experimentado su hermana.

Durante muchos días la habían atormentado las imágenes de una Alis hambrienta, enferma y cada vez más delgada y demacrada. Pero la realidad le estaba diciendo todo lo contrario. En las siete semanas de cautiverio, Alis había crecido y había cobrado nuevas fuerzas. El aire de la montaña le había coloreado las mejillas, y la rebelde melena de rizos negros le enmarcaba otra vez la cara. Por un instante, el alivio de verla tan cambiada le devolvió el coraje.

—¿Dónde está el testamento? —preguntó Blanche—. Tienes que dármelo.

—No lo tengo en mi poder.

—No te creo.

—Es la verdad —replicó Minou, intentando parecer serena—. También es verdad que no quiero nada de esto. No me interesan Puivert, ni el castillo, ni la herencia que tanto estás luchando por conservar. Puede quedárselo todo. Renunciaré a mis derechos en presencia de un notario, de un sacerdote o de quien usted indique. Le doy mi palabra de que lo haré si nos deja en libertad.

—Ya es tarde —murmuró Blanche—. Hay un tiempo para nacer, y un tiempo para morir.

—No le entiendo —replicó Minou.

—Todo habría salido bien si ese boquiflojo no hubiera hablado tanto. Mi amado y malogrado esposo, el llorado señor de estas tierras, no dejaba de parlotear y despotricar contra el mundo y contra el demonio que lo aguardaba mientras se pudría en su lecho de muerte. Hablaba sin cesar el maldito pecador. No había manera de hacerlo callar. Así fue como comenzaron los rumores. Y yo empecé a temer por mi herencia. —Se puso las manos sobre el abultado vientre y presionó, como si quisiera expulsar la criatura antes de tiempo—. Les prohibí a los sirvientes que escucharan, pero se negaban a taparse los oídos. Mandé que los azotaran, pero no dejaban de hablar. Les dije que el señor había perdido la razón, que estaba confuso, que en realidad se refería a esto que llevo dentro, a este hijo suyo aún por nacer, pero los rumores no se detuvieron. Había hablado demasiado. Demasiado.

—Usted lo mató —dijo Minou en tono monocorde.

—Hay un tiempo para guardar, y un tiempo para desechar. Un tiempo para matar. Sí, lo hice yo —reconoció Blanche, como si no fuera una monstruosidad quitarle la vida a un hombre.

Minou le lanzó una mirada rápida a Alis para tratar de darle ánimo.

—Dios me habló y yo le obedecí —prosiguió Blanche—, como debemos hacer todos nosotros. No somos más que pobres pecadores. Cuando estuvo sepultado, con la boca llena de tierra, ya no pudo hablar más. Pero había una vieja, ¿sabes?, aquejada por el pecado de la soberbia. Como un cáncer. No dejaba de propagar por el pueblo un montón de viles mentiras sobre un testamento y una criatura que ella misma había ayudado a traer al mundo. Una criatura que no había muerto al nacer. Pero hay un tiempo para guardar, y un tiempo para desechar. Me lo dijeron las voces.

—Anne Gabignaud —murmuró Minou—. Me escribió para advertirme del peligro.

Blanche siguió hablando, como si Minou no hubiera dicho nada.

—Un tiempo para buscar, y un tiempo para perder. —Blanche tiró de la cuerda de Alis, que soltó un grito porque la soga le hacía daño en el cuello—. ¿Es tiempo ya de eliminarte? —susurró—. ¿Ha llegado para ti el tiempo de perder?

Por instinto, Minou se echó hacia delante, pero las sogas la mantuvieron firmemente atada al poste. Su situación era de completa impotencia. Entonces, sobresaltada, notó que el viento estaba cambiando y las nubes de humo comenzaban a envolver las hayas al otro lado del claro. Manchas de ceniza negra le ensuciaron a Blanche el traje blanco.

—¡El viento está cambiando! —gritó Minou—. ¡Aléjese del fuego!

—¡El fuego es lo único que puede redimirnos! —exclamó Blanche.

Minou se agitó con más fuerza y consiguió aflojar un poco las cuerdas.

—Tardó mucho en morir —dijo Blanche—. Opuso más resistencia de lo que habrían hecho suponer sus años.

—¿Está hablando de madame Gabignaud? —preguntó Minou, pensando que si los soldados oían la confesión de boca de su señora, se negarían a obedecerla.

Blanche volvió a mirar a Minou con ojos de trastornada y se le acercó unos pasos más.

—Más resistencia que mi marido, que al final era como una criatura llorona.

—¿Quién tenía más resistencia? —preguntó Minou, intentándolo por tercera vez.

—La comadrona. ¿Tanto te cuesta entender las cosas? No podía mantener la boca cerrada. Me contó que una de mis predecesoras, tu sacrosanta madre, era una hereje. ¿Lo sabías? ¡Una hugonota! ¡Esa comadrona salvó a la hija de una protestante! Solo por eso merecía morir.

De manera brusca e inesperada, Blanche alargó la mano y agarró a Minou por el cuello.

La joven se debatió desesperadamente, pero Blanche apretó con más fuerza, impidiéndole respirar.

—No dejaré que la hija de una zorra hugonota me robe mi herencia. Hay un tiempo para nacer, y un tiempo para morir. Es la única manera. Dios ha hablado y es su voluntad. Así lo ha querido.

Minou intercambió una mirada con Alis cuando sintió que Blanche ya no le apretaba con tanta fuerza el cuello.

—Mi hermana favorita —susurró, para darle ánimo.

—Tu única hermana —murmuró la niña.

A partir de ese momento, todo pareció suceder a la vez. Minou le propinó un fuerte puntapié a Blanche en las rodillas y, al mismo tiempo, Alis tomó la cuerda con las dos manos y tiró con todas sus fuerzas hasta conseguir soltarse. De inmediato, echó a correr.

—¡Deténganla! —gritó Blanche.

Los soldados salieron tras ella, pero Alis ya había llegado al límite del bosque y se estaba quitando la cuerda del cuello, sin dejar de correr.

—¡Ahora! —gritó Piet.

Piet, Aimeric y Bérenger abandonaron su escondite y corrieron rugiendo hacia el claro. Piet se abalanzó sobre los soldados que estaban alimentando la hoguera mientras Aimeric corría a ayudar a Alis. Por su parte, Bérenger se dirigió hacia el lugar donde estaba atada Minou.

Las rachas de viento comenzaron a formar espirales en el claro, y la dirección de las ráfagas cambió de repente del norte al suroeste. El humo formaba movedizos penachos que se propagaban en todas direcciones.

De la hoguera saltó una chispa, que fue a caer sobre los trapos empapados en petróleo que aún llevaba encima uno de los perseguidores de Alis. Los trapos empezaron a arder, y el hombre se puso a gritar al ver que el fuego le estaba quemando el pelo y la barba. En vano intentó apagar las llamas con un movimiento desesperado de las manos. Cuando trastabilló y cayó, Minou percibió claramente el olor a carne quemada.

Otra chispa cayó en la hojarasca al pie de las hayas de un extremo del bosque y, un instante después, una cinta de fuego envolvió uno de los troncos.

—¡Llévate a Alis! —le gritó Minou a Aimeric.

El chico levantó en brazos a la niña, la envolvió en su capa verde y se internó con ella en el bosque.

El alivio que sintió Minou fue fugaz. A través del humo negro vio a Bérenger interceptado por otro soldado, y mientras intentaba localizar a Piet se le cortó una vez más la respiración, porque Blanche había vuelto a agarrarla por el cuello.

—¡Piet! —oyó que gritaba Bérenger—. ¡Mira a Minou!

La joven se debatía por soltarse, tratando de no prestar atención al sabor de la sangre en la boca. A pesar de su preñez, Blanche parecía tener la fuerza de varios hombres.

Piet corrió a través del claro, se abalanzó sobre Blanche y la apartó de Minou. Un soldado cargó contra él con la espada, que chocó con la empuñadura de la de Piet, pero este consiguió hundirle la hoja del arma en el vientre. La sangre manó a borbotones de la herida y estalló en la boca del soldado, tiñendo de rojo la hierba verde. El hombre cayó de rodillas y se desplomó boca abajo. Para entonces, otro soldado había atacado a Piet, que no dejaba de avanzar incansablemente, espada contra espada, obligando a su adversario a retroceder hacia la pira.

El viento arreciaba avivando las llamas, y el fuego rugía con creciente intensidad.

De repente, Minou advirtió que Blanche tenía un cuchillo en la mano.

—Solo el fuego nos hará renacer —murmuró la mujer—. Debes morir. Pero me lo agradecerás, Minou, porque estoy salvando tu alma.

Minou intentó echarse hacia atrás, sin saber qué hacer contra la hoja de un puñal. Estaba acorralada. Solamente podía mover las piernas, de modo que intentó mantener a Blanche alejada de ella propinándole patadas. Entonces, el viento las envolvió a ambas en una sofocante nube de humo negro que hizo toser a Blanche. Y, en medio del caos, se oyó una voz diferente.

—Blanche, mi señora.

Con la sorpresa, se le cayó el puñal de la mano. Minou observó la consternación en la cara de Piet y, al volverse, vio a Vidal, que se acercaba por el claro acompañado de dos soldados, además de su criado y dos prisioneros.

—¡No! —susurró Minou, sintiéndose vencida.

Vidal sujetaba a Alis por la gorguera del vestido y Bonal apoyaba la punta del puñal sobre el cuello de Aimeric, que tenía un ojo morado y un corte en la mejilla.

—Lo siento, Minou —dijo el chico—. Los hemos encontrado en el bosque. Había...

—¡Cállate! —lo amenazó Bonal.

—Arrojen las armas —ordenó Vidal—. Déjenlas donde pueda verlas.

Por un instante, Piet aumentó la presión sobre la empuñadura de la espada, pero enseguida hizo lo que le indicaba Vidal. Bérenger lo imitó, arrojando su arma sobre el sable de Piet. Bonal le quitó a Aimeric la daga del cinturón y la lanzó también al montón.

Tras un gesto de Vidal, los soldados se acercaron a Piet y a Bérenger, les ataron las manos a la espalda y los obligaron a arrodillarse.

—Así está mejor —dijo el clérigo.

Minou notó que Blanche se transfiguraba. Parecía que sus demonios la hubieran abandonado, dejando tras de sí a una dama grácil y elegante, dispuesta a recibir a los invitados de un banquete o un baile de máscaras.

—¡Valentin! ¡Bienvenido! Tendrá que perdonarme, pero, como puede ver, nos hemos visto obligados a empezar sin usted. ¿Ha dormido bien, amor mío?

Piet la miró sorprendido, Bérenger pareció disgustado y Minou, recordando los rumores que le habían mencionado su padre y madame Noubel, miró el vientre de Blanche y se dijo que ahora lo comprendía.

La criatura era de Vidal y no de su marido. No tenía ningún derecho a heredar las tierras de Puivert.

—Habla demasiado, señora —replicó Vidal bruscamente.

—Venga aquí conmigo —prosiguió ella—. Los he reunido a todos para usted. —Agitó la mano en dirección a los prisioneros—. ¿Lo ve? ¡Aquí están!

Vidal hizo un gesto y los soldados se situaron detrás de Blanche. No la tocaron, pero era evidente que su propósito no era obedecerla, sino controlarla.

—¿No? —dijo ella en su extraño tono monocorde—. ¿No le complace lo que he hecho? ¿No le complace el fuego?

Vidal se dirigió hacia Piet. Un soldado se aprestó a amenazar al prisionero con su daga, para que permaneciera de rodillas y no se moviera.

—No gastaré más tiempo en ti, Reydon. Me has engañado, has abusado de mi buena fe. Por tu culpa ha habido muchas muertes. Todo esto pesará sobre tu conciencia.

La ira tensó el rostro de Piet.

—¡Así ardas en el infierno!

—¿No recuerdas tus estudios, Reydon? Se puede pecar por acción o por omisión; hay consecuencias voluntarias y consecuencias involuntarias. Crompton y el pobre imbécil al que pagaste para que falsificara el sudario han sufrido en carne propia las consecuencias de tu obcecación. También McCone, aunque él mismo fue el arquitecto de su infortunio. El idiota vendía secretos a los dos bandos.

Vidal hizo una pausa, como esperando a que Piet dijera algo, y entonces retrocedió frotándose los ojos, irritados por el humo.

—Quieres el sudario, Vidal. ¿Es eso?

—Tienes una sola oportunidad para decirme la verdad. Si me la ocultas, mataré primero a la niña, después al chico y, para terminar, a mademoiselle Joubert. Si me dices dónde está el sudario, no tendrán que verse con nuestras espadas.

—¡Está mintiendo! —gritó Aimeric—. ¡Va a matarnos a todos!

—Díselo, Piet —intervino Minou, intentando alejarse del fuego. Otra chispa había caído entre unos helechos secos, que ya se habían inflamado. Las llamas comenzaban a propagarse por una rama tendida en el suelo.

—¿Dónde está el sudario? Sé que se lo confiaste a tu..., ¿qué es ella para ti? ¿Tu amante católica?

—Finges amar a Dios, Valentin —dijo Blanche de repente—. Finges hacer todo esto para mayor gloria de nuestro Señor, pero en realidad le has vuelto la espalda. Solo piensas en tu propio interés.

Vidal no le prestó atención.

—¿Dónde está, Reydon?

Piet no dijo nada. Vidal fijó la mirada en él un segundo y después se volvió hacia Alis y la señaló.

—¡No! —gritó Aimeric—. Está aquí, en el forro de mi capa.

—¡Por fin! —Vidal chasqueó los dedos—. Bonal...

Bruscamente, Bonal le arrancó la capa a Aimeric y se la entregó a su amo. Vidal desgarró las costuras, insertó una mano dentro y extrajo el estuche de cuero.

Dudó un momento, como si fuera a concederse el tiempo para ver el sudario, pero enseguida lo reconsideró.

—No profanaré un objeto tan sagrado sacándolo a la luz en presencia de gente tan impía —dijo.

Blanche lanzó un grito.

—¡Tienes en tus manos una señal de la clemencia divina hacia sus criaturas, una reliquia del Hijo que murió por nuestros pecados, pero no te importa! ¡Eres un pecador, Valentin!

Intentó ir hacia él, pero los guardias la frenaron.

—Lleven a la señora a sus aposentos —dijo Vidal con frialdad—. Está muy afligida y merece nuestra compasión.

—¿Y nosotros? —intervino Minou—. Ha dicho que nos dejaría marchar si les entregábamos el sudario.

Vidal la miró con una sonrisa irónica.

—No he dicho nada de eso. He dicho que no tendrían que vérselas con nuestras espadas. Reydon es un hereje y, a estas alturas, supongo que usted también, mademoiselle Joubert. Es como un veneno. La herejía se mete en la sangre y contamina a todos a su alrededor. ¡Átalos, Bonal! Dejemos que el fuego haga su trabajo.

72

Vidal se apartó de la pira, tapándose la boca y la nariz con un pañuelo, y observó cómo Bonal ataba a los prisioneros. Su hábito rojo ondeaba al viento.

Blanche estaba a su lado, custodiada por los soldados. Tenía la cara manchada de hollín y la ropa blanca y plateada arruinada por la ceniza. El pelo se le había soltado y le colgaba sobre la espalda. Tenía una expresión de serenidad en el rostro, aunque su mirada estaba vacía, como la de los santos de yeso de las iglesias. Solo sus puños, que constantemente se abrían y se cerraban, dejaban traslucir su tumulto interior.

Para entonces, habían atado a Piet, a Bérenger y a Aimeric a los árboles del norte del claro, directamente en el camino que seguiría el fuego si el viento del suroeste continuaba avivando las llamas. Estaban demasiado lejos unos de otros para poder ayudarse.

Minou todavía estaba atada al poste, mucho más cerca de la pira, pero ahora sentía a Alis a su espalda. La niña también estaba amarrada con varias vueltas de cuerda. No tenían la menor esperanza de soltarse. De momento estaban a salvo, pero si volvía a cambiar el viento, las llamas podían alcanzarlas en cuestión de minutos.

—Volveré al castillo, Bonal —dijo Vidal—. Acaba el trabajo con la chica y la niña, deshazte de los cadáveres y prepara los caballos. Te esperaré en el torreón.

—¿Nos vamos de Puivert?

Vidal bajó la vista hacia al estuche de cuero y la capa que llevaba colgada del brazo.

—Así es. Ya tengo lo que vine a buscar.

—¿Regresamos a Toulouse, monseñor?

Vidal sonrió.

—No, iremos al Tarn. A Saint-Antonin-Noble-Val, para ser exactos.

Bonal lo miró a los ojos.

—Muy bien, monseñor.

Vidal echó un último vistazo a su alrededor, como para comprobar que todo estaba a su gusto, y finalmente, dejando en el claro a Bonal, se marchó con Blanche y los soldados que la escoltaban. Aunque ella era la señora de esas tierras, nadie dudaba de que el amo era otro.

—¡Dios te castigará por esto, Vidal! —le gritó Piet.

Minou notó que el clérigo se detenía un momento, pero enseguida continuó su camino, sin mirar atrás.

El viento arremolinado empujaba espesas nubes de humo a través del claro y ennegrecía el aire. Era imposible ver nada.

Piet la llamó una vez más.

—Minou...

—¡Estoy aquí! —respondió ella, por encima del crepitar de la hoguera.

—Tu voz me alegra el corazón —dijo Piet, aunque Minou percibió la desesperación en sus palabras.

No podía llegar hasta ella, ni era posible que la joven fuera a su encuentro.

Minou vio de soslayo que Bonal arrastraba hacia las llamas los cuerpos de los soldados muertos. Oyó un siseo y un crujido cuando comenzó a arder el pelo de los cadáveres; a continuación, el olor dulzón a carne quemada empezó a impregnar el aire.

Entonces pensó que debía hablarle a Alis.

—¡Cuántas historias tendremos para contar! —exclamó, deseando desesperadamente distraer a su hermana de los horrendos sucesos que se estaban desarrollando a su alrededor.

—Te he echado mucho de menos —dijo Alis, con tanta dulzura y sencillez que a Minou se le llenaron los ojos de lágrimas.—Yo también te he echado de menos —aseguró—. Y no solo yo. Incluso Aimeric, aunque no te lo creas.

—Sabía que vendrías, dijera lo que dijese Blanche, pero al mismo tiempo deseaba que no vinieras.

—Te entiendo.

—Me dijo que iba a llevarme a Toulouse. Por eso me fui con ella, aunque madame Noubel me había pedido que no saliera de casa. La culpa ha sido mía.

—No, tú no tienes la culpa de nada —replicó Minou con firmeza—. En cualquier caso, ya no importa.

—¿Estás segura de que madame Noubel no se enfadará conmigo?

—Totalmente segura.

—De acuerdo. Cuando me di cuenta de que Blanche había mentido, seguí esperando a que vinieras. Pero pasaron muchas semanas y entonces decidí marcharme. Un día, cuando salí a explorar, el bebé de Blanche estuvo a punto de nacer y ella casi se muere. Desde entonces ha estado enferma. Intenté huir otra vez, pero me descubrieron y me ataron a una silla. El clérigo no paraba de hacerme preguntas.

—¿Te hizo daño? —preguntó Minou. Sabía que debía preguntarlo, pero temía la respuesta.

Alis dudó un momento y después Minou creyó notar que negaba con la cabeza.

—No te veo, Alis. Tienes que decirlo en voz alta.

—No mucho. Me pellizcó muy fuerte las mejillas, pero no lloré.

Minou dejó escapar un suspiro de alivio.

—Tengo una sorpresa para ti que te encantará —dijo—. Papá está en el castillo, con madame Noubel. Y en cuanto salgamos de aquí, iremos a buscarlos. ¿Qué te parece?

—¿Vendrán a salvarnos? —preguntó Alis con un hilo de voz—. ¿Cómo sabrán que estamos aquí?

—Lo sabrán —respondió Minou con firmeza, aunque no tenía ninguna esperanza—. Alguien vendrá. El humo debe de verse a varias leguas a la redonda. Alguien en Puivert lo verá.

Minou guardó silencio cuando advirtió que Bonal se acercaba para comprobar por última vez si las sogas estaban firmemente atadas.

—Veamos —dijo, mientras sacudía la cuerda.

—Esto es un error —expuso Minou, intentando una vez más razonar con él—. No querrá que nuestras almas pesen sobre su conciencia. ¡Por favor, deje al menos marchar a mi hermana! No es más que una niña.

Bonal se inclinó sobre ella y le susurró al oído:

—No llevaré ninguna carga sobre mi conciencia. Confesaré mis pecados y la pizarra volverá a estar limpia, mientras que tú, zorra hugonota, irás a reunirte con tu creador sin la absolución, cargada con tus pecados.

Escupió en el suelo, junto a los pies de Minou, y se alejó hacia el sendero. Una ráfaga de viento levantó otra nube de humo que oscureció la visión de la joven.

Entonces oyó un alarido. Entre la neblina, vio que Bonal se tambaleaba y al cabo de un instante caía de rodillas. Cuando el viento volvió a despejar el aire, lo vio tendido en el suelo, con un cuchillo clavado en la garganta.

—¿Qué está pasando? —susurró Alis.

—No lo sé —respondió Minou—. No hagas ruido.

—¿Vendrá papá?

—No lo sé —volvió a susurrar Minou, esforzándose por distinguir algo entre el humo.

Oyó pasos que se acercaban por la hojarasca y, de pronto, distinguió la figura de una persona.

—¡Tía! —exclamó.

Madame Boussay estaba empapada en sudor y respiraba con dificultad. Jadeaba. Para desconcierto de Minou, se inclinó sobre el cuerpo de Bonal, le extrajo el cuchillo de la garganta y limpió en la hierba la hoja ensangrentada.

Minou no sabía si reír o llorar. Su tía parecía extrañamente serena, como si no la perturbara el hecho de haber matado a un hombre.

—¡Tía, querida tía! —dijo Minou—. ¿Puedes soltarme?

—Haré lo que pueda, querida sobrina —respondió madame Boussay.

—No sabía que supieras... manejar un cuchillo.

—En realidad, no sé demasiado. Soy terriblemente torpe. Mi marido siempre dice que... —Se interrumpió con brusquedad—. Es un truco que me enseñó tu hermano. Al final me ha resultado útil. Me contó que lo había aprendido de tu pretendiente hugonote. —Enseguida, antes de que Minou tuviera tiempo de contestarle, se volvió hacia la niña—. Y tú debes de ser Alis, ¿verdad?

Estupefacta, Alis solo pudo asentir con la cabeza.

—Yo soy Salvadora Boussay, tu tía de Toulouse —dijo la señora mientras cortaba la soga que mantenía atada a Minou y a continuación hacía lo propio con la de la pequeña Alis—. Ya está, mucho mejor así. ¿Y dónde se encuentra ese sobrino mío? ¿Dónde se ha metido Aimeric?

Al principio no hubo respuesta y Minou sintió que se le helaba la sangre. El fuego no los había alcanzado todavía, pero el humo podía haberlos sofocado...

—¡Aimeric! —lo llamó madame Boussay—. Contesta, por favor.

Esta vez, la voz de su hermano resonó a través del claro.

—¡Estamos aquí, tía! No estaría mal que te dieras un poco de prisa.

Minou echó a correr siguiendo los límites del claro, para protegerse de las llamas.

Primero liberó a Piet y, durante un instante fugaz, sus labios se rozaron. Después, entre los dos, soltaron a Bérenger y a Aimeric antes de reunirse con madame Boussay y Alis y recuperar las armas.

Agotados y todavía confusos por la rapidez de los acontecimientos, emprendieron la marcha por la empinada senda que conducía al castillo.

—Bérenger —dijo Piet cuando llegaron al límite de la maleza más densa—. Ve al pueblo a dar la voz de alarma. Si no amaina el viento, el fuego podría arrasar todo el bosque y llegar a Chalabre.

—Tenemos que encontrar la manera de entrar en la torre Bossue —dijo Minou en voz baja—. Mi padre y madame Noubel están encerrados en ella.

—¿Crees que aún estarán allí, sobrina?

—No lo sé. Papá dice que nadie conoce su identidad, pero eso podría cambiar ahora que Vidal tiene el sudario. En cuanto a Blanche...

—No está muy bien de la cabeza, tía —le explicó Alis—. El bebé intentó nacer antes de tiempo y se ha vuelto loca.

—Nuestra única esperanza es que se haya calmado ahora que tiene lo que buscaba.

—¿Qué quería la señora de Puivert, sobrina?

—Un testamento —contestó Minou—. Estaba oculto dentro de la Biblia que te envió mi madre, tía. La saqué de su escondite en la iglesia de Saint-Taur. Perdóname, pensaba decírtelo. Tenía miedo de que se perdiera durante los combates en Toulouse.

—¿Me estás diciendo que hay un testamento oculto en mi Biblia?

Minou frunció el ceño.

—¿No la examinaste cuando la recibiste?

—No. Solamente la abrí; pero cuando vi que estaba escrita en francés, volví a cerrarla y la metí otra vez en la bolsa. Sabía que mi marido se disgustaría mucho si la veía. Después, como ya sabes, la escondí. ¿Es el testamento de Florence?

—Yo... —Minou se interrumpió y se dijo que las explicaciones podían esperar—. Es una larga historia, tía. Pero Blanche pensaba que ese testamento podía privarla de su herencia. Lo escondí dentro del forro de mi capa para mantenerlo a salvo, junto con otro objeto muy valioso que me había confiado Piet para que se lo guardara. Por eso, cuando nos detuvieron en el puesto de control del puente cubierto, le di mi capa a Aimeric.

—Y él nunca la ha perdido de vista. Es un chico obediente, a su manera.

—En cualquier caso —suspiró Minou—, ahora lo tiene Vidal y no hay nada que hacer al respecto.

Madame Boussay carraspeó.

—Bueno, a decir verdad, no lo tiene. Espero que no te ofendas, Minou, pero las costuras de tu capa estaban muy mal hechas, de manera que me propuse arreglarlas mientras Aimeric dormía. Solía ser muy hábil con la aguja en mi juventud, aunque a monsieur Boussay no le gustaba que su esposa... —Se interrumpió—. Bueno, eso no importa ahora. Lo que quería decirte es que encontré el estuche y la Biblia. Como el estuche de cuero no era mío, lo devolví a su sitio. Pero enseguida reconocí mi Biblia y me produjo tanta alegría verla de nuevo que me la quedé.

Minou y Aimeric intercambiaron una mirada.

—¿Quieres decir que el testamento lo tienes tú, tía? —preguntó la joven.

Madame Boussay se arregló un poco el peinado.

—Bueno, no sé si tengo el testamento, pero puedo asegurarte que la Biblia está en mi poder. La tengo aquí mismo —dijo mientras revolvía la fea bolsa de terciopelo que llevaba atada a la cintura—. Es el único regalo que me hizo mi querida hermana. No podría soportar la idea de perderla.

Minou abrió la Biblia y encontró el testamento justo donde lo había dejado, entre las páginas del libro. Aimeric se inclinó y le dio un beso a madame Boussay.

—Eres maravillosa, tía.

—Tiene fiebre, monseñor —dijo el ama.

—Ya lo veo.

Vidal contempló a Blanche, que yacía inmóvil en el lecho, con las manos sobre las sábanas de hilo blanco, la cara serena y los ojos cerrados, como una efigie de mármol en un sepulcro. A pesar de que no se movía, el sacerdote sabía que no estaba dormida.

Vidal recorrió con la vista la alcoba que había sido para él un lugar de placer y un refugio. Ahora solo veía signos de su locura. Le costaba creer que hubiera podido poner su reputación en manos de esa mujer.

—Quédense con ella —ordenó—. No la descuiden ni un instante. Cuando haya nacido el niño, su aflicción pasará.

—Muy bien, monseñor.

Vidal trazó la señal de la cruz sobre la frente de Blanche y murmuró una bendición. Después se dirigió a la mesa donde había depositado el sudario, en una esquina de la habitación.

—No miren —ordenó.

Los soldados y el ama se volvieron.

Por fin, entre el calor y el humo del bosque en llamas, Dios había tenido a bien responderle tras un largo silencio. De repente veía con claridad cuál debía ser su camino. Estaba impaciente por marcharse de Puivert, dejar atrás a Blanche y a su hijo bastardo, y no regresar nunca más.

Se daba cuenta de que se había fijado una meta demasiado modesta. El obispado de Toulouse era una posición importante, pero ¿por qué no aspirar a más? La protección de Blanche, en lugar de ayudarlo a llegar más alto, lo había lastrado.

Tomó el estuche de cuero. ¿Sería verdad que el duque de Guisa se encontraba en Saint-Antonin-Noble-Val, un pueblo que Vidal conocía bien desde sus primeros años de ministerio? De hecho, en aquella pequeña localidad del Tarn había visto por primera vez a Blanche, una muchacha inocente que lloraba la muerte de su padre. Su sencillo dolor lo había emocionado.

Intentó desechar los recuerdos.

Iría directamente a Saint-Antonin-Noble-Val y se presentaría ante el duque de Guisa y su hijo para ponerse a su servicio. Aunque se rumoreaba que su salud flaqueaba, Guisa seguía siendo el más firme adversario de Condé y los hugonotes, y, a diferencia de muchos de sus aliados, el duque era un hombre genuinamente devoto. ¿Qué no estaría dispuesto a ofrecerle el duque a cambio del Santo Sudario auténtico? Abrió el estuche, introdujo la mano y extrajo el fragmento de tela. Sintiendo bajo los dedos la delicada textura del entramado, localizó al tacto el pequeño desgarrón en una esquina, que era la marca de autenticidad de la pieza, y esperó. Esperó a experimentar la gloria de Dios hecho carne en la tierra, la gracia que sobrepasa todo entendimiento.

Pero en esa alcoba sombría, en presencia de los soldados y el ama que miraban en otra dirección, oyendo la respiración trabajosa de Blanche en la cama a sus espaldas, la experiencia ansiada no llegó.

Volvió a guardar el sudario en su estuche y lo cerró. Esperaría un momento más íntimo y propicio.

—¿Dónde está Bonal? —dijo en tono áspero—. Debería estar aquí.

Los soldados se cuadraron.

—¿Monseñor?

—Vayan a ver.

El ama se dio la vuelta, con las manos entrelazadas delante del vientre.

—¿Se va, monseñor?

—Mis responsabilidades requieren mi presencia en otro sitio —dijo—. Regresaré cuando pueda para ver cómo se encuentra la señora. Dios no deja de amar a sus criaturas, aunque pierdan la razón.

Tapándose la boca con pañuelos, se acercaron al castillo tanto como les fue posible, sin correr el riesgo de ser descubiertos desde los miradores.

Piet tomó a Minou por la cintura.

—Ahora lo importante es encontrar a tu padre y a madame Noubel, y llevarlos a un lugar seguro. No sabemos si Vidal está o no en el castillo, pero seguramente habrá soldados y sirvientes.

—Tienen que haber visto el fuego. Deben de haber notado el olor a humo.

—El clérigo se marcha —dijo Alis—. Le ha dicho a su criado que ensillara a los caballos y se reuniera con él en la torre.

—¿Ha dicho que regresaba a Toulouse? —preguntó Piet enseguida.

—No —respondió Minou—. Cuando salía del claro, le he oído decirle a Bonal que irían a un lugar llamado Saint-Antonin-Noble-Val.

Piet frunció el ceño.

—Allí tuvo Vidal su primera parroquia.

—¿Tiene familia o tierras en esa localidad?

—No, pero... —Se interrumpió—. Corre el rumor de que el duque de Guisa está en el Tarn, con su hijo Enrique.

—¿Crees que es cierto? —preguntó Aimeric.

—No lo sé, podría serlo. Pero no importa. Solamente debemos preocuparnos por rescatar a su padre y a madame Noubel, y marcharnos de Puivert —repitió Piet.

Aimeric asintió.

—Mientras Minou y yo tratamos de entrar en la torre Bossue, tú podrías ir al río, Aimeric, a buscar nuestros caballos.

—Ahora mismo iré.

—Ten mucho cuidado —pidió deprisa Minou, tras lo cual su hermano asintió y se marchó.

—Madame Boussay, perdóneme por pensar que puedo dar órdenes, pero ¿podría esperar aquí en el bosque con Alis? Cuando volvamos a reunirnos, decidiremos qué hacer.

La tía de Minou inclinó la cabeza.

—No se preocupe, monsieur Reydon. Aquí estaremos bien.

—No podemos ir al pueblo —dijo Minou—. Si los soldados nos están buscando, empezarán por allí. Deberíamos volver a Chalabre.

—¿Por qué van a buscarnos si piensan que estamos muertos?

—Puede que ahora lo piensen, *petite*, pero cuando Vidal vea que Bonal no regresa, enviará a alguien a buscarlo y descubrirá que nos hemos escapado.

—Entonces tendrán que actuar con rapidez —dijo en tono firme madame Boussay—. Alis, tú y yo nos quedaremos aquí sentadas. Mientras esperamos, me contarás cómo es su vida en la Cité. Lamento mucho no haber tenido nunca la oportunidad de visitarlos.

—Ven, *mon coeur* —le dijo Minou a Piet—. Cuanto antes vayamos, antes volveremos.

Su tía arqueó las cejas al oír las palabras de afecto que Minou le dirigía al holandés.

—¿Ahora Piet es tu marido? —preguntó Alis, con la inocencia propia de una niña.

—Todavía no. —Minou rio, abrazándola—. Pero cuando llegue el momento, lo será. Nos casaremos.

Valentin. Un nombre corriente, elegido el día de su ordenación. El nombre de un mártir italiano, que no francés, cuya festividad se celebra en febrero. En Inglaterra, donde la herejía contamina cada aspecto de la vida, es el patrono de los enamorados.

Las voces en mi cabeza se han adormecido, pero hay demasiada gente hablando en la habitación. Los soldados y el ama borrachina, la del aliento que huele a cerveza rancia. Se inclinan sobre mí, me miran.

—Un tiempo para nacer, y un tiempo...

La presión de una mano en mi frente.

—Tiene fiebre, monseñor.

—Ya lo veo.

Valentin ordena y los demás obedecen. ¿Cómo puede ser? ¿Acaso no estamos en mis tierras? Sin mí no es nadie. No es su jurisdicción. Dios no lo ve con buenos ojos, ni le habla.

Pero en otro tiempo me quiso a mí.

El niño que llevo en el vientre está tratando de matarme. Lo siento retorcerse en mi interior. Es un súcubo que me succiona la vida.

—Regresaré cuando pueda para ver cómo se encuentra la señora. Dios no deja de amar a sus criaturas, aunque pierdan la razón.

Piensa que no lo oigo. No deja de decir mentiras, como siempre. Solo lo guía su ambición y no un afán por servir a Dios.

Oigo pasos en la habitación. Se va. También los soldados se van. Al cabo de un momento, tampoco siento ya el apestoso aliento del ama.

Un enemigo, enviado para atormentarme.

Ahora las voces vuelven a susurrarme. Rápido, ahora. ¡Vamos!

Por debajo de las sábanas circula la sangre. Ahora sé que es Dios moviéndose en mi interior. El Señor dio su sangre para redimir nuestros pecados.

—Un tiempo para destruir, y un tiempo para edificar; un tiempo para...

No, no era lo correcto.

Estoy de pie. Camino por la habitación. No me hacen falta capas de oro ni de seda, porque Dios está conmigo. Tengo lo que necesito. Los soldados no se atrevieron a registrarme y Valentin ya no me quiere tocar. Aún tengo el rosario y el cuchillo.

Bajaré por la espiral de la escalera de la torre, hacia el fuego purificador del bosque, donde Minou Joubert está esperando.

73

Pueblo de Puivert

—Traigan a todos los hombres que puedan reunir —dijo Bérenger—. Necesitamos caballos, carretas y carros. Traigan cubos para acarrear tierra. Sofocaremos uno a uno los diferentes focos del incendio.

—Así lo haré —convino Lizier—. Hay rumores de que están pasando cosas terribles. Paul Cordier ha sido hallado con el cuello roto y han encontrado varios muertos en el bosque. Dos de los guardias, aterrorizados, han desertado con la primera luz del alba y han bajado al pueblo diciendo que la señora se ha vuelto loca. —Volvió la vista hacia el camino—. Cuando vuelva Guilhem, nos contará qué ha pasado en realidad.

Pese a la urgencia de la situación, Bérenger hizo una pausa.

—Amigo mío, tengo malas noticias.

Al viejo se le ensombreció la mirada.

—¿Mi sobrino? ¿Mi Guilhem está entre los muertos?

Bérenger le puso una mano en el hombro a Lizier.

—Murió por defender a los demás. Era un joven noble y valiente.

—Lo era.

—Debe sentirse orgulloso de él, Achille. Gracias a su sobrino se han salvado otras vidas.

Una sola lágrima rodó por la marchita mejilla de Lizier.

—No está bien que los viejos entierren a los jóvenes. Se han ido todos antes que yo.

—Lo sé.

Durante un rato, los dos hombres guardaron silencio, recordando a los que habían perdido. Los dos eran veteranos de muchas batallas. Habían participado en las campañas de Italia y habían visto caer a muchos compañeros. Entonces Lizier se enjugó los ojos, dejándose en la cara la huella de las manos sucias de tierra, y cuadró los hombros.

—Reuniré a todos los que pueda, mujeres y niños incluidos. La familia Bruyère ya ha hecho suficiente daño a Puivert. Yo lo sé mejor que la mayoría. Es hora de terminar con todo esto.

Castillo de Puivert

Minou y Piet habían entrado sin ser vistos por la puerta pequeña de las murallas y desde allí habían atravesado el huerto y accedido al patio inferior.

Al oír pasos en el edificio principal se agacharon y esperaron, pero no salió nadie y la puerta permaneció cerrada. De vez en cuando aparecía un penacho gris de humo en el cielo, sobre el castillo, que enseguida se llevaba el viento.

La calma era inusual para la hora de la mañana y Minou se preguntaba si las noticias del incendio habrían llegado ya al castillo. Pero la tranquilidad les era favorable. Siguieron avanzando, prestando atención a cada sonido y buscando las sombras.

Un nuevo ruido los hizo detenerse. Esta vez parecía provenir del torreón. Rápidamente, se escondieron detrás de la escalera y esperaron hasta que el sonido se hubo desvanecido. A continuación, siguieron su marcha hacia el pequeño arco de piedra que comunicaba un patio con otro.

—Mi padre me ha dicho que el patio principal es como la plaza del mercado. Vienen los artesanos y también los panaderos y los vendedores de paños. Con suerte, podremos escondernos detrás de los toldos y las mesas.

—Tu padre está bien informado.

—Lo sabe porque oye los gritos de los mercaderes, pero sobre todo porque se lo ha contado su estudiante, Guilhem.

Piet se detuvo.

—Guilhem ha muerto, amor mío. Anoche encontramos su cuerpo en el bosque.

—Oh. —Minou guardó silencio un momento—. Lo siento por Jeannette. ¡Hablaba con tanta esperanza de su futura vida de casada! ¡Estaba tan orgullosa de que su prometido hubiera aprendido a leer y a escribir en francés! —Meneó tristemente la cabeza—. Y mi pobre padre le tenía mucho cariño al muchacho.

—Yo puedo darle la mala noticia.

—No, lo haré yo. —Minou lo tomó de la mano—. Se lo diré cuando llegue el momento oportuno.

Anduvieron unos pasos más en silencio.

—Aunque podamos burlar a los guardias, ¿has pensado qué haremos para entrar en la prisión? La celda seguirá cerrada y la puerta está diseñada para resistir cualquier asalto.

Piet extrajo un llavero de un bolsillo del jubón.

—Lo llevaba encima Guilhem —explicó—. Puede que este sea el último y el mayor servicio que le haga a tu padre: salvarle la vida.

Blanche levantó la vista al cielo y se preguntó por qué estaría tan alto el sol.

¿Sería por la mañana?

La gloria matinal. Cada mañana, Dios volvía a crear el mundo. ¿Habría llegado ya el verano?

Se detuvo un momento a la sombra de las almenas. El aire olía a humo y cenizas. Los mártires cristianos de antaño, con el cuerpo roto por la rueda o la cruz, o carbonizados por el fuego de la hoguera, se negaban a abjurar de su fe. Sus almas ascendían al cielo en columnas de fuego.

Pero ella seguía atada a la tierra. Su obra aún no había terminado. Tenía que volver al bosque, donde Minou Joubert esperaba su salvación. También la niña estaba con ella: la niña que le había salvado la vida, según le había dicho el boticario. Bajó la vista y notó que tenía el vestido empapado de sangre.

Pasó junto a la torre Verde y atravesó el huerto, hasta la puerta pequeña de la muralla. La había abierto Valentin y no se había ocupado de cerrarla. Un error. Hasta los sirvientes obraban mejor que él. Por esa puerta podían entrar sus enemigos para matarlos a todos.

¿Por qué lo obedecían ahora los soldados y los criados? ¡Ella era la señora de Puivert! Buscó con las manos el rosario y el entrechocar de sus cuentas de marfil la tranquilizó. También le hizo bien sentir la fría hoja del cuchillo. La retorció hasta percibir el alivio de la sangre en la palma de la mano.

Minou volvió la vista hacia la caseta de los guardias. Era como un bloque de un juego de construcción infantil: baja y rectangular.

—¿Por qué no hay soldados de guardia? —susurró.

—Quizá durante el día no montan guardia dentro del castillo —respondió Piet.

—Tampoco hay nadie al pie de la torre Bossue —dijo ella.

Piet miró alrededor.

—¿Habrán huido a causa del fuego?

Piet arrugó el entrecejo.

—No lo sé.

Blanche franqueó la puerta de la muralla. Una columna negra de humo ascendía desde el corazón del bosque formando volutas. El fuego crepitaba y la ceniza, como nieve negra, danzaba ligera por encima de la línea de los árboles. El aire olía a carne carbonizada, como en un banquete invernal.

Entonces las vio. Justo delante de ella, una mujer y una niña. Parecían estar contemplando el valle en dirección a Chalabre.

¿Sería posible que fueran Minou y Alis Joubert? No; las dos estaban en el bosque. Había dado órdenes de que las llevaran al claro y las ataran junto a la hoguera. Lo recordaba bien.

Siguió avanzando. Sus pies descalzos no hacían ruido sobre la hierba. Mientras la observaba, la niña levantó una mano y describió un amplio arco con el brazo, como para atraer la atención de alguien. Blanche aguzó el oído y distinguió el ruido de cascos de caballos que subían por el sendero.

¿Por qué le darían la espalda al fuego maravilloso? ¿No entendían que era la manera de acercarse a Dios?

Ya podía oír sus voces. Siempre había voces. Pero ahora no le hablaban. No se dirigían a ella. Cada vez más cerca. Estaban llegando. Los susurros tenían que acabar. Ella les pondría fin. ¡Ya basta de voces! Blanche sintió el peso de la daga en la mano. Ya las tenía a su alcance. En ese momento, un pájaro levantó el vuelo desde la maleza y la niña se volvió.

Por un momento, sus miradas se encontraron.

Entonces, la niña gritó. Blanche descargó el golpe cuando la mujer reaccionó y se interpuso delante de la pequeña, justo en el momento en que la daga caía.

El metal se hundió en la carne hasta topar con algo duro, quizá un hueso.

Blanche sonrió. Había cumplido con su misión. ¿Podría vivir en paz? Dejaría de oír los susurros. Había hecho lo que Dios le había ordenado y ahora podría descansar.

Retiró el cuchillo para asestar una apuñalada más, pero la mujer ya estaba cayendo al suelo. Una piltrafa de carne, sangre y terciopelo. ¡Qué ropas tan refinadas! ¿Cómo podía Minou Joubert vestir con tanta elegancia? La capucha se le deslizó de la cabeza y dejó la cara al descubierto.

No era Minou Joubert.

—¡Tía! —gritó la niña.

Blanche retrocedió, tambaleándose. No entendía lo sucedido. Entonces, con el rabillo del ojo, vio aparecer por la cresta de la colina a un chico con dos caballos. Al verlas, el muchacho soltó las riendas y echó a correr hacia ellas.

La niña sollozaba, con chillidos agudos y penetrantes.

—¡Tía, despierta...!

Blanche se tapó los oídos con las dos manos. Sintió el reguero de sangre que le bajaba por el brazo desde el cuchillo y por el interior de los muslos.

No era Minou Joubert.

Retrocedió un paso más. Oyó otro ruido a sus espaldas. Desde el castillo, por la puerta que había quedado sin cerrar, estaba saliendo más gente: un viejo delgado, que se protegía la cara como si el mundo fuera demasiado luminoso, y una mujer mayor de aspecto marchito. Iba con ellos un hombre, pelirrojo como la herética reina de Inglaterra.

Y a su lado, tumbada en el suelo, la persona que Dios le había ordenado matar.

Blanche bajó la vista hacia el cuerpo que yacía en el bosque. No era Minou Joubert. Vio que la niña intentaba detener la hemorragia con las manos. El destello de un recuerdo: dedos blancos, el suelo de piedra de la capilla, el dolor que le partía el cuerpo en dos.

Los gritos reverberaban en su cabeza. Ecos. Reconvenciones. ¿Cómo podía haberse equivocado tanto? Las voces le habían dicho que matara a la niña, pero había entendido mal. Creía que se referían a la hija de la alimaña hugonota, pero no era eso. Ahora lo comprendía.

Blanche se miró el vientre y notó a la criatura retorciéndose en su interior. Sus enemigos estaban por todas partes. Se sentía acorralada, como antaño lo había estado el pueblo de Dios. Acudían desde el castillo, por la puerta abierta, y desde las aldeas del valle, y con ellos caminaban ejércitos de espectros del bosque.

Eran los últimos días, los días definitivos en que la oscuridad envuelve la tierra. Era el final de los tiempos.

Blanche echó una mirada al torreón y, por un momento fugaz, durante el brevísimo instante entre una palpitación del corazón y la siguiente, creyó ver un rostro en el mirador.

—Valentin... —murmuró, y entonces recordó que la había abandonado.

Buscó con las manos el lugar exacto en su cuerpo. Hubo un instante de silencio y a continuación sonrió y apuntó el cuchillo contra sí misma.

—Un tiempo para callar.

Se hundió el cuchillo en el vientre. En ese mismo instante, las voces en su cabeza dejaron de hablar. Estaban satisfechas. Calladas. En paz. El aire reverberó, brilló y después se serenó.

Se acabaron las palabras.

—¡Minou! —gritó Alis—. ¡La tía no se despierta!

Minou se colocó la cabeza de su tía sobre el regazo.

—Tía. —Aimeric estaba agachado junto a madame Boussay, tratando de taponarle la herida con un pañuelo—. No te duermas. Mírame. Intenta abrir los ojos.

—Siempre hablas tan fuerte, sobrino... Baja la voz...

—Por favor, tía. —El muchacho sollozó.

—Tengo mucho frío, Aimeric —dijo la mujer—, aunque hace un día muy hermoso. —Volvió la cabeza—. ¿Estás ahí, Minou?

—Aquí estoy, tía.

—Sobrina, deberíamos entrar en casa. Creo recordar que alguien ha encendido la chimenea para nosotras. De hecho, estoy segura. O quizá me estoy confundiendo de nuevo. Pero estaremos bien en casa, junto al fuego.

Minou tuvo que esforzarse para contener las lágrimas.

—Te llevaremos a casa, tía. No te preocupes. Mira, aquí está Piet, que ha venido a ayudarte. Y también mi padre.

—¿Bernard?

Madame Boussay abrió los ojos e intentó tenderle la mano a su cuñado.

—No te duermas, tía —le susurró Aimeric—. No nos dejes.

—Hablas demasiado, sobrino. —La voz se le estaba apagando—. ¡Bernard, cuánto me alegro de conocerte después de tanto tiempo! Durante los últimos meses he tenido la dicha de disfrutar de la compañía de Minou y Aimeric; pero, por supuesto, tú ya lo sabes.

—Lo sé. Gracias por tu gentileza.

—Ha sido un placer. Además, creo que conozco mis deberes hacia los que llevan mi sangre, diga lo que diga monsieur Boussay... —Su voz se apagó un poco más—. ¿Ha venido Florence contigo? ¿Está aquí? Me gustaría verla. —Miró un momento a su alrededor y enseguida arrugó el entrecejo—. ¿Hermana?

Madame Noubel se arrodilló a su lado.

—Florence no está con nosotros, Salvadora. Soy Cécile. Nos conocimos ayer en el pueblo.

—Es cierto. Tú eras la dama de honor de Florence, ¿verdad? Sí, ahora lo recuerdo. Me habría gustado mucho ser su dama de honor, pero mi querido padre no me permitió acudir.

—Acuéstenla sobre la capa —dijo Minou—. La usaremos como camilla para trasladarla al castillo. —Hizo una inspiración profunda—. Y a ella también.

—¡A ella no! —gritó Aimeric.

—No podemos dejar que sea pasto de los cuervos y los lobos. No estaría bien.

—No —replicó Alis, corriendo a los brazos de Bernard—. ¡A ella no!

—Debemos llevarlas a las dos —repitió Minou.

—¿Y los soldados? —preguntó Aimeric—. ¡Nos verán!

—Los soldados se han ido —explicó Bernard en voz baja—. Algunos han desertado cuando ha comenzado el incendio y otros se han ido con el confesor de Blanche. Hacía tiempo que estaban a sus órdenes.

—¡Rápido! —dijo Minou—. Morirá si no buscamos ayuda.

Blanche sintió que la levantaban del suelo. Las voces ya no le hablaban. No había ningún movimiento en su interior. Ya no oía las voces.

Dejó escapar un largo suspiro, el último.

Después, la invadió un hermoso silencio.

74

Castillo de Puivert
Viernes, 29 de mayo

Una semana después, Minou estaba en el campo, al otro lado de las murallas del lado norte del castillo, viendo cómo bajaban el ataúd de Blanche a la sepultura.

—*In nomine Patris et Filii et Spiritus Sancti.*

El primer puñado de tierra golpeó la tapa de la caja tras deslizarse entre los dedos artríticos del sacerdote que se había desplazado desde Quillan para oficiar el funeral. Otra mano se tendió sobre la sepultura abierta y a continuación otra más. La tierra y la grava siguieron cayendo sobre el ataúd, con un ruido que recordaba la lluvia. Nadie derramó ninguna lágrima, pero los rostros eran solemnes y muchos conservaban aún las cicatrices de los sucesos de los últimos días.

Durante siete días, Puivert había enterrado a sus muertos. Las campanas doblaron por los vecinos más queridos, como Guilhem Lizier; pero también por Paul Cordier, que no era apreciado por nadie, aunque era del pueblo. Los soldados muertos en el bosque también habían sido sepultados en Puivert, lo mismo que Bonal, el criado de Vidal, y los pocos soldados leales a Blanche de Bruyère que habían caído en la batalla cuando el ejército civil comandado por Bérenger había asaltado el castillo desde el pueblo.

Solo faltaba el funeral de Blanche para cerrar el trágico episodio.

—Amén.

Muy pocos se habían reunido en torno a la tumba: Minou, Piet, Bernard con Alis cogida de la mano, madame Noubel, Bérenger y el viejo Achille Lizier. En segundo plano, Aimeric acompañaba a una persona incapaz de valerse por sí misma, sentada en una litera que habían transportado desde el castillo hasta el lugar elegido para el funeral. El muchacho tenía la actitud de una gallina que cuidara a uno de sus polluelos y no dejaba de arreglar las mantas de la persona enferma, ni de ofrecerle vino y dulces.

—Aimeric, por favor. ¿No puedes estarte quieto ni un momento? —le dijo su tía con cariño—. Me cansas.

Durante dos días, la vida de madame Boussay había estado pendiente de un hilo. La herida era profunda. El cuchillo de Blanche se desvió de su trayectoria gracias a la Biblia de Florence, por lo que no había afectado ningún órgano vital. Pero la mujer había contraído unas fiebres a resultas de la herida. El médico de Chalabre al que habían mandado llamar había sabido controlar el avance del mal, y Minou, madame Noubel y Aimeric no se habían separado ni un momento del lecho de la enferma. Al tercer día, la fiebre remitió y la pobre madame Boussay por fin pudo dormir. Todavía estaba muy débil y era incapaz de caminar sin ayuda, pero su vida ya no corría peligro. Cuando Minou le informó de la muerte de su marido en Toulouse, rodó una lágrima por su mejilla. Pero enseguida le había dado las gracias a Dios y había sonreído.

El hecho de que una Biblia protestante le hubiera salvado la vida le resultaba particularmente gracioso a Aimeric, que no dejaba de hacerle bromas al respecto. Pero Minou no regañaba a su hermano, porque veía que su tía se divertía con sus travesuras. Por su parte, madame Boussay estaba absolutamente convencida de que su hermana Florence la había salvado y de que era ella quien la protegía desde el cielo.

—¿Estás bien así? —volvió a preguntarle Aimeric—. ¿Quieres que envíe a Alis a buscar tu abanico o...?

—Ya te he dicho que hablas demasiado, sobrino —le respondió con afecto madame Boussay—. Siempre estás alborotando.

El sacerdote miró a Minou, que le hizo un gesto afirmativo. Entonces trazó en el aire la señal de la cruz y retrocedió unos pasos, para que dos hombres del pueblo volvieran a rellenar la tumba.

—¿Estás segura de que quieres hacerlo ahora mismo? —preguntó Piet mientras regresaban al castillo.

Minou le sonrió.

—Sí, *mon coeur*. ¿Podrías convocarlos a todos en el patio superior?

Piet asintió y fue a llamar a toda la gente del pueblo y del castillo.

El tiempo transcurrido comenzaba a mitigar el horror de los sucesos vividos.

Cuando Achille Lizier y las mujeres y los niños del pueblo se estaban esforzando para apagar el incendio, que por fin consiguieron extinguir hacia el anochecer, Bérenger y sus hombres ya habían tomado la caseta de los guardias del castillo. En cuanto los soldados recibieron la noticia de que la señora de Puivert había muerto y monseñor Valentin había huido, la mayoría depusieron las armas. Los que ofrecieron resistencia fueron reducidos con rapidez, y entonces se les dio a elegir entre permanecer en la prisión o irse del pueblo.

Durante los días y noches que siguieron, Minou prácticamente no durmió. Cada vez que cerraba los ojos veía imágenes de sangre y horror. Volvía a ver a Aimeric sangrando, a Piet atado a escasa distancia de unas llamas que no dejaban de avanzar, a Alis con las marcas de la soga en el cuello y a Salvadora tumbada en el suelo, sobre la hierba teñida de rojo. También veía a Blanche con el vientre abierto, sonriendo mientras se le escapaba la vida y también la de su hijo aún no nacido.

Para mantener a raya la oscuridad, Minou hablaba con Piet. Le había contado todo lo que pensaba, todo lo que le habían dicho su padre y su tía, y también Blanche, y todo lo que había averiguado por su cuenta. Hablaba para que no la abrumaran los recuerdos oscuros.

Su padre le había prometido que el tiempo lo curaría todo.

La tarde anterior, cuando anochecía, Minou había subido a lo alto de la torre del homenaje y había contemplado el esplendoroso paisaje vestido con los colores del verano: los verdes, rosas y amarillos del campo, el tono plateado del río Blau en el valle y los matices cobrizos del crepúsculo sobre las colinas. Desde lo alto de la torre pensó en sus padres y en la mujer de ojos de diferente color que le había dado la vida.

Pensó en la serenidad del amor verdadero, que no es el ardor ni la pasión que brillan un momento y enseguida se apagan, sino la paz y el compañerismo a través de los años con el hombre que sería su marido.

Se quedó un buen rato contemplando la puesta de sol y después vio asomar por oriente la luna plateada sobre las copas de los árboles, ennegrecidas aún por el fuego. Y una vez más pensó en Piet y en lo que podrían construir juntos allí en Puivert.

Cuando todos estuvieron reunidos en el patio, subió al peldaño más alto de la entrada del torreón para hablarles.

Un mar de rostros la miraban. Su familia sabía lo que estaba a punto de decir, pero los sirvientes y la gente del pueblo la miraban con preocupación e incluso con cierto recelo. También había acudido un pequeño grupo de hombres jóvenes, servidores de la familia Bruyère, que habían decidido regresar tras recibir garantías de que no serían castigados por desertar.

Alis sonreía. Madame Noubel estaba muy cerca de Bérenger, tanto que Minou comenzaba a sospechar. Su tía apenas conseguía mantenerse sentada y tenía los ojos cerrados, pero aun así encontraba fuerzas para regañar a Aimeric por encorvar los hombros. Minou observó con alegría que su padre estaba al lado de Piet. Los dos habían descubierto que tenían mucho en común y su padre había dado su bendición sin reservas a su matrimonio. En ese momento parecía orgulloso, y Piet, más bien nervioso.

Minou sacó del bolsillo el testamento, aunque no lo necesitaba. Todo el pueblo conocía ya su contenido gracias a Achille Lizier. Pero le resultaba curiosamente reconfortante tocarlo, sabiendo que Marguerite y Florence también lo habían tenido en sus manos. Para Minou se había convertido en un talismán.

—Amigos —comenzó—, no es preciso que hablemos de los trágicos acontecimientos de estos últimos días. A todos nos han marcado y fuimos testigos de lo sucedido. El temor, la ira y el dolor que vivimos nos acompañarán durante mucho tiempo. Todavía lloramos, pero nos recuperaremos. Podremos superarlo.

Se interrumpió, porque de pronto no se veía capaz de articular las palabras que había ensayado. ¿Quién era ella para decir algo así? ¿Quién era ella para desearlo?

Entonces intercambió una mirada con Piet y lo vio sonreír. Su amado levantó poco a poco una mano y se la llevó al corazón, y Minou sintió que los espíritus de las personas que había perdido estaban a su lado, tan reales por un momento como los rostros que la contemplaban.

—Ahora debemos mirar al futuro —dijo, en un tono que volvía a ser firme—. Yo no he buscado estar aquí. No quería ser la señora de Puivert, ni de estas tierras, pero la responsabilidad ha caído sobre mis hombros y la acepto.

Un murmullo se propagó entre la multitud. Minou vio que Bérenger fruncía el ceño e intentaba hacerlos callar. La determinación con que siempre la protegía le resultaba conmovedora.

—Nosotros —continuó mientras le tendía la mano a Piet para que diera un paso al frente— deseamos que Puivert sea un refugio para todo aquel que lo necesite, ya sea católico, hugonote, judío o musulmán, y para quien haya perdido su hogar a causa de la guerra o de su fe. Lo que sucedió en Toulouse no debe repetirse nunca.

Piet asintió y ella hizo una profunda inspiración.

—Por eso quiero decirles que si alguno de ustedes desea irse, puede hacerlo ahora. No habrá consecuencias. Pero si quieren quedarse y servir, serán bienvenidos.

Durante un instante se hizo un silencio. Después, uno de los soldados más jóvenes dio un paso al frente e inclinó la cabeza.

—¡Cuente con mi espada, señora!

Enseguida otro más:

—¡Y con la mía!

La voz de Aimeric fue la más atronadora:

—¡Y con la mía, hermana!

Alis empezó a aplaudir y de inmediato la imitaron su padre y madame Noubel, hasta que todo el patio resonó con el bullicio de los aplausos y las aclamaciones. Madame Boussay agitó con entusiasmo su abanico. Incluso Bérenger sonreía.

—¡Bien dicho, gentil señora de las brumas! —le susurró Piet al oído mientras bajaba de los peldaños a la hierba del patio—. ¡Señora de Puivert!

EPÍLOGO

Castillo de Puivert
Sábado, 3 de mayo de 1572

Son las siete de la tarde. La mujer ahora conocida como Marguerite de Puivert está en lo alto de la torre del homenaje, contemplando el valle en dirección a Chalabre.

Su hija de siete años, Marta —así llamada en honor de la madre de Piet—, espera impaciente a su lado, ansiosa por la llegada de los visitantes.

—*Reste tranquille, petite* —dice Minou.

—Estoy tranquila.

—Pronto estarán aquí.

Mucho más abajo, Minou ve a Piet, que lleva sobre los hombros a Jean-Jacques, su hijo de dos años, mientras dirige los preparativos en el patio principal. Parecen diminutos vistos desde tanta altura, pero Minou conoce al dedillo cada línea de la cara de su marido y cada hoyuelo de las mejillas de su hijo, y puede imaginar a la perfección sus expresiones.

Es otro hermoso día en la montaña, con interminables cielos despejados y una ligera brisa en el bosque que agita suavemente las hojas de envés plateado y las hace susurrar. Ya no quedan rastros de las hayas y los alisos carbonizados, ni de los abetos y robles jóvenes quemados, aunque Minou cree que el bosque aún conserva el recuerdo de lo sucedido diez años atrás en la corteza de sus árboles más viejos, en la tierra y en los helechos que han vuelto a crecer.

Las viejas supersticiones de las montañas han impulsado a la gente a construir un pequeño altar en el claro, en recuerdo de los que murieron aquel día de mayo del año 1562. Minou no es favorable a ese tipo de prácticas, pero las mujeres del pueblo llevan al altar ramilletes de flores, cintas y versos escritos en la antigua lengua, para mantener a raya a los espíritus y que los difuntos duerman en paz en la tierra fría. Minou es la única que lleva flores a la tumba de Blanche de Bruyère en el aniversario de su muerte.

Le parece importante no olvidar.

Minou mira su diario, que sostiene en la mano. Allí lo escribe todo, para recordar la verdad de las cosas. También guarda en su interior las cartas recibidas —de su tía y de madame Noubel, ahora madame Bérenger, y también de Aimeric, de viaje con su regimiento por Francia—, el testamento escrito por Marguerite, la mujer que la trajo al mundo, y el viejo mapa de la Bastide trazado con tiza por Florence, su madre.

El castillo de Puivert se ha convertido en un lugar próspero y activo, y por lo general feliz y seguro. Muchos hombres y mujeres han encontrado refugio entre sus murallas durante la última década de guerra y paz armada. El viejo duque de Guisa murió hace tiempo, asesinado por un sicario a sueldo de Coligny, en el asedio de Orleans, cuando corría el año 1563. Pero su hijo mayor, Enrique, dirige en su lugar los ejércitos católicos. A su derecha suele verse a un hombre cada vez más influyente dentro de la Iglesia católica, el cardenal Valentin. Se rumorea que tiene más poder y fortuna que cualquiera de los demás consejeros del joven duque. También se cuenta que en el interior de un relicario de oro y piedras preciosas, guardado en la capilla familiar de los Guisa en Lorena, conserva una reliquia sagrada de incalculable valor: un fragmento del Santo Sudario de Antioquía.

Cuando alguien menciona el nombre de Vidal, Minou nota que la expresión de su marido aún se ensombrece fugazmente.

El príncipe de Condé, héroe de la resistencia hugonota, murió tres años atrás. Ahora el comandante de las fuerzas protestantes es el almirante Coligny. Minou está orgullosa de que Aimeric sea uno de sus más leales lugartenientes, pero sigue sin comprender por qué continúa la lucha. Nada ha cambiado en los últimos diez años, a fuerza de repetir los viejos argumentos. La fe y sus consecuencias han llevado el país a la bancarrota y han causado muerte y destrucción.

Pero ahora hay esperanza de que acabe el conflicto. Mujeres poderosas han negociado este último acuerdo de paz, que pondrá fin al tercer período de guerra. La reina protestante de Navarra ha aceptado que su hijo Enrique contraiga matrimonio con la hija de la reina viuda Catalina de Médici, hermana del rey. Será la boda más esplendorosa de las últimas décadas. Toda la nobleza hugonota, incluidos Minou y Piet, está invitada a las celebraciones en París, el próximo agosto, pocos días antes de la festividad de San Bartolomé.

Piet y Aimeric piensan ir, y posiblemente también Alis. Minou todavía no ha decidido si los acompañará, porque los niños aún son pequeños para viajar. Le gusta su vida en las montañas y, a decir verdad, solo le interesan tres ciudades: su amada Carcasona, Toulouse —donde madame Boussay sigue siendo una apreciada dama de la sociedad en su casa de la rue du Taur— y Ámsterdam.

—¿Son ellos? —pregunta Marta, entrecerrando los ojos para que no la deslumbre el sol poniente.

Es una niña inteligente y curiosa, y siempre está haciendo preguntas. Es la favorita de la tía Alis, que todos los años acude desde Carcasona con el abuelo Bernard para pasar el verano en Puivert.

—No. Vendrán en carruaje —responde Minou—. Sigue mirando.

Se acerca a Marta, por si se inclina demasiado sobre el borde. Su hija es tan audaz como Aimeric y, como a él, le encantan las alturas y nunca tiene miedo de nada. Pero de momento permanece perfectamente inmóvil, con ambas manos sobre los ojos a modo de pantalla.

Minou y Piet se casaron en la capilla del castillo un día antes de que ella cumpliera veinte años. Madame Boussay aceptó ser su dama de honor, aunque sabía que un pastor hugonote oficiaría la ceremonia. Desde aquel día, Minou luce una sencilla sortija de plata en el dedo anular, pero todavía conserva el trozo de cuerda que sirvió para sellar su unión con Piet a orillas del río Blau. Lo guarda, como todos sus tesoros, al lado de su diario.

Unos años después que ella, Aimeric y Jeannette de Chalabre pronunciaron los mismos votos delante del mismo pastor. Aimeric supo esperarla mientras ella lloraba la muerte de su primer amor, y con el tiempo los dos se enamoraron. Cuando el muchacho cumplió dieciocho años, le propuso matrimonio. Alis hizo de dama de honor, y durante el banquete de bodas contó historias terribles acerca de las tropelías cometidas por su hermano durante la infancia.

Minou a menudo se sienta en la capilla cuando quiere estar sola. Es un lugar de paz y contemplación, al margen de las preocupaciones de dirigir un señorío o de atender a los refugiados que todavía encuentran el camino de Puivert, en invierno, primavera, verano y otoño. Ahora es una capilla protestante, y no católica, pero la misma luz se filtra al atardecer por la ventana meridional y proyecta danzarines rombos de luz sobre los muros y las piedras del suelo. Minou cree que es allí, en cosas como la luz, las piedras, el bosque y el cielo, donde es posible encontrar a Dios.

—¡Allí están! —grita Marta, señalando la polvareda que levantan los cascos de unos caballos—. ¡Un carruaje por el camino de Chalabre!

—Creo que esta vez no te equivocas, *petite* —dice Minou en voz baja, pero su hija ya está llamando por la ventana a su padre y a su hermano.

—¡Son ellos! ¡Ya están aquí!

Piet se vuelve, las ve y levanta la mano como respuesta.

—¡No corras por la escalera! —exclama Minou, pero Marta ya ha bajado corriendo.

Minou se queda un rato más en el mirador, prestando atención al traqueteo del carruaje que se acerca, el crujido del puente levadizo y el chirriar de las puertas que abren los guardias. Las risas y los gritos de bienvenida llenan el patio. Es la primera reunión de toda la familia en mucho tiempo. Aimeric y su Jeannette, Alis y Bernard... Incluso madame Boussay ha acudido desde Toulouse, con Bérenger y Cécile, que se han desviado desde Carcasona para acompañar a Salvadora en el viaje hacia el sur.

Hasta esos últimos instantes, Minou permanece en su torre, cerca del cielo. Desde lo alto baja la vista y contempla a su amado Piet, que lleva a Marta de la mano y a Jean-Jacques cargado en el otro brazo. El pequeño, que ya sueña con ser soldado, va asestando mandobles en el aire con su espada de madera.

Minou se sienta en el antepecho de la ventana, abre el diario por una hoja en blanco y empieza a escribir.

Castillo de Puivert. Sábado, 3 de mayo,
en el año del Señor de 1562

Al oeste, el sol se oculta detrás de las colinas. El cielo vira del azul al rosa y al blanco. En el aire flota la promesa de que mañana será otro día perfecto.

NOTA SOBRE LA LENGUA

El occitano o lengua de oc, a la que debe su nombre la región del Languedoc, era el idioma del sur de Francia, desde Provenza hasta Aquitania, en la Edad Media y épocas posteriores. Está estrechamente emparentado con el provenzal, el catalán y el euskera. La lengua de oil, antecesora del francés moderno, se hablaba en el norte y el centro de Francia.

En los últimos veinticinco años se ha producido una revolución lingüística en el Mediodía francés. La lengua occitana aparece en las señales, hay una escuela bilingüe francés-occitano en el corazón del casco antiguo de Carcasona y el idioma también está presente en la televisión. Sin embargo, en los siglos XVI y XVII, el occitano se consideraba un signo de provincianismo y de falta de educación. Para distinguir entre los recién llegados y los habitantes del lugar, he utilizado tanto el occitano como el francés. Por eso, algunas palabras aparecen en las dos formas, por ejemplo, mademoiselle/*madomaisèla* y monsieur/*sénher*.

Esa independencia de la lengua —junto con la independencia de espíritu, cuyo origen se puede trazar en parte hasta la invasión del sur por el norte católico entre 1209 y 1244— es una de las razones por las que algunos historiadores sostienen que las comunidades hugonotas predominaban más en el sur y resistieron durante mucho más tiempo a la represión. Tal como había sucedido con la llamada *herejía cátara*, muchos hugonotes (nombre que recibían los protestantes franceses) estaban especialmente interesados en despojar a la religión de los elementos superfluos y volver a las enseñanzas de la Biblia. Sostenían que la interpretación de las Sagradas Escrituras correspondía a los fieles, sin la mediación de sacerdotes y obispos, y rechazaban por eso el latín como lengua de culto. Más allá de esos elementos, la fe cátara y la doctrina protestante tienen poco en común en cuanto a dogma y teología. Por otro lado, es justo señalar que la libertad de espíritu y pensamiento, que llevó a un profundo arraigo de la fe cátara en el Languedoc en los siglos XI, XII y XIII, antes de su erradicación en el siglo XIV, se vio reflejada en las comunidades hugonotas de los siglos XV y XVI.

La traducción de la Biblia al francés realizada por Jacques Lefèvre d'Étaples en 1530, en Amberes, y la versión revisada de Pierre Olivétan, publicada en 1535, fueron importantes hitos, lo mismo que la traducción al francés de los Salmos, obra del poeta Marot, realizada en las décadas de 1530 y 1540.

Los fragmentos de poemas y refranes que figuran en estas páginas han sido extraídos de *Proverbes et dictons de la Langue d'Oc*, recopilados por el abad Pierre Trinquier, y de *33 Chants populaires du Languedoc.*

AGRADECIMIENTOS

Todos los novelistas saben que la familia, los amigos y los vecinos marcan la diferencia entre la vida normal y la catástrofe durante el largo proceso de investigación para un libro y su redacción. Yo tengo la increíble suerte de contar con gente entusiasta y dispuesta a ofrecerme apoyo emocional, práctico y profesional; en particular:

Mi brillante editora en Mantle, Maria Rejt (la más antigua de mis amigas en el mundo editorial), y todo el equipo de Macmillan London, especialmente Anthony Forbes Watson, Josie Humber, Kate Green, Sarah Arratoon, Lara Borlenghi, Jeremy Trevathan, Sara Lloyd, Kate Tolley, James Annal, Stuart Dwyer, Brid Enright, Charlotte Williams, Jonathan Atkins, Stacey Hamilton, Leanne Williams, Anna Bond y Wilf Dickie, Praveen Naidoo y Katie Crawford en Australia, así como Terry Morris, Gillian Spain y Veronica Napier en Sudáfrica, y Lori Richardson, Graham Fidler y Dan Wagstaff en Canadá; mi fabuloso agente, el extraordinario y único Mark Lucas, y todo el equipo de LAW, ILA e Inkwell Management, especialmente Alice Saunders, Niamh O'Grady, Nicki Kennedy, Sam Edenborough, Jenny Robson, Katherine West, Simon Smith, Alice Natali y George Lucas; mis maravillosos editores en lenguas extranjeras, en particular Maaike le Noble y Frederika van Traa en Meulenhoff-Boekerij; toda la organización del Franschhoek Book

Festival en Sudáfrica y el fantástico Museo de los Hugonotes, donde comencé a vislumbrar esta historia.

A los amigos de Chichester, Carcasona, Toulouse y Ámsterdam, que me han apoyado, me han preparado el té y me han traído risas y noticias del mundo exterior (¡y a veces también vino!) durante la larga redacción de esta novela, en particular: Jon Evans, Clare Parsons, Tony Langham, Jill Green, Anthony Horowitz, Saira Keevil, Peter Clayton, Rachel Holmes, Lydia Conway, Paul Arnott, Caro Newling, Stefan van Raay, Linda y Roger Heald, amigos en el CFT, el Women's Prize y el NT, Mark Piggott KBE, mecenas de las artes, Dale Rooks, Harriet Hastings, Syl Saller, Marzena Baran, Pierre Sanchez y Chantal Bilautou.

Muchísimas gracias a toda mi familia, familia política, primos y sobrinos, en particular a mi suegra Rosie Turner, mi prima Phillipa (¡Fifi!) Towlson, mi cuñada Kerry Mulbregt, mi cuñado Mark Huxley, mi querida hermana Caroline Grainge, mi cuñado Benjamin Graham (un agradecimiento especial por sus magníficas fotos), mi sobrino Rick Matthews y mi maravillosa hermana Beth Huxley, por su interminable y generoso apoyo en todos los aspectos posibles (¡pasear al perro, comprar globos y mucho más!). Y un recuerdo a nuestros padres, Richard y Barbara Mosse, a los que tanto queremos y echamos de menos.

Finalmente, como siempre, nada de esto habría sido posible sin mi querido marido, Greg Mosse, mi primer amor y mi primer lector, ni tampoco sin nuestros fabulosos e increíbles (¡y ya mayores!) hijos, Martha y Felix Mosse. Si no fuera por ustedes tres, nada tendría sentido. Me hacen sentir muy orgullosa.

KATE MOSSE

Toulouse, Carcasona y Chichester

Diciembre de 2017